L'ECOLE
DE
MARS,
OU
MEMOIRES INSTRUCTIFS
sur toutes les parties qui composent le Corps Militaire en France, avec leurs origines, & les differentes maneuvres ausquelles elles sont employées.

DEDIÉE AU ROY.

*Par M. DE GUIGNARD, Chevalier de l'Ordre Militaire de
Saint Louis, & Lieutenant-Colonel du Regiment d'Infanterie
du Thil, Réformé.*

TOME II.

A PARIS,
Chez SIMART, ruë S. Jacques, au Dauphin.

M. DCC. XXV.

Avec Approbation & Privilege du Roy.

L'ECOLE
DE
MARS.

LIVRE CINQUIE'ME.

DE LA CAVALERIE LEGERE
FRANCOISE ET ETRANGERE.

A premiere Cavalerie legere qui ait paru en France, avec quelque sorte de regle, a été celle que les Bannerets & autres principaux Nobles, amenoient avec eux à la guerre sous le nom d'Archers, ainsi que nous l'avons expliqué à l'article de la Gendarmerie. Mais comme ces Cavaliers étoient tous Vassaux, & même à la solde de ceux qui les fournissoient, & qu'ils en

Premiere Ca-
valerie légere.

Tom. II.   A

étoient si dépendans, qu'ils ne reconnoissoient point d'autres ordres que les leurs ; lorsque les Maîtres se retiroient, les Archers en faisoient de même : desorte que les mêmes inconveniens se rencontrans pour les Archers comme pour les Gendarmes, lorsqu'il ne plaisoit pas à ces derniers de demeurer plus long-temps en campagne ; par les mêmes raisons que Charles VII. avoit eûes de former des Compagnies d'Ordonnance de Gendarmerie entierement sujettes à ses ordres, Louis XII. en forma de même, de Cavalerie legere ; afin d'être toujours en état d'agir independamment des secours qu'on pouvoit tirer du Ban & Arriere-Ban, lequel étoit sujet à trop d'inconveniens, pour y pouvoir faire un fond certain.

Premiere Cavalerie réglée composée de Compagnies séparées. Cette nouvelle Cavalerie fut d'abord formée de Compagnies independantes les unes des autres ; elles étoient composées de trois à quatre cent Maîtres, ausquels on attacha des Officiers avec une solde reglée, moyennant laquelle elles devoient toujours être en état de servir. Le Roy François I. en ayant reconnu l'utilité en plusieurs occasions, il en augmenta le nombre considerablement ; & Henry II. le porta au point, qu'il n'y avoit presque que de cette Cavalerie dans ses armées, avec quelques Compagnies d'Ordonnance ; attendu que dans ce temps, la Noblesse étoit déja d'un très-foible secours. *Décadence de l'Arriere-Ban.* Elle devint même tout-à-fait inutile alors, dès que ces Compagnies de Cavalerie legere commencerent à avoir pour Officiers, & entr'autres pour Capitaines tous les principaux de la Noblesse ; desorte que pour en attirer un plus grand nombre, on partagea ces *Compagnies dédoublées.* nombreuses Compagnies, & l'on en forma de deux cent hommes seulement, afin d'augmenter le nombre d'Officiers. Ce qui acheva de mettre ces Compagnies sur un pied *Sont mises sur un pied distingué.* tout à fait distingué, c'est que le même Roy leur accorda une solde pareille à celle des Compagnies d'Ordonnance, & en même temps deux Chéfs principaux, l'un sous le titre de Colonel, & l'autre sous celui de Mestre de Camp géné- *Création du Colonel & du Mestre de Camp géné-ral.* ral. Cette distinction fit, qu'à mesure que cette troupe augmentoit, non-seulement les forces de l'Arriere-Ban diminuoient, mais aussi celles de la Gendarmerie ; parceque la

principale Nobleſſe préféra dans la ſuite une place d'Officier dans ce corps, à celle de ſimple Gendarme ; deſorte
que l'armure de pied en cap ayant été abolie ſous le regne
d'Henry I V. il n'y avoit preſque plus aucune difference
entre la Gendarmerie & la Cavalerie legere.

Cette Cavalerie demeura partagée en Compagnies juſqu'en 1635. Le Roy Louis X I I I. jugea à propos alors d'en
former des Regimens , à chacun deſquels il attacha un
Chef, ſous le titre de Meſtre de Camp , tel que le portoient
alors ceux qui commandoient les Regimens d'Infanterie.
Ces Regiments, quoique d'un même corps, portoient néanmoins des titres, & étoient employez à des uſages differens.
Il y en avoit ſous le nom de Mouſquetaires, & de Fuſeliers
à cheval, leſquels étoient apparemment deſtinez pour les
manœuvres auſquelles on employe à preſent les Dragons ;
c'eſt-à-dire, pour ſervir à pied & à cheval. Mais ces am-
phibies ne demeurerent ſur pied, que juſqu'en 1643 ; alors
on mit une Compagnie de Mouſquetaires à cheval, dans
chaque Regiment de Cavalerie. Cette inſtitution étoit certainement très-bonne , & le ſeroit même encore , pour
qu'un corps de Cavalerie qui ſe trouve ſeul , pût faire agir
une troupe à pied, quand le beſoin le requiert.

A l'égard de la Cavalerie Etrangere, comme Allemande,
Italienne , &c. comme elle n'étoit dans ces temps-là compoſée que de troupes auxiliaires ; elle a toujours été en Regimens, & non par Compagnies ſeparées. Ces corps avoient
leur Colonel général, independant de celui de la Cavalerie legere Françoiſe.

La Cavalerie Françoiſe étoit autrefois ce qu'il y avoit de
plus diſtingué non-ſeulement en France , mais dans tout le
monde ; parcequ'elle étoit compoſée d'une Nobleſſe invincible, ainſi que nous l'avons marqué. Sans doute que le
reſouvenir qui a demeuré de cet illuſtre corps, a fait que
celui qui ſubſiſte à preſent, lui ayant ſuccedé, on a conſervé pour lui des égards à peu près ſemblables à ceux qu'on
avoit pour ſes predeceſſeurs , quoiqu'il y aye néanmoins
quelque ſorte de difference. La raiſon de cette diſtinction
eſt que la guerre à cheval , étant ſans contredit une fon-

ction plus noble pour le foldat, que celle de pied, à caufe des penibles ouvrages aufquels cette derniere expofe ; on a crû que la Noblefle indigente, fe pourroit refoudre plûtôt à fervir en qualité de Cavalier, qu'à demeurer dans une oifiveté languiffante : deforte que pour l'engager davantage à prendre ce parti, on l'a rendu le plus fupportable qu'il a été poffible, en lui donnant d'abord le titre de Maître pour le nombre, tel qu'on le donnoit aux premiers Gentils-Hommes du Royaume, & celui de Meffieurs en général, & de Monfieur en particulier, avec défenfes aux Officiers d'ufer d'autre chofe que du plat de leurs epées, pour les châtier ; & de plus en leur accordant une folde & une etape beaucoup plus fortes que celles du Fantafin, avec une diftinction jufques dans leur retraite, qui eft d'avoir du vin aux Invalides, dans les temps où les autres n'en boivent point. Je ne fçai fi cet appas a produit la fin qu'on s'étoit propofée ; mais ce qu'il y a de certain, c'eft que ce Corps doit fçavoir trèsbon gré à ceux qui dans cette vûe, en ont fait l'établiffement ; puifqu'il eft fûre que cette raifon en eft le principe : & ce qui prouve parfaitement que l'on a crû, du moins autrefois, qu'il entroit beaucoup de Gentils-Hommes parmi les Cavaliers de Cavalerie legere, c'eft l'Ordonnance que le Roy Louis XIII. rendit en 1638, & la Lettre que M. Defnoyers écrivit en confequence au Maréchal de Châtillon, portant entr'autres chofes ces termes : *le Roy veut que vous faffiez diftribuer à la Cavalerie Françoife les armes qui font à Montreüil, & que vous obligiez les Cavaliers à les porter fur peine d'être degradez de Nobleffe.* Paffons à l'explication des charges d'Officiers Généraux de ce corps ; après quoi nous entrerons dans fes manœuvres, & dans fes détails.

DU COLONEL GENERAL
DE LA
CAVALERIE FRANCOISE ET ETRANGERE.

SUivant quelques Memoires, la Dignité de Colonel géné-*Erection de cette Charge en titre d'Of-fice.*ral ne fut érigée en titre d'Office, que fous le regne de Charles IX. & ce ne fut que fous celui de Louis XIII. que les Colonels généraux de la Cavalerie Etrangere, furent fupprimez, pour remettre le commandement général de l'u-ne & de l'autre, entre les mains du Colonel général Fran-çois. Ses prérogatives font de commander toute la Cavale-*Ses Préroga-tives.*lerie legere, dans l'armée où il eft ; d'en faire la revûe, quand il lui plaît ; d'ordonner tous les changemens, qu'il juge à propos qui y foient faits ; de vifer toutes les com-miffions & les brevets des Officiers, & toutes les ordon-nances du Roy pour ce corps, lefquelles lui font adreffées pour tenir la main à leur execution ; de donner fon confeil à Sa Majefté, pour tout ce qui concerne le détail de la Ca-valerie ; de lui propofer les fujets pour remplir tous les em-plois vacants, comme auffi ceux qu'il juge capables d'être Officiers généraux, quand le Roy en fait quelque promo-tion ; deforte que nulle grace ne peut s'obtenir dans ce corps, que par fon canal ou fes réprefentations, aufquelles les Capitaines de Chevaux legers de la Gendarmerie, & tous les Officiers de la Maifon du Roy, qui ont des brevets particuliers qui leur donnent rang dans la Cavalerie, font fujets comme les autres Officiers de Cavalerie legere ; ain-fi que nous l'avons marqué à leur article. Quand il eft à l'armée, il peut s'il le veut, avoir un Efcadron entier pour fa garde, avec les Etendars ; mais il fe contente ordinaire-ment d'un détachement de cinquante Maîtres, comman-dez par un Capitaine & les autres Officiers. Ce détache-ment doit pofer deux Vedettes à la porte de fon Logis, ou de fa Tente, & monter à cheval toutes les fois qu'il entre ou qu'il fort, & le fuivre s'il l'ordonne. On doit lui rendre compte de tous les détachemens qui fortent du camp ; & ceux qui les commandent doivent à leur retour, lui aller rendre compte de ce qu'ils ont fait. Il peut quand il lui plaît, fe mettre à la tête & commander telle troupe de Cavalerie legere que ce foit, fans qu'il foit befoin pour cela d'autre ordre que fa volonté. Les Directeurs & Infpecteurs généraux doivent lui envoyer un extrait de chacune de leurs Recrües, afin qu'il en puiffe rendre compte lui-même au Roy. Il prête ferment entre les mains du Roy. Il porte pour marque de fa Dignité fix Etendars derriere l'Ecuffon de fes armes. Toute la Cavalerie legere lui doit le falut des Armes & des Etendars, toutes les fois qu'il la voit ; & celle de la Maifon du Roy, doit de même le falut la premiere & la derniere fois qu'il les voit pendant la campagne.

Le Colonel général, eft Colonel particulier du premier Regiment de Cavalerie, qu'on appelle par diftinction la Régiment de la Cornette blanche. Cornette blanche ; lequel Regiment a plufieurs avantages fur les autres du même corps ; fçavoir de camper & de combattre à la droite de la premiere aifle de l'armée, en Ses Préroga- tives. l'abfence de la Maifon du Roy, & de prendre le fecond pofte d'honneur lorfqu'elle eft préfente : il doit être le premier fourni à toutes les livraifons qui fe font à la Cavalerie, foit de pain, de fourage &c. & il a le droit, quand il n'arrive pas le premier à la diftribution, de fe faire delivrer après celui à qui on delivre, lorfqu'il arrive. Il a le choix dans tous les cantonnemens & logemens fur les lots que les Majors ont faits. Son Etendart blanc ne falut que le Roy, les Princes du Sang & les Maréchaux de France, & non les autres Officiers généraux, quand même ils commanderoient l'armée. Lorfque ce Regiment paffe devant quelqu'autre de Cavalerie legere, ce dernier doit monter à cheval, & les Officiers doivent faluer des armes & des Etendars, l'Etendart ou Cornette blanche. La Compagnie générale eft montée fur des chevaux gris, & celui qui en eft Cornette, lequel eft nommé Cornette blanche, marche comme Capitaine ; cette Charge fe vend ordinairement trente mille livres, & tombe dans le cafuel du Colonel général. Il y a auffi dans cette Compagnie un Sous-

Lieutenant, qui eſt le ſeul qu'il y ait dans la Cavalerie legere ; il a auſſi rang de Capitaine. Le Maréchal des Logis
a rang de Cornette ; & le premier Brigadier, celui de Maréchal des Logis. Autrefois celui qui commandoit ce Regiment ſous le Colonel général, avoit le titre de Lieutenant
Colonel général ; en cette qualité, il avoit autorité ſur toute la Cavalerie legere, après le Colonel & le Meſtre de
Camp général ; mais depuis l'érection de la Charge de
Commiſſaire général, cette autorité n'a plus eu de lieu ; deſorte que celui qui commande à preſent ce Regiment, n'a
que le titre de Meſtre de Camp, duquel il fait les fonctions
comme les autres Meſtres de Camp de Cavalerie.

DU MESTRE DE CAMP GENERAL.

CEtte Dignité a commencé d'exiſter ſous Louis XII.
en mil cinq cent cinquante-trois ; elle fut érigée en titre d'Office, en même tems que celle dont nous venons de
parler. Ses prérogatives ſont, lorſqu'il eſt à l'armée, & que *Ses Préroga-*
le Colonel général n'y eſt pas, d'y avoir le même comman- *tives.*
dement que lui, ſur toute la Cavalerie legere ; il a auſſi une
garde de ce corps compoſée de trente Maîtres, commandez par un Lieutenant. Cette garde doit poſer une Vedette
à la porte de ſon Logis ou de ſa Tente, & en uſer pour le ſurplus comme celle du Colonel general. Il porte pour marque de ſa Dignité quatre Cornettes ou Etendars, derriere
l'Ecuſſon de ſes Armes, & il a auſſi un Régiment qui porte
le nom de Meſtre de Camp general, lequel eſt le ſecond
de la Cavelerie. Tous les Officiers de ce Corps lui doivent
le ſalut des Armes & des Etendars, chaque fois qu'il les
voit à cheval.

DU COMMISSAIRE GENERAL.

CEtte Charge qui n'étoit autrefois qu'une simple commission, fut érigée en titre d'Office en mil six cent cinquante-cinq ; ses prérogatives sont lorsqu'il est à l'armée, & que le Colonel & le Mestre de Camp général n'y sont pas, d'y avoir la même autorité sur tout le corps de la Cavalerie legere, avec une garde pareille à celle de ce dernier. Il porte pour marque de sa dignité deux Cornettes ou Etendars derriere l'Ecusson de ses armes.

Si ces trois Officiers principaux se trouvoient ensemble dans la même armée, les deux derniers y seroient sans fonctions: c'est pourquoi la Cour a ordinairement soin de les disperser chacun dans une differente. Le Colonel général avoit autrefois le choix dépendant de lui, de servir dans quelle armée il vouloit, & de passer de l'une dans l'autre, même après la campagne commencée, quand il lui plaisoit ; mais à present, c'est le Roy qui en dispose, ainsi que du droit de remplir les Charges de l'Etat Major de la Cavalerie, lequel appartenoit ci-devant au Colonel général.

On comprent aussi dans l'Etat Major de la Cavalerie le Maréchal des Logis général, & deux autres Maréchaux sous lui ; mais comme les Officiers principaux n'exercent leurs fonctions que lorsqu'ils sont à l'armée, nous remettrons à en parler ci-après dans l'article que nous composerons, pour traiter du détail de l'armée en campagne. Nous dirons ici seulement que la premiere de ces charges, fut érigée en titre d'office par le Roy Charles IX. & que les deux autres, l'ont été depuis ; & que comme s'ils se trouvoient tous les trois ensemble dans la même armée, les deux derniers y seroient sans fonctions, la Cour les disperse comme les trois premiers Officiers de ce Corps, dont nous avons ci-devant parlé.

Avant que d'entrer dans le détail de ce Corps, nous croyons qu'il est à propos de placer ici un extrait des Ordonnances du Roy, qui le concernent en particulier; afin qu'on
y puisse

Ses Prérogatives.

Des Maréchaux des Logis généraux de la Cavalerie.

y puiſſe avoir recours pour les cas qui ſe jugent au Conſeil de guerre, ou pour decider les difficultez qui pourroient ſurvenir dans le ſervice.

EXTRAIT DES ORDONNANCES DU ROY, *concernant la Cavalerie legere & autre.*

Par l'Ordonnance du premier Decembre mil ſix cent quatre‑vingt‑ſeize, Sa Majeſté défend à tous Officiers de Cavalerie & de Dragons, d'enrôler dans leur Compagnie un homme qui leur aura ſervi de valet, ſur peine d'être caſſez. *Enrolemens*

Par celle du premier Octobre mil ſept cent ſix, la ration de fourrage en garniſon eſt reglée pour laGendarmerie, Cavalerie & Dragons, à quinze livres de foin, & cinq livres de paille, ou dix‑huit livres de foin ſans paille, & à deux tiers d'un boiſſeau d'avoine, meſure de Paris ; défendant SaMajeſté à tous Officiers de diminuer ladite ration aux chevaux des Cavaliers, ſur peine d'être caſſez ; & aux Cavaliers & Dragons, ſous peine de la vie ; comme auſſi d'en convertir en argent du Magazinier, ſans la permiſſion de l'Intendant, à peine auſſi pour les Officiers d'être caſſez, & aux Cavaliers, des galeres ; ni d'en vendre aux habitans ſous les mêmes peines ; & à ces derniers d'en acheter, ſur celle de trois cent livres d'amende. *Rations de Fourrage en garniſon.* *Défenſes de les diminuer.* *Ni convertir en argent.*

Par celle du vingt‑cinq Fevrier mil ſix cent quatre‑vingt‑dix, Sa Majeſté veut que les Majors tiennent rang de Capitaine du jour de la date de leur brevet, ſuppoſé qu'ils n'ayent pas été Capitaines auparavant ; & que s'ils l'ont été, ils gardent l'ancienneté de leur commiſſion, & qu'en vertu de leur rang, ils puiſſent commander un Eſcadron de leur Regiment le jour du combat. *Rang des Majors.*

Par celle du vingt Fevrier mil ſix cent quatre‑vingt‑ſix, les Aydes‑Majors ont rang de Lieutenant, du jour de leur brevet ; & s'ils ont été Capitaines, ils gardent celui de leur commiſſion. *Rang des AydesMajors.*

Par celle du premier Decembre mil ſix cent quatre‑vingt‑

dix-huit, Sa Majesté ordonne que les Regimens de Cavalerie auront par tout la droite sur ceux de Dragons, de quelque ancienneté qu'ils soient ; les Colonels de ces derniers, au-dessus de celle de ces premiers ; entendant néanmoins Sa Majesté que l'Officier qui se trouvera commander un corps, où il y aura des uns & des autres, soit le maître de faire marcher les Dragons à la tête, ou à la queuë, comme il le jugera à propos pour le bien du service.

Rang des Regimens de Cavalerie avec ceux de Dragons.

Par celle du quatre novembre mil six cent quatre-vingt-quatre, Sa Majesté veut que les Cavaliers qui seront choisis pour être Maréchaux des Logis, ayent au moins dix ans de service ; & que ceux qui seront choisis pour être Brigadiers, en ayent au moins six ; voulant Sa Majesté que s'il ne s'en trouvoit point de semblables dans la Compagnie où on en a besoin, le Capitaine en puisse choisir dans les autres Compagnies, en rendant un Cavalier ou Dragon à leur place, que les autres Capitaines seront obligez de recevoir sur peine d'être cassez.

Choix des Cavaliers pour faire Maréchaux des Logis, ou Brigadiers.

Par celle du premier Fevrier mil six cent quatre-vingt-neuf, le Roy veut qu'aux Etendarts où il n'y a point de fleur de Lys, il y ait du côté droit un Soleil, & que la devise du Meſtre de Camp, ou Colonel, soit seulement sur le revers, & qu'il n'y en ait que deux par Escadrons, lesquels seront portez par les Cornettes des deux plus anciennes Compagnies de chaque Escadron.

Forme des Etendars.

Par qui portez.

Par celle du sept Mars mil six cent quatre-vingt-quatre, les Lances des Etendars doivent être de dix pieds moins un pouce, compris le fer d'enhaut, & la douille d'enbas.

Lances des mêmes.

Par celle du premier Fevrier mil sept cent cinq, Sa Majesté veut que tous les Officiers de Gendarmerie & de Cavalerie legere portent des cuirasses, sur peine de désobeissance, lesquelles cuirasses doivent être au moins à l'epreuve du pistolet.

Cuirasses des Officiers.

Par celle du douze Decembre mil six cent quatre-vingt-quatre, Sa Majesté veut que les Capitaines & les Lieutenans réformez de Cavalerie, portent un mousqueton, comme les Cavaliers, en fonction.

Armement des Officiers réformés.

Par celle du neuf Mars mil six cent soixante-seize, l'épée d'un Cavalier ou Dragon, doit être de la lame seule, longue de deux pieds neuf pouces, non compris la garde & la poignée.

Epées des Cavaliers & Dragons.

Par celle du vingt-quatre Novembre mil six cent quatre-vingt-onze, les chevaux des Cavaliers ne doivent pas être plus hauts que de quatre pieds quatre pouces, ni plus bas que de quatre pieds deux pouces, le tout à mesurer depuis le dessous du fer du pied de devant, jusqu'à la naissance du crin sur le garot; lesquels chevaux doivent être à longue queuë.

Taille des Chevaux des Cavaliers.

Par celle du trente Janvier mil six cent quatre-vingt-dix, Sa Majesté défend à tous Capitaines de Cavalerie & de Dragons, de se servir des chevaux des Cavaliers, pour autre usage que pour le service, sur peine d'être cassez.

Défenses de les employer que pour le service.

Par celle du quatorze Juin mil sept cent onze, Sa Majesté défend à tous Capitaines de Gendarmerie, de Cavalerie & de Dragons, de mettre dans leur équipage aucuns des chevaux des Cavaliers qui auront passé en revûë dans leur Compagnie, à peine d'être cassez; & veut que le dénonciateur ait son congé absolu, & cent livres avec le cheval declaré, & son équipage pour se retirer où bon lui semblera.

Défenses aux Capitaines de mettre dans leur équipage les chevaux des Cavaliers qui ont passé en revûë.

Par celle du cinq May mil six cent soixante-seize, Sa Majesté ordonne que si un Cavalier ou Dragon paroît à la revûë monté sur un cheval appartenant au Capitaine, ou autre Officier, ou qu'il ait été emprunté, l'Officier commandant la Compagnie soit cassé, à moins que le cheval n'ait été donné au Cavalier au moins quinze jours auparavant; voulant Sa Majesté que si le Cavalier ou Dragon en averti le Commissaire, le cheval soit confisqué à son profit avec son congé, & cent dix livres de gratification.

Défenses de faire paroître un Cavalier ou Dragon à la revûë monté sur un Cheval d'Officier ou emprunté.

Par celles du dix Novembre mil sept cent quatre, & vingt-cinq May mil sept cent sept, Sa Majesté ordonne que chaque Major de Cavalerie & de Dragons, aura un Controlle signalé des Chevaux de son Regiment, qu'il

Détails des Majors sur ce sujet.

B ij

fera viſer par le Commiſſaire des Guerres ; & que s'il arrive qu'aucun deſdits Chevaux ſoit détourné par les Capitaines, ſans que le Major en ait donné avis à Sa Majeſté, ledit Major en demeurera reſponſable, & payera trois cent livres de chacun pour les remplacer.

Récompenſe aux dénonciateurs ſur ce ſujet. Tous Cavaliers ou Dragons qui dénonceront au Commiſſaire des Guerres que leur Capitaine à détourné des Chevaux de ſa Compagnie, aura ſon Congé abſolu & cent livres de récompenſe aux dépens du Capitaine, qui ſera interdit ſur le champ, & mis en priſon juſqu'à nouvel ordre ; & s'il meurt quelques Chevaux pendant l'Hiver le Major le marquera ſur ſon Controlle, & le fera certifier par le Commiſſaire.

Autre détail des Majors. Leſdits Majors ne ſe déſaiſiront point des billets de retenuë entre les mains de qui que ce ſoit, Sa Majeſté voulant, qu'ils les remettent eux mêmes aux Marchands, dont ils tireront quittance, pour en compter avec les Capitaines, & en rendre compte à l'Inſpecteur, lorſqu'il leur demandera ; ſur peine d'en répondre en leur nom.

Rang des Régimens de Cavalerie entre eux. Les Regimens du Colonel, du Meſtre de Camp & du Commiſſaire Général, marchent les premiers, & enſuite les Royaux ſuivant leur rang d'ancienneté, lequel on verra ci-après dans la liſte que nous donnerons de tous les Regimens de Cavalerie, dans leſquels Royaux ſont compris le Regiment de la Reine, & ceux des Princes juſqu'à celui de Toulouze inclus.

Les Regimens des autres Seigneurs & Gentils-hommes, marchent & campent de même, ſuivant l'ancienneté de leur création : mais pour le commandement des Détachemens, l'ancienneté du Régiment n'a point de lieu ; chaque Officier y commandant à dignité égale, ſuivant la **Rang des Officiers de Cavalerie entre eux.** date particuliere de ſa Commiſſion, ou de ſon Brevet ; & par tout leur ſervice eſt égal, à la réſerve de celui du Régiment des Carabiniers, & de ceux des Huſſars, lequel nous expliquerons ci-après à leurs articles.

Rang des Capitaines Réformez. Par celle du premier Fevrier 1685, les Capitaines Réformez de Cavalerie obéiront aux Capitaines en pied du Régiment où ils ſont incorporez, par tout où il n'y aura que des Cavaliers du même Régiment; mais lorsqu'ils se trouveront mêlez ou joints à un Détachement d'un autre Corps, les Capitaines Réformez marcheront suivant leur ancienneté avec tous Capitaines en pied, & les Lieutenans de même entr'eux.

Les Officiers de Cavalerie ont le commandement sur ceux d'Infanterie, en dignitez égales, par tout où ils se trouveront ensemble, à la campagne; pourvû que ce soit en lieux d'abord; c'est-à-dire à la plaine, ou dans d'autres lieux non fermez: mais dans ceux qui sont clos de murailles, avec portes, barrieres, ou ponts-levis, ou qui sont environnez de fossez, l'Infanterie y a le commandement, sans difficulté.

Comme le détail particulier, que nous avons fait des devoirs des differens Officiers d'Infanterie, peut être appliqué à ceux de Cavalerie, parcequ'ils y sont également sujets nous n'en ferons point de répetition; il y a seulement de plus, pour ces derniers, le soin qu'ils doivent prendre des chevaux, lequel est si essentiel, que pour le peu qu'on s'en relâche, la perte de la troupe s'ensuit infailliblement. C'est pourquoi tous les Officiers generalement doivent s'y employer avec la derniere exactitude, étant certain que de même qu'un Officier d'Infanterie, est pour ainsi dire un membre inutile dans ce Corps, s'il ne sçait faire de bonnes Recruës, & s'il n'est capable des autres soins que nous avons marquez; un Officier de Cavalerie est tout aussi inutile, s'il n'a pour les chevaux une si continuelle attention, que jamais il ne leur manque aucunes des choses qui leur sont nécessaires. Car, outre le tort que la négligence sur ce point peut faire au service du Roy, lequel est très-important, puisque dès qu'un cheval est éclopé, cela produit deux bouches inutiles, attendu qu'en même temps le Cavalier ne sert plus à rien; le Capitaine y est d'ailleurs si interessé, que sa fortune en dépendant en quelque façon, il doit par conséquent y être si continuellement attaché, qu'on ne puisse pas lui reprocher de l'avoir laissé perdre par sa faute, ainsi qu'il est arrivé à une infinité de braves gens, mais qui n'ayant pas

Rang de la Cavalerie avec l'Infanterie.

Détail.

Soin que les Officiers doivent prendre des chevaux,

fuivi ce principe néceffaire, fe font trouvez hors d'état de rétablir leur troupe, & par conféquent obligez de l'abandonner, & quelquefois de fe voir caffer après de longs fervices.

Diftribution de Fourage. Le premier foin que les Officiers doivent prendre pour que ce cas n'arrive pas, eft de veiller à ce que la nourriture, qu'on donne aux chevaux, foit bonne : le Capitaine doit donc lui-même, autant qu'il le peut, être préfent à la diftribution qui s'en fait dans les magazins, fans s'en rapporter fur ce fujet, à fon Maréchal des Logis, lequel pourroit être fufceptible des prefens, que les Magaziniers **Précautions contre les Magaziniers.** font ordinairement, à ceux qui font chargez de recevoir les fournitures, afin de faire paffer le mauvais avec le bon. Je dirai à cette occafion, que j'ai été plufieurs fois furpris que les Chefs des corps de Cavalerie approuvaffent que tous les Maréchaux des Logis, ou autres prépofez pour ces fortes de recettes, reçûffent ouvertement chacun une ration au moins de gratification des Entrepreneurs ou Magaziniers ; puifque nul motif ne pouvoit engager ces derniers à une pareille liberalité, qu'avec la claufe fous-entendue, que cela leur faciliteroit le moyen de faire de leurs tours ordinaires, c'eft-à-dire, de tromper fur la qualité de la chofe, ou fur la mefure & le poids. Après cette précaution on doit avoir celle de **Donner la ration entiere aux chevaux.** veiller à ce que la ration entiere foit donnée à chaque cheval, & cela aux heures marquées ; faifant enforte de fe trouver à celle où on leur donne l'avoine, pour être fûr qu'elle leur a été donnée fidelement.

Néceffité de panfer les chevaux. Le panfement qu'on fait aux chevaux, étant pour ainfi dire, une feconde nourriture pour eux, on doit veiller avec la même attention à ce que ce fecours ne leur manque jamais, & cela aux heures marquées, obfervant de faire inftruire pour cela les nouveaux Cavaliers, entre lefquels il s'en trouve fouvent qui n'ont jamais fait ce metier. Lorfqu'il eft queftion de mener les chevaux à l'abreuvoir, on doit le faire avec ordre ; & pour ce fujet, chaque Compagnie y doit aller enfemble, & non les uns après les autres, le Maréchal des Logis ou au moins un

Brigadier marchant à la tête, & prenant foin d'y conduire les autres à petit pas , & de les ramener de même. Aller à l'a-
breuvoir.
Comme c'eſt en cette occaſion qu'on peut mieux voir ſi
les chevaux ont été bien panſez, s'ils ſont bien ferrez ,
s'ils ne ſont point boiteux ou attaquez de quelqu'autre Soin des
Chefs en cet-
te occaſion.
maladie, non-ſeulement les Capitaines & les autres Officiers inferieurs doivent les examiner en paſſant , mais
auſſi le Chef & les Officiers Majors du corps, leſquels
outre la viſite des écuries, ne doivent jamais manquer à
cette eſpece de revûë, attendu que comme ils ne doivent
pas manquer de réprimander ceux dans leſquels ils remarquent de la negligence, cela engage les uns & les autres à faire leur devoir.

Les Officiers ſubalternes doivent s'appliquer ſans ceſſe à
ces premiers ſoins & à tous ceux qui peuvent contribuer au
bien de la troupe en general , & à celui de leur Capitaine Soin des Officiers Subal-
ternes.
en particulier; ils y ſont obligez par les mêmes raiſons, que
nous avons marqué en parlant des Officiers de l'Infanterie,
entre leſquels il n'y a aucune différence, ſi ce n'eſt comme je
l'ai dit, que les premiers ont un double ouvrage ; puiſqu'outre le ſoin des hommes ils ont encore celui des chevaux. Ce ſoin dans la Cavalerie eſt le plus conſidérable,
& eſt même auſſi eſſentiel que l'eſt dans l'Infanterie le ſoin
des hommes , attendu , qu'on trouve des Cavaliers plus
communément que des Soldats, & que d'ailleurs l'entretien de ces premiers eſt établi de maniere qu'il n'eſt
preſque jamais à charge aux Capitaines. Mais je crois devoir dire ici, que pour que ces ſoins ſi néceſſaires fuſſent
remplis mieux qu'ils ne le ſont , il faudroit que la ſubor-
dination fût établie dans la Cavalerie, tout autrement Subordina-
tion néceſſaire
dans la Cava-
lerie.
qu'elle n'y eſt, ou pour mieux dire, il faudroit commencer à l'y établir; car il eſt certain que de la maniere qu'elle y eſt obſervée, c'eſt-à-peu-près comme s'il n'y en avoit
point. Enfin j'y ai remarquai une infinité de fois que tout
y étoit pair & compagnon, les ſubalternes tutoyant communément les Capitaines, & les Capitaines appellant leur
Lieutenant Colonel par ſon nom, ſans y ajouter celui de
Monſieur, & ainſi du reſte. Je ne ſçai d'où eſt provenuë

cette licence , à moins que ce ne foit, de ce que la Cavalerie legere repréfentant à préfent nos anciens Gendarmes, entre lefquels il n'y avoit aucune diftinction, tous
étant camarades & compagnons , elle veuille prouver fa
filiation , en continuant cette ancienne erreur ; mais je
fuis certain, que tant par rapport aux menus détails d'une
troupe, que pour le fervice ordinaire, & pour les actions
de guerre, cette familiarité eft abfolument contraire à
toutes fortes de bonnes manœuvres ; parcequ'en un mot
où il n'y a point de fubordination , il ne fçauroit y
avoir de commandement abfolu ; & que fans ce dernier
point une troupe ne peut être bonne à rien, quelque valeur qu'il y ait dans ceux qui la compofent.

Je me fuis déja affez expliqué fur ce point effentiel,
en parlant des Corps qui précedent celui-ci ; mais comme j'ai remarqué qu'il n'y en avoit aucun qui eût un plus
grand befoin de cette réflexion, j'ai crû la devoir repeter, & je me fents par la même raifon obligé d'y ajouter
que la meilleure preuve qu'on puiffe donner de l'inutilité
des vieilles prétentions qui m'ont été alleguées à ce fujet,
c'eft que les Troupes de la Maifon du Roy, lefquelles
font fans contredit fort au deffus des autres, fuivent une
maxime toute contrairẽ même entre les Officiers. Qu'on
examine feulement de quelle maniere le fervice fe fait dans
les Gardes du Corps, & je fuis fûre que quelque préve-
nu qu'on foit pour la fauffe maxime contraire, on conviendra que la Cavalerie legere ne perdra point fon lu-
ftre, en fe conformant fur un modele auffi parfait.

Nous avons marqué en parlant du fervice journalier
dans une place, & du même lorfqu'elle eft affiegée, de
celui que la Cavalerie rend dans ces differentes occafions ;
ainfi nous n'en ferons point de répetion : on y a vû auffi
de quelle maniere elle doit y être logée, avec les détails
concernant la propreté des Cafernes, la diftribution des
lits & Uftenciles, & l'appel qui fe doit faire des Soldats.
Toutes ces chofes doivent être obfervées par la Cavalerie comme par l'Infanterie fans diftinction, fi ce n'eft, que
les Cavaliers couchent deux à deux , au lieu que les Soldats font trois dans chaque lit.   Lorf-

Lorſque le Regiment doit monter à cheval, les Trompettes ſonnent le boutte ſelle à l'heure marquée: dans ce cas,
tous les Officiers doivent ſe rendre aux Caſernes pour
veiller, à ce que les Cavaliers, & les Chevaux de leur
Compagnie ſoient dans l'état convenable ; & auſſi-tôt
qu'on a ſonné à Cheval, tous y doivent monter. En même temps on fait un détachement d'un Cavalier par Compagnie, pour aller chez le Commandant y prendre les
Etendars & les Timbales, leſquels étant arrivez, chaque
Compagnie ſe met en marche, pour aller au rendez-vous
marqué. Celle du Meſtre de Camp marche la premiere,
& les autres de ſuite, ſuivant leur rang dans l'Eſcadron
dont ils ſont. Le Capitaine marche à la tête de chaque
Compagnie à la longueur du Cheval de diſtance du premier rang, le Lieutenant eſt à ſa droite, & le Cornette à
ſa gauche, derriere lui & proche le premier rang : le Maréchal des Logis marche à la queuë. Lorſqu'on eſt arrivé ſur la place, ou autre lieu, ſi c'eſt pour y paſſer en
revûë, les Eſcadrons ſe forment à trois de hauteur; ou bien
chaque Compagnie borde la Haye, ſuivant que le Commiſſaire le demande; après quoi, le Major lui doit donner le livret, dans la forme que nous avons marqué. On
doit en uſer, pour les honneurs, qui doivent être rendus au Gouverneur, au Directeur & Inſpecteur General, & aux autres Officiers Generaux, qui peuvent s'y
rencontrer, comme nous l'avons expliqué, en parlant des
Recruës.

Si le Regiment reçoit l'ordre de partir pour changer
de Garniſon, pour paſſer d'une Frontiere à une autre, ou
pour aller à l'Armée, & qu'il ſoit obligé pour ce ſujet de
faire une longue marche à travers le Royaume ; je ne
puis lui propoſer un plus ſûr moyen de le faire ſans perte
conſidérable, que celui que j'ai marqué pour le même
ſujet, à l'article de l'Infanterie, lequel lui convient également en toutes choſes, n'y ayant que le ſoin des Chevaux de plus. L'ordre ordinaire dans la Cavalerie, étant
de marcher par Compagnie, un peu ſéparées les unes des
autres, chacune ayant ſes Officiers à ſa tête, & le Ma-

réchal des Logis à la queuë; il eſt aiſé de contenir les Cavaliers, & cela d'autant plus facilement, qu'il n'eſt pas ſi aiſé à un homme à Cheval de s'écarter ſans être vû, qu'à nos Fantaſſins, leſquels ſont ſi adroits à faire ces ſortes d'éclipſes, que les Officiers les plus vigilans y ſont ſouvent trompez. D'ailleurs, les Cavaliers ſont beaucoup moins friands de maraude, ſoit parcequ'ils en trouvent moins l'occaſion; ſoit parcequ'il y a un peu plus de gravité dans le Cavalier que dans le Soldat. Deſorte que n'y ayant que la déſertion à craindre, laquelle eſt auſſi rare dans ce Corps, qu'elle eſt commune dans notre Infanterie; & n'y ayant pas d'ailleurs les mêmes inconveniens, pour conduire des gens à Cheval quelque temps qu'il faſſe, & quelques chemins qu'il y ait, comme pour conduire des gens de pied; cela fait que cet ouvrage n'eſt pas compté pour beaucoup dans la Cavalerie; au lieu qu'il eſt de la derniere importance dans l'Infanterie.

Un Officier Major étant allé au logement avec les Maréchaux des Logis, ou Fourriers, comme je l'ai marqué, & le Régiment étant arrivé proche la Ville ou le lieu, où il doit loger, on forme les Eſcadrons, les Capitaines marchans à la tête de celui dont ils ſont, & les ſubalternes chacun à celle de leur Compagnie. On en uſe, pour tout le reſte, comme je l'ai expliqué, à l'article de l'Infanterie, tant pour la diſtribution des Billets, que pour la Garde, l'Appel, la Retraite, les Patrouilles, les Voitures néceſſaires, le Départ du lendemain, la marche des Bagages, des Eclopez, &c. & de même ſi au lieu de loger, il y a ordre de camper.

Voici un Extrait de l'Ordonnance du Roy rendue le 14 Mars 1702, par laquelle Sa Majeſté regle l'Etape qui doit être fournie à la Cavalerie Legere, lorſqu'elle paſſe dans les lieux où elle eſt établie.

Chaque Cavalier aura une ration de fourrage, compoſée de vingt livres de foin, & d'un boiſſeau d'avoine, meſure de Paris, avec trente-ſix onces de pain, une pinte & demie de vin, ou un pot & demi de cidre ou de Bierre, & deux livres de Viande, auſſi meſure & poids de Paris.

Chaque Capitaine prendra six rations de fourrage , & six de bouche.

Chaque Lieutenant, quatre de fourrage & trois de bouche.

Chaque Cornette, trois de fourrage & trois de bouche.

Chaque Maréchal des Logis, deux de fourrage & deux de bouche.

Le Meſtre de Camp, prendra douze rations de chaque eſpece, ſçavoir, ſix en cette qualité, & ſix comme Capitaine.

Le Lieutenant Colonel, prendra dix rations de chaque eſpece, ſçavoir, quatre en cette qualité, & ſix comme Capitaine.

Le Major, prendra huit rations de fourrage, & ſix de bouche.

L'Ayde-Major, prendra quatre rations de fourrage, & quatre de bouche.

Et l'Aumônier, deux rations de chaque eſpece.

Le Colonel General, prendra douze rations de fourrage ; le Meſtre de Camp General, neuf ; le Maréchal des Logis, quatre ; & les Fourriers, Bas-Officiers & Archers, chacun la moitié d'une ration de Cavalier.

Les Officiers Réformez , à la ſuite des Regimens de Cavalerie recevront l'Etape, comme s'ils étoient en pied.

SERVICE DE LA CAVALERIE
en Campagne.

IL eſt certain que dans tous les temps, la Cavalerie a été la partie du corps des Troupes, qui a le plus brillé dans les operations qui ſe font en Campagne, & particulierement dans les combats en plaine, où elle eſt ſi néceſſaire, que quiconque y eſt ſuperieur en ce genre, en eſt abſolument le Maître. C'eſt ſur quoi nous nous expliquerons ci-après en marquant les détails du ſervice journalier à l'armée, & de toutes les actions qui s'y peuvent paſſer, ſoit en general, ſoit dans les occaſions particulieres. Deſorte que comme la Cavalerie s'y trouvera repré fentée dans fes fonctions, lefquelles ne giffent qu'en un feul point, qui eft celui de marcher & de combattre; nous ne marquerons ici que les parties, qui lui font purement affectées, & defquelles elle doit être inftruite.

Arrivée du Regiment dans le Camp. Le Regiment arrivant dans le Camp on forme les efcadrons, & on les fait marcher de front, fi le terrain le permet, les Officiers marchans chacun à leur pofte, le Timbalier battant, & les Trompettes fonnant; & cela jufqu'à ce qu'il foit vis à-vis le terrain qu'il doit occuper. Lorfqu'il eft arrivé, il fe met en bataille faifant face en avant, & tournant le dos au Camp; il demeure en cet état jufqu'à ce que le Major ait vû fi le Camp eft bien marqué & dreffé; après quoi, par un demi tour à droite, ou par caracoles, chaque Compagnie fe rend fur fon terrain. Pendant qu'une partie plante les picquets néceffaires, pour attacher les chevaux, l'autre dreffe les tentes; en même temps on pofe les Etendars au front du Camp, à chacun defquels on met une Sentinelle, qui eft fournie par le piquet, comme nous l'avons dit, à l'article de la Maifon du Roy.

Aller au fourrage. Si on eft dans l'arriere faifon & qu'on n'ait par conféquent point trouvé de fourrage dedans ou proche le Camp, on commande auffi-tôt un nombre de Cavaliers de chaque Chambrée pour en aller chercher. On proportionne ce nombre, fuivant le temps qu'on doit demeurer dans le Camp: deforte qu'il doit être moindre, lorfqu'on n'y doit paffer qu'une nuit. Mais tel qu'il foit, on doit toujours apporter les mêmes foins pour que l'ordre y foit obfervé; de maniere que cette fonction, Précautions néceffaires pour ce fujet. qui eft fans contredit une des plus importante qu'il y ait dans la Cavalerie, foit faite fans qu'elle apporte au corps, aucun des dommages qu'elle peut lui caufer. Ces dommages font quelquefois fi confidérables, qu'ils deviennent irréparables pour les Capitaines, fur qui ils tombent: de maniere que cela peut caufer le renverfement de leur fortune, ainfi que je l'ai remarqué. C'eft pourquoi outre l'efcorte qu'il faut pour former la chaîne ou le circuit néceffaire, comme nous l'expliquerons à l'article de

l'armée, chaque Regiment en doit avoir une particuliere, laquelle doit marcher à la tête de ses fourrageurs & de
plus avoir un Officier par Compagnie au moins, pour conduire ceux de celle dont il est, & cela de maniere qu'aucun ne s'écarte de la marche, & que tous fourragent en
un même endroit, afin de les pouvoir ramener ensemble.
L'on doit observer de les conduire en allant le plus doucement qu'il est possible, & non pas au galop, comme je l'ai
tant de fois vû pratiquer. Cela cause la perte d'une infinité de chevaux, qui étant ainsi poussez & après une longue
marche étant chargez d'un faix, tel que l'est ordinairement une trousse, doivent inévitablement y succomber.
On doit aussi avoir soin que les faux, lorsqu'on en porte, soient pliées contre leur manche, ou si elles sont
montées, que le tranchant & la pointe soient couverts,
de maniere qu'elles ne puissent causer aucun accident; il
en arrive si communément, faute de cette précaution,
que je suis surpris qu'on ne donne pas des ordres précis
sur ce sujet. Les Officiers sur-tout doivent empêcher que
les Cavaliers ne surchargent leurs chevaux par ces trousses monstrueuses, qu'on leur voit quelquefois apporter,
& que cette charge ne soit augmentée par quelque maraude, que les Cavaliers ont soin de cacher dedans.

Chaque Regiment de Cavalerie a un Piquet de cin- *Piquet.*
quante Maîtres avec les Officiers. Comme ils doivent observer les mêmes choses que nous avons marquées pour les
Piquets de la Maison du Roy, nous n'en ferons point de
répetition. Il y a aussi une garde particuliere pour être
employée pendant la nuit à la garde du Camp; elle est *Garde du*
ordinairement composée d'un Cavalier par Compagnie, *Camp.*
& commandée par un Maréchal des Logis; elle fait aussi les mêmes fonctions que celles du corps dont nous
avons parlé.

Les détachemens qui ont été commandez pour être *Gardes or-*
employez aux gardes ordinaires, ainsi que nous l'expli- *dinaires.*
querons à l'article de l'armée, doivent être conduits aux
rendez-vous des gardes montantes, par les Majors de chaque Regiment, ou du moins par un Major de chaque Bri-

gade. Ces Officiers doivent avant que de partir du Camp faire par rapport à leur corps les mêmes observations que nous avons marquées pour les Gardes d'Infanterie. Ces Gardes étant postez pour couvrir l'armée contre les surprises, les Officiers qui les commandent doivent bien prendre garde d'être eux-mêmes surpris ; parceque delà s'ensuivroit ce qu'on auroit voulu éviter ; c'est pourquoi la Troupe doit être postée de maniere qu'elle ne puisse être coupée entre le Camp & elle, observant d'en détacher la sept ou huitiéme partie pour former un petit corps de garde avancée, qu'on doit poster à six ou sept cent pas en avant sur quelque éminence, s'il y en a. De ce petit corps on détache deux Vedettes qu'on place aussi sur les lieux les plus élevez pour découvrir de plus loin ; & cela de maniere aussi que ce petit corps ne puisse être coupé entre lui & le grand, ni les Vedettes avancées entre elles & ceux qui les soutiennent.

Quand le Pays est découvert, ces sortes de Gardes peuvent être postées à un quart de lieuë du Camp, & même plus loin ; mais lorsqu'il est serré & couvert la grande Garde doit être mise plus près, mais néanmoins assez éloignée pour avoir le temps de donner avis de l'arrivée des ennemis en cas qu'ils parussent. Pour cet effet on place d'autres petits Corps-de-Garde de cinq à six Maîtres chacun sur la droite & sur la gauche, lesquels posent des Vedettes devant eux, autant qu'il en est besoin, pour la sûreté commune. De quelque sorte que soit la situation du Pays, l'Officier qui commande le principal Corps doit de temps en temps visiter ceux qui sont avancez ; observant de séparer le temps de sa garde, ensorte que chacun à son tour soit au Corps-de-Garde avancé, lequel ne doit jamais mettre pied à terre, à moins qu'il ne soit en lieu extrêmement découvert, & sur le tout ne point débrider les chevaux. A l'égard du grand Corps-de-Garde on peut permettre à la moitié au plus de débrider & tenir l'autre toujours en état. On doit aussi, lorsque le Pays est assez connu, pour empêcher que les grandes gardes ne se découvrent les unes les autres, ou lors-

qu'il fait quelque brouillard qui produit le même inconvenient, envoyer des Batteurs d'eftrade fucceffivement,
lefquels traverfant d'un pofte à l'autre, reconnoîtront foigneufement fi les Ennemis ne fe coulent point entre deux.
Auffi-tôt que la nuit commence à paroître les grandes
Gardes de Cavalerie qui feroient trop expofées dans ces
lieux éloignez, où on les tient pendant le jour, fe retirent plus près du Camp, à proportion que le pays eft ouvert ou coupé, & ordinairement à deux ou trois cent pas.
Comme la nuit eft, ainfi que je l'ai dit, la mere des furprifes,
& que toute l'armée repofe dans la confiance que les Gardes qui la couvrent la tiennent en fûreté ; c'eft par conféquent pendant fon cours que ceux qui y font employez
doivent redoubler leur attention , de maniere qu'on ne
foit jamais pris ou dépourvû. Pour cet effet les petites
Gardes avancées doivent être toujours à cheval, & y avoir
le moufqueton haut & le fabre nud pendant au poignet ;
& la grande Garde doit être toujours moitié à cheval
dans le même ordre, & l'autre moitié pied à terre dans les
rangs, tenant chacun leurs chevaux bridez par les reines,
afin d'être prêts à monter deffus au moindre bruit ; bien
entendu encore qu'on juge qu'il n'y ait que peu de danger ; car autrement tout doit demeurer à cheval ; obfervant furtout de faire agir les Bateurs d'eftrade , comme
nous l'avons dit, & cela avec un redoublement d'attention, tel que l'obfcurité le requiert. On doit fçavoir encore
que par-tout où l'on pofe des Vedettes à la campagne,
elles y doivent avoir le moufqueton haut & acroché à
la bandouliere avec le fabre nud pendant au poignet ; &
que les Bateurs d'eftrade doivent marcher dans le même ordre.

Nous avons marqué à l'article de la Maifon du Roy la
manière de fonner le guet ou retraite, & les précautions
qu'on devoit prendre dans le Camp, foit contre le feu
foit contre les voleurs, &c. ainfi que ce qu'il y avoit à
faire pour la garde du Camp, & le Piquet après la retraite fonnée ; deforte que nous n'en ferons point de répetition.

Porter la fascine à la queuë des tranchées.

La conquête d'une place importante, par le moyen d'un siége dans les formes, étant d'une conséquence qui demande qu'aucuns Corps de Troupes ne soient dispensez d'y contribuer non seulement par leur valeur , mais aussi par leurs travaux ; c'est ce qui a fait que dans tous les temps la Cavalerie y a été employée, soit pour y fournir les Gardes nécessaires pour repousser les sorties des Assiegez, comme nous l'expliquerons dans son lieu, soit pour faire des fascines & les porter jusqu'à la queuë des tranchées. Les Troupes mêmes de la Maison du Roy ne sont pas dispensées de cette derniere fonction. L'usage ordinaire pour ce sujet est, que les Regimens entiers y doivent être employez, les uns après les autres , & ce en nombre suffisant, pour que les travaux ne souffrent point de retardement faute de ces materaux nécessaires & indispensables. Ceux qui sont commandez pour ce service doivent monter à cheval à l'heure marquée, & y être en équipage de guerre , & dans le même ordre que si c'étoit pour aller au combat; après quoi, la Troupe en cet état, se rend au lieu où on a fait le dépôt des fascines, supposé qu'ils n'en ayent pas à la tête de leur Camp, auquel lieu chaque Cavalier doit en prendre deux ou trois au moins, chacunes garnies de leurs piquets, & les mettre de travers devant lui sur le pommeau de la selle, les Officiers, sans en excepter le Mestre de Camp, observant d'en prendre aussi chacun une au moins; après quoi, l'heure de les porter à leur destination étant venue, chaque Regiment défile, les Officiers & Cavaliers marchans un à un, les uns derriere les autres , & cela pour faire que le canon de la Place ait moins de prise sur eux, jusqu'à ce que la tête étant arrivée au lieu où l'on doit les mettre, chacun y jette les siennes & se retire ensuite dans le même ordre , jusqu'à ce qu'étant hors de la portée du canon, la tête fait alte & forme l'Escadron ; & lorsque tout a rejoint & a fait la même manœuvre , le Regiment se retire à son Camp, à moins qu'il n'eût reçû l'ordre de faire plusieurs voyages , auquel cas il les doit tous faire dans le même ordre.

Des

DES ETENDARTS, TIMBALES
& Trompettes.

QUoique les Chercheurs d'Etimologie se soient pour Des Eten-
dars.
ainsi dire creusé le cerveau, pour trouver celle des
Etendarts & des Drapeaux, & pour en marquer les origines ; il me semble que sans aller chercher des dates plus
imaginaires que certaines, on auroit pû dire tout d'un
coup, que ces signaux si nécessaires pour se reconnoître
dans les combats, ont été mis en usage dès les premiers
temps, où les hommes se sont fait la guerre, c'est-à-dire
peu de temps après la création du monde. A l'égard des
noms, celui de Drapeau, dont nous avons parlé à l'article de l'Infanterie, a causé bien des contestations, sur
lesquelles il n'y a encore aucune décision précise : celui
de Cornette, dont il s'agit ici de donner l'explication,
étant encore aussi incertain que l'autre, il ne m'est par
consequent pas plus possible d'en éclaircir la cause.
Cependant comme on pourroit être curieux des histo-
riettes que l'on fait à ce sujet, quoique dans le fonds,
elles ne soient d'aucune utilité, je dirai que quelques-uns
de ces Chronologistes, prétendent, que le nom de Cornette, qu'on donne à présent aux Etendarts, vint de ce
qu'une Reine attacha la sienne au bout d'une lance, pour Origine du
nom de Cor-
nette.
rassembler au tour d'Elle ses Troupes écartées. D'autres
disent au contraire, que les Seigneurs de distinction portoient anciennement sur leurs casques une espece de Cornette de Taffetas de la couleur de leur livrée, tant pour
se faire reconnoître des leurs, que pour empêcher que
l'ardeur du Soleil échauffant trop l'acier de cette armure, ne leur fît mal, & pour empêcher que la pluye ne
les roüillât, ou ne gâtât les ornemens dont ils étoient
ordinairement accompagnez ; & qu'un de ces Seigneurs
se trouvant engagé dans une mêlée, où il ne pouvoit être
aperçû des siens, attacha au bout de sa lance cette Cornette, laquelle ayant été reconnue, lui attira le secours
dont il avoit besoin : de sorte que dans la suite, soit par

reſouvenir de cette action, ſoit parceque d'autres Seigneurs ſe ſervirent du même expedient, pour marquer un raliement à leurs Troupes, on donna le nom de Cornette aux Etendarts. Comme ce nom n'étoit point connu avant le regne de Charles VIII, & que l'on remarque que ce Roy le donna à l'Etendart, qu'on appelloit auparavant le Pennon Royal, on juge avec quelque ſorte de raiſon, que ce doit être dans ce tems, qu'il a pris naiſſance; d'autant plus que depuis il a été connu, non-ſeulement dans la Gendarmerie, mais auſſi dans la Cavalerie legere, où cependant il eſt à preſent moins en uſage, que dans la maiſon du Roy.

Quoiqu'il en ſoit, cet ornement néceſſaire étant en quelque façon l'honneur du Corps, on doit ſi bien le garder, qu'on ne le perde jamais, dans quelque occaſion que ce ſoit; & celui qui le porte, ne doit jamais le rendre, qu'en rendant en même tems le dernier ſoupir. Comme dans les combats l'Ennemi fait ordinairement tous ſes efforts pour s'en emparer, on doit outre le Cornette attacher à chacun trois ou quatre Cavaliers des plus braves, leſquels ne doivent auſſi l'abandonner qu'avec la vie. On a vû ci-devant à l'article des Ordonnances, l'intention du Roy ſur la maniere dont les Etendarts doivent être conſtruits; à quoi j'ajoûte, que comme il n'y avoit autrefois rien qui pût les faire reconnoître pour François, le Roy a ordonné, pour ce ſujet, qu'on mît au bout de la lance de chacun, une écharpe de Taffetas blanc.

Les Trompettes, ou inſtrumens d'embouchure, ſont certainement auſſi anciens dans les Troupes, que les Troupes mêmes, puiſque toutes les hiſtoires, depuis les Iſraélites juſqu'à nous, font mention qu'on s'en eſt ſervi dans tous les tems, ſoit pour exciter les Soldats au combat, ſoit pour regler leurs differentes maneuvres, par les differens ſons de ces Inſtrumens. Elles étoient autrefois également en uſage, pour les gens de pied, comme pour ceux de Cheval, ainſi que nous l'avons marqué, en parlant de l'Origine des Tambours. Il y a préſentement un Trompette dans chaque Compagnie ordinaire de Cava-

Obligation de ceux qui les portent.

Des Trompettes.

lerie : il porte la livrée du Roy, du Prince, ou du Gentil-homme, qui eſt Meſtre de Camp du Regiment ; & il eſt entierement attaché au Capitaine, avec obligation de le ſuivre , non-ſeulement quand il marche à la tête de ſa Troupe, ou autre détachement, mais auſſi par-tout où il va à Cheval, pendant qu'il eſt à l'armée. Il y a auſſi dans chaque Regiment un Trompette Major, lequel doit être expert, pour le bruit de guerre , & pour les fanfares, afin d'en pouvoir inſtruire les autres, & ſur-tout les nouveaux : Chaque Capitaine lui donne à cet effet une gratification chaque mois. Le bruit de guerre conſiſte au boute-ſelle, pour avertir les Cavaliers, de ſe tenir prêts au ſecond ; ou à Cheval, pour monter à Cheval ; la marche pour marcher ; l'appel ou ban, pour publier quelque Ordonnance , ou faire recevoir quelque Officier, ou pour avertir l'Ennemi quand le Trompette y eſt envoyé ; la Retraite, ou le Guet, pour ſe retirer ; & la Sourdine pour marcher à petit bruit, ou pour les funerailles. Les armoiries du Meſtre de Camp, ſont ordinairement brodées ſur un côté des Banderolles des Trompettes, & de l'autre eſt leur deviſe. Leurs fonctions ſont de marcher à la tête de l'Eſcadron, ou Troupe particuliere, trois ou quatre pas devant le Commandant ; & dans les batailles , ou lorſque les Eſcadrons ſont de pied ferme, ils ſont ſur les aîles.

 Les mêmes chercheurs d'Origines, que j'ai ci-devant citez, diſent, que les Sarraſins ſont les Inventeurs des Timbales, qu'on appelloit de leur tems *Nacaires* ; & que dès les premieres Croiſades, on en voyoit dans leurs Troupes : Ils ajoûtent, que les premieres qu'on a vû en France, ſont celles que les Ambaſſadeurs Hongrois y amenerent avec eux, lorſqu'ils y vinrent en mille quatre-cent-cinquante-ſept, demander en mariage, pour Ladiſlas leur Roy, Madame Magdelaine , fille de Charles VII. Quoiqu'il en ſoit, il eſt certain , qu'elles n'ont été tout-à-fait en uſage dans nôtre Cavalerie, que depuis le Regne de Louïs XIV , avant lequel on n'en pouvoit avoir que lorſqu'on les avoit priſes ſur les Allemands, qui s'en ſont ſervi long-tems avant les François ; de ſorte que

D ij

par une fuite de cette ancienne regle, on a encore obfervé depuis de laiffer aux Regimens de Cavalerie, celles qu'ils prennent fur les Ennemis, outre les leurs. Cet
honneur eft auffi accordé aux Dragons, quoique fuivant
leur inftitution, ils ne doivent avoir que des Tambours.
Cet inftrument double étant confideré comme l'honneur
du Corps, de même que les Etendarts dont nous avons
parlé, il doit être par confequent auffi foigneufement
gardé : pour ce fujet on le porte également chez le Commandant, lorfque la Troupe eft en garnifon, ou en quartier ; & à l'armée, il eft configné de même à la garde du
Camp pendant la nuit, & aux Sentinelles du piquet,
pendant le jour. La principale raifon, qui rend cet Inftrument prétieux eft, que les Banderolles dont fes dé-
vans font ornez, portent les armes, & la dévife du Chef
de la Troupe, de même que les Etendarts ; & c'eft pourquoi on ne fait point de difference entre la perte de l'un
ou celle de l'autre. Le Timbalier marche à la tête de
tout, lorfque l'on défile ; & fur l'aîle droite, lorfque l'Efcadron eft de pied ferme. Surquoi on doit obferver, que
fi l'on défile dans un païs couvert, où les Timbales puiffent être infultées, on doit faire preceder le Timbalier,
par quatre Cavaliers, portant la Carabine haute ; il faut
avoir la même précaution les jours de combat.

Comme nous avons jugé qu'il étoit inutile de rapporter les devoirs de chaque Officier en particulier, parcequ'ils font les mêmes que ceux de l'Infanterie, aux Chevaux près, ainfi que nous l'avons déjà marqué ; il ne
nous refte plus qu'à parler des Evolutions de la Cavalerie, lefquelles font pour dire le vrai, fi peu connues de la
plus grande partie de ce Corps, que je fuis furpris qu'en
rendant l'Ordonnance que j'ai rapportée pour l'Infanterie, on n'ait pas penfé à en donner une pareille pour la
Cavalerie, qui en avoit, & en a encore pour le moins autant de befoin ; de forte que ne pouvant ici me fonder
fur une pareille autorité, j'ai été obligé de choifir entre
tout ce qui a été écrit fur ce fujet, celle qui pourroit être
la moins conteftée. Comme j'ai lieu de croire que les

Mémoires, que Monsieur de la Fontaine a autrefois dreſ-
ſez pour l'inſtruction de feu Monſeigneur le Dauphin,
fils de Loüis le Grand, ſont ce qu'il peut y avoir de plus
autentique dans ce genre, j'ai crû les devoir préferer à
tous les autres, & les rapporter mot à mot; afin qu'étant
né, & ayant été élevé Fantaſſin, on n'ait pas à me reprocher d'avoir voulu décider ſans fondement ſur un autre mêtier que le mien : ce reproche néanmoins ſeroit
d'un foible poids, puiſque tout ce qui eſt compris dans
le mêtier de la Guerre, eſt de celui qui en fait profeſſion,
en quelque partie qu'il ſoit employé, ainſi que je l'ai marqué dans mon Avertiſſement.

EXERCICE ET EVOLUTIONS
de la Cavalerie.

ARTICLE PREMIER.

L E Commandant de l'Eſcadron doit être au centre
du front, ayant la croüpe de ſon Cheval dans le
rang; les Capitaines dans le rang, ayant ſeulement l'encolure de leurs Chevaux dehors, & diſpoſez au long du
front; les Subalternes tout-à-fait dans le rang des Cavaliers, & diſperſez comme les Capitaines; les Etendarts
ſur les aîles, ayant ſix Cavaliers à l'appui, & de plus deux
des plus diſtinguez attachez à la droite & à la gauche de
chaque Cornette; le dernier Lieutenant, & les Maréchaux des Logis à la queue, dont deux de ces derniers
doivent fermer les aîles où ſont les Carabiniers.

I I.

L'Eſcadron marche en défilant, ſelon le nombre que
le Commandant aura ordonné, & défile ordinairement
par rangs & par la droite; lorſqu'on veut former l'Eſcadron, ce doit être par la gauche : quelquefois, on défile
par le milieu; dans ce cas, on forme l'Eſcadron par la
droite & par la gauche, & la marche ſe fait de même,
l'Eſcadron étant en haye, obſervant lorſque le chemin

eſt étroit, de défiler toûjours par la droite, & de ſe remettre par la gauche.

I I I.

*Doublez la Cavalerie ſur l'aîle gauche, de trois en trois
rangs,* qui eſt la hauteur ordinaire des Eſcadrons; & quand
il faudra défiler pour prendre la marche, on défilera
par les files, commençant par l'aîle droite; ou bien ayant
formé l'Eſcadron, il faut commencer à faire marcher par
l'une des aîles, ſans rompre l'Eſcadron; & par caracol
l'Eſcadron ſe trouvera formé.

I V.

On fait battre la Cavalerie en grand front, à trois de
hauteur; quelquefois à quatre, ſelon que l'on eſt fort
de Cavalerie, & quelquefois cinq à ſix, & c'eſt ce qu'on
appelle Eſcadron.

V.

On fait ordinairement marcher la Cavalerie, Compagnie par Compagnie, ſelon le Regiment, & chaque
Compagnie marche à des files; s'ils marchent en Corps
d'Eſcadron, ils font un grand front, & ſont doublez
de la hauteur ci-devant dite.

V I.

Avant que de commander les mouvémens ci-après
expliquez, il faut faire dreſſer les files & les rangs, & celui qui les commandera, doit le faire d'un ton ferme &
prompt; obſervant au cas qu'il ne puiſſe être entendu
de pluſieurs Eſcadrons, qu'il veut faire mouvoir en même
tems, de faire paſſer la parole par des Aides prépoſez pour
ce ſujet, & de recommander que perſonne ne bouge,
qu'après le dernier mot du commandement, lequel eſt
ordinairement celui de, *Marcher.*

V I I.

Que la file de l'aîle droite ne bouge; à droite ſerrez vos

files ; à gauche remettez vos files ; que la file de l'aîle gauche   les files ; fur
ne bouge ; à gauche par files, ferrez l'Efcadron ; à droite remet-   la droite & fur
tez-vous.   la gauche.

V I I I.

Que la file de l'aîle droite , & de l'aîle gauche ne bouge ;   Le même fur
par demi rang ferrez vos files à droite & à gauche ; ou bien,   la droite & la
Fendez l'Efcadron ferrant vos files : tous ces mouvemens fe   gauche en mê-
font en marchant.   me tems.

I X.

Que les Chefs de file ne bougent ; par rangs en avant ;   Pour ferrer
ferrez l'Efcadron ; en avant remettez vos rangs ; ou bien, *En*   les rangs.
avant ouvrez vos rangs ; à vos premieres diftances.

X.

Par demi-file, à droite en avant ; doublez vos rangs ; Chefs   Pour doubler
de files avancez vos rangs ; demi-files prenez vos files. Le mê-   les rangs.
me commandement fe fait à gauche: pour cet effet, on
dit, *Que la premiere demi-file ne bouge ; par Chef de demi-*
file , fur l'aîle gauche , en avant doublez vos rangs. Pour fe
remettre il faut dire, *Demi rang de l'aîle droite avancez vos*
Chefs de demi-files, reprenez vos files ; que la premiere demi-
file ne bouge ; par Chefs de demi-files , à droite à gauche en
avant fur les aîles ; doublez vos rangs par caracols à droite &
à gauche ; en arriere remettez vos rangs ; que la derniere demi-
file ne bouge ; premiere demi-file , par caracol à droite & à
gauche fur les aîles ; en arriere doublez vos rangs : par Chef
de demi-file en dedans , en avant doublez vos rangs : à ce commandement , il faut que la premiere demi-file ouvre le
demi rang, à droite & à gauche : *premiere demi-file par ca-*
racol, à droite & à gauche ; en arriere doublez vos rangs ; en
avant remettez vos rangs ; pour exécuter ce commandement, il faut que la derniere demi-file, ouvre le demi
rang, à droite & à gauche.

X I.

Il faut noter, que la Cavalerie ne fera ni demi tour à   Remarque

fur les mou-
vemens ci-
deffus. droite, ni demi tour à gauche pour le remettre, ni pour
ferrer les rangs en arriere : elle pourroit auffi doubler dans
les intervales ; mais cela ne fe doit point faire, à caufe
des defordres qui pourroient arriver par les Chevaux :
mais elle fe doit doubler fur les aîles en avant, & puis
après fe remettre par caracol, comme nous avons montré ci-devant.

X I I.

Des contre-
marches.

Les contremarches pour la Cavalerie, fe commandent
& fe font comme dans l'Infanterie ; mais le plus néceffaire eft de gagner le terrein en tête.

X I I I.

Des conver-
fions.

Avant que de faire les converfions, il nous faut diftinguer ce que c'eft que converfion & caracol. On fait la
converfion par le front de l'Efcadron, de forte que c'eft
le rang qui fait le mouvement, & non la file.

X I V.

Du volte-
face.

Pour faire la volte-face, on fait le demi tour à droite
ou à gauche, comme il fe verra par les commandemens
ci-après. Les mouvemens de la converfion & du caracol
fe font par circulation, faifant un cercle ou partie d'icelui, de maniere qu'il n'y ait que cette difference, que la
converfion fe prend par le front de l'Efcadron, & le caracol fe fait par la hauteur ou flanc de l'Efcadron, comme l'on verra par les commandemens fuivans. *A moi par
converfion à droite.* A ce commandement, il faut ferrer la
jambe droite au Cheval, & à touche bote de fon Compagnon : le même commandement fe fait à gauche, en
difant, *Serrez l'aîle droite*, & on ferre la jambe gauche.

X V.

Divifer l'Ef-
cadron en
deuxTroupes.

*Par demi rangs & par converfion, à droite & à gauche l'Ef-
cadron en deux Troupes.* Pour remettre l'Efcadron on commande, *Par converfion à moi, l'Efcadron en une Troupe* ; ou
bien, *Par converfion à moi, avance l'aîle gauche,*

X V I.

XVI.

A moi l'aîle droite par caracol à gauche, faisant front en queue. Le Caracol se peut faire par demi rangs ; mais il faut observer que ceux qui commandent le demi rang, se servent du commandement ci-dessus.

Commande-
ment du Ca-
racol.

XVII.

Par quarts de rangs & par caracol, l'Escadron en quatre Troupes. Et pour se remettre on dit, *Quarts de rangs à moi l'Escadron en une Troupe.*

Diviser l'Es-
cadron en
quatre Trou-
pes.

XVIII.

Le demi tour à droite se prend pour le volte face, comme aux commandemens ci-après : *demi tour de volte face à droite : à droite un quart de volte face ; par conversion à droite le volte face : par caracole à droite le volte face : par demie file à droite & à gauche le volte face.*

Autre vol-
te-face.

XIX.

Par demi rangs à droite & à gauche bordez la haye en tête, par caracol à droite & à gauche, remettez-vous ; par demi rang & par caracol à droite & à gauche bordez la haye en queue ; en avant remettez-vous : par demi rang à droite & à gauche bordez la haye ; par caracol à droite & à gauche remettez-vous : par caracol à droite bordez la haye ; par caracol à gauche remettez-vous.

Border la
haye.

XX.

Il faut que la Cavalerie tire par rangs & par files, & se détache par caracols, en gagnant la main si l'on peut ; c'est-à-dire faire leur possible, pour avoir l'Ennemi sur la droite ; elle se doit détacher au trot, puis pousser au galop, & la décharge faite, gagner leurs serre files : il faut observer aussi de faire détacher par l'aîle droite, faisant caracoler à gauche ; & ce faisant ils auront l'Ennemi à leur droite, le rang pour tirer de front, & se retirer en caracolant à droite & à gauche. On peut faire tirer par rangs par converfion, & fe retirer toûjours aux ferre-files de l'Efcadron : on peut auffi tirer par files, mais ce faifant, l'Efcadron doit avoir fix ou huit de hauteur, obfervant de faire détacher la file de l'aîle droite, caracolant à gauche ; & leur décharge faite, fe retirer par même ordre, au lieu d'où ils font partis ; ainfi la Cavalerie peut faire la décharge comme l'Infanterie.

X X I.

Pour combattre en retraite, on fait de petites Troupes foutenues de quelque gros ; & s'il fe trouve à propos de faire quelque décharge, alors les petites Troupes fe ferviront des ordres de border la haye, tirant chaque Troupe en même tems, & faifant la retraite à la faveur des autres petites Troupes qui les doivent foûtenir, reprenant leurs ordres, & foûtenant après ceux qui les foûtenoient.

Pour combattre en rétraite.

X X I I.

Le Caracol fe fait par la hauteur de l'Efcadron, qui eft la file qui fait le mouvement en faifant des paffades, qui eft un mouvement en ferpentant, qui d'un côté, qui de l'autre, par la Campagne.

Du Caracol.

X X I I I.

Défiler par rangs fur l'aîle droite, fur l'aîle gauche former l'Efcadron. Défiler par l'aîle gauche & par rangs, fur l'aîle droite former l'Efcadron. Défiler par files en quatre files, fur l'aîle gauche former l'Efcadron.

L'Auteur dit en cet endroit, qu'il trouve qu'il eft plus à propos de défiler par files, que par rangs, puifque quatre files compofent un Efcadron, & qu'un rang n'en compofe point.

Autre manicre de défiler.

X X I V.

Il faut que celui qui commande l'Efcadron, fçache, qui font ceux qu'il doit combattre, fçavoir fi ce font gens cuiraffez ou armez à la legere ; parceque les premiers fe

Combat de Cavalerie contre Cavalerie.

doivent attaquer par l'aîle gauche, & les autres par l'aîle droite ; cela étant obfervé, ayant à combattre Efcadron contre Efcadron, il faut d'abord que l'Ennemi s'avance du pas au trot, & du trot au galop, prendre l'aîle gau-che de l'Efcadron qu'on commande, & par caracol fe jetter à droite, & quand l'Ennemi paffe faire fa décharge ; & en même tems en achevant le caracol au galop, leur charger la queue, & les chargeant l'épée à la main rom-pre leur Efcadron fi l'on peut, & empêcher leur raliment : nous répetons encore qu'il faut autant qu'il fe peut, at-taquer l'Ennemi du côté de fa gauche ; parceque c'eft gagner la main de ceux contre lefquels on combat, étant certain qu'un homme à Cheval ne peut pas auffi bien frap-per de fon épée fur fa gauche, comme fur fa droite.

X X V.

Quand la Cavalerie a deffein d'attaquer un Bataillon d'Infanterie, il faut avant que d'être à la portée du Mouf-quet, que la Cavalerie ait formé fes ordres, détachant quelques Coureurs qui doivent pouffer droit aux plotons en effuyant leur décharge, & avec vigueur les contrain-dre de fe retirer en defordre vers les piquets, ou au cen-tre du Bataillon ; & dans ce tems l'Efcadron fe doit avan-cer par la hauteur, caracolant & entreprenant le Batail-lon par l'un des Angles, pouffant les piquets, & paffant par leurs côtez & non de droit : ou bien on détachera trois ou quatre de chaque Troupe, en une file, laquelle fe doit avancer au galop, & d'abord qu'elle arrive à la portée du Moufquet, pouffant le ploton, & enfuite par caracol, paffer au front & fur les aîles, pour obliger le Bataillon d'abaiffer les piques ; & en même tems l'Efca-dron doit fuivre, donnant à l'Angle du Bataillon, pouf-fant les piques par côté, & par cet ordre rompre le Ba-taillon. L'on doit obferver, que dans la Cavalerie, il faut toûjours être ferré des files, & non des rangs.

On peut auffi combattre l'Infanterie en faifant un dou-ble Efcadron, & étant environ à la portée du Moufquet, on divifera l'Efcadron par demi rangs en quatre Trou-

Combat de
Cavalerie
contre Infan-
terie.

pes, & par caracol à droite & à gauche, les deux premieres doivent paſſer au front, & ſur l'une des deux aîles; la troiſiéme doit paſſer à droite ſur l'angle, où ſelon
l'occaſion, en pouſſant les piques par côté, ſoit de l'aîle
ſoit du front; & enſuite la quatriéme Troupe doit achever ce que la troiſiéme n'a pû faire. Il faut remarquer que
d'abord que la Cavalerie eſt à dix pas du Bataillon,
elle doit faire une décharge, & en même tems charger
l'épée à la main.

X X V I.

Détacher les
Eſcadrons &
les former en
même temps.

On doit caracoler à droite & à gauche, & ouvrir le
demi rang, puis former l'Eſcadron, cinquante par tête:
Par caracols à droite & à gauche, ouvrez le demi rang, &
formez l'Eſcadron cinquante par tête, faiſant front en queue.

X X V I I.

Differentes
manieres de
former les Eſ-
cadrons.

On fera doubler ſur l'aîle gauche de trois rangs, & en
même front des trois premiers : il faut obſerver deux
choſes, quand l'Eſcadron eſt formé, & que l'on veut
changer le front en quelque autre lieu que ce ſoit, de le
faire par caracols, ou de le faire faire par converſion par
demi rangs, ou par quarts de rangs, pour ce qui eſt de la
converſion; mais ſi c'eſt par caracols, cela ſe fait tout en
corps.

Quelques endroits de ces Evolutions ayant été imaginez pour ſurmonter la difficulté que les piques de l'Infanterie cauſoit aux Eſcadrons qui avoient affaire à elle,
on peut s'en tenir à ce que j'en ai marqué à la fin des évolutions de l'Infanterie.

Si l'Eſcadron eſt compoſé de pluſieurs Compagnies, la
premiere doit tenir la droite, la ſeconde la gauche, &
les dernieres dans le centre; & lorſqu'il eſt beſoin de former l'Eſcadron, celle qui tient la droite, ſe doit avancer
environ de vingt pas, & réduire ſa Troupe à trois de hauteur; deſorte que ſi elles marchent en queue l'une de
l'autre, les Capitaines réduiront chacun en leur particu-
ier leurs Compagnies à trois de hauteur, & enſuite dou-

bleront l'une à côté de l'autre, comme ci-deſſus.

Fin des évolutions du Sr. de la Fontaine.

On doit ſur-tout , lorſque la Cavalerie eſt ſur le point de combattre, ne pas permettre qu'aucun Cavalier ait ſur la croupe de ſon Cheval, autre choſe que ſon Manteau, & le pain néceſſaire pour pouvoir ſuivre l'Ennemi un peu loin, ſi le cas le requeroit.

Quoique ces évolutions ayent été miſes en ordre par un très-habile Officier, & pour une inſtruction auſſi reſpectable que celle que nous avons dit qui avoit été ſon objet ; on peut dire cependant, qu'il s'en manque de beaucoup qu'elles ſoient auſſi intelligibles, que celles qui ont été dreſſées pour nôtre Infanterie ; deſorte qu'à moins d'être un peu au fait de ces ſortes de maneuvres, j'avoue qu'il eſt aſſez difficile de les bien comprendre ; & c'eſt ce qui m'avoit engagé d'en compoſer un petit Traité beaucoup mieux expliqué : mais comme j'ai conſideré dans la ſuite, que ces ſortes d'exercices demandoient une force de Loi, pour être reçûes & exécutées par les Troupes auſquelles elles conviennent ; & que mon opinion ſur ce point n'auroit rien d'approchant ; j'ai mieux aimé expoſer celle d'un autre à la cenſure, que d'y expoſer la mienne ; d'autant plus que ſi le Roi juge à propos d'employer ſon autorité pour ce ſujet, il eſt juſte que les Mémoires dont ſa Majeſté pourra avoir beſoin lui ſoient préſentez par Meſſieurs les Directeurs ou Inſpecteurs de la Cavalerie, leſquels n'ignorant aucunes de ces maneuvres eſſentielles, ſont les ſeuls capables d'en donner les regles, avec la perfection que demande ce point important.

On a vû à l'article du ſervice journalier dans une place, de quelle maniere le Conſeil doit s'aſſembler, tant pour la Cavalerie, que pour l'Infanterie, ainſi nous n'en ferons point de répetition ; nous y ajoûterons ſeulement, que lorſqu'un Regiment de Cavalerie eſt à l'armée, ou en quelque quartier en Plat-Pays, c'eſt le Major du Corps qui fait les informations, leſquelles doivent être en quelque lieu que ce ſoit, dans la forme que nous avons auſſi marquée ; & en ce cas, c'eſt le Commandant du Corps

Du Conſeil de guerre.

qui préside au Conseil, dans lequel il n'entre que des Officiers du même Regiment. Si c'est à l'armée qu'il s'assemble, on doit auparavant en demander la permission au Géneral en Chef, & en donner avis à celui qui a le commandement sur toute la Cavalerie, ainsi qu'au Maréchal des Logis general, ou autre qui en fait les fonctions.

EXTRAIT DE L'ORDONNANCE DU ROY,
portant Réglement pour la solde de la Cavalerie-legere, Françoise & Etrangere, en date du vingt Avril mil sept cent vingt-deux.

ARTICLE XXXVIII.

'Solde de la Cavalerie Françoise.

Chaque Compagnie des Regimens de Cavalerie Françoise sera payée, à raison de cinq livres par jour au Capitaine, cinquante sols au Lieutenant, vingt-six sols huit deniers au Maréchal des Logis, de huit sols à chaque Brigadier, & sept sols à chaque Cavalier & Trompette, ainsi qu'au Timbalier, dans les Compagnies qui doivent en avoir : les deux Sous-Lieutenans, qui sont dans la Compagnie Colonelle du Regiment du Colonel Géneral de la Cavalerie, & le second Lieutenant en chacune des Compagnies du Mestre de Camp géneral, & du Commissaire Géneral, seront payez à raison de cinquante sols chacun par jour ; les deux Cornettes qui sont dans ladite Compagnie Colonelle du Régiment du Colonel Géneral, & les deux de chacune des Compagnies Mestre de Camp des Régimens du Mestre de Camp Géneral, & du Commissaire Géneral, à raison de trente sept sols six deniers aussi par jour ; observant que lesdites Charges de second Lieutenant, second Sous-Lieutenant, & second Cornette, ne doivent point être remplacées lorsqu'elles viendront à vaquer.

Il sera payé cinq livres au Major de chaque Régiment de Cavalerie Françoise, & deux livres dix sols à chaque Ayde-Major.

X L.

Chaque Meftre de Camp réformé fera payé à raifon de . . . . chaque Lieutenant Co_lonel réformé, de . . . . chaque Capitaine de trois livres par jour ; vingt-fept fols fix de_niers à chaque Lieutenant.

Officiers ré-
formez.

X L I.

Les Officiers réformez à la fuite du Régiment de Ca_valerie de Nugent, feront payez à raifon de fix livres deux fols trois deniers par jour à chaque Meftre de Camp ; cinq livres feize fols huit deniers à chaque Lieutenant Colo_nel ; quatre livres à chaque Capitaine, trente-huit fols onze deniers à chaque Lieutenant.

Officiers ré-
formez Irlan-
dois.

X L I I.

Chaque Compagnie de Régiment Royal Allemand, fera payée à raifon de fix livres par jour au Capitaine, de de trois livres au Lieutenant, trente fols au Maréchal des Logis, neuf fols à chaque Brigadier, & de fept fols à chaque Cavalier, Cadet, Trompette & Timbalier ; il fera en outre payé un fol par jour à chaque Cadet qui paffera en revûe dans le nombre des Cavaliers, fur le Certificat du Commandant au Régiment.

Solde de la
Cavalerie Al-
lemande Re-
giment Royal
Allemand.

L'état Major dudit Régiment, fera payé à raifon de fix livres treize fols quatre deniers par jour au Meftre de Camp ; cinq livres à chacun des deux Lieutenans Co_lonels ; huit livres fix fols huit deniers à chacun des deux Majors, tant pour leurs appointemens de Major, que pour leur tenir lieu d'appointement de Capitaine ; cin_quante trois fols quatre deniers à chacun des deux Aydes_Majors ; vingt fix fols huit deniers au Maréchal des Lo_gis ; trente-trois fols quatre deniers au Prevôt ; vingt-fix fols huit deniers à chacun des Aumôniers & Chirur_giens, & de quinze fols à chacun des quatre Archers & un Exécuteur.

Etat Major
dudit Régi-
ment.

XLIII.

Régiment d'Elmſtat.

Chaque Compagnie du Régiment de Cavalerie étran-gère d'Elmſtat, ſera payée à raiſon de ſix livres par jour au Capitaine, trois livres au Lieutenant, vingt-ſix ſols huit deniers au Maréchal des Logis, huit ſols à chaque Brigadier, & de ſept ſols à chaque Cavalier, Trompette & Timbalier.

Etat Major dudit Régi-ment.

L'Etat Major dudit Régiment, ſera payé à raiſon de trois livres ſix ſols huit deniers par jour au Meſtre de Camp ; quarante ſols au Lieutenant Colonel, huit livres dix ſols au Major, trois livres à l'Aide-Major, treize ſols quatre deniers à chacun des Chirurgiens & Auditeur, & ſept ſols ſix deniers au Greffier, & à chacun des trois Ar-chers & un Exécuteur.

XLV.

Officiers réformez.

Les Officiers réformez à la ſuite deſdits Régimens, ſeront payez à raiſon de cinq livres par jour à chaque Meſtre de Camp, ou Lieutenant Colonel, trois livres à chaque Capitaine, & vingt-ſept ſols dix deniers à chaque Lieutenant.

DU REGIMENT ROYAL DES CARABINIERS.

Origine des Carabins.

CEux qui croyent avoir trouvé l'Etimologie du nom de *Carabin*, diſent, qu'il dérive du mot *Care*, qui ſi-gnifie viſage en Eſpagnol, & du mot de *bis*, qui ſignifie double en Latin ; deſorte que l'un étant avec l'autre, cela fait double viſage : ce nom, diſent-ils, fut donné à une certaine Cavalerie, parcequ'en combattant, elle tournoit la tête en fuyant, & ſe ſervoit en cette poſture auſſi adroitement de ſes armes, que de front ; ce qui lui fit donner le nom de *Carabin*, auquel celui de *Carabinier* a ſuc-cedé. Quoiqu'il

Quoiqu'il en foit, il eſt certain qu'il y a très long-
tems que ce nom eſt connu en France, & qu'il y avoit
un nombre de Cavaliers dans chaque Compagnie de
Cavalerie-legere, fous le regne d'Henry IV. aufquels
on le donnoit à caufe de leur façon de combattre, tantôt fuyant, & tantôt tournant tête, à peu près comme
font à prefent les Huſſarts. Ces Carabins, quoique fubordonnez au Capitaine comme les autres Cavaliers, avoient
un Lieutenant, & des bas Officiers particuliers, pour les
commander, lorfqu'on les détachoit pour faire leur maneuvre, ainſi qu'il s'obferve encore dans les Regimens
d'Infanterie étrangere, où les grenadiers qui font dif-
perfez dans chaque Compagnie, & non en Compagnie
formée, ont de même des Officiers, uniquement deſtinez pour les commander. Comme ces Troupes pour agir
plus aifément, dans leur maniere de combattre, eurent befoin d'arquebufes plus courtes que celles des autres; c'eſt ce qui a fait que le nom de Carabines eſt demeuré aux fufils courts que les Cavaliers portent à prefent : ces Carabines font diſtinguées par Carabines
rayées, ou ordinaires; ces dernieres font communément
appellées Moufquetons.

Le Roy Louis XIII. connoiſſant l'utilité de ces fortes
de Troupes, & jugeant qu'elles pourroient fervir avec
plus d'ordre, ſi elles étoient réünies dans un Corps, il en
forma douze Regimens, à peu près fur le même pied
que ceux d'aujourd'hui. Ces Regimens outre leur fervice
ordinaire, fervoient de Gardes aux Généraux, aufquels
on en attachoit un nombre, proportionné à leur dignité, pour les garder & les fuivre, particulierement dans
les combats; c'eſt apparemment ce qui a formé le droit
que les Lieutenans-Généraux & les Maréchaux de Camp
ont d'avoir des Carabins pour leur garde, lefquels font
à préfent purement attachez à leur fervice, & non du
Corps des Troupes, ainſi que nous l'expliquerons en fon
lieu. Ces Regimens de Carabins, avoient leur Géneral
particulier, & independant de celui de la Cavalerie-legere: cette charge a fubfiſté encore long-tems, après la

Premiers
Regimens de
Cavalerie.

suppreſſion de ce Corps, & a été enſuite changée en celle de Meſtre de Camp Géneral des Dragons, comme nous le dirons ci-après.

Ceux qui ſont à preſent ſur pied, furent formez en mil ſix cent quatre-vingt-dix, preſque ſur le modéle de ceux dont nous venons de parler ; puiſque d'abord on en établit une Compagnie dans chaque Regiment, dont les hommes furent choiſis entre les plus beaux Cavaliers, & les Officiers entre les plus experimentez. Ils ſervirent ſur ce pied pendant quelques Campagnes, où ils commencerent à donner des preuves de cette valeur, qui les a toujours accompagné depuis. Ce qui contribua le plus à leur procurer une grande diſtinction de l'autre Cavalerie Françoiſe, c'eſt qu'on commença dès ce tems à les employer dans les actions à pied, ce qui eſt ſans contredit, le moyen le plus ſûr pour bien apprendre à mépriſer les dangers : je prends de là occaſion de dire, que ſi l'on donnoit de tems en tems à notre Cavalerie cet emploi comme aux Carabiniers, je pourrois bien répondre, que quoiqu'elle ſoit fort bonne, elle ſeroit aſſurément encore meilleure. La difficulté qu'on trouva à raſſembler ces Compagnies, lorſqu'on vouloit faire agir toutes celles de l'armée enſemble, jointe à la néceſſité qu'il y avoit d'avoir un Corps de Cavalerie diſtingué, pour le mettre ſur la principale aîle des armées, particulierement dans celles où la Maiſon du Roy, & la Gendarmerie n'étoient pas, joint encore à ce que ces differentes Compagnies eſcadronant enſemble, n'avoient point d'Etendart, & formoient d'ailleurs une bigarure déſagreable, à cauſe de leurs differens habillemens, & que de plus elles ne pouvoient être bien ameutées, vû que l'action étant finie, chaque Compagnie s'en retournoit à ſon Regiment : tous ces inconveniens firent qu'en mil ſix cent quatre-vingt-douze, le Roy en forma un Regiment, ſous le titre de Royal des Carabiniers, ſans néanmoins le ſeparer du Corps Géneral de la Cavalerie legere : M. le Duc du Maine qui en fut le premier Meſtre de Camp Lieutenant, prit à ſon avenemenr l'attache du Colonel-Général.

Ce Corps fut d'abord compofé de cent Compagnies, Regiment divifé en Brigades.
qui furent divifées en cinq Brigades, de vingt Compagnies chacune, commandée par un Meftre de Camp, fous le titre de Chef de Brigade, ou de Brigadier; d'un Lieutenant-Colonel; d'un Major, & d'un Ayde-Major. Chaque Compagnie en formant ce Corps, prit fon rang fuivant l'ancienneté de fon Capitaine, fans avoir égard à l'ancienneté du Regiment d'où il fortoit : ces Compagnies devoient être recrutées d'hommes chacune par le Corps d'où elles étoient forties, moyennant cinquante livres pour chaque homme. Comme les Brigades marchent fuivant l'ancienneté de leur Brigadier, & que la Compagnie du Meftre de Camp Lieutenant, doit être toujours à la tête de la premiere Brigade, elle paffe de l'une à l'autre à mefure que le cas le requiert. Cette Troupe n'eft point fujette aux revûes des Directeurs & Infpecteurs Généraux, chaque Brigadier étant l'Infpecteur de fa Brigade, dont il rend compte au Meftre de Camp Lieutenant, qui en rend compte au Roy. L'habillement des Cavaliers Leur habillement. eft bleu avec un galon d'argent fur la manche & fur la Bandouliere, & l'uniforme des Officiers eft de même couleur, galonné d'argent ; tous les Cavaliers portent une Carabine rayée.

Le fervice de ce Corps à l'armée eft à peu près le mê- Leur fervice à l'armée. me, que celui de la maifon du Roy & de la Gendarmerie; c'eft-à-dire, que comme il eft deftiné pour les actions de force & de valeur, on le difpenfe autant qu'il fe peut des Gardes de fatigue, afin qu'il foit toujours en état d'agir. On l'employe auffi quelquefois à pied, foit pour efcarmoucher à la tête des tranchées pendant un fiége, foit pour faire la même maneuvre dans une place affiegée : fur quoi je dois dire, que ceux qui étoient avec nous dans Lille, fe porterent avec toute la valeur poffible.

EXTRAIT DE L'ORDONNANCE du vingt Avril mil sept cent vingt-deux, portant Reglement pour la solde des Carabiniers.

ARTICLE XXXVII.

Chaque Compagnie du Regiment Royal des Carabiniers sera payée à raison de six livres par jour au Capitaine, trois livres au Lieutenant, trente sols au Maréchal des Logis, neuf sols à chaque Brigadier, & huit sols à chaque Carabinier, Trompette & Timbalier.

Etat Major. Il sera payé six livres par jour au Major de chacune des cinq Brigades, & trois livres à l'Ayde-Major.

X L.

Officiers réformez. Il sera payé trois livres par jour à chaque Capitaine, & trente sols à chaque Lieutenant réformé.

LISTE DES REGIMENS DE CAVALERIE, qui sont actuellement sur pied.

COLONEL GENERAL.
MESTRE DE CAMP GENERAL.
COMMISSAIRE GENERAL.

ROYAL. Ce Regiment étoit autrefois au Cardinal de Richelieu, après sa mort Louis XIII. lui donna le nom de Royal.

Du Roy.
Royal Etranger.
Royal des Cuiraffiers.
Royal des Cravates.
Royal Rouffillon.
Royal Piedmont.

Royal Allemand, levé en 1671.
Royal des Carabiniers.
La Reine.
Dauphin.
Dauphin Etranger.

Bretagne.	S. Germain Beaupré.
Anjou.	Montrevel.
Berry.	Monteils.
Orleans.	Esclainvilliers.
Chartres.	Villequier.
Condé.	Bougard.
Bourbon.	Beringhen.
Conty.	La Feronnaye.
Du Maine.	Germinon.
Toulouse.	Lenoncourt.
Villars.	Chepy.
Villeroy.	Brissac.
Lambese.	Charles.
Luynes.	Ruffec.
S. Simon.	Roye.
Gesvres.	Helmstatt.
La Tour.	Noailles.
Lorraine.	Bethune.
Cayeux.	Nugent.
Turenne.	Mouchi.
Vaudrey.	Rattki, Hussars.
La Rocheguyon.	Berchiny, Hussars.

On n'observe point de mettre ici les noms des Regimens qui étoient sur pied à la paix de Rastat, comme on l'a fait à l'Infanterie ; parceque les Officiers réformez de Cavalerie non attachez aux Regimens, servent entr'eux, suivant la datte de leurs Commissions, & non suivant le rang du Regiment dont ils ont été.

DES DRAGONS.

LE nom de Dragon, pour exprimer un homme courageux, eſt très-ancien, puiſqu'il fut donné par cette raiſon à Conſtantin Paleologue Empereur de Grece,
en 1448. Cet Empereur étoit ſurnommé *Dratoſes* ou *Dra-*
goſes; & ſes Troupes en général étoient appellées de même. Les Allemands après ceux-ci, ont été les premiers,
qui ſe ſont ſervis de ce nom, en ſurnommant ainſi quelques-unes de leurs Troupes d'Arquebuſiers à Cheval. Enfin, ce que j'ai trouvé de plus poſitif touchant l'Origine
des Dragons en France, eſt qu'on en attribue l'établiſſement à Charles de Coſſé, Maréchal de Briſſac, qui
inventa cette milice, pendant qu'il commandoit les Armées du Roy Henry II. en Piédmont. Il y en avoit encore dans nos Troupes au commencement du regne
d'Henry IV, & même en 1622, lorſqu'on commença le
blocus de la Rochelle : ils furent abolis après la priſe de
cette Ville, & rétablis en 1635. Le Cardinal de Richelieu en eut un Regiment de 1200 hommes. Le Cardinal
de Mazarin en avoit un en 1648. M. de la Ferté Senneterre
en leva un en 1645. Le Roy en leva un en 1657, dont
M. de Lauſun eut le commandement. Ce Regiment fut
lors de la création du Colonel - Général partagé pour
en faire la Colonele-Générale & le Royal.

Suivant leur inſtitution miſe en regle en 1635, il fut
dit qu'ils combattroient à pied ou à cheval, ſelon que
le ſervice le requereroit; & par l'Ordonnance du 25 Juillet 1665, il eſt porté qu'ils ſeront réputez du Corps de
l'Infanterie, & tiendront rang avec elle; ce qui a été ob-
ſervé juſqu'en 1693, qu'il a été ordonné le 30 Juillet, que
lorſque les Officiers d'Infanterie, de Cavalerie & de Dragons ſe trouveront enſemble, ceux d'Infanterie à Grade
egal, commanderont préferablement à ceux de Cavalerie

& de Dragons dans une Ville fermée ; & que ceux de Cavalerie & de Dragons commanderont préferablement à
ceux d'Infanterie, lorfqu'ils feront en Campagne, ou
dansdes lieux ouverts.

DU COLONEL GENERAL.

PAr l'Edit de création de cette Charge, celui qui la
poffede, a les mêmes prérogatives dans ce corps,
que le Colonel-Général de la Cavalerie dans le fien : ainfi comme nous voulons éviter les répetitions, autant qu'il
nous fera poffible, on pourra s'en inftruire en voyant
ci-devant l'article du Colonel-Général de la Cavalerie.
On verra auffi à l'article de l'armée, fur quel pied la Cavalerie & les Dragons font le fervice enfemble : * Dans ce cas,
ces derniers doivent prendre l'Ordre du Maréchal des
Logis général de la Cavalerie, fans que pour ce fujet le
Colonel-Général ou autre commandant la Cavalerie,
puiffe prétendre aucune forte de droit, ni juridiction
particuliere fur les Dragons ; pour lefquels le Roy a
créé & établi des Officiers Généraux, entierement di-
ftincts de ceux de la Cavalerie.

Le Colonel Général porte pour marque de fa dignité
fix Etendarts derriere l'Ecuffon de fes armes.

DU MESTRE DE CAMP GENERAL.

CEtte charge a fuccedé, comme nous l'avons dit, à
celle de Général des Carabins. Comme le Roy fai-
foit difficulté de la créer tant que l'autre fubfifteroit, celui
qui fut le premier pourvû de la charge de Meftre de Camp
Général des Dragons, ne le fut qu'à condition qu'il rem-
bourferoit celui qui poffedoit alors celle de Général des
Carabins, qui a été fupprimée depuis. Ses fonctions & prérogatives étant les mêmes dans le Corps des Dragons, que
celles du Meftre de Camp Général dans la Cavalerie, nous
ne le repeterons point ici. Il porte pour marque de fa

* Extrait de l'Ordonnance du 20 Fevrier 1690.

dignité, quatre Etendarts paſſez derriere l'Ecuſſon de ſes armes.

Les Dragons ayant ſuccedé aux Arquebuſiers à Cheval, comme nous l'avons dit, il n'y a pas lieu de douter, qu'ils n'ayent été inſtituez pour faire les même fonctions, c'eſt-à-dire pour former un Corps d'Infanterie à Cheval, qui pût être conduit plus promptement que l'autre dans les occaſions qui le requiérent ; c'eſt pour ce ſujet qu'ils ſont armez comme les autres Fantaſſins, & qu'ils portent comme eux des outils propre à remuer la terre, afin de pouvoir ſe retrancher dans les poſtes qu'ils occupent ou qu'ils attaquent. Ils n'étoient autrefois deſtinez qu'à ces uſages ſeulement, ou tout au plus à faire quelques courſes à Cheval ſur les aîles de l'armée ennemie, & non pas à combattre en Corps d'Eſcadrons contre ceux de Cavalerie ; c'eſt pourquoi ils n'étoient montez alors que ſur de mediocres Chevaux, qu'on leur faiſoit abandonner ſans difficulté, lorſque dans quelque-une de leur maneuvres le pays ſe trouvoit de trop dificile accès pour les gens de Cheval. Mais depuis, l'émulation qu'il y a dans ce Corps leur ayant inſpiré de ſe rendre égaux à la Cavalerie comme ils l'étoient à l'Infanterie, ils commencerent à ſe monter preſque auſſi avantageuſément que les Cavaliers, portant comme eux des Piſtolets à l'arçon de la Selle. Comme on profite volontiers en France de la bonne volonté, & que celle-ci le méritoit d'autant plus que ce ſurcroit de dépenſe n'en cauſoit aucune au Roy, on ne balança plus de les conſiderer autant pour Cavaliers, que pour Fantaſſins : en effet, M. de Catinat les employa comme tels à la Bataille de la Marſaille, où pour leur épreuve ils eurent à combattre ces faméux Cuiraſſiers de l'Empereur, auſquels malgré l'inégalité qu'il y avoit entre des gens cou-

verts

verts de fer, & d'autres qui ne l'étoient que de la garde de leurs épées, ils ne laiſſerent pas néanmoins de faire lâcher pied. Je ne puis à cette occaſion paſſer ſous ſilence, que le Regiment de Senneterre, proche duquel j'étois, ſe porta à cette occaſion avec une valeur digne d'admiration.

Il eſt vrai que ces heureux commencemens & pluſieurs autres actions ſemblables, ont eu dequoi flatter ce brave Corps, & le dédommager de la ruine de pluſieurs des leurs, que cette louable émulation a cauſée. Mais comme il eſt bien difficile de pouvoir exceller également en deux genres differents, ou pour mieux dire, que cela eſt moralement impoſſible ; ce bien n'a pas dû dans la ſuite être conſideré comme tel, parce qu'il a en même tems produit un grand mal : puiſque les Dragons ayant tourné toute leur attention du côté du ſervice à Cheval, qui peut-être les flatoit davantage, ils ont ſi fort négligé leur veritable qui eſt celui de pied, qu'en peu de tems ils en eurent preſque entierement oublié les élemens. L'on a même vû une choſe extraordinaire de leur part : pour ſatisfaire entierement leur paſſion pour le ſervice à Cheval, ils ont abandonné le droit d'aîneſſe que leur ancienneté leur donnoit ſur le plus formidable corps de Troupes du Royaume, pour en avoir un autre avec la Cavalerie qui ne leur ſert preſque de rien, puiſque cette derniere a par-tout la droite ſur eux. Je ne prétends pas cependant dire, que ce Corps ait en rien diminué de ſon extrême valeur dans aucune des occaſions de pied, où il a été employé ; au contraire je leur dois la juſtice de dire avec toutes les Troupes, qu'elle ne s'eſt rallentie en aucun endroit. Mais par exemple, il eſt conſtant que quoique les Dragons qui combattirent à pied ſur nôtre droite à Stinquerque y ayent bien fait, ils y auroient encore mieux fait s'ils s'y étoient attachez aux regles indiſpenſables qui doivent être obſervées par l'Infanterie, & particulierement à celle de bien former ſes Bataillons avant que de charger l'ennemi, en quoi je les vis manquer à leur grand dommage.

On a vû dans les Extraits d'Ordonnances que j'ai ci-devant raportez le rang de ce corps avec les autres Troupes, & les regles qui lui font communes avec la Cavalerie. Comme pour le reste du service les Dragons font à Cheval ce que fait la Cavalerie, & à pied ce que fait l'Infantérie, ils peuvent pour ces fonctions se conformer sur ce que nous avons ci-devant marqué aux articles de ces autres Corps. Nous ajoûterons seulement les articles suivans qui leur font particulierement affectez.

Les Dragons étant destinez pour servir à pied portent des botines & non des botes, & doivent avoir chacun à l'arçon de la Selle un outil tranchant ou propre à remuer la terre, pour s'en servir principalement à accommoder les chemins, à la tête des colonnes de l'armée, lorsqu'ils font commandez pour ce sujet.

Leurs Chevaux ne doivent pas être plus hauts que de quatre pieds deux pouces, ni plus bas que de quatre pieds, le tout à mesurer depuis le dessous du fer du pied de devant, jusqu'à la naissance du crin sur le garot, & doivent être à longue queue. (a)

Il doit y avoir un anneau de fer attaché au-dessus de la bossette de la bride de chaque Cheval, & cela pour qu'on y puisse passer une longe ou filet, lorsqu'un Escadron est obligé de mettre pied à terre, afin que les Chevaux puissent demeurer en Bataille, au moyen d'un Dragon qu'on laisse à la droite & la gauche de chaque rang pour les y contenir.

Les Officiers & Dragons doivent avoir chacun un Bonnet dit Bourguinote, lequel ils doivent porter sur la tête devant le Roy, les Princes du Sang, les Maréchaux, leur Colonel-Général, & leur Mestre de Camp général, & fous la têtierre de leurs Chevaux, lorsqu'ils passent en revûe devant un Directeur ou Inspecteur-Général.

Soit que les Dragons escadronnent ou défilent à Cheval devant un Général, en entrant dans une Place, aux Exercices ou autres fonctions, ils doivent avoir les armes

(a) Ordonnance du 24 Novembre 1692.

hautes, c'est-à-dire, la crosse du fusil posée sur la hanche droite, tenant la main du même côté joignant le dernier tenon, l'arme un peu panchée en avant ; & ils doivent observer que toutes celles du même rang soient paralleles.

Ils doivent porter la fascine comme la Cavalerie à la queue de la tranchée pendant un siége ; mais lorsqu'ils montent la tranchée à pied en corps de Regiment, c'est-à-dire avec leurs Etendarts, ils en doivent être dispensez, ainsi que je l'ai vû pratiquer, aux siéges de Palamos & de Barcelonne.

Ils devroient lorsqu'ils sont campez mettre leurs armes aux faisseaux chacun à la tête de leurs Compagnies ; mais comme cela est embarrassant pour sortir du Camp à Cheval, on les en dispense ordinairement.

Il n'y a aucune difference entre le maniement des armes à la Dragone, & celui d'Infanterie, si ce n'est que les Dragons font les quarts de tour & les demis tour à droite & à gauche, les armes présentées, comme nous l'avons marqué à l'exercice particulier des Grenadiers.

Nous avons expliqué leur service à pied en garnison à l'article du service journalier dans une Place ; nous dirons donc seulement ici, qu'ils peuvent monter la parade avec leurs manteaux sur le corps, en observant d'attacher les devants relevez par derriere : surquoi il y a eu autrefois de grandes difficultez, causées par les Officiers Majors des Places, & notamment à Strasbourg, où elles furent décidées en faveur des Dragons.

Quoique suivant l'Ordonnance que nous avons citée les Dragons ayent perdu le rang qu'ils tenoient autrefois avec l'Infanterie, suivant leur ancienneté, il y a cependant eu depuis quelques occasions, où ils l'ont repris ; & notamment pendant le siége de Lille & d'Aire, où nonobstant les oppositions de l'Infanterie les Generaux le voulurent ainsi, parce que les Regimens de la Reine & de Belle-Isle, qui étoient dans la premiere de ces Places, & celui de Bellarbe qui étoit dans l'autre, avoient beaucoup plus d'experience que plusieurs nouveaux Regimens d'Infanterie, lesquels suivant la regle devoient les comman-

Les Dragons ont repris leur rang avec l'Infanterie.

Exemple.

raisons con-
traires.

der. Mais comme ces exemples n'ont rien qui soit auſſi fort que la Loi, je ne crois pas qu'ils ſoient capables de la détruire ; au contraire je penſe que ces Généraux, ayant en cela paſſé leur pouvoir, l'Infanterie ſera toujours en droit de jouir de ſon Privilége juſqu'à-ce que le Roy ait lui-même prononcé ſur ce point important.

Dragons Gre-
nadiers.

J'ai vû quelques ſiéges, où tous les Dragons étant employez ſur le pied de Grenadiers, ils avoient fort à ſouffrir ; parce que dans ces operations de long cours, les Grenadiers retournent tant de fois à la charge, que communement ces Compagnies ſeules conſomment une grande partie du Regiment dont elles ſont. C'eſt pourquoi comme à plus forte raiſon cet uſage pouvoit détruire entierement ces Regimens de Dragons, leurs Compagnies étant ainſi réputées Compagnies de Grenadiers, l'on les a fait depuis monter la tranchée aux ſiéges, & à la brêche, ou autres poſtes dans les Places aſſiégées, en Corps de Bataillons avec leurs Etendarts ; obſervant de former ſeulement dans chaque Regiment une Compagnie de Grenadiers, laquelle doit être compoſée des plus braves Dragons, qui ſont choiſis dans chaque Compagnie également, & commandez par les Officiers néceſſaires, & ils ſont diſpenſez de tout autre ſervice. Au moyen dequoi ces Corps ſont à preſent au même point que ceux d'Infanterie, lequel eſt plus juſte & plus convenable que celui où ils étoient ci-devant.

Principes
de l'Infante-
rie également
néceſſaires
aux Dragons.

Comme le mêtier de l'Infanterie demande une étude toute autre que celle qui eſt néceſſaire pour la Cavalerie, & que les Dragons qui font ſouvent les fonctions de ce premier Corps, ont interêt de ſe précautionner pour ne point tomber dans les diſgraces qui arrivent à ceux qui faute de cette étude ignorent les regles qu'il faut ſuivre : Je les ſupplie d'examiner avec attention celles que nous avons ci-devant données à ce ſujet ; ſi non je croi devoir les avertir, que nonobſtant cette valeur intrepide qui les ſuit par-tout, & la beauté des hommes dont ce brave Corps eſt compoſé, ils ne vaudront jamais la moindre Infanterie.

EXTRAIT DE L'ORDONNANCE
du quatorze Mars 1702, portant Reglement sur l'étappe qui doit être fournie aux Corps de Dragons dans les lieux où elle est établie.

CHaque Dragon aura une Ration de fourrage, composée comme celle de la Cavalerie, avec vingt-quatre onces de pain, une livre & demie de viande, & une pinte de vin, ou un pot de Cidre ou de Bierre. — *Ration.*

Chaque Capitaine prendra six rations de bouche, & six de fourrage. — *Capitaine.*

Chaque Lieutenant, quatre rations de bouche, & quatre de fourrage. — *Lieutenant.*

Chaque Cornette, trois rations de bouche, & trois de fourrage. — *Cornette.*

Chaque Maréchal des Logis, deux rations de bouche & deux de fourrage. — *Maréchaux des Logis.*

Le Colonel prendra douze rations de chaque espece, sçavoir six en cette qualité, & six en celle de Capitaine. — *Etat Major. Colonel.*

Le Lieutenant-Colonel prendra dix rations de chaque espece, sçavoir quatre comme tel, & six comme Capitaine. — *Lieutenant-Colonel.*

Le Major prendra huit rations de fourrage, & six de bouche. — *Major.*

L'Aide-Major, quatre de chaque espece. — *Ayde-Major.*

L'Aumônier, deux de chaque espece. — *Aumônier.*

Les Officiers réformez à la suite du Regiment, recevront l'étappe comme s'ils étoient en pied. — *Officiers réformez.*

EXTRAIT DE L'ORDONNANCE
du vingt Avril mil sept cent vingt-deux, portant Reglement pour la solde des Dragons.

IL sera payé à chaque Compagnie de Dragons, sçavoir quatre livres dix sols par jour au Capitaine, quarente — *Solde.*

sols au Lieutenant, vingt sols au Maréchal des Logis, sept sols six deniers à chaque Brigadier, & six sols six deniers à chaque Dragon ou Tambour.

Outre les Officiers ci-dessus, il sera entretenu dans la Compagnie du Colonel-Général, un second Lieutenant, deux Sous-Lieutenans, & un Cornette ; & dans celle du Mestre de Camp général un second Lieutenant & deux Cornettes, qui seront payez à raison de quarente sols par jour à chaque Lieutenant, trente trois sols quatre deniers à chaque Sous-Lieutenant, & trente sols à chaque Cornette ; Entendant Sa Majesté, que lesdites charges de second Lieutenant, second Sous-Lieutenant, & second Cornette, ne soient point remplacées, lorsqu'elles viendront à vaquer.

Etat Major. L'Etat-Major de chaque Regiment sera payé à raison de dix livres par jour au Mestre de Camp, quatre livres dix sols au Major, & cinquante sols à l'Ayde-Major.

Officiers reformez. Les Mestres de Camp réformez, seront payez à raison de 2000 livres par an, pour ceux qui ont eu des Regimens ; mille livres à chacun des autres, & six cent livres à chaque Lieutenant-Colonel, cinquante livres par mois à chaque Capitaine, & trente-trois livres six sols huit deniers à chaque Lieutenant.

Les Officiers réformez attachez aux Places Frontieres y seront payez à raison de cinq cent quarante livres par an à Chaque Capitaine, & de trois cent soixante livres, à chaque Lieutenant.

LISTE DES REGIMENS DE DRAGONS,
qui étoient sur pied, avant la paix d'Utrech & de Baden.

Colonel Général.	De la Reine, créé en 1673.
Mestre de Camp général, créé en 1684.	Dauphin créé en 1673.
Du Roy ou Royal, créé en 1669.	D'Orleans créé en 1718. *Il a eu ce rang par Ordonnance du Roy du 23 Avril de*

Cavalier hongrois dit houssart.

la même année.	Roche-Pierre.
Baufremont.	Belabre.
Bonnelles.	Sommery.
Epinay.	Goesbriand.
Beaucourt.	Languedoc.

L'on n'ajoûte point ici la Liste des Regimens qui étoient
sur pied à la Paix de Rastad, par les raisons qui ont été
ci-devant expliquées à l'article de la Cavalerie.

DES HUSSARDS.

IL y a eu en divers tems de la Cavalerie Hongroise en
France, soit par les alliances de nos Rois avec ceux
d'Hongrie, soit lorsque quelques Princes Allemands y en
ont amené. A l'égard de celle qui y est aujourd'hui, on
pourroit bien dire qu'elle y est venue d'elle-même, étant
certain qu'il n'y a eu aucun projet formé pour l'y attirer, & c'est pourquoi on doit lui en avoir plus d'obligation.

Les premiers qui ayent paru dans nos armées, sous le
nom d'Hussards, furent quelques Déserteurs de ceux qui
étoient au service de l'Empereur, lesquels n'ayant pû trouver à prendre parti, parce qu'on ne vouloit pas les recevoir dans nôtre Cavalerie Etrangere, à cause que leur
inconstance ordinaire y étoit connue, se mirent comme
Domestiques au service de quelques-uns de nos principaux Officiers, qui les prirent plûtôt pour ajoûter une
bigarure de plus à leurs équipages, attendu leur habillement extraordinaire, que pour aucune autre raison. Enfin comme le nombre en augmenta considerablement, &
que lorsqu'ils se trouvoient ensemble ils se plaignoient les
uns aux autres, de ce qu'au lieu d'être occupez à prendre
les Chevaux, ce qui étoit leur mêtier, ils passoient leur tems
à penser seulement ceux de leurs Maîtres : Un des plus

Premiers Hussards en France.

Sont Domestiques des principaux Officiers.

Demandent de l'employ dans les Troupes.

hardis d'entre eux fut reprefenter à Mr. de Luxembourg de la part de tous, qu'étant naturellement Soldats ac-coûtumez à la guerre, & particulierement à celle de par-ti, ils avoient paffé en France dans l'efperance qu'on les y emploiroit ; & cela avec d'autant plus de confiance qu'étant du nombre de ceux qu'on appelloit dans leur pays mécontens, on ne devoit pas douter qu'ils ne fe portaffent contre les Imperiaux & ceux de leur parti, avec la même ardeur dont ufoient actuellement la plus grande partie de leurs compatriotes en Hongrie: il ajoûta enfuite, que comme il ne difconvenoit pas qu'on n'eût befoin de quelques épreuves pour être feur de leur fidelité, il le fup-plioit de lui accorder un Paffeport pour lui & vingt autres pour aller chercher l'occafion de montrer leur zéle, & qu'il ofoit répondre, qu'on ne dédaigneroit pas enfuite leurs fervices.

Ce Paffeport leur ayant été accordé, & plufieurs autres de fuite, ils montrerent en effet qu'ils étoient propres à toute autre chofe qu'à l'ufage où on les mettoit ; puif-qu'ils ne revenoient jamais les mains vuides, & que fou-vent ils faifoient des captures très-confiderables. Le Roy en ayant été informé, Sa Majefté ordonna d'en former autant de Compagnies reglées que leur nombre le per-mettoit, choififlant entre eux ceux qui feroient les plus capables pour les commander. Dès que la nouvelle de cette création eût paffé chez les ennemis, il en arrivoit tous les jours en fi grand nombre pour s'y enrôler, qu'on en forma un Regiment entier, où l'on mit un Colonel, un Lieutenant-Colonel, & plufieurs Capitaines, tous gens connus & agueris ; de cette maniere il fe forma un Corps reglé, qui rendit & rend encore de très-bons fervices.

Sont diftri-buez en Com-pagnies.

Peu difci-plinez dans les commence-mens.

Il eft vrai néanmoins, que dans le commencement de cet amas de gens accoûtumez au brigandage & fur-tout à la rapine, on eut beaucoup de peine à y établir la dif-cipline que l'on exige avec raifon parmi nos Troupes de quelques nations qu'elles foient : l'on peut même dire que celles-ci ont fubfifté long-tems avant qu'on ait pû les y affujettir ; parce que leurs mutineries allant quelquefois

jufqu'à

jufqu'à tuer leurs Officiers à la guerre, lorfqu'ils vouloient
les y tenir de trop court à leur fantaifie ; ces exemples
obligeoient les Officiers à de grands ménagemens , fans
lefquels ils n'auroient pas été en fûreté. C'eft ce qui a penfé plufieurs fois obliger de caffer cette Troupe ; mais elle
s'eft enfin mife à la raifon , en quoi l'on peut dire , que
l'activité & la valeur du brave Baron de Ratky , l'un de
leurs Colonels , a beaucoup contribué. Cependant , il regne encore dans ce Corps une liberté qui paroîtroit fort
extraordinaire dans tout autre , & qui néanmoins peut
avoir fon bon dans celui là : c'eft que les Huffards veulent
que l'Officier qui les mene à la guerre leur demande leur
avis avant que de charger l'ennemi ; faute dequoi il court
rifque d'y être mal fervi , & même d'être abandonné fur
le Champ. Comme l'occafion peut demander une prompte
réfolution , & que par confequent ce feroit s'expofer à
la perdre , que d'employer tout le tems qu'il faudroit
pour avoir le fentiment de chacun en particulier , l'Officier fe tourne feulement du côté de fa Troupe , & lui
montre l'ennemi ; furquoi quelqu'un des principaux lui
faifant figne qu'il peut y aller , il eft feur qu'ils l'y fuivront
& y feront de leur mieux. Mais fi au contraire ils tournent la tête , en figne que l'ouvrage ne leur plaît pas , il
eft inutile de l'entreprendre ; pour les raifons que je viens
de marquer. J'ai ouy dire à un de leurs principaux Officiers , qu'en fuivant cette maxime avec eux , on pouvoit
s'affurer d'en être bien fervi , & que ce qui la rendoit d'autant plus recevable étoit que certainement ils ne faifoient
ce tournoiement de tête , que lorfque veritablement le
danger étoit trop grand & évident.

Leur fervice ordinaire eft la guerre de parti , comme
nous l'avons dit ; & principalement pour harceller les Convois , & pour attaquer les fourrageurs. Enfin , on peut
dire qu'ils fe portent par tout , où il y a dequoi prendre ,
avec une activité tout-à-fait inimitable par quelques autres
Troupes que ce foit. A cet effet , leur maniere de combattre eft entierement differente de celle de l'autre Cavalerie : ils ne fe fervent point de rangs , ni d'Efcadrons ré-

Tome II.   H

glez ; ils marchent au contraire en un bloc confus , d'où ils partent comme des éclairs , & se jettent à la déban-dade chacun sur l'objet qu'il a en vûe ; ils observent néan-moins de se rallier après leur coup fait ou manqué ; mais toûjours en peloton confus, soit pour retourner à la char-ge, soit pour se retirer. Comme ils sont uniquement de-stinez pour ces sortes de maneuvres, on les dispense de tout autre service ; desorte que n'ayant rien de commun avec les autres Troupes de l'armée , on ne les fait point camper en lignes avec elles, mais en quelque endroit separé , & ordinairement proche le quartier général.

On a vû dans la planche qui est au commencement de cet article, de quelle maniere ils sont habillez, armez & montez. Autrefois chacun d'eux portoit autant d'especes de plumes d'argent doré, attachées à leurs bonets, qu'ils avoient coupé de têtes : comme ils ont dans la suite quit-té cet ornement, quelques personnes ayant eu la curiosité d'en demander la raison , ils répondirent qu'ils en avoient tant coupé, que leurs moyens ne suffisant pas pour four-nir à l'emplette de ces plumes ils les avoient supprimées.

EXTRAIT DE L'ORDONNANCE
Du vingt Avril mil sept cent vingt-deux , por-tant Reglement pour la solde des Hussards.

CHaque Compagnie des Regimens de Hussards de Ratki & Berchiny , sera payée à raison de six li-vres par jour au Capitaine, trois livres au Lieutenant , vingt-six sols huit deniers au Maréchal des Logis, neuf sols à chaque Brigadier, & de sept sols à chaque Hussard, & Trompette ou Timbalier.

Etat Major. L'état Major de chacun desdits Regimens sera payé à raison de trois livres six sols huit deniers par jour au Me-stre de Camp ; quarante sols au Lieutenant-Colonel ; de huit livres dix sols au Major, trois livres à l'Ayde-Major, & treize sols quatre deniers au Chirurgien.

Officiers ré-formez. Les Officiers réformez seront payez à raison de cinq livres par jour à chaque Meftre de Camp ou Lieutenant-Colonel, trois livres à chaque Capitaine , & vingt-fept fols dix deniers à chaque Lieutenant.

EXTRAIT DE LA MESME ORDONNANCE
portant Reglement pour ce qui doit être payé par Sa Ma-
jefté , pour les menus entretiens des Cavaliers , Carabiniers ,
Huffards & Dragons , & par augmentation de Solde en
route.

IL fera donné outre la Solde dix deniers par jour , pour chaque Brigadier, Carabinier , Cavalier, Huf-fard, Dragon, Tambour, Trompette & Timbalier , dont le fonds reftera entre les mains du Treforier , pour com-pofer une Maffe toûjours complette, deftinée à l'habille-ment defdites Compagnies , de laquelle ledit Treforier donnera fa reconnoiffance à l'Officier chargé du détail du Regiment, pour être payé fur les mains levées du Di-recteur ou de l'Infpecteur géneral, dans le département duquel ledit Regiment fe trouvera , vifées des Colonels-Generaux de la Cavalerie & des Dragons.

Maffe de la
Cavalerie &
des Dragons.

Lorfque les Regimens de Cavalerie & de Dragons, Fran-çois ou Etrangers , marcheront fur des routes de la Cour dans le dedans du Royaume, il fera payé aux préfents & effectifs, feulement dans les lieux où ils ne recevront point l'étape, une augmentation de Solde, même pour le tren-te-un des mois que la Solde ne leur eft point payée, à moins qu'elles ne foient en marche ; fçavoir, vingt fols par jour à chaque Meftre de Camp, Lieutenant-Colonel réformé dans les Regimens Etrangers, Capitaine en pied ou réformé, Major ou Ayde-Major ; dix fols à chaque Lieutenant en pied ou réformé ; cinq fols à chaque Maré-chal des Logis de Cavalerie ou de Dragons , & un fol à chaque Brigadier, Carabinier , Cavalier , Huffard , & Dragon ; & dix fols à chaque Aumônier & Chirurgien. Cette augmentation ne doit point avoir lieu pour les jours de leur arrivée dans les garnifons ou quartier ; le Meftre de Camp & les Lieutenants-Colonels en pied , ne doivent

Supplément
de Solde en
marche.

H ij

point recevoir d'autre augmentation que celle de Capitaine.

On a vû à l'article de l'Infanterie les pays exceptez, ainſi nous n'en ferons point de repitition.

Dans les lieux ou l'étape ſera fournie, il ſera donné pendant les marches ſix deniers par jour à chaque Brigadier, Carabinier, Cavalier, Huſſard & Dragon, pour s'entretenir de linge & chauſſure.

Gardes du Corps réformez dans la Cavalerie & les Dragons.

Les Gardes du Corps réformez que ſa Majeſté a bien voulu entretenir dans le nombre des Cavaliers & des Dragons, auront dix ſols par jour, au lieu des ſept ſols reglez pour les Cavaliers, & des ſix ſols ſix deniers pour les Dragons.

De l'attention que les Officiers de Cavalerie doivent avoir d'être bien montez & bien armez.

Je ne puis me diſpenſer de dire en finiſſant cet article, qui comprend les differentes ſortes de Cavalerie, qu'il y a dans nôtre France, qu'il m'a ſemblé pendant les dernieres guerres, que la plus grande partie des Officiers qui y étoient employez, étoient très peu ſoigneux de la choſe qui regarde le plus leur honneur & leur conſervation; je veux dire d'être montez & armez comme un bon Officier de Cavalerie doit l'être: puiſqu'au contraire c'étoit une choſe commune que d'en voir pluſieurs qui par rapport à l'un ſe ſervoient de ſi mauvaiſes haridelles, qu'à peine un Sous-Lieutenant d'Infanterie auroit oſé paroître deſſus; & qui par rapport à l'autre avoient de ſi chetives épées, qu'on auroit pû dire qu'ils avoient plus l'air d'un Particulier qui va à la Campagne, que d'un Chef qui va au combat. Je ſuis même ſurpris qu'on n'ait pas encore établi des regles ſi poſitives ſur cela, que nul ne fût aſſez hardi pour les enfreindre ſans en être ſevérement reprimandé, & même châtié: car outre l'interêt que chacun a en particulier d'être monté & armé avantageuſement, il eſt certain que la tolerance ſur ce point peut cauſer un préjudice conſiderable au ſervice du Roy. C'eſt pourquoi les Officiers principaux, & particulierement les Inſpecteurs qui ſont chargez d'examiner les Troupes de Cavalerie aux gardes montantes de l'armée, ou celles qui ſont employées aux autres maneuvres ordinaires, devroient, ce me ſem-

ble, porter cet examen jufques fur les Officiers mêmes, &
ne pas permettre qu'aucun marchât pour la guerre qu'il
ne fût en état de la faire avec avantage par fa monture
& par fes armes. En un mot, il devroit y avoir pour les
Officiers une uniformité reglée, de laquelle nul ne pourroit fe difpenfer, pas même les Officiers de la maifon du
Roy, lefquels doivent fe reffouvenir de ce que la difference de leurs petites épées, avec les palaches des Ennemis
produifit à Ramilly.

Les Chevaux compofant une des parties la plus effentielle dans la Cavalerie ; & tous les Officiers de ce Corps
étant par confequent obligez de connoître leurs perfections, leurs défauts, & leurs maladies : J'ai crû devoir
mettre ici quelques courtes regles pour ce fujet, afin que
ceux qui n'entendent rien à cette matiere, dont le nombre
eft très-grand, puiffent y avoir recours dans les occafions,
où faute de cette fcience indifpenfable, ils peuvent courre
le rifque de faire de mauvaifes émplettes, tant pour le fervice du Roy qui y eft très-intereffé, que pour le leur particulier. Je ne parlerai néanmoins que fuccintement
des remedes qu'on peut donner aux Chevaux pour les guerir des differentes maladies, aufquelles ils font fujets ;
parceque je préfuppofe que l'importance dont eft ce point,
ne manque pas d'engager les Chefs à avoir pour ce fujet
des Maréchaux experts ; & que d'ailleurs on peut avoir
recours à plufieurs beaux Livres qui ont été compofez fur
cette matiere, & particulierement à celui de Solleyfel, lequel merite d'être lû avec attention, par tous ceux qui font
curieux en Chevaux.

REGLES NECESSAIRES,

Pour apprendre à se bien connoître en Chevaux, pour les emboucher & seller comme il leur convient, & pour les guerir de quelques maladies qui leur surviennent.

PARTIES QUI COMPOSENT LE CORPS D'UN CHEVAL.

LA tête, dont les parties sont les oreilles, le front, les larmiers ou les temples, les salieres & les yeux, qui comprennent la paupiere, la vitre & le fonds de l'œil ou la prunelle. Au dessus des yeux est un endroit qu'on appelle les rates, & à côté est la ganache, les machoires, puis le nez & les nazeaux. La bouche comprend en dehors les levres ou lippes, la barbe, qui est le lieu de l'appui de la gourmette ; le bout du nez & le menton : elle comprend en dedans, les barres qui est le lieu où on appuye l'embouchure, les gencives, la langue, le canal, le palais, & les dents qui sont de cinq sortes ; sçavoir, les machelieres, les dents de lait, les crocs, les pinces, & les coins : ces dernieres sont celles où l'on connoît l'âge des Chevaux.

Après la tête suit l'encouleure, qui est bordée par le hault du crin ou criniere ; & par le dessous, du gosier, au-dessous duquel est la poitrine, les épaules, les reins, aux extremitez desquels est le garrot ; qui est au bout de l'encouleure au haut des épaules, & les rognons, qui est l'endroit vis-à-vis lequel la croupiere s'attache à la selle ; les côtes, le ventre, les flancs, les hanches, la croupe, la queue, & les quatre jambes.

A. le front.
B. les larmieres.
C. les Saliers.
D. la ganache.
E. le Nez.
F. les Nazeaux.
8. les hanche.
9. le Grasset.
G. la barbe.
H. le Menton.
I. la barre.
L. L'encolure
M. le garot.
N. L'epaule.
10. les Cuisses.
11. le Jarret.
O. le poitrail.
P. les reins.
Q. les rognons
R. les Costes.
S. les flancs.
T. la Croupe.
12. les parvin.
13. le foureau.
V. le Coude.
X. le bras.
Y. L'ars.
z. le genouil.
&. le Canon.
1. le boulet.
2. le paturon.
3. la Couronne.
4. le Sabot.
5. le Talon.
6. la pince.
7. la fourchette.

Chacune des deux jambes de devant contient, l'épaule, le coude, le bras; & à l'endroit où finit l'épaule & commence le bras, font les ars; c'eft une veine où l'on feigne les Chevaux pour quelques infirmitez; au-deffous du bras eft le genouil, le canon & le gros nerf, le boulet, le pâturon & la couronne; après quoi eft le pied, qui comprend les quartiers, le talon, la pince, la fole, la fourchette, & le petit pied.

Les parties des deux jambes de derriere, font les os des hanches, le graffet, les cuiffes & le jarret, qui comprend la tête, l'efparvin, le plis de la jambe, le boulet, & le refte comme aux jambes de devant.

Comment doivent être les parties d'un Cheval pour être belles.

Pour que toutes ces parties foient bien compofées, elles doivent être; fçavoir, la tête menue, décharnée & feche; les oreilles petites & droites; le front large & avancé en tête de Mouton, avec une étoile ou plotte; les falieres non enfoncées; les yeux gros, vifs, tranfparents, clairs, à fleur de tête; l'os de la ganache petit, & la ganache ouverte & non ferrée ou carrée; les nazeaux fort fendus & ouverts; la bouche mediocrement fendue; la langue menue; les barres tranchantes, décharnées & fenfibles; le canal large; le palais décharné, les levres ou lippes menues & peu charnues; la barbe élevée, c'eft-à-dire, qui ne foit ni plate ni enfoncée, & n'ayant que la peau & les os, fans aucune cicatrice, dureté ou calus. Toutes ces parties font capable de former une bonne bouche; mais fi l'une d'elles fe rencontroit dans l'excès, la bouche par trop de bonté feroit mauvaife; par exemple, fi les barres étoient fi fenfibles & fi tranchantes qu'elles ne puffent fouffrir aucun appui, ce feroit un défaut; & le Cheval auroit la bouche mauvaife pour l'avoir trop bonne; & de même fi la barbe eft trop fenfible. Les qualitez generales d'une bonne bouche, c'eft d'avoir l'appui égal & leger, avec l'arrêt aifé & ferme.

L'encouleure

L'encouleure doit être déchargée de chair, affez lon-gue, montant droit en fortant du garrot, allant en dimi-nuant jufqu'à la tête, & prenant à peu près le même tour qu'un col de Signe : il faut qu'elle foit tranchante après la criniere fans aucune épaiffeur, & que néanmoins toute l'encouleure enfemble ne foit ni trop molle ni tournée. Le crin doit être délié & long, fans être trop épais ; la poitri-ne large & ouverte ; les épaules plates, déchargées de chair, petites & bien mouvantes ; les reins droits, allant en dos de carpe depuis le garrot jufques aux hanches ; le tour des côtes ample & rond ; le ventre mediocre ; la croupe ronde, & les hanches bien tournées ; la queue bien garnie de poil, forte & point mouvante. Les jambes de devant doivent avoir les bras fort larges & fort nerveux, le mufcle en dehors près les épaules, & au défaut des ars, gros & ferme ; le genouil plat & large ; le canon plat & large, & tel qu'on y voye la feparation du gros os & du gros nerf, & qu'auprès du boulet, on voye les petits os. Le nerf de la jambe doit être gros & ferme, & non racourci, & qu'il ne faille point au-deffous du plis du genouil, c'eft-à-dire, que le nerf dudit plis ne diminue point de fa groffeur. Le boulet doit être plat & large fans enflure, couronne, ni groffeur ; le pâturon court ; le fabot haut ; le talon large, fans être ferré, bas, ni en caftelet ; la fourchette maigre ; la folle fort épaiffe & non farineufe ni douce, afin que l'ongle foit fort, doux & liant. Les qua-tre jambes doivent être peu chargées de poil, celles de derriere ayant les cuiffes plattes, & le mufcle qui eft auf-dites cuiffes, gras, épais & charnu ; le jarret fec, déchar-gé, & nerveux ; la jambe plate, large & nerveufe, & elle doit défcendre du jarret au boulet à plomb ; le refte doit être comme aux jambes de devant.

Marques aufquelles on peut reconnoître les bons Chevaux.

Les Chevaux qui ont le moins de blanc à la tête & aux jambes , font préférables à ceux qui en ont beaucoup : on eftime davantage ceux qui font marquez non pair , par exemple , ceux qui ont une étoile ou cœur à la tête, fans marque aux jambes; d'autres avec la même marque , & les jambes de derriere chauffées de blanc ; d'autres la jambe de derriere & celle du montoir de devant, pourvû que la corne ne foit pas blanche; & d'autres les quatre jambes blanches , & une étoile au front.

La marque de feu dans le cheval noir, aux flancs & aux nazeaux, de même que dans le gris truité de rouge, eft très-bonne ; & de même quand le jaune eft barré aux jambes comme aux Mulets, & qu'il a la raye noir.

L'alzan brûlé eft excellent ; l'alzan doré n'eft pas à rejetter ; le lavé eft de peu de valeur ; le noir louvet qui a du feu aux nazeaux & au flanc eft très-bon ; le vrai noir eft fujet à la vûe, mais eft quelquefois bon ; le bay chatain eft excellent & de durée, pourvû qu'il ne foit pas rouge aux extrêmitez ; les blancs aux extrêmitez noires font excellents, le doré de même ; mais le bay lavé ne vaut rien ; celui qui eft rougeâtre avec les jambes barrées comme un Mulet eft auffi très-bon ; l'argenté aux extrêmitez noires n'eft pas mauvais, non plus que le pommelé ; mais le gris fale, ou le charbonnier eft de peu de valeur, & fujet à la vûe ; le fauve à raye noire eft excellent ; le fauve ou Ifabele aux extrêmitez blanches ne vaut rien ; le rouhan vineux au poil de Cerf eft excellent ; le rouhan caveffe de maure n'eft pas fi bon ; la pie blanche & alzane eft excellente ; la noire & la baye n'eft pas mauvaife ; mais les autres fortes ne valent rien ; le poil de rat à raye eft excellent avec les barres aux jambes comme un Mulet ; le rubican eft fourd à l'éperon ; le chambert, le foupe de lait, le couleur de cire & poil bizarre, font de peu de valeur, & plus propres au bas qu'à la felle.

Autres Obſervations qu'il eſt néceſſaire de faire, lorſqu'on veut acheter un Cheval.

Après avoir examiné en general, les parties que nous venons de marquer, on doit les voir en particulier, & pour ce ſujet commencer par les yeux qui ſont les plus eſſentiels, & ſur leſquels on eſt néanmoins le plus ſouvent trompé. Il faut bien examiner ſi leurs parties principales qui ſont la vitre & le fonds, ne ſont point vicieux : la vitre doit être tranſparente, & telle que l'on puiſſe voir au travers, qu'il n'y ait point d'obſcurité, aucune tache ni blancheur deſſus, & aucun cercle au tour : le fonds de l'œil doit être ſans aucune marque. Il faut auſſi conſiderer ſi on peut décerner la prunelle à plein & à net ; & s'il n'y a point de Dragon, qui eſt une marque ou tache blanche ; ou bien ſi toute la prunelle eſt blanche, ce qui s'appelle cul de ver-

Examen des yeux.

re. Ces marques ſont des defauts capitaux, attendu que le dragon eſt un mal incurable. Il faut prendre garde auſſi à la couleur des yeux, parceque quand elle eſt rougeâtre c'eſt ſigne qu'il y a de l'inflammation, qui peut être cauſée par la Lune, ou parceque le Cheval eſt exceſſivement échauffé dans le corps. Si la couleur eſt feuille-morte en un endroit & point dans l'autre, ſçavoir, au-deſſus & au-deſſous, & que l'œil ſoit troublé, c'eſt ſigne que le Cheval eſt lunatique : quand le tour des yeux, & ſur-tout le deſſus eſt enflé, c'eſt auſſi une marque qu'il eſt lunatique. Prenez garde encore ſi un œil n'eſt point plus grand que l'autre, car alors le plus petit ne vaut rien.

Pour connoître l'âge d'un Cheval.

Le Cheval a trois ſortes de dents où l'on connoît ſon âge, ſçavoir, les dents de lait, les crocs & les deux dents de deſſous qu'on appelle les coins : c'eſt ſeulement à ces dernieres que l'on regarde. Les premieres dents que les poulins ont ſont les dents de lait, qui ſont plus petites & plus blanches que les autres ; elles reſſemblent à celles des veaux : il leur en tombe quatre à l'âge de trente mois, deux deſſous & deux deſſus, & il en vient quatre à leur place, qu'on appelle les pinces, qui ſont les dents du milieu deſſus & deſſous. Enſuite il en tombe quatre autres, & il en revient quatre à leur place proche deſdites pinces, & cela à trois ans & demi près de quatre. Quand ils ont quatre ans accomplis, il leur en tombe quatre autres, à la place deſquelles il en revient quatre, qu'on appelle les coins, & alors le Cheval n'a plus aucune dent de lait, & vient dans les cinq ans. Les Cavales n'ont point de croc; mais ſi elles en ont, cette marque extraordinaire eſt fort bonne. Lorſque le Cheval vient dans les cinq ans, cela eſt aiſé à connoître, parceque les coins ne commencent qu'à pouſſer, & bordent ſeulement la gencive. Après que le Cheval eſt entré dans les cinq ans, on regarde ſeulement aux coins & à la dent d'auprès pour connoître l'âge, & ſçavoir quand il marque : ainſi le Cheval eſt dit marquer lorſque leſdites dents ſont creuſes, & que le creux eſt noir; deſorte que quand il approche des ſix années, la dent croît & eſt de l'épaiſſeur d'un petit doigt hors de la gencive, & eſt moins creuſe qu'auparavant; parcequ'elle s'uſe à meſure que l'âge augmente.

Il faut remarquer que quoique les dents s'uſent en vieilliſſant, néantmoins elles croiſſent & s'uſent ſeulement en machant ou mordant; & c'eſt en cet endroit-là qu'eſt la marque, qui tous les ans devient plus petite; & la dent croît parceque la gencive ſe décharge, ce qui la fait paroître plus longue : & plus elle paroît longue, c'eſt ſigne de plus grande vieilleſſe.

A ſix ans accomplis le coin aura le travers d'un bon doigt de long ou de haut hors de la gencive, & le creux ſera diminué; à ſept encore plus long, juſqu'à huit, que le Cheval aura raſé, c'eſt-à-dire, qu'il n'y aura plus de creux ni de noir à la dent.

Nottez qu'il y a des Chevaux qui auront une marque noire, qui n'eſt point creuſé, fort long-tems après les huit années, & cela à la dent du coin; mais il ne faut pas beaucoup s'y arrêter, parceque cela dure à de certains Chevaux à tout âge.

Lorſque le Cheval ne marquera plus, on ne pourra juger de ſon âge, qu'à la longueur des dents & au crochet de deſſus qui eſt vis-à-vis de l'autre : lorſqu'en le touchant on trouvera qu'il eſt tout uſé, c'eſt ſigne que le Cheval à dix ans au moins.

Prenez garde auſſi que le Cheval ne ſoit point contre-marqué : c'eſt-à-dire, ſi on ne lui a point creuſé la dent avec un burin, deſorte qu'il ſemble marquer ſix ans, quelque vieux qu'il ſoit ; il faut quand on ſe doute de la fraude, gratter le creux avec la pointe d'un couteau : on peut encore le connoître, en remarquant ſi le croc d'enhaut eſt uſé, ſi celui d'enbas eſt exceſſivement long, & ſi les dents excedent la longueur ordinaire de celles qui doivent marquer. On juge auſſi de l'âge plus ou moins avancé, non-ſeulement quand les dents ſont longues, mais lorſqu'elles ſont jaunes & pleines de craſſe : on le juge encore lorſqu'en tirant la peau de la ganache, ou à l'épaule, ou en une autre partie, elle demeure froncée ſans s'en retourner promptement.

Lorſque les ſalieres ſont exceſſivement creuſes c'eſt une marque de vieilleſſe ; mais quelquefois cependant cela provient de ce que le Cheval aura été engendré d'un vieux Étalon. C'eſt auſſi une grande marque de vieilleſſe quand il ſille, c'eſt-à-dire quand il a les ſourcils blancs de la largeur d'un doigt ; & encore lorſque les Chevaux gris deviennent blancs par tout le corps : l'on remarque qu'ils ont été gris en ce que les extrêmitez reſtent encore avec des poils mêlez de noir. Les yeux ridez & chaſſieux, ſont auſſi une marque de vieilleſſe.

Quelques-uns prétendent qu'on connoît la vieilleſſe des Chevaux hors de marque, par des nœuds qui s'avalent à la queue ; & cela, diſent-ils, parcequ'à dix ans il en deſcend un, & à douze un autre ; mais je n'ai pas trouvé cette remarque certaine.

Après cela on doit regarder ſi le Cheval eſt bien vuidé ſous la ganache, c'eſt-à-dire ſi entre les deux os auprès du goſier, il n'y a aucune dureté ou glande mouvante, ce qui ſeroit ſigne qu'un Cheval, s'il eſt au-deſſus de

Glandes attachées à la ganache.

cinq à six ans, a mal jetté sa gourme : si le Cheval est
au-dessus de six ans , & qu'il y ait une glande formée &
mouvante, c'est signe ou d'une fausse gourme ou de morfon-
dure , & bien souvent de morve , particulierement si la
glande est fixe & attachée à la ganache.

Il faut examiner les épaules : si elles sont rondes, gros- **Epaules.**
ses ou chargées de chair , c'est un grand defaut ; parceque
ces Chevaux là sont desagreables , & chargent fort la
main. On remarquera qu'un Cheval a les épaules grosses
& charnues , lorsqu'au defaut du jarret cela est plus large qu'aux autres Chevaux. Il faut voir aussi s'ils ont l'épaule mouvante & bien déliberée; faute de quoi, comme tout
le mouvement se fait de la jambe au plis du genouil, ils
sont sujets à broncher, & même à tomber ; & d'ailleurs ils
sont si tôt fatiguez qu'ils ne sont d'aucun service.

Après l'épaule il faut prendre garde aux jambes de de- **Les jambes.**
vant, & voir si elles ne sont point usées , travaillées ou foulées. A cet effet il faut examiner si le Cheval est droit sur
ses jambes, c'est-à-dire , si le genouil, la jambe, le canon
& le pâturon jusqu'à la couronne, descendent à plomb,
& si la jointure n'est point avancée, ce qui seroit un grand
defaut ; parcequ'au moindre travail le Cheval se boute ,
c'est-à-dire que la jointure sortant de sa place va en avant,
ce qui estropie le Cheval , lequel étant ainsi droit sur ses
jambes, est d'ailleurs sujet à broncher au moindre heurt.
Si les jambes sont arcquées, c'est une marque qu'elles sont
foulées par le long travail. Après avoir examiné ces defauts qui se remarquent du coup d'œil, vous passerez le
doigt le long du gros nerf, pour sentir s'il est gros & fer- **Defauts des**
me, & s'il est bien détaché de l'os ; si en le maniant du haut **nerfs.**
en bas vous rencontrez des duretez qui vous arrêtent la
main, ou si entre le nerf & l'os vous rencontrez certaine
glaire mouvante qui vous échape sous le doigt , c'est
signe d'une jambe travaillée.

En maniant le nerf près du boulet, vous toucherez & **Molettes.**
verrez s'il n'y a aucune molette ; c'est une grosseur comme
un œuf de pigeon, qui vient entre l'os & le nerf, près du
boulet en dehors, & au dedans par devant & derriere. En

tournant la main vous manierez depuis le genouil juſqu'en bas, pour ſentir s'il n'y a point de ſuros; c'eſt une groſſeur ou calus attaché à l'os : ils viennent ordinairement au dedans du canon ou en dehors, quelquefois vis-à-vis l'un de l'autre ; ils ſont auſſi quelquefois ſi près du nerf qu'ils ſont boiter le Cheval : les ſuros par le long travail montent enfin dans le genouil ; lorſqu'ils y ſont arrivez , le Cheval eſt eſtropié. Après les ſuros, les chevilles ſont les plus à craindre , ſur-tout celles qui tiennent près du nerf, ou qui ſont fortement attachées à l'os. La fuſée, qu'on nomme ainſi , lorſque deux ſuros ſont joints enſemble , eſt auſſi très-dangereuſe. Vous examinerez encore s'il n'y a point de malandres; c'eſt une crevaſſe au plis du genouil , laquelle fait boiter le Cheval.

Si la jambe eſt ronde au lieu d'être platte, c'eſt-à-dire s'il n'y a aucune ſeparation entre le nerf & l'os, on peut conclure qu'elle eſt en mauvais état.

Après avoir examiné les jambes en détail, on peut encore juger ſi le Cheval les a bonnes par ſes allures : c'eſt pourquoi on doit le faire marcher, & remarquer s'il les leve avec facilité & hardieſſe, & droit ſans poſer le pied ni en dedans ni en dehors ; s'il plie le genouil autant qu'il le doit ; s'il ne croiſe point les pieds en les levant, & ſi la jambe étant levée il la ſoutient en l'air le tems qu'il faut, le corps en bonne poſture, & non-pas en tombant promptement ſur la jambe , ce qui fait qu'il ſe hâte de mettre le pied à terre : c'eſt ce qui arrive à tous les Chevaux qui ſentent de la douleur aux jambes, & c'eſt une très-mauvaiſe marque. Il faut examiner ſi l'appui du pied à terre eſt ferme, nerveux & droit, ſans l'appuyer plus d'un côté que d'autre, ſans porter la pince ou le talon l'un avant l'autre, mais tout d'un tems. Si le Cheval fait le lever, le ſoutient & l'appui, la tête demeurant ferme , élevée, & ſans branler , toutes ces marques prouvent qu'il a les jambes bonnes.

Il faut regarder ſi le Cheval n'a point de peignes; c'eſt une eſpece de gratelle farineuſe qui vient au pâturon près de la couronne, dont elle fait heriſſer le poil, qui venant à croître monte jufques au boulet & même plus haut, & devient incurable. La forme eft auffi fort mauvaife ; c'eft une groffeur mediocre au commencement, qui vient dans le pâturon, au-deffus ou à côté du boulet, laquelle venant à croître eftropie le Cheval.

Formes.

Les qualitez néceffaires pour que les pieds du Cheval foient bons, font que la corne, l'ongle & le fabot foient lians & doux fans être caffans ; que le pied ne foit point en forme d'huitre à l'écaille, ce qui s'appelle pied comble, c'eft-à-dire, lorfque la folle eft plus haute que la corne ; que la pince ne foit point baffe, ni le talon bas & encaftelé, ce qui eft quand les quartiers fe ferrent, deforte qu'ils preffent le pied & font boiter le Cheval. Il faut voir s'il n'y a point de feyme ; c'eft une fente qui vient au dedans, & au dehors du pied, tenant depuis la couronne jufqu'au fer : cette maladie vient d'alteration du pied & fait boiter le Cheval, particulierement fur le pavé ou fur le terrain dur & pierreux. Il faut examiner s'il n'y a point de crapodines ; c'eft une efpece de poireau ou verrue vive qui vient au-deffus de la couronne, & qui quelquefois y tient. Examinez encore fi le petit pied n'eft point trop gros ou trop petit.

Pour connoître les bons pieds.

Pied comble.

Encaftelure.

Seymes.

Crapodines.

Vous examinerez fi le Cheval a bon corps, & s'il a affez de flanc pour n'être pas étroit de boyaux ; il l'eft fûrement lorfqu'il n'a point de ventre, & qu'au defaut des côtes il eft fort ferré. Si le manquement de boyaux vient de maigreur ou d'avoir fatigué, cela n'eft pas fi fort à craindre ; mais cependant on ne doit point acheter un Cheval qui s'élance, s'étrique ou s'éflanque par le travail. S'il eft étroit de Boyaux pour avoir les côtes mal-tournées, c'eft à dire fi ferrées qu'elles ne permettent pas au ventre de s'étendre, c'eft un grand défaut : parceque ces fortes de Chevaux ne fçauroient fatiguer. Si le Cheval eft ferré de flanc naturellement, quoiqu'il ait les côtes bien tournées, il faut prendre garde s'il mange bien goulûment l'aveine ; dans ce cas il fera paffable pour la felle. Si le Cheval a les côtes raifonnablement bien tournées, & que les deux dernieres près du flanc foient ferrées ; c'eft un

Boyaux étroits.

Remarques fur le flanc.

defaut : parceque cela empêche le mouvement du poul-
mon, & le Cheval ne peut avoir bonne haleine. Après
avoir pris garde si le flanc est bon & ample, il faut remarquer s'il n'est point trop avallé ; c'est-à-dire, si au droit de
la cuisse & du grasset, il ne descend point trop bas ; c'est
un commencement de pousse très-dangereux.

De la pousse.

Pour éviter d'être trompé sur ce point important, il
faut voir si le Cheval en respirant ne fait point la corde :
elle se forme lorsqu'inspirant il retire la peau du ventre au
defaut des côtes, ce qui est une marque ou de pousse ou
d'une grande chaleur dans le corps, qui dénote que le
Cheval sera bien-tôt malade. On reconnoît encore que le
Cheval est poussif, lorsqu'étant en repos le flanc lui double : cela se voit lorsqu'ayant inspiré & tiré son flanc à lui,
il le relâche tout à coup ; & qu'après la même inspira-
tion il redouble encore comme s'il respiroit une seconde
fois d'une même haleine.

Chevaux outrez.

Si le Cheval est poussif outré, il tousse infailliblement
d'une toux seche & souvent réiterée ; deplus il respire par
le fondement. Quelques-uns sont si outrez qu'ils battent jusques sur la croupe, auquel cas le mal est incurable.

*Tems pro-
pre pour re-
marquer le
flanc.*

L e plus sûr tems pour considerer le flanc d'un Cheval,
est pendant qu'il mange l'aveine, & après qu'il a bû ; parcequ'alors il battra plus fort qu'en aucun autre.

Courbature.

Il faut voir ensuite si le Cheval n'est point courbatu :
cela se connoît par les mêmes signes de la pousse. L'on
doit sçavoir sur cela que la courbature vient aux jeunes
Chevaux aussi-bien qu'aux vieux ; & que la pousse vient
rarement à ceux qui sont au-dessous de six ans. La courbature procede ordinairement de quelque maladie, qui
laisse le flanc alteré, pour avoir poussé le Cheval audelà
de ses forces & de son haleine.

Il faut voir aussi si le Cheval n'est point gros d'haleine.
C'est une maladie differente de la pousse ; l'on peut la
connoître, lorsqu'un Cheval qu'on galope long-tems &
d'une haleine souffle beaucoup : cela marque qu'il a l'haleine mauvaise. Mais pour s'en rapporter à cette marque

*Chevaux
gros d'halei-
ne.*

il

il faut que le Cheval ne forte pas d'un long repos ; parcequ'en ce cas tous les Chevaux fouflent jufqu'à-ce qu'ils
foient en exercice.

En faifant l'examen des jambes de derriere, il faut voir *Defauts des jambes de derriere.* fi le Cheval n'eft point crochu ; c'eft-à-dire s'il n'a point les jarrets ferrez : car quoique ces Chevaux foient ordi- *Chevaux crochus.* nairement bons, c'eft un grand défaut, fur-tout pour voyager dans les montagnes. Il faut confiderer fi le jarret eft fec & décharné, & fi fa tête n'eft point mouvante & groffe, ce qui s'appelle Capelet. Il faut voir auffi entre le gros nerf & l'os du jarret au deffus du Capelet, s'il n'y a *Capelet.* point une groffeur comme une petite pomme ou moins, qui eft mole & qu'on appelle Veffigon. *Veffigons.*

Si en dedans du jarret, il y a une groffeur un peu plus bas que vis-à-vis du veffigon, cela s'appelle une Courbe ; *Courbe.* cette groffeur eft pire que le veffigon. Si plus bas que la courbe au defaut du jarret, cela eft gros & enflé ; c'eft un *Eparvin.* Eparvin qui fait boiter le Cheval par la grande douleur qu'il reffent. Il y a de deux fortes d'Eparvins ; fça- voir l'éparvin fec & celui de beuf : le fec fait tirer la jambe en haut, & eft aifé à remarquer ; parceque le Che- val n'ayant pas le mouvement du jarret libre, il eft obligé de faire le mouvement de la hanche. L'éparvin de beuf eft gros & enflé : on lui donne ce nom parceque les beufs font fujets à cette incommodité.

Si au dehors du jarret plus bas que le veffigon, il y a *Autres de-* une groffeur de plus qu'à l'ordinaire ; c'eft un defaut qui *fauts.* comme l'éparvin rend le Cheval étroit de boyaux par la grande-douleur qu'il lui caufe. Si depuis l'éparvin jufqu'à l'endroit dont je viens de parler, il y a comme un cercle qui entoure le jarret en dehors c'eft un très-grand defaut ; principalement lorfque ce cercle eft gros & enflé : & fi au plis du jarret cela eft enflé & le tient roide, c'eft auffi un defaut.

S'il y a une crevaffe, qu'on appelle Solandre, il y a moins *Solandre.* de danger, parceque la mauvaife humeur s'évacue par cet endroit ; mais le Cheval eft toujours defectueux. Il faut fur-tout prendre garde aux maux du jarret ; parceque les

Remarques
fur les jarrets.

parties étant extrêmement nerveufes, elles font fort dou-
loureufes, & que le Cheval fentant de la douleur en cette
partie qui porte la plus grande charge du corps, il tâche
de fe foulager en s'appuyant le plus qu'il lui eft poffible fur
les jambes de devant, qui par conféquent font bien-tôt
ufées, & le Cheval devient inutile, attendu que c'eft une
maxime générale, que lorfque l'un des deux trains eft
plus foible que l'autre le Cheval eft bien-tôt ruiné.

Les jeunes Chevaux font plus à craindre avec le moindre defaut de jarret que les vieux ; parceque par le travail, le mal croît tous les jours ; & qu'aux vieux le mal
étant venu à un certain point au-deffus de fept à huit ans,
il n'augmente plus ordinairement. Dans les pays de montagnes il faut fe garder de prendre des Chevaux qui ayent
les jarrets gâtez, parcequ'ils ne peuvent fouffrir aucune
charge, ni à la montée ni à la defcente.

Queue de
Rat.

La queue de Rat eft une maladie qui vient le long du
nerf de la jambe, qui fait tomber le poil ; cela jette quelquefois de l'humeur, & d'autre fois cela eft fec : ce mal
eft de quatre ou cinq doigts de long, & eft par conféquent
aifé à connoître.

Porreaux.

Les Porreaux qui viennent au boulet & au pâturon font
de groffes verrues qui fe tiennent par fois fous le poil, &
jettent de l'apoftume. Cette maladie eft fort puante & fort
à craindre, parcequ'elle croît toujours, & eft très-difficile à guerir : il en vient quelquefois à la fourchette. Il
vient auffi fous la folle & fous la fourchette des Fics qui

Fics.

font comme des porreaux, mais moins dangereux.

Mules tra-
verfieres.

Les Mules traverfieres font faites comme des crevaffes :
elles viennent au boulet fur le derriere à l'endroit du plis,
& elles traverfent le boulet, ce qui fait qu'on les appelle traverfieres : quelques-uns les nomment Mules tra-
verfines.

Il faut auffi prendre garde aux eaux, lefquelles font
comme la boue d'une apoftume puante qui fe forme au
pâturon & au boulet, & quelquefois à l'un & à l'autre.
Cette maladie commence prefque toujours dans le pli du
pâturon ; quelquefois elle ne paffe pas outre, mais d'autres

fois elle gagne la jambe jufques près du jarret, & la tient
gourde & roide.

Ce qu’on appelle des Grapes ou des arrêtes font en
queue de rat ou porreaux : Ces maux qui viennent aux
jambes de derriere font dangereux, fur-tout aux Chevaux
qui y font chargez de poil.

Les Marchands font obligez ainfi que tous ceux qui
vendent des Chevaux de les garentir de la pouffe, de la
morve, & du droit chaud & froid, c’eft-à-dire, que le Cheval étant échaufé ne boite non plus qu’à froid, & qu’é-
tant froid il ne boite non plus qu’échaufé. Il n’y a aucune garentie pour le refte, pas même pour les yeux.

Lorfqu’on troque un Cheval contre un autre, on ne le
garentit d’aucuns maux : ainfi comme on ne fait ordinairement ces fortes d’échanges que dans le deffein d’attra-
per celui avec lequel on le fait, on doit prendre garde de
troquer fon Cheval borgne contre un aveugle, ainfi qu’il
arrive communement.

Grapes.

Defauts dont
lesMarchands
doivent ga-
rentir les
Chevaux.

Cheval tro-
qué ne fe ga-
rentit point

NOMS DES DIFFERENTS POILS
DES CHEVAUX.

LE plus commun de tous les poils c’eft le Bay : il y
en a de plufieurs fortes, fçavoir de clair, chatain,
doré, brun, bay à miroir.

Il n’y que de deux fortes de Noir, qui eft noir maure &
noir mal teint.

Il y a plufieurs fortes de Gris ; fçavoir gris tifonné ou
gris charbonné, gris pommelé, gris argenté, gris tour-
dille, gris fale, blanc-pie, dont il y a blanc & noir, blanc
& alzan.

Rouhan, fçavoir rouhan vineux, rouhan caveffe de
maure : ce font les Chevaux qui ont la tête & les extrêmitez noires, appellez autrement cap de maure.

Poil d’Etourneau qui approche du rouhan auber ou mille fleurs.

Alzan, fçavoir alzan poil de vache, alzan clair, alzan
brûlé.

K ij

Louvet, fauve, poil de cerf, poil de fouris, ifabele aux crins noirs & à la raye noire.

Jaune, doré, tigre, alzan, rubican, bay rubican, ou noir rubican.

Remarque fur les differents poils. Je crois qu'on doit faire quelque attention fur les differentes fortes de poils, parceque par là on connoît le temperament du Cheval, ainfi que nous l'avons ci-devant marqué : mais de quelque couleur qu'ils foient, les plus vifs & les mieux teints font les meilleurs ; parcequ'ils témoignent par là, la vigueur qui produit le poil vif & bien coloré. En effet, un Cheval ayant été long-tems malade fe déteint le poil ; & même une marque pour connoître qu'il va le devenir, c'eft qu'on voit que le poil lui devient lavé aux flancs & aux extrêmitez.

Marque de bonté dans les Chevaux. L'experience fait croire auffi, que certaines marques qui viennent naturellement aux Chevaux dénotent s'ils font bons ou mauvais ; par exemple, tout Cheval éloigné du blanc ou du gris doit avoir une étoile au front qu'on *Etoile au front.* appelle plotte, tant pour la beauté que pour la bonté.

Face blanche. Ceux qui ont la face blanche, c'eft-à-dire lorfque l'étoile eft alongée jufqu'au bout du nez, ce qu'on appelle que l'étoile boit, ne font pas mauvais : mais lorfque cette marque eft faillie au milieu, le Cheval qui la porte eft bizarre ou fantafque, & par confequent de peu de prix.

Pied de derriere du montoir blanc. Le pied du montoir blanc & la marque au front, eft de toutes les marques la meilleure ; jamais elle n'a manqué.

Les deux pieds de derriere blancs. Les pieds de derriere tous deux blancs, & la plotte au front font des marques excellentes.

Pied de derriere hors le montoir blanc. Le pied de derriere hors du montoir blanc tout feul, ou avec la plotte au front, eft de peu de prix : on appelle ces Chevaux arzels, & on dit qu'ils portent malheur à leur maître.

Balzan en travers. Balzan en travers, c'eft-à-dire le pied du montoir devant, & le pied du montoir derriere ; ou le pied hors du montoir devant, & le pied hors du montoir derriere, avec la plotte au front, eft une marque affez bonne.

Balzan de trois & de quatre. Balzan de trois, quand c'eft celui du montoir devant

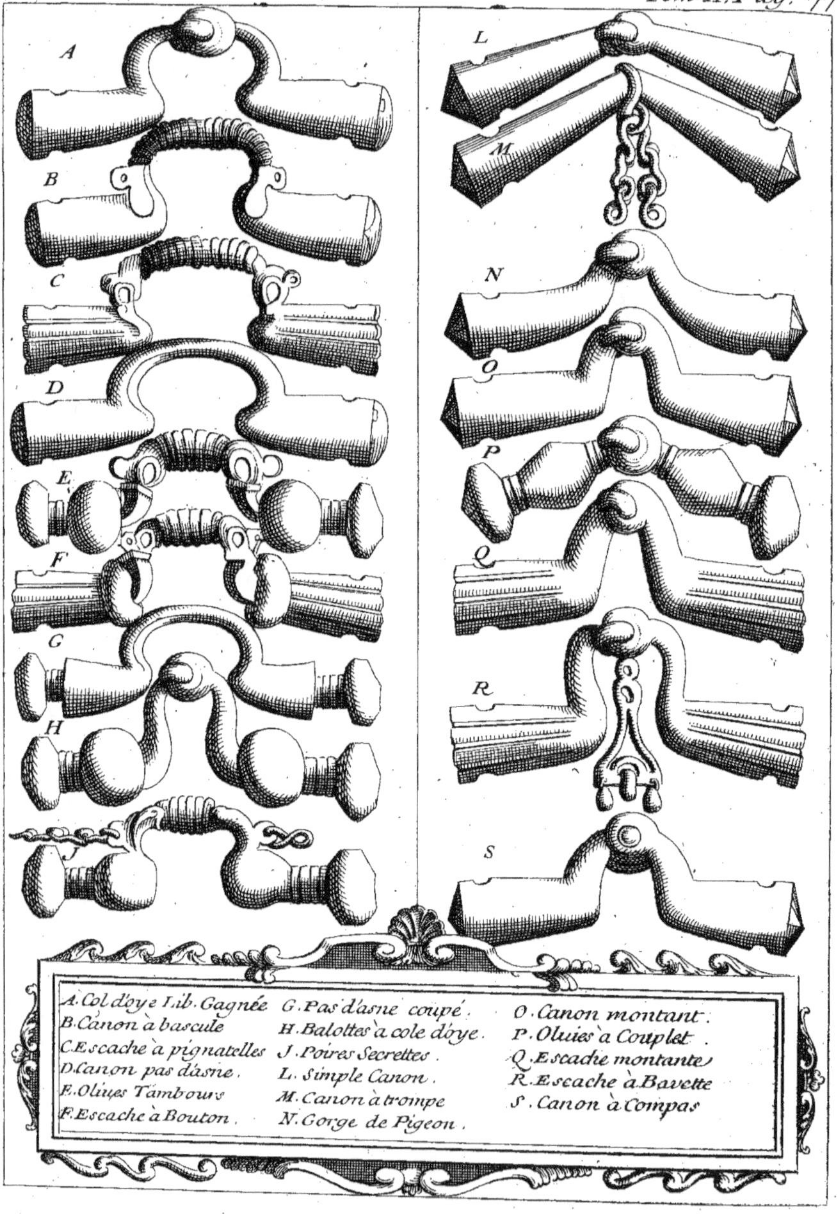

A. Col d'oye Lib. Gagnée
B. Canon à bascule
C. Escache à pignatelles
D. Canon pas d'asne
E. Olives Tambours
F. Escache à Bouton
G. Pas d'asne coupé
H. Balottes à cole d'oye
J. Poires Secrettes
L. Simple Canon
M. Canon à trompe
N. Gorge de Pigeon
O. Canon montant
P. Olives à Couplet
Q. Escache montante
R. Escache à Bavette
S. Canon à Compas

qui ne l'eſt pas, c'eſt une marque de Cheval colere : mis ordinairement ils ne ſont pas mauvais ; car on dit, *Balzan de trois*, *Cheval de Roy*; *Balzan de quatre*, *Cheval de mate*, ou de fol ; parceque ces derniers ſont tout-à-fait vicieux. Plus la balzane monte haut, plus la marque eſt défectueuſe ; parceque le Cheval approche davantage de la pie. Les balzans hermines ſont plus bizarres que les autres. *Balzans hermines.*

L'Epée romaine au col eſt une bonne marque ; c'eſt une longue épi, qui ſuit le long de la criniere : lorſque le Cheval a beaucoup d'épis qu'il ne peut pas voir, ce ſont autant de bonnes marques : mais s'il les peut voir on les conte pour des defauts. *Epée romaine & épis.*

Les Chevaux zains, c'eſt-à-dire qui n'ont aucune marque blanche ſur le corps, ni ſur les hanches ſont tout bons ou tout mauvais. *Chevaux zains.*

Les Chevaux truitez de rouge & de noir ſont tous de grande fatigue, & fort bons. *Truitez.*

Après avoir fait l'emplette d'un Cheval avec les précautions que nous venons de marquer, le ſecond ſoin eſt de le faire emboucher & ſeller, comme il lui convient : pour cet effet l'on pourra ſuivre les regles ſuivantes.

DE L'EMBOUCHURE DES CHEVAUX.

L'Embouchure des Chevaux ſe diviſe en deux parties, ſçavoir l'embouchure & la branche : l'embouchure ſe proportionne aux parties de la bouche, & la branche à l'encoulure.

L'embouchure eſt compoſée, des deux côtez d'embouchure, de chaperons, fonceaux, liberté de langue, qui eſt faite par un montant, ou un col d'oye, ou un pied de chat, ou une pignatelle, ou une arcade, ou un pas d'âne, ou une baſcule, &c.

Les côtez d'embouchures ſont compoſez de canons, eſcaches, olives, poires, ballotes, &c.

La branche a differentes parties, ſçavoir, l'œil, le banquet, le coude, la barbe, le jars ou rofette, le bas de la branche, le tour, les anneaux & les chenettes, (ces trois dernieres parties font attachées à la branche) la gourmette & le crochet, laquelle gourmette eft compofée de crochet, d'effes, & de mulles ou poires.

La plus douce de toutes les embouchures eft un canon à trompe : elle eft la plus propre à donner l'appui à un Cheval qui n'en a point: enfuite c'eft le canon fimple ou canon à couplet,& puis montant par dégré plus rude,le canon montant, le col d'oye, le pied de chat, & la pignatelle.

Le canon d'une piece avec liberté, laquelle étant ordinairement compofée d'un pas d'âne, plus il fera levé & plus l'embouchure aura d'effet & fera rude.

L'embouchure qui fuit après eft l'efcache : elle monte par les mêmes dégrez que le canon, & prend les mêmes dénominations, & eft par conféquent plus rude. Il y a des efcaches fimples, montantes, à col d'oye, à pied de chat, &c. comme des canons. Surquoi il faut obferver, qu'une efcache montante eft plus rude qu'un canon montant; une à col d'oye eft plus rude qu'un canon à col d'oye, & ainfi des autres dans les mêmes proportions ; parceque plus une embouchure s'éloigne de la rondeur, & approche du tranchant, plus elle eft rude: d'où l'on peut conclure que plus une embouchure eft menue, plus elle eft rude, parcequ'elle approche plus du tranchant. Il y a auffi des efcaches à melons ou ballotes ; c'eft une embouchure affez rude, & dont on fe fert fort peu.

Après ces embouchures font les olives ; elles ne font pas rudes, parcequ'en roulant elles ne font pas grand effet dans la bouche ; mais defarmant la levre & lui donnant lieu de fe placer entre le chapéron & l'olive, elles font que l'embouchure porte fur le veritable lieu de fon appui: elles laiffent les mêmes libertez de la langue que le canon, & montent par le même degré de rudeffe: plus les olives approchent de la rondeur, plus elles font rudes ; quand elles font rondes, on les appelle Balottes ou melons; lorfqu'elles font applaties par les deux bouts, on les nomme tambours.

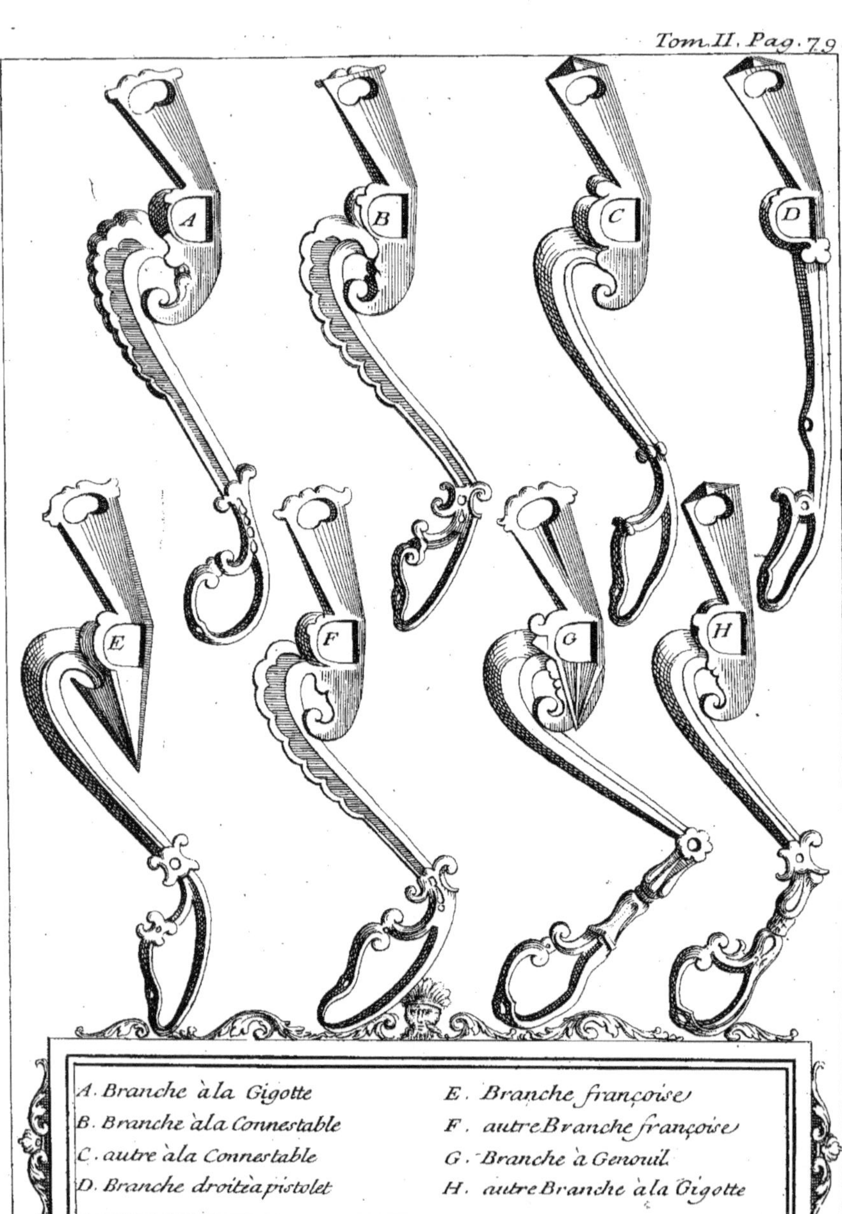
A
B
C
D
E
F
G
H
A. Branche à la Gigotte
B. Branche à la Connestable
C. autre à la Connestable
D. Branche droite à pistolet
E. Branche françoise
F. autre Branche françoise
G. Branche à Genouil.
H. autre Branche à la Gigotte

Les embouchures à berges , dont on se sert seulement pour les Chevaux qui ont la bouche fort petite &
peu fendue , & pour les Coureurs qui ont besoin de grande
haleine, sont rudes & sujettes à blesser la bouche des Chevaux.

Les poires renversées ou poires secrettes , sont les plus
rudes mords, dont on se serve à present , attendu que les
roueles & les annelets ne sont plus d'usage , parcequ'on a
reconnu qu'ils n'étoient propres qu'à ruiner la bouche des
Chevaux.

On se sert pour les Chevaux fort ardents , de genettes
que l'on convertit à present en genettes bâtardes pour les
rendre plus douces.

La véritable maxime pour connoître les embouchures
rudes, d'avec les douces, est de considerer celles qui portent
plus à vif sur la barre, c'est à-dire , qui la pressent davantage en portant sur le haut, qui est l'endroit le plus sensible :
ce sont celles qui approchent le plus de la ligne droite ,
qui déchargent davantage la levre & la langue, & qui
vont en grossissant à l'approche du talon ou de la liberté ,
comme sont les berges & les poires.

DES BRANCHES.

L A branche se proportionne à l'encoulure, & ne se peut
déterminer qu'à l'œil; car plus l'encoulure est longue,
plus la branche le doit être ; & au contraire , plus elle
est courte , plus aussi la branche doit être courte.

Il y en a de plusieurs façons, mais les plus en usage sont
les branches droites, comme sont les premieres que l'on donne à un poulin ; ensuite celles à pistolet ou à la Calabroise,
à la Françoise, à demi Françoise, à la Connétable , à la
euisse de chapon , gigotes, coupes brisées ou faillies, ou
bas rond , qui sont toutes flaques ou hardies : les flaques
sont celles qui relevent le plus la tête du Cheval ; les hardies le ramenent : mais il faut remarquer que la branche
fait ordinairement un de ces deux effets, ou de ramener sielle

eſt hardie, ou de relever ſi elle eſt flaque, & bien ſouvent elle fait tous les deux effets enſemble ; ſçavoir du coude juſqu'au plis du jarret elle ramene, & depuis ce plis juſqu'au tour qui ſera fort reculé en arriere, elle peut relever.

DE L'OEIL.

UNe partie de l'effet de la bride, dépend de l'œil bien proportionné ; plus il ſera haut, plus il tirera la tête du Cheval en bas, & par conſequent le ramenera ; mais s'il eſt trop haut, il contraint le Cheval à ſe trop ramener, & même à s'armer ; parceque la gourmette agit avec plus de force, & donne par conſequent plus de ſujetion à la tête : l'œil bas au contraire, rend la branche moins forte, parcequ'elle baſcule aiſément & releve, étant tenduë flaque, par le peu de hauteur de l'œil.

La bouche du Cheval étant peu fenduë, l'œil doit exceder la hauteur ordinaire, afin que la gourmette porte à ſa place, & faſſe l'effet qu'elle doit faire, ce qui n'arriveroit pas, ſi l'œil étoit de la hauteur ordinaire. Si la bouche eſt beaucoup fenduë, outre qu'il faut faire l'embouchure fort groſſe, & y ajoûter un tranche-file, il faut encore que l'œil ſoit plus bas qu'à l'ordinaire ; & avec cela l'on a beaucoup de peine à faire porter la gourmette, parceque ces Chevaux boivent la bride.

L'œil qui paroît fort haut, ſied mal au Cheval, quand la branche eſt courte ; & l'œil bas ſied mal, quand elle eſt extrêmement longue ; de ſorte que ſi l'on veut faire ramener un Cheval & le contraindre, on peut faire l'œil plus haut ; & ſi l'on vouloit le relever, & diminuer l'effet de la gourmette, il le faut faire plus bas. On peut auſſi faire l'œil plus haut, ſi la barbe eſt trop petite ou trop plate, afin de faire porter la gourmette ; & ſi la barbe eſt trop décharnée, il faut mettre l'œil bas. On met l'œil en arriere pour diminuer l'effet, qu'on eſt contraint de faire trop rude, & pour diminuer auſſi celui de l'embouchure, quoique quelques-uns diſent que l'œil en arriere releve.

De

DE LA GOURMETTE.

LE bas de la branche étant en avant ou en arriere, hardi ou flaque, gaillard ou foible, fait agir plus ou
moins puiffamment la gourmette ; c'eft pourquoi il faut
prendre garde, qu'elle porte en fon vrai lieu, qui eft fur la
barbe, & de conferver ce lieu fain & entier, avec tout
fon fentiment, parceque l'appui de la bride en fera plus
leger : car comme le principal effet de la bride eft dans
l'embouchure & dans la gourmette, il y autant de raifon
de conferver la barbe, comme les barres.

Pour connoître la jufte longueur de la gourmette, il
faut que le Cheval étant gourmé au fecond point, en lui
abandonnant toute la bride, la gourmette defcende un
bon pouce plus bas que l'endroit de fon vrai appui, lorfque le Cavalier tire la bride. Lorfqu'il y a peu de chair
fur la barbe, qu'il n'y a que la peau, que cet endroit eft
trop plat & trop étroit, & qu'on ne peut faire porter la
gourmette en fon vrai lieu ; alors il faut faire des crochets
à demi ronds, & plus longs qu'à l'ordinaire, lefquels ac-
compagnent & portent juftement le long de la levre, fans
pincer en aucun endroit. Les crochets fe mefurent ordinairement jufque fur le coude ; on les fait quelquefois plus
longs, mais rarement plus courts.

Quand les Chevaux ont la barbe fi délicate, qu'ils ne
peuvent rien fouffrir qui y touche, on fe fert de plufieurs
fortes de gourmettes, & particulierement de celles à la ge-
nette, qui font toutes rondes & d'une piece ; mais elles font
difficiles à faire porter en leur lieu, à moins qu'elles ne
foient bien tournées, & ne portent également par tout. On
fe fert auffi de gourmette de cuir groffe comme le pouce,
remplie de limaille de fer, afin que par la pefanteur
de cette limaille, la gourmette tombe & fe tienne à fa
place.

Si la barbe eft endurcie de cicatrices ou autrement, ou
fi elle eft extremement dure, charnue, & peu fenfible, il
faut fe fervir de la gourmette quarrée ; & de toute

les plus grosses sont les moins sujettes à blesser la barbe
Les gourmettes avec un ovale au milieu, & deux S aux
côtez de l'ovale, portent plus également par-tout que les
autres. elles à trois S portent inégalement, à cause que
les deux extrêmes font un coude, qui est plus avancé en
l'un qu'en l'autre ; mais à celles où il y a un ovale au milieu, les deux S font d'une meilleure façon, & portent également par tout.

On gourme presque tous les Chevaux au deuxiéme
point ; parcequ'on ajuste en cet endroit la gourmette, ensorte que l'essai du milieu, porte justement au milieu de la
barbe ; cependant on met la gourmette quelquefois au
premier, afin qu'ensuite mettant au second, qui est son
vrai lieu, l'appui de la bride se trouve plus leger.

De quelque façon qu'un mords soit construit, on doit
prendre garde qu'il ne soit point trop pesant, attendu que lorsqu'un Cheval commence à se lasser, & que son
inclination naturele lui fait porter la tête basse pour se
soulager du travail, le mords étant pesant contribuera
beaucoup à lui faire charger la main, ce qui est très-incommode.

REGLES POUR BIEN EMBOUCHER UN CHEVAL.

Lorsqu'on veut emboucher un Cheval, il faut le brider
de quelque bride que ce soit, faire monter quelqu'un dessus qui tienne la bride dans l'appui où elle doit
être, & faire marcher le Cheval au pas, au trot, & au galop, afin de remarquer dans ses mouvements, en quelle
posture est l'encouleure & la tête, s'il ne fait point de gri-
mace de la bouche, & s'il s'arrête facilement. Lorsque le
Cheval est arrêté, l'on considere les barres, les gencives, le canal, la langue, le palais, la levre, & la barbe.

Si le Cheval a les barres aiguës, peu chargées de chair,
la langue qui puisse tenir dans son canal, le palais assez
décharné, & la barbe où il n'y ait que la peau, c'est une

marque affurée qu'il a la bouche délicate, & même qu'il aura de la peine à fouffrir l'appui de la bride ; c'est pourquoi, il lui fauadr un mords fort doux. Si la langue est groffe, ce que vous connoîtrez lorfqu'elle ne peut contenir ni dans fon canal, ni dans fa liberté qui fera dans la bride ; fi le Cheval s'arme de la levre, ce que vous connoîtrez lorfque vous verrez que la levre s'est gliffée entre la barre & le mords ; fi le palais est gras, ce que vous remarquerez lorfque faifant bafculer la bride, la liberté est d'une raifonnable hauteur ; fi la barre est charnue & peu fenfible, ce qui fe connoît en examinant fi elle est ronde ou charnue, & fi en preffant enfuite le doigt deffus, le Cheval marque qu'il fent de la douleur: dans tous ces cas vous ordonnerez une embouchure convenable, fuivant les regles que nous avons ci-deffus expliquées.

Après avoir pris garde à l'embouchure, il faut ordonner la branche felon l'encoujure ; deforte que fi le Cheval porte le nez bas, il faut une branche flaque ; s'il porte le nez au vent, il faut une branche hardie; & felon fon imperfection il faudra ordonner la branche peu ou beaucoup flaque ou hardie. A l'égard de la façon de la branche, il importe peu qu'elle foit à la Françoife, à la Connêtable, ou à piftolet, pourvû qu'elle ramenne ou releve fuivant le befoin. Cependant il y a de certaines branches, dont le tour est plus propre pour ramener, & d'autres pour relever, mais cela git dans la fantaifie. La longueur fe juge a l'œil, en confiderant la proportion qu'il faut qu'elle ait avec l'encoulure.

Il y a de certains Chevaux, qui ont l'encoulure fi mal tournée, d'autres qui ont la ganache fi ferrée, qu'il ne faut pas prétendre pouvoir les ramener: par aucunes branches car c'est un défaut de nature qui ne fe peut corriger. D'autres portent fi bas naturelement, que quoique par le moyen d'une bonne bride, vous les releviez pour un moment, la laffitude les fera bien-tôt repofer à la main. Il y en a d'autres qui ont la bouche fi mauvaife, qu'il n'y a point de bride qui puiffe les arrêter, & avec lefquels un canon aura autant d'effet que le plus rude mords : c'est pourquoi il ne faut pas croire , que d'une méchante bouche une bride fi bien ordonnée qu'elle foit, puiffe en faire une bonne.

Lorfqu'un Cheval s'arme, il faut une branche courte, ferrée de coude, & flaque ; & fi les differentes branches que vous lui aurez ordonné ne l'empêchent point de s'armer, foit parcequ'il a l'encoulure trop molle, foit à caufe que la bouche eft trop fenfible ; il faut faire percer une boule, la paffer fous la fous-gorge, & la loger entre les deux os de la ganache ; cela l'empêchera de s'armer.

Lorfqu'un Cheval bat à la main avec la bride, que vous lui avez effayé, il faut voir d'où cela provient, & en quel endroit le mords le bleffe, fi les crochets ne lui pincent point la levre, fi la liberté ne choque point le palais, fi le mords ne pefe point trop fur les barres, fi la langue n'eft point trop preffée, & enfin découvrir l'endroit où cela l'incommode, pour y donner remede.

Il ne faut pas feulement prendre garde à la bouche & à l'encoulure, pour ordonner un mords convenable ; il faut encore confiderer fi le cheval a les épaules foibles, & les jambes ruinées. Car en ce cas, quoiqu'il eût la bouche fort bonne, il faudroit ordonner un mords plus rude ; parceque la laffitude l'obligeroit bien-tôt à fe fervir de la cinquiéme jambe, c'eft-à-dire du nez.

Il y a de certains Chevaux qui chargent la main, & qui ont ce défaut ou de nature, ou pour avoir été ruinez ; ce qui eft très-difficile à corriger : car quoiqu'on leur donne des brides rudes, qui pour un tems les tiennent en fujetion, d'abord qu'ils en ont trouvé le foible, ils pefent à la main comme auparavant.

La plûpart des mords viennent bien aux Chevaux qui ont quelque defaut dans la bouche, la premiere fois qu'on les effaye ; mais d'abord qu'ils ont trouvé le defaut, ils en méprifent l'effet, auffi-bien des rudes comme des doux.

Lorfque le Cheval a la langue fi grande & fi groffe qu'elle ne peut entrer dans la liberté qu'on donne au mords, de telle grandeur qu'elle foit, il faut attacher à la tranche-fil

du mords un simple fil d'archal de la grosseur d'un petit
canon de plume, en forme de mastigadour ; cela empêchera le Cheval de tirer la langue.

DIFFERENTES PROPRIETEZ DES CANONS
*& des Branches de brides, réprefentées dans les
planches ci-jointes.*

Des Canons.

CE Canon ou mords est propre au Cheval qui a la
bouche mediocre, l'appui au-delà de la pleine
main, la langue excessivement grosse, & qui a inclination
à porter bas.

B. Pour celui qui a la langue très-grosse, la bouche mediocre, le palais chatouilleux, & l'appui plus qu'à pleine
main.

C. Pour celui qui a la bouche mediocrement bonne, les
barres rondes, la langue grosse, & tout l'appui au de-là
de la pleine-main.

D. Pour celui qui a la bouche mediocrement bonne, la
barre ronde & charnue, la langue très-grosse, le palais
gras, & l'appui plus qu'à pleine-main.

E. Pour celui qui a la bouche assez mauvaise, la barre
ronde & charnue, la langue grosse, les levres dont il s'arme, & toute la bouche peu sensible, avec l'appui tirant à
la main.

F. Pour celui qui a les barres rondes, charnues & peu
sensibles, les levres menues, la langue grosse, l'appui chargeant la main, & la bouche mauvaise.

G. Pour celui qui a une fort méchante bouche & fausse,
les barres assez hautes, mais point sensibles, la langue groffe, qui s'arme de la lévre, & qui a beaucoup d'inclination à
porter bas.

H. Pour les Chevaux de Carrosse, & les Maliers : cette
embouchure tient le Cheval sujet, sans lui gâter la bouche.

I. Pour celui qui a les Barres baſſes, charnues, peu ſenſibles, la langue groſſe, les lévres groſſes dont il s'arme, un appui qui force la main ; c'eſt-à-dire qui a une fort méchante bouche. Il y a auſſi un Canon, dit Cul de baſſin à pignatelle, dont on ſe ſert pour les bouches déteſtables, qui ont les Barres pleines de chair, dépourvûes de ſenſibilité, la langue groſſe, qui s'arment de la lévre, & qui ont l'appui déſeſperé.

L. C'eſt la plus douce & la meilleure de toutes les embouchures ; on doit par conſequent la preferer à toutes autres, lorſque le Cavalier & le Cheval s'en accommodent.

M. Pour aſſurer les bouches qui battent à la main, parcequ'elles ſont trop ſenſibles, chatouilleuſes ou foibles.

N. Pour un Cheval qui a la bouche bonne, & qui cependant ayant la langue un peu groſſe, a l'appui ſourd.

O. Pour celui qui a l'appui fin, & par conſequent la bouche très-bonne, & qui a néanmoins la langue un peu groſſette.

P. Pour celui qui a la bouche peu fendue, & qui l'a bonne, ce qui eſt rare, attendu qu'il faut qu'un Cheval l'ait grande pour qu'elle ſoit bien faite.

Q. Pour un Cheval qui a la bouche bonne, la langue un peu groſſette, & l'appui à pleine main. On prétend qu'il eſt bon pour la guerre, parcequ'il peut ſouffrir un coup de main ſans s'abandonner.

R. Pour celui qui a la langue ſerpentine, & qui la paſſe ſur le mords, ce qui eſt déplaiſant à voir.

S. Pour celui qui a la bouche bonne, la langue groſſette, l'appui à pleine-main, & qui neanmoins a beſoin d'être tenu ſujet.

BRANCHES.

A. POur une encolure étendue droite en avant.
B. Pour un Cheval qui porte fort bas.

C. Pour celui qui naturelement porte beau.

D. Pour les Chevaux qui commencent, & principale-ment pour ceux qui ont l'encoulure trop mole, ou qui ont difficulté à vouloir donner dans la main.

E. Pour celui qui porte l'encoulure affez haute, mais qui tend le nez comme un cravate.

F. Pour celui qui porte bas.

G. Pour celui qui s'arme contre la poitrine.

H. Pour celui qui porte beau, mais qui par inclina-tion, manque de force ou par habitude, veut porter bas.

On doit fçavoir que par le terme général de mords, on entend non feulement l'embouchure, mais auffi les branches, la gourmette, les chainettes & les boffettes.

REGLES POUR BIEN SELLER UN CHEVAL.

CE qui fait la perfection d'une felle, c'eft lorfqu'elle eft commode au Cavalier & au Cheval. Pour cet effet elle doit être auffi près du Cheval que faire fe peut, parce-que par ce moyen l'homme étant à fon aife, il fe tiendra dans une pofture droite, & au milieu de la felle ; au lieu que la felle étant incommode, le Cavalier fe laffera bien-tôt, & enfuite pour chercher fa commodité fe mettra tantôt fur un étrier & tantôt fur l'autre, ce qui ne manque pas de fouler & bleffer le Cheval, ou tout au moins de le fatiguer extrêmement.

Pour que la felle foit près du Cheval, il faut non-feule-ment qu'il y ait très-peu de diftance entre les genouilleres & le corps, mais auffi que le garrot ne foit point trop élevé. Car pourvû qu'il y ait deux doigts entre le garrot du Cheval & l'arcade de la felle, cela fuffit. Lorfque l'arca-de eft trop élevée devant le moindre mouvement de l'hom-me fatigue fort le Cheval, à caufe que le branle en eft plus grand ; c'eft par confequent en quoi fe trompent ceux qui croyent garentir le garrot de leurs Chevaux, en faifant

élever l'arcade d'un demi pied ; car cela fatigue extrêmement l'homme & le cheval. Cependant, il faut prendre
garde que l'arcade ne porte pas à vif, & lorsqu'on voit
qu'elle s'approche de trop près, l'on y peut remedier en
faisant rembourrer fur le devant : mais que l'arcade foit
éloignée d'un pied, ou qu'elle ne le foit que de deux pouces, elle ne blellera pas plûtôt d'une façon que de l'autre.

Situation de lafelle.   Il ne faut pas que la felle porte non plus tout au long
de l'épine du dos, ce qu'on appelle fur la longe, ni particulierement fur le rognon ; car ce font les deux endroits les
plus dangereux, où un Cheval puille être blellé.

Sa propor- tion.   ' Quelques-uns pour leur commodité, veulent des felles
fort longues fur bandes ; mais il les faut proportionner à la
taille du Cavalier : les felles longues fur bandes font néanmoins bonnes pour toutes fortes de perfonnes.

Pour faire qu'une felle foit près du Cheval, il faut que
le fellier en mettant les arçons fur bandes, foit de fer, foit
de bois, prenne garde qu'elle foit près du rognon & du
garrot : car fi les bandes font attachées bas, il eft impofli-
ble qu'une felle foit près du Cheval ; parceque le Cavalier
étant dellus, & voulant ferrer les cuilles, rencontrera les
bandes, ce qui l'éloignera du Cheval.

Les Selliers qui entendent leur mêtier, tournent les
bandes de façon, que quoiqu'il femble que la felle porte
fur le garrot quand on la pofe fur le Cheval, néanmoins
fitôt que le Cavalier eft allis dellus, la charge eft fur le
derriere, & fait élever la felle au-devant, enforte qu'il eft
impoffible qu'elle puille blellex le Cheval.

Des paneaux.   Il faut que les paneaux foient dellus, parceque cette
grande épailleur nuit, en ce qu'elle éloigne le Cavalier du
corps du Cheval ; & de plus les mouvements font plus incommodes pour lui.

Selles An- gloifes.   Les Anglois font les felles rafes & plus près du Cheval,
que qui que ce foit ; quoiqu'elles foient plus rudes que les
autres ; cependant tout homme qui s'en eft fervi quelque
tems, leur donne la préference : car quoiqu'elles foient dures & petites, on fe tient beaucoup mieux dellus, & on s'y

écorche

écorche moins qu'avec les felles à la Françoife, dont les grands fieges rembourez de laine ou de plume s'échaufent promptement, ce qui fe communique aux feffes de l'homme, & caufe par confequent de grands maux au Cavalier, fur-tout en courant la pofte.

La bonne façon des felles après celles à l'Angloife, fur-tout pour le voyage, font celles qui ont le devant à la Françoife, & le derriere à l'Angloife, les bandes de fer & toute la felle fur des couffinets. Les grandes felles qui font extrêmement hautes fur le devant, à la mode de la Province, font fort incomodes, en ce que cette hauteur fait que l'homme eft affis fur le croupion, & qu'il fe laffe extrêmement, particulierement les reins. Mais comme cela dépend de la fantaifie, chacun peut choifir la felle qui lui convient : pourvû qu'elle porte également, & qu'elle ne preffe pas plus en un endroit qu'en l'autre, il importe peu de quelle façon elle foit tournée.

Il faut fur-tout prendre garde que l'arçon de devant foit logé dans les folieres qui font au-devant des épaules, & que les pointes des arçons, ne preffent ni ne ferrent les épaules; parceque la pointe étant trop large, l'arçon porteroit feulement au droit des mamelles, ce qui fouleroit le Cheval : il faut donc que l'arçon porte également partout, autant celui de devant comme celui de derriere ; mais ordinairement celui de devant embraffe davantage que l'autre.

Il arrive fouvent que les Etrivieres bleffent le Cheval fur les côtes, parcequ'à l'endroit où elles font attachées aux bandes, il n'y a entr'elles & la peau du Cheval, que la fimple peau des paneaux, enforte que ceux qui branlent les jambes, frotent les côtes du Cheval & l'écorchent. Pour empêcher que cela n'arrive, il faut attacher une courroie, qui foit étendue d'une pointe d'arçon à l'autre, & l'étriviere par ce moyen étant deffus, ne frotera point le corps du Cheval.

Il faut prendre garde que la toile des Paneaux ne foit ni groffe ni dure ; pour cet effet il faut la battre avec une gaule, pour ôter la dureté qui provient de la fueur du Che-

Remarques.

Etrivieres.

Toile des paneaux,

val, & qui le blesseroit. Les paneaux doivent déborder d'un bon pouce, au-dessous des pointes des arçons, & être remplis s'il se peut, de bourre de Cerf, parcequ'elle ne durcit pas si-tôt à la sueur. Le siege de la selle doit être relevé de bonne laine, & non pas de crin, ni de plumes.

Ceux qui croyent que les gros paneaux fort épais empêchent le Cheval d'être blessé, se trompent très-fort ; pourvû que la selle porte par tout également, elle ne sçauroit blesser le Cheval, & quand les paneaux ne seroient épais que d'un doigt, ils sont aussi bons que s'ils avoient l'épaisseur d'un matelas.

Pour voir
si la selle est
bien placée. Pour connoître si la selle porte bien par tout, il faut faire monter un homme dessus, parceque lorsqu'elle est chargée on s'apperçoit si elle blesse le Cheval en quelqu'endroit, en examinant le lieu où elle le presse plus qu'en l'autre. On connoîtra si la pointe des arçons porte trop, lorsqu'en faisant marcher le Cheval, la chair & la peau déborderont autour. On doit comme nous l'avons dit placer l'arçon devant les solieres, c'est à-dire au défaut des épaules, afin que la selle soit justement au milieu du dos, & charge également le train de derriere & celui de devant, & n'empêche point le mouvement de l'épaule, comme elle feroit si elle étoit trop avancée. Il faut aussi prendre garde qu'elle n'avance pas trop en arriere, car pour peu que le Cheval soit étroit de boyaux, les sangles viendront à tout moment contre le fourreau.

Moyen d'em-
pêcher que la
selle ne blesse
le Cheval. Les Allemands se servent d'une invention assez bonne, pour empêcher que leurs Chevaux ne se blessent sous la selle, quoiqu'ils suent & fatiguent extrêmement : ils coufent une peau de Chevreuil, qui couvre tous les paneaux, le poil étant contre celui du Cheval : comme cette peau ne s'endurcit jamais, le poil du Cheval ne peut par consequent être offensé.

De la crou-
piere. La Croupiere doit être juste, & placée de façon qu'elle ne porte point sur le rognon ; & pour éviter que les boucles ne blessent le Cheval, il doit y avoir un petit coussinet dessous, lorsqu'il ne porte rien sur la croupe ; & un

plus grand, s'il doit être chargé d'un lourd porte‑man‑
teau, &c.

Le Culeron ne doit être ni trop gros ni trop petit, ni
la croupiere trop tendue, parcequ'en ce cas le Cheval se
blesseroit sous la queue, ce qui arrive particulierement
dans les pays montueux, sur‑tout aux Chevaux qui sont
bas du devant, & lorsque la selle est basse devant & haute
derriere. Les Cavales sont plus sujettes que les Chevaux
à se blesser ainsi, à moins qu'on n'ait soin de faire relever
leurs selles par devant beaucoup plus que celles des Che‑
vaux. Lorsque la croupiere a blessé le Cheval, si l'on est
obligé de marcher, il faut faire coudre une grosse Chan‑
dele dans le culeron, laquelle venant à se fondre desse‑
chera la playe : mais si l'on est de repos, on doit mettre
tous les jours sur la playe du charbon pilé.

Le Poitrail doit être aussi d'une juste longueur, & que
les potences ne soient ni trop longues ni trop courtes ;
car lorsqu'elles sont trop longues, elles descendent plus
bas que le mouvement de l'épaule, & empêchent le Che‑
val de marcher ; & si elles sont trop courtes, le poitrail
cause le même inconvenient, & peut de plus couper le
poil du poitrail, & blesser le Cheval. Lorsque malgré
toutes ces précautions le poil se coupe, il faut mettre un
morceau de Chevreuil ou de Veau dessous, particuliere‑
ment sous la portée des fourreaux des pistolets, dont la pe‑
santeur peut causer cet inconvenient. L'on doit aussi pour
la même raison prendre garde, que les boucles qui tien‑
nent le poitrail attaché aux arçons ne portent contre le
poil.

Enfin, pour qu'un Cheval soit bien sellé, il faut qu'il y
ait à la selle, de bonnes sangles, bien larges, sans coutu‑
re & sans nœuds, avec deux contre‑sanglons de bon cuir
de chaque côté de l'arçon, un bon surfaix, une forte paire
d'étrivieres, & de bons étriers. Les étriers doivent être
grands & forts, sur‑tout aux selles Angloises ; mais aux
selles Françoises ou demi Françoises, ils peuvent être
ronds, & à barres par le bas, sans touret au haut, mais pen‑
dus à l'étriviere comme les étriers Anglois, ou avec une

Culeron.

Poitrail.

M ij

chapelle. Les étriers qui font pendus avec un touret, font appellez à l'ivrogne, parce qu'ils font droits de tous fens ; mais ce touret en s'ufant fe dénoue fort aifément. Au furplus chacun peut fe fervir d'étriers à fa fantaifie, pourvû que l'on entre & forte facilement de dedans, & que l'on n'y puiffe demeurer engagé, ce qui pourroit caufer la perte du Cavalier.

REMEDES POUR LES PRINCIPALES
Maladies qui furviennent aux Chevaux.

De la Saignée des Chevaux.

L'A faignée étant néceffaire aux Chevaux, tant pour les préferver de maladie, que pour les guerir de celles qui leur furviennent, voici les endroits où l'on leur tire du fang ordinairement.

Premierement aux deux côtez du col, qu'on appelle veines jugulaires, pour toutes les maladies qui ont befoin d'évacuation.

Aux temples ou larmier, pour les maux des yeux venus par accidents exterieurs.

Sous la langue, pour les tranchées, ou quand le Cheval eft trop échaufé de travail.

Au travers des nazeaux, en leur perçant d'outre en outre avec un poinçon, pour les tranchées.

Au milieu du troifiéme ou quatriéme fillon du palais, ce qui s'appelle un coup de corne : cette faignée eft bonne pour tout Cheval dégouté.

Aux ars, pour les éforts d'épaules ou fourbures.

Aux pinces, pour les folbatures, & maux de pied.

Aux flancs, pour les tranchées & maux de ventre.

Au plat des cuiffes, pour les fourbures & éforts de hanche.

A la queue, pour la fievre & pour la pouffe.

Il faut prendre garde en tirant du fang de n'afoiblir pas trop la nature, & fur-tout de ne point faigner dans les grandes chaleurs, ni dans les grands froids, à moins que ce ne foit une néceffité.

On faigne les Chevaux au Printems & en Autonne par précaution ; mais il faut que le jour devant la faignée, & celui d'après, le Cheval foit en repos. La plus grande ouverture eft la meilleure, parceque le fang groffier & épais fort, au lieu que fi l'ouverture eft petite, il ne fort que le plus fubtil.

On choifit le troifiéme & le quatriéme jour de la Lune pour la faignée, & le déclin pour la purgation.

Signes qui font connoître qu'un Cheval eft malade.

Le premier figne qu'un Cheval donne de fa maladie eft le dégoût ; après quoi comme l'œil de cet animal eft le miroir de fon interieur, il faut voir s'i lne l'a point hagard & farouche, & enfuite il faut examiner s'il a l'oreille froide, la bouche échaufée, pâteufe & baveufe, le poil heriffé aux flancs & lavé aux extrêmitez plus qu'à l'ordinaire, c'eft-à-dire, s'il l'a déteint ayant accoûtumé de l'avoir vif ; fi la fiente eft dure & noire, ou verdâtre : s'il urine clair, c'eft-à dire une eau claire & crue : il faut encore remarquer fi l'œil lui pleure, s'il a la tête pefante & baffe, s'il chancele en marchant : il faut faire attention fi de vigoureux qu'il étoit, il devient tardif & pefant ; fi ayant été vicieux aux autres Chevaux, il ne l'eft plus ; s'il fe leve & couche fouvent en regardant fon flanc ; fi les flancs lui redoublent, fi le cœur lui bat, s'il fe néglige fans fe foucier de tout ce qu'on lui fait.

Lorfqu'un Cheval a été long-tems malade, qu'il ne fe campe plus pour piffer, & qu'au lieu de tirer il laiffe fimplement dégoûter l'urine dedans le fourreau, c'eft un figne mortel : c'en eft un prefque pareil lorfque la queue & le crin s'arrachent avec beaucoup de facilité.

C'eft un figne de maladie dangereufe, lorfqu'un Cheval malade ne fe couche point, ou s'il fe couche & fe releve d'abord ne pouvant refpirer étant couché. Si au contraire au déclin d'une maladie, le Cheval fe couche & demeure long-tems couché, c'eft un très-bon figne.

Lorfqu'un Cheval malade montre le blanc de fes yeux au haut, c'eft figne que la maladie fera longue.

A ces fignes ont peut conjecturer que le Cheval eft malade; ainfi il faut tâcher de découvrir l'efpece de la maladie, pour y apporter les remedes convenables. Nous allons en donner ici quelques uns que nous avons appris des meilleurs Maréchaux, afin d'aider les Officiers qui peuvent en avoir befoin pour leurs Chevaux, foit dans les marches, foit à l'armée, où il arrive fouvent que faute d'un foible fecours, ils font expofez à des pertes confiderables pour eux & pour le fervice du Roy.

Du Lampas.

Le Lampas eft une croiffance de chair, groffe environ comme une noifette, qui croît dans le palais auprès des pinces, & furpaffe les dents; deforte que le Cheval voulant manger l'aveine reffent de la douleur, & quitte le manger. Le remede eft de l'emporter avec un fer rouge fait exprès; mais il faut prendre garde que ce fer rouge ne brûle l'os, parcequ'il faudroit qu'il en tombât une efquille, ce qui auroit des fuites fâcheufes.

Des Barbes ou Barbillons.

Les Barbillons font une petite croiffance de chair qui vient dans le Canal fous la langue, de même figure qu'on en voit aux barbeaux, laquelle empêche le Cheval de boire. Le remede eft de les couper avec des cizeaux le plus près qu'on peut, & enfuite les frotter de fel.

Du Tic.

Les remedes qu'on peut apporter à ce mal, ou à cette fantaisie, ne réüssissent pas toûjours : quelques-uns tiennent le col du Cheval ferré avec une courroie du cuir large de trois doigts, le plus près de la tête qu'il se peut, sans néanmoins lui empêcher la respiration. D'autres font couvrir les bords de la mangeoire avec du fer blanc ou des peaux de Mouton la laine en dehors; ou ils les frottent avec quelque herbe fort amere, ou avec de la fiente de Vache ou de Chien : mais le plus assuré moyen est de faire manger les Chevaux attaquez de ce mal en un lieu où il n'y ait point de mangeoire, & leur donner l'aveine dans un havre-sac comme il se pratique à l'armée.

Des Surdents.

On appelle surdents, lorsque les dents machelieres viennent à croître en dehors & en dedans, ensorte qu'elles piquent ou pincent la chair ou la langue, & empêchent le Cheval de manger. Le remede est de les rompre avec une gouge, ou de les limer ; ce dernier moyen est préferable, parceque l'autre peut ébranler plusieurs dents.

De la bouche blessée ou entamée.

Quand par la faute du Cavalier ou de la bride, les barres sont offensées ou rompues, il faut si la blessure est petite, & que l'os ne soit pas rompu, frotter cette partie avec du miel rosat, au moins huit fois par jour; mais si l'os est rompu, & qu'en passant le doigt sur la blessure, on trouve quelque pointe qui pique, où il y ait ulcere formé. il faut prendre un peu de cotton imbibé d'esprit de vitriol ou de sel l'introduire dans le trou de la barre, & l'y laisser agir pendant qu'on tient la langue d'une main, & de l'au-

tre la bouche ouverte, de crainte que ce remede ne porte
ailleurs que fur le mal : car comme il eft corrofif, il feroit
du mal où il n'y en a pas. Le lendemain de cette opera_
tion & tous les jours fuivants, il faut frotter le mal avec
du miel rofat ou commun, & l'efcarre tombera : il faut en_
fuite avoir foin d'y mettre fouvent de l'eau de vie ou du fu_
cre, & l'ulcere guerira.

Cheval dégoûté.

Il y a des Chevaux naturellement délicats, que la moindre chofe dégoûte, deforte qu'une ordure dans leur aveine, un brin de foin moifi ou autre vetille les empêche de
manger : d'autres font dégoûtez parcequ'ils font malades,
& d'autres parcequ'il leur eft venu des cirons fous les lévres : cette incommodité qui eft peu connue n'eft pas confiderable ; cependant elle empêche abfolument le Cheval
de manger, à caufe des dégoûts qu'elle lui caufe ; pour la
guerir il faut couper la premiere peau au dedans des lévres à l'endroit ou font les cirons, & frotter enfuite ces
incifions avec du fel & du vinaigre par tout le dedans
des lévres.

Si vous ne connoiffez point la caufe du dégoût d'un
Cheval, il eft à propos de lui donner le matin un coup
de corne, ou bien de le faigner au palais avec la lancette.
L'on fait cette faignée au milieu du palais entre les deux
crocs ; & fi c'eft une jument, au troifiéme ou quatriéme
fillon : lorfqu'elle eft faite, l'on donne au Cheval environ
deux picotins de fon mouillé, pour lui arrêter le fang. Il
y a plufieurs autres remedes pour les Chevaux dégoûtez,
que l'on pourra voir dans les Livres que j'ai citez.

De la Gourme.

La Gourme eft une vuidange ou décharge des humeurs
fuperflues que le Cheval a contractées dans fa jeuneffe :
elle fort ordinairement par abcès au-deffous de la gorge,
entre les deux os de la ganache, ou par les nazeaux. Il y a
des

des Chevaux qui la jettent par une épaule, ou par un jarret, ou par deſſous le rognon, ou par un pied, enfin par
la partie du corps qu'ils ont la plus foible, & communément par un endroit bleſſé.

Pour bien faire jetter la gourme à un Cheval, il faut
l'enveloper ſous la gorge avec une peau d'Agneau ou de
Mouton, la laine contre le poil, le tenir bien chaudement, bien couvert & hors des vents. Il faut frotter tous
les jours la glande & autour de la ganache, avec un onguent compoſé d'huile de laurier & de beurre frais en quantité égale, avec autant d'onguent d'Althea que des deux
autres enſemble. Il faut bien mêler le tout, & en
graiſſer la tumeur : cet onguent fera venir les glandes à
maturité. Lorſque vous remarquerez que la matiere y ſera, ſi elle ne peut ſe percer d'elle-même, il faut appliquer
à chaque tumeur, un bouton de feu, & l'eſcarre des endroits ou vous aurez mis le feu étant tombée, appliquez
dans le trou une tente frottée de ſupuratif, qui eſt du
Baſilicum commun. Si le Cheval jette bien par les nazeaux,
il ne lui faut rien faire, mais ſeulement le tenir chaudement
& le promener ſoir & matin.

Cheval morfondu qui touſſe fort.

Prenez quatre onces de miel roſat & autant de ſuc de
regliſſe, du fenouil grec, graine de paradis, commin, ca-
nelle, girofle, gingembre, gentiane, ariſtoloche, anis &
coriandre, de chacun deux dragmes : il faut mettre en
poudre ce qui peut être pulveriſé, mêler le tout & le
donner au Cheval dans une chopine de vin blanc, & ſix
onces d'eau de Chardon benit. Il faut après cela le promener ſouvent.

De la Morve.

La Morve eſt un écoulement par les nazeaux d'une grande quantité d'humeurs flegmatiques, visqueuses, blanches, ou rousses, jaunâtres ou verdâtres. Les signes pour la connoître sont quand le Cheval, hors d'âge de pousser la gourme, jette sans tousser grande abondance de matiere par les nazeaux, & lorsqu'entre les deux os de la ganache on trouve une ou plusieurs glandes attachées à l'os, qui sont douloureuses : quand même elles ne seroient pas attachées, si elles sont fort dures ou fort douloureuses, c'est presque toûjours signe de morve. On peut distinguer les Chevaux morveux de ceux qui sont morfondus, en ce que les premiers ne jettent ordinairement que d'un côté, & les autres presque toûjours des deux.

Je ne parle point de cette maladie pour donner les moyens de la guerir, mais seulement pour apprendre à la connoître ; je dirai donc seulement qu'aussi-tôt qu'on s'est apperçû qu'elle est inveterée, le plus court est d'abandonner le Cheval & même de le tuer, plûtôt que de le laisser dans une troupe. Cette précaution est d'autant plus nécessaire, que cette maladie se communique plus qu'aucune autre ; puisque non-seulement les Chevaux qui sont auprès de celui qui est attaqué la prennent ; mais l'air se corrompt & s'infecte, ensorte qu'il est capable de la communiquer à tous ceux qui sont sous le même toit & dans le même Camp.

Ceux qui croyent que cette maladie est curable, trouveront de quoi s'employer dans les Livres composez pour ce sujet.

Des maux des yeux.

Les Chevaux ont mal aux yeux par fluxion ou par accident ; c'est-à-dire, par cause interne ou externe. Lorsque ce mal vient d'un coup ou d'une blessure, peu de tems après l'accident il est au plus haut point où il puisse aller : mais il est plus aisé à guerir que la fluxion, surtout si l'on en est averti sur le champ ; parceque l'opposition de la mauvaise disposition du corps ne s'y rencontre pas. La fluxion se connoît en ce que les yeux sont pleurants, chauds, rouges , & enflez : elle ne vient pas ordinairement tout d'un coup ; ainſi on peut remarquer tous les jours le progrès du mal.

Pour traiter un Cheval des maux aux yeux, quels qu'ils ſoient , il faut lui ôter abſolument l'aveine , lui donner ſeulement du ſon mouillé , ne le point travailler , & ne le pas tenir dans une Ecurie trop chaude ; car la grande chaleur de l'Ecurie augmente beaucoup ſon mal , de même que le grand froid. Si c'eſt une fluxion , il ne faut point lui tirer de ſang ; car on lui feroit perdre la vue : quand la fluxion eſt paſſée , il faut lui barrer la veine au larmier.

Si l'œil du Cheval eſt rouge, enflé, chaud & fermé, il faut d'abord y mettre ce qui ſuit. Prenez du bol commun en poudre , démêlez-le avec du vinaigre & deux blancs d'œûfs, pour en faire comme une pâte, que vous appliquerez autour de l'œil ſoir & matin : mettez dans l'œil de l'eau de vie ou de l'eau que vous compoſerez ainſi : après avoir fait durcir un œuf frais , ôtez-en la coque , fendez-le en deux pour en tirer le jaune, mettez en place de ce jaune gros comme une noix de couperoſe blanche , réuniſſez les deux moitiez , & après avoir enveloppé l'œuf d'un linge blanc & fin , mettez le tremper dans un demi verre d'eau roſe pendant ſix heures ; jettez enſuite l'œuf bien égoûté , & vous ſervez de l'eau, pour en mettre huit ou dix goutes dans l'œil avec une plume ſoir & matin ; c'eſt un remede infaillible. Si vous vous ſervez de l'eau de vie , il en faut remplir une petite éponge fine , avez laquelle vous mouillerez l'œuil malade cinq ou ſix fois le jour. Ce remede eſt également bon aux coups & aux fluxions. Si vous êtes hors d'état d'avoir ſur le champ ce qu'il vous faut , vous y pouvez ſuppléer avec de l'urine , &c.

De l'Emoragie.

L'Emoragie eſt une perte de ſang par le nez ou par la bouche : ſi l'on n'y apporte un prompt remede , elle fait mourir le Cheval, ou le rend ſi foible qu'il eſt long-tems hors d'état de ſervir. C'eſt pourquoi , auſſi-tôt qu'on voit

un Cheval perdre du fang par ces endroits , il faut le faigner des flancs, ou des plats des cuiffes, ou plûtôt du col
fi on ne lui en a pû tirer abondamment d'ailleurs : il faut
enfuite prendre d'une herbe nommée de la trainaffe , en
Latin *Centinodia* ; elle eft fpecifique pour arrêter le fang ;
il faut la concaffer bien fort, en remplir les nazeaux , en
lier fur les larmiers & fur les rognons qui font au defaut
de la felle, & même fur les tefticules fi le Cheval eft entier. A la place de cette herbe, qui eft néanmoins fort commune, on peut fe fervir de l'ortie & l'employer de même. Il
faut fi l'on peut mettte le Cheval dans l'eau jufques au
flanc pendant deux heures , fi c'eft en Eté , temps ordinaire où ce mal prend. Si l'on n'eft pas en lieu où il
y ait de l'eau , il faut couvrir la tête & le dos du Cheval
avec un drap en fept ou huit doubles, mouillé dans l'oxicrat, lui tenir la tête haute, ne le point laiffer coucher, &
jetter fouvent de l'eau fraîche aux tefticules & au fourreau ; il faut réiterer la faignée le lendemain, & lui donner des lavements rafraîchiffans : il n'y a point de remede
plus fûr.

Mal de Cerf.

Le mal de Cerf eft un rhumatifme mortel, qui tient les
mâchoires & le col du Cheval fi roides, qu'il ne peut les
mouvoir pour manger ; les yeux lui tournent en montrant
le blanc en haut, par un mouvement convulfif comme s'il
alloit mourir ; par intervale il a des battements de flanc
& de cœur très-violents : quand on lui manie le col , on le
fent roide & fort tendu , la peau eft feche & aride : fouvent le corps eft tout roide , & le derriere auffi empêché
que le devant : dans cet état le mal eft prefque fans remede. Cette maladie peut provenir de plufieurs caufes ; fçavoir, lorfque le Cheval a tiré avec éfort contre fon li-
col, ce qui a caufé un éfort aux mufcles du col ; ou lorfqu'il a fouffert du chaud ou du froid à contre-temps , ou
lorfqu'il a paffé d'une grande chaleur à un grand froid
dans un moment.

Le remede est de lui donner des lavements remollitifs
soir & matin, lui tirer souvent du sang, & même de deux
jours l'un, observant de ne faire qu'une demie saignée
chaque fois. Pour sa nourriture il faut détremper du son
avec beaucoup d'eau, & le laisser devant lui, attendu qu'il
ne peut manger ni foin ni paille, & lui donner de l'eau tiede à boire. Après la saignée & les lavements, il faut prendre égale partie de therebentine & d'eau de vie, les bien
battre ensemble, & en frotter le col sur les muscles & aux
machoires ; deux heures après frotter encore les mêmes
endroits, avec de l'onguent d'althea ; frotter tous les matins les mêmes parties avec cet onguent, & les soirs avec
de l'eau de vie, & lui enveloper le dessous de la gorge
avec une peau d'Agneau. Si le Cheval est pris de tout le
corps, il faut lui frotter les reins avec l'onguent d'althea
& l'esprit de vin, le couvrir d'un drap mouillé dans de la
lie de vin chaude, mettre la couverture par dessus : il faut
réiterer ce frottement & cette fomentation tous les jours,
& tenir le Cheval en lieu chaud. Si le Cheval n'a pû ni
boire ni manger, comme il arrive presque toûjours, il faut
prendre une livre de farine d'orge fine, & la démêler avec
de l'eau, comme si on en vouloit faire de la bouillie, la
laisser cuire jusqu'à ce qu'elle commence à s'épaissir, & y
ajoûter alors gros comme un œuf de sucre en poudre, & lui
faire avaler le tout modérement chaud par les nazeaux,
moitié par l'un & moitié par l'autre.

Des Avives.

Les Avives font des glandes proches du gosier, qui étant
moïles & spongieuses font sujettes à une inflammation, qui
cause une enflure à cet endroit, & empêche la respiration qui est si nécessaire à la vie, que si le Cheval n'est
promptement secouru, il court risque de la perdre. Le travail que cette difficulté de respirer lui cause, fait qu'il se
veautre, qu'il se couche & se leve souvent, qu'il se débat
& s'agite, croyant par ces mouvements se défaire de la
douleur qui l'oppresse, & qui le suffoque. La cause la plus

ordinaire de ce mal, eſt lorſque le Cheval paſſe dans un moment du grand chaud au grand froid, & ſurtout quand on le fait boire, étant trop échaufé : il provient encore de l'avoir ſurmené, c'eſt-à-dire, de l'avoir travaillé au-deſſus de ſes forces & de ſon haleine, ou d'avoir mangé trop d'aveine, d'orge, de froment, ou de ſeigle.

Pour y remedier, il faut voir ſi le poil quitte & s'arrache aiſément à cet endroit, ce qui eſt une marque de maturité : alors il faut prendre toute la glande avec les tenailles ou triquoiſes, & battre la tumeur tout doucement avec le manche du brochoir juſqu'à-ce qu'on la juge ſufiſamment corrompue : ou bien il faut broyer les glandes ou tumeurs avec la main, aſſez long-tems pour corrompre les avives, afin d'en ôter la dureté : ce moyen eſt aiſé & le plus certain. Si néanmoins elles étoient ſi groſſes qu'il y eût danger que le Cheval n'en fût ſuffoqué, il faut les ouvrir, pour lui donner plûtôt du ſoulagement.

Des Tranchées.

Les Tranchées ſont des douleurs dans les boyaux : l'on connoît qu'un Cheval en eſt travaillé, lorſqu'il ſe débat, qu'il ſe couche & ſe releve ſans ceſſe : ce mal provient de pluſieurs cauſes. S'il vient d'avoir mangé trop de grain, il faut aider à la digeſtion par un lavement d'une décoction émolliante & carminative, où vous ajoûterez une pinte de vin Emetique, ou l'infuſion de *Crocus Metallorum.* Il faut en même tems diſſoudre dans une chopine d'eau de vie une once de Theriaque ou Orvietan, & une pincée de Saffran, & faire avaler le tout au Cheval, d'abord qu'il aura rendu ſon lavement. Si ce remede ne guerit pas le Cheval, il le faut promener, le couvrir, & empêcher qu'il ne ſe couche, & lorſqu'il eſt à l'Ecurie lui paſſer une baſſinoire plaine de braize au-deſſous du ventre pendant un quart d'heure ou demie heure.

Les tranchées qui ſont cauſées par les vents ſe gueriſſent par un ſimple lavement carminatif, ſi le Cheval n'eſt pas enflé.

Celles qui proviennent de pourriture ou corruption font de plus grande conféquence : on connoît qu'elles font de cette efpece, lorfque le Cheval fait éfort pour fienter, & qu'il ne le peut, qu'il fue aux flancs & aux oreilles, qu'il fe couche & fe releve fouvent, qu'il regarde fon flanc, & ne veut point manger. Cette maladie eft fouvent précedée d'un flux de ventre. Le remede eft un lavement avec deux pintes de lait, ou de bouillon de trippes, quatre ou cinq onces d'huile d'olive, autant de beurre frais, une demie douzaine de jaunes d'œufs & deux ou trois onces de fucre. Il faut le réiterer au bout de trois heures, & y ajoûter deux onces de bonne Antimoine diaphoretique. Si le mal eft long, il eft bon auffi de donner au Cheval par reprifes deux livres d'huile, moitié rofat & moitié huile commune, avec huit onces de fucre fin, une chopine d'eau rofe, mêler le tout, & lui en faire prendre de trois heures en trois heures un verre avec la corne : après chaque prife il faut le promener au pas un quart d'heure, & enfuite le nourrir avec du fon pendant fept ou huit jours.

Les tranchées caufées par les Vers fe connoiffent lorfqu'on en trouve dans la fiente, & que le Cheval fe mord les flancs & fe les regarde, qu'il fue par tout le corps, & qu'il fe roule & fe débat. Le remede eft de mettre une demie once de fublimé doux, avec une once & demie de Theriaque vieille, & de former du tout trois pilules qu'on lui fera avaler avec une chopine de vin rouge : il faut une heure après lui donner un lavement fait avec deux pintes de lait, demie douzaine de jaunes d'œufs, & un quarteron de fucre.

Les tranchées caufées par la difficulté d'uriner, font très-dangereufes : l'on les connoît lorfque le Cheval fe leve & fe couche, qu'il fe débat, qu'il fe préfente pour uriner & ne peut, que le corps lui enfle, & qu'il fue aux flancs. Le remede eft un lavement avec les cinq racines apperitives, & le policrefte : ou une demie livre de Therebentine commune délayée avec demie douzaine de jaunes d'œufs, dans une décoction des cinq herbes émolliantes avec une once de *Milium folis* en poudre : faites cuire le tout & le paffez ; que la décoction refte fufifamment chaude, diffolvez & délayez la Therebentine dedans, avec trois onces d'huile carminative, ou au defaut autant de Catolicum commun. Quand le Cheval aura rendu fon lavement, donnez-lui deux onces de Colophogne en poudre dans une chopine de vin blanc, & promenez-le ; c'eft un remede certain.

Les tranchées rouges font mal-aifées à difcerner d'avec les autres, & doivent être cependant traitées differemment, attendu qu'elles proviennent de chaleur. Le remede eft de commencer par la faignée du col, & une heure après celle des flancs ; après quoi il faut donner des lavements avec du fang d'Agneau ou de jeune Mouton tout chaud. Au defaut de ce remede, il faut faire une décoction de pourpier, d'ofeille, de laitue, de chicorée, d'un demi concombre, y mettre une once & demie de fcories de foye d'antimoine en poudre fine, faire bouillir le tout l'efpace d'un demi quart d'heure ; & après avoir coulé la décoction, il faut diffoudre dedans fix onces de miel rofat. Si le Cheval n'eft point foulagé, il faut l'abattre & le coucher fur le dos les jambes en haut, & mouiller quatre ferviettes l'une aprés l'autre dans de l'eau tiede, les étendre fur tout le ventre du Cheval fans toucher aux flancs, & le tenir dans cette fituation pendant un quart d'heure, remouillant dans l'eau tiede une couple de fois les ferviettes.

Du Vertige.

Le Vertige ôte tellement l'ufage des fens au Cheval, qu'étant prefque fans connoiffance, il chancelle, tombe, & donne même de la tête contre les murs, ou contre ce qu'il rencontre. Le remede eft de le faigner des flancs, & du plat des cuiffes, & enfuite lui donner un lavement avec deux pintes de vin Emetique tiede & un quarteron d'onguent *Populeum*, & le laiffer quelque tems en repos.

De

De l'Efort de l'épaule, de l'Ecart, ou du Cheval entre-ouvert.

Ce mal eſt difficile à connoître, particulierement quand on n'a point vû faire l'éfort au Cheval, & qu'il ne fauche point; c'eſt-à-dire, qu'en cheminant il ne porte point la jambe en tournant, faiſant un demi-rond avec le pied, au lieu de le porter droit en avant; car s'il fauche c'eſt une marque infaillible qu'il a fait éfort à l'épaule, & qu'il eſt entre-ouvert, ou qu'il a fait écart. S'il ne fauche point, & que néanmoins il boite, on le fait tourner & troter en rond ſur le côté malade aſſez court, & on obſerve comme il poſe ſon pied à terre; car ſi le mal eſt à l'épaule, il poſera le pied à terre ſans craindre, pour la ſoulager. On peut auſſi lui prendre le bras, & le faire aller en avant & en ar-riere, pour faire mouver l'épaule, afin de voir s'il ne feint point quand on lui fait faire ce mouvement. Souvent le Cheval boitera du train de devant ſans être entre-ouvert, pour avoir fait quelque leger éfort, ce qui n'eſt pas un mal conſiderable. Il y a pluſieurs autres obſervations, pour connoître un Cheval entre-ouvert; mais le plus ſûr eſt le faucher.

Le remede, ſi c'eſt en Eté, eſt de le mener dans l'eau courante ou autre, & le faire nager un demi quart d'heu-re le matin & autant le ſoir; au ſortir de l'eau il faut lui frotter la partie malade avec de l'eau de vie, & il guerira ſi le mal eſt leger. Si ce remede ne le guerit pas, il le faut ſaigner du col, recevoir ſon ſang dans un Vaiſſeau, le re-muer toûjours avec la main, pour l'empêcher de ſe figer, puis mêler avec ce ſang deux ſeptiers d'eau de Vie, & en charger l'épaule, en frottant fort avec la main. L'on doit tenir le Cheval entravé, ſi l'on remarque qu'il montre de ſon pied malade, ce que les Maréchaux appellent le che-min de S. Jacques.

Si ce remede ne fait point effet; c'eſt une marque que le mal eſt conſiderable; ainſi l'on peut ſe ſervir de l'onguent

de Montpellier, qui eſt capable de guerir toutes ſortes d'ef_
forts d'épaules & de hanches quelque grand qu'il ſoit ; il
faut s'en ſervir de cette ſorte : Le lendemain de la ſaignée
& de la charge ci-deſſus, faites mettre un patin au pied
contraire, s'il ne s'appuye pas ſur ſon pied malade, & en_
travez les deux pieds de devant ; puis frottez fort l'épaule avec de l'eſprit de vin, & enſuite avec du Savon noir,
& laiſſez le Cheval en cet état vingt-quatre heures. Vous
le frotterez enſuite tous les jours, avec de l'onguent de
Montpellier, le laiſſant entravé & avec le patin environ
dix jours, au bout deſquels ôtez-lui le patin & le faites
troter doucement pour voir l'amandement, & continuez
l'onguent de Montpellier tous les matins, juſqu'à-ce qu'il
ne boite que peu, c'eſt-à-dire, qu'il ne faſſe que feindre :
alors faites un bain avec de bonnes herbes, de la lie de
vin, & du miel, & en baſſinez & frottez l'épaule tous les
jours. Quand il ne boitera plus, laiſſez-le repoſer aſſez
long-tems pour ſe fortifier.

Lorſque l'épaule eſt entre-ouverte par quelque éfort
violent, ou que le Cheval boite extrêmement par un vieux
mal, on peut lui appliquer ces mêmes remedes au commencement, & enſuite lui mettre une ortie, qui eſt ce qu'on
appelle donner des plumes ; mais comme ce remede eſt
violent, on ne doit l'employer, que quand les autres ne font
point d'effet.

Des jambes caſſées & des os rompus.

Quoique quelques-uns de ceux qui ont traité des maladies des Chevaux prétendent que c'eſt mal à propos qu'on
abandonne les Chevaux qui ont les jambes caſſées ; cependant comme dans les exemples qu'ils raportent de la gueriſon de quelques-unes de ces fractures, ils conviennent
que les Chevaux en ſont demeurez boiteux : Je crois qu'il
s'en faut tenir à la premiere opinion, qui eſt que c'eſt
tems perdu que de travailler à de pareilles cures.

Des jambes travaillées, foulées & usées.

On connoît aisément lorsque les jambes d'un Cheval font mauvaises, soit pour avoir trop travaillé, soit parcequ'il les a trop foulées : comme il ne peut les plier, il heurte en marchant tout ce qu'il rencontre d'un peu élevé au-dessus du terrein, comme pierres, montées, &c. ce qui le fait broncher & quelquefois mettre le nez à terre. Le remede est de prendre une pinte d'esprit de vin, avec un demi septier d'huile de Noix & demie livre de beurre : mettez le tout dans un pot de terre vernisé que vous couvrirez d'un autre pot moindre, mais qui couvre l'autre bien juste : luttez les jointures avec de la terre grasse démêlée avec de la fiente de Cheval ou de la bourre : laissez secher le lut, mettez le pot sur un feu moderé, desorte que la liqueur bouille peu, mais continuellement pendant huit à dix heures: ôtez-le ensuite du feu, & lorsqu'il sera refroidi, frottez fort le nerf de la jambe du Cheval avec la main pour l'échaufer, & puis oignez-le de cette composition, & frottez encore avec la main pour la faire penetrer : lorsque vous aurez continué ce remede pendant quinze jours, lavez les jambes avec de l'eau de lessive tiede.

Lorsque les jambes font enflées ou gorgées, la feule lie de vin froide appliquée dessus tous les jours, les défenfle, & encore mieux si on y mêle le quart de bon vinaigre.

Des Malandres & Solandres.

Les Malandres font des maux qui paroissent aux plis des genouils par des crevasses, d'où il coule quelque eau rousse : elles font aisées à connoître, en ce que le poil est toûjours herissé en cet endroit, & qu'il y a souvent une espece de croute.

Les Solandres viennent au pli du jarret, de la même cause que les Malandres, & se connoissent de même.

On dit qu'il ne faut pas guerir entierement les Malandres ni les Solandres, mais qu'il faut seulement user des remedes qui adouciffent l'humeur ; parceque si l'on la deffechoit abfolument, ce feroit enfermer le loup dans la bergerie : il faut donc fe contenter de bien netoyer les ordures & gales qui s'attachent au poil & au cuir, avec du Savon noir, dont il faut frotter le mal, puis le laver avec de l'urine ou de la leffive, & l'oindre de beurre fricaffé jufqu'à-cequ'il foit noir. Le plus fur remede, eft de prendre de l'huile de Lin, & de l'eau de vie en égale quantité, bien mêler le tout & en graiffer le mal tous les jours.

Ce dernier remede eft auffi fort bon pour les eaux, crevaffes & mules traverfieres.

Des Sur-os, Fufées & Offelets.

Le Sur-os eft une tumeur calleufe, dure & fans douleur, qui croît fur l'os du Canon, & qui rend la jambe difforme. Le remede eft de couper le poil fur le mal, & de battre enfuite cette tumeur à petits coups du manche du brochoir, jufqu'à-ce qu'elle foit amolie ; ou bien on la fourbit avec le même manche pour l'amolir. Faites brûler enfuite cinq ou fix bâtons de coudre en feve, recevez l'eau qui en fort par les deux bouts, & de cette eau chaude, enforte qu'elle ne brûle pas la partie, frottez-en le mal, & le fourbiffez avec un des bâtons, jufqu'à-ce qu'il foit entierement amoli : puis appliquez deffus un linge en cinq ou fix doubles trempé dans cette eau, & l'y laiffez vingt-quatre heures, tenant le Cheval à l'Ecurie, fans aller à l'eau pendant neuf jours. Si le coudre n'eft pas en feve, on peut néanmoins s'en fervir, mais il faut fourbir davantage. Si le fur-os ne fond pas entierement, il faut recommencer un mois après. Les fufées & offelets fe traitent de même.

Des Molettes.

Les Molettes font quelquefois dangereufes, en ce quelles fe peuvent durcir, & enfuite eftropier le Cheval, parti-

culierement aux jambes de derriere, quand elles font fur
le nerf. Le meilleur remede eft l’onguent *Scarabeus*. Pour
s’en fervir il faut rafer le poil fur la Molette, la graiffer de
cet onguent & prefenter un fer rouge vis-à-vis, pour le faire
penetrer : il fera d’abord enfler la jambe, mais au bout de
neuf jours l’eau de vie feule la défenflera, & la Molette fera
abfolument diffipée.

Des Entorfes au Boulet.

L’Entorfe ou Mémarchure eft lorfque le Boulet fe tourne à côté avec violence. Celles qui arrivent aux jambes
de derriere font plus dangereufes & plus difficiles à guerir
que celles de devant. Si l’entorfe eft grande, il faut prendre gros comme un œuf de couperofe blanche, la faire diffoudre à froid dans une pinte d’eau, appliquer au tour du
boulet un linge en quatre double imbibé de cette eau à
froid, & l’y lier avec un enveloppe. Réiterez cette operation de fix heures en fix heures, jufqu’à l’entiere guerifon, qui
arrivera en deux jours, fi le remede a été appliqué avant que
le boulet ait été refroidi. Si l’on n’a point de couperofe, il
faut frotter avec de l’efprit de vin tout au tour du boulet, &
faire chaufer de l’emmielure rouge, l’appliquer chaudement
au tour du boulet avec de la filaffe en forme de cataplâme,
& l’y laiffer vingt-quatre heures, au bout defquelles il
faut frotter de nouveau le boulet avec de l’eau de vie, &
appliquer de nouvelle Emmielure fur la vieille, & continuer ainfi jufqu’à guerifon.

Des Nerfs Ferues.

Ce mal arrive ordinairement dans les courfes violentes,
& dans les mouvemens précipitez. Il arrive auffi lorfque
dans les chemins plains de cailloux, ou dans des ornieres
l’on preffe trop le Cheval : il s’attrappe des pieds de derriere les nerfs de devant, ou des pieds de devant même il fe fait une contufion au nerf, dont il eft quelquefois eftropié. Le meilleur remede eft de frotter le mal avec
de l’huile d’olive fort chaude, & de préfenter une pelle

rouge vis-à-vis, pour la faire penetrer, en remettre à l'instant de nouveau, & continuer pendant une demie heure : continuez de même plusieurs jours de suite, puis frottez l'endroit de la contusion avec de l'eau de vie.

DES ATTEINTES.

Ce mal arrive communément aux Chevaux dans la Cavalerie lors des courses qui s'y font, sur-tout aux fourrages, où ils s'attrapent les uns les autres, & s'emportent la piece de la couronne du pied ; ils s'atrapent aussi eux-mêmes les pieds de devant avec ceux de derriere. Dès qu'on s'en apperçoit, si la playe est pleine de boue ou d'ordure, il faut la nettoyer avec du vinaigre & du sel, & s'il y a quelque morceau de chair détaché, il faut le couper. Faites ensuite durcir un œuf, coupez-le en deux, & le poudrez avec du poivre, & appliquez-le tout chaud sur le mal, & liez-le bien. Si le Cheval n'est pas gueri par la premiere application, il faut réiterer le lendemain. J'ai quelquefois vû guerir ce mal sans autre remede que d'y mettre de la poudre à canon à laquelle on met le feu.

Des Javarts.

Il y a de trois sortes de Javarts, les simples, les nerveux & les encornez. Ils viennent souvent par des meurtrissures ou des écarts, ou pour avoir laissé amasser de la crasse dans le pâturon.

Pour guerir le Javart simple, il en faut faire sortir le bourbillon. Pour cet effet prenez gros comme un œuf de levain avec de la farine de seigle, deux ou trois gousses d'ail pilées, & une pincée de poivre ; démêlez le tout dans du vinaigre, & le liez sur le javart : le bourbillon sortira & làissera un trou, que vous penserez avec l'onguent du Schmit : si vous ne trouvez point de cet onguent, prenez une livre de miel, deux onces de vert de gris en poudre fine, & de la farine de froment, avec un verre d'esprit de

vin ; appliquez de cet onguent avec de la filaffe, & continuez à penfer le mal tous les jours ; baffinez auffi la jambe,
& particulierement le nerf enflé, avec du vin chaud, dans
lequel vous mettrez un peu de beurre.

Pour les Javarts nerveux, qui ne peuvent venir en maturité, étant trop enfoncez, on y appliquera l'emmielure blanche, en y ajoûtant de la therebentine & de la farine de Lin ;
il faut enveloper tout le pâturon avec cette compofition,
& charger la jambe jufqu'au haut, avec de la lie de vin
rouge froide. Si le javart ne s'ouvre pas, il faut donner
des boutons de feu au tour de l'endroit où il paroît qu'il
veut venir en matiere.

Le javart encorné eft une tumeur fur la couronne, qui
eft plus ou moins groffe, felon que le mal eft vieux ou nouveau. Ce mal eft aifé à connoître, & difficile à guerir. Pour
y parvenir, il faut introduire la fonde dans le trou de l'enflure, pour fçavoir ou le mal penetre. Il y a deux metho-
des pour traiter le javart encorné, l'une avec le feu, & l'autre avec le rafoir, & des cauteres ou cauftics : mais lorfque le mal eft vieux, il faut abfolument employer le rafoir & ouvrir, n'épargnant ni la corne, ni les chairs, mais
faire incifion & couper jufqu'à-ce qu'on voye le fond du
mal, & qu'on ait feparé tout ce qu'il y a de corrompu fous
la corne & ailleurs : il faut enfuite penfer la playe avec
l'onguent mondificatif ou onguent du Docteur.

Des Formes.

La Forme eft une groffeur qui vient fur le pâturon, entre la couronne & le boulet, fur l'un des deux tendons.
Le remede le plus affuré pour les guerir quand elles font
groffes, c'eft le feu.

Des Méchans pieds.

Les Chevaux qui ont l'ongle ou la corne caffante, font
aifez à connoître, car la corne eft éclatée au tour du fer.
Le meilleur remede eft de les faire ferrer, après le plein
de la Lune & au-deffous, & jamais au croiffant ; il faut en-

fuite graiſſer le ſabot avec de l'onguent de pied, de plan-
tin, ou du Connétable, obſervant de ne graiſſer les pieds
que lorſqu'ils ſont ſecs, & qu'il n'y a ſur la corne ni poudre ni boue ſeiche.

Des pieds Solbatus.

Le pied eſt dit Solbatu, lorſque la ſole eſt foulée, meur-
trie & alterée : cela arrive lorſque la ſole eſt trop deſſei-
chée, ou lorſque le Cheval marche déferré ſur le dur, ou
lorſque le fer porte ſur la ſole, ce qui le fait boiter tout
bas. Le remede le plus ſûr, eſt de le déſoler, puis le trai-
tant à l'ordinaire, il guerira. Mais comme la ſolbature
a d'autres cauſes, on doit eſſayer de le guerir ſans venir à
cette extrêmité. Pour cet effet, il faut blanchir la ſolle
avec le boutoir, & le refferrer à quatre clouds ſeulement,
puis fondez de la poix Noire toute bouillante ou du tarc,
le lui verſer dans le pied, & l'y laiſſer refroidir ; appliquez
enſuite au tour du pied une remolade, compoſée d'une livre de vieux oing, ou à ſon defaut de graiſſe blanche ;
faites-la fondre dans un poêlon, ajoutez-y une chopine de
vinaigre, & épaiſſiſſez-le tout avec du ſon.

Des Seimes & des pieds fendus.

La Seime eſt une fente depuis le poil juſqu'au fer aux
quartiers ; c'eſt-à-dire que le ſabot ſe creve de haut en bas,
preſque toûjours au quartier de dedans. Pour prevenir ce
mal, il faut humecter la ſole avec de la fiente de Cheval
mouillée, empêcher par la ferrure que les talons ne ſe ſer-
rent, & graiſſer la corne avec de l'onguent de pied. Quand
le mal eſt déclaré, il faut appliquer une remolade tout au
tour du pied, puis ferrer le Cheval à pantoufle. S'il ſort du
ſang de la ſeime, il faut en ouvrir la fente, & faire une
bordure au tour avec de la cire jaune bien appliquée, &
jetter de l'eau forte dans la fente ſur la cire.

Des

Des pieds Encaftelez.

Les pieds font encaftelez, lorfqu'ils ont les talons fi ferrez que le Cheval en boite : quand les fers à pantoufle ,
& à lunettes ne font rien à ce mal , il n'y a point d'autre
remede que celui de defloler, à moins que cinq ou fix rayes
de feu depuis le poil jufqu'au fer , & autant à chaque côté du talon ne le gueriffent : il faut faire penetrer le feu de
l'épaiffeur d'un Ecu.

Des Fics ou Crapeaux.

Le Fic eft une excrefcence de chair fpongieufe & fibreu-
fe, quelquefois en forme de porreau , qui naît dans les pieds
fort élevez & creux. Avant que de traiter ce mal, s'il y a
des eaux à la jambe, il la faut guerir avec l'emmielure
blanche, & enfuite bien parer le pied, & couper la fole tout
au tour du mal , jufqu'à ce qu'il foit découvert. Prenez enfuite deux livres de miel, chopine d'eau de vie, fix onces
de vert de gris en poudre très-fine & paffée au tamis, fix
onces de couperofe blanche pilée affez fin, quatre onces
de litarge pilée très-fin, & deux gros d'arfenic en poudre
très fine ; mêlez le tout avec le miel, & le faites cuire fur
un petit feu, en remuant fouvent jufqu'à ce que la compofition foit fufifamment épaiffe ; mettez-en fur des pluma-
ceaux, & les appliquez fur le mal.

Des Enclouûres.

Une Enclouûre, qui eft très-peu de chofe, devient un
grand mal lorfqu'elle eft negligée. Si l'on s'en apperçoit
auffi-tôt, il n'y a qu'à y couler de l'huile chaude , & le
Cheval guerira. Mais fi la matiere eft formée , il faut la
faire fortir, puis jetter dans le trou de l'huile bouillante,
dans laquelle on aura mis un peu de fucre, boucher l'ou-

verture avec du coton , ratacher le fer feulement avec trois clouds , & emplir le pied avec de la remolade : il faut deplus empêcher que le Cheval ne fe mouille le pied, appliquer un reftrictif au tour qui fera noir, rouge, ou blanc, & continuer à penfer le Cheval tous les jours, jufqu'à ce qu'il ne boite plus. L'eau vulneraire eft bonne auffi en la mettant froide dans le trou & du coton par deffus.

Des Bleymes.

La Bleyme eft une inflammation caufée par un fang meurtri dans le dedans du fabot, entre la fole & le petit pied vers le talon, où la matiere fe forme. Le remede eft de bien découvrir la fole , ouvrir la bleyme jufqu'au vif, faire fortir la matiere , mettre dedans du beaume ardent, ou de l'huile de gabian ou de merveilles , & envelopper le fabot avec une remolade faite avec de la fuye & de la therebentine. Si la matiere a fouflé au poil , il faut fe fervir de l'onguent de la Comteffe , & à fon defaut démêler de la litarge en poudre avec de l'efprit de vin , & l'appliquer fur de la filaffe, pour mettre fur l'endroit où la matiere a fouflé au poil.

Des Teignes.

Ce qu'on appelle Teignes , eft lorfque la fourchette tombe par morceaux, comme fi des teignes l'avoient rongée , & que cela va jufqu'au vif. Le remede eft de parer la fourchette le plus qu'on peut , puis éteindre de la chaux vive dans du vinaigre, paffer le vinaigre dans un linge, le faire bouillir , & le jetter tout bouillant fur le mal ; puis y appliquer un reftrictif fait avec de la chaux vive en poudre mêlée avec de l'eau feconde , ou le reftrictif noir fait de fuye de cheminée, vinaigre , & blancs d'œufs : l'onguent de la Comteffe y eft auffi fort bon.

Des Peignes.

Les Peignes sont des gratelles farineuses, qui sont cau‑
sées par une crasse maligne, qui sort par la racine du poil,
& s'attache sur le cuir, ce qui fait herisser ce poil sur la
couronne. Le remede pour les sécher est de prendre de
bon tabac de Brezil deux onces, le couper très‑menu ou
l'éfeuiller, le mettre tremper dans un demi septier d'es‑
prit de vin pendant douze heures, ayant soin de remuer
le tabac d'heure à autre, pour faire penetrer l'esprit de
vin, & attirer toute la force du tabac : frottez ensuite le
mal avec une poignée de ce Tabac, & l'y faites bien pe‑
netrer, & continuez tous les jours jusqu'à guerison.

Des Foulures sur le Garrot.

Si la Selle a posé à plomb, & que l'arçon entr'ouvert
ait meurtri la chair, & qu'il y ait enflure avec inflamma‑
tion, il faut commencer par frotter le mal avec l'onguent
du Duc, & couvrir le garrot avec une peau d'Agneau, &
même avant de l'appliquer, bassiner le mal avec l'eau de
chaux sans sublimé. Mais si l'enflure persiste avec chaleur,
tension & pulsation, & que vous jugiez qu'il y a de la ma‑
tiere, il faut changer de méthode, & laver le garrot pour
en ôter tout l'onguent avec de l'oxicrat tiede, dans lequel
il faut mettre une poignée de sel : après l'avoir laissé sé‑
cher, il faut prendre de l'onguent fait avec demie livre de
Populeum, un quarteron de miel, & un quarteron de sa‑
von noir, le tout bien mêlé à froid, puis y mettre un ver‑
re d'esprit de vin, & de cet onguent graisser doucement la
partie : il faut avoir soin de réiterer au moins quatre fois
par jour, & de tenir le mal couvert d'une peau d'Agneau.
On peut en même tems faire prendre au Cheval des pilu‑
les de sinabre pendant deux jours. Ce remede peut resou‑
dre le mal sans être obligé de faire incision ; mais s'il ne
fait pas effet, il faut la faire pour plus de sûreté.

Des Playes sur le Rognon.

Aussi-tôt qu'on s'apperçoit qu'un Cheval est enflé sur le Rognon, il faut prendre du crotin le plus chaud, en mettre dans un sac, & l'appliquer sur l'enflure : si elle n'est pas reserrée dans six heures, il faut appliquer des blancs d'œufs, battus & épaissis avec un morceau d'alun ; & si on ne peut empêcher que l'enflure vienne à supuration, il faudra se conduire comme aux playes du garrot, faisant toûjours un égoût à la playe.

De la Pousse.

Lorsque la toux est seiche & souvent réiterée, ou que le Cheval prend vent par le fondement, le mal est incurable. Si en toussant il jette des flegmes par les nazeaux ou par la bouche, il est bien difficile de le guerir : mais si l'on peut traitter le mal dès son commencement, on y poûrra parvenir. Il faut donc ôter d'abord le foin au Cheval ; puis prenez deux livres de plomb, faites le fondre, & lorsqu'il est fondu ôtez-le du feu & le remuez avec un bâton, jusqu'à ce qu'il se mette en poudre, & sans discontinuer de remuer ajoûtez-y deux livres de soufre en poudre, & remuez jusqu'à ce que le tout soit incorporé & bien mêlé ensemble : faites-lui manger de cette poudre tous les jours une once dans du son mouillé.

De la Toux.

Il y a peu de Chevaux qui soient poussifs sans avoir la Toux ; mais il y en a beaucoup qui on la toux sans être poussifs : dans ce cas mettrez dans chaque oreille une cuillerée d'huile d'amande douce, broyez bien l'oreille pour faire penetrer cette huile, & continuez cinq ou six jours : si la toux ne vient que de morfondement & de rûme le Cheval guerira.

De la Courbature.

La Courbature eſt cauſée pour avoir ſurmené un Cheval, c'eſt-à-dire, pour l'avoir fait travailler & courre plus que ſon haleine & ſes forces ne le peuvent permettre. Le foye d'Antimoine en poudre donné tous les jours depuis une once juſqu'à deux dans du ſon mouillé le pourra guerir. Mais le meilleur remede eſt de le mettre au vert dans les premieres herbes, & l'y laiſſer nuit & jour, ſur-tout à la roſée d'Avril & de Mai. Si vous n'êtes pas en ſaiſon commode, ôtez-lui le foin & l'aveine, & lui donnez de la gerbée de froment & du ſon ; tirez lui du ſang des flancs en Lune nouvelle, & le lendemain donnez-lui un lavement avec une décoction compoſée des cinq racines aperitives, de chacune une once, avec une once & demie de policreſte en poudre : lorſque ces racines ont bouilli dans deux pintes & demie d'eau pendant un quart d'heure, ajoûtez-y les cinq herbes émollиantes, de chacune une poignée, & faites les cuire un quart d'heure ; puis coulez la décoction, & mettez-y demie livre de miel mercurial : le ſoir donnez ce lavement, & le réiterez cinq ou ſix jours de ſuite.

Du Farcin.

Pour proceder avec ordre dans la gueriſon de cette maladie, il ne faut pas ſonger à guerir l'exterieur, ſans avoir travaillé à guerir l'interieur. Pour y parvenir ôtez l'aveine au Cheval attaqué de ce mal, donnez-lui du ſon mouillé, ſeignez-le & le purgez, & deux jours après lorſqu'il ne purgera plus, donnez lui trois priſes de pilules de ſinabre, un jour d'interval d'une priſe à l'autre ; faites lui manger tous les jours du ſon mouillé, une once de racine de bouilon blanc, ou *d'ulmaria*, ou de chardon à cent têtes ; faites ſortir la matiere des boutons qui creveront, &

les féchez avec des poudres ; c'est un remede infaillible.

De la Gras-fondure.

Cette maladie est très-dificile à connoître, & plus dificile à guerir: ordinairement le Cheval perd le manger, se couche & se leve, & regarde son flanc ; mais le signe le plus assuré, est qu'en lui mettant la main dans le fondement, on en tire de la fiente coiffée, c'est-à-dire enveloppée comme d'une membrane blanche qui a quelque ressemblance à la graisse. Le remede est de faire graisser la main du Maréchal, ou d'un valet, avec du beurre frais, & l'introduire dans le fondement pour vuider le gros boyau, non-seulement de la fiente, mais aussi de toutes les glaires qu'on y trouvera. Après l'avoir vuidé, il faut le seigner au col, & demie heure après lui donner un lavement fait avec deux pintes d'eau de décoction ordinaire, dans laquelle vous mettrez chopine d'urine d'homme en bonne santé, vous dissoudrez deux onces de *Benedicte laxative*, & une once de sel gemmé, ou policreste, ou scories, un quarteron de miel violat, & une chopine de vin émetique ; vous le promenerez une demie heure au petit pas, pour l'obliger de rendre ce lavement : vous lui donnerez après l'effet du lavement un demi-septier de jus de joubarbe mêlé dans une chopine de vin blanc. On assure que du sang du Mouton donné tout chaud au Cheval, est un remede specifique pour ce mal.

De la Fourbure ou Fourboiture.

Il y a deux sortes de Fourbure ; la premiere vient lorsqu'après un travail excessif, on laisse refroidir un Cheval ; & l'autre arrive dans l'écurie sans aucun travail, souvent pour avoir trop mangé d'aveine. Le Cheval tout-à-fait fourbu ne peut cheminer ni reculer, il ne peut qu'à grande peine mouvoir les jambes, il n'ose appuyer les pieds à terre, il ne veut point manger, la peau est fort attachée au corps, il eſt triſte, & ſouvent tous ces accidents ſont accompagnez d'un grand battement de cœur & de flanc. D'abord que vous vous appercevrez de ce mal, menez le Cheval au bord de la riviere, ouvrez lui la veine du col, & lâchez la corde afin qu'il ne ſeigne pas, puis faites-le en‑trer dans l'eau juſqu'au milieu du ventre, & alors ſerrez la corde pour le faire ſeigner environ quatre livres de ſang, enſuite lâchez la corde, & le laiſſez une demie heure dans l'eau après qu'il ne ſeigne plus. Remenez-le dans l'écurie,& en arrivant empliſſez lui les pieds de devant avec de l'orge bouilli tout chaud,& mettez des écliſſes pour tenir le tout; puis faites lui avaler le breuvage ſuivant. Prenez ſix gros oignons blancs, coupez-les par tranches & les faites cuire pendant un quart d'heure dans cinq demi-ſeptiers de vin; paſſez & exprimez-les bien fort, & ajoûtez deux onces d'*aſſa fœtida* en poudre. Une heure après donnez-lui un la‑vement fait avec cinq chopines de bierre, deux onces de ſcories de foye d'Antimoine en poudre fine, qu'il faut faire bouillir un bouillon, ôter du feu, & y ajoûter gros com‑me un œuf de beurre frais : donnez-lui ce remede tiede, & une heure après qu'il l'aura rendu donnez-en un ſecond de même, renouvellez l'orge bouilli chaud dans les pieds, & laiſſez-le manger du ſon mouillé & de la paille, & boire blanc : donnez-lui bonne litiere ſans le laiſſer cou‑cher de deux jours. C'eſt une erreur que les ligatures aux jambes.

De la Gale.

On connoît la Gale quand le Cheval ſe frotte en un endroit plus qu'aux autres : par exemple aux jointures, aux jambes, à la queue, & au crin. Pour lors il faut ma‑nier le cuir de l'endroit qui demange, ou qui eſt pelé : s'il eſt plus épais que de coûtume, ce ſera une marque de ga‑le. Elle eſt quelquefois univerſelle : mais bien ſouvent elle vient peu à peu, tantôt à un endroit tantôt à l'autre. Il y en a de deux ſortes, la gale vive & l'ulcerée : la gale vive ne pouſſe rien au deſſus du cuir, qu'une farine ou craſſe qui fait perdre tout le poil ; cette eſpece eſt très-diſficile à guérir. L'autre ſe manifeſte en dehors, par des enleuvres & des croûtes, qui étant ôtées & emportées laiſſent de petites playes.

Pour guerir ce mal, il ne faut pas oindre le corps du Cheval, avant que d'avoir ôté la cauſe interieure : par exemple, ſi la gale eſt à la tête & au col, il faut le ſeigner du chef ; s'il y en a aux épaules, poitrine & bras, des arcs ; ſi c'eſt au dos, aux flancs, aux jambes, aux hanches, des cuiſſes. Il faut après lui donner la même purgation que pour le farcin, & enſuite lui faire avaler trois ou quatre priſes de pilules de ſinabre, deux à chaque fois, & enfin l'oindre avec l'onguent ſuivant. Mettez dans un mortier quatre onces de ſoufre vif en poudre, & mêlez parmi, en remuant avec le pilon, trois onces d'argent vif, juſqu'à ce que le mercure ſoit éteint, c'eſt-à-dire ſi bien incorporé avec le ſoufre, qu'il ne paroiſſe plus ; alors prenez une livre de Tare & une once de mouche cantarides en poudre fine ; remuez & mêlez bien le tout à froid, & frottez-en les endroits galeux, après les avoir bien bouchonnez avec un bouchon très-dur. Si la premiere fois ne guerit pas, la ſeconde guerira ſûrement : cela ſe connoît, lorſque le cuir où étoit le mal eſt delié comme aux autres endroits. Pour les démangeaiſons à la queue, il faut prendre de bon tabac, le tremper dans de l'eſprit de vin, & en frotter la racine du poil tous les jours.

Des Efforts des Reins.

On connoît ces maux quand le Cheval jette du ſang par la bouche, ou par les nazeaux, qu'il a peine à cheminer, & qu'il tourne la croupe çà & là. Pour y remedier il faut auſſi-tôt ſeigner le Cheval du col, & lui tirer environ deux livres de ſang, lui frotter enſuite les reins avec la main pour échaufer la partie, puis y appliquer deux groſſes ventouſes aux deux côtez, à l'endroit où il témoigne plus de ſenſibilité & de douleur : il faut legerement ſcarifier autour des ventouſes, afin de faire ſortir le ſang extravaſé. Lorſque

que les ventoufes font achevées, il faut mettre le Cheval
dans un Travail , & le fufpendre, ou faute de Travail le
barrer enforte qu'il ne fe puiffe mouvoir ; laiffez-le en cet
état cinq ou fix femaines, & pendant ce tems frottez-lui
les reins avec l'onguent fuivant. Prenez parties égales d'efprit de vin & d'huile de therebentine, agitez-les enfemble
dans une fiole, jufqu'à-ce qu'elles deviennent comme du
lait ; & de cette compofition frottez tous les reins avec la
main : enfuite appliquez chaudement deffus, l'emmielure
rouge, dans laquelle vous mettrez des noix de galle en
poudre, une demie once chaque application ; réiterez
plufieurs fois, fans ôter ce qui fera refté : après quoi étu-
vez la partie avec un bain de bonnes herbes, & appliquez-y
deux ferviettes mouillées dans ce bain, & mettez une couverture par deffus.

De l'Effort à la Hanche.

Ces Efforts proviennent de chûtes, ou d'étendre par
trop la cuiffe. Si l'os de la hanche eft fort relâché, ou s'il
eft hors de fa place, on le connoît au toucher, & en cheminant on voit la place où étoit l'os plus creufée, & le
Cheval en boite extrêmement. La méthode ordinaire
pour remettre l'os en fa place, eft de faire tirer l'épine ;
mais il faut pour cela que ce foit un homme entendu, parce qu'autrement on eftropie le Cheval pour fa vie. Après
cette operation, ou même fans la faire, il faut frotter la
partie avec moitié effence de therebentine, & moitié d'efprit de vin : deux heures après frottez le tout avec de l'onguent de Montpellier, le lendemain tirez du fang : deux
heures après la faignée, frottez encore la partie malade
avec les effences,& enfuite avec le même onguent. D'abord
qu'on voit qu'elles ont fait leur effet & que le Cheval ne fe
tourmente plus, il faut couvrir la hanche d'un bon ciroene,
où l'on ajoûtera de la poix-refine, du maftic, de l'oliban
& du foufre, avec beaucoup de poix de Bourgogne : appliquez-le moderement chaud, & mettez de la bourre par-

deſſus. Il faut un patin au pied qui n'a point de mal, pour obliger le Cheval à appuyer ſur le côté malade ; & l'on ne doit point le laiſſer coucher que le ciroene ne ſoit tombé : alors il faut faire un bon bain ſur la hanche.

Des Efforts de Jarret.

Les Efforts de Jarret proviennent des mêmes cauſes que les efforts des hanches. On les connoît en ce que le Cheval boite, le jarret eſt enflé, & quand on y touche le Cheval feint & témoigne de la douleur. Le remede eſt de ſaigner du col, & de charger tout le jarret du ſang mêlé avec de l'eau de vie. Quand la charge eſt ſéche, appliquez par deſſus l'onguent de Montpellier ; puis le même jour ſans ôter l'onguent, environ huit ou dix heures après, frottez la partie avec de bonne eau de vie : toutes les fois qu'on réiterera l'onguent, il faut mettre de l'eau de vie : faites enſuite le bain. & les fomentations ci-devant expliquées. S'il y vient un apoſtume, on l'ouvre avec un bouton de feu.

Des Capelets.

Ce mal naît à la tête du jarret, autrement dite la pointe, & paroît en cet endroit gros & detaché de l'os ; il croît par le travail, ou lorſque le Cheval s'eſt frotté contre quelque choſe de dur. Ce mal eſt curable dans ſon commencement ; mais il ne l'eſt plus quand il eſt vieux. Pour tenter ſa gueriſon, il faut étuver le Capelet avec les deux tiers d'eau de vie, & un tiers d'huile de Noix, enſuite frotter fort avec la main, puis raſer le poil, & appliquer ſur ce mal le ciroene qui ſuit. Prenez *Galbanum* une once, Ammoniac trois onces, Oppoponax une once & demie ; faites infuſer le tout dans une chopine de vinaigre deux jours entiers, le remuant ſouvent ; puis faites le cuire juſqu'à ce que le vinaigre ſoit à moitié conſommé, & le paſſez chaud à travers un linge ; remettez-le ſur le feu juſqu'à

ce qu'il commence à s'épaiſſir, ajoûtez-y poix noire & poix
reſine, de chacune quatre onces, therebentine deux onces ; mêlez le tout & faites-en une emplâtre que vous appliquerez ſur le mal ; & vous la renouvellerez tous les jours,
juſqu'à-ce que la tumeur ſoit conſommée.

Des Veſſigons.

Les Veſſigons paſſent quelquefois des deux côtez du
jarret ; mais quand ils commencent ils paroiſſent ſeulement
en dehors. La cure des Veſſigons eſt difficile : l'on les connoît par une groſſeur comme la moitié d'une petite pomme, qui ſe forme entre le gros nerf du jarret & le bout de
l'os de la cuiſſe : la tumeur eſt molle & ſans douleur. Quand
ils ſont fort gros & endurcis, il n'y a point d'autre remede
que le feu : ou bien il faut raſer le poil ſur le Veſſigon, & y
appliquer l'onguent ſuivant. Prenez des racines de brio-
nia, de concombre ſauvage, ou au défaut, de l'Iris commun, de chacune deux onces ; concaſſez-les groſſierement
& les faites cuire dans de l'huile d'olive & de la graiſſe
de Porc, autant de l'un que de l'autre, juſqu'à-ce qu'elles
commencent à s'amollir ; alors ôtez-les du feu, pilez-les
juſqu'à-ce qu'elles ſoient en pâte, paſſez-les à travers d'un
tamis de crin, remettez-les dans l'huile & la graiſſe, &
y ajoûtez quatre onces de Therebentine, autant de poix
reſine, avec demie livre de l'onguent reſumptif. Lorſque
tout eſt fondu, il faut ajoûter de la farine de lin & du fenu-
grec en ſuffiſante quantité pour épaiſſir le tout en conſi-
ſtance de cataplâme, qu'on appliquera ſur le Veſſigon avec
de la filaſſe ; puis on envelopera la partie avec une envelope couſue & non liée : l'on doit renouveller ce cataplâme
toutes les deux fois vingt-quatre heures.

DES DUELS.

COmme c'eſt ici à peu près le milieu des differentes parties, qui compoſent le Corps Militaire, j'ai crû y devoir placer l'Edit, que le feu Roy a rendu contre les Duels, & le Reglement que Mrs. les Maréchaux de France ont fait en conſequence par ordre de Sa Majeſté, pour prévenir toutes les querelles, inſultes & combats qui peuvent arriver entre les Officiers des Troupes, & entre les Nobles. On voit par l'Hiſtoire, que dès l'année mil trois cent ſoixante-trois, on a reconnu en France de quelle conſequence il étoit, d'en banir la fureur qui armoit les meilleurs bras de l'Etat les uns contre les autres, au lieu de les employer pour le bien commun. Le Roy Jean voyant que cette freneſie depeuploit le Royaume de la plus vaillante Nobleſſe, rendit un Edit à peu près ſemblable à celui qu'on va voir, lequel a eu lieu juſques en mil cinq cent quarante-ſept, qu'il perdit toute ſa force, par la faute que le Roy Henry II. fit de remettre les duels en uſage, en permettant à Jarnac & à la Chataigneraie de ſe battre, même en ſa préſence. Cette permiſſion autoriſa ſi fort les duels dans la ſuite, que juſqu'au commencement du précedent Regne perſonne n'en étoit à couvert: parceque non-ſeulement on avoit à répondre à ceux à qui on avoit affaire directement, mais auſſi aux heritiers des querelles, leſquelles paſſant de génération en génération ne pouvoient jamais avoir de fin. C'eſt pour faire finir cet abus, que Louis le Grand, entre les beaux Actes dont tout ſon Regne eſt rempli, a rendu l'Edit qu'on va voir: tous les Articles de cet Edit étant très-eſſentiels, j'ai crû devoir le rapporter dans ſon entier.

EDIT DU ROI,

Portant Réglement général contre les Duels, donné au mois d'Août mil six-cent foixante-dix-neuf.

LOUIS par la Grace de Dieu, &c. Comme nous re-connoiffons, que l'une des plus grandes graces que nous avons reçû de Dieu dans le Gouvernement & la con-duite de nôtre Etat, confifte en la fermeté qu'il lui a plû de nous donner, pour maintenir la deffenfe des duels & combats particuliers,& punir feverement ceux qui ont con-trevenu à une Loy fi jufte & fi néceffaire pour la conferva-tion de nôtre Nobleffe, nous fommes bien réfolus de cul-tiver avec foin une grace fi particuliere, qui nous donne lieu d'efperer de pouvoir parvenir pendant nôtre Regne à l'abolition de ce crime, après avoir été inutilement ten-té par les Rois nos Prédeceffeurs. Pour cet effet, nous nous fommes appliquez de nouveau à bien examiner tous les Edits & Réglements, faits contre les duels, & tout ce qui s'eft fait en confequence, auquel nous avons eftimé néceffaire d'ajoûter divers articles. A ces Caufes & autres bonnes & grandes confiderations, à ce nous mouvants de l'avis de nôtre Confeil, & de nôtre certaine fcience, pleine puiffance & autorité Royale, après avoir examiné en notredit Confeil, ce que nos très-chers & bien aimez Coufins les Maréchaux de France, qui fe font affemblez plufieurs fois fur ce fujet, nous ont propofé ; nous avons en renouvellant les deffenfes portez par nos Edits & Or-donnances & celles des Rois nos Prédeceffeurs, & en y ajoûtant ce que nous avons jugé néceffaire ; dit, déclaré, ftatué & ordonné, difons, déclarons, ftatuons & ordon-nons, par nôtre prefent Edit perpetuel & irrévocable , voulons & nous plaît.

ARTICLE PREMIER,

Premierement, nous exhortons tous nos Sujets, & leur enjoignons de vivre à l'avenir ensemble dans la paix, l'union & la concorde néceffaires pour leur confervation & de leurs familles, & celle de l'Etat; à peine d'encourir nôtre indignation, & de chatiment exemplaire. Nous leur ordonnons auffi de garder le refpect convenable à chacun, felon fa qualité, fa dignité, & fon rang; & d'apporter mutuellement les uns avec les autres, ce qui dépendra d'eux, pour prévenir tous les differents débats & querelles, nottamment celles qui peuvent être fuivies de voyes de fait; de fe donner les uns aux autres, fincerement & de bonne foi, tous les éclairciffements néceffaires fur les peines & mauvaifes fatisfactions qui pourront furvenir entre-eux; d'empêcher qu'on ne vienne aux mains, en quelque maniere que ce foit; déclarant que nous reputerons ce procedé pour un effet de l'obéiffance qui nous eft dûe, & que nous tenons être plus conforme aux maximes du véritable honneur, auffi bien qu'à celles du Chriftianifme, aucuns ne pouvant fe difpenfer de cette mutuelle charité, fans contrevenir aux Commandements de Dieu, auffi-bien qu'aux nôtres.

I I.

Secondement. Et d'autant qu'il n'y a rien de fi honnête, ni qui gagne davantage les affections du public, & des Particuliers, que d'arrêter le cours des querelles & leur fource; nous ordonnons à nos très chers & bien aimez coufins les Maréchaux de France, foit qu'ils foient à nôtre fuite, ou en nos Provinces, & aux Gouverneurs-Généraux de nos Provinces, & en leur abfence à nos Lieutenants-Généraux en icelles; de s'employer eux-mêmes très-foigneufement & inceffamment à terminer tous les differents qui pourront arriver entre nos Sujets, par les voyes & ainfi qu'il leur en eft donné pouvoir, par l'Edit & Ordonnance des Rois nos Prédeceffeurs: & en outre

nous donnons pouvoir à nofdits Coufins de commettre en
chacun des Bailliages ou Sénéchauffées de nôtre Royaume, un ou plufieurs Gentilshommes, felon l'étendue d'i-
celle, qui foient de qualité, d'âge, & de capacité requife ,
pour recevoir les avis des differents qui furviendront entre
les Gentilshommes, Gens de guerre, & autres nos Sujets ;
les renvoyer à nofdits Coufins les Maréchaux de France ,
ou au plus ancien d'eux, ou aux Gouverneurs-Généraux
de nos Provinces, & nos Lieutenants-Généraux en icelles, lorfqu'ils y feront préfents ; & donnons pouvoir aufdits Gentilshommes qui feront ainfi commis, de faire venir par-devant eux en l'abfence des Gouverneurs & nofdits Lieutenants-Généraux, tous ceux qui auront quelque
different, pour les accorder, ou les renvoyer par-devant nofdits Coufins les Maréchaux de France , au cas que quelqu'une des parties fe trouve lézée par l'accord defdits
Gentilshommes, ou ne veuille pas fe foumettre à leur Jugement : même lorfque lefdits Gouverneurs-Généraux de
nos Provinces , & nos Lieutenants-Généraux en icelles
feront dans les Provinces, en cas que les querelles qui furviendront, réquierent un prompt remede, pour en empêcher les fuites, & que les Gouverneurs fuffent abfens du
lieu, où ce different fera furvenu ; nous voulons que lefdits Gentilshommes commis y pourvoyent fur le champ ,
en faifant exécuter le contenu aux articles du préfent Edit ,
dont ils donneront avis à l'inftant aufdits Gouverneurs-
Généraux de nos Provinces, ou en leur abfence aux Lieutenants Généraux en icelles, pour travailler inceffamment
à l'accommodement : & pour cette fin nous enjoignons
très-expreffement à tous les Prevôts des Maréchaux, Vice-Baillifs, Vice-Sénéchaux, leurs Lieutenants, Exempts,
Greffiers & Archers, d'obéir promptement & fidélement ,
fur peine de fufpenfion de leur charge, & privation de leurs
gages , aufdits Gentilshommes commis fur le fait defdits
differents , foit qu'il faille affigner ceux qui auront querelle , conftituer prifonnier, faifir & annoter leurs biens, ou
faire tous autres actes néceffaires, pour empêcher les voyes
de fait, & pour l'exécution des ordres defdits Gentils-

hommes ainſi commis, le tout aux frais & dépens des parties.

I I I.

Nous déclarons en outre, que tous ceux qui aſſiſteront, quoi qu'inopinément aux lieux où ſe commettront des offenſes à l'honneur, ſoit par des rapports ou diſcours injurieux, ſoit par manquement de promeſſe ou de parole donnée, ſoit par démenti, coup de main, ou autres outrages de quelque nature qu'ils ſoient ; ſeront à l'avenir obligez d'en avertir nos Couſins les Maréchaux de France, ou leſdits Gouverneurs-Genéraux de nos Provinces & nos Lieutenants-Généraux en icelles, ou leſdits Gentilshommes commis par noſdits Couſins; ſur peine d'être reputez complices deſdites offenſes, & d'être pourſuivis comme y ayant tacitement contribué, pour ne s'être pas mis en devoir d'en empêcher les mauvaiſes ſuites. Voulons pareillement & nous plaît, que ceux qui auront connoiſſance de quelque commencement de querelle, & animoſité cauſée par les Procez qui ſeroient ſur le point d'être intentez entre Gentilshommes pour quelqu'interêt d'importance, ſoient obligez à l'avenir d'en avertir noſdits Couſins les Maréchaux de France, ou les Gouverneurs-Généraux de noſdites Provinces, & Lieutenants-Généraux en icelles, ou en leur abſence les Gentilshommes commis dans les Bailliages, afin qu'ils empêchent de tout leur pouvoir, que les parties ſortent des voyes civiles & ordinaires pour venir à celles de fait. Et pour être d'autant mieux informé de tous les duels & combats qui ſe font dans nos Provinces, nous enjoignons aux Gouverneurs-Généraux, & Lieutenants-Généraux en icelles, de donner avis au Secretaire d'Etat, chacun en ſon département, de tous les duels & combats qui arriveront dans l'étendue de leur charge; aux premiers Préſidents de nos Cours de Parlement, & à nos Procureurs-Généraux en icelles, de donner pareillement avis à nôtre très-cher & feal le Chancelier de France ; & aux Gentils-hommes commis, & aux Officiers des Maréchauſſées, aux Maréchaux de France, pour nous en informer

mer chacun à leur égard. Ordonnons encore à tous nos
Sujets, de nous en donner avis par telle voye que bon leur
semblera ; promettant de récompenser ceux qui donneront
avis des combats arrivez dans les Provinces, dont nous
n'aurons point eu d'avis d'ailleurs, avec les moyens d'en
avoir la preuve.

I V.

Lorsque nosdits Cousins les Maréchaux de France, &
les autres prépofez auront eu avis de quelque different,
entre les Gentils hommes, & entre tous ceux qui font profession des armes dans nôtre Royaume & pays de notre
obéissance, lequel procedant de paroles outrageantes, ou
autres caufes touchant l'honneur, femblera devoir les porter à quelque reffentiment extraordinaire : nosdits Cousins
les Maréchaux de France envoyeront aussi-tôt des défenses
très-expresses aux parties de fe rien demander par les voyes
de fait, directement ou indirectement, & les feront assigner à comparoître inceffamment par-devant eux, pour y
être reglez. Que s'ils appréhendent que lefdites parties
foient tellement animées, qu'elles n'apportent pas tout le
refpect & la déference qu'elles doivent à leurs ordres, ils
leur envoyeront incontinent des Archers & Gardes de la
Connétablie & Maréchauffée de France, pour fe tenir près
de leurs perfonnes, aux frais & dépens des parties, jufqu'à ce qu'ils fe foient rendus par-devant eux ; ce qui fera
auffi pratiqué par les Gouverneurs-Géneraux & autres
prépofez, en faifant affigner par-devant eux ceux qui auront querelle, ou leur envoyant de leurs gardes, ou quelqu'autres perfonnes qui fe tiendront près d'eux, pour les
empêcher d'en venir aux voyes de fait.

V.

Ceux qui auront querelle, étant comparus par-devant
nos Cousins les Maréchaux de France, ou autres prépo-
pofez, s'il apparoît de quelqu'injure atroce qui ait été faite
avec avantage, foit de deffein prémedité, ou de gayeté

de cœur ; Nous voulons & entendons que la partie offensée en reçoive une reparation & satisfaction si avantageuse, qu'elle ait tout sujet d'en demeurer contente ; confir-
mant autant que besoin est , par notre present Edit, l'autorité attribuée par les feus Rois nos très-honnorez Ayeul
& Pere à nosdits Cousins les Maréchaux de France, de
juger & décider par Jugement Souverain, tous differents
concernans le point d'honneur , & réparation d'offense,
soit qu'ils arrivent dans notre Cour, ou en quelqu'autre lieu
de nos Provinces où ils se trouveront ; & ausdits Gouverneurs & Lieutenants-Généraux le pouvoir qu'ils leur ont
donné pour même fin.

V I.

Et parcequ'il se commet quelquefois des offenses si importantes à l'honneur , que non-seulement les personnes
qui les reçoivent en sont touchées, mais aussi le respect
qui est dû à nos Loix & Ordonnances y est manifestement
violé : nous voulons que ceux qui auront fait de semblables offenses, outre les satisfactions ordonnées à l'égard
des personnes offensées, soient encore condamnez par lesdits Juges du point d'honneur à souffrir prisons, bannisse-
mens & amendes. Considerant aussi qu'il n'y a rien qui
soit si déraisonnable & si contraire à la profession d'honneur , que l'outrage qui se feroit pour le sujet de quelqu'interêt civil , ou de quelque procès qui seroit intenté par-
devant les Juges ordinaires : Nous voulons que dans les
accommodemens des offenses provenues de semblables
causes, lesdits Juges du point d'honneur , tiennent toute
la rigueur qu'ils verront raisonnable pour la satisfaction de
la partie offensée ; & que pour la reparation de notre autorité blessée , ils ordonnent ou la prison pendant trois mois
au moins , ou le bannissement pour autant de tems des
lieux où l'offençant fera sa résidence, ou la privation du
revenu d'une année ou deux de la chose contestée.

VII.

Comme il arrive beaucoup de differents entre lefdits Gentilshommes, à caufe des Chaffes, des Droits Honorifiques des Eglifes, & autresprééminences desFiefs &Seigneuries, pour être fort mêlées avec le point d'honneur : nous voulons & entendons, que nofdits Coufins les Maréchaux de France & les autres prépofez , apportent tout ce qui dépendra d'eux, pour obliger les parties de convenir d'arbitres, qui jugent fommairement avec eux fans aucune confignation, ni épices, le fonds de femblables differents, à la charge de l'appel en nos Cours de Parlement, lorfqu'une des parties fe trouvera lezée par la fentence arbitrale.

VIII.

Au cas qu'un Gentilhomme refufe ou differe fans aucune caufe legitime, d'obéir aux ordres de nos Coufins les Maréchaux de France, ou à ceux des autres Juges du point d'honneur, comme de comparoître par-devant eux lorfqu'il aura été affigné, par Acte fignifié à lui ou à fon domicile, & auffi lorfqu'il n'aura pas fubi le banniffement ordonné contre lui ; il fera inceffamment contraint, après un certain tems que lefdits Juges lui prefcriront, foit par garnifon qui fera pofée dans fa maifon, ou par l'emprifonnement de fa perfonne : ce qui fera foigneufement exécuté par les Prevôts des Maréchaux, Vice-Baillifs, Vice-Sénéchaux , &c. fur peine de fufpenfion ; & ladite exécution fera faite aux frais & dépens de la partie défobéiffante ou refractaire. Que fi lefdits Prevôts ou autres ne peuvent exécuter ledit emprifonnement, ils faifiront & annoteront tous les revenus dudit banni ou défobéiffant, pour être appliquez & demeurer acquis durant tout le tems de fa défobéiffance ; fçavoir la moitié à l'Hôpital de la Ville où il y a Parlement établi , & l'autre moitié à l'Hôpital du lieu où il y a Siége Royal, dans le reffort duquel Parlement ou SiégeRoyal, les biens dudit banni ou défobéiffant fe trouveront; afin que s'entraidant dans la pourfuite, l'un puiffe fournir l'avis & la preuve, & l'autre interpofer notre autorité par celle de la juftice, pour l'effet de notre intention. Et au cas qu'il y ait des dettes précedentes, qui empêchent la perception de ce revenu, appliquable au profit defdits Hôpitaux, la fomme à quoi il pourra monter vaudra une dette hypothequée fur tous les biens meubles & immeubles du banni, pour être payée & acquitée dans fon ordre du jour de la condamnation qui interviendra contre lui.

I X.

Nous ordonnons en outre que ceux qui auront eu des gardes de nos Coufins les Maréchaux de France, ou des autres prépofez, & qui s'en feront dégagez en quelque maniere que ce puiffe être, foient punis avec rigueur, & ne puiffent être reçûs à l'accommodement fur le point d'honneur, que les coupables de ladite garde enfreinte n'ayent tenu prifon; qu'à la Requête de notre Procureur du Roy en la Connêtablie, & des Subftituts aux autres Maréchauffées de France, le Procès ne leur ait été fait felon les formes requifes par nos Ordonnances. Voulons & nous plaît que fur le Procès verbal ou rapport des gardes qui feront ordonnez près d'eux, il foit fans autre information décreté contre eux à la Requête defdits Subftituts, & leur Procès fommairement fait.

X.

Bien que le foin que nous prenons de l'honneur de notre Nobleffe paroiffe affez par le contenu aux articles précedents, & par la foigneufe recherche que nous faifons des moyens eftimez les plus propres, pour éteindre les querelles dans leur naiffance, & rejetter fur ceux qui offenfent le blâme & la honte qu'ils méritent: néanmoins appréhendant qu'il ne fe trouve encore des gens affez ofez pour contrevenir à nos volontez fi expreffement expliquées, & qui préfument d'avoir raifon en cherchant à fe vanger;

nous voulons & ordonnons que celui qui s'estimant offensé fera un appel à qui que ce soit pour soi-même, demeure déchû de pouvoir jamais avoir satisfaction de l'offense
qu'il prétendra avoir reçûe ; qu'il tienne prison pendant
deux ans, & soit condamné à une amende envers l'Hôpital de la Ville la plus proche de sa demeure, laquelle ne
pourra être de moindre valeur que la moitié du revenu
d'une année de ses biens ; & deplus qu'il soit suspendu de
toutes ses charges, & privé du revenu d'icelles pendant trois
ans. Permettons à tous Juges d'augmenter lesdites peines
selon que les conditions des personnes, les sujets des querelles, comme Procez intentez ou autres interêts civils,
lesdéfenses ou gardes enfreintes ou violées, les circonstances des lieux. & des tems, rendront l'appel plus punissable.
Que si celui qui est appellé au lieu de refuser l'appel & d'en
donner avis à nos Cousins les Maréchaux de France ou
autres préposez, ainsi que nous lui enjoignons de faire, va
sur le lieu de l'assignation, ou fait éfort pour cet effet ; il
soit puni des mêmes peines que l'appellant. Nous voulons
de plus que ceux qui auront appellé pour une autre, ou
qui auront accepté l'appel, sans en avoir donné avis auparavant, soient punis des mêmes peines.

X I.

Et d'autant qu'outre la peine que doivent encourir ceux
qui appelleront, il y en a qui meritent doublement d'être
châtiez & réprimez, comme lorsqu'ils s'attaquent à ceux
qui sont leurs bienfacteurs, Superieurs, ou Seigneurs, &
personnes de Commandement, & relevées par leur qualité
& charges, & specialement quand les querelles naissent
pour des actions d'obéissance, ausquelles une condition,
charge ou emploi subalterne les ont soumis, ou pour des
châtimens qu'ils ont subi par l'autorité de ceux qui ont le
pouvoir de les y assujettir : Considerant qu'il n'y a rien de
plus nécessaire pour le maintien de la discipline, particulierement entre ceux qui font profession des armes, que
le respect envers ceux qui les commandent ; Nous voulons

& ordonnons que ceux qui s'emporteront à cet excès, &
notamment qui appelleront leur Chef, ou autres qui ont
droit de leur commander ; tiennent prison pendant quatre ans, soient privez de l'exercice de leurs charges pendant ledit tems, ensemble des gages & appointements y
attribuez, qui seront donnez à l'Hôpital-Général de la
Ville la plus prochaine ; & en cas que ce soit un inferieur
contre son Superieur ou Seigneur, il tiendra prison pendant les mêmes quatre années, & sera condamné à une
amende, qui ne pourra être moindre qu'une année de son
revenu. Enjoignons très-expressement à nosdits Cousins
les Maréchaux de France, ou autres préposez, & singu-
lierement aux Généraux de nos Armées, dans lesquelles
ce désordre peut être plus frequent qu'en nul autre lieu,
de tenir la main à l'exacte & severe exécution du présent
article. Que si les Chefs ou Officiers Superieurs, & les Seigneurs qui auront été appellez reçoivent l'appel, & se mettent en état de satisfaire les appellants, ils seront punis
des mêmes peines de prison & suspension de leurs charges, & revenus d'icelles, & amende specifiée ci-dessus,
sans qu'ils puissent en être dispensez, quelques instances &
supplications qu'ils nous en fassent.

X I I.

Et d'autant que nous avons résolu de casser & priver
entierement de leurs charges, tous ceux qui se trouveront
coupables dudit crime, même par notorieté : si ceux qui
auront été ainsi cassez & privez de leursdites charges, s'en
ressentent contre ceux que nous en aurons pourvûs, en les
appellant ou excitant au combat par eux-mêmes ou par
autrui, par rencontre ou autrement ; Nous voulons qu'eux
& ceux desquels ils se seront servis, tiennent prison pendant
six ans, & soient condamnez à l'amende de six années de
leur revenu, sans pouvoir jamais être relevez desdites peines;
& généralement, que ceux qui viendront pour la seconde
fois à violer notre present Edit, comme appellans, &
notamment ceux qui se seront servis de seconds pour por-

ter leurs appels , foient punis des mêmes peines de prifon , deftitution de charges & amendes, encore qu'il ne
s'en foit enfuivi aucun Combat.

X I I I.

Si contre les défenfes portées par notre préfent
Edit , l'appellant & l'appellé venoient au combat
actuel ; Nous voulons & ordonnons , qu'encore
qu'il n'y ait aucun de bleffé ou de tué, le procès criminel & extraordinaire foit fait contre eux ; qu'ils foient
fans remiffion punis de mort ; que tous leurs biens meubles & immeubles nous foient confifquez , le tiers d'i-
ceux appliquable à l'Hôtel de la Ville où eft le Parlement, dans le reffort duquel le crime aura été commis, &
conjointement à l'Hôpital du Siége Royal le plus proche
du lieu du délit, & les deux autres tiers tant aux frais de la
capture & de la juftice, qu'à ce que les Juges trouveront
équitable d'adjuger aux femmes & enfans, fi aucuns y a,
pour leur nourriture & entretenement, feulement leur vie
durant. Que fi le crime fe trouve commis dans les Provinces, où la confifcation n'a point de lieu, nous voulons &
entendons, qu'au lieu de ladite confifcation, il foit pris
fur les biens des Criminels au profit defdits Hôpitaux ,
une amende dont la valeur ne pourra être moindre que
la moitié des biens des criminels. Ordonnons & enjoignons à nos Procureurs-Généraux, leurs Subftituts & ceux
qui auront l'adminiftration defdits Hôpitaux , de faire de
foigneufes recherches & pourfuites defdites fommes & confifcations, pour lefquelles leur action pourra durer pendant
le tems & efpace de vingt ans, quand même ils ne feroient
aucune pourfuite pour la proroger ; lefquelles fommes &
confifcations ne pourront être remifes , ni diverties pour
quelque caufe & prétexte que ce foit. Que fi l'un des combattans, ou tous les deux font tuez ; Nous voulons & ordonnons, que le Procès criminel foit fait contre la Mémoire des morts, comme contre Criminels de Leze Majefté, divine & humaine ; & que leurs Corps foient privez

de la sepulture ; défendant à tous Curez, leurs Vicaires, & autres Ecclefiaftiques de les enterrer, ni fouffrir être enterrez en terre fainte ; Confifquant en outre comme deffus, tous leurs biens meubles & immeubles : Et quant au furvivant qui aura tué, outre la fufdite confifcation de tous fes biens, ou amende de la moitié de la valeur d'iceux, dans les pays où la confifcation n'a point de lieu ; il fera irrémiffiblement puni de mort, fuivant la difpofition des Ordonnances.

X I V.

Les biens de celui qui aura été tué, & du furvivant feront regis par les Adminiftrateurs des Hôpitaux, pendant l'inftruction du Procès qualifié pour duel, & les revenus employez aux frais des pourfuites.

X V.

Encore que nous efperions que nos défenfes & des peines fi juftement ordonnées contre les duels, retiendront dorefnavant tous nos fujets d'y tomber ; néanmoins, s'il s'en rencontroit encore d'affez témeraires pour ofer contrévenir à nos volontez, non-feulement en fe faifant raifon par eux-même, mais en y engageant de plus dans leurs querelles & reffentiments, des feconds, tiers ou autre plus grand nombre de perfonnes ; ce qui ne fe peut faire que par une lâcheté artificieufe, qui fait rechercher à ceux qui fentent leur foibleffe, la fureté dont ils ont befoin dans l'adreffe & le courage d'autrui ; nous voulons que ceux qui fe trouveront coupables d'une fi criminelle & fi lâche contravention à nôtre préfent Edit, foient fans remiffion punis de mort, quand même il n'y auroit aucun bleffé ni tué dans ces combats ; que tous leurs biens foient confifquez, comme deffus ; qu'ils foient dégradez de Nobleffe, & déclarez roturiers incapables de tenir jamais aucunes charges ; leurs armes noircies & brifées publiquement par l'Exécuteur de la haute Juftice. Enjoignons à leurs Succef-

feurs

feurs de changer leurs armes, & d'en prendre de nouvelles, pour lesquelles ils obtiendront nos Lettres à ce néceffaires; & en cas qu'ils repriffent les mêmes armes, elles feront de nouveau noircies & brifées par l'Executeur, & eux condamnez à l'amende de deux années de leur revenu, applicable moitié à l'Hôpital de la Ville la plus proche, & l'autre moitié à la volonté des Juges. Et comme nul châtiment ne peut être affez grand pour punir ceux qui s'engagent fi legerement, & fi criminellement dans le reffentiment d'offenfes, où ils n'ont aucune part, & dont ils devroient plûtôt procurer l'accommodement, pour la confervation & fatisfaction de leurs amis, que d'en pourfuivre la vengeance par des voyes auffi deftituées de véritable valeur & courage, comme elles le font de charité & d'amitié Chrêtienne; Nous voulons, que tous ceux qui tomberont dans le crime, d'être feconds, tiers ou autre nombre également, foient punis des peines, que nous avons ordonné contre ceux qui les employeront.

X V I.

D'autant qu'il fe trouve des gens de naiffance ignoble & qui n'ont jamais porté les armes, qui font affez infolents pour appeller des Gentilshommes, lefquels refufant de leur faire raifon, à caufe de la difference des conditions, ces mêmes perfonnes fufcitent contre ceux qu'ils ont appellez d'autres Gentilshommes, dont il s'enfuit quelquefois des meurtres, d'autant plus deteftables qu'ils proviennent d'une caufe abjecte: Nous voulons & ordonnons, qu'en tels cas d'appels ou de combats, principalement s'ils font fuivis de quelque grande bleffure, ou de mort; lefdits Ignobles ou Roturiers, qui feront dûment atteints & convaincus d'avoir caufé & promeû femblables défordres, foient fans remiffion pendus & étranglez; tous leurs biens meubles & immeubles confifquez, les deux tiers aux Hôpitaux des lieux, ou des plus prochains; & l'autre tiers employé aux frais de la Juftice, à la nourriture & entretennement des Veuves & Enfans des défunts, fi aucun y a: permettant en outre aux Juges defdits crimes d'ordonner fur les confifquez telle récompenfe qu'ils aviferont raifonnable au dénonciateur &autres qui auront découvert lefdits cas, afin que dans un crime fi puniffable chacun foit invité à la dénonciation d'icelui. Et quant aux Gentilshommes qui fe feroient ainfi battus pour des fujets & contre des perfonnes indignes; Nous voulons qu'ils fouffrent les mêmes peines que nous avons ordonné contre les Seconds, s'ils peuvent être appréhendez; finon il fera procédé contre eux par defaut & contumace, fuivant la rigueur des Ordonnances.

X V I I.

Nous voulons que tous ceux qui porteront fciemment des Billets d'appel, ou qui conduiront aux lieux des duels ou rencontres, comme Laquais, ou autres Domeftiques, foient punis du fouët & de la fleur de Lis pour la premiere fois; & s'ils retombent dans la même faute, des Galeres à perpetuité. Et quant à ceux qui auront été fpectateurs d'un duel, s'ils s'y font rendus exprès pour ce fujet; nous voulons qu'ils foient privez pour toûjours des charges, dignitez & penfion, qu'ils poffedent; que s'ils n'ont aucune charge, le quart de leurs biens foit confifqué, & appliqué aux Hôpitaux : Et fi le délit a été commis en quelque Province, où confifcation n'a pas de lieu, qu'ils foient condamnez à une amende au profit des Hôpitaux, laquelle ne pourra être de moindre valeur que le quart des biens defdits fpectateurs, que nous réputons avec raifon Complices d'un crime fi déteftable; puifqu'ils y affiftent & ne l'empêchent pas tant qu'ils peuvent, comme ils y font obligez par les Loix divines & humaines.

X V I I I.

Et d'autant qu'il eft fouvent arrivé, que pour éviter la rigueur des peines ordonnées par tant d'Edits contre les duels, plufieurs ont recherché les occafions de fe rencontrer; Nous voulons & ordonnons que ceux qui prétendront

avoir reçû quelque offenſe, & qui n’en auront point donné
avis aux ſuſdits Juges du point d’honneur, & qui viendront
à ſe rencontrer & ſe battre ſeuls, ou en pareil état & nombre, avec armes égales de part & d’autre, à pied ou à
Cheval ; ſoient ſujets aux mêmes peines que ſi c’étoit un
duel. Et pour ce qu’il s’eſt trouvé de nos Sujets, qui ayant
pris querelle dans nos Etats, & s’étant donné rendez-vous
pour ſe battre hors d’iceux, ou ſur nos frontieres, ont crû
par ce moyen pouvoir éluder l’effet de nos Edits ; Nous
voulons que tous ceux qui en uſeront ainſi, ſoient pourſuivis criminellement s’ils peuvent être pris, ſinon par contumace, & qu’ils ſoient condamnez aux mêmes peines,
& leurs biens confiſquez, comme s’ils avoient contrevenu
au préſent Edit, dans l’étendue & ſans ſortir de nos Provinces ; les jugeant d’autant plus criminels & puniſſables, que
les premiers mouvemens dans la chaleur & nouveauté
de l’offenſe ne les peuvent plus excuſer, & qu’ils ont eu
aſſez de loiſir pour moderer leur reſſentiment, & s’abſte-
nir d’une vengeance ſi défendue ; ſans qu’ès deux cas men-
tionnez au préſent article les prévenus puiſſent alleguer le
cas fortuit, auquel nous défendons à nos Juges d’avoir aucun égard.

X I X.

Et pour éviter qu’une Loi ſi ſainte & ſi utile à nos Etats,
ne devienne inutile au public, faute d’obſervation d’icelle ; Nous Enjoignons & commandons très-expreſſement
à nos e ouſins les Maréchaux de France, auſquels appartient, ſous nôtre autorité, la connoiſſance & déciſion des
contentions & querelles, qui concernent l’honneur & la
réputation de nos Sujets, de tenir la main exactement &
diligemment à l’obſervation du préſent Edit, ſans y apporter aucune moderation, ni permettre que par faveur, con-
nivence, ou autre voye, il y ſoit contrevenu en aucune maniere. Et pour donner d’autant plus de moyens & de pouvoir à noſdits Couſins les Maréchaux de France, d’empêcher & réprimer cette licence effrenée des duels & rencontres, conſiderant d’ailleurs que la diligence importe gran-

dement pour la punition de ces crimes, & que les Prevôts defdits Maréchaux & autres Officiers de robe-courte, fe trouvent le plus fouvent à Cheval pour nôtre fervice, pour être plus prompts & plus propres pour proceder contre les coupables des duels & rencontres ; Nous avons denouveau attribué & attribuons l'exécution du préfent Edit, tant dans l'enclos des Villes, que hors d'icelles aux Officiers de la Connétablie & Maréchauffée de France, Prevôts-Généraux de ladite Connétablie de l'Ifle de France & des Monnoyes, & tous les autres Prevôts-Généraux, Provinciaux & Particuliers, Vice-Baillifs, Vice-Sénéchaux & Lieutenans-Criminels de robe-courte, concurremment avec nos Juges ordinaires, & à la charge de l'appel en nos Cours de Parlement, aufquelles il doit reffortir, dérogeant pour cet égard à toutes Déclarations & Edits à ce contraires, portant défenfes aufdits Prevôts de connoître des duels & rencontres.

X X.

Les Juges ou autres Officiers qui auront fupprimé & changé les informations feront deftituez & privez de leur charge, & châtiez comme fauffaires.

X X I.

Et d'autant qu'il arrive affez fouvent, que lefdits Prevôts & autres Officiers de robe-courte, font négligens dans l'exécution des ordres de nofdits Coufins les Maréchaux de France ; Nous voulons & ordonnons que fi lefdits Officiers manquent d'obéir au premier Mandement de nofdits Coufins, ou l'un d'eux, ou autres Juges du point d'honneur, de fommer ceux qui auront querelle de comparoître au jour affigné, de les faifir & arrêter en cas de refus & de défobéiffance, & finalement d'exécuter de point en point, & toutes affaires ceffantes, ce qui leur fera mandé & ordonné par nofdits Coufins & Juges du point d'honneur ; ils foient par nofdits Coufins punis & châtiez de leurs négligences par suspension de leurs charges, & privation de leurs gages, lesquels pourront être réellement arrêtez & saisis sur la simple Ordonnance de nosdits Cousins signifiée à la personne, ou au domicile du Trésorier de l'ordinaire & extraordinaire des guerres en exercice. Nous ordonnons en outre ausdits Prevôts & autres Officiers de robe-courte sur les mêmes peines, que sur le bruit d'un combat arrivé, ils se transportent à l'instant sur les lieux, pour arrêter les coupables, & les constituer prisonniers dans les Prisons Royales les plus proches du lieu du délit, voulant que pour chaque capture il leur soit payé la somme de quinze cens livres à prendre avec les autres frais de justice, sur le bien le plus clair des coupables, & préferablement aux confiscations & amendes que nous avons ordonnées ci-dessus.

X X I I.

Et comme les coupables, pour éviter de tomber entre les mains de la justice se retirent d'ordinaire chez les Grands de notre Royaume; Nous faisons très-expresses inhibitions & défenses à toutes personnes de quelque qualité & condition qu'elles soient, de recevoir dans leurs Hôtels & Maisons, ceux qui auront contrevenu à nôtre présent Edit. Et au cas qu'il se trouve quelqu'un qui leur donne azil, & qui refuse de les mettre entre les mains de la Justice, sitôt qu'il en sera requis, Nous voulons que les Procez Verbaux qui en seront dressez & dûment arrêtez par lesdits Prevôts & autres Juges, soient incontinent & incessamment envoyez aux Secretaires d'Etat & de nos Commandemens chacun en son département, ensemble aux Procureurs Généraux de nos Cours de Parlement, & à nosdits Cousins les Maréchaux de France, afin qu'ayant pris avis d'eux nous fassions rigoureusement proceder à la punition de ceux qui protegent de si criminels désordres.

X X I I I.

Que si nonobstant tous les soins & diligences prescrites

par les articles précedents, le crédit & l'autorité des personnes interessées dans ces crimes, en détournoient les preuves par menaces ou artifice ; nous ordonnons que sur la
simple réquisition qui sera faite par nos Procureurs Généraux ou leurs Subftituts, il soit décerné des Monitoires par
les Officiaux des Evêques des lieux, lesquels seront publiez
& fulminez selon les formes Canoniques contre ceux qui
réfuseront de venir à révélation de ce qu'ils sçauront touchant les duels & rencontres arrivez. Nous ordonnons en
outre qu'à l'avenir nos Procureurs-Généraux en nos Cours
de Parlement & leurs Subftituts, sur l'avis qu'ils auront des
combats qui auront été faits, feront leurs réquisitions contre ceux qui par notorieté en seront estimez coupables, &
que conformément à icelles, nosdites Cours sans autres
preuves, ordonnent que dans les délais qu'elles jugeront à
propos, ils seront tenus de se rendre dans les Prisons, pour
se justifier & répondre sur les réquisitions de nosdits Procureurs-Généraux : Et faute dans ledit tems de satisfaire
aux Arrêts qui seront signifiez à leur domicile, nous voulons qu'il soit procedé contre-eux par defaut & contumace ; & qu'ils soient déclarez atteints & convaincus dés cas
à eux imposez ; & comme tels qu'ils soient condamnez aux
peines portées par nos Edits, & leurs biens à nous acquis
& confisquez, & mis en nos mains, & sans attendre que les
cinq années des defauts & contumaces soient expirées ;
que toutes leurs Maisons soient rasées, & leurs bois de
haute futaye coupez jusqu'à certaine hauteur, suivant les
ordres que nous leur en donnerons ; & eux déclarez infa-
mes & dégradez de Noblesse, sans qu'ils puissent à l'avenir entrer en aucune charge. Défendons à toutes nos Cours
de Parlement & nos autres Juges de les recevoir en leur
justification après les Arrêts de condamnation, même
pendant les cinq années de la contumacé, qu'auparavant
ils n'ayent obtenu nos Lettres, portant permission de
se réprefenter, & qu'ils n'ayent payé les amendes, ausquelles ils seront condamnez, & ce nonobstant toutes Ordonnances contraires.

X X I V.

Et lors même que les prévenus auront été arrêtez & mis
dans les prifons ou qu'ils s'y feront mis : Nous voulons qu'en
cas que nos Procureurs-Généraux trouvent difficulté à
adminiftrer la preuve defdits combats, nos Cours leur
donnent les délais qu'ils requerront , remettant à l'honneur & confcience de nofdits Procureurs - Généraux de
n'en ufer que pour le bien de la Juftice.

X X V.

Pendant le tems que les accufez ou prévenus defdits
crimes ne fe rendront point prifonniers, nous voulons que
la Juftice de leurs terres foit exercée en notre nom ; &
nous pourvoirons pendant ledit tems aux offices & Bene-
fices, dont la difpofition appartiendra aufdits accufez ou
prévenus.

X X V I.

Et pour éviter que pendant le tems de l'inftruction des
defauts & contumaces, les prévenus ne puiffent fe fervir des
moyens qu'ils ont accoûtumé de pratiquer , pour détourner les preuves de leurs crimes , en intimidant les témoins,
ou les obligeant de fe retracter dans le récolement ; Nous
voulons que nonobftant l'article III. du Titre XV. de notre
Ordonnance du mois d'Avril 1670 , auquel nous avonsdé-
rogé & dérogeons pour ce regard dans les crimes de duels
feulement , il foit procedé par les Officiers de nos Cours
& les Lieutenans Criminels des Bailliages où il y a Pré-
fidial , au récolement des témoins dans les vingt-quatre
heures , & le plûtôt qu'il fe pourra après qu'ils auront été
entendus dans les informations , & ce avant qu'il y ait aucun Jugement qui l'ait ordonné , fans toutefois que les ré-
colemens puiffent valoir confrontation, qu'après qu'il aura été ainfi ordonné par le Jugement de defaut & contumace.

XXVII.

Nous déclarons les condamnez par contumace, incapables & indignes de toutes successions, qui pourroient leur échoir depuis la condamnation, encore qu'ils soient dans les cinq années, & qu'ils se fussent ensuite restituez contre la contumace : si les successions sont échûes avant la restitution, la Seigneurie & la Justice des terres sera exercée en notre nom, & les fruits attribuez aux Hôpitaux, sans esperance de restitution, à compter du jour de la condamnation par contumace.

XXVIII.

Nous voulons pareillement & ordonnons, que dans les lieux éloignez des Villes où nos Cours de Parlement sont séantes, lorsqu'après toutes les perquisitions & recherches susdites, les coupables des duels & rencontres ne pourront être trouvez ; il soit à la Requête des Substituts de nos Procureurs-Généraux, sur la simple notorieté du fait, décerné prise de Corps contre les absens, & qu'à faute de les pouvoir appréhender en vertu du Décret, tous leurs biens soient saisis ; & qu'il soit procedé contre-eux suivant ce qui est porté par notre Ordonnance du mois d'Août mil six cent soixante-dix ; & sans que nosdits Procureurs-Généraux, ou leurs Substituts soient obligez d'informer & faire preuve de la notorieté·

XXIX.

Quand le titre de l'accusation sera pour crime de duel, il ne pourra être formé aucun Réglement de Juges, nonobstant tout prétexte de prévention, assassinat ou autrement, & le procès ne pourra être poursuivi que pardevant les Juges du crime de duel.

XXX.

Et afin d'empêcher les surprises de ceux qui pour obtenir

nir des graces, nous déguiferoient la verité des combats arrivez, & mettroient en avant de faux faits, pour faire croire que lefdits combats feroient furvenus inopinément, &
enfuite de querelle prife fur le champ : Nous ordonnons
que nul ne pourra pourfuivre au Sceau l'expedition d'u-
ne grace ès cas où il y aura foupçon de duel ou rencontre
prémedité, qu'il ne foit actuellement prifonnier à notre
fuite, ou bien dans la principale prifon du Parlement,
dans le reffort duquel le combat aura été fait ; & après
qu'il aura été verifié, qu'il n'a contrevenu en aucune forte
à nôtre préfent Edit, & avoir fur ce pris l'avis de nos
Coufins les Maréchaux de France, nous pourrons lui accorder des Lettres de remiffion en connoiffance de caufe.

X X X I.

Et d'autant qu'en confequence de nos ordres nos Coufins les Maréchaux de France, fe font affemblez pour re-
voir & examiner de nouveau le Réglement fait par eux,
fur les diverfes fatisfactions & réparations d'honneur, auquel par nos ordres ils ont ajoûté des peines plus feveres,
contre les agreffeurs : Nous voulons que ledit nouveau Réglement en datte du 22 du préfent mois, enfemble celui
du 22 Août 1653, foient inviolablement fuivis & obfer-
vez à l'avenir par tous ceux qui feront employez aux accommodemens des differends qui touchent le point d'honneur, & la réputation des Gentilshommes.

X X X I I.

Et d'autant que quelquefois les Adminiftrateurs des
Hôpitaux, ont négligé le recouvrement defdites amendes & confifcations ; Nous voulons que le recouvrement
defdites amendes & confifcations, adjugées aux Hôpitaux
& autres perfonnes, qui auront été négligées pendant un
an, à compter du jour des Arrêts de condamnation, foit
fait par le Receveur-Général de nos Domaines, auquel
la moitié defdites confifcations & amendes appartiendra

pour les frais de recouvrement ; Nous réfervant de difpofer de l'autre moitié, en faveur de tel Hôpital qu'il nous
plaira, autre que celui auquel elles auront été adjugées.

XXXIII.

Voulons de plus, que lorfque les Gentilshommes n'auront pas déferé aux ordres des Maréchaux de France, &
qu'ils auront encouru les amendes & confifcations portées
par le préfent Edit, & le Réglement defdits Maréchaux ;
il en foit à l'inftant donné avis par lefdits Maréchaux à
nos Procureurs-Généraux en nos Cours de Parlement ou
à leurs Subftituts, aufquels nous enjoignons de proceder
inceffamment à la faifie des biens, jufqu'à-ce que lefdits
Gentilshommes prévenus ayent obéi : & en cas qu'ils n'o-
béiffent dans trois mois, les fruits feront en pure perte
appliquez aux Hôpitaux, jufqu'à-ce qu'ils ayent obéi, les
frais des Prevôts, de procedure, de garnifon & autres
pris par préference ; & pour cet effet, nous voulons que
les Directeurs & Adminiftrateurs defdits Hôpitaux foient
mis en poffeffion & jouiffance actuelle defdits biens. Enjoignons à nofdits Procureurs-Généraux, leurs Subftituts de
fe joindre aufdits-Directeurs & Adminiftrateurs pour être
fait une prompte & réelle perception defdites amendes :
faifons très-expreffes défenfes aux Juges d'avoir aucun
égard aux Contrats, Teftamens, & autres Actes faits fix
mois avant les crimes commis.

XXXIV.

Lorfque dans les combats il y aura eu quelqu'un de
tué, nous permettons au parent du mort de fe porter partie, dans trois mois pour tout délai, contre celui qui aura
tué & en cas qu'il foit convaincu du crime, condamné &
exécuté, nous faifons remife de la confifcation du mort, au
profit de celui qui aura pourfuivi, fans qu'il foit tenu d'obtenir d'autres Lettres de don que le préfent Edit. A l'égard
de celui des parens, au profit duquel nous faifons remife de

la confifcation, Nous voulons que le plus proche parent foit préferé au plus éloigné, pourvû qu'ils fe foient rendus parties dans les trois mois, à condition de rembourfer les frais qui auront été faits.

X X X V.

Le crime de duel ne pourra être éteint, ni par la mort, ni par aucune prefcription de vingt ni de trente ans, ni aucune autre, encore qu'il n'y ait ni exécution, ni condamnation, ni plainte ; & pourra être pourfuivi après quelque laps de tems que ce foit, contre la perfonne, ou contre fa mémoire : même ceux qui fe trouveront coupables de duel, depuis notre Edit de mil fix cent cinquante-un , pourront être recherchez pour les autres crimes par eux commis auparavant, ou depuis, nonobftant ladite prefcription de vingt & trente ans, pourvû que le Procès leur foit fait en même tems pour crime de duel, & par les mêmes Juges, & qu'ils en demeurent convaincus.

X X X V I.

Toutes les peines contenuës dans le préfent Edit pour la punition des contrevenans à nos volontez feroient inutiles & de nul effet, fi par les motifs d'une juftice & d'une fermeté inflexible, nous ne maintenions les Loix que nous avons établies. A cette fin, nous jurons & promettons en foi & parole de Roy, de n'exempter à l'avenir aucune perfonne, pour quelque caufe & confideration que ce foit, de la rigueur du préfent Edit ; qu'il ne fera par nous accordé aucune rémiffion, pardon & abolition à ceux qui fe trouveront prévenus defdits crimes de duel & rencontre ; défendons très-expreffement à tous Princes & Seigneurs près de nous, de faire aucune priere pour les coupables defdits crimes, fur peine d'encourir notre indignation. Proteftons de rechef, que ni en faveur d'aucun mariage de Prince ou Princeffe de notre Sang , ni pour les naiffances des Princes & enfans de France, qui pourront arriver dans notre Regne, ni pour quelqu'autre confideration générale & particuliere qui puiffe être, nous ne permettrons être expediées aucunes Lettres contraires à notre préfente volonté, l'exécution de laquelle nous avons juré expreffément & folemnellement au jour de notre Sacre & Couronnement, afin de rendre plus autentique & plus inviolable une Loi fi Chrétienne, fi jufte, & fi néceffaire. Si donnons en Mandement, &c.

REGLEMENT DE MESSIEURS LES MARECHAUX DE FRANCE, fur les offenfes & réparations d'honneur.

Du 22 Août 1653, & 22 Août 1679.

SUR ce qui nous a été ordonné par ordre exprès du Roy, & notamment par la Déclaration de Sa Majefté contre les duels, lûe, publiée, & regiftrée au Parlement de Paris le vingt-neuf Juillet dernier, de nous affembler inceffamment pour dreffer un Réglement le plus diftinct qu'il fe pourra, fur les diverfes fatisfactions & réparations d'honneur, que nous jugerons devoir être ordonnées, fuivant les divers degrez d'offenfes; & de telle forte que la punition contre l'agreffeur & la fatisfaction à l'offenfé foient fi grandes, & fi proportionnées à l'injure reçûe, qu'il n'en puiffe renaître aucune plainte ou querelle nouvelle: pour être ledit Réglement inviolablement fuivi & obfervé à l'avenir par tous ceux qui feront employez aux accommodemens des differends, qui toucheront le point d'honneur & la réputation des Gentilshommes: Nous après avoir vû & examiné les Propofitions de plufieurs Gentilshommes de qualité de ce Royaume, qui ont eu enfemble diverfes conferences fur ce fujet, en confequence de l'ordre qui leur a été donné par nous dès le premier Juillet mil fix cent cinquante-un, lefquels ont préfenté dans notre affemblée lefdites propofitions, rédigées par écrit, & fignées de leurs

mains; avons après une meure délibération conclu & arrêté les articles suivans.

ARTICLE PREMIER.

Que dans toutes les occafions & fujets, qui peuvent caufer des querelles & reffentimens , nul Gentilhomme ne
doit eftimer contraire à l'honneur tout ce qui peut donner
entier & fincere éclairciffement de la verité.

I I.

Qu'entre les Gentilshommes plufieurs ayant déja pro-
tefté folemnellement & par écrit de refufer toutes fortes
d'appel, & de ne fe battre jamais en duel , pour quelque
caufe que ce foit : ceux-ci font d'autant plus obligez à donner les éclairciffemens, que fans cela ils contreviendroient
formellement à leur écrit, & feroient par confequent plus
dignes de répréhenfion, & de châtiment dans les accommodemens des querelles , qui furviendroient par faute
d'éclairciffement.

I I I.

Que fi le prétendu offenfé eft fi peu raifonnable , que
de ne pas fe contenter de l'éclairciffement qu'on lui aura
donné de bonne foi, & qu'il veuille obliger celui de qui
il croit avoir été offenfé, à fe battre contre lui : celui
qui aura renoncé au duel lui pourra répondre en ce fens,
ou autre femblable: « Qu'il s'étonne bien, que fçachant les«
derniers Edits du Roy, & particulierement la Déclara- «
tion de plufieurs Gentilshommes, dans laquelle il s'eft «
engagé publiquement de ne fe point battre, il ne veuille «
pas fe contenter des éclairciffemens qu'il lui donne; & qu'il«
ne confidere pas, qu'il ne peut, ni ne doit donner ou re- «
cevoir aucun lieu pour fe battre, ni même lui marquer les «
endroits où il le pourra rencontrer, mais qu'il ne change- «
ra rien en fa façon ordinaire de vivre. « Et généralement
tous les Gentilshommes pourront répondre, « Que fi on les

» attaque, ils se défendront, mais qu'ils ne croyent pas
» que leur honneur les oblige à s'aller battre de sang froid,
» & contrevenir ainsi formellément aux Edits de Sa Maje-
» sté, aux Loix de la Religion, & à leur conscience.

I V.

Lorsqu'il y aura eû quelque démêlé, entre les Gentilshommes, dont les uns auront promis & signé de ne se point
battre, & les autres non : ces derniers seront toûjours réputez agresseurs, si ce n'est que le contraire paroisse par
des preuves bien expresses.

V.

Et parcequ'on pourroit aisément prévenir les voyes de
fait, si Nous, les Gouverneurs ou Lieutenans-Généraux
des Provinces, étions soigneusement avertis de toutes les
causes & commencemens de querelles ; Nous avons avisé
& arrêté, conformément au pouvoir qui nous est attribué
par le dernier Edit de sa Majesté, Régistré au Parlement,
le Roy y séant, le sept septembre mil six cent cinquante-
un, de nommer & commettre incessamment en chaque
Bailliage & Sénéchaussée de ce Royaume, un ou plusieurs
Gentilshommes de qualité, âge, & suffisance réquise,
pour recevoir les avis des differends des Gentilshommes,
& nous les envoyer ; ou aux Gouverneurs & Lieutenans-
Généraux des Provinces, lorsqu'ils y seront résidans ; &
pour être généralement fait par les Gentilshommes commis, ce qui est prescrit par le second article dudit Edit. Et
nous ordonnons en conformité dudit Edit, à tous Prevôts, Vice-Baillifs, Vice-Sénéchaux, Lieutenans-Criminels de robe-courte, & autres Officiers des Maréchaussées, d'obéir promptement & fidélement ausdits Gentilshommes, commis pour l'exécution de nos ordres.

V I.

Et afin de pouvoir être encore plus soigneusement aver-

tis des differends des Gentilshommes ; Nous déclarons,
suivant le troifiéme article dudit Edit, que tous ceux qui
fe rencontreront, quoiqu'inopinément, aux lieux où fe
commettront des offenfes, foit par rapport, difcours ou
paroles injurieufes, foit par manquement de paroles données, foit par démentis, menaces, foufflets, coups de bâton, ou autres outrages à l'honneur, de quelque nature
qu'ils foient, feront à l'avenir obligez de nous en avertir,
ou les ci-deffus prépofez, fur peine d'être rendus complices defdites offenfes, ou d'être pourfuivis, comme y ayant
tacitement contribué : & que ceux qui auront connoiffance des Procès qui feront fur le point d'être intentez entre Gentilshommes, pour quelque interêt d'importance,
feront auffi obligez, fuivant le même article I I I. dudit
Edit, de nous en donner avis, ou aufdits prépofez, afin de
pourvoir aux moyens d'empêcher que les parties ne fortent des voyes de la Juftice ordinaire, pour en venir à celles de fait, & fe faire raifon par elles-mêmes.

*Par le fecond Réglement du douze Août mil fix cent
foixante-dix-neuf, les Maréchaux jugent,* que ceux qui
manqueront à fe conformer à cet article, feront punis par
fix mois de prifon.

V I I.

Et parceque dans toutes les offenfes qu'on peut recevoir,
il eft néceffaire d'établir quelques regles générales pour
les fatisfactions, lefquelles répareront fuffifamment l'honneur dès qu'elles feront reçûes & pratiquées; puifqu'il n'eft
que trop conftant, que c'eft l'opinion qui a établi la plûpart
des maximes du point d'honneur : & confiderant que dans
les offenfes, il faut regarder avant toutes chofes, fi elles ont
été faites fans fujet, & fi elles n'ont point été répouffées par
quelques réparties ou revanches plus atroces : Nous déclarons que dans celles qui auront été ainfi faites fans fujet,
& qui n'auront point été repouffées, fi elles confiftent en
paroles injurieufes, comme de *fot, lâche, traître,* & femblables, on pourra ordonner pour punition, que l'offen-

fant tiendra prifon durant un mois, fans que le tems en puiffe être diminué par le crédit ou priere de qui que ce foit, ni même par l'indulgence de la perfonne offenfée : & qu'après qu'il fera forti de prifon, il déclare à l'offenfé, »Que mal à propos & impertinemment il l'a offenfé par des » paroles outrageufes, qu'il reconnoît être fauffes, & lui en » demander pardon.

Par le fecond Réglement, les Maréchaux jugent de plus, que ceux qui tomberont dans ce cas, feront deux mois en prifon,

V I I I.

Pour le démenti, ou menaces de coups de bâton, on ordonnera deux mois de prifon, dont le tems ne pourra être diminué : & après que l'offenfant en fera forti, il demandera pardon à l'offenfé, avec des paroles encore plus fatisfaifantes que les fufdites, & qui feront particulierement fpecifiées par les Juges du point d'honneur.

Par le fecond Réglement, les Maréchaux jugent de plus, que l'offenfant fera quatre mois en prifon,

I X.

Pour les offenfes actuelles de coups de main, & autres femblables, on ordonnera pour punition, que l'offenfant tiendra prifon pendant fix mois, dont le tems ne pourra être diminué, fi ce n'eft que l'offenfant requiere, qu'on commue feulement la moitié du tems de ladite prifon, en une amende, qui ne pourra être moindre de quinze cens livres, appliquable à l'Hôpital le plus proche du lieu de la demeure de l'offenfé, & laquelle fera payée avant que ledit offenfant forte de prifon : & après même qu'il en fera forti, il fe foumettra encore de recevoir de la main de l'offenfé des coups pareils à ceux qu'il aura donnez, & déclarera de parole & par écrit, » Qu'il l'a » frappé brutalement, & le fupplie de lui pardonner, & » oublier cette offenfe.

Par

Par le second Réglement , les Maréchaux jugent, Que pour les offenses actuelles de soufflets ou coups de main, commis dans la chaleur des démêlez ; si le soufflet ou coup de main a été précedé d'un démenti, celui qui aura frap-pé , tiendra prison pendant un an ; & s'il n'a point été pré-cedé d'un démenti, il tiendra prison pendant deux ans, sans que le tems puisse être diminué, quand même l'offensé le demanderoit ; & qu'après que l'offensant sera sorti de prison , il se soûmettra encore de recevoir de la main de l'offensé des coups pareils à ceux qu'il aura donnez, & déclarera de parole & par écrit. Qu'il l'a frappé brutale-ment & le supplie de lui pardonner & oublier cette offense.

X.

Pour les coups de bâton , ou autres pareils outrages, l'offensant tiendra prison un an entier, & ce tems ne pour-ra être moderé , si non de six mois , en payant troismille livres d'amende, payables & applicables en la maniere ci-dessus ; & après qu'il sera sorti de prison , il demandera pardon à l'offensé , le genouil en terre , se soûmettra en cet état à recevoir de pareils coups , le remerciera très-humblement, s'il ne les lui donne pas comme il le pourroit faire, & déclarera en outre de paroles & par écrit, « Qu'il l'a offensé brutalement, qu'il le supplie de l'oublier, & que s'il « étoit en sa place, il se contenteroit des mêmes satisfactions. » Et dans toutes les offenses de coups de main , de bâton, ou autres semblables , outre les susdites punitions, & satisfa-ctions on pourra obliger l'offensé de châtier l'offensant par les mêmes coups qu'il aura reçûs, quand même il au-roit la générosité de ne les vouloir pas donner : & cela au cas seulement que l'offense soit jugée si attroce par les circonstances, qu'elle merite qu'on réduise l'offensé à cette nécessité.

Par le second Réglement , les Maréchaux jugent , Qu'à l'égard des coups de bâton, ou autres pareils outrages donnez dans la chaleur des démêlez, en cas qu'ils ayent été donnez après un soufflet, ou coup de main ; celui qui aura frappé du bâton ou autrement, tiendra prifon pendant deux ans ; & en cas qu'il n'ait point été frappé auparavant, il tiendra prifon pendant quatre ans. *Le refte eft approuvé.*

X I.

Et lorfque les accommodemens fe feront en tous les cas fufdits, les Juges du point d'honneur pourront ordonner tel nombre d'amis de l'offenfé, qu'il leur plaira, pour voir faire les fatisfactions qui feront ordonnées, & les rendre plus notoires.

X I I.

Pour les offenfes & outrages à l'honneur, qui fe feront à un Gentilhomme pour le fujet de quelque interêt civil, ou de quelque procès, qui feroit déja intenté pardevant les Juges ordinaires ; on ne pourra dans les offenfes ainfi furvenues être trop rigoureux dans les fatisfactions ; & ceux qui régleront femblables differends pourront outre les punitions fpecifiées ci-deffus en chaque efpece d'offenfe, ordonner encore le banniffement, pour autant de tems qu'ils jugeront à propos, des lieux où l'offenfant fait fa refidence ordinaire ; & lorfqu'il fera conftant par notorieté de fait ou autres preuves, qu'un Gentilhomme fe foit mis en poffeffion de quelque chofe par les voyes de fait, ou par furprife ; on ne pourra faire aucun accommodement, même touchant le point d'honneur, que la chofe conteftée n'ait été préalablement mife dans l'état où elle étoit, devant la violence ou la furprife.

X I I I.

Et pour ce qu'outre les fufdites caufes de differends, les paroles qu'on prétend avoir été données & violées, en produifent une infinité d'autres, nous déclarons qu'un Gentilhomme qui aura tiré parole d'un autre, fur quelque affaire que ce foit, ne pourra y faire à l'avenir aucun fondement, ni se plaindre qu'elle ait été violée, si on ne la lui a donné par écrit, ou en présence d'un ou plusieurs Gentilshommes ; & ainsi tous Gentilshommes seront désormais obligez de prendre cette précaution, non-seulement pour obéir à nos Réglemens, mais encore pour l'interêt que chacun a de conserver l'amitié de celui qui aura donné sa parole, & de n'être pas déclaré agresseur, ainsi qu'il sera dorésnavant dans tous les démêlez qui arriveront ensuite d'une parole donnée sans écrit ni témoin, & qu'il prétendra n'avoir pas été observée.

X I V.

Si la parole donnée par écrit, ou devant d'autres Gentilshommes se trouve violée ; l'interessé sera tenu d'en demander justice, à nous, ou aux autres préposez, à faute de quoi il sera réputé agresseur, dans tous les démêlez qui pourront arriver en consequence de ladite parole violée ; comme aussi tous les témoins de ladite parole violée qui n'en auront point donné avis, seront responsables de tous les désordres qui en pourront arriver ; & quant à ce qui regarde lesdits manquemens de parole, les réparations, & satisfactions seront ordonnées, suivant l'importance de la chose.

X V.

Si par le rapport des présens, ou par d'autres preuves il paroît qu'une injure ait été faite de dessein prémedité, de gayeté de cœur, & avec avantage : Nous déclarons que suivant les Loix de l'honneur, l'offensé peut poursuivre l'agresseur, pardevant les Juges ordinaires, comme s'il avoit été assassiné. Et ce procedé ne doit point sembler étrange, puisque celui qui offense un autre avec avantage, se rend par cette action indigne d'être traité en Gentilhomme : si toutefois la personne offensée n'aime mieux se rapporter à notre jugement, ou à celui des autres Juges du point d'honneur, pour sa satisfaction, & pour le châtiment de l'agresseur, lequel doit être beaucoup plus grand que tous les précedents, qui ne regardent que les offenses qui se font dans les querelles inopinées.

Par le second Réglement, les Maréchaux jugent, Que si par le raport des présens, par notorité ou par autre preuve il paroît qu'une injure de coup de bâton, canne, ou autre de pareille nature, ait été faite de dessein prémedité, par surprise, ou avec avantage, celui qui aura frappé seul & par devant, doit tenir prison pendant 15 ans ; & celui aura frappé par derriere, quoique seul, ou avec avantage, soit en se faisant accompagner, ou autrement, doit tenir prison pendant vingt années entieres, & ce si dans une Ville, Citadelle, ou Forteresse éloignée au moins de trente lieues du lieu où l'offensé fera sa demeure ordinaire ; & que défenses soient faites par Sa Majesté à l'offensant de se sauver de prison à peine de la vie, & à l'offensé d'approcher de ladite prison de dix lieues, à peine de désobéissance.

X V I.

Au cas qu'un Gentilhomme refuse ou differe sans aucune cause legitime d'obéir à nos ordres, ou à ceux des autres Juges du point d'honneur, comme de se rendre pardevant nous lorsqu'il aura été assigné par Acte, signifié à lui ou à son domicile, & aussi lorsqu'il n'aura pas subi les peines ordonnées contre lui, il y sera incessamment contraint, après un certain tems prescrit, par garnison dans sa maison ou emprisonnement, conformément au huitiéme article dudit Edit : ce qui sera soigneusement exécuté par nos Prevôts, Vice-Baillifs, Vice-Sénéchaux, Lieutenans-Criminels de robe-courte, & autres Officiers & lArchers des Maréchaussées, sur peine de suspension de eurs charges, & privation de leurs gages ; & ladite exécution se fera aux frais & dépens de la partie désobéissante & refractaire.

X V I I.

Et suivant ledit article VIII. dudit Edit, si nos Prevôts & autres Officiers des Maréchaussées, ne peuvent

exécuter ledit emprisonnement, ils saisiront, & annoteront
tous les revenus desdits désobéïssans, donneront avis desdites saisies à Messieurs les Procureurs-Généraux, ou à
leurs Substituts, suivant la derniere Déclaration contre les
duels, enregistrée au Parlement de Paris, le vingt-neuf
Juillet dernier ; pour être lesdits revenus appliquez &
demeurez acquis, durant tout le tems de la désobéïssance,
à l'Hôpital de la Ville où sera le Parlement, dans le ressort duquel seront les biens des désobéïssans, conjointement avec l'Hôpital du Siége Royal dont ils dépendront
aussi, afin que s'entre-aidans dans la poursuite, l'un puisse fournir l'avis & la preuve, & l'autre la Justice & l'autorité. Et en cas qu'il y ait des dettes précedentes, qui empêchent la perception du revenu confisqué au profit desdits Hôpitaux, la somme à quoi pourra monter le reve-
venu, deviendra une dette hipothéquée sur tous les biens,
meubles & immeubles du désobéïssant, pour être payée
& acquitée en son ordre.

X V I I I.

Si ceux à qui nous, & les Juges du point d'honneur,
auront donné des gardes, s'en sont dégagez, l'accommodement ne sera point fait, qu'ils n'ayent tenu prison durant le tems qui sera ordonné.

X I X.

Et généralement dans toutes les autres differences d'offenses, qui n'ont point été ci-dessus specifiées, & dont la
varieté est infinie ; comme si elles ont été faites avec sujet, & si elles ont été repoussées par quelques réparties
plus atroces, ou si par des paroles outrageuses l'offensant
s'est attiré un démenti, ou quelque coup de main, & en
un mot dans toutes les autres rencontres d'injures insen-
siblement agravées: Nous remettons aux Juges du point
d'honneur, d'ordonner les punitions & satifactions, telles
que le cas & les circonstances le requierront ; les exhortant

de faire toûjours une particuliere confideration fur celui qui aura été l'agreffeur, & la premiere caufe de l'offen-fe ; & de renvoyer pardevant nous tous ceux qui voudront nous repréfenter leurs raifons, conformément au fecond article du dernier Edit de Sa Majefté. Fait à Paris le vingt-deux Août mil fix cent cinquante-trois ; & à S. Germain en Laye le vingt-deux Août mil fix cent foixante-dix-neuf.

EDIT DU ROY LOUIS XIV,

Rendu pour le même fujet au mois de Fevrier 1723.

LOUIS, &c. Les Rois nos Prédeceffeurs n'ont rien eu plus à cœur que d'abolir dans ce Royaume le pernicieux ufage des duels, également contraire aux Loix de la Réligion & au bien de leur Etat. Le Roy Henry IV. donna pour cet effet plufieurs Edits & Déclarations, dont les difpofitions furent non-feulement confirmées, mais confiderablement étendues par le Roy Louis XIII. fon Succeffeur. Le feu Roy notre très-honnoré Seigneur & bis-Ayeul y a pourvû encore plus efficacement par les differens Edits & Déclarations qu'il a donné fur cette matiere durant fon regne, & notamment par fon Edit du mois d'Août 1679, & fes Déclarations du 14 Septembre de la même année & du 28 Octobre 1711 : & nous avons crû qu'étant parvenû à notre Majorité, nous devions, en fuivant un fi grand exemple, porter nos premiers foins à confirmer des Loix auffi fages & auffi néceffaires pour la confervation de la Nobleffe, qui eft le plus ferme appui de notre Royaume, & que la fureur des duels ne pourroit qu'affoiblir inutilement pour l'Etat. C'eft dans les vûes d'accomplir un deffein fi important, que lors de notre Sacre & Couronnement nous avons juré par le grand Dieu vivant, quenous n'exempterions perfonne de la rigeur des peines ordonnées contre les duels; & comme l'experience nousa fait connoître qu'il n'y a point de Loi fi pré-

eife ni fi fimple qu'on ne trouve le moyen d'éluder ; pour
prevenir deformais ces fauffes interpretations que l'on
s'eft déja efforcé de donner à quelques articles de l'Edit
du mois d'Août 1679, contre les intentions du feu Roy
& les notres, nous avons jugé à propos d'y ajouter quelques nouvelles difpofitions qui ont paru néceffaires, enforte qu'à l'avenir ceux qui oferoient contrevenir à cette
Loi ne puiffent échapper à la jufte punition qu'ils auront
meritée. A ces caufes & autres grandes confiderations à
ce nous mouvans, de l'avis de notre Confeil, & de notre
certaine fcience, pleine puiffance & autorité Royale,
nous avons dit, ftatué & ordonné ; difons, ftatuons, &
ordonnons, voulons & nous plaît ce qui fuit.

ARTICLE PREMIER.

Les Ordonnances des Rois nos Prédeceffeurs, & notamment l'Edit du feu Roy du mois d'Août 1679, & fes Déclarations des 14 Decembre de la même année, & 28
Octobre 1711, fur le fait des duels, feront éxecutées en
tous leurs points felon leur forme & teneur.

II.

Voulons conformément à l'article XVIII. dudit Edit du
mois d'Août 1679, que tous les Gentilshommes, gens
de guerre, & autres nos fujets ayant droit de porter des
armes, de quelque qualité & condition qu'ils foient, entre lefquels il y aura eû querelles & démêlez, pour quelque fujet que ce foit, dont l'un ou l'autre puiffe fe croire offenfé, foient tenus refpectivement d'en donner avis
à nos Coufins les Maréchaux de France, ou autres Juges
du point d'honneur, pour y être par eux pourvû fuivant l'exigence des cas.

III.

Si ceux qui auront eû querelles ou démêlez, dont ils

n'auront pas donné avis à nos Cousins les Maréchaux de France, ou autres Juges du point d'honneur, se recontrent & en viennent à un combat, voulons que sur la preuve de ladite querelle ils soient également punis de mort comme coupables du crime de duel.

I V.

Et au cas qu'ils eussent donné avis de leur querelle à nosdits Cousins les Maréchaux de France, ou autres Juges du point d'honneur, s'il y a preuve d'agression de part & d'autre, & qu'il soit clairement justifié que la rencontre n'a point été premeditée, l'agresseur sera seul puni de mort, pourvû que celui qui aura été attaqué soit demeuré dans les termes d'une legitime défense.

V.

Ordonnons que l'Edit du mois de Decembre 1704, portant établissement de peine contre les Officiers de la robe, & autres qui useront de voyes de fait ou outrages défendus par les Ordonnances ; ensemble les Réglemens des 22 Août 1653 & 22 Août 1679, fait de l'ordre exprès du feu Roy par nos Cousins les Maréchaux de France, pour les satisfactions & reparations d'honneur, seront pareillement executez selon leur forme & teneur.

V I.

Ceux qui seront prevenus de crime de duel par notorieté ne pourront être renvoyez absous qu'après un plus amplement informé d'une année, pendant lequel temps ils tiendront prison.

V I I.

Enjoignons à tous Officiers de nos Justices ordinaires, même à tous Prevôts de nosdits Cousins les Maréchaux
de

de France, ou leurs Lieutenans, à peine d'interdiction,
d'informer des querelles, outrages, insultes & voyes de
fait, dont ils auront avis ou connoissance par quelque
voye que ce soit ; & d'envoyer leurs Procès verbaux & Informations à nosdits Cousins les Maréchaux de France,
pour être par eux procedé contre les coupables suivant la
rigueur de notre Édit, & conformément ausdits Reglemens.

VIII.

Et attendu que les peines portées par lesdits Reglemens, n'ont pas été jusques à present suffisantes, pour arrêter le cours de semblables désordres ; Enjoignons à nosdits
Cousins les Maréchaux de France, & autres Juges du
Point d'honneur, de prononcer, suivant l'exigence des cas,
telles peines qu'ils aviseront au-delà de celles portées par
lesdits Reglemens ; Et Voulons que celui qui en aura frappé un autre dans quelque cas ou circonstance que ce soit,
soit puni par dégradation des Armes & de Noblesse per-
sonnelle, & quinze ans de prison ; après lequel temps il
n'en pourra sortir qu'en vertu de nos Ordres, expediez
sur l'avis de nosdits Cousins les Maréchaux de France.

I X.

Et afin que nos Sujets soient encore plus assurez de nos
intentions sur l'execution des dispositions contenuës au
present Edit, & en ceux des Rois nos Prédecesseurs ;
Nous jurons & promettons en foi & parole de Roy, en
renouvellant le serment que nous avons déja fait lors de
nôtre Sacre & Couronnement, de n'exempter à l'avenir
aucune personne, pour quelque cause ou consideration que
ce puisse être, de la rigueur du present Edit & des précedens, & qu'il ne sera par nous accordé aucune rémission,
pardon, ni abolition à ceux qui se trouveront prévenus dudit crime de duel. Deffendons trés-expressément à tous
Princes & Seigneurs près de nous, d'employer aucunes
prieres ou sollicitations en faveur des coupables dudit crime, sur peine d'encourir nôtre indignation Protestons de
rechef, que ni en faveur d'aucun mariage de Prince ou

Princesse de nôtre Sang, ni pour les naissances des Princes & Enfans de France qui pourront arriver pendant nôtre Regne, ni pour quelque autre consideration generale ou particuliere que ce puisse être, Nous ne permettrons sciemment être expedié aucunes Lettres contraires à nôtre presente volonté. Si donnons en mandement, &c.

Reflexions.

Je ne puis mieux finir cet Article des Duels, qu'en adjoutant, que pour éviter de tomber dans ce crime capital, il faut considerer que nôtre vie n'étant pas à nous, mais à Dieu de qui nous la tenons, & aux Souverains & à l'Etat dans le ressort desquels la providence nous a fait naître; nous n'en pouvons pas disposer, & encore moins de celle d'autrui, contre les loix établies, sans commettre un crime des plus énormes contre Dieu, contre la societé dont nous faisons partie, & contre le Prince qui en est le Chef, & qui en réünit les droits dans sa personne. Comme dans le duel on agit contre ces principes, on ne peut assez le détester, ni le reprimer par de trop severes, loix ni de trop grandes peines. Il n'y a point de veritable gloire à l'entreprendre; parce que le point d'honneur, qui le fait offrir ou accepter, n'est d'ordinaire qu'un caprice, une chimere sans fondement, qui n'a de réalité que dans une imagination déreglée, qui se blesse & qui s'offense elle-même, le plus souvent sans sujet. Au lieu d'acquerir de l'honneur dans les duels, on l'y perd assez souvent; parce que les armes ne décident pas toûjours en faveur du plus brave, ni de celui dont la cause est meilleure. Le moyen de s'en garentir, est d'éviter les querelles, les railleries, les indiscretions, une fausse délicatesse & un point d'honneur mal attendu, qui sont les causes ordinaires de ces combats singuliers. On ne doit faire paroître son courage, que dans les occasions où il s'agit du service du Roy & de l'Etat; c'est alors qu'il ne faut craindre ni les dangers ni la mort même; parce qu'en combattant pour la justice & pour son devoir, on est sûr d'acquerir une gloire immortelle, une gloire pure, qui passe du pere aux enfans, & qui se répand sur toute la posterité.

Fin du cinquiéme Livre.

L'ECOLE
DE MARS,
LIVRE SIXIEME.

DE L'ARTILLERIE.

'A RTILLERIE a compofé dans tous les
tems un corps très-confiderable en France,
même avant l'invention de la poudre. On remarque qu'alors celui qui la commandoit,
avoit auffi le commandement fur tous les
gens de pied : cette autorité jointe à celle qu'il avoit
encore fur tous les travaux militaires , tant pour les
fieges, que dans les marches & campemens, formoit fans
contredit une charge plus confiderable qu'aucunes de
celles qui fubfiftent à prefent. Cependant, quoique l'autorité du Chef fût à un fi haut degré , & que par confequent
elle ne fût confiée qu'à des Seigneurs de grande diftinction
& de beaucoup d'experience ; il s'en falloit bien que ceux
qui compofoient ce Corps, fuffent auffi recommandables
par leur naiffance, fur tout pendant que l'arriere-ban & les
Compagnies de Gendarmes d'Ordonnances ont fubfifté :

Ancienne au-
torité du Chef
de l'Artillerie.

X ij

les Nobles mettoient alors au-deſſous d'eux tous les autres Emplois, même ceux d'Officiers d'Infanterie ; & ils
auroient tellement crû ſe deshonorer s'ils en euſſent pris
dans l'Artillerie, qu'excepté quelqu'uns des principaux,
tout le reſte de ce Corps n'étoit rempli que de maîtres
Artificiers, maîtres Forgerons, maîtres Charpentiers,
maîtres Charons, &c.

Cet ancien établiſſement a demeuré à peu près ſur le
même pied, juſqu'au regne du Roy Henry I V. Alors ce
Corps commença à prendre une face toute differente par
les ſoins de Maximilien de Bethune Duc de Sully, en faveur duquel ce grand Roy érigea en titre d'Office & Charge de la Couronne, ce commandement de l'Artillerie, ſous
le titre de grand Maître. Depuis ce temps-là les Nobles
n'ayant plus la même répugnance d'entrer dans ce Corps,
& y ayant pris de l'emploi, il s'eſt trouvé dans la ſuite compoſé comme les autres Corps ; & par ce changement, joint
aux exercices continuels, & au grand nombre d'actions
réelles où il a été employé ſous le précedent regne, il eſt
monté à ce point de perfection où il eſt aujourd'hui,
qu'on peut citer comme une des parties militaires la plus
accomplie, qu'il y ait non-ſeulement en France, mais ſur
toute la terre.

Ce qui a le plus contribué à cet avantage, eſt ſans contredit l'Inſtitution que le feu Roy fit en 1671. d'un Regiment d'Infanterie, ſous le nom de Fuſiliers, pour la garde de l'Artillerie, & pour la ſervir dans le beſoin. Cependant comme il y avoit encore lors de cette Inſtitution
quelques perſonnes qui ne regardoient pas le métier de
l'Artillerie, comme fort honnorable; le Roy voulant néanmoins que ce Regiment fût compoſé d'Officiers de diſtinction, Sa Majeſté jugea à propos pour ſatisfaire les plus
délicats de mitiger leur ſervice. Ce Regiment ſervit donc
d'abord tout enſemble comme les autres Regimens d'Infanterie, étant néanmoins attaché à la garde de l'Artillerie; c'eſt-à-dire, qu'il montoit en corps de Bataillons la
Tranchée aux Sieges, avec des Compagnies de Grenadiers, & qu'il faiſoit le ſervice dans les Places, &c. Mais il

n'étoit obligé pour le reſte, que de camper au Parc de l'Artillerie à l'Armée, & de marcher avec elle pour la garder.

Le Roy inſtitua dans la ſuite des Compagnies particulieres d'Ouvriers, comme de Forgerons, de Charpentiers & Charons, de Sappeurs, &c. Et il unit ces Compagnies au Corps des Fuſiliers. Sa Majeſté ayant ordonné en même temps de forts apointemens pour les Capitaines qui devoient les commander, cet appas acheva de
détruire l'ancienne délicateſſe, dont nous avons parlé ;
les plus qualifiez n'eurent aucune répugnance à prendre
ce Commandement. L'on vit donc des Gentils-hommes
Capitaines de Forgerons, de Charpentiers, &c. ce qui
auroit paru ſingulier dans un autre temps, faute de faire
attention, que tout ce qui eſt du métier de la guerre
fait honneur, ſous quelque titre que ce ſoit. Le Corps des
Fuſiliers perſuadé enfin de ce principe inconteſtable, commença preſque de lui-même à s'appliquer à tout ce qui
avoit rapport à l'Artillerie, par l'étude des choſes qui
luy ſont purement affectées. Le Roy, qui dès l'inſtitution
de ce Regiment, avoit eû le deſſein de l'attacher uniquement à cet ouvrage, profitant de l'heureuſe diſpoſition que le temps avoit produit pour l'execution de ſon
projet, ordonna en 1693. qu'il quitteroit ſon nom de
Fuſiliers, pour porter celuy de Royal de l'Artillerie, &
en conſequence eſtre uniquement attaché à ce Corps, &
pour toujours diſpenſé d'aucun autre ſervice, hors celuy
de la garde des Places. Sa Majeſté changea pour cet effet
les Compagnies de Grenadiers, en Compagnies de Canoniers, & il regla le rang que les Officiers devoient tenir,
ſuivant leur dignité, avec les autres Officiers d'Artillerie.

Ce fut alors, que ce Regiment, débaraſſé de tout autre ſoin, & s'occupant uniquement de celuy d'acquerir
les ſciences neceſſaires pour remplir les fonctions auſquelles il étoit deſtiné, commença à jetter les premiers fondemens de l'édifice dont il eſt veritablement l'Auteur ;
je veux dire de la perfection de l'art d'employer l'Artillerie à tous les differens uſages qui luy ſont affectez.
Dès l'année 1684. le feu Roy avoit auſſi créé un Regi-

Creation des
Compagnies
d'Ouvriers.
Nom de Re-
giment des Fu-
ſiliers, changé
en celuy de
Royal-Artille-
rie.
Bons effets
que ce change-
ment produit.

Creation du Regiment des Bombardiers.

ment de Bombardiers, lequel fut de même uni au Corps de l'Artillerie en 1693 : ce Regiment ne faifoit pas moins de progrès dans les mêmes fciences. Ce font ces differents établiffements qui ont produit non feulement tous les bons effets dont nous avons été témoins en tant d'occafions, mais encore les celebres Auteurs de tous les plus beaux Livres que nous avons fur cette matiere, lefquels font traitez avec tant d'art & de perfection, que je croy devoir avertir le Lecteur, qu'il ne doit pas hefiter de les preferer à tout ce que je vais dire fur le même fujet, me faifant honneur d'avoüer que je les reconnoîs pour des models qu'il eft impoffible de furpaffer, & que je ne pourois imiter qu'en les copiant mot à mot.

Quoique tous ces changements femblaffent avoir mis la derniere main à la perfection de ces deux Regimens, cependant comme tout ce qui eft fujet au rafinement des hommes, ne peut eftre d'ufage à l'infini, ainfi que je l'ay déja dit, on a jugé depuis qu'il feroit plus convenable que ces differentes parties fuffent réunies en un feul

Incorporation de ce Regiment, & des Compagnies de Canoniers, d'Ouvriers & de Mineurs dans le Royal-Artillerie.

Corps; c'eft-à-dire, qu'au lieu d'avoir des Compagnies particulieres de Canoniers, de Bombardiers, de Mineurs, de Sappeurs, de Forgerons, & de Charpentiers, toutes ces efpeces fe trouvaffent incorporées dans chaque Compagnie; afin que par tout où il y auroit une Compagnie de ce Regiment, il y eût des Ouvriers neceffaires, fans qu'il fût befoin d'en faire venir de bien loin, ainfi qu'il fe pratiquoit par le paffé. Pour cet effet le Roy par fon Ordonnance de 1720. ordonna que le Regiment des Bombardiers, & toutes les Compagnies de Canoniers, d'Ouvriers, & de Mineurs, feroient incorporées dans le Regiment Royal - Artillerie; lequel feroit à l'avenir

Etat prefent de ce Regiment.

compofé de cinq Bataillons de huit Compagnies de cent hommes chacune, chaque Bataillon commandé par un Lieutenant Colonel, ayant fous luy un Major, un Ayde-Major, un Aumônier, & un Chirurgien.

Comment compofé.

Que chaque Compagnie feroit compofée d'un Capitaine en premier, d'un Capitaine en fecond, de deux Lieutenans, de quatre Sergens, de quatre Caporaux, de quatre Anfpeçades, de deux Cadets, de deux Tambours, & de quatre-vingt-quatre Soldats, qui feroient divifez en trois Efcoüades, dont la premiere feroit compofée de vingt-quatre Canoniers ou Bombardiers, commandez par deux Sergens, deux Caporaux, & deux Anfpeçades de la même profeffion; la feconde de douze Mineurs ou Sappeurs, avec un Sergent, un Caporal & un Anfpeçade de la même profeffion, & douze Soldats Aprentifs; & la troifiéme de douze Ouvriers en fer & en bois, avec un Sergent, un Caporal & un Anfpeçade de même métier, & douze Soldats Aprentifs.

Que les Bataillons feroient indépendans les uns des autres; deforte que les Officiers ne pafferoient point de l'un dans l'autre, pour caufe de promotion, chacun devant monter dans fon Bataillon. Que chaque Bataillon prendroit fon rang, avec les autres, fuivant l'ancienneté de fon Lieutenant Colonel, & les Officiers fuivant la datte de leurs Commiffions; & avec l'Infanterie ordinaire, fuivant l'ancienneté du Regiment. Que le plus ancien Major feroit la charge de Major de Brigade, fans avoir égard au rang du Bataillon dont il feroit. Que chaque Lieutenant Colonel propoferoit aux emplois de fon Bataillon; & que les Bataillons feroient fujets, comme le refte de l'Infanterie, à l'Infpection des Directeurs & Infpecteurs generaux.

Afin que cette incorporation n'apportât point de changement pour les appointemens confiderables que les Officiers de ces differentes Compagnies recevoient cy-devant, Sa Majefté par la même Ordonnance & par celle du 20. Avril 1722. a ftatué qu'à l'avenir chaque Compagnie de ce Regiment fera payée à raifon, fçavoir, de onze livres deux fols deux deniers par jour au Capitaine, dont la Compagnie fe trouvera depuis quatre-vingt-quinze jufques à cent hommes, les Officiers non compris; dix livres lors qu'elle fera de quatre-vingt-dix jufques à quatre-vingt-quinze; neuf livres depuis quatre-vingt-cinq jufques à quatre-vingt-dix; huit livres depuis quatre-vingt jufques à quatre-vingt-cinq; fept livres depuis foixante-quinze jufques à quatre-vingt; fix livres

depuis foixante-dix jufques à foixante-quinze, & cinq
livres lors qu'elle fera au deffous dudit nombre de foixante-dix : trois livres au Capitaine en fecond : deux livres
dix fols au premier Lieutenant : deux livres au Lieutenant
en fecond : trente fols à chacun des deux Sous-Lieutenans :
vingt fols fix deniers à chaque Sergent : quatorze fols
fix deniers à chaque Caporal : onze fols fix deniers à
chaque Anfpeçade : neuf fols fix deniers à chacun des deux
Cadets & des trente-fix Canoniers, Bombardiers, Sappeurs, Mineurs, Ouvriers, & deux Tambours : fix fols
fix deniers à chacun des douze plus anciens Soldats
Aprentifs; & cinq fols fix deniers à chacun des trente-fix
autres; cinq livres par jour au Meftre de Camp Lieutenant, fçavoir, cinquante-cinq fols pour fes appointemens
en ladite qualité, & quarante-cinq fols pour luy tenir
lieu de la Prevôté qui étoit cy-devant entretenüe dans
ledit Regiment, & que Sa Majefté a fupprimée : fix livres
deux fols fix deniers à chaque Lieutenant Colonel, outre
fes appointemens de Capitaine : neuf livres trois fols trois
deniers à chaque Major : fix livres deux fols deux deniers
à chaque Ayde-Major, lefquels ne pourront avoir d'autres
emplois; & dix fols tant à l'Aumônier qu'au Chirurgien.

 Outre la folde pour chaque Compagnie, il fera payé,
comme dans le refte de l'Infanterie Françoife, vingt
deniers par jour pour chaque Sergent, & dix deniers

Supplément pour la maffe deftinée à l'habillement. pour chaque Caporal, Anfpeçade, Canonier, Bombardier, Sappeur, Mineur, Ouvrier, Cadet, Soldat, &
Tambour, qui formeront une maffe toujours complette
de quinze cens foixante livres par an pour chaque Compagnie; fur laquelle il en fera remis, en vertu de la main-
levée du Directeur ou Infpecteur general, deux cens
foixante livres au Capitaine, dont la Compagnie lors de
la Revüë de la fin du Semeftre fe trouvera de cent hommes armez & vêtus, pour le dédommager des frais de
l'habillement de fes Recruës. Si la Compagnie ne fe trouve
point en état, lors de ladite Revüë, ladite fomme reftera
à la maffe deftinée pour l'habillement de ladite Compagnie. Et comme malgré ce Reglement avantageux,
quelques

quelques Officiers & autres fe font trouvé lezez, attendu que leurs appointemens étoient moins forts que
cy-devant, Sa Majefté a bien voulu leur accorder des
fupplémens qui les remettent au même état, jufqu'à ce
qu'ils parviennent à d'autres grades.

Comme chaque Bataillon eft deftiné pour faire une
Ecole pour l'Artillerie, & qu'il eft à propos qu'il y en ait
toujours à portée de toutes les Frontieres, pour y être
employez dans le befoin ; on a pour ce fujet fixé leur réfidence à Metz, à Strafbourg, à Grenoble, à Perpignan,
& à Laferre. Dans chacune de ces Places le Roy a établi des Ecoles pour la théorie & la pratique : ces Ecoles
font commandées par des Lieutenans d'Artillerie, qui
doivent agir de concert avec les Lieutenans Colonels.
L'Ecole de pratique fe tient trois fois la femaine : un quart
des Officiers & des Soldats du Bataillon doivent s'y trouver, pour y être inftruits fur ce qui regarde le fervice du
Canon & des Mortiers, fur la façon de faire les differentes
batteries, de conduire les fappes & les mines, de feigner
les foffez, de détourner les rivieres, & d'y faire des ponts,
& enfin de tout ce qui concerne l'attaque & la défenfe
des Places, & le fervice de Campagne.

L'Ecole de théorie fe tient aufli trois fois la femaine.
Elle eft conduite par un Maître de Mathématique : le tiers
des Officiers & tous les Cadets doivent s'y trouver ; &
l'on doit y laiffer entrer les Sergens & les Soldats, qui
ont de la difpofition pour apprendre. Il y a deux Directeurs de ces Ecoles, qui doivent les vifiter tous les
ans, pour reconnoître les progrès que les Officiers y font,
& en rendre enfuite compte au Roy & au Grand Maître.
Lorfque quelqu'un de ces Bataillons fe trouve dans une
Place, il y doit faire le fervice comme les autres de l'In-
fantèrie ; avec cette difference feulement, qu'il n'eft
compté que pour un demi Bataillon, attendu que Sa
Majefté difpenfe de ce fervice les Capitaines en premier,
& les Canoniers, Bombardiers, Mineurs, Sappeurs &
Ouvriers. Ce Regiment eft habillé de bleu, & armé
comme le refte de l'Infanterie.

On peut juger par le détail de cet établissement, qu'on
n'a rien imaginé cy-devant, qui fût plus capable de porter le corps de l'Artillerie au plus haut degré de perfection. Cependant le Roy ayant consideré, qu'il manquoit
encore quelque chose au dessein qu'il avoit eu, que tout

ce qui compose ce Corps fût réuni de maniere qu'il
n'y eût plus de distinction ; & qu'en accordant aux
Officiers du Regiment un rang proportionné à leur Emploi, pour le service qu'ils auroient à faire avec les autres Officiers d'Artillerie non de leur Troupe, ils avoient
le commandement sur les Soldats ; ce qui leur donnoit
un avantage sur les Officiers d'Artillerie, qui n'avoient
aucune inspection sur les Soldats que pour les ouvrages
réels des Sieges, ou autres maneuvres de Guerre : Sa Majesté sur ces considerations, & pour achever son projet
de réunion, a ordonné ce qui suit.

EXTRAIT DE L'ORDONNANCE
du 22. May 1722.

Sa Majesté étant informée des contestations qui sont
arrivées & qui arrivent souvent entre les Officiers de son
Artillerie , & ceux des cinq Bataillons du même Corps,
tant dans ses Armées & dans les Places, qu'aux Ecoles
établies pour leur instruction : & voulant y remedier, Sa
Majesté ordonne :

ARTICLE PREMIER.

Que les précedentes Ordonnances concernant l'Artillerie seront suivies & observées, en tout ce qui ne s'y
trouve point contraire à la présente, laquelle y servira
de supplément.

II.

Que les Lieutenans Colonels , Officiers, Sergens & Soldats dudit Regiment obéïssent en ce qui regarde le service de l'Artillerie, à ceux que le Grand Maître aura commis pour la commander en chef, non seulement dans les

Armées & dans les Places, mais aussi dans les Ecoles ; ou en l'absence du Chef, à ceux qui commanderont en second & en troisieme.

I I I.

Que les Lieutenans Colonels dudit Regiment tiennent rang de Lieutenans d'Artillerie, & obtiennent des Provisions du Grand-Maître.

I V.

Que les deux premiers Capitaines de chacun des Bataillons tiennent rang de Commissaires Provinciaux, aux mêmes conditions ; le Grand-Maître pouvant donner de pareilles Commissions aux Officiers de ses Bataillons qu'il en jugera dignes.

V.

Que tous les autres Officiers dudit Regiment suivent les anciennes Ordonnances, pour le rang qu'ils doivent tenir avec ceux d'Artillerie ; & que le service de l'Artillerie se fasse entre eux suivant la datte des Commissions qu'ils auront de Sa Majesté dans le Regiment, & du Grand Maître : qu'ils roulent ensemble sur ce pied, ensorte qu'ils deviennent un seul Corps, en ce qui concerne le service de l'Artillerie, de même que si les Officiers d'Artillerie étoient du corps dudit Regiment ; & les Officiers du Regiment, du corps de l'Artillerie.

V I.

Comme dans les précedentes Ordonnances, il n'a point été pourvû au rang des Officiers Pointeurs, & Aydes du Parc de l'Artillerie ; Sa Majesté veut qu'à l'avenir les Lieutenans dudit Regiment seulement, ayent rang de Commissaires Extraordinaires ; les Lieutenans rang d'Officiers Pointeurs ; & que les Aydes du Parc soient supprimez & employez dorénavant sous le nom d'Officiers Pointeurs.

V I I.

Tous les Officiers du Régiment seront obligez de se pourvoir des Commissions du Grand-Maître.

V I I I.

Tout ce qui sera ordonné pour le service des Ecoles par les Commandans, ou en leur absence par les Commandans en second, ou en troisiéme, fera executé fur le champ ; & fi les Lieutenans Colonels ou les Capitaines du Regiment ont des reprefentations à faire, ils s'adref. feront au Grand-Maître, & au Directeur ou Infpecteur-général du Département de l'Ecole, lorfqu'ils feront fur les lieux ; lefquels leur feront fçavoir les intentions du Grand-Maître : mais ils commenceront par obéir.

I X.

Les rangs que les Officiers d'Artillerie doivent tenir avec ceux du Regiment étant reglez, les Officiers d'Artillerie feront reconnus, chacun fuivant fa Commiffion, pour ce qui concerne uniquement le fervice de l'Artillerie, à la tête du Regiment, d'un Bataillon, ou d'un Détachement, fuivant l'occafion, à l'Armée, dans les Places, & aux Ecoles ; afin qu'aucun Officier ni Soldat du Regiment ne puiffe l'ignorer.

X.

Sa Majefté voulant unir ces deux Corps, fon intention eft que le Grand-Maître ordonne à chacun des Officiers d'Artillerie revêtus de fa Commiffion, Lieutenans, Commiffaires, & Officiers Pointeurs, d'avoir l'habit uniforme du Regiment ; afin que les Soldats s'accoutument encore davantage à regarder les Officiers d'Artillerie comme leurs propres Officiers ; & qu'ils n'aient aucun lieu d'ignorer l'obéiffance qu'ils leur doivent en cette qualité, dans les occafions du fervice d'Artillerie.

X I.

Sa Majefté confirme ce qui eft dit dans les Inftructions ; fçavoir, que s'il arrive qu'un Soldat du Regiment tire l'épée, dife des injures, ou manque d'obéiffance & de refpect à un Officier d'Artillerie dans le lieu où il fera employé, foit aux Ecoles, dans les Places, ou à l'Armée, & dans les occafions du fervice de l'Artillerie ; il fera puni comme s'il en avoit agi de même à l'égard d'un Officier de fon Bataillon, & fera jugé fuivant la rigueur des Ordonnances, par le Confeil de Guerre, affemblé chez le Gouverneur ou Commandant de la Place ; & à l'Armée chez le Commandant en chef l'Artillerie. Ce Confeil de

Guerre sera composé de deux tiers d'Officiers du Regiment, & l'autre tiers d'Officiers de l'Artillerie ; voulant Sa Majesté que cet article de son Ordonnance soit lû les jours de Revûes, afin qu'aucun Soldat n'en ignore.

XII.

Lorsqu'un Officier du Regiment aura manqué à son devoir, dans le service de l'Artillerie, ou aux Ecoles ; qu'il méritera les arrêts, ou quelqu'autre punition : le Commandant de l'Ecole s'adressera au Capitaine qui commandera le Détachement à l'Ecole de Pratique, ou à celui qui présidera à l'Ecole de Mathematiques, pour la punition méritée, ainsi que pour envoyer un Soldat au Corps de Garde ou en prison : mais s'il y a contestation sur ce sujet, ce que le Commandant de l'Ecole ordonnera sera executé ; & il sera permis au Lieutenant Colonel ou Capitaine de faire ses representations au Grand-Maître, ou au Directeur ou Inspecteur Général étant sur les lieux, lesquels en informeront le Grand-Maître.

XIII.

Un Officier Major du Regiment ira tous les jours prendre l'Ordre du Commandant de l'Ecole, & du Commandant de l'Artillerie à l'Armée ; & un Sergent du Bataillon portera le Mot aux deux Commandans en second de l'Ecole, dans les Places où elles sont établies.

XIV.

Dans le service des batteries à l'Armée ou aux Ecoles, & dans les occasions de service d'Artillerie dans les Places ; le plus ancien des Officiers de l'Artillerie ou des Bataillons, choisira son poste de droite ou de gauche, sans aucun égard aux prérogatives prétendues par ceux du Regiment ; & cette ancienneté se prendra de la datte de Commission, que les uns & les autres auront du Roy & du Grand Maître, lequel fera expedier ses Commissions aux Officiers du Regiment, du jour de celles qu'ils auront de Sa Majesté.

XV.

Le Commandant de l'Ecole pourra, quand il le jugera à propos, se mettre à la tête du Bataillon qui sera employé à l'Ecole qu'il commandera, ainſi qu'il ſe pratique dans les Armées, ſuivant l'Ordonnance du 25 Novembre 1695.

XVI.

Tout Officier d'Artillerie commandé, pourra de mê-me ſe mettre à la tête du Détachement qui ſera avec lui, pour le ſervice de l'Artillerie, s'il ſe trouve plus ancien que l'Officier du Regiment qui ſera détaché.

XVII.

Les Commandans en chef des Ecoles auront, dans les lieux où elles ſont établies, les mêmes honneurs que les Lieutenans Colonels deſdits Bataillons ; & ceux qui ſeront honorez de grades de Brigadier, ou autre ſuperieur, recevront les mêmes honneurs qui ſont dûs aux Officiers de leur caractere, lorſqu'ils ſont employez ſur la Frontiere, ou qu'ils ſe trouvent de Piquet, ou de Jour dans les Armées.

XVIII.

L'Eſcouade des Ouvriers de chaque Compagnie du Regiment ſera compoſée inviolablement d'hommes ſçachant un métier propre à l'Artillerie : il y ſera tenu la main par le Directeur & l'Inſpecteur-Général des Ecoles, que Sa Majeſté en charge expreſſement, lorſqu'ils feront leur Revûes ; ordonnant aux Commandans, Majors & Aydes-Majors de chaque Bataillon, & aux Commiſſaires des Guerres, d'executer à la lettre ce qui eſt dit à ce ſujet dans l'Ordonnance du 25 Novembre 1695, & ſur les peines y portées. Et étant neceſſaire que dans l'Eſcouade de Sappeurs-Mineurs, il y ait des Charpentiers, Forgerons, Tailleurs de pierre, & Maſſons, ces differens métiers entrant dans le travail des ſappes & des mines ; Sa Majeſté veut que la moitié de l'Eſcouade deſdits Sappeurs-Mineurs ſoit compoſée de ces differens métiers : & le Major du Bataillon ſera tenu de remettre au Commiſſaire des Guerres à chaque Revûë, un Etat de lui certifié deſdits Ouvriers, & de leurs differens métiers.

XIX.

Sa Majeſté ordonne aux Directeurs & Inſpecteurs Gé-

néraux des Ecoles, de se faire donner le nom de tous les
Canoniers, Bombardiers, Sappeurs, Mineurs, Ouvriers,
& Apprentis, pour se les faire representer aux Revûës ;
& défend aux Capitaines de leur donner des Congez ab-
solus, à moins qu'ils ne soient entierement hors d'état de
service, à peine d'être privez de leurs Charges ; & ces
Congez ne seront point valables, qu'ils ne soient visez
du Mestre de Camp-Lieutenant dudit Regiment.

X X.

L'Exercice du canon, des mortiers & des pierriers
aux Ecoles d'Artillerie, sera toujours commandé de droit
par les Majors, ou les Aydes-Majors du Regiment. Ce
droit établi, les Commandans des Ecoles pourront de
temps en temps, & lorsqu'ils le jugeront à propos,
faire commander cet Exercice par un Officier d'Artillerie, ou un autre du Regiment, pour les y instruire
eux-mêmes ; les Majors ou Aydes-Majors ne pouvant se
trouver dans toutes les occasions où il seroit necessaire
de faire ce service.

X XI.

Le Commandant de l'Ecole fixera le nombre de Soldats qui seront commandez pour l'Ecole de Pratique ;
& il se reglera pour cela sur la force du Bataillon, dont
le Major lui donnera un Etat. Ce Commandant pré-
comptera ce qui sera necessaire pour le service de la Place,
lequel suivant l'Ordonnance de 1720, ne doit se faire
que pour un demi Bataillon, & par les Apprentis seulement : il disposera du reste sur le pied d'un jour de travail, & trois de repos. Le Détachement ne partira point
des Casernes ou lieu d'assemblée, qu'il ne soit suffisamment garni d'Officiers, qui le conduiront au lieu indiqué par le Commandant de l'Ecole, où se feront par le
Major ou Ayde-Major du Bataillon les Détachemens necessaires pour l'execution de ce qui aura été ordonné.

X X I I.

L'Exercice du canon, des mortiers, & pierriers, des
sappes & des mines, pourra être interrompu suivant la
saison ou le climat des lieux où les Ecoles sont établies,

felon que les Commandans le jugeront à propos : & dans ce cas , ils pourront augmenter d'un jour par femaine l'Ecole de Theorie , obfervant d'en rendre compte au Grand-Maître , & aux Directeurs & Infpecteurs-généraux des Ecoles.

XXIII.

Sa Majefté veut , que s'il arrive dans la fuite quelque fujet de conteftation, qui ne foit pas reglé par fes precedentes Ordonnances & par la prefente, les Commandans des Ecoles & les Lieutenans Colonels s'adrefferont au Grand-Maître , & aux Directeurs & Infpecteurs-généraux des Ecoles, pour être informez par eux de ce que le Grand-Maître aura décidé ; obfervant au préalable de commencer toûjours par obéïr au commandement de l'Artillerie , foit dans les Armées , dans les Places ou aux Ecoles , en ce qui concerne le fervice de l'Artillerie.

XXIV.

N'entend cependant Sa Majefté , que les rangs , qu'elle a accordez aux Officiers d'Artillerie avec ceux du Regiment , leur donne aucun droit de commander les Officiers ou Soldats dudit Regiment , dans les occafions qui ne concerneront pas le fervice de l'Artillerie ; comme font le fervice de la Place , la difcipline & l'entretien des Compagnies , le choix des Soldats , le décompte , la nomination aux emplois , les congez , &c. ny de s'en mêler en façon quelconque ; Sa Majefté en laiffant le foin aux Lieutenans Colonels, fous l'autorité du Colonel-général de l'Infanterie , & de leur Meftre de Camp-Lieutenant.

XXV.

Sa Majefté n'ayant pas fuffifamment marqué fes intentions par fon Ordonnance du 5. Fevrier 1720. pour le remplacement des Officiers dans les Charges dudit Regiment , ordonne , que lorfqu'il vaquera dans l'un des cinq Bataillons une Compagnie , une place de Capitaine en fecond , de Lieutenant en premier ou en fecond , ou de Sous-Lieutenant , le Meftre de Camp-Lieutenant y propofe un Officier du même Bataillon , fuivant fon rang :

mais

mais que lorſqu'il vaquera une des cinq Lieutenances-Co-
lonelles , le plus ancien Capitaine de tout le Regiment y
monte , quoiqu'il ne fût pas Capitaine dans le Bataillon
où la Lieutenance Colonelle vaquera.

XXVI.

L'habillement du Regiment ſera dorénavant bleu doublé de rouge , avec des boutons de cuivre , & la veſte
rouge.

XXVII.

Les Lieutenans - Colonels des Bataillons envoyeront
directement à leur Meſtre de Camp-Lieutenant, les Mémoires pour propoſer aux Emplois vaquans.

XXVIII.

Les Directeurs Inſpecteurs Généraux des Ecoles exer-
ceront , ſous l'autorité du Grand-Maître, leur inſpection
ſur leſdites Ecoles.

DU GRAND MAISTRE DE L'ARTILLERIE.

Vant l'invention de la poudre , & encore long-temps
après, il y avoit en France un Grand Maître des
Arbalêtriers & Cranequiers, qui avoit la Sur-Intendance *Ancien Titre du Chef de l'Artillerie.*
ſur tous les Officiers Conſtructeurs & Conducteurs des
machines de Guerre. Cette charge ſubſiſtoit ſous le même nom du temps de S. Louis ; & ſous Charles VI. en
1411 , le Sieur du Hangeſt qui la poſſedoit , prenoit encore
le titre de Grand Maître des Albalêtriers. Ceux qui lui ſuc-
cederent juſqu'au regne d'Henry IV. portoient celui de
Capitaine Général des poudres de l'Artillerie , ou de
Grand Maître & Capitaine Général , comme il ſe voit
par une Ordonnance de François I. renduë en 1546.

Celui qui poſſede à préſent cette éminente Charge ,
prête ſerment entre les mains du Roy. Il a la Sur-Inten- *Prerogati-*
dance ſur tout ce qui a raport à l'Artillerie , tant dans le *ves du Grand-Maître.*
Royaume, qu'en de-çà & en de-là les monts, & hors du
Royaume, dans les Pays & Terres qui ſont ſous la domi-

Tome II.   Z

nation, ou sous la protection du Roy. C'est lui qui propose les Sujets pour remplir toutes les Charges, & qui propose de même ceux qu'il juge capables d'être Officiers Généraux, lorsqu'il s'en fait une promotion. Il entre aux Conseils qui se tiennent pour ce qui regarde l'Artillerie : Il ordonne, en conséquence des résolutions qui y ont été prises, tous les mouvemens. Il passe les marchez ou les fait passer en son nom : il arrête le compte général qui doit être porté à la Chambre des Comptes, où il est reconnu comme Ordonnateur de tous les fonds qui ont rapport à l'Artillerie. Il nomme les Officiers Généraux & Particuliers qui doivent être employez dans les Armées & dans les Places, & dispose absolument des départemens dans les Places. Quand l'Artillerie a tiré devant une Place, toutes les cloches qui s'y trouvent après sa prise lui appartiennent, à moins qu'il n'y ait un Article contraire dans la Capitulation. Si elles lui sont adjugées, il est le Maître de convenir du prix de leur rachapt avec les Habitans, ou de les faire vendre à son profit. Ce droit lui a été accordé, pour lui tenir lieu de celui qu'avoient autrefois les Maîtres de l'Artillerie, de prendre à leur profit toute l'Artillerie de la Ville conquise. C'est lui qui fait faire les poudres, fondre les canons & les mortiers ; & il a le droit d'y faire graver ses armes. Il a inspection sur toutes les autres machines de guèrre, sur les constructions de ponts pour le passage des Armées, & sur toutes les manufactures d'Armes. Il est Mestre de Camp né du Regiment Royal de l'Artillerie. Il doit être salué de cinq volées de grosses pieces de canon à son entrée, & à sa sortie des Places. Il porte pour marque de sa dignité au-dessous de ses armes deux Canons sur leurs affus, des barils de poudre, des boulets & des gabions. Il a sa Juridiction à l'Arcenal de Paris, laquelle s'étend dans tout le Royaume : cette Juridiction se tenoit autrefois au Louvre, d'où elle fut transferée à l'Arcenal en 1572. L'appel de ses Jugemens resortit au Parlement ; & cette Justice est composée d'un Bailly, un Lieutenant-Général, un Procureur du Roy, un Substitut, un Greffier, un Procureur-postulant, deux Huis-

Marginal notes:
- Droits à lui attribuez.
- Honneurs qui lui sont dûs.
- Sa Juridiction.

Grand maistre de l'Artillerie

fiers - Audienciers , & d'un Huiſſier - Exploitant : toutes
ces Charges ſont à ſa diſpoſition, & tombent dans ſon
caſuel, de même que celles de Commiſſaire-Général des
poudres, de Directeur-Général , de Contrôleur-Général,
de Tréſorier Général , de Secretaire-Général, de Mede-
cin , de Chirurgien , d'Apoticaire , & d'Aumônier.

LISTE DE CEUX QUI ONT EU
le Commandement de l'Artillerie en Chef, ſous
les differens Titres cy-devant expliquez.

Jean de la Loupe, en 1329.
Mile Dulion , en 1378.
Jean de Soiſy , en 1397.
Mathieu de Bauvais, dit
le Gode , en 1407.
Le Sieur du Hangeſt , en
1411.
Nicolas de Manteville, en
1415.
Jean Petit, dit Larcher,
en 1418.
Philibert de Molans , en
1420.
Pierre Breſſonneau , en
1420.
Pierre Careſme , en 1421.
Raymond Marc, en 1432.

Guillaume de Troye , en
1432.
Triſtan Lermite , en 1436.
Jean Bureau de Mont-
glat , en 1439.
Vernon de Geneſtel , en
1444.
Gaſpard Bureau , Sieur de
Villemouble , en 1449.
Helion le Groind , en
1472.
Gobert Cadiot , en 1471.
Louis, Sieur de Cruſſol ,
en 1472.
Guillaume Bournel , en
1473.
Jean Cholet , en 1479.

En 1479. l'Artillerie fut diviſée en trois bandes , qui
avoient chacune un Maître , non compris celui pour la
Normandie. Ces Maîtres s'appeloient,

Jean Cholet.
Bertrand de Saman.

Perceval de Dreux.
Guillaume Bachelier.

Ces Bandes furent réünies en une ſeule , la même année 1479. Voici les noms de ceux qui l'ont commandé.

Guillaume Picard, 1479.

Galiot de Genoillac.

Guyot de Louziere, en 1493.

Jean de la Grange, en 1495.

Jacques de Silly, en 1501.

Paul de Bufferade, en 1504.

Jacques de Genoillac, dit Galiot, en 1512.

Antoine de la Fayette, en 1515.

Jean de Pommereu, Sieur du Pleffis-Brion, en 1515.

Jean, Sieur Dutaix, en 1546.

Charles de Coffé, Comte de Briffac, en 1547.

Jean Deftrées, en 1550.

Jean de Babou, Sieur de la Bourdaifiere, en 1569.

Armand Gontaud, Sieur de Biron, en 1577.

Philbert de la Guiche, en 1578.

François d'Efpinay, Sieur de S. Luc, en 1596.

Antoine Deftrées, en 1597.

Maximilien de Bethune, Duc de Sully, *premier Grand-Maître avec Titre d'Officier de la Couronne*, en 1601.

Maximilien de Bethune, Marquis de Rofny, en 1618.

Henry de Chombert, *par commiffion*, en 1621.

Antoine Rufé, Marquis d'Effiat, en 1621.

Charles de la Porte, Duc de la Milleraye, en 1634.

Armand-Charles de la Porte, Duc de Mazarin, en 1669.

Henry de Daillon, Comte du Lude, en 1669.

Louis de Crevan, Marquis d'Humieres, en 1685.

Monfeigneur le Duc du Maine.

M^r le Prince de Dombes, reçû en furvivance.

DES LIEUTENANS GENERAUX D'ARTILLERIE.

Nombre des Lieutenans-Généraux d'Artillerie, & leurs départemens.

IL y a dans chaque Armée un Lieutenant-Général de l'Artillerie, qui fous la dépendance du Grand-Maître, y a le commandement fur tous les Officiers, & fur tout ce qui concerne l'équipage de ce Corps; fur lefquels neanmoins le Marêchal ou autre Général en chef a auffi juridiction.

Il y a préfentement quinze Lieutenans Généraux de l'Artillerie, qui ont chacun un département. Ces départemens font, Picardie, Flandres, Champagne, Mofelle,

Alsace , Duché & Comté de Bourgogne , Lyonnois , Dauphiné , Roussillon , Guienne , Touraine , Bretagne , Normandie , Isle de France & Arcenal de Paris.

On ne peut dire positivement en quel temps les Lieutenans-Généraux d'Artillerie ont été instituez ; mais ce qu'il y a de certain, c'est qu'il y en avoit dès le Regne de François I ; il en est fait mention dans son Ordonnance de 1546. Ces Charges font à la nomination du Grand-Maître , comme tous les autres Emplois de ce Corps ; & les fonctions de ceux qui en font pourvûs, font de commander l'Artillerie , sous l'autorité du Grand-Maître , par tout où ils font employez : pour cet effet ils font attachez chacun à un des départemens , dont nous venons de faire le détail. C'est par leur ordre , qu'ils donnent sur ceux qu'ils ont reçû du Grand Maître , que tous les mouvemens & ouvrages concernant l'Artillerie , se font dans toute l'étenduë de leur département : C'est pourquoi tous les differens Officiers de ce Corps qui y font employez , doivent leur rendre compte de tout ce qui est de leur détail ; & se regler en toutes chofes fur les ordres qu'ils leur envoient , & non fur d'autres , pas même fur ceux des Officiers Majors des Places ; l'Artillerie formant un Corps , qui a ses Chefs particuliers , fous lefquels tous les mouvemens doivent abfolument roûler. Pour cet effet le Lieutenant Général doit avoir un double de l'Inventaire de tout ce qu'il y a concernant fon infpection , dans toutes les Places de fon département ; & on doit lui rendre compte , au moins tous les mois , foit de l'Etat où ces chofes se trouvent , foit de leur augmentation & confommation , à mefure que l'un ou l'autre cas arrive. Il doit par la même raifon faire de temps en temps la vifite des Places , pour voir fi chacun y fait fon devoir , fi les Magafins & l'Arcenal font bien tenus ; & il doit fur tout veiller à ce que les armes , & les autres inftrumens & machines de guerre qui y font , foient toûjours en état d'être employées pour le Service. Il doit examiner fi l'Artillerie , qui est fur les Remparts , y est difpofée dans les regles ; & ordonner fur tout ce qu'il

Epoque de la Création des Lieutenans-Généraux d'Artillerie.

Leurs fonctions.

Suite de leurs fonctions & prérogatives.

examiné, les changemens qu'il juge neceſſaires, & rendre compte du tout au Grand-Maître. On a vû à l'Article de la défenſe des Places, quelles y doivent être ſes fonctions, lorſqu'il s'y trouve.

Il y a auſſi un Lieutenant-Général d'Artillerie, employé dans chaque Armée, pour y avoir le commandement ſur tout ce qui a rapport à l'Artillerie, ſous l'autorité du Général; on verra cy-après ſes fonctions à l'Article de l'Armée en campagne. Ceux qui ſont employez à ce commandement, étant ſans contredit chargez de celui d'une des principales parties de l'Armée, on ne manque pas de choiſir pour ce ſujet des Sujets très-diſtinguez par leur valeur, par leur capacité & par leur experience : ces qualitez ſe ſont trouvées très-parfaitement réünies en ces derniers temps, dans les perſonnes de Meſſieurs de la Frezeliere, le Camus Deſtouches, &c. leſquels meritent avec juſte raiſon mille éloges. Ces Lieutenans-Généraux ſont ordinairement appellez au Conſeil du Roy, pour y avoir part aux réſolutions qui s'y prennent, pour les operations qui ſe doivent faire dans l'Armée où ils ſont employez. Ils entrent pour le même ſujet aux Conſeils de Guerre, que le Général fait aſſembler; & ils y ont preſque la plus grande part aux Déliberations qui s'y font; attendu qu'on n'en peut faire aucune pour une entrepriſe conſiderable, ſans que l'Artillerie y ſoit employée, & que nul autre que le Lieutenant Général n'en peut faire connoître l'état & la force. C'eſt lui, qui de ſon chef en fait l'arrangement & la diſpoſition le jour d'une bataille; cet arrangement eſt ſi important, qu'il peut beaucoup contribuer, & même cauſer la défaite des ennemis, & procurer la Victoire. Il ordonne de même de toutes les batteries & autres ouvrages concernant l'Artillerie, pendant le cours d'un Siege, non-ſeulement pour la conſtruction, mais auſſi pour le choix du lieu. Les Lieutenans-Généraux d'Artillerie ont repris poſſeſſion de ce droit depuis la mort de M. le Maréchal de Vauban, lequel par ſon crédit avoit obtenu du feu Roy cette prérogative en faveur des Ingenieurs. Son autorité s'étend également fur ce qui a rapport aux charois ; ceux qui y font employez doivent fe conformer en toutes chofes aux ordres qu'il leur envoye. Il prend de droit fon logement dans les maifons qui fe trouvent les plus à portée du Parc de l'Artillerie, où le Regiment de ce Corps doit lui fournir une garde convenable à fa dignité : Il faut obferver à cette occafion, que communement ce Lieutenant - Général de l'Artillerie, eft outre cela Officier Général d'Armée ; c'eft-à-dire, Maréchal de Camp, ou Lieutenant Général.

DES LIEUTENANS, COMMISSAIRES
Provinciaux & Ordinaires, Gardes Magazins, & Officiers Pointeurs.

J'ai déja parlé du fervice de ces differens Officiers, en détaillant celui qui fe fait par les Garnifons des Places : J'ajoûterai donc feulement icy, que les Lieutenans-Provinciaux ont auffi des départemens affectez, mais non pas pour chacun, parce qu'il y en a moins que de ces Officiers. Ces départemens font Amiens, Lille, Doüay, Cambray, Arras, Aire, Saint-Omer, Hefdin, Calaix, Dunquerque, la Fere, Saint-Quentin, Valenciennes, Avéne, Maubeuge, Philippeville, Rocroy, Metz, Sarlouis, Verdun, Mezieres, Strafbourg, Phafbourg, Landau, Neuf Brifac & Haute-Alface, Befançon, Salins, Auxonne, Grenoble, Marfeille, Perpignan, Montpellier, Cette, Bordeaux, Bayonne, Broüage, la Rochelle, Saint Malo, & Havre-de-Grace.

Lieutenans-Provinciaux.

Leurs Départemens.

Ces Lieutenans Provinciaux, outre l'infpection qu'ils ont dans la Ville de leur réfidence, l'ont auffi fur l'Artillerie des Places circonvoifines, dans lefquelles il n'y a point de Commiffaires. Lorfqu'il y a deux Lieutenans de réfidence dans la même Ville, le premier a toute l'autorité ; & le fecond n'en joüit qu'en fon abfence, ou en cas d'infirmité.

Leurs fonctions.

Il y a dans l'Artillerie autant de Commiffaires, qu'il y a de Places, & quelquefois davantage : les uns font

Commiffaires.

Provinciaux; les autres Ordinaires; les autres Extraordi_
naires. Les premiers réfident toute l'année ; les feconds
pendant fept mois ; les autres pendant cinq. Leurs ap_
pointemens font incertains, & uniquement fuivant qu'il
plaît au Grand-Maître.

Officiers-
Pointeurs.

Les Officiers Pointeurs, portent l'explication de leurs
fonctions dans leur nom : ils ont eu leur utilité dans les
temps réculez, où ils ont été inftituez ; parce qu'alors
c'étoit un Art peu commun , que celui de fçavoir pointer
un canon avec jufteffe : mais à prefent qu'il n'y a point
de fimple Canonier , qui ne foit en même temps bon
Pointeur, cette charge eft devenue tout-à-fait inutile : auffi
ont-ils été fupprimez.

Fonctions de
tous ces Offi-
ciers à l'Ar-
mée.

Tous ces Officiers doivent camper au Parc de l'Ar_
tillerie , & fe conformer en toutes chofes à ce qui leur
eft ordonné par le Major Général , de la part du Chef,
foit pour les marches, & les Brigades d'Artillerie qu'ils doivent commander ou fervir le jour d'une Bataille , foit
pour monter pour le même fujet aux differentes Bateries
qui font devant une Place affiegée.

DU MAJOR GENERAL DE L'ARTILLERIE.

NOus avons déja dit, que c'eft l'ancien Major des Ba_
taillons du Regiment Royal de l'Artillerie , qui fait
les fonctions de cette charge à l'Armée. En cette qualité,
il doit comme les autres Majors Généraux , aller recevoir
le Mot & l'Ordre du Marêchal de Camp de jour : il le
porte premierement au Général commandant l'Artillerie , & le diftribue enfuite à tous ceux qui font chargez
des differens détails du Corps; lefquels pour cet effet
doivent fe rendre tous les foirs chez lui , & obferver les
mêmes formalitez que nous expliquerons cy_après, en
parlant des Majors de Brigades, à l'Article de l'Armée
en campagne. C'eft lui qui fait & qui ordonne le campement de l'Artillerie ; & qui le jour d'une Bataille , fait
exécuter ce qu'il plaît au Chef d'ordonner, avec la même autorité que les autres Majors Généraux , pour les
parties

parties qui font de leur détail : Il ordonne de même toutes les differentes maneuvres pendant l'attaque, à la défenfe d'une Place.

DES OFFICIERS ET AUTRES
EMPLOYEZ AUX CHAROIS.

LEs charois compofent une partie très-effentielle de
l'Artillerie; ils doivent être par confequent gouvernez
& conduits avec une extrême attention. C'eft pourquoi
on y attache des Sujets capables, non-feulement de veiller
fur les foins infinis que demande cette partie, mais auffi
de la conduire dans les endroits les plus perilleux, fans
craindre le danger auquel ils font fouvent expofez. Le
premier d'entre eux porte le Titre de *Capitaine Général* *Capitaines*
Généial des
charois.
des charois : en cette qualité, il a le Commandement,
fous l'autorité du Lieutenant Général, fur tous les autres Conducteurs. Pour cet effet, il doit aller tous les
foirs recevoir l'Ordre du Major Général, & enfuite ordonner à celui qui fait le détail fous lui, le nombre d'attelages qui a été demandé, &c. Outre ce détail, il a
l'infpection fur tous les Chevaux de l'Artillerie, pour obliger ceux qui les doivent foigner, de le faire regulierement ; il a droit de les châtier lorfqu'ils y manquent, & de
même pour tous les harnois, charettes, &c. Il ne marche qu'avec le Corps entier de l'Artillerie.

Outre le Capitaine Général, il y a un Capitaine par- *Capitaines-*
Particuliers,
Lieutenans &
Conducteurs.
ticulier pour chaque cinquante Chevaux, lequel a fous
lui un Lieutenant & un Conducteur : ces Officiers commandent cette partie, à peu près comme les Officiers d'une
Compagnie de Cavalerie ; c'eft-à-dire, qu'ils marchent
avec elle, quand elle marche entiere ; ou quelqu'un d'eux,
quand on en fait un détachement. Lorfqu'il fe fait des
détachemens de charois, foit pour les Convois, foit pour
d'autres maneuvres, il doit toûjours y avoir avec cinquante
Chevaux un Capitaine, un Lieutenant, & un Conducteur.
Cette regle produit les bons effets, que nous expliquerons à l'Article de l'Armée en campagne, en parlant des
Convois.

Tome II. A a

On a eû dans ces derniers temps une très-bonne pré
caution au fujet des Chevaux de charois de l'Artillerie.
& particulierement dans l'Armée de Flandres : on avoit
deux cens Chevaux nommez *haut le pied*, lefquels indépendamment de ceux qui étoient neceffaires pour chaque
piece, ou charettes, fuivoient l'Armée pour être employez
à fuppléer au deffaut des autres, & pour faire les Convois concernant l'Artillerie ; fans que pour ce fujet le
Parc fût dégarni des Chevaux qui y étoient neceffaires :
cette précaution a produit de très-bons effets en beaucoup d'occafions.

Je crois devoir dire icy, qu'on étoit tombé dans un
cas très-different, en érigeant en Charges hereditaires
toutes celles de l'Artillerie : On en conçoit affez les raifons, fans que je les explique ; & fans doute qu'on en a
reconnu la confequence, en rendant le judicieux Edit
qui les a toutes fupprimées.

DU CONTROLEUR GENERAL
DE L'ARTILLERIE ET DE SES COMMIS.

CEtte Charge eft de très ancienne création, & la plus
confiderable qu'il y ait dans l'Artillerie, après celle
de Grand-Maître. Celui qui la poffede eft l'homme
du Roy ; & en cette qualité, il doit répondre à Sa Majefté de tout ce qui a rapport à fon fervice & à fes interêts dans ce Corps ; & particulierement de la confommation qui s'y fait. Il a été inftitué pour regler cette
confommation, afin d'empêcher les abus qui s'y commettoient autrefois, par la facilité dont les Chefs joüif-
foient de faire leurs mémoires de dépenfes à leur gré ;
c'eft-à-dire fi enflez, que c'étoit peu quand ils n'alloient
qu'au double de ce qui avoit été veritablement employé ;
encore dit-on, qu'ils ne donnoient fouvent que la fomme totale, fans entrer dans aucun détail. J'en ai entendu
conter un exemple affez fingulier. Un Grand-Maître de

l'Artillerie ayant dit à la fin d'une Campagne, qu'il avoit employé une somme exorbitante pour le service ; & le Ministre, qui gouvernoit alors les Finances, ayant refusé de la passer dans les comptes, à moins qu'il ne fournît un Mémoire circonstancié de l'emploi qui en avoit été fait ; il y eût sur cela bien des difficultez, le Grand-Maître prétendant que les prérogatives de sa Charge le dispensoient d'entrer dans ce détail : mais le Roy lui ayant enfin ordonné de fournir ce Mémoire, & ayant été contraint d'obéïr à un tel ordre ; il mit pour premier Article, la somme de cent mil Ecus, pour le vinaigre qui avoit été employé à rafraîchir les pieces : ce commencement ayant fait juger au Ministre, qui en fut très-surpris, ce que seroit le reste du Mémoire ; il n'en voulut pas voir davantage, de crainte que le compte qu'il avoit désiré, ne se trouvât monter fort au-dessus de la somme que le Grand-Maître avoit demandé, comme en effet il y montoit : Il s'en tint donc à cette premiere somme, qu'il passa ; mais il prit en même temps de justes mesures pour l'avenir, lesquelles ne purent mieux produire leur effet, qu'en donnant au Contrôleur Général de ce Corps l'autorité qu'il a aujourd'hui. Cette autorité après avoir essuyé plusieurs changemens, causez par la création d'autres Charges, qui en avoient diminué les prérogatives, vient d'être rétablie dans son premier lustre, par une Declaration du Roy, que voicy.

DECLARATION DU ROY,
Concernant les Fonctions du Contrôleur Général de l'Artillerie. Du 21. Juillet 1716.

L Ouis, &c. Les fonctions qui avoient été attribuées aux nouveaux Offices de Directeurs de nôtre Artillerie, ayant été démembrées des anciennes fonctions du Contrôleur Général ; & nôtre intention étant qu'il les remplisse à l'avenir dans toute leur étenduë. A ces Causes, &c.

ARTICLE PREMIER.

Que le Contrôleur Général rentre dans toutes les fonctions de sa Charge, telles qu'il les exerçoit avant la création des deux Offices de Directeurs Généraux, à la reserve de ce qui pourroit être dérogé par le présent Reglement : & qu'en conséquence ledit Contrôleur Général tienne des Regiftres, tant de la recepte & dépenfe en deniers qui sera faite par le Tréforier Général, que de la recepte & confommation en pieces d'Artillerie, munitions & marchandifes ; & que fes Commis dans les Provinces en tiennent de pareils, qui feront paraphez par ledit Contrôleur Général : Dans lefquels Regiftres lui & fes Commis enregiftreront tous les marchez concernant nôtre Artillerie ; les Certificats de reception de marchandifes & munitions ; les Procez-verbaux de fonte d'Artillerie ; les revûës des Officiers & autres employez, même des Chevaux & Mulets ; enfemble les quittances de payement & décharges du Tréforier Général, & généralement toutes les chofes dont la connoiffance eft attribuée audit Contrôleur Général.

I I.

Ledit Contrôleur Général ou fes Commis, affifteront à tous les marchez & traitez qui fe feront pour le fervice de l'Artillerie, tant pour achats & fournitures de munitions, que pour les travaux, réparations, voitures & tranfports qui feront ordonnez par l'Officier principal, qu'ils contrôleront, & ils ne pourront refufer de le faire, à moins qu'ils ne voyent manifeftement la lefion de nos interêts, laquelle ils feront tenus de prouver : & en ce cas le Contrôleur Général en fera averti par fes Commis, pour en informer le Grand-Maître & nôtre Confeil. Et en cas que ledit Contrôleur Général ou fes Commis ne puffent fe trouver dans les lieux où les marchez feront paffez, ils pourront les demander à l'Officier principal qui les aura paffez, lequel fera tenu de leur en donner communication pour les contrôler ; ce qui ne leur fera point refufé, & ce immediatement après qu'ils feront paffez.

I I I.

Ledit Contrôleur Général ou ses Commis assisteront à
l'épreuve & reception des poudres, qui sera faite par l'Officier principal de l'Artillerie du lieu ou des Places ausquelles
lesdites poudres seront délivrées, & ils contrôleront les certificats de reception desdites poudres, qui seront délivrez
à l'Entrepreneur Général, pour obtenir son payement : ils
auront même l'œil sur le rafinage des salpêtres & la fabrique des poudres, pour tenir la main à ce qu'elle se fasse
de la qualité portée par le Traité & les Ordonnances.

I V.

Nous avons fixé quant à présent le nombre des Commis, qui seront employez & nommez par le Contrôleur
Général, à onze ; sauf à lui permettre d'en employer un
plus grand nombre, lorsque le besoin de nôtre service le
requerra, & que nous l'ordonnerons ; ausquelsdits Commis nous ferons payer les appointemens qui seront reglez
dans les Etats qui seront arrêtez par le Grand-Maître :
& comme les fontes de l'Artillerie demandent une grande attention, ledit Contrôleur Général sera tenu de faire
résider un de ses Commis dans chacune des Villes du
Royaume où il y a des Fonderies ; lesquels assisteront à
toutes les fontes, pour veiller à nos interêts, & tenir registre des pieces de Canons, Mortiers, Pierriers & autres
pieces d'Artillerie qu'ils fonderont, pour connoître si les
mêtaux qui seront délivrez aux Maîtres Fondeurs seront
fidelement employez : ils contrôleront tous les Etats de recette & consommation desdits mêtaux ; & en cas qu'ils
trouvent quelque abus, ils en avertiront, comme dit est,
le Contrôleur Général, pour en informer le Grand-Maître & nôtre Conseil.

V.

Lorsque les Marchands, Entrepreneurs, Fournisseurs
& autres feront des ventes dans nos Arcenaux & Magazins, le Contrôleur Général ou ses Commis y seront présens, & examineront si les fournitures sont de bonne qualité & conformes aux marchez : & en cas qu'il s'en trouvât
qui ne fussent pas telles, ils en feront leurs remontrances

à l'Officier principal ; & si nonobstant cela il vouloit les faire recevoir, lesdits Commis du Contrôleur Général lui en donneront avis, pour en informer le Grand-Maître & nôtre Conseil, avec preuve ; afin qu'il y soit pourvû : & jusques-là ils pourront refuser leur Contrôle, & non autrement.

VI.

Ledit Controleur Général ou ses Commis seront informez du nombre d'Officiers, Ouvriers & autres employez à la suite des Armées pour le service de nôtre Artillerie, tant ordinaires qu'extraordinaires : pour cet effet ils assisteront aux revûës desdits Officiers, Ouvriers, Chevaux & Mulets ; & l'Officier principal sera tenu de les avertir d'avance du jour & de l'heure desdites revûës.

VII.

Tous les Payemens des dépenses concernant nôtre Artillerie, seront faits en présence dudit Contrôleur Général ou de ses Commis ; sçavoir celles de chaque département, lorsqu'on fera le parfait payement aux Entrepreneurs, Marchands, Ouvriers & autres, pour chaque ouvrage ou marché qu'ils auront entrepris; & ils contrôleront les pieces justificatives & finales desdits marchez & fournitures.

VIII.

Le Trésorier Général de nôtre Artillerie ne payera aucune Ordonnance qu'elle ne soit enregistrée, & contrôlée par le Contrôleur Général ou ses Commis, lequel contrôlera aussi toutes les quittances des parties prenantes ; le tout à peine de nullité & de radiation dans les comptes dudit Trésorier Général.

IX.

Deffendons audit Contrôleur Général & ses Commis, d'exiger aucun droit de contrôle pour les quittances de la somme de dix livres & au-dessous, encore que par Edit du mois de Decembre 1635, & Arrêt du Conseil du 5. Juillet 1640. il lui ait été permis indistinctement de prendre 20 sols pour droit de contrôle par quittance : lequel droit nous avons fixé & moderé à 10 sols par quittance

de cent livres & au-deſſus , & dix ſols par quittance au-
deſſus de dix livres ; lui deffendant très - expreſſement
d'exiger de plus grandes ſommes : & ſera ledit Contrôleur
Général tenu de contrôler tous les acquits & pieces qui
lui ſeront préſentées, ſans délai ni remiſe , lorſqu'elles ſeront en bonne forme , & qu'il ne lui paroîtra rien de contraire à notre ſervice.

X.

Ledit Contrôleur Général contrôlera tous les états ou
comptes du Tréſorier Général, avant qu'ils ſoient apoſtil-
lez & arrêtez , ainſi qu'il s'eſt pratiqué par le paſſé ; il prendra connoiſſance par lui ou ſes Commis des fonds qui ſeront venus audit Tréſorier Général ou à ſes Commis , &
tiendra la main à ce qu'ils ne ſoient point divertis de
leur veritable deſtination.

X I.

Les Regiſtres que les Gardes-Magazins doivent tenir ,
feront cottez & paraphez par ledit Contrôleur Général
ou ſes Commis , leſquels contrôleront généralement toutes les pieces qui doivent ſervir à la décharge deſdits
Gardes, & à juſtifier leur recette & leur dépenſe , ainſi
que les Inventaires & Etats de remiſes & conſommation
auſquels ils aſſiſteront : pour raiſon de quoi leſdits Gardes les avertiront, lorſqu'il ſe fera des remiſes & conſom-
mations conſiderables dans les Arcenaux & Magazins ;
& lorſqu'elles ſeront de moindre importance & preſſées,
ils les feront avertir autant que faire ſe pourra , de maniere neanmoins que la diligence de notre ſervice n'en
ſoit point retardée.

X I I.

Le Contrôleur Général ou ſes Commis auront une des
clefs differentes dans nos Magazins, en la maniere accoutumée , dans les lieux de leur réſidence ; afin qu'il n'en
puiſſe rien ſortir , ni y être rien reçû, qu'ils n'en ayent
connoiſſance.

X I I I.

Le Contrôleur Général fera ſa tournée , lorſqu'il lui
ſera ordonné ou qu'il le jugera à propos , pour viſiter les

magazins, & voir si toutes choses y sont dans l'ordre &
l'arangement necessaires ; & s'il y a des défauts, il en informera le Grand-Maître & notre Conseil.

XIV.

Les Gardes-Magazins ouvriront les magazins au Contrôleur Général & à ses Commis, lorsqu'ils feront leurs
tournées dans les Places de leurs départemens ; ensorte
qu'ils puissent voir l'état des magazins toutes fois & quantes
qu'il sera necessaire : ils rendront compte au Contrôleur
Général de ce qu'ils auront reconnu ; & il en informera
le Grand-Maître & notre Conseil.

XV.

Lorsqu'il y aura des Equipages d'Artillerie sur pied, le
Contrôleur Général sera tenu d'avoir des Commis à leur
suite, lorsqu'il lui sera ordonné ; lesquels en son absence
feront les mêmes fonctions de sa Charge que s'il y étoit
present ; aux gages & appointemens qui leur seront ordonnez en la maniere accoûtumée.

XVI.

Le Contrôleur Général trois mois après l'année finie,
se fera fournir par ses Commis leurs contrôles, dont il leur
donnera sa reconnoissance, dans laquelle il marquera le
temps qu'ils les lui auront remis ; & lorsqu'il aura assem-
blé ces Contrôles, il les joindra au sien, pour presenter son
Contrôle général en nôtre Chambre des Comptes à Paris, six mois après l'année échûë : duquel Contrôle général il sera tenu de garder des copies en bonne forme, ausquelles le Grand-Maître & notre Conseil puissent avoir
recours en cas de besoin.

XVII.

Les Commis dudit Contrôleur Général, & les Gardes de notredite Artillerie seront tenus de rendre compte
de trois mois en trois mois en temps de paix, & de mois
en mois en temps de guerre, & même plus souvent s'ils en
sont requis par ledit Contrôleur Général, de tout ce qui
se passera sur le fait de ladite Artillerie, chacuns dans leurs
magazins & départemens, & ce par des états certifiez &
signez d'eux.

XVIII.

XVIII.

Permettons audit Contrôleur-Général de revoquer ses Commis, lorsqu'ils auront commis quelque faute dans les fonctions de leurs Emplois, qui meritera cette punition.

XIX.

Nous avons maintenu & maintenons ledit Contrôleur-Général dans l'usage d'enregiftrer les Provisions, Commissions, Brevets, Ordres du Grand-Maître, Permissions d'avoir du Canon, Commissions aux Salpétriers, & généralement toutes les Expeditions concernant notre-dite Artillerie. Si donnons en Mandement, &c. Donné à Paris, &c.

DU TRESORIER GENERAL DE L'ARTILLERIE.

L'Artillerie formant un corps particulier, & tout-à-fait indépendant des autres, il y a un Tréforier Général, qui est chargé de recevoir les fonds qui lui font destinez, pour en faire la distribution, tant pour les appointemens ou gages d'Officiers, que pour toutes les autres dépenses qui ont rapport à ce Corps. Le Grand-Maître arrête les Etats de ces dépenses, qui font ensuite portez à la Chambre des Comptes, comme nous l'avons dit. Cependant comme l'entretien des Commis, qu'il feroit necessaire d'avoir dans chaque Place, pour les fonctions de cette distribution d'argent, feroit trop considerable par rapport au peu de payements qu'ils auroient à faire pour les Officiers qui y font employez; les Commis du Tréforier de l'Extraordinaire en exercice font chargez de ce payement, dont ils renvoyent les Etats à leurs Superieurs, pour en compter avec le Tréforier Général de l'Artillerie : on en use de même pour ce qui concerne ce Corps dans les Armées, à moins qu'il n'y ait un Commis prépofé pour ce détail, ainsi que je l'ai vû pratiquer pendant plufieurs Campagnes. Mais de quelque façon que ce foit, on ne paye rien que suivant les Etats que le Chef envoye au Tréforier, lefquels doivent être dreffez en confequence de celui qui lui a été donné ou envoyé par le Grand Maître. Le même Treforier paye les dépenfes extraordinaires, fuivant les mêmes ordres ; dans ces dépenfes font comprifes celles des batteries & autres ouvrages affectez à ce Corps pendant les Sieges ; les Marches, les ponts fur les fleuves & rivieres, pour le paffage des Armées, &c.

Rang entre les Officiers d'Artillerie de terre & de mer. L'Artillerie de Terre & de la Marine s'uniffant ordinairement, pour agir enfemble aux Sieges des Places maritimes ; & celle de mer ayant été employée dans ces derniers temps, non feulement à cette importante maneuvre, mais auffi à celle de défendre nos Places affiegées ; le feu Roy par fon Ordonnance du 9 Mars 1706, a reglé le rang que les Officiers de ces deux differens Corps doivent tenir enfemble, partout où ils s'y trouveront, comme il fuit.

Les CommiffairesProvinciaux, avec les Capitaines d'Artillerie & des Galiotes.

Les Commiffaires Extraordinaires, avec les Sous-Lieutenans d'Artillerie & des Galiotes.

Les Pointeurs & Aydes du Parc, avec les Aydes d'Artillerie.

Sa Majefté voulant qu'au cas qu'elle ordonne à des Officiers de Vaiffeaux, de fervir comme Officiers d'Artillerie, ils ayent le même rang, fuivant leurs differentes qualitez : que quand ce fera un Officier d'Artillerie de la Marine, qui commandera l'Artillerie de Terre, il rende compte au Grand Maître, & au Secretaire d'Etat de la Guerre ; & que fi c'eft un Officier de Terre qui commande celle de la Marine, il le rende au Secretaire d'Etat de la Marine.

Prérogatives particulieres des Officiers d'Artillerie. Le feu Roy ayant été informé, qu'il furvenoit fouvent des difficultez entre les Officiers des Troupes ordinaires qui efcortoient l'Artillerie, & ceux de ce dernier Corps qui étoient chargez de la conduire ; Sa Majefté par fon Ordonnance du 25 Novembre 1695, veut que les Troupes qui ferviront aux efcortes de l'Artillerie, tels Commandans qu'elles puiffent avoir, & de quelque corps qu'elles foient, reconnoiffent & faffent tout ce qui leur fera or-

donné par l'Officier commandant l'Artillerie, telle Charge qu'il y puiſſe avoir ; ſur peine de déſobéiſſance.

Les autres Officiers de l'Artillerie ſont, un Commiſſaire ____ Autres Offi-
Général des poudres & ſalpêtres, un Inſpecteur Général ciers d'Artil-
des Fabriques & du Magazin Royal des Armes, un In- lerie.
ſpecteur des poudres, un Aumônier, un premier Mede-
cin, un Chirurgien, un Apotiquaire, un Bailly d'Epée,
un Lieutenant Général, un Procureur du Roy, un Sub-
ſtitut, un Greffier, un Garde-Scel, un Receveur des Con-
ſignations. Ces ſept derniers ſont pour la Juridiction de ____ Juridiction de
l'Artillerie, laquelle s'étend dans tout le Royaume : elle l'Artillerie.
tenoit autrefois ſon Siege au Louvre, d'où elle fut transferée à l'Arcenal en 1572. L'appel de ſes Jugemens reſ-
ſortit au Parlement. Il y a de plus pour la Prevôté, un
Prevôt, un Lieutenant & un Greffier.

De tout le corps de l'Artillerie, il n'y a que cent & un ____ Cent-un ſeule-
Officiers, y compris le Grand-Maître, qui ayent droit ment ont droit
de *Committimus* au grand Sceau : ils ſont tirez indiſtincte- de *Committi-*
ment de tout le corps, à la volonté du Grand-Maître. *mus.*

DE LA POUDRE.

LEs Auteurs ne ſont pas d'accord ſur le temps poſitif où la poudre à canon a été inventée : quelques-
uns en donnent l'invention à un Moine Allemand vers le
treiziéme Siecle : d'autres veulent qu'elle ait parue en Aſie
long temps auparavant ; & d'autres diſent que les Chinois
s'en ſervoient avant qu'aucune autre Nation eût appris
à la mettre en uſage ; & ils le prouvent en ajoutant, que
la premiere fois que les Européens allerent en ce Pays
avec des armes à feu, croyant montrer à ces peuples
quelque choſe d'extraordinaire, ils furent fort étonnez
de voir qu'elles y étoient communes. Quoiqu'il en ſoit,
& de quelque part que provienne cette ſurprenante mixtion, on ne peut diſconvenir que celui qui en a fait la
découverte, n'ait trouvé un moyen plus prompt pour la
deſtruction du genre humain, que tout ce qui avoit été
inventé juſqu'alors : c'eſt pourquoi elle a été ſurnommée
diabolique. Cependant, à bien examiner la difference qu'il

y a entre les Combats d'aujourd'hui, foit en rafe campagne, foit pour emporter une Place, & ceux qui fe donnoient avant l'invention de la poudre, fuivant les differentes Relations exactes qu'on en a ; il femble que le carnage étoit beaucoup plus grand, quand pour vaincre fon
ennemi, il falloit neceffairement aller jufqu'à lui pour le
forcer avec l'épée : il y avoit fans contredit alors un danger beaucoup plus grand que celui qu'on court par le
feu, lequel étant lancé ordinairement au hafard, ne produit qu'un effet très-incertain : on doit donc feulement
dire que la poudre produit un effet plus prompt, mais
non pas plus fanglant. En effet, c'eft par fon moyen que
les Batailles ne durent pas des journées entieres comme
autrefois ; & que ces mêmes Batailles fe perdent ou fe
gagnent, fans que les vainqueurs ou les vaincus faffent
de ces pertes d'hommes confiderables, telles qu'on les
voit raportées dans l'hiftoire des Batailles qui fe font données avant l'invention de la poudre. Alors l'un des Partis
n'étoit fûr de la victoire, que quand il avoit tué prefque
jufqu'au dernier de celui qui lui étoit oppofé : dans les
Combats au contraire qui fe donnent à préfent, il arrive
communement, qu'un des deux Partis fe retire & quitte
le Combat, avant même qu'il y ait été forcé par aucune
attaque corps à corps ; mais feulement parce que fon
pofte lui paroît infoutenable, à caufe du grand feu où il
eft expofé : d'où il arrrive fouvent que dans un Combat
général une grande partie des Troupes qui y font, gagnent ou perdent la Bataille, fans pouvoir dire feulement
à quels gens ils ont eu affaire, ainfi que je l'ai remarqué
plufieurs fois. C'eft auffi par la raifon qu'on eft obligé
d'abandonner le terrain fans coup ferir, qu'on fe trouve
prefque toujours en état de faire fa retraite avec ordre,
& quelquefois dans celui de recommencer bien-tôt, ou
du moins d'empêcher que le victorieux ne profite de fon
avantage, en lui faifant tête, s'il pourfuit la victoire. Je
repete donc encore, que la poudre a beaucoup avancé
l'execution des exploits militaires, & confiderablement
diminué la perte d'hommes ; fur tout dans l'attaque des

Places, dont on fçait que quelques-unes très-importantes ont été conquifes, fans autres peines que celle de tirer du canon, & prefque fans effufion de fang de part ni d'autre

Compofition de la poudre.

La premiere matiere dont la poudre eft compofée, eft le nître, communement appellé *Salpêtre* ; il fe trouve dans les lieux un peu humides, comme les caves, les céliers, les étables, ou les écuries. Pour connoître la terre ou les murailles où il y a du falpêtre, on en prend une partie, qu'on porte fur la langue ; fi elle pique & fe trouve un peu falée, c'eft une marque qu'elle en renferme : celle qui pique le plus en renferme davantage.

Lieux où fe trouve le falpêtre.

On fépare le nître ou falpêtre, de la terre ou des platras où l'on juge qu'il y en a, en mettant l'un ou l'autre dans des cuviers qu'on remplit d'eau : après qu'ils y font bien imbibez, on fait couler l'eau dans des baffins de cuivre rouge ; enfuite on purifie cette eau fur le feu dans de pareils cuviers, & ainfi peu à peu le nître fe tire. Après cela, pour rendre le falpêtre dans fa perfection, on le met dans une chaudiere de cuivre, & on le dégraiffe en y jettant quelque peu de foufre : il faut avoir foin de l'écumer de temps en temps avec des cuilliers de cuivre ; & lorfqu'il eft bien purifié par le feu, on en remplit des baffins de cuivre rouge, pour le laiffer refroidir : cette eau fe congele & fe prend au tour des baffins comme des rayons d'une gêlée tendre ; c'eft ce qui fait le falpêtre : le plus blanc eft le meilleur.

Maniere de le tirer de la terre.

Lorfqu'on en veut faire de la poudre, on réduit le falpêtre en poudre ou en farine, en l'écrafant avec un roûleau de bois : après quoi, comme la poudre doit être compofée de falpêtre, de foufre, d'eau & de charbon de bois de faule ; pour faire la poudre fine, on met fix parties de falpêtre fur une de foufre, & fur une de charbon : pour la poudre feconde, on met cinq parties de falpêtre fur une de foufre & fur une de charbon ; & pour la poudre commune, on met quatre parties de falpêtre

Differentes matieres dont la poudre eft compofée.

fur une de foufre, & une de charbon.

Maniere de les unir ou mêler.
Toute cette compofition fe lie avec de l'eau fimple, fans y mêler de l'eau de vie, du vin blanc, ni aucune liqueur ou effence, comme quelques-uns le prétendent: c'eft une dépenfe inutile, parce que dans la fuite l'efprit étant évaporé, l'air en ôte tout l'humide, ce qui rend la compofition fans liaifon.

Ce mêlange étant fait, & bien détrempé, on le bat dans un mortier avec un pilon de bois, lorfqu'on n'en fait qu'une petite quantité : quand on en fait beaucoup, on a des moulins pour ce fujet, tels que font ceux à

Maniere de mettre la poudre en graine.
l'huile ou à papier. Pour donner le grain à la poudre, on met la compofition dans un crible fait de parchemin ou d'autre peau, & percé à petits trous, felon la grof-feur qu'on veut donner à la poudre.

DES CANONS.

Epoque de l'ufage des canons en France.
ON voit par l'Hiftoire, qu'on s'eft fervi de canons en France dès l'an 1338 : mais alors & long-temps depuis, on entendoit fous le nom de canon tous ceux qui fervoient aux armes à feu portatives, ainfi qu'on le voit dans quelques Relations de Batailles de ces temps-là, où il eft dit qu'il y avoit jufqu'à fix mille canons; ce qui doit s'entendre, qu'apparemment il y avoit fix mille moufquets, & autre armes à feu. Le nom de canon vient du mot Latin *Canna*. Sans m'arrêter à donner une fuite du progrès que cette piece d'Artillerie a fait en France, depuis qu'elle y a été établie, je dirai feulement que les premiers furent d'abord de pur fer; & qu'enfuite, pour les faire d'une matiere plus capable de refifter à l'effort de la poudre, on les a fait d'un alliage de métaux, dont nous parlerons cy-après : on a donné à cet alliage le nom

Commencement d'un corps d'Artillerie confiderable en France. Sa décadence.
de *fonte* & de *bronze*. Ce fut fous le regne de Louis XI. que l'Artillerie Françoife commença à être confiderable, par le grand nombre de canons de fonte que ce Roy fit faire : elle s'eft foutenue fous Charles VIII. Louis XII. François I. & Henry II. Mais les Guerres Civiles qui affli-

gerent ce Royaume fous François II. Charles IX. & Henry III. l'avoient prefque aneantie : ce ne fut que par l'activité du Duc de Sully, Grand-Maître fous Henry IV. qu'elle fut remife fur un bon pied.

Nous donnerons cy-après une repréfentation des differentes fortes de canons qui ont été inventez depuis les premiers. Je crois devoir dire à cette occafion qu'on a voulu rafiner fur cette matiere, foit en faifant des canons d'une longueur prodigieufe, fous le nom de *Coulevrine*, pour leur donner une portée plus étendue ; foit en faifant des canons jumeaux ou triples, pour lancer plufieurs boulets à la fois ; foit en faifant d'autres beaucoup plus courts que les ordinaires, pour épargner la matiere & les difficultez du tranfport ; en préfuppofant que par le moyen de leur conftruction extraordinaire, ils produiroient le même effet que les plus groffes & les plus embarraffantes pieces : mais tous ces rafinemens n'ont point détruit l'ufage des pieces fimples ; auffi eft-il fans contredit beaucoup plus fûr dans fes effets, que toutes ces fortes de machines, lefquelles font plus propres à montrer le genie d'une paffable Méchanique, qu'à fervir utilement à leur deftination. En effet, on fçait que les longues coulevrines ne portent jamais leur boulet jufte, ainfi que je l'ai remarqué dans celle de Nancy : les doubles & triples canons portent auffi tout de travers, & n'ont jamais produit aucun bon effet : les canons courts, renforcez & chambrez, ayant autant d'effort à faire pour lancer leur boulet que les plus groffes pieces, portent un contre-coup fi confiderable à leur affut, que quelque folidité qu'on lui donne, il faut de neceffité qu'il fe brife. Si l'on oppofe à cela que la derniere experience à montré le contraire, en y ajoutant une couliffe qu'on verra cy-après repréfentée ; je réponds, que nonobftant la couliffe ou quelqu'autre invention que ce foit, de pareils canons ne foutiendront jamais les efforts qui font neceffaires dans une batterie continuelle pour faire brêche à une Place ; parce que certainement à la continue l'affut fe brifera, ou la piece crevera. Je crois bien qu'une pareille piece pourroit avoir fon utilité dans une Bataille, ou pour quelque operation, où il ne s'agiroit que de tirer quelques volées : mais une piece d'Artillerie qui n'eft bonne qu'à un ufage particulier, n'eft pas propre à grand chofe. On va voir la maniere de compofer la fonte & de la jetter en moule, pour faire les canons & les mortiers.

EXPLICATION DE LA PLANCHE.

A. Pieces Jumelles.
B. Pierrier.
C. Boëte du pierrier.
D. Pieces de differens calibres.
E. Trio, *ou* piece à trois coups.
F. Canon dit *de Portugal*.
G. Canon de nouvelle invention.
H. Canon monté fur fon affut.
I. Echelle de retraite.
L. Cric.
2. 3. Diamettre de la piece.
4. Le boulet.

5. 6. Le collet.
7. L'aftragal.
8. Le renfort.
9. 10. Les tourillons.
2. 11. La volée *ou* l'ame.
2. 12. Le noyau.
11. 13. La culaffe.
12. 14. L'épaiffeur du métail à la culaffe.
15. La lumiere.
16. La platte-bande *avec* l'archet.
17. Le boulon.

De la Fonte des Canons & Mortiers.

Mélange des métaux pour la fonte des canons & mortiers.

Pour faire l'alliage ou mêlange des métaux propres à la fonte des pieces, on mêle fur cent livres de franc cuivre, douze ou quinze livres de vif étain ; & dans la fonte de ces métaux, appellée *Bain*, on peut mêler des métaux de vieilles cloches, de canons, de mortiers d'Epiciers, & de chauderons, pour en faire un monceau ; afin d'y ajouter plus ou moins d'étain, fuivant que le métail de ce faumon eft plus ou moins aïgre : car plus on met d'étain dans la fonte, & plus la matiere en devient aigre & caffante.

Maniere de faire les moules.

Pour faire la moulure, on pile d'abord des thuiles, & avec de l'eau & ces thuiles pilées on fait une efpece de ciment ou mortier : enfuite pour faire un moule au canon, on prend une piece de bois un peu plus longue que le canon qu'on veut avoir ; on la met en chantier fur deux autres pieces de bois, & on applique au tour, de ce mortier,

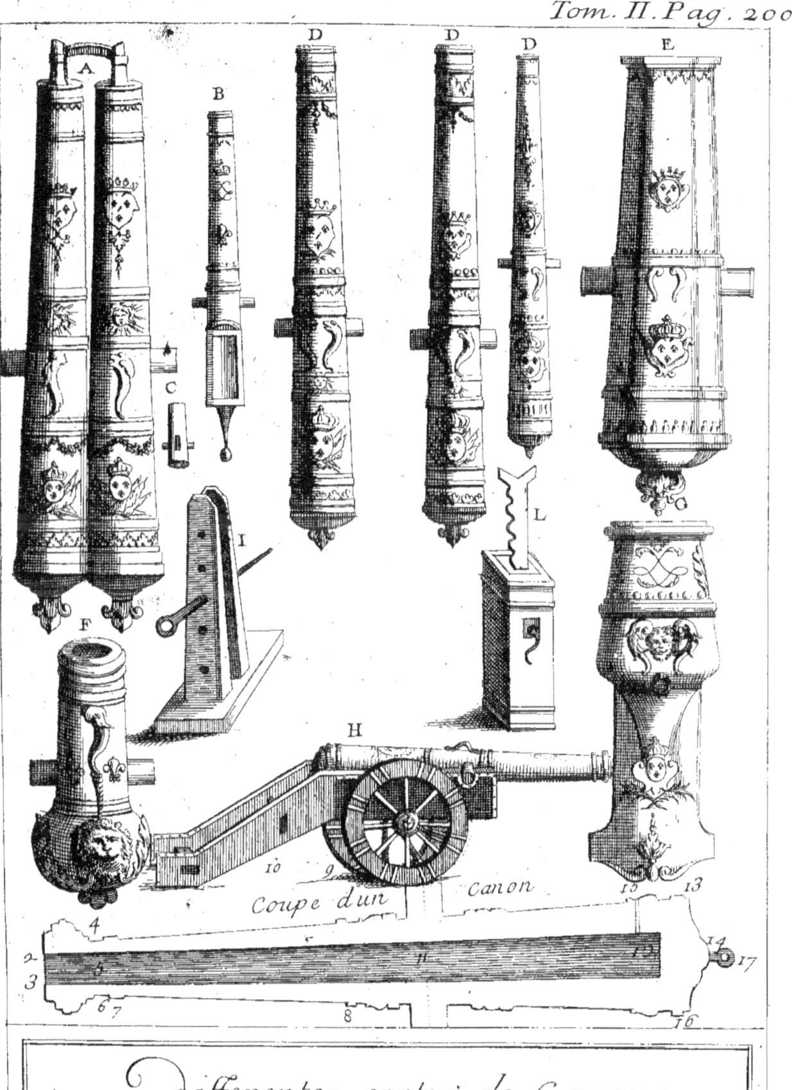

Differentes sortes de Canons

mortier, qu'on fait tenir en y mêlant de la filace ou des étoupes : après cette couche, on en met une autre faite d'une terre qui s'appelle *de poil* ; cette terre est bien battuë & mêlée avec de la fiante de cheval & du poil de bourre : après que la piece de bois est garnie de cette terre, jusqu'à ce qu'elle soit de la grosseur qu'on veut donner au canon, on fait sur ce modele tous les embellissemens & scultures qui se font d'ordinaire sur les bourlets, les collets, l'astragal, lavolée, le dauphin, le renfort, & la platte-bande.

On fait le moule de la culasse à part, avec tous ses ornemens ; & pour faire la chape du moule, qui fait l'ornement du canon, on coule dessus une couche de suif fort mince : on couvre ce model de cette terre dont nous venons de parler, qui reçoit la forme de tous les embelissemens du canon ; & après avoir ôté le moule, on y ajoute la culasse, qu'on y lie avec de forts bandages tant en longueur qu'en largeur. Ensuite on porte cette chape au trou de la fonte : après l'y avoir mise bien à plomb, & l'avoir entourée de terre bien battuë, on couvre d'une pâte de charbon le noyau, qu'il faut aussi mettre bien à plomb dans la chape ; & enfin on laisse couler la fonte. Lorsque le moule est refroidi, on y trouve la piece faite ; alors on supplée avec le cizeau aux manquemens qui pourroient être arrivez aux ornemens, & on y ajoute ceux dont la délicatesse a empêché qu'on ne pût les mouler ; puis on parfait l'ame ou la volée du canon. On observe toutes les mêmes choses pour la fonte des mortiers. *Maniere de couler la fonte dans le moule.*

On dit *fondre*, en parlant des canons de fonte, & *couler*, en parlant de ceux de fer, & des bombes, boulets, & grenades. On appelle *pieces nettes*, celles qui n'ont point d'évent ni d'autres défectuositez ; qui n'ont ni chambres, ni fistules, ni souflures ; dont le métail est sain, non poreux, ni venteux, ni grumeleux, & où le foret a eu prise partout. *Perfection necessaire à une piece coulée.*

Pour donner au boulet le vent qu'il lui faut dans le canon, on divise la largeur de la bouche en vingt-une partie ; dont on en donne vingt au boulet : ou bien on *Vent necessaire pour le boulet.*

donne aux canons de fonte par chaque sept livres, une livre pour le vent ; & aux canons de fer, par chaque cinq livres, une livre. Il faut observer, que si le boulet est trop gros, le canon est en danger de crever ; & que s'il est trop petit, il ne porte pas bien droit au but : c'est pourquoi on proportionne le diametre de la bouche du canon, à la balle qu'on lui destine, en y comprenant le vent qu'on donne au boulet ; & à proportion de ce que le canon est plus long ou plus court, & que la bouche a plus ou moins de diametre, on le fait plus ou moins épais de métail.

On donne moins de vent à proportion aux grands canons qu'aux petits : ceux qui tirent une balle de douze livres, doivent avoir leur diametre à la bouche pour un boulet de quinze livres ; ceux de dix-huit livres, le doivent avoir pour un boulet de vingt-une livres ; & il faut de même ajouter trois livres pour chaque plus gros calibre.

Regle pour la quantité de métail. Le diametre de la bouche du canon sert de regle pour l'épaisseur du métail qu'il doit avoir : de sorte par exemple que ceux de fer, doivent avoir en rondeur ou circonference, par derriere au bout de la culasse, onze fois le diametre de la bouche, & sept fois par devant, au boulet, non compris les plattes-bandes & autres ornemens : ainsi il faut à la culasse trois diametres & demi de la bouche, & au bourlet, deux diametres & un quart pour le moins : leur longueur depuis la lumiere jusqu'au bourlet, doit être à peu près de six fois le diametre de la culasse.

Proportion d'une piece. Les canons de fonte verte, ont moins d'épaisseur de métail que les canons de fer : ordinairement ils ont en circonference, à la culasse neuf fois le diametre de la bouche, sept fois aux tourillons, & cinq fois au bourlet : à l'égard de leur longueur, les sentimens sont differens ; voici cependant l'opinion qu'on croit être la meilleure.

La plupart leur donnent de longueur, sept fois le diametre de leur culasse.

Une piece de canon de métail de dix-huit livres de

balles doit pefer ordinairement trois mille neuf cens livres, & avoir de longueur, depuis le bourlet jufqu'aux
tourillons, fix pieds ; depuis les tourillons jufqu'à la lumiere, quatre pieds ; depuis la lumiere jufqu'au bout de
la culaffe, un pied & demi.

Un canon de douze livres de balles, doit pefer trois
mille trois cens livres, & avoir de longueur en tout dix
pieds & demi. Celui de huit livres de balles, doit pefer
deux mille livres, & avoir dix pieds de long. Celui de fix
livres de balles, doit pefer dix-fept cens trente livres, &
avoir huit pieds de long : & celui de quatre livres de
balles, doit pefer fix cens quarente livres, & avoir fix
pieds de long.

Un canon de fer de douze livres de balles, doit pefer
environ trois mille cent livres, & avoir de longueur, depuis le bourlet jufqu'aux tourillons, quatre pieds neuf
pouces ; & depuis les tourillons jufqu'au boulon, quatre
pieds trois pouces : il doit avoir un pied fix pouces de
diametre à la culaffe ; un pied dix pouces aux tourillons ;
au bourlet un pied ; & le tourillon doit avoir fix pouces
de diametre. Celui de fix livres de balles, doit pefer
deux mille livres, & avoir de longueur depuis le bourlet jufqu'aux tourillons, quatre pieds quatre pouces ; depuis les tourillons jufqu'au boulon, trois pieds huit pouces ; un pied deux pouces d'épaiffeur à la culaffe ; un pied
aux tourillons ; neuf au bourlet ; & le tourillon doit avoir
quatre pouces de diamettre.

On peut réduire par le moyen de la regle de trois ou
compofée, toutes ces proportions, pour tel calibre qu'on
voudra avoir.

Pour le coup d'épreuve, on doit donner de la poudre pour les canons jufqu'à huit livres de balles, le poids
de leur boulet ; à ceux qui portent depuis huit livres
jufqu'à feize, les trois quarts du poids de leur boulet ; &
à ceux qui portent depuis feize jufqu'à quarente-huit,
les deux troifiémes du poids de leur boulet : ou bien
dix livres & demie de poudre pour un boulet de douze
livres ; treize livres & demie pour un boulet de dix-huit ;

feize livres & demie pour un boulet de vingt-quatre ; vingt-une livres pour un boulet de trente-fix ; & vingt-fix livres pour un boulet de quarente-huit.

Pour les coups ordinaires, on prend un tiers moins de poudre, ou la moitié du poids du boulet : ou fi l'on veut, on peut regler la charge, par le poids du métail de la piece, en mettant une livre de poudre pour chaque quatre cens livres de métail, d'une piece de fonte ; & pour les canons de fer, une livre de poudre pour chaque cinq cens livres de leur poids. Il faut obferver lorfque les pieces font échauffées, de leur donner moins de poudre que lorfqu'elles font fraîches.

Tous les uftenciles du canon, lefquels font repréfentez dans la planche cy-après, doivent être proportionnez aux pieces où ils doivent fervir ; ce qui fe fait en remarquant le calibre & la longueur de la piece : on les marque ordinairement, pour les reconnoître, d'un numero conforme au calibre.

Les differentes pieces de canon en France font, demi canon ou coulevrine de vingt-quatre livres de balles; bâtarde, de trente-fix ; (on ne fe fert gueres de celle-cy que fur les Galeres) moyenne, de vingt-quatre livres de balles ; faucon, de dix livres de balles ; fauconeau, de cinq livres de balles ; le dragon, le bafilic, & la fyrenne: toutes ces pieces ne font prefque plus en ufage. Celles dont on fe fert à prefent font, coulevrines extraordinaires, longues de quinze pieds, & portant feize livres de boulet ; les demi canons, portant vingt-quatre livres de balles ; les canons legers du même calibre ; (ces derniers canons font ceux qu'on employe le plus ordinairement pour faire breche à une Place ;) les bâtardes legeres, de huit livres de boulet ; les pieces de Regiment ou de Campagne, de quatre livres de boulet; les pieces nommées oifeaux, d'une & de deux livres de boulet ; (ces dernieres pieces ont été inventées pour la guerre en Pays de montagnes, où l'on fait porter le canon & fon affut par un mulet) les pierriers ; ces derniers fe mettent feulement dans des donjons ou autres petites forterefles peu importantes, ou qui n'ont pas de plate-formes propres pour placer du canon : ils font auffi fort en ufage pour la Marine. Ils font compofez d'une volée, d'une culaffe, de tourillons, d'un renfort, & des mêmes parties qu'un autre canon, avec cette difference qu'on les charge par la culaffe, avec une boëte, & qu'ils font montez fur un chandelier au lieu d'affut ; ce qui donne la liberté de les pointer haut & bas & horizontalement : on peut auffi les charger à boulet. On s'en fert à jetter des cailloux, de la mitraille, & des ferremens empaquetez & bien ferrez dans les cartouches. On voit tous ces canons cy-après reprefentez : nous avons fait mettre dans cette figure ceux de nouvelle invention, plus pour fatisfaire la curiofité du Lecteur, que pour leur utilité.

Lorfqu'on monte & qu'on arme un canon pour aller en Campagne, ou pour quelque expedition, on ajoute à fon affut un avant-train, qui eft fait d'un effieu, & d'une paire de rouës hautes de trois pieds & demi, plus ou moins fuivant la force de la piece. Cet avant-train foutient le derriere de l'affut, où il eft uni avec une groffe cheville de fer, dite *cheville-ouvriere* : au moyen de cette cheville l'affut tourne à droite & à gauche, les rouës de l'avant-train paffant par deffous fon arriere. On met une corde dite *combleau* au tour du collet de la piece ; & cette corde va paffer fous l'affut, où elle eft attachée bien ferrée, afin que la piece demeure ferme fur l'affut ; on y lie auffi entre les dauphins, fur le deffus de la piece, le fouloir, la lanterne, les leviers, l'écouvillon, & le tireboure ou déchargeoir. On doit fçavoir que quand l'Artillerie va en Campagne, il n'appartient qu'aux Canoniers de s'affeoir fur le train d'une piece.

Canon monté & armé pour aller en campagne.

Des affuts de Canon.

On proportionne l'affut à la piece : cette regle eft abfolument indifpenfable ; parce qu'un affut trop étroit eft inutile, & que s'il eft trop large, la piece n'y étant pas de repos, ne fçauroit être pointée jufte, à caufe du mou-

C c iij

vement qu'elle se donne en tirant. Nous ne donnerons point icy les differentes proportions suivant les differens calibres , parce que cela seroit trop long ; ainsi nous expliquerons seulement, pour l'instruction du Lecteur , les diverses parties dont un affut est composé : nous présuppposons cet affut large dans œuvre, du côté de la tête , de treize pouces , & au bout de dix - huit ; ayant ses flasques longues de quatorze pieds & demi, épaisses de demi pied , & larges d'un pied & huit pouces, ainsi qu'il est représenté dans la figure suivante.

EXPLICATION DE LA FIGURE CY-JOINTE.

A. Un affut.
B. B. Les flasques.
C. C. Les entretoifes.
D. Les boulons.
E. L'essieu.
F. Les bandes de dessus.
G. G. Les crochets de retraite.
H. La happe.
I. Jour de la hausse.

K. Le museau de l'essieu.
L. Le boulon & la lunette.
M La rondelle.
N. La cheville du limon.
O. Le limon.
P. le repos.
Q. La husse de la cheville de limon.

Les entaillures & les crochets de l'affut sont,

1. Le jour du tourillon.
2. L'hurtoir.
3. Le crochet de retraite.
4. Les chevilles à tête perduë.
5. L'équerre.
6. Les goupilles.
7. La bande de dessous.
8. Le jour de l'essieu.
9. La cheville à tête quarrée.
10. La bande de dessus.

11. Le jour du boulon.
12. Les limonss.
13. Le ragot.
14. Le jour de la clavette,
15. La bande des limons.
16. La clavette & la chaînette.
17. Le crampon de la chaînette.
18. La bande du bout d'affut.
19. Le jour du boulon.

Noms des parties des roues & des pieces servant au canon.

20. Une roue legere, propre pour les pieces de Campagne.
21. Les rais.

22. Les jentes.
23. Le moyeu.
24. Les clouds.

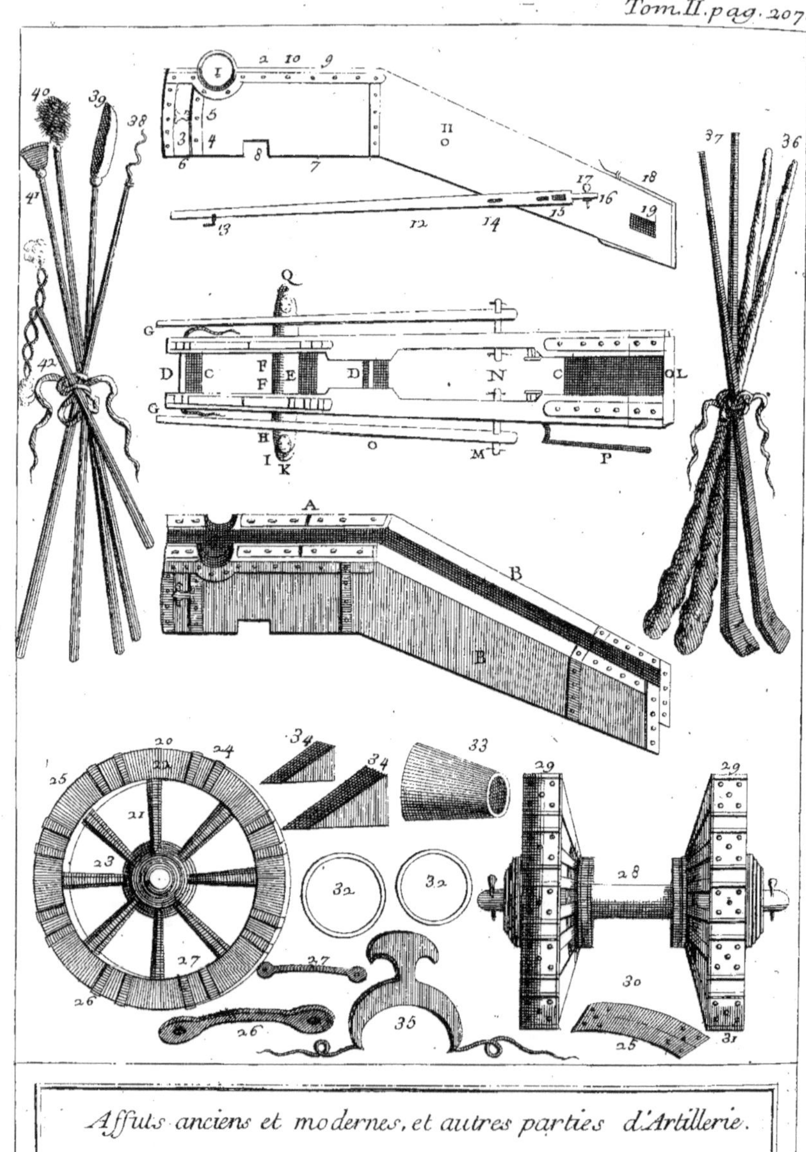

Affuts anciens et modernes, et autres parties d'Artillerie.

Les roues étant ferrées font ordinairement hautes de cinq pieds ; & le canon fur fon affut & rouage, eſt élevé de terre environ de trois pieds.

Lorſqu'on a une longue marche à faire avec de la groffe Artillerie, particulierement dans les mauvais chemins, il eſt bon de n'y pas mener les pieces fur leurs affuts ; parce que leur train eſt difficile à conduire, à caufe de fa pefanteur, & que d'ailleurs les affuts peuvent fe brifer. C'eſt pourquoi on fe fert en ces occafions de chariots legers, montez fur quatre bonnes roues ordinaires, faifant conduire les affuts à vuide : & on obferve fi l'on va à un Siege, d'en avoir au moins trois de rechange pour chaque piece ; afin d'être en état de remonter les pieces que l'Artillerie de l'affiegé peut démonter. *Chariots legers pour conduire le canon.*

On doit auffi fe pourvoir de plufieurs chevres, crics & échelles de retraite, afin de s'en fervir dans l'occafion pour monter les canons fur leurs affuts, & pour les en defcendre : on employe particulierement pour cela la chevre ; elle doit être haute de douze à quatorze pieds, faite de trois pieces de bois, dont il y en a deux qui font jointes enfemble par plufieurs travées : les trois pieces de la chevre font jointes en haut par une cheville de fer, à laquelle eſt attaché une poullie, qui foutient un cable, dont l'un des bouts s'attache aux dauphins du canon, & l'autre bout au moulinet de la chevre. L'échelle de retraite fert avec la chevre à monter les canons fur leurs affuts, quand ils n'ont point de dauphins. Le cric fert à foutenir les affuts & les effieux des trains d'Artillerie, quand leurs roues font rompues, ou quand on veut les changer, *Chevres, crics & échelles de retraite,* pour en mettre de nouvelles, ou pour graisser l'essieu.

Des Batteries de Canon.

Proportions pour les batteries de canon. La grandeur des batteries se détermine suivant le nombre de pieces qu'on y veut mettre : on donne ordinairement vingt-deux pieds & demi de terrain pour chacune ; les deux pieds & demi servans pour l'embrasure, qui doit être plus large par le dehors que par le dedans de la batterie ; afin d'avoir la commodité de tourner la bouche du canon à droite & à gauche suivant le besoin. L'épaulement qu'on éleve pour ce sujet, doit avoir huit à dix pieds de haut au moins, & plus si la Place attaquée étoit dans une élevation d'où elle pût découvrir dans la batterie. L'épaisseur de son parapet doit être au moins de dix-huit à vingt pieds, qui est l'épreuve ordinaire : il faut lui en donner davantage, si le terrain est leger ou graveleux.

Précautions pour le choix du terrain. On doit éviter, autant qu'il est possible, de construire une batterie dans un terrain tout de pierres ou de cailloux ; parce que l'épaulement en étant composé, il ne peut avoir de solidité ; & que d'ailleurs les boulets de l'assiegé qui y frappent, jettent une si grande quantité de ces pierres sur ceux qui servent les pieces, que le poste est presque insoutenable ; ainsi que je l'ai vû à quelque Siege, où l'on fut obligé d'apporter de la terre de fort loin, pour en former des épaulemens pour les batteries.

Revêtement de l'épaulement. L'épaulement doit être revêtu en dedans, & dans les embrasures, avec des fascines fort longues, & bien assurées les unes sur les autres, avec de bons piquets : mais pour dire le vrai, si le revêtissement des embrasures pouvoit être fait de gazon, on éviteroit un fort grand inconvenient, qui arrive lorsque le canon de l'assiegé donnant dans ce revêtissement, en fait voler les piquets par l'ouverture de l'embrasure ; ces piquets portent de terribles coups aux Canoniers, qui ne peuvent les éviter.

Noms des parties d'une batterie. L'espace de l'épaulement qui est entre deux pieces, a suivant la mesure cy-dessus dix-pieds de long, & s'appelle le *merlon* : on ne doit lui donner que très-peu de talus

en

en dedans, de crainte de donner prife au canon de la Place dans les batteries. On fait l'élevation du pied de l'embrafure proportionnée à celle du canon, deforte que la piece ait au moins fix pouces de jeu ; cette partie s'appelle *genouillere*.

On peut auffi revêtir l'épaulement de fafcines piquetées en dehors, obfervant de donner à l'embrafure le talus neceffaire, pour que la piece puiffe découvrir à plein fon objet : cela fe pratique ordinairement tant que les batteries font un peu éloignées du feu de la moufqueterie de la Place, mais non pas lorfqu'elles en font fort proches ; attendu que ce travail ne pouvant fe faire qu'à découvert, & avec beaucoup de bruit, il feroit fort difficile de l'executer, fans perdre beaucoup de Travailleurs. Comme il eft auffi fort difficile de fervir les pieces en fûreté, lorfque les batteries font fi proches de l'affiegé ; parce la moufqueterie tirant continuellement dans les embrafures, les Canoniers n'ofent y paroître : on met à l'ouverture de l'embrafure en dedans un bon mantelet ou portiere, à l'épreuve du moufquet : on ferme ce mantelet auffi-tôt que la piece, après avoir tiré, laiffe par fon recul l'embrafure libre ; & on l'ouvre pour la remettre en batterie, après qu'elle a été chargée : il faut obferver de n'ouvrir que l'efpace neceffaire pour fa volée, & pour que le Canonier la puiffe pointer ; & d'ouvrir la portiere lorfqu'il y met le feu. On obferve auffi, lorfqu'une batterie eft fort expofée à l'Artillerie de la Place, de mettre une Sentinelle fur un des coins de l'épaulement, pour avertir, en criant, *bas*, chaque fois qu'il voit mettre le feu au canon ennemi, ou que quelque bombe vient fur la batterie : à ce cri, ceux qui y font, fe rangent proche l'épaulement, pour éviter le boulet ; ou fe mettent ventre à terre, pour éviter les éclats de la bombe.

La batterie doit être garnie d'une bonne platte-forme de forts madriers, difpofez avec une ou deux lignes de pente vers l'épaulement ; afin que le recul des pieces foit moins étendu, & qu'il foit plus aifé de remettre la piece en batterie, c'eft-à-dire, que les rouages joignent les mer-

Obfervations fur les batteries.

Précautions qu'on doit avoir dans les batteries, lorfqu'elles font proches de leur objet.

Platte-forme.

lons, & que la volée entiere soit dans l'embrasure.

On fait un ou plusieurs reduits joignant les batteries, pour y mettre les bariques de poudre ; & on doit obser-ver de n'y en pas tenir un trop grand nombre à la fois, & d'y en faire apporter au contraire à mesure que la con-sommation s'en fait ; de crainte que le feu prenant à ce dépôt, ne fasse le mal qu'il a coutume de causer. On doit aussi pour le même sujet tenir chaque barique entamée couverte par une espece de bourse de cuir, dont on serre les cordons aussi.tôt qu'avec la lanterne on a pris la pou-dre pour charger : pour plus grande sureté, outre cette bourse, on couvre la barique d'une peau de beuf fraîche. J'ai quelquefois vû faire des trous sous terre, pour y met-tre ces sortes de dépôts à couvert de la bombe ; ou bien pour le même effet couvrir leur réduit d'un blindage de forts madriers : mais comme toutes ces précautions ne les mettent pas entierement hors d'insulte, & qu'ainsi le feu venant à y prendre, le fracas n'en est que plus grand, à cause de la grande résistance que trouve la poudre ; le mieux est de s'en tenir à la premiere précaution.

Regles pour pointer le Canon.

Pour bien pointer un canon, on doit sçavoir qu'une frize, une bande plus ou moins épaisse, un rouage iné-gal, & une simple tête de cloud, font capables de faire tourner à droite ou à gauche la piece & la balle. Il faut donc premierement prevoir à ces accidens, & ensuite mettre les pieces horizontalement sur la platte.forme de la batterie, observant que les deux tourillons du canon soient bien paralleles à la plate.forme. On doit aussi sça-voir que le boulet en sortant de la bouche du canon, jusqu'à son repos, a deux mouvemens, l'un violent, & l'autre mixte ou hiperbolique ; que ce n'est que par le pre-mier mouvement que les Canoniers donnent au but ; & que pour tirer, il faut se servir des deux mouvemens : par exemple, pour battre un lieu qui est au delà du pre-mier mouvement, c'est-à-dire, au delà de six ou sept cens pas communs, qui eſt la portée ordinaire du canon de point en blanc, on peut ſe ſervir du ſecond mouvement, qui porte encore le boulet avec force juſqu'à plus de douze cens pas : mais pour y réuſſir, il faut ſe ſervir du cadran, ou quart de cercle ; afin qu'ayant une fois attrapé le but, la piece ſoit pointée ſelon l'angle qui aura reglé le coup.

Un canon tiré de deux cens pas, ou de cent toiſes, perce d'ordinaire quinze à dix-ſept pieds de terre moyennement raſſiſe, ou ſeulement dix à douze de terre très-ferme.

Portée & effets du boulet ſuivant la ſituation où il eſt.

La force du canon tiré de bas en haut, de haut en bas, & de niveau, eſt égale du côté du canon : mais à l'égard du boulet, du feu, & du corps qui reçoit le coup, la force en eſt differente : le boulet tiré de bas en haut porte toujours plus loin, juſqu'à ce qu'il ait atteint quarente-cinq degrez, ou la moitié du quart de nonante, ou du cadran : les coups tirez au niveau de l'ame ou horizontalement, ſont les plus courts ; & les coups tirez de haut en bas, ſervent à plonger ſur les batteries oppoſées, pour rompre leurs affuts.

On donne aux batteries des noms differens, ſelon l'uſage auquel on les deſtine : les voici.

Batterie ſouterraine ou *enfoncée* : ſa platte-forme eſt enfoncée dans le niveau de la campagne, & ſes embraſures ſont taillées dans ces mêmes terres, vis-à-vis la bouche du canon. L'uſage de cette batterie eſt de ruiner les défenſes.

Differentes ſortes de batteries.

Batterie élevée : elle ſert à découvrir & foudroyer dans les ouvrages & les travaux.

Batterie de niveau : elle bat en brêche, & embouche le canon oppoſé.

Batteries croiſées : ce ſont celles qu'on diſpoſe de telle maniere, que le tire ſe rencontre à peu près à plomb ſur le corps qu'elles battent. Ces batteries ruinent beaucoup plus que les autres.

Batterie en eſcarpe, ou *par bricole* : c'eſt celle qui bat un corps par reflexion. On l'employe utilement pour ruiner les flancs trop ouverts, & pour porter le boulet en bondiſſant dans un lieu non découvert.

Batterie d'enfilade : c'eſt celle qui découvre tout le long d'une ligne droite. Il eſt dangereux d'être expoſé à ces ſortes de batteries.

Batterie de revers, ou *meurtriere* : c'eſt celle qui bat l'ennemi à dos.

Batterie par camarade : ce ſont deux ou pluſieurs batteries qui tirent ſur un même lieu. On ſe ſert auſſi de ce terme lorſque toutes les pieces d'une même batterie tirent toutes à la fois au même objet.

On doit ſur tout avoir ſoin de rafraîchir les pieces, lorſqu'on ſent qu'elles ſont échauffées ; de crainte qu'elles ne s'éventent ou ne ſe caſſent, & afin de pouvoir auſſi leur donner toujours la même charge ; ce qui ſeroit dangereux ſans cette attention, ainſi que nous l'avons déja dit.

Rafraîchiſſement des pieces échauffées.

Pour faire ce rafraîchiſſement, il faut boucher la lumiere, & mettre de l'eau dans la volée en levant & baiſſant la culaſſe de la piece : le vinaigre, quand on en a, eſt très-bon pour ce ſujet, ſur tout pour les pieces de fonte : on en mêle deux pintes avec quatre pintes d'eau ; il faut enſuite avoir ſoin d'eſſuyer le dedans de la piece avec l'écouvillon. On doit auſſi obſerver chaque fois qu'une piece a tiré, de la bien écouvilloner, de crainte qu'il n'y ſoit reſté quelque étincelle, qui mette le feu à la poudre qu'on y introduit avec la lanterne ; il s'enſuivroit la perte infaillible des Canoniers qui la chargent, ainſi que je l'ai vû arriver pluſieurs fois, ſoit par oubli, ſoit par negligence de leur part.

Boulets rouges.

On tire quelquefois ſur une Ville avec des boulets rougis au feu, afin de mettre le feu aux magaſins des aſſiegez, ou pour embraſer la Ville même. Cela ne ſe pratique gueres neanmoins que contre les Villes rebelles, ou lorſqu'on a reçû quelque inſulte des Habitans aſſiegez. Pour tirer de cette façon, on a une eſpece de gril de barres de fer, ſur lequel on poſe les boulets qu'on fait rougir ; & l'on met deſſus & deſſous du charbon de terre ou autre, ou bien un grand feu de bois : on charge le canon à l'ordinaire, pour la quantité de poudre ; mais au lieu de foin ou de paille pour bourer, on se sert d'un tampon de bois, ou bien d'un bon gazon bien lié & fraîchement levé : l'on a soin après qu'on a ainsi bourré, de passer plusieurs fois l'écouvillon dans la piece, de crainte qu'il n'y soit resté quelque traînée de poudre, où le boulet rouge pût mettre le feu, après quoi on prend le boulet dans une cuillier de fer, laquelle a un écouloir, qui entre dans la bouche du canon : on pousse le boulet avec le fouloir, supposé que la piece n'ait pas sa volée assez élevée pour que le boulet aille de lui-même sur la bourre ; & aussi-tôt qu'on juge qu'il y est, on met le feu au plus vîte à la lumiere, sans mettre de bourre sur le boulet, de crainte que cet intervale nelui donne le temps d'enflammer la charge. On peut aussi prendre le boulet avec une espece de tenailles, dont les forces sont faites par le bout en cuillier ; mais la cuillier est beaucoup plus commode. Ce service est très-délicat, & demande beaucoup de soins pour prévenir les accidens que causeroit la moindre negligence ; & c'est ce que j'ai vû observer si regulierement au Siege de Mons, qu'il n'y en arriva aucun.

Ce sont à present les Chefs de l'Artillerie qui disposent de l'assiette des batteries pour un Siege, & qui y ont toute l'autorité, sous celle du Général en chef de l'Armée. Cependant l'Ingenieur principal, qui a la direction de l'attaque, & qui par consequent dispose du lieu où se doivent faire les brêches, donne aux Officiers d'Artillerie l'explication de son Projet, afin qu'ils s'y conforment. Ce sont ces derniers qui sont chargez de la construction des batteries, pour lesquelles on leur donne ordinairement trois cens livres de chaque piece qu'on y met ; moyennant quoi ils doivent payer les Travailleurs qu'on y employe, soit qu'ils soient du Corps de l'Artillerie, ou de l'Infanterie ordinaire. Ce travail ne porte pas le même profit à nos Majors que celui des autres ouvrages ; parce que ces Messieurs y sont trop interessez pour recevoir cinquante hommes pour cent, ainsi qu'il arrive communement ailleurs pendant les Sieges.

Cartouches.   L'ufage de charger le canon avec des *gargouches*, *gar-*
goufes, ou *cartouches*, eft plus commun pour l'Artillerie de
Mer, que pour celle de Terre. Cependant comme j'en
ai quelquefois vû employer dans cette derniere Guerre,
je crois qu'il eft à propos que je dife, que cartouche fignifie une enveloppe ou rouleau de parchemin, ou de gros
papier, qu'on remplit d'autant de poudre qu'il en faut
pour la charge qu'on doit donner au canon; obfervant
de proportionner chaque cartouche au calibre de la piece, avec un peu de jeu feulement.

Il eft certain qu'avec ce cartouche le canon eft bien
plutôt chargé, attendu qu'il n'eft gueres befoin de bourre
que fur le boulet. Quand le cartouche eft au fonds de
la piece & le boulet deffus, le Canonier paffe l'aiguille
dans la lumiere, pour percer le parchemin ou papier, &
il la remplit enfuite de poudre fine, pour faire l'amorce
Tirer à car-   à l'ordinaire. Il y a auffi des cartouches de bois & de fer
touche.   blanc, qu'on remplit de petites balles, de clouds, de chaî-
nons, ou d'autres ferailles : on s'en fert pour tirer de près
fur l'ennemi ; & ils y portent de très-dangereux coups.

DES MORTIERS ET DES BOMBES.

Epoque de   On tient que l'invention de jetter des bombes fut trou-
l'invention des   vée par un Habitant de Venlo, vers l'an 1588 : cette in-
bombes.   vention fut très-préjudiciable à cette Ville ; puifque, fuivant l'Hiftoire, cet Artificier voulant s'y exercer, mit le
feu dans fon quartier, d'où s'enfuivit l'embrafement d'une
grande partie de la Ville. Les premieres bombes qu'on
a vû employées à la Guerre, furent jettées dans la Ville
de Vactendon en Gueldres : la Garnifon en fut fi fort
effrayée, que cela feul l'ogligea de fe rendre. Les Efpagnols & les Hollandois s'en fervirent en 1634; & Malthus
Ingenieur Anglois, qui paffa vers ce temps-là d'Hollan-
Par qui ap-   de en France, y établit l'ufage de ces machines, dont
porté en Fran-   on vit les premieres batteries au Siege de Collioure en
ce.   1642 : de forte que long-temps depuis on a furnommé ceux
qui étoient employez aux batteries de bombes, *les Difci-*

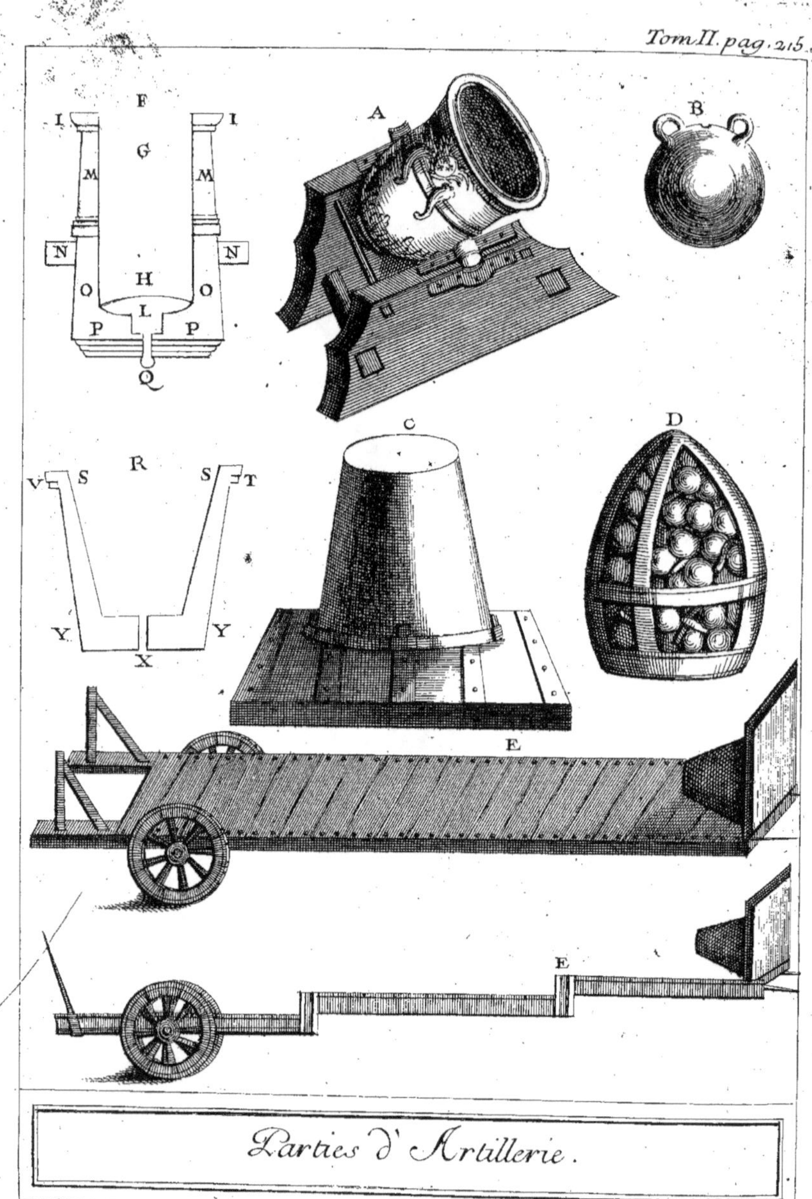

Parties d'Artillerie.

ples de Malthus. Il eſt certain que depuis l'invention de la poudre, on n'a rien imaginé qui pût auſſi-bien en faire reſſentir les effets: avant cela, quand on étoit couvert par un parapet, on étoit dans une eſpece de ſureté con- tre le canon & la mouſqueterie: mais par cette nouvelle machine, on peut atteindre l'ennemi quelque part où il ſoit; on enfonce les voûtes les plus épaiſſes, ſous leſquelles rien de combuſtible n'eſt en ſureté; on gâte les puits, les citernes, & même les fontaines; on brûle, on écraſe tout; & enfin on peut dire que ce terrible inſtrument, porte l'épouvante ou la mort partout où il eſt lancé.

Ses dangereux effets.

EXPLICATION DE LA FIGURE CY-JOINTE.

A. Mortier ſur ſon affut.
B. Bombe.
C. Petard.
D. Carcaſſe découverte.
E. E. Ponts-volans pour attacher le Petard.
F. Coupe d'un mortier.
G. H. L'ame.
I. I. Bourlet.
L. Fonds de l'ame.
M. M. La volée.
N. N. Les tourillons.
O. Le renfort.
P. La culaſſe.
Q. La lumiere.
R. Coupe d'un petard.
S. S. Le colet.
T. Le bourlet.
V. L'ance.
X. La lumiere.
Y. Y. La culaſſe.

Je ne parlerai point ici de l'alliage & de la fonte des mortiers, puiſqu'ils ſont, comme je l'ai dit, de la mê- me matiere que les canons: leur difference conſiſte ſeu- lement dans leur forme & dans leur uſage. La bombe eſt un gros boulet de fer, creux en dedans, & de figure ronde, qui a deux ances à côté de ſa lumiere: après qu'on a rempli la bombe de poudre, on met dans cette lumiere une fuſée de bois, remplie d'une compoſition faite avec de la poudre, du benjoin, & du charbon de ſaule, le tout mêlé enſemble avec de l'huile de petrol, afin d'alentir la poudre de cette fuſée, & empêcher qu'elle ne donne le feu à la poudre de la bombe, que lorſqu'elle eſt tombée au lieu où on la jette.

Deſcription de la bombe.

Compoſition de la fuſée.

Conſtruction des batteries de mortiers.

Les batteries de mortiers ſe conſtruiſent comme celles des canons ; c'eſt-à dire, avec un bon épaulement revêtu de faſcines en dedans , & d'une épaiſſeur à l'épreuve du canon , ſans embraſures. La platte-forme doit être parfaitement de niveau, & non en pente comme celle du canon ; premierement, parce que l'aſſiette de niveau eſt très-neceſſaire pour pouvoir pointer juſte ; ſecondement, parce que l'affut du mortier n'a que peu ou point de recul. Cet affut eſt communement de fer maſſif ; ce qui a été imaginé, afin que ſon aſſiette fût preſque inébranlable; & pour empêcher que l'effet du mortier ne le briſe , ainſi qu'il arrive à ceux de bois, leſquels ne reſiſtent pas long-temps à cet effort, quelque ferrement qu'on y mette.

Maniere de charger le mortier.

Pour charger un mortier, on met dans le fonds de l'ame ou chambre, la quantité de poudre neceſſaire, ſuivant l'élevation qu'on veut donner à la bombe : enſuite on met ſur la poudre l'épaiſſeur de quelques pouces de terre; on bat cette terre avec le fouloir ou pilon , de maniere qu'elle ſoit de niveau au fond du mortier ; après on poſe la bombe deſſus, la fuſée en haut, obſervant de quelque groſſeur qu'elle ſoit, qu'elle entre & ſorte du mortier avec une grande facilité , & qu'il y ait au moins deux pouces de vuide de tous les côtez : on remplit de terre ce vuide, de maniere que la bombe en ſoit embraſſée juſqu'aux ances.

Regle pour bien pointer les mortiers.

Pour bien pointer les mortiers , on doit ſçavoir que la bombe a trois ſortes de mouvemens, depuis la ſortie de ſon mortier juſqu'à ce qu'elle arrive au lieu déſiré : le premier eſt le mouvement violent ou d'expulſion, qui porte la bombe plus haut que le lieu qu'elle doit toucher : le ſecond eſt mixte, qui eſt celui de l'éloignement; & le dernier eſt naturel, qui eſt celui de la chute. Il faut remarquer dans ces trois mouvemens , que l'impreſſion de la poudre s'aneantit d'autant plus que la bombe s'éloigne du mortier. Sur ces principes, on poſe un côté du quart de cercle ſur le métail de la bouche du mortier ; afin de remarquer, ſi dans cette ſorte d'élevation, qu'on a cru être raiſonnable pour porter la bombe

juſqu'au

jufqu'au lieu defiré, on ne s'eft point trompé : car fi la bombe a pafsé deffus le lieu de fa deftination, c'eft figne que
le mortier eft trop bas, & qu'il faut lui donner plus d'é-
levation ; fi la bombe eft tombée entre le mortier & le
lieu qu'on veut brûler, c'eft au contraire une marque que
le mortier a trop d'élevation, & qu'il lui en faut donner
moins ; & ainfi raifonnant fur le trop, ou le trop peu de
hauteur, on ne manquera gueres, en confervant la platte forme égale, de donner au but.

Pour mettre le feu au mortier & à la bombe, il eft bon
que le Bombardier ait une mêche allumée par les deux
bouts, ou même une dans chaque main ; il doit commencer avec la droite à mettre le feu à la fufée de la bombe, &
enfuite le mettre avec la gauche à l'amorce du mortier :
cette amorce doit être de poudre fine, & l'on doit obferver d'en avoir de toute prête pour ramorcer, en cas
que le vent eût emporté la premiere : cette fonction doit
être faite trés-promptement, de crainte que demeurant
trop long-temps, la bombe ne vint à prendre avant que
d'être pouffée hors du mortier.

Le Bombardier doit fur tout examiner avec foin, avant
que de mettre la fufée à la bombe, fi la compofition n'en
eft point éventée ; parce qu'en ce cas le feu prendroit de
fuite à la bombe, avant qu'il eût le temps de le mettre
au mortier. Il doit bien prendre garde auffi que la bombe ne foit éventée ou percée en quelque endroit, foit par
l'effet de la rouille, foit par un défaut de la fonte ; parce
que comme elle prendroit feu en fortant du mortier, fon
effet retomberoit immanquablement fur ceux qui la tirent, & nullement fur ceux aufquels elle eft deftinée : j'ai
vû plufieurs fois arriver cet accident, au grand dommage
de ceux qui étoient dans la batterie. Cependant lorfque
les mortiers font prêts de leur objet, & que le temps que
la fufée eft à fe confumer, pourroit donner celui de fe garentir de fes effets ; on a pour maxime d'en laiffer confumer une partie dans le mortier, avant que de mettre
le feu à la lumiere : mais, pour dire le vrai, la maneuvre eft
délicate ; elle eft neanmoins neceffaire, furtout lorfque la

bombe eſt deſtinée pour un lieu, où l'on juge qu'il y a beaucoup d'hommes proches les uns des autres : car il eſt certain, que ſi dans une pareille ſituation, elle creve à fleur de terre, c'eſt-à-dire, ſans s'enterrer, elle fait un furieux fracas : j'en ai vû un exemple dans une des places d'armes de Lille, où une bombe mit plus de trente hommes hors de combat.

Pierriers. On ſe ſert auſſi de Mortiers, au défaut de Pierriers, pour jetter des pierres, lorſque l'on eſt aſſez prés de l'ennemi pour le faire : mais un mortier qui a ſervi à cet uſage, n'eſt plus gueres propre pour la bombe ; parce que ces pierres en gâtent le dedans, lequel doit doit neceſſairement être uni : c'eſt pourquoi on en a fait fondre exprès dans ces derniers temps. Les pierriers ſont de la même figure que les mortiers, avec cette difference qu'ils ſont plus legers de matiere ; parce que leur effort eſt beaucoup moins grand. Pour les charger, on y met la poudre *Maniere de les charger.* & de la terre deſſus comme au mortier, & ſur cela un plateau de bois, ſur lequel on poſe un manequin rempli de pierres groſſes comme un pavé, & d'autres moyennes, ajuſtant le manequin à peu près comme la bombe. J'en ai auſſi vû jetter ſans manequin, les pierres étant ſeulement poſées ſur le plateau ; elles faiſoient aſſez d'effet, pour faire croire qu'on peut ſe paſſer de manequins. Leur *Leurs dangereux effets.* effet eſt terrible dans les lieux remplis d'hommes, & ſur tout pendant la nuit ; parce que tombant ſans pouvoir être aperçues, il eſt impoſſible de les éviter.

On jette auſſi des boulets creux remplis de poudre, *Boulets creux dits Obus.* ayant une fuſée fort courte : on les jette avec une eſpece de mortier ou demi canon, qu'on apelle *obus*. Ces boulets ne faiſant que rouler ſans s'enterrer, & venant à crever à fleur de terre, déſolent ceux qui y ſont expoſez, n'y ayant pas moyen de les éviter : j'en ai vû les effets dans une de nos Places d'Armes de Bethune, où les coups re*Leurs effets.* doublez que nous reçumes de ces inſtrumens, pendant un jour & une nuit, mirent dans ce poſte plus de cent hommes hors de combat. J'en ai vû auſſi employer à un autre uſage au premier Siege de Barcelonne : on en char-

gea les gros canons de Marine, qui étoient dans nos batteries, pour lancer dans la brêche : ces boulets s'y enfon-
çans & venant après à crever, ils faifoient plus de décombre d'un feul coup, que n'en auroient fait dix coups de
canon ordinaires. Ils peuvent être auffi très utiles pour le
combat en plaine ; il eft certain que venant à crever entre
les jambes des chevaux, ils y mettent infailliblement le
defordre.

On a encore imaginé depuis quelque temps les mortiers
à perdreaux, c'eft-à-dire, propres pour jetter une douzaine de doubles grenades, en même-temps que la bombe : ces mortiers font affez bons pour inquieter ceux qui
gardent un pofte ; mais pour s'en fervir, il faut être près ;
finon la plus grande partie de ces grenades crevent en
l'air, & font de nul effet. On les nomme *Perdreaux*, parce
que volant, pour ainfi dire, au tour de la bombe, cela
reprefente la perdrix & fa compagnie. Le mortier eft un
mortier ordinaire, mais dont le bord dans fon contour
& dans fon épaiffeur contient douze ou treize autres petits mortiers, dans chacun defquels eft une grenade. La
lumiere du gros mortier a communication avec celles des
petits ; de forte qu'en y mettant le feu, la bombe & les
grenades partent en même-temps. C'eft *Petry* Italien, qui
a inventé ces fortes de mortiers.

On jette auffi avec des mortiers ordinaires des carcaffes : elles ont été inventées par un Ingenieur de l'Evêque
de Munfter en 1672 ; on s'en fervit alors contre les Hollandois. L'effet de la carcaffe eft de mettre le feu où elle tombe, par le moyen des matieres combuftibles dont elle eft
remplie ; on y joint quelques grenades, ou des bouts de canons remplis de poudre, pour empêcher en crevant, qu'on
ne s'approche de la carcaffe pour l'éteindre. Le tout eft
enveloppé d'étoupes trempées dans des matieres huileu-
fes ; on met au tour une toile gaudronnée, & on place le
tout dans une efpece de lanterne, qui a une plaque de
fer à chaque extremité : ces plaques font entretenues par
des branches croifées par des cercles, lefquelles faifant à
peu près l'effet des côtes d'un fquelette, font apparem-

E e ij

Marginalia:

Doubles gre-
nades, dites
Perdreaux.

Carcaffes.

ment la caufe qu'on a nommé cette machine *carcaffe*:
il y a un trou à la plaque de deffus, pour y donner feu.
D'abord cette machine parut quelque chofe de fi confiderable, que toutes les Puiffances voulurent en avoir,
mais dans la fuite on en a reconnu l'abus, tant parce qu'il
eft aifé de mettre le feu à moins de frais, par le moyen
des bombes & des boulets rouges; que parce que fon effet
eft très incertain, par la difficulté qu'il y a de la faire tomber jufte à l'endroit qu'on fouhaite, fa figure ovale empêchant que la poudre n'ait fur elle une prife folide. J'en
ai vû un exemple au Siege de Lille, où nos plus habiles
Bombardiers ne purent jamais parvenir, après plufieurs
épreuves, à en jetter une feule fur un amas de fafcines
que les affiegeans avoient fait pour combler l'avant-foffé
de la Citadelle : ainfi on a tout-à-fait abandonné cette
machine, dont nous avons donné la reprefentation cy-
deffus, plus pour fatisfaire la curiofité du Lecteur, que
pour fon utilité.

Quoique nous ayons déja parlé des grenades en plufieurs endroits, nous croyons devoir dire ici, que cet inftrument eft une boule de fer creufe : on la remplit de poudre par fa lumiere, & on y met une fufée, à peu près de
la même figure & compofition que celle de la bombe :
nous avons rapporté dans l'article de l'Exercice la maniere d'allumer cette fufée, & de jetter enfuite la grenade. Cet inftrument a commencé à être tout à fait en ufage
fous le regne de François I. & c'eft fans doute à fon invention, qu'on doit celle de la bombe, dont nous avons
parlé : en effet, il n'y a de difference entre ces deux machines, qu'en ce que l'une fe jette avec la main, & l'autre avec un mortier. J'en ai vû de verre fort épais : les
Efpagnols nous en jetterent un grand nombre à Barcelonne, dont nous ne fûmes pas moins incommodez que
de celles de fer, & dont qui plus eft, les bleffures étoient
beaucoup plus dangereufes, lorfque quelque éclat de ce
verre entroit dans les chairs. J'ai marqué ailleurs l'utilité
des grenades, dans les occafions où on les employe.

DES POTS, DES BALES, ET DES BOSSES A FEU.

POur faire des pots à feu, on met une grenade char‑
gée dans un pot de terre, qu'on remplit de fine pou‑
dre, jufqu'à ce que la grenade en foit toute couverte :
enfuite on couvre ce pot d'un morceau de parchemin, &
par deffus on met deux bouts de mêche en croix bien allu‑
mez : on jette ce pot avec une anfe de mêche qu'on y a faite ;
& ce pot venant à crever, la poudre prend & brûle ce qui
fe trouve auprès, & met en même-temps le feu à la grenade,
qui eft fans fufée, pour qu'elle faffe fon effet plus promp‑
tement. Les pots à feu font affez bons pour jetter dans
une place d'armes de chemin couvert, lorfqu'on en eft
affez près pour le faire : cependant je n'en ai point vû
employer.

Compofition
des pots à feu.

Les balles à feu font un peu plus groffes que les grena‑
des ordinaires : leur mixtion eft de falpêtre, de poudre
pilée, de foufre, de canfre, & de borax ; le tout eft humecté
d'huile de petrol, & enfuite détrempé dans de la poix
noire, de la cire neuve, de la colophane, & du fuif de
mouton bien bouillis enfemble : on en fait une bale, qu'on
couvre d'étoupes & d'une feuille de papier broüillard ou au‑
tre, pour qu'elle ne tienne point aux mains. Pour y mettre
le feu, on fait un trou dedans avec un poinçon, & on rem‑
plit ce trou d'une amorce lente ; afin qu'en y mettant le
feu, elle puiffe peu à peu allumer la bale, qui jettera en‑
fuite une grande lumiere, & mettra le feu à ce qui fe
trouvera de combuftible où on l'aura jettée. Je m'en fuis
très-utilement fervi à Lille, où par leur moyen je mis le
feu à une gabionnade de plus de cinquante toifes, avant
que l'ennemi eût pû la remplir de terre. J'en ai vû auffi
jetter avec le mortier.

Compofition
des balles à
feu.

Les boffes font de groffes bouteilles rondes ou quar‑
rées, d'un verre fort mince, où il peut tenir quatre ou
cinq livres de poudre : on attache au goulot plufieurs
bouts de mêches allumez ; & jettant enfuite la boffe ou
bouteille, qui ne manque pas de fe caffer, les mêches

Compofition
des boffes à
feu.

E e iij

mettent le feu à la poudre, qui à ce que je crois, ne fait pas grand mal, fi ce n'eft celui d'inquieter un peu ceux qui font expofez dans un pofte un peu ferré.

Je ne parlerai point des dards & fleches à feu, ni des barriques foudroyantes ou herifons, ne jugeant pas qu'ils en vaillent la peine, attendu leur inutilité ; & pour dire le vrai, l'inftrument dont je vas parler, ne le merite gueres davantage.

DU PETARD.

Etimologie du nom de petard.

LE petard a été inventé peu de temps après le mortier : on le nomme ainfi, à caufe du bruit qu'il fait en faifant fon effet. On l'employe pour enfoncer, ou bri-

Ses effets.

fer les portes d'une Ville : pour cet effet on le remplit de

Maniere de le charger & de l'appliquer.

poudre fine, que l'on foule autant qu'il eft poffible, fans neanmoins l'écrafer ou mettre en poulverain ; parce que cela diminueroit fa force : on remplit le furplus de cire jaune ou de poix gréque, & l'on couvre le tout d'une toile cirée ; puis on enchaffe le petard du côté de la bouche dans l'entaille d'un fort madrier : on applique ce madrier avec des tirefonds ou crochets, à la porte qu'on veut rompre ; & lorfqu'il y eft bien attaché, on met le feu au petard, par le moyen d'une fufée qui eft à fa culaffe.

Ses inconveniens.

Quoique cet inftrument ne foit plus gueres en ufage, il eft cependant vrai qu'on s'en eft autrefois fervi très-utilement, pour furprendre des Villes, en ouvrant leurs portes par fon moyen. Suivant l'Hiftoire, la premiere fois qu'on s'en fervit en France, fut contre Cahors en 1579, & par ce moyen la Ville fut prife par Henry le Grand, qui n'étoit alors que Roy de Navarre. Ce fuccès ayant été fuivi de plufieurs autres dans la fuite ; afin de pouvoir l'employer même contre les Villes revêtues de foffez & de ponts-levis, on imagina la flêche, qu'on

Flêche, au bout de laquelle on le pofe.

pofe fur deux roues, & au bout de laquelle on attache le petard : en pouffant cette flêche & en l'alongeant autant qu'il eft neceffaire, on la fiche contre la porte, ou contre le pont-levis, où elle fe tient attachée, par le moyen d'un

fort poinçon de fer qui eſt au bout ; après quoi on met
le feu au petard, comme nous venons de le dire. On a inventé auſſi une eſpece de pont roulant pour le même effet ; on allonge de même ce pont autant qu'il eſt neceſſaire,
& on paſſe deſſus pour attacher le petard : mais pour dire
le vrai, toutes ces machines, quoiqu'aſſez bien imaginées,
ſont fort inutiles, à moins qu'une Garniſon ne ſoit aſſez
endormie pour vous laiſſer faire à loiſir & tranquillement
tout ce que cette operation demande pour être bien faite :
car ſi l'ennemi vous attend en bonne diſpoſition, ou s'il
eſt ſeulement averti un peu avant la maneuvre ; toutes
ces machines deviennent ſemblables au grelot de la Fable, par le danger qu'il y a de les mettre en œuvre. En
effet, je n'ai ni vû ni oui dire pendant la derniere Guerre,
depuis 1689, que ni nous ni nos ennemis ayent tiré aucun fruit de cet inſtrument : je ſçai ſeulement pour l'avoir
vû, que ce fut très-inutilement qu'on voulut l'employer
pour emporter la Ville d'Oberkerisk : nous trouvâmes
dans cette Ville des gens qui certainement ne dormoient
point, & qui au contraire s'oppoſerent ſi vivement à notre maneuvre, que l'obſtination qu'on eut de vouloir la
continuer, quoique nous fuſſions découverts, ne ſervit qu'à faire tuer bien du monde ; le brave Regiment
de Navarre entre autres y fut ſi maltraité, qu'il s'en eſt
reſſenti long-temps après : cette tentative ne produiſit
neanmoins d'autre fruit, que la gloire d'avoir en effet attaché le petard à moitié, & cependant aſſez pour qu'il
demeurât à l'ennemi, ſans qu'il fut poſſible d'en faire
davantage. Suivant cet exemple, il faut comme je l'ai
dit, que la ſurpriſe agiſſe en cette occaſion, avant que la
force y puiſſe être employée.

DES MINEURS ET DES MINES.

Anciennes mi-
nes.

L'Ufage des Mines a été établi prefqu'en même temps que celui d'attaquer une Ville, ou une Place ennemie; on les employoit même très-utilement, avant l'invention de la poudre : on fappoit une tour ou une muraille par le bas; à mefure qu'on entroit deffous, on l'étançonnoit avec des pieces de bois de bout : après que tout étoit miné, on enduifoit ces étançons de matieres combuftibles, & l'on pofoit au pied quelques fagots bien fecs & enduits de même, où on mettoit le feu : par ce moyen, dès que ces étançons étoient confommez, les tours ou les murailles tomboient, & combloient le foffé; ce qui donnoit la facilité d'aller auffi-tôt à l'affaut. L'effet de ces fortes de mines a toûjours été fi certain, qu'on s'en eft encore fervi long-temps après l'invention de la poudre : l'on voit même dans l'Hiftoire, qu'elles étoient encore en vogue fous le regne de Louis XII. &

Epoque de
l'invention des
mines à pou-
dre.

que ce ne fut que vers l'an 1503. que Pierre Navarre, Général Efpagnol, trouva le moyen de faire fauter les murailles & les terraces, avec des mines chargées de poudre; il fe fervit très-utilement de ces nouvelles mines au Siege de Naples, contre le Château de l'Oeuf : le fuccès qu'elles eurent, ayant caufé la perte de cette importante Place, on abandonna dans la fuite l'ancienne maxime, pour prendre cette nouvelle; fur laquelle on a tant rafiné depuis, qu'on fçait à prefent la conduire très-parfaitement.

Nous avons marqué en parlant de la défenfe des Places, de quelle maniere les Affiegez pouvoient s'en fervir contre les attaques des Affiegeans, avec les moyens de rendre inutiles les effets des leurs, de quelque façon qu'elles foient conftruites; & comme nous nous propofons d'en parler encore cy-après à l'Article des Sieges dans les formes,

mes , nous dirons feulement icy , qu’on attache le Mineur de plufieurs façons , fuivant qu’il eft plus ou moins
difficile de l’attacher.

Premierement, fi le foffé eft fec , & qu’on veuille faire
cette maneuvre brufquement , c’eft-à-dire, fans prendre
toutes les précautions ordinaires ; auffi-tôt qu’on eft logé
fur la contrefcarpe, on fait prendre à une partie des Soldats, qui font commandez pous ce fujet , des mantelets
couverts de lames de fer blanc. Ces Solats traverfans le
foffé , fe ferent le plus près qu’ils peuvent contre la face
du baftion , où ils rangent leurs mantelets les uns auprès
des autres, pour fe couvrir du flanc, & des feux d’artifices de la Place ; & pendant que le Mineur fait fon trou ,
les Moufquetaires logez fur la crête du glacis, & les batteries tirent fans ceffe contre les défenfes de la Place.

Secondement, fi on eft moins preffé , ou qu’on veuille
agir avec plus de circonfpeftion ; avant que de faire cette
defcente , on met quelques pieces de canon en batterie
fur le bord ou proche du foffé ; & on les fait tirer au pied
de la muraille , dans l’endroit où on veut faire l’ouverture de la mine : elle fe fait ordinairement à dix ou douze toifes de l’angle flanqué du baftion ; afin que la bréche étant faite , elle foit moins expofée au feu des flancs. Il
faut auffi examiner fi la contrefcarpe eft feulement de terre , ou fi elle eft revêtuë , fi le talus eft bien adouci , ou
fort efcarpé : fi le talus eft fort efcarpé ou revêtu , l’on
doit le rompre de loin , afin de rendre la defcente du
foffé plus aifée , jettant la terre du côté du flanc oppofé , &
du baftion qu’on attaque. On fait enfuite une traverfe dans
le foffé , dont on jette la terre du côté du flanc oppofé : on
donne ordinairement à cette traverfe une toife de largeur , & quatre ou cinq pieds de profondeur. Pour éviter
que l’Affiegé ne la brûle ou ne l’inquiete , on la couvre
de planches , revêtues de lames de fer blanc, de peaux
fraîches ou de gazon.

Troifiémement, quand le foffé eft plein d’eau , l’operation en devient plus difficile ; mais elle n’eft pas impoffible,
ainfi que l’experience me l’a montré plufieurs fois. Dans ce

cas, on examine si l'eau est dormante ou vive : si elle est dormante, on seigne le fossé en creusant un canal ou des puits plus bas que le niveau du fonds, afin d'en tirer l'eau par l'écoulement qu'on y fait ; puis pour franchir le fossé on fait une traverse avec des clayes, supposé que le fond soit rempli de vase ou de boue.

Quatriémement, si on ne peut détourner l'eau, ni dessécher le fossé ; on le comble, vis-à-vis du lieu où l'on veut attacher le Mineur, avec un nombre de fascines suffisant, sur lesquelles on met aussi des clayes pour rendre le passage plus solide ; & on y construit ensuite une traverse avec force gabions, qu'on remplit de sacs pleins de terre : on doit favoriser le passage du Mineur, par le feu de l'Artillerie & de la Mousqueterie comme cy-dessus.

Differentes mines suivant la qualité du terrain.

Les mines se font, ou dans la terre naturelle, qui est celle qui n'a jamais été remuée ; ou dans des terre nouvellement raportées, ou dans des murailles, & quelque fois même dans le roc. C'est pourquoi avant que d'y travailler, on doit considerer le lieu & le terrain, & tâcher de sçavoir, si le bastion est vuide ou plein, ; s'il y a de l'eau ; & sur tout s'il n'est point contreminé. Après cet examen, le premier Mineur qui s'attache, se tient à genoux, & travaille le plus vîte qu'il peut, en faisant le canal de la mine en ligne droite, d'une largeur à passer un homme à genoux : si le bastion est revêtu, il se sert de ciseaux & de griffes de fer, pour separer les pierres de leurs joints ; un autre Mineur dégage ces pierres, pour s'en servir à boucher la mine quand elle est chargée :

Differens rameaux.
Chambre des poudres.
Maniere de la charger suivant la qualité du terrain.

enfuite on pousse les autres canaux ou rameaux en serpentant, de six pieds en six pieds, jusqu'à ce qu'on soit arrivé au lieu où on veut faire la chambre des poudres. Lorsque cette chambre est faite, on la charge suivant la qualité du terrain : s'il est solide, on y met seulement de la poudre dans des sacs, qui en contiennent chacun cinquante livres : mais si la terre est sabloneuse, humide ou nouvellement remuée, on y met de grands caissons, faits de fortes planches, & bien gaudronnez, capables de tenir six ou sept quinteaux de poudre, ou plus.

La chambre des poudres se fait en fourneaux, en bon-

net à prêtre, ou en cube : celle en fourneaux , sert pour
miner dans les roches , & les lieux fort étendus , où une seule mine ne suffiroit pas, pour faire l'effet qu'on désire.
Lorsque la roche est trop dure , & qu'on n'y peut pas faire une chambre assez grande , pour y loger toute la poudre dont on a besoin ; on se sert des vaines de terre qui
s'y rencontrent, pour en faire des fourneaux, qu'on rend
les plus grands qu'il est possible , ou du moins capables
de contenir depuis soixante jusqu'à cent livres de poudre ; observant de leur faire prendre feu à tous ensemble
en même temps.

La mine en bonnet à prêtre , est celle qui est faite d'un
seul fourneau , dont le ciel est taillé ou travaillé en quatre ou cinq pointes, comme de petites cheminées , qui
courent de differens côtez : ces cheminées servent à donner passage au feu , afin qu'il fasse son effet de plusieurs côtez en un même temps. Mais on tient que la plus sure
de toutes les mines , est celle dont la chambre est simple-
ment quarrée , ou en cube ; pourvûe que la poudre qu'on
y met , ou dans des barils , ou dans des sacs , prenne
feu en même temps.

La quantité de poudre pour la charge des mines, n'est
point fixée : elle dépend de l'estimation du Mineur , qui
en met plus ou moins , selon qu'il juge le lieu être plus
ou moins dificile à ébranler. La longueur de la saucisse
n'est point aussi déterminée ; parce qu'elle doit être suivant l'éloignement qu'il y a depuis la chambre aux poudres , jusqu'au lieu où l'on conserve son bout , pour y
mettre le feu à volonté. Sa grosseur est ordinairement
celle d'un œuf de poule. J'en ai parlé cy-devant.

Lorsque l'on n'a pas un lieu considerable à faire sau-
ter, & qu'il s'agit seulement d'inquieter ceux qui se veulent loger en quelque endroit ; au lieu de grandes mines ,
on se sert de fougades & de fourneaux simples , ou de
caissons. Pour faire les fougades, on fait un trou comme
un petit puits , profond d'une ou de deux toises ; on le
remplit de plusieurs sacs pleins de poudre , & on met
par-dessus des pieces de bois de travers , sur lesquelles

on pofe une bonne quantité de pierres groffes & moyennes, on recouvre le tout de terre bien unie: il eft même bon de mettre fur cette terre, s'il eft poffible, des gazons verts, afin que l'Ennemi ne s'aperçoive point qu'on a remué la terre en cet endroit, & qu'il s'y tienne avec confiance : lorf. qu'on en voit un bon nombre deffus, on y met le feu, par le moyen du fauciffon, dont le bout doit communiquer ave le plus prochain logement.

Les caiffons fervent au même ufage : on les enterre auffi dans les lieux où l'on juge que l'Ennemi pourra fe venir loger, ou qu'il paffera deffus pour aller à l'affaut, ou à quelqu'autre attaque : on les fait de bois leger, & d'une grandeur capable de contenir plufieurs bombes, avec quelques facs de poudre : on y met le feu de la même maniere que nous avons dit cy-deffus.

Contre-mines.   On apelle contre - mines, le travail qui fe fait fous terre, pour découvrir & éventer une mine dont on craint les effets, foit en attaquant foit en défendant une Place. Les contre-mines contre les Affiegeans, fe font en même *Leur conftru-* temps qu'on conftruit les ouvrages, ou feulement lorf. *ction.* qu'ils font attaquez, ou que l'on préfume qu'ils le vont être. Celles qui fe font ainfi en bâtiffant, fe pratiquent comme un petit berceau, qui tourne tout au tour des faces, & des lieux qu'on veut contreminer : la hauteur de cette efpece d'allée eft de quatre à cinq pieds, & on ne lui donne de largeur que pour paffer un homme ; elle fe fait à la diftance d'une toife, ou d'une toife & demie du revêtiffement, avec quantité de trous ou foupiraux, qui vont gagner le deffus ; & même vers le foffé.

Confidera-   Celles qui fe font par les Affiegez, lorfqu'ils font éclair- *tions neceffai-* cis par les traverfes que les Affiegeans ont fait dans le *res pour ce fu-* foffé, ou autres marques, que le Mineur eft attaché, *jet.* ou qu'il eft prêt de s'attacher, fe conduifent en faifant com-me des puits, qu'on creufe dans la folidité de la terraf-fe, où l'on foupçonne qu'eft ou fera le Mineur. Ces puits n'ont point de largeur, ni de profondeur déterminée ; mais lorfqu'on juge qu'ils font plus bas que les mines des Attaquans, on fait à droite & à gauche divers petits ca-naux ou rameaux, pour rencontrer la mine ennemie, &

l’éventer en la déchargeant de ſes poudres , ou en coupant le ſauciſſon.

C’eſt dans ces occaſions , où l’on peut dire , que les Mineurs joüent au plus fin : car comme il n’eſt gueres poſſible de travailler ſans faire quelque bruit , leur principale attention eſt de pouvoir entendre celui de l’Ennemi , ſans lui faire oüir celui qu’ils font eux-mêmes contrains de faire. Lorſqu’on entend ce bruit , & que par ce moyen on eſt ſûr du chemin que le Mineur oppoſé prend , ſupoſé qu’il le dirige directement ſur l’endroit où l’on eſt ; on l’y attend ſans bouger , juſqu’à ce qu’on juge qu’il en eſt aſſez prés , pour lui donner ce qu’on apelle *le camouflet* ; c’eſt-à-dire , qu’on puiſſe le brûler dans ſon trou , en faiſant ſauter l’épaiſſeur de terre qu’il y a entre les deux galeries. Pour cet effet on poſe quelques ſacs de poudre contre cette épaiſſeur , & on les ſerre avec de forts madriers étançonnez : par ce moyen , la poudre lorſqu’on y met le feu , faiſant ſon effet par le côté oppoſé , elle brûle ou étoufe immanquablement tous ceux qui s’y rencontrent , & laiſſe une ſi grande fumée dans cette galerie , qu’il eſt impoſſible d’y rentrer , que long temps aprés.

Cet expedient eſt ſans contredit très-bon pour la fin que le Mineur s’eſt propoſée , & tout-à-fait aiſé à ſuivre , lorſqu’un Mineur eſt ſûr , comme je l’ai dit , que l’Ennemi dirige ſa marche directement ſur la ſienne : mais lorſqu’au contraire il prend une route differente , & qu’on eſt obligé de l’aller chercher ; il eſt très-dangereux que ce Mineur, qui a les mêmes intentions, ne previenne par un ſemblable échec celui qui le cherche ; & c’eſt là réellement ce qu’on peut apeller joüer au plus fin. Un autre incident qui arrive encore communement dans ces ſortes d’occaſions, c’eſt lorſque les Mineurs oppoſez obſervans un égal ſilence , de crainte de ſe découvrir , ſe rencontrent juſqu’au point d’ouvrir en même temps , chacun de leur côté , l’épaiſſeur de terre qui eſt entre eux : alors ils ſe livrent entre eux des combats terribles , juſqu’à ce que le parti le plus fort ait chaſſé le plus foible de la galerie : Pour cet effet ils portent toûjours avec eux des piſtolets & des bayonnettes.　　　　F f iij

Précautions
des Mineurs
oppoſez.

Camouflet.

Ses inconveniens.

Le petard sert dans les contre-mines.

On se sert aussi quelquefois d'un petard, pour ouvrir & éventer la mine : on lui fait faire son effet contre l'épaisseur de terre, qu'il y a entre la contre-mine, & la mine.

Eloge de M. de Valliere.

Je crois devoir dire icy, qu'entre tous ceux qui ont eû la direction de cette guerre soûterraine, aucuns n'ont surpassé en valeur & en capacité M. de Valliere, particulierement dans cette maniere de donner le Camouflet, dont nous venons de parler. Il employa si utilement ses talens, pendant la défense de Landau, qu'il ne fut pas possible à l'Ennemi de tirer avantage d'aucunes de ses mines : sans doute qu'il a acquis cette science ingenieuse, par la parfaite connoissance qu'il a des mesures inaccessibles par le moyen des estimations. Je luy ai vû faire en cela des prodiges en Catalogne, où il a commencé à mettre en pratique les rares talens, qui lui ont fait meriter à bon titre la juste reconnoissance que le Roy a eû de ses signalez services.

Ponts sur les fleuves & rivieres.

Leurs differentes constructions.

Les Officiers d'Artillerie sont aussi chargez de faire construire les Ponts sur les Fleuves & Rivieres, pour le passage des Armées, ou pour entretenir la communication d'une circonvalation, lorsqu'elle est coupée par le travers de quelque Riviere. On pose ordinairement pour cet effet des Pontons ou Bateaux de cuivre, avec les chevrons & les planches necessaires : à leur défaut, on fait assembler un nombre de batteaux ordinaires. Cette construction se fait, en disposant les Pontons ou Bateaux en travers l'un devant l'autre, à la distance des chevrons & soliveaux, qui les entretiennent attachez : on met sur ces soliveaux, des planches de travers, aussi-bien que par-dessus la concavité du Bateau : Il faut de plus avoir soin de faire passer un gros cable, d'un bout d'un bateau à l'autre, pour pouvoir plier le Pont, quand on le juge à propos ; il faut aussi mettre des ancres de distance en distance, pour le contenir contre le courant de l'eau, qui pourroit le faire biaiser. Au défaut des uns & des autres Bateaux, on se sert quelque fois de chevalets, sur lesquels on dispose des soliveaux & des planches comme cy-dessus : mais ces sortes de Ponts ne font bons, que lorfque le travers de l'eau n'eft ni grand ni rapide ; parce qu'autrement , la dificulté qu'il y a de donner une jufte affiette aux pieds de ces chevalets, fait qu'ils font fujets à fe renverfer : Je l'ai vû arriver en Catalogne , au grand dommage de ceux qui eftoient deffus.

On a vû une infinité d'inventions nouvelles pour ces fortes de Ponts ; elles ont toutes parû d'abord bien imaginées ; parce que l'épreuve ne s'en eft faite que fur le Canal de Verfailles ou de Fontainebleau : mais lorfqu'on a voulu s'en fervir dans des operations plus ferieufes , on a toûjours reconnu, qu'elles n'étoient bonnes tout au plus, que pour fatisfaire l'idée d'un curieux en mécanique : Elles ont neanmoins produit des récompenfes à leurs Inventeurs, auffi réelles , que leur invention a été inutile. Il me fouvient à propos de cela , qu'un de ces Machiniftes étant venu à nôtre Armée d'Italie , pour mettre en évidence une femblable production de fon génie ; on lui en fournit bien-tôt l'occafion , en le chargeant de conftruire un Pont de fa nouvelle invention, fur le Mincio. Après avoir fait apporter toutes les chofes neceffaires, il commença par en faire une partie ; mais comme elle parut peu folide aux Spectateurs, du nombre defquels j'étois, il voulut prouver le contraire ; & pour cet effet il fit un grand faut fur la partie du Pont commencée : dans le moment cette partie culbutta dans la riviere , où elle entraîna fon Auteur , qui penfa s'y noyer ; parce que le rire que fa chute excita , ôtoit aux témoins la force & même l'envie de le fecourir. On juge bien qu'on ne lui propofa pas de recommencer fur nouveaux frais ; perfonne n'étoit du gout de s'expofer à une pareille épreuve.

On fait auffi quelquefois des Ponts fur un foffé plein d'eau , foit pour aller attacher le Mineur , comme nous l'avons dit , foit pour aller à l'affaut, comme nous le dirons cy-après à l'Article des Sieges dans les formes. Les Ponts, felon mon avis, qui ont été les mieux imaginez pour cette operation dans les foffez d'eau vive, & qu'il eft impoffible de feigner , ont parû la premiere fois au Siege

Ponts de nouvelle invention.

Mal invantez.

Preuve.

Ponts fur le foffé d'une Place.

Ponts par feuillets ou radeaux. de Bethune par les Alliez, à leur attaque du côté du Château. Ces sortes de ponts sont composez de plusieurs radeaux, larges à volonté, & longs d'environ deux toises.

Leur construction. Le premier radeau qu'on met à l'eau, est armé par le côté qui doit aborder au bord du fossé, du côté de la Place, de plusieurs crampons de fer, avec des poinçons pareils, pour s'attacher contre le terrain du décombre ou autre.

Maniere de les employer. Pour mettre cette premiere feuille à l'eau, on fait une ouverture ou seignée au fossé, un peu plus large que la feuille : par le moyen de cette ouverture, on attire l'eau dans une espece de bassin, qu'on a creusé à la tete de la sappe ; & ce bassin vient de niveau avec l'eau du fossé : l'entrée en est couverte d'un épaulement, en forme d'arcade par le dessous ; ce qui empêche que ceux qui jettent le pont ne soient découverts par le feu de la Place. Lorsque la premiere feuille est à flot dans le bassin, on la pousse jusque dessous la voûte : derriere cette premiere feuille on en place une seconde, que l'on y joint bien avec des chevilles de fer ; puis on pousse ces deux ensemble en avant, par le moyen d'un cric : ensuite on y joint une troisiéme feuille, & ainsi de suite autant qu'il en faut, pour contenir toute la largeur du fossé. Par ce moyen, ceux qui défendent la Place, voyent avancer ce pont vers eux, sans découvrir ceux qui le poussent, & sans qu'il leur soit possible de l'empêcher, si ce n'est lorsque la tête est proche ; car alors on peut jetter dessus quelques feux d'artifice pour le brûler : mais l'Assiegeant y remedie avec des cuirs frais, & autres préservatifs. Il faut observer de plus de ne joindre ce pont à son objet, qu'un peu devant que de l'employer à sa destination : ce travail se fait ordinairement pendant la nuit, dans l'obscurité de laquelle on hazarde quelques Soldats sur ce pont ; afin d'en éprouver la solidité, qui est certainement très-réelle, & d'y mettre quelques ancres, pour empêcher que le courant ne le fasse plier. C'est avec cette nouvelle invention que les en-

Leur utilité. nemis au Siege de Bethune trouverent le moyen de tra-

Exemple. verser notre large avant-fossé, pour venir attaquer le chemin couvert : ils employerent trois ou quatre de ces

ponts,

Le Roy Avec ses Ingenieurs.

ponts, & la conſtruction fut ſi prompte, quoiqu'en plein jour, qu'ils emporterent ce poſte de vive force , malgré toute notre reſiſtance. Cette experience me fait croire avec raiſon, que l'uſage de ces ſortes de ponts eſt très-bon.

DES INGENIEURS,

ET DE CE QUI EST DE LEUR DETAIL.

ON nomme Ingenieurs , ceux qui s'appliquent par-ticulierement à l'Architecture Militaire ; à cauſe des inventions ingenieuſes, qu'ils mettent ſouvent en uſa-ge, tant pour la fortification , que pour l'attaque ou la défenſe des Places. On les appelloit autrefois *Engeingneurs,* parce qu'ils étoient auſſi chargez de faire agir les engeins, dont on ſe ſervoit en ce temps-là , tant pour faire les ap-proches d'une Place aſſiegée, que pour y faire brêche : ils ont apparemment ceſſé de porter ce nom, depuis que ces ſortes de fonctions ont été entierement attribuées au Corps de l'Artillerie, ainſi que nous l'avons dit. Les In-genieurs ont toujours été de ce Corps, juſqu'au temps qu'on a jugé à propos de les en retirer, pour en former un diſtinct , & tout à fait indépendant de l'autre , & cette ſéparation n'a été faite, qu'afin que l'un & l'autre ayant ſon objet particulier, il pût plus aiſément s'y perfection-ner. Un Auteur moderne, parlant de cette ſéparation , dit aſſez mal à propos, qu'on retira les Ingenieurs du Corps de l'Artillerie ; parce qu'on commença à les con-ſiderer comme Officiers , & qu'en cette qualité ils parve-noient à la dignité d'Officier Général : ce qui ſemble pré-ſuppoſer, que les Officiers de l'Artillerie n'avoient pas le même avantage. Il ſe trompe auſſi groſſierement en cela, que dans pluſieurs autres parties de ſon ouvrage ; étant certain que les Officiers d'Artillerie ont joui de cette di-ſtinction, même avant les Ingenieurs.

Etimologie du nom d'In-genieur.

Les Ingenieurs étoient autre-fois du Corps de l'Artillerie.

Tome II.   G g

Premiers In-
genieurs cele-
bres par leurs
Ecrits.

Leurs diffe-
rentes maxi-
mes.
Parfaites sous
la direction de
M. de Vauban.

Bons effets
que cette di-
rection a pro-
duit.

Quoiqu'il en soit, les premiers Ingenieurs qui ont écrit de la Fortification, considerée comme un Art particulier, ont été Rameilly & Cataneo Italiens : après eux ont paru Jean Herard, Simon Stevin, Marolois, le Chevalier de Ville, Loriny, le Comte de Pagan, Allain, Manesson, Mallet, & Cohorn. On peut voir par les differens traitez qu'ils ont donné, à combien de changemens cet Art a été sujet, chacun d'eux ayant eu des maximes particulieres : ces maximes ont été presque entierement abandonnées, aussi tôt que celles de M. le Maréchal de Vauban ont paru. C'est sous le commandement & par les soins infatigables de ce parfait model des Ingenieurs, que cet Art a été porté dans notre France au supreme degré : il a été d'autant plus aisé de s'y perfectionner pendant le dernier regne, qu'on a eu toutes les occasions de le faire, tant dans l'execution des glorieuses entreprises de notre invincible Monarque Louis le Grand, sur les Places de ses ennemis ; que dans le nombre infini de Forteresses qu'il a fait construire dans toutes les sortes de situations : l'Art a été employé si parfaitement dans ces Forteresses, qu'il a été plusieurs fois au dessus des plus grands obstacles que la nature puisse opposer. C'est aussi pour suivre l'exemple d'un Chef aussi respectable, que la Noblesse Françoise a embrassé cet Art ; & que quittant les préjugez où elle étoit autrefois, de se croire deshonorée si elle eût fait une autre fonction à la guerre que celle d'homme d'armes, ainsi que nous l'avons dit ; de même qu'elle avoit quitté la lance pour prendre la pique, elle n'a point fait de dificulté de quitter la pique pour porter la toise, non seulement dans les operations dangereuses, mais aussi dans celles où il ne s'agit que d'une construction d'Architecture. Ainsi on peut dire, que l'ancienne répugnance que les Nobles avoient pour de pareilles occupations, s'est changée en une émulation, & en un si grand desir d'être instruits de cette partie essentielle de l'Art Militaire, que non seulement ceux qui y sont attachez, ou qui y sont destinez, en font leur continuelle étude ; mais aussi que tout ce qui s'appelle Officiers Militaires, ont ou doivent avoir la même émulation : les plus éminens même ne peuvent s’en difpenfer ; puifque le Roy même trouve cette fçience digne de Sa Majefté.

Pour définir les qualitez fans nombre qui font neceffaires dans un veritable Ingenieur, nous commencerons par dire qu’il doit avoir une valeur toute differente de l’ordinaire. La valeur des autres Militaires s’enflamme communement par le defir de vaincre fon ennemi, ou par l’envie de donner un témoignage de forces & de courage, auquel eft attaché inféparablement ce que nous appellons entre nous l’honneur. Toutes les operations où les Ingenieurs trouvent l’occafion de fe diftinguer, font toutes differentes ; puifqu’il n’y a gueres d’exemples qu’il y en ait eu de tuez autrement qu’ayant leur épée dans le fourreau : ils font deftinez pour la conftruction, & nullement pour le combat ; c’eft donc par cette raifon qu’ils ont befoin d’une valeur extraordinaire, pour s’expofer de bonne grace aux coups de l’ennemi, fans efpoir de s’en venger, par aucun autre moyen, que par le mal que leur travail peut lui caufer, & non pas en lui rendant coup pour coup, ce qui eft la principale fatisfaction des combattans. Il faut de plus qu’au milieu du danger le plus évident, ils confervent fi bien leur fang froid, qu’aucune crainte ne foit capable de leur faire prendre un point pour l’autre, fur tout dans les travaux de tranchée ; ce qui pourroit caufer une enfilade, dont nous marquerons les confequences à l’article des Sieges dans les formes : enfin un Ingenieur doit être tout à fait intrepide, & très-prudent.

A l’égard des Sçiences, il doit premierement fçavoir l’Aritmetique, tant par entiers que par fractions ; la Geometrie pratique ; les Elemens d’Euclide, ou du moins les fix premiers livres ; la mefure des Plans & des Solides, pour bien mefurer les travaux & avec jufteffe ; la perfpective & le deffein ; l’Architecture civile & militaire ; l’ufage des inftrumens geometriques, avec la doctrine des triangles rectilignes, & les calculs par les tables des cinus, ou celles des logaritmes, ou par le moyen du rapporteur : il doit fçavoir lever toutes fortes de Plans ; l’Iconographie, l'Ortographie & la Senographie : il faut qu'il sçache reduire les Plans du grand au petit, & du petit au grand, & dans son dessein les accompagner de paysages : il doit sçavoir la Gnomonique, ou construction des quadrans ; la Geographie, pour faire la carte d'un Pays ; la Mécanique & l'Hidraulique, pour conduire les eaux, & les transporter & les faire couler en des lieux necessaires, ou pour dessecher les fossez ou lieux marêcageux : il doit bien sçavoir la Fortification, qui est la partie essentielle pour connoître les bonnes maximes qu'on doit suivre, pour la construction des Places, tant regulieres, qu'irregulieres : il doit sçavoir faire la distribution du Plan d'une Place, d'un Palais, & d'un bâtiment particulier ; en donner l'élevation & la perspective, avec leur devis & leurs ornemens : il faut qu'il connoisse la qualité de la pierre, sa durée, & si elle n'est point sujette à la gelée, ou à la Lune ; il doit connoître de même les differentes sortes de terres, &c. Toutes ces Sçiences & ces diverses connoissances sont si absolument necessaires, qu'on ne pourroit appeller Ingenieur, celui qui en ignoreroit la moindre. C'est pourquoi on n'admet aujourd'hui aucune personne en cette qualité, qu'il n'ait été examiné & interrogé sur toutes ces diverses parties, & qu'il n'ait prouvé par des démonstrations réelles, qu'il en est parfaitement instruit. Cette attention fait qu'il n'y a plus lieu de craindre, qu'il se rencontre des Ingenieurs tels que j'en ai vû un à Namur, qui sur l'ordre qu'il reçut de M. de Ximenez, qui y commandoit, de faire mettre des palissades en un certain endroit, lui répondit, qu'il ne sçavoit pas faire de ces sortes d'ouvrages. Sur cette réponse, ce Général lui ayant demandé, ce qu'il étoit venu faire à Namur ; le prétendu Ingenieur lui repliqua naïvement, qu'il y étoit venu pour manger deux cens livres par mois, qu'un Patron puissant lui avoit procuré en qualité d'Ingenieur, quoiqu'il n'eût aucune des qualitez necessaires pour en faire les fonctions.

Les Ingenieurs forment donc un Corps également utile & considerable : le nombre en est d'environ trois cens. Ils sont sous le ministere de l'Intendant ou Commissaire-

Général des Fortifications ; & ils font diftribuez en quatre Claffes. La premiere eft celle des Directeurs : il y en
a un dans chaque Province ; il a 6000 livres d'appointemens par an , & 600 livres pour un deffinateur. La feconde Claffe , eft celle des Ingenieurs en chef : il y en a un
dans chaque Place ; leurs appointemens font de 360 livres par mois : ils ont quelquefois plus , & quelquefois
moins. La troifiéme Claffe eft compofée des Ingenieurs
en fecond : la quatriéme eft celle des Subalternes. Les Ingenieurs de ces deux dernieres Claffes , ont des appointemens proportionnez à leur mérite & à leur ancienneté ;
les moindres ont fix cens livres : outre les appointemens,
ils ont prefque tous des penfions, dont les plus fortes
vont à 6000 livres. Chacun dans la Place où il eft employé , doit rendre compte à l'Intendant de tout ce qui
eft de fon détail, & executer les ordres qu'il envoye. Ils
doivent rendre compte auffi au Directeur-Général , lequel
dirige fous l'autorité de l'Intendant tout ce qui a rapport
à la Fortification dans toutes les Places de fon Départe-
partement , foit pour les nouvelles conftructions , foit pour
les augmentations, les reparations & l'entretien tant des
Fortereffes , que des Bâtimens Royaux , & enfin pour tout
ce qui fe fait aux dépens du Roy. concernant le genie.
Ils doivent auffi veiller à ce que rien ne foit dégradé ,
ainfi que nous l'avons marqué cy devant au Service journalier dans une Place.

Lorfque l'on commande des Ingenieurs pour les Sieges,
il y a un Chef du Corps, qui eft ordinairement Officier
Général : s'il eft Lieutenant-Général, il a 1000 livres
d'appointemens extraordinaires, & 100 livres pour un Deffinateur, avec deux Aydes-de-Camp payez comme ceux
des autres Lieutenans-Généraux ; & il a les mêmes rations
de pain : on lui donne auffi un Ingenieur, qui eft ordinairement Brigadier d'Infanterie, pour faire le détail du
Siege fous lui ; cet Ingenieur a 500 livres par mois, &
vingt rations.

Les Brigades font ordinairement compofées de fix Ingenieurs , dont le Brigadier a 400 livres par mois, le Sous-

Brigadier & le Chef de Brigade 200 livres ; les trois autres 150 livres. Le fonds général pour les appointemens
des Ingenieurs eft fixé, & monte à environ 500000 livres.

Rang entre
eux. Le rang que les Ingenieurs tiennent entre eux, eft reglé par le nombre des Sieges aufquels ils fe font trouvez,
foit en attaquant, foit en défendant une Place. Cette maxime eft judicieufement établie, pour empêcher qu'un
novice n'ait, en vertu de la datte de fa Commiffion, le
commandement fur ceux que l'experience a rendu plus au
fait de l'ouvrage que lui. Si cette loi avoit lieu dans les
Troupes, il y en a qui fe font bien élevez, qui defcen-
droient bien bas à la premiere occafion où ils feroient
employez.

Nous avons marqué dans l'article du Service journa-
nalier dans une Place, les fonctions des Ingenieurs dans
les travaux ordinaires, avec les Ordonnances qui y ont rapport : nous avons auffi expliqué leur devoir dans la défenfe d'une Place ; & nous les rapporterons encore dans la
fuite, en parlant des Sieges dans les formes : ainfi il ne
nous refte qu'à donner ici quelques regles de la conftruction tant de la Fortification reguliere & irreguliere pour
les Places, que de celle de Campagne. Nous ne trait-
terons ces parties que fommairement ; parce que pour en
donner un détail profond & général, il faudroit plufieurs
volumes plus gros que celui cy. Ce que j'en dirai fera cependant affez détaillé, pour qu'il n'y manque rien d'effentiel. Pour donner une intelligence plus parfaite des termes de cet Art, qu'il faut neceffairement employer lorfqu'on en parle, & qui font ignorez de tous ceux qui ne
l'ont point étudié ; j'ai cru devoir ranger tous ces termes
par ordre alphabetique, en forme de Dictionnaire. On
trouvera dans ce petit Dictionnaire outre les noms, une
fuffifante explication fur la proprieté, & fur l'ufage des
parties qui les portent.

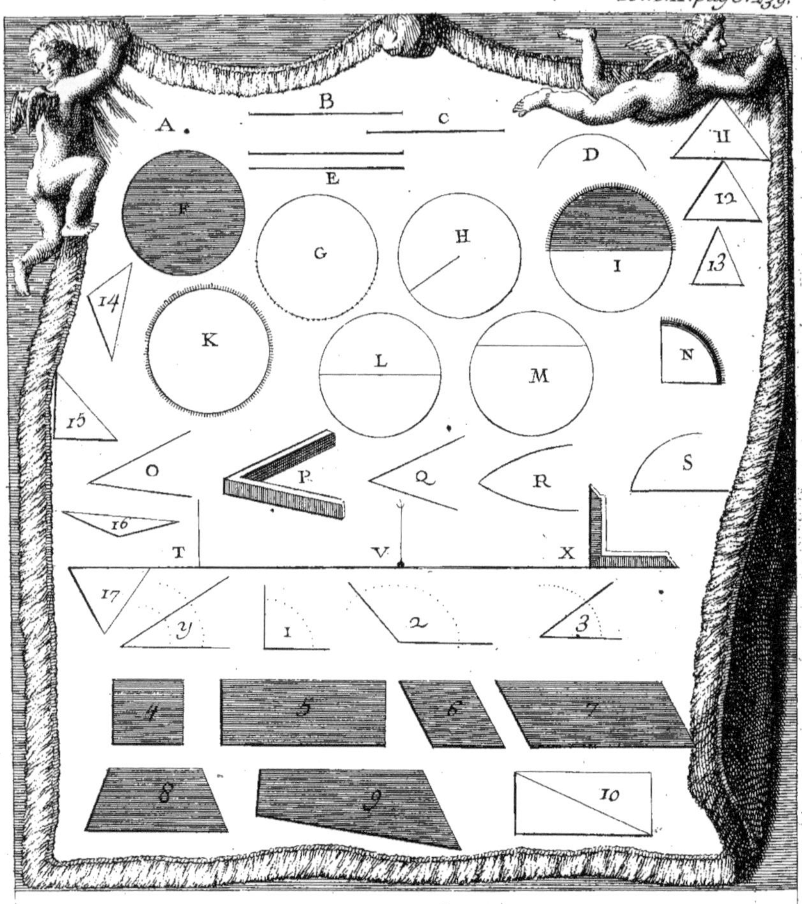

A. point phisique	H. demi diametre	P. angle Solide	Y. Ouverture
B. Ligne phisique	I. demi Cercle	Q. angle rectiligne	1 arc de 90 degrez
C. Ligne droite	K. degre	R. a. Spherique	2 Angl Obtus
D. Ligne Courbe	L. diametre	S. a. Mixte	3. Angl Aigu
E. lignes paralleles	M. Corde	T. a. droit	4. Quarré
F. Cercle	N. 4 de Cercle	V. perpendiculaire	5. rectangle
G. Arc de Cercle	O. angle plan	X. Equiere	6. Lozange
8. Trapese	11. Triangle	14. Scalene	7. romboide
9. Trapesoide	12. Equilateral	15. rectangle	17. Oxigone
10. diagonal	13. Tr Isoscele	16. Ambligone	

DICTIONNAIRE DES TERMES
*les plus effentiels, concernant la Fortification
ou l'Architecture.*

A

AILES, ou branches des Ouvrages à Tenailles, à Cornes, à Couronne, &c. Ce font les grands côtez qui terminent ces ouvrages à droite ou à gauche, depuis leurs gorges jufqu'à leur flanc.

ALONY. C'eft le nom qu'on donnoit autrefois aux Contre-gardes qu'on plaçoit devant les faces des Baftions: on les nomme à prefent *Tenaillons.*

ANGLES. *L'angle-plan*, eft l'inclination de deux lignes qui fe rencontrent en un point fur un même plan; ce point eft apellé point angulaire. *Le folide*, eft celui qui eft formé par la rencontre de deux fuperficies. *Le Rectiligne*, eft celui qui eft fait de deux lignes droites. *Le fpherique* ou *circulaire*, eft celui qui eft fait par le concours de deux lignes courbées. *Le mixte*, eft celui qui eft fait par la rencontre d'une ligne droite & d'une ligne courbe. *Le droit*, eft celui qui eft fait par une ligne, qui tombant fur une autre, n'incline & ne panche pas plus d'un côté que d'autre; de forte que les angles formez de part & d'autre, font égaux entre eux. L'angle droit eft mefuré par un arc de quatre-vingt-dix degrez. L'angle *obtus*, eft mefuré par un arc de plus de quatre-vingt-dix degrez, & l'angle *aigu*, eft mefuré par un arc moindre que quatre-vingt-dix degrez.

L'angle de bois, eft formé de deux regles attachées & mouvantes enfemble par un de leurs bouts, & qui font arrêtées d'une troifiéme: il fert à tracer les angles du poligone, lorfque l'on ne peut avoir le centre de la figure.

Angle faillant , ou *angle vif*. C'eft celui qui porte fa pointe au dehors de la figure.

Angle rentrant , ou *angle mort*. C'eft celui qui porte fa pointe en dedans, ou vers le centre de la figure.

Angle du centre. Il eft formé par la rencontre de deux demi diametres, tirez du centre aux deux plus prochains angles de la figure.

Angle de poligone de la circonference ou de la figure ; il eft formé par la rencontre de deux côtez du poligone.

Angle flanqué. Il eft fait par la rencontre des deux faces d'un Baftion, qui forment fa pointe.

Angle de l'épaule. Il eft formé par la rencontre d'une face & d'un flanc.

Angle du flanc , ou *de la courtine*. Il eft fait de la rencontre du flanc & de la courtine.

Angle flanquant. Il eft fait d'une partie de la courtine & de la ligne de deffenfe rafante , quand il y en a une ; ou de toute la courtine avec la ligne de deffenfe, quand il n'y en a point de rafante.

Angle rentrant de la Contrefcarpe. Il eft fait par deux lignes de la Contrefcarpe, qui portent leur pointe vers le centre de la Place.

Angle faillant de la Contrefcarpe. Il eft formé par la rencontre de deux lignes de la Contrefcarpe , qui portent leur pointe vers la campagne.

ARC DE CERCLE. C'eft une partie indeterminée de la circonference ; c'eft-à-dire une petite partie , ou une grande.

ARGILE. C'eft une terre forte & graffe , propre pour la brique & la tuile.

ARPENT. L'arpent vaut 440 toifes en longueur, ou neuf cens toifes quarrées, ou cent perches quarrées, de celles qui valent trois toifes , ou dix huit pieds.

ATTAQUE. Ce mot fe dit généralement pour tout ce qu'on veut forcer ; & l'on nomme de même le travail qu'on fait pour s'approcher d'un lieu fortifié par le moyen d'une tranchée.

Fauffe

Fauſſe attaque. C'eſt le travail qu'on pouſſe pour mê‑me fin, mais plus lentement, afin d'obliger l'Ennemi de partager ſes forces.

ATELIER. C'eſt le lieu où des Ouvriers ſont em‑ployez.

AVANCE. Lorſque le terrain ne permet pas qu'on s'étende au‑delà du glacis ordinaire, pour y porter des ouvrages détachez, on y peut faire des avances ou redans, qui ont de hauteur ou de capital la moitié de leur largeur, laquelle eſt d'ordinaire de la grandeur d'un des flancs de la Place, c'eſt‑à‑dire, de vingt à vingt‑quatre toiſes, afin que des faces de ces redans on flanque plus avantageuſement le deſſus & le bord des glacis.

AVANT‑FOSSE'. L'avant‑foſſé ou le foſſé du glacis, ſe fait au tour du pied des glacis, pour le couvrir, en le fortifiant d'un chemin couvert paliſſadé.

B

BALOTS *de laine.* On s'en ſert pour faire des lo‑gemens pendant les Sieges, dans les endroits où on ne peut s'enterrer.

BANQUETTE. C'eſt une petite élevation de terre en forme de dégrez, au pied du parapet du côté de la Place, pour donner moyen aux Mouſquetaires de tirer par deſſus le parapet du côté de la Campagne.

BAR. C'eſt une eſpece de civiere.

BARAQUE ou *Hutte.* C'eſt le logement que les Sol‑dats ſe font à l'Armée, faute de tente.

BARICADE. C'eſt une machine de bois portative, pour boucher un paſſage ou une avenuë.

BARIQUES. Ce ſont des tonneaux, dont les Aſſiégeans & les Aſſiegez ſe ſervent faute de gabions : ils les rempliſ‑ſent de terre pour ſe couvrir, & leur ſervir de parapet, &c.

BARLONG. Les Artiſans apellent ainſi, le quarré long ou rectangle.

BARRIERE. C'eſt la premiere porte d'entrée ſur les

Fortifications d'une Place: elle est placée sur l'alignement des palissades. On apelle de même toutes celles qui donnent entrée dans le chemin couvert.

BASCULE. C'est ce qui sert à lever le pont-levis, par le contre-poids qu'elle forme : on s'en sert aussi pour les barrieres qui sont sur les ponts de communication.

BASE. C'est le pied du rampart, ou de la terrasse de la Ville.

BASTION. Les bastions achevez sont de grosses masses de terre revêtuës de gazons, de briques, de pierres, & de fascines : elles servent pour contenir à couvert un bon nombre de Mousquetaires, & loger de l'Artillerie pour battre la Campagne, défendre les dehors, & flanquer le corps de la Place.

Bastions Royaux. On apelle ainsi ceux qui se construisent sur l'extrêmité des poligones de quatre-vingt à cent-vingt toises ; parce qu'en cet état, ils sont capables de plusieurs retranchemens, de loger plusieurs batteries, & de resister par leur solidité aux efforts des mines, & aux plus vigoureuses attaques. Pour cet effet les plus grands côtez des Places regulieres, ne doivent pas exceder cent vingt toises, qui est la portée ordinaire du mousquet; & les plus petits côtez ne doivent pas être au-dessous de quatre-vingt toises. Le flanc du Bastion doit découvrir la moitié de la courtine qui lui est proche, & tout le pied de la face du bastion qui lui est opposé ; il doit aussi découvrir sans aucun empêchement, la courtine, le flanc, la face & le fossé qui lui est opposé, & même le glacis de la contrescarpe. Les grandes gorges doivent être préferées aux petites ; parce qu'on peut plus aisement y faire des retranchemens. Les courtines qui occupent les trois parties d'un côté du poligone divisé en cinq, doivent être préferées aux plus grandes, qui rendent les bastions trop petits. Les faces dont l'étenduë aproche des deux tiers de la courtine, doivent être préferées aux plus grandes. Il faut que l'angle flanqué d'un bastion regulier, soit pour le moins ouvert de soixante degrez.

Bastion regulier. C'est celui dont les flancs sont égaux

entre-eux , & les faces entre elles.

Baſtion double. C'eſt un baſtion chargé d'un autre.

Baſtion compoſé. Il a ſes deux demies gorges de diffé-rente grandeur.

Baſtion difforme. Il a pour toute gorge une ligne droite.

Baſtion plat. C'eſt celui qui eſt élevé ſur le côté d'un poligone.

Baſtion à tenailles. Il a ſon angle flanqué en angle ren-trant.

Baſtion détaché. C'eſt celui qui ne communique à la Place que par un pont.

Demi Baſtion. C'eſt une avance ou rampart, avec deux flancs & une face.

Baſtion camus. C'eſt celui qui eſt conſtruit ſur un angle rentrant.

Baſtion plein. C'eſt celui dont la capacité eſt remplie de terre.

Baſtion vuide. Il s'explique de lui-même.

BECHE. C'eſt une pelle de fer , qui ſert à remuer la terre.

BEFROY. Il eſt expliqué à l'article du ſervice journa-lier dans une Place.

BENAR, C'eſt une eſpece de chariot à quatre rouës, qui ſert à voiturer les plus groſſes pierres.

BERME. *Liſiere* , *relais* , ou *pas de ſouris.* C'eſt une largeur de terre au pied du rampart, du côté de la Cam-pagne , deſtinée à recevoir les débris de la muraille ou ter-raſſe , pour empêcher qu'ils ne tombent dans le foſſé : quand cette largeur eſt couverte d'un parapet, on lui don-ne le nom de *fauſſe-braye.*

BLINDES. Ce ſont des claies ou chevalets, ſur leſquels on met des faſcines , pour empêcher qu'on ne ſoit décou-vert dans la tranchée, par une partie de la fortification fort élevée.

BLOCUS. Cette maneuvre eſt expliquée à l'article de la défenſe des Places , & dans celui de l'Armée en Cam-pagne.

BONNET DE PRETRE. C'eſt l'ouvrage dont la tête

est formée par quatre faces, qui forment deux angles rentrans, & trois saillans, & dont les aîles vont faire angle au milieu de la courtine.

BONNETE, ou *flèche*. C'est une maniere de parapet fait en angle saillant, que l'on construit devant le pied du glacis, pour éloigner l'approche d'une Tranchée ; ainsi qu'il est expliqué à l'article de la défense des Places.

BOULEVARD. C'est le nom que quelques-uns donnent à un Bastion, lorsqu'il est fort grand.

BOUSSOLE. Elle se trouve expliquée à l'article de la Marine.

BOUZIN. C'est une espece de croûte attachée à la pierre, laquelle y est aussi contraire que l'aubier au bois : ainsi en la taillant, il faut en ôter tout le bouzin.

BOYAUX. On appelle ainsi les differens détours ou branches de Tranchées, & les lignes de communication qu'on y fait.

BRÉCHE. C'est le débris des tours ou murailles causé par la caducité, ou par la violence de l'Artillerie & des mines, & qui laisse une entrée ouverte. C'est aussi le débris que le canon ou les mines font à une fortification.

BROUETE. Celles pour les Atteliers du Roy doivent avoir leurs flaques ou longs côtez, de quatre pieds dix pouces & six lignes de longueur, sur un pied ou quinze pouces d'épaisseur.

C.

CAMION. C'est une espece de tombereau à trois roues, dont une devant & deux sur les côtez : on le préfere aux autres dans les Fortifications ; parce qu'il est plus aisé à décharger.

CANNE ROMAINE. C'est une mesure de six pieds de Roy, onze pouces & quatre lignes.

CAPITALE *d'un Bastion*. C'est l'étendue qu'il y a depuis l'angle de la figure, jusqu'à la pointe du Bastion.

CARMIN. C'est une sorte de crayon rouge, qu'on détrempe : il sert à enluminer les Plans.

CARREAU, *Quartier*, ou *Lot*. C'est une pierre taillée qui a six faces.

CARTOUCHE. C'eſt un deſſein orné, pour ſervir de quadre à un Plan.

Cartouche, dont on charge les canons. *Voyez l'explication dans l'article de l'Artillerie.*

CAVALIER. C'eſt une hauteur, élevée dans la capacité d'un Baſtion, ſur laquelle on met des pieces en batterie, pour commander dans la campagne, & obliger par ce moyen l'aſſiegeant de commencer ſes travaux fort loin.

CAZEMATES. Ce ſont des batteries ſur les flancs, à pluſieurs étages, couvertes & découvertes : elles ne ſont plus en uſage.

CAZERNES. *Elles ſont expliquées à l'article du Service journalier dans une Place.* Leur conſtruction doit être baſſe, afin de n'être point découvertes par l'Artillerie de l'aſſiegeant.

CENTRE. C'eſt le milieu d'un cercle.

CERCLE. C'eſt une figure plane, contenue dans une ligne courbe, appellée *circonference*, & qui en toutes ſes parties eſt également éloignée d'un point pris au milieu.

CHAISNE, de fer ou de cuivre, diviſée en pluſieurs toiſes, pieds, & pouces, pour ſervir à meſurer toutes ſortes de longueurs.

Chaînes, ſervant à lever les ponts-levis.

CHANDELIER. Ce ſont pluſieurs pieces de bois attachées enſemble, en forme de bancs renverſez : on en remplit le vuide avec des faſcines, pour ſervir de parapet dans les attaques où on ne peut lever terre.

CHATEAU. C'eſt le nom qu'on donne à une Citadelle, lorſqu'elle eſt ſans Baſtions.

CHAUSSE-TRAPPES. Ce ſont des clouds à pluſieurs pointes, dont il y en a une toujours tournée en haut. On en ſeme dans les chemins, pour empêcher le paſſage de la Cavalerie ; & ſur les brêches, pour en rendre l'accez plus dificile : mais le danger qu'il y a d'y être attrapé ſoi-même, fait qu'on ne s'en ſert plus.

CHAUX. Voyez *Mortier.*

CHEMIN COUVERT. C'eſt un coridor conſtruit au

tour des foffez, couvert d'un parapet : c'eft à préfent le pofte le plus dangereux pour les affiegeans. *Voyez la défenfe des Places.*

Chemin des Rondes. C'eft un efpace qu'on laiffe entre le fommet exterieur du Rampart & le pied du parapet : il avoit fon utilité, lorfqu'il étoit en ufage ; parce que ceux qui faifoient les Rondes découvroient delà plus aifément ce qui fe paffoit dans les dehors : cependant on n'en voit plus que dans les anciennes Places ; on l'a ôté de la Fortification moderne, à caufe de fes inconveniens.

CHEVAL DE FRIZE. C'eft une groffe piece de bois à plufieurs faces, laquelle eft lardée de gros piquets ferrez ou aiguifez par les bouts, & difpofez de forte que fes pointes fe préfentent de tous côtez.

CIRCONFERENCE. Voyez *Cercle.*

CIRCONVALATION. C'eft un retranchement que les Affiegeans font au tour de la Place qu'ils affiegent, afin d'empêcher les fecours qui pourroient y entrer, & pour tenir le campement de l'Armée à couvert des furprifes. Il doit avoir fon foffé du côté de la campagne, & la terre ou parapet du côté du Camp.

CITADELLE. C'eft un lieu fortifié de Baftions, qui commande à une Ville, & qui fert à couvrir le Port, fi la Ville eft maritime. *Voyez le Service journalier dans une Place.*

CITERNE. C'eft une cave pavée, où fe rendent par divers caneaux ou ouvertures les eaux qui tombent fur les toits : elle eft très-utile dans les lieux élevez, où il eft dificile & quelquefois impoffible de creufer des puits.

CLAIES. Elles font fort en ufage pour affermir des batteries dans un terrain marécageux, & pour le paffage des foffez remplis de boue & de vaze. On les fait de gros & menus branchages de bois fouple, de cinq à fix pieds de haut fur trois & demi de large.

COFRES. Ce font deux parapets qu'on éleve dans le foffé, pour s'épauler des deux côtez : on les couvre de planches ou autres blindages, pour y être hors d'enfilade. Il y en a plufieurs à Luxembourg.

COMMANDEMENT. Ce mot se dit des lieux proches d'une Place, qui sont plus elevez qu'elle.

COMPAS DE PROPORTION. C'est l'instrument le plus propre qu'il y ait pour diviser des lignes sur le papier : il est composé de deux branches mobiles, sur les faces ou côtez desquelles il y a plusieurs lignes destinées à differens usages.

CONDUITE. On se sert de ce terme, pour expliquer le progrès ou l'avancement de la Tranchée, dont le tout, qui est du côté de la Place, s'appelle *Tête de la Tranchée.*

CONTRE-GARDE. C'est une maniere de Bastion ou de demi Bastion, élevé dans le fossé vis-à-vis l'angle flanqué, pour couvrir les faces d'un Bastion : on appelle à présent de même l'ouvrage qu'on met devant l'angle flanqué d'un Bastion, sans qu'il en couvre les faces.

CONTRE-MINES. *Voyez l'article de l'Artillerie.*

CONTRE-ESCARPE. C'est la partie du fossé qui regarde la Place.

CONTREVALATION. C'est un retranchement que les Assiegeans font autour de la Place qu'ils attaquent : il a son fossé du côté de la Ville, & la terre ou parapet du côté du Camp, pour couvrir le campement contre les sorties considerables des Assiegez.

CORBEILLES, *ou Paniers.* On les remplit de terre, & on les met sur les parapets, joints l'un contre l'autre, pour que les Mousquetaires tirent à couvert entre deux : pour cet effet on les construit moins gros par le bas que par le haut.

CORDEAU. Il sert aux Ingenieurs, pour tracer toutes sortes d'ouvrages.

CORDE. C'est une ligne droite, qui sans passer par le centre d'un cercle, se termine à deux points de la circonference.

CORDON. C'est une avance de pierre, qui regne autour du revêtissement, à l'endroit où le parapet porte sur le rampart, du côté des fossez.

CORNE, ou *ouvrage à Cornes.* C'est un ouvrage dont on se sert pour enfermer un grand terrain : sa tête est fortifiée de deux demi Baftions joints par une courtine.

Corne à double flancs. Elle a deux flancs fur fes deux côtez.

Corne couronnée, ou *ouvrage à Couronne.* Cet ouvrage eft compofé d'un Baftion, qui eft à la tête, & qui fe joint à deux demi Baftions par deux courtines : on s'en fert pour enfermer un Faux-bourg, ou quelque autre lieu d'un grand circuit.

CORPS, ou *Solide.* C'eft ce qui a longueur, largeur, & épaiffeur.

Corps opaque. C'eft celui qui jette une ombre oppofée au côté d'où vient le jour.

COSTE' *de poligone.* C'eft la partie du rampart qui enferme une Ville, depuis un de fes angles jufqu'à l'autre.

COURTINE. C'eft la partie du côté du poligone, qui eft entre deux demi gorges : cette partie eft la mieux défenduë d'une Place, à caufe qu'elle eft fous la défenfe des deux flancs ; pour cet effet on y place prefque toujours les portes.

CRENEAUX. Ce font des ouvertures qu'on laiffoit autrefois au haut des murs, pour tirer delà fur l'Affiegeant.

CUBE. C'eft un folide, compris fous fix fuperficies égales.

CUNETTE, ou *Cuvette.* C'eft un petit foffé, qu'on fait au milieu d'un autre grand.

D

DECAGONE. C'eft une place ou figure à douze côtez égaux, & douze angles de même ouverture.

DÉFENSES *d'une Forterefffe.* C'eft l'aide que toutes fes parties fe portent les unes aux autres par leurs flancs. *Voyez à l'article des Sieges dans les formes.*

DEGRE'. C'eft un petit arc qui fait la trois cent foixantiéme partie d'une circonference.

DEHORS. On nomme ainfi toutes les parties de la Fortification, qui font au-delà de la premiere enceinte.

DEMI

DEMI CERCLE. C'eſt une figure compriſe par un diametre & par un arc de 90 degrez, qui font le quart de la circonference.

DEMI DIAMETRE. C'eſt une ligne droite, tirée du centre à la circonference du cercle.

DEMI-LUNE, ou *Ravelin*. C'eſt un ouvrage qu'on éleve devant la courtine, pour la couvrir, auſſi-bien que la porte, qui y eſt ordinairement placée.

Demi-lune à contre-garde. C'eſt celle dont les faces ſont couvertes chacune d'un autre ouvrage. Voyez *Tenaillons*.

Demi-lune détachée, ou *lunette*. Elles ſont faites comme des Baſtions plats. On en conſtruit ordinairement dans les endroits proche la Place, qui n'en ſont pas bien découverts : on doit obſerver de ne les pas éloigner des premiers dehors, au-delà de la portée du mouſquet.

DIAGONALE. C'eſt une ligne tirée au travers d'une figure, pour aller d'un angle à l'autre.

DIAMETRE. C'eſt une ligne droite, qui paſſe par le centre du cercle, & qui ſe va terminer aux pointes oppoſées de la circonference, diviſant le cercle & la circonference, chacun en deux parties égales.

DODECAGONE. A douze côtez égaux, & douze angles de même ouverture.

DONJON, ou *Réduit*. C'eſt une Tour ou autre partie forte, laquelle ſe trouve encloſe dans une Citadelle ou Château fort, & qui peut ſervir de retraite en cas qu'on y fût emporté d'aſſaut.

E

ECHELLE. C'eſt une ligne droite, qui étant diviſée en un certain nombre de parties, ſert à diviſer ſelon le même nombre toute autre ligne propoſée. Elle eſt abſolument neceſſaire, pour deſſiner les Plans d'ouvrages, & pour en meſurer les parties.

ENCEINTE. Ce mot s'employe pour exprimer la clôture d'une Ville.

ENDECAGONE. A onze côtez égaux, & onze angles de pareille ouverture.

ENLUMINURES. Pour enluminer les Plans, les ruës se laissent en blanc ; les maisons sont rouges ; le terre-plein des ramparts est couleur de terre, participant de la jaune & de la verte ; la banquette est en blanc ; les parapets se font plus gris que le terre-plein ; le revêtissement de terre, s'exprime par le seul trait fort noir ; les courtines, les flancs, & les faces, se marquent par un trait rouge, si elles sont de brique ; si elles sont de pierre, on le marque d'un petit trait noir parallele au premier fort noir ; le fossé sec se désigne comme le terre-plein de la Place, avec une petite teinte d'eau de gomme gutte proche les bords ; le fossé d'eau s'enlumine d'eau de vert de gris, dont le milieu est d'une teinte plus legere que proche les bords ; le chemin couvert doit avoir une teinte fort claire, comme celle du terre-plein ; le glacis doit être de la même couleur que le terre-plein, en y ajoutant un peu d'eau de vert de gris, pour la rendre un peu plus verdâtre : pour les paysages des environs, les chemins sont laissez blancs ; les ruisseaux & les rivieres s'enluminent comme les fossez ; les terres labourables sont marquées de jaune & de vert de gris legerement ; les prairies doivent être désignées par une teinte plus que jaune ; les arbres par une touche d'eau de vert de gris du côté de l'ombre, & legerement d'un peu de jaune du côté du jour ; les maisons doivent être désignées par la couleur du terre-plein, fort legerement du côté du jour ; & leurs toits, s'ils sont de tuiles, par un rouge legere ; s'ils sont d'ardoises, par un bleu leger, &c.

ENNEAGONE. A neuf côtez égaux, & neuf angles de pareille ouverture.

EPAULEMENT. C'est une élevation de terre, qu'on fait pour se couvrir contre l'enfilade des coups de l'ennemi.

ESCALADE. C'est une entreprise contre une Ville, pour l'emporter d'emblée avec des échelles.

ESCARPE. C'est la pente de la terre, qui est au pied de la muraille, ou de la lisiere.

ESPLANADE. C'est la base ou largeur du glacis : on

nomme ordinairement ainſi l'eſpace qu'il y a entre une Ville & ſa Citadelle.

F

FACE *d'un Baſtion*. C'eſt la partie qui s'étend depuis la pointe juſqu'au flanc : elle eſt la plus expoſée aux batteries de l'Aſſiegeant, & par conſequent celle où l'on fait ordinairement la brêche ; d'autant plus qu'elle n'eſt défenduë que du flanc qui lui eſt oppoſé.

Face de fortification. C'eſt le côté du poligone, qu'on voit par dehors.

FASCINE. C'eſt un fagot fait de menus branchages : on l'employe à une infinité d'uſages, tant pour l'attaque que pour la défenſe des Places, & pour toutes ſortes de logemens à la campagne.

FAUSSE-BRAYE. C'eſt une largeur de terrain, en façon de chemin, qui regne entre le pied du rampart & le bord du foſſé : pour défendre le foſſé, on couvre ce terrain d'un parapet, tiré parallelement à toute l'enceinte de la Place.

FER-A-CHEVAL. C'eſt un ouvrage de figure en demi-cercle, ou ronde : il eſt éloigné du corps de la Place ; on en trouve quelques-uns dans les anciennes fortifications, qui y ſont attachez.

FLANC. C'eſt la partie du Baſtion qui répond à la courtine : c'eſt le poſte d'où les Aſſiegez défendent la courtine, le flanc & la face qui lui ſont oppoſez, ainſi que le paſſage du foſſé : c'eſt pourquoi les Aſſiegeans s'attachent particulierement à ruiner cette partie avec l'Artillerie. Il y des flancs qu'on nomme *flancs-bas*, & *flancs-obliques* : mais en général toute partie de fortification qui n'eſt point flanquée par ſoi-même, ou par un autre ouvrage, eſt abſolument défectueuſe.

FLECHES. Ce ſont les deux pices de bois qui ſoutiennent un pont-levis.

FONDEMENS. Les fondemens pour les parties de Fortification revêtues de pierres ou de briques, ſe doivent creuſer juſqu'à ce qu'on ait trouvé la terre ferme, dite *Tuf*, ou *ban de bois*, ou la vive roche. Lorfque la vive roche paroît fur le rez de chauffée ou fur le niveau de la campagne, il faut bâtir deffus, fans creufer de fondemens : fi la terre y a déja été remuée, ou tranfportée de quelque autre lieu, il faut creufer neceffairement jufqu'au deffous.

FONDRIERES. Ce font des terres de glaife ou d'argile, fur lefquelles il eft dificile de bâtir fans piloter.

FORT. C'eft une petite Place, qui ne tire fa défenfe que de ceux qui font commis à fa garde : il y en a de plufieurs fortes, dont on verra cy-après les figures.

FORTiFICATION. La Fortification fe divife en naturelle, artificielle, ancienne, moderne, reguliere, irreguliere, offenfive & défenfive. *La naturelle* eft celle que la nature a formée, par l'avantage de fa fituation fur une hauteur, ou par les eaux. *L'artificielle* regarde les ouvrages inventez, pour augmenter ces mêmes avantages, ou pour en réparer les défauts. *L'ancienne* eft celle des premiers temps, c'eft-à-dire, fans Baftions. *La moderne* eft celle qui a des Baftions & des dehors. *La reguliere* a fes côtez & fes angles égaux, avec des Baftions & autres ouvrages, dont les parties relatives font égales & uniformes. *L'irreguliere* eft celle qui a fes parties irregulieres, lefquelles font défendues par des ouvrages convenables à leur défectuofité. *L'offenfive* eft celle qui fe fait par les Affiegeans ; & *la défenfive* eft celle que le parti le plus foible oppofe au plus fort, particulierement dans la défenfe d'une Place affiegée.

On voit dans la Figure cy-jointe un affemblage de tous les differens ouvrages qui ont été inventez jufqu'à préfent pour la fortification d'une Place : l'on y trouve auffi les maximes que plufieurs fameux Ingenieurs ont fuivi fur ce fujet, lefquelles ont été toutes abolies par celles de l'illuftre M. de Vauban.

FOSSE'. C'eft la profondeur qui eft aux environs de l'enceinte d'une Place : on les diftingue par *foffez fecs* ou *pleins d'eau*. Voyez *la défenfe des Places*.

FRAIZES. Ce font des paliffades fichées dans le ram-

Tom. II. pag. 262.

Cohorn
Marolois
Marolois
Errard
Mallet
Marolois
Angloise
Sardi
Stevin
Vauban
Danen
de Ville
Pagan
de Ville
Marchi
Marchi
Brolini
Brolini
Fritach
Fritach

A. place d'armes
B. Citadelle
C. reduit ou donjon
D. puits ou citerne
E. porte royale
F. porte du secours
G. Nouvelle fortiff.on de Mr. de Vauban
H. Bastion retranché
I. Bastion
L. Esplanade
M. Tenailles dans le fossé
N. Fosse plein d'eau
O. Fosse secq
P. ravelins ou demy lunes
Q. Contre gardes

R. Ouvrage couroñé
S. Ouvrage a corné
T. Corne a double flan.
V. Bonnet de prêtre
X. Corne couronné
Y. Tenaille double
Z. Tenaille simple
&. Queuë d'ironde
2. Contregarde ou tenaillons
3. Fleches

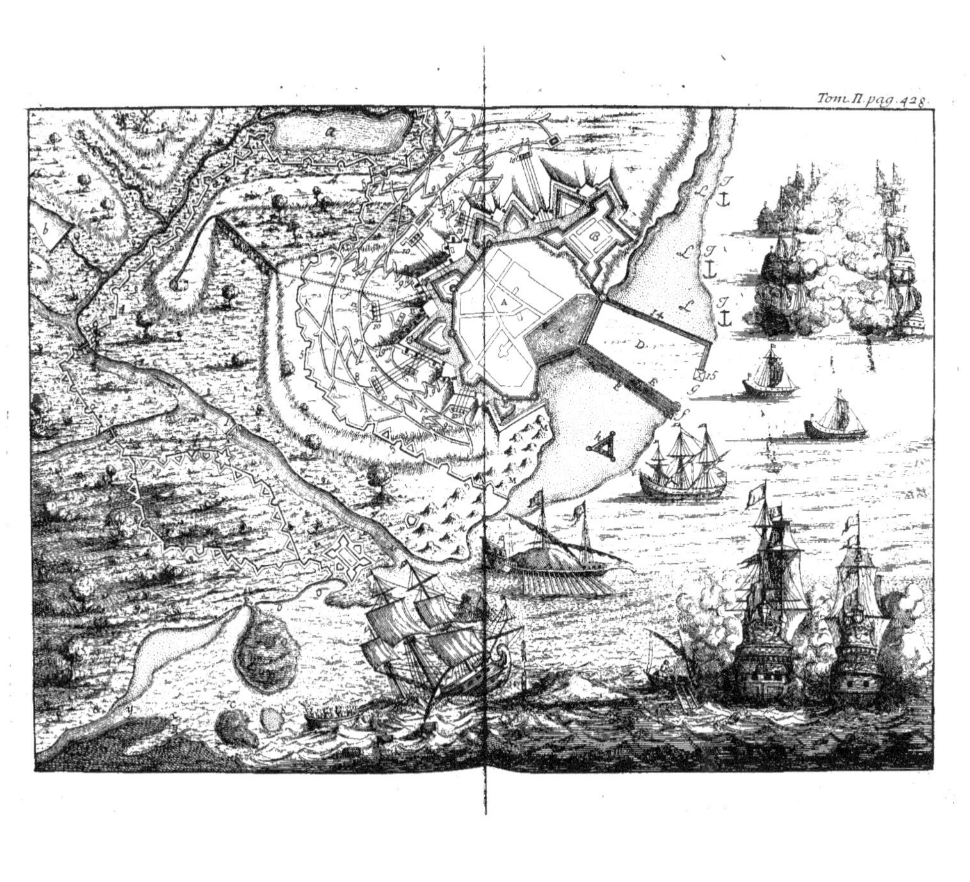

part, au-dessous du cordon : on les employe aux Places qui ne sont pas revêtues de maçonnerie, pour empêcher les surprises par escalades.

G

GABION. C'est une espece de panier rond sans fonds : on les remplit de terre, pour faire promtement un logement, ou l'épaulement d'une batterie ; & on les fait plus ou moins grands, suivant leur destination.

GALERIE *mobile*. C'est celle dont on se sert pour assurer le passage du Mineur sur le fossé. *Voyez* Mineurs.

GARDE-FOU. C'est la muraille qui couvre le chemin des rondes : ce chemin étoit autrefois entre cette muraille & le talus exterieur du parapet ; cela ne se pratique plus. On apelle aussi *garde-fou* les balcons qui sont de chaque côté d'un pont.

GAZON. Lorsqu'on fortifie des lieux où la pierre est rare, ou qu'on ne veut pas en faire la dépense, on se sert de gazon pour les revêtissemens ; il faut le choisir d'une terre grasse & pleine d'herbes. On les fait larges d'un demi pied sur une même hauteur, & longs d'un pied ou d'un pied & demi, suivant la bonté du terrain : on les taille de figure triangulaire, de maniere que le derriere de leur parement ou face aille en pointe, en forme de coin de mire ; afin qu'étant mêlez & entassez avec le reste de la terre du rampart, ils composent une seule masse.

GLACIS. C'est toute la masse des terres qui servent de parapet au chemin couvert, & dont le dessus va en pointe jusqu'au niveau de la Campagne.

GORGE *d'un Bastion*. C'est la distance comprise depuis l'angle de la figure, jusqu'à l'angle de la courtine ou du flanc.

GRANDS ROYAUX. On nomme ainsi les bastions, dont les flancs s'étendent depuis cent-dix, jusqu'à cent-vingt toises.

GRIL ou *Treillis*. On nomme ainsi l'assise sur pilotis, sur laquelle on pose les premieres pierres.

GUERITE. C'eſt une petite loge de pierre ou de bois, pour mettre les Sentinelles à couvert. Celles qui ſont placées ſur les angles ſaillans des ouvrages , y doivent être diſpoſées de maniere, que la Sentinelle qui eſt dedans puiſſe par ſes ouvertures découvrir le pied & le long des faces, & même dans le foſſé : pour cet effet , on les conſtruit au moins moitié hors d'œuvre.

GUICHET. C'eſt une petite porte qu'on fait auprès d'une plus grande , pour faire entrer ou ſortir quelqu'un ſans baiſſer le grand pont.

H

HEPTAGONE. A ſept côtez égaux , & ſept angles de pareille ouverture.

HERISSON. C'eſt une groſſe piece de bois , lardée de toutes parts de pointes de fer. On s'en ſert pour fermer un paſſage , qui doit être ouvert de fois à autres : on le fait pour cet effet tourner ſur un pivot.

HERSE. On met au-deſſus des portes du Corps d'une Place une herſe dite *ſaraʒine* , faite de pluſieurs pieces de bois, armées par le bas de pointes de fer , & diſpoſées en forme de treillis : elle eſt attachée par une corde à un moulinet, qui eſt au-deſſus de la porte , avec lequel on la laiſſe tomber entre deux couliſſes , en cas de ſurpriſe , ou après l'effet d'un pétard. Mais comme on peut empêcher cette chute , par le moyen d'un chevalet , on a inventé une autre ſorte de herſe , qu'on apelle *horgue* : ce ſont pluſieurs pieces de bois , détachées les unes des autres , & ſuſpendues en l'air , de maniere qu'en lâchant le moulinet, elles tombent & bouchent le paſſage , le chevalet n'en pouvant arrêter qu'une ſeulement.

HERSILLONS. Ce ſont des planches , qui ont leurs deux côtez remplis de pointes de clouds en dehors : on s'en ſert ſur le décombre des breches, ou pour rendre un paſſages dificile.

HEXAGONE. A ſix côtez égaux , & ſix angles de pareille ouverture.

HIE. C'eſt l'inſtrument dont on ſe ſert pour enfoncer les pilotis.

I

ICNOGRAPHIE. C'eſt l'explication de tout ce qui regarde les plans, qu'on deſſine ſur le papier, & ceux qu'on trace à la campagne.

L

LIEUE. La petite lieuë de France a deux mille pas géometrique ; la moyenne, ou commune, deux mille quatre cens ; & la grande, trois mille cinq cens, & quelquefois quatre mille.

LIGNE. C'eſt une longueur ſans largeur : il y en a de deux ſortes, dont l'une eſt Mathematique ou intellectuelle, & l'autre Phiſique ou materielle. *L'intellectuelle* eſt celle qui eſt produîte par l'écoulement d'un point mathematique, dont le rayon de veüe n'a rien de ſenſible, ni de materiel. *La Phiſique*, eſt celle qui par un cordeau, ou par un trait de plume ou de crayon, repreſente la ligne Mathematique. Il y a auſſi la ligne *droite*, & la ligne *courbe* : la premiere, eſt celle qui eſt également étenduë entre le point qui la commence, & le point qui la termine ; & la ſeconde, eſt celle qui n'a pas cette égalité d'extention, & de qui le premier point ne couvre pas tous les autres qui ſont compris juſqu'au dernier. On apelle encore lignes *parallèles*, celles qui étant ſur un même plan ou ſuperficie, conſervent toujours entre-elles une même diſtance ; & qui étant prolongées, ne ſe rencontrent point. La ligne en meſurage a la longueur d'un grain d'orge.

Ligne d'aproche ou *tranchée*. C'eſt un chemin que les Aſſiegeans creuſent, en jettant la terre du côté de la Place, pour ſe couvrir contre le feu des Aſſiegez : ſes differens détours ſont apellez *Boyaux*.

Lignes de communication. Ce ſont des boyaux qui communiquent d'une tranchée à l'autre. *Voyez l'article*, Siege dans les formes.

Ligne de deffenſe. C'eſt celle qui va du pied du flanc à

la pointe du baftion oppofé : elle doit être au plus de la portée du moufquet de but en blanc, qui eft de cent vingt toifes.

Ligne orifontalle, ou *de terre*. Elle reprefente le rez de chauffée, ou le niveau de la campagne, fur lequel on éle-ve les terraffes, & où l'on creufe les foffez.

Ligne du centre. C'eft la diftance qu'il y a du centre de la Place aux angles de la figure.

Lignes perpendiculaires. Ce font deux lignes qui tombent l'une fur l'autre perpendiculairement ; c'eft-à-dire, dont la rencontre forme un angle droit.

LIT. On apelle lit d'une pierre les deux côtez qui tou-chent une autre pierre.

LONGS COSTEZ. Ce font ceux de cent vingt toifes & au-delà.

LOZANGE ou *Rhombe*. C'eft une figure de quatre cô-tez égaux, qui a deux angles oppofez obtus, & les deux autres aigus.

M

MACHICOULIS. C'eft une faillie faite au haut d'u-ne muraille ; il y a deffous des ouvertures, par lefquelles on en découvre le pied. On s'en fervoit dans l'ancienne fortification, pour jetter des pierres ou des feux d'artifi-ces fur les Affiegeans, qui venoient à la fappe au pied du mur.

MAGAZIN. Les magazins à poudre & d'autres arti-fices, doivent être creufez, & couverts dans la folidité du baftion : ou fi l'on en fait ailleurs, leur voute doit être à l'épreuve de la bombe.

MAILLOCHES. Elles fervent à enfoncer les pi-quets.

MAISON MEURTRIERE. C'eft le nom que quelques Ingenieurs donnent aux cazemates.

MANTELETS. Ils font faits d'une ou de deux planches jointes enfemble : on les pouffe & on les porte devant foi en forme de bouclier, pour fe couvrir de la moufquete-rie de la Place, à l'ouverture de la Tranchée, & autres

travaux

travaux expoſez au feu de l'Artillerie. Les Alliez en avoient dans la dernière guerre, faits de bourre matelaſſée ; les François ne s'en ſervent plus, ſi ce n'eſt pour les Mineurs.

MARNE. C'eſt une ſorte de terre graſſe & blanche.

MESURANGLE Il ſert à connoître la valeur de toutes ſortes d'angles rentrans & ſaillans.

MIL. Le mil eſt de mille pas géométriques.

MINUTE. C'eſt la ſoixantiéme partie d'un dégré.

MODELLER. C'eſt faire le modele d'une Place entiere, ou d'un ouvrage particulier, avec de la terre graſſe, du bois, ou du carton.

MOINEAUX. C'eſt le nom qu'on donnoit autrefois aux ravelins, ou demi lunes.

MORTIER. Le mortier pour bâtir ſe fait de diverſes manieres ; mais on tient que la meilleure, eſt d'y employer la chaux : il faut la prendre toute chaude ou ſortant du four, & la mettre dans un baſſin ou dans un creux, & la bien couvrir de ſable ; elle s'y peut conſerver pluſieurs mois. Lorſqu'elle y a demeuré quelque temps, on la mêle, lorſqu'on veut l'employer, avec plus ou moins de ſable, ſuivant la qualité dont il eſt. La meilleure eau pour le détremper eſt celle de puits, de pluye, de riviere, ou de fontaine : celle de marais n'eſt pas ſi bonne ; & celle de mer n'y vaut rien, parce qu'elle tient trop long-temps le mortier humide à cauſe de ſon acrimonie.

N

NIVEAU. C'eſt un inſtrument fait en équerre, avec un plomb pendant à un petit cordeau ſur ſon angle ; ce cordeau doit tomber au milieu de la baſe, pour que l'ouvrage ou le terrain ſoit de niveau. On ſe ſert auſſi de deux phioles moitié pleines d'eau, placées à chaque bout d'un travers mis en équerre au bout d'un bâton ou piquet droit, pour niveler par le point viſuel du deſſus d'une eau à l'autre, une longue étenduë de terre, ou pour en regler la pente.

O

OCTOGONE. Il y a huit côtez égaux , & huit angles de même ouverture.

ORILLON. C'eſt une avance de terre à l'angle d'une épaule d'un baſtion : on le fait à preſent rond ; & il ſert à couvrir l'Artillerie du flanc , contre les batteries des Aſſiegeans.

ORTOGRAPHIE. Elle ſert à comprendre les longueurs & hauteurs des terraſſes , ainſi que la largeur & profondeur des foſſez, par une ſection perpendiculaire ſur la ligne horiſontale , ou rez de chauſſée.

OUVERTURE *de la Tranchée.* Voyez l'article *des Sieges en forme.*

Ouverture des angles. Elle ſe meſure & ſe détermine par des arcs de cercles.

OUVRAGE. On donne le nom d'ouvrage à celui qui eſt entierrement environné de foſſez ; mais qui n'eſt fortifié & couvert de parapet que du côté de la campagne, & dont une partie de la défenſe eſt tirée du corps de la Place.

P

PALISSADES. Ce ſont des pieux de bois éguiſez par le bout : on s'en ſert pour aſſurer les chemins couverts, & pour toutes ſortes de retranchemens ; & elles y ſont d'une très-grande utilité. Leur hauteur ordinaire eſt de ſix pieds , dont un pied & demi eſt dans terre, & le ſurplus dehors.

PANIERS. Voyez *Corbeil.*

PANNEAU ou *Vauſſoir.* C'eſt un modele pour la taille d'une pierre.

PARAPET. C'eſt l'élevation de terre qui eſt au haut du rampart , pour couvrir les Mouſquetaires contre le feu des Aſſiegeans.

PAREMENT. C'eſt la partie d'une pierre taillée , qui doit être en dehors.

PARTIES EGALES. C'eft une des faces du compas de proportion.

PAS. Le pas commun eft de trois pieds de Roi ; & le pas geométrique eft de cinq.

PASTE'. C'eft un ouvrage de figure ronde.

PENTAGONE. A cinq côtez égaux, & cinq angles de pareille ouverture.

PERCHE. La perche ordinaire eft de trois toifes : il y a des pays où elle eft de 10. & 22. pieds.

PILOTIS. Lorfque le terrain eft humide, dans un marêcage, en païs bas, proche le courant d'une riviere, ou fur le rivage de la mer, de forte qu'on n'y peut creufer de fondemens fans rencontrer l'eau ; on eft contraint, pour affermir ce fondement, de piloter le fonds, afin d'en rendre l'affiette feure. Les pilotis font des pieces de bois plus ou moins longues, fuivant que la terre ou le fable font plus ou moins liez ; les pieds font ferrez, & on les enfonce avec la hie : on remplit de cailloux ou de terre forte le vuide qu'il y a entre les têtes de ces pieces de bois ; enfuite on lie ces têtes avec de fortes planches par des bandages & chevilles de fer. On pofe fur ce plancher les premieres affifes de pierres, que l'on cimente, & que l'on lie enfemble avec des crochets de fer plombez.

PINCE. C'eft un levier de fer.

PIONNIERS. Ce font des Travailleurs, qui étoient autrefois apellez *Guaftadours* : on les fait fournir par les lieux aux environs d'une Place qu'on affiege, pour travailler aux lignes de circonvalation, & autres ouvrages hors de deffous le feu des Affiegez. *Voyez l'article* des Sieges dans les formes.

PIQUETS. Les grands ont cinq pieds de longueur ou plus. Ils fervent pour aligner, ou tirer des lignes droites, dans les valons & autres lieux embarafez de broffailles, &c. Les petits font de deux pieds de long ; ils fervent pour tendre les cordeaux contre terre, à l'uni defquels on fillonne la terre, pour tracer ce qu'on veut conftruire.

PLACE. On apelle Place, ou Fort, un terrain qui eft enfermé de toutes parts de foffez, de ramparts, ou de parapets.

Places baſſes, ou *flancs bas*. Ce ſont des cazemates.

Places publiques. Elles ſont pratiquées en divers endroits d'une Ville , pour la vente des denrées neceſſaires à la vie.

Place d'Armes. Dans les Places regulieres , elle doit occuper le terrain qui eſt aux environs du centre , & en avoir la même figure. Voyez *le ſervice journalier* dans une Ville de guerre. On apelle auſſi *Place d'Armes* , le vuide qui eſt ſur les angles ſaillans & rentrans dans le chemin couvert.

PLAN. C'eſt la repreſentation par lignes de toutes ſortes d'ouvrages : il s'apelle plan *Icnographique*. Le plan *topographique* , eſt celui qui montre la choſe en relief.

PLATTE-FORME. C'eſt une élevation de terre ſur le rampart, qui ſert à mettre des pieces en batterie.

POINT. Le point eſt ce qui n'a aucune partie. Les Géometres en établiſſent deux, un Mathematique & l'autre Phyſique : le point *Mathematique* eſt purement intellectuel : le *Phyſique*, eſt celui qui eſt ſenſible & materiel.

Point angulaire. C'eſt celui où ſe forme l'angle.

POLIGONE. C'eſt le nom qu'on donne à toutes les figures fortifiées.

POINTE. Ce mot s'employe quelque fois pour exprimer l'angle flanqué d'un baſtion.

PONT-DORMANT. C'eſt un pont de pierre , pour arriver à une porte de Place : celui de bois lui eſt preferable ; parce qu'il peut être plus aiſément & plus ſeurement détruit.

PONT-LEVIS. C'eſt un pont qui ſe leve du côté de la porte , par le moyen de deux chaînes de fer attachées à des pieces de bois, apellées *flèches* : il y en a qu'on leve ſans ce ſecours, par le moyen d'une baſcule.

PORTES. Voyez cy-après *la conſtruction d'une place.*

POUCE. Le Pouce de Roy eſt de douze lignes.

PROFIL. C'eſt l'aſpect d'une Place vûë par un de ſes côtez. On apelle auſſi *profil* , pluſieurs lignes unies qui marquent les differentes largeurs & hauteurs des terraſſes , avec les profondeurs & largeurs des foſſez d'une Place.

Q

QUADRILATERES , ou *figures quadrilaterales.* **Ce** font celles qui font terminées par quatre côtez.

QUARRE'. C'eft une figure de quatre côtez égaux , qui forme des angles droits.

QUART DE CERCLE. C'eft une figure comprife par deux demi diametres , & par un arc de cent quatre-vingt degrez , qui font le quart de la circonference.

QUEUE D'IRONDE. C'eft un ouvrage qui a fa tête formée par deux faces , qui font un angle rentrant , & dont les aîles vont faire angle au milieu de la courtine.

R

RAMEAUX. Voyez *Mines* à l'article de l'Artillerie.

RAPORTEUR , ou *demi cercle.* C'eft le plus utile de tous les Inftrumens de Mathematique : il fert à méfurer l'ouverture des angles, à lever les plans, à former l'enceinte des figures, & à les réduire du grand au petit, & du petit au grand ; & comme il eft le plus fimple, il eft le plus exact.

RAVELIN. Voyez *demi-lune.*

RAYON *de lumiere.* On apelle ainfi , l'ombre qu'un corps jette fur un autre corps.

RECTANGLE. C'eft un quarré long, qui a deux côtez oppofez, plus longs que les deux autres ; & dont les quatre angles font droits.

REDANS. Ce font des angles rentrans & faillans , qui fe flanquent fucceffivement.

REDOUTE. C'eft un fort quarré fans flancs, & quelquefois flanqué , comme on le verra cy - après reprefenté.

REDUIT. C'eft à peu près la même chofe que *Donjon.*

RELAIS. C'eft la même chofe que *berme.*

REMPART. C'eft la hauteur des terres qui couvre une Place, & qui donne moyen aux Affiegez de commander fur les traveaux des Affiegeans.

RETIRADE. C'eft le retranchement qu'on fait fur la gorge des baftions, ou autres ouvrages. Voyez *la défenfe des Places*.

RETRANCHEMENT. Il fe dit pour toutes fortes d'ouvrages dans lefquels on eft à couvert, par une levée de terre, fans revêtiffement régulier,

REVETISSEMENT. C'eft ce qui fert à foutenir les terres élevées : ils fe font en pierre, en brique, ou avec le gazon.

REZ DE CHAUSSE'E. C'eft le niveau de la campagne, fur lequel on éleve les terraffes, & on creufe les foffez.

RHOMBE. Voyez *Lozange*.

RHOMBOIDE. C'eft une figure de quatre côtez, qui en a deux oppofez plus longs que les deux autres, & qui a deux angles oppofez obtus, & deux angles aigus.

RIDEAU. C'eft une élevation par le moyen de laquelle on fe tient à couvert, ou caché : il eft dangereux d'en laif- fer à la portée de la Place.

ROSETTE. C'eft une forte de crayon rouge, dont on fe fert pour enluminer les plans.

S

SABLE. On connoît qu'un fable eft bon pour bâtir, lorfqu'il n'eft point mouillé, & qu'il ne s'attache point aux mains : le plus mauvais eft celui qui devient bourbeux quand on le met dans l'eau.

SACS-A-TERRE. Il y a deux fortes de facs à terre, grands, & petits : les grands tiennent environ un pied cu- bique ou un pied & demi de terre ; & les petits un demi pied. On les met fur la crête du talus fuperieur des para- pets, pour couvrir la tête des Soldats qui font derriere, afin qu'ils puiffent tirer en feureté par leur interval : pour cet effet on en pofe deux de long, à quatre ou fix pou- ces l'un de l'autre, & un autre en travers par-deffus. On s'en fert auffi pour élever des parapets pour les tranchées, dans les lieux où on ne peut s'enterrer ; & pour combler les foffez.

SAPPE. On appelle sappe, ou aller à la sappe, lorſque la tête de la Tranchée étant arrivée fort près des paliſſades de la Place, on ne met plus les Travailleurs à découvert ; deſorte que pour allonger les logemens on travaille en dedans la Tranchée, en ſappant le bout : on obſerve de remplir des terres les gabions qu'on y poſe pour
ce ſujet du côté de la Place. Il y a de pluſieurs ſortes
de ſappes. *Voyez* l'attaque & défenſe des Places.

SAUCISSES. Voyez *Mines*, à l'article de l'Artillerie.

SAUCISSONS. Ce ſont pluſieurs troncs ou pieces de
bois liez enſemble en forme de falourdes : on s'en ſert
pour affermir les chemins, & pour faire des ponts ou traverſes dans les foſſez pleins d'eau.

Sauciſſons pour les mines. Voyez l'article de l'*Artillerie*,
& celui de *la défenſe des Places*.

SECOND FLANC, ou *Flanc oblique*. C'eſt toute l'é-
tendue de la courtine, d'où l'on peut voir la face du Baſtion oppoſé.

SE'NOGRAPHIE. C'eſt le deſſein ſur le papier, ou
la repréſentation en relief.

SIEGE. C'eſt l'entrepriſe que l'on fait pour ſe rendre maître d'une Place : ſur quoi on doit ſçavoir, qu'on ne peut
pas dire qu'une Place eſt aſſiegée, ſi l'ennemi n'a ouvert
la Tranchée. Voyez *les Sieges dans les formes*.

SILLON. C'eſt un chemin de terre, qui coupe un foſſé
en deux parties.

SOLIDE, ou *Corps*. C'eſt ce qui a longueur, largeur
& épaiſſeur.

SOMMET *du rampart*. C'eſt toute ſa largeur ſupe-
rieure.

SOUTENDANTE. Voyez *Corde*.

SUPERFICIE. C'eſt ce qui a longueur & largeur ſans
aucune profondeur. Il y a de trois ſortes de ſuperficies,
ſçavoir la plane, ou plate, la couverte, & la concave. *La
plane* eſt celle qui eſt également étenduë entre les lignes
qui la terminent ; la *couverte* eſt celle qui environne & termine un corps arondi ; & la *concave* eſt celle qui termine
intérieurement un corps arondi quand il eſt creux.

T

TEINTE. On appelle teinte, l'ombre qu'on donne à un corps.

TEMOINS. Ce font des hauteurs de terre qu'on conferve dans les lieux d'où l'on fait tranfporter des terres, & aufquelles on ne touche qu'après que l'ouvrage eft toifé ; afin qu'on puiffe fçavoir au jufte combien les ouvriers ont tiré de terre en toifes quarrées ou cubiques.

TENAILLONS. Voyez *Alony*.

TENAILLE. C'eft un ouvrage qui a fa tête, ou fa partie la plus avancée vers la campagne, formée par deux faces, qui font un angle rentrant & trois faillans ; & dont les aîles, qui font parallelles, viennent répondre de fa tête à fa gorge.

Tenaille dans le foffé. C'eft un petit rampart avec un parapet conftruit devant & proche de la courtine, avec deux flancs très-propres à défendre le foffé ; parce qu'ils le voient de bien plus près que les flancs des Baftions.

TERME. C'eft le point qui commence une ligne, & le point qui la finit : de même les lignes font les termes de la fuperficie.

TERRE-PLAIN. C'eft le deffus du rampart, entre fon talus interieur & la banquette de fon parapet.

TESTE DE LA TRANCHE'E. C'eft la partie de la Tranchée la plus avancée vers la Place. C'eft de ce lieu d'où l'on commence la fappe, pour gagner la contre-efcarpe.

TÉTRAGONE. C'eft une figure qui a quatre côtez égaux, & quatre angles droits.

TOISE. C'eft une mefure de fix pieds de Roy.

TRANCHE'E. Voyez *Lignes d'aproche*.

TRAPESE. C'eft une figure de quatre côtez ; elle a feulement deux côtez parallelles, mais inégaux.

TRAPESOIDE. C'eft une figure de quatre côtez, qui n'a aucun côté parallele.

TRAVERSE. C'eft un retranchement qu'on éleve dans

un

un ouvrage, pour féparer la partie attaquée de celle qui
ne l'eſt pas. On appelle auſſi *Traverſes*, les parapets qu'on
éleve dans le chemin couvert, pour y couvrir les épaules
des places d'armes.

TRIANGLES. C'eſt une figure qui a trois cotez, qui
forment trois angles : elle ſe conſidere ſelon ſes côtez, ou
ſelon ſes angles.

Triangle iſoſcele. C'eſt celui qui a deux côtez égaux.

Triangle ſcalene. C'eſt celui qui a les trois côtez inégaux.

Triangle rectangle. C'eſt celui qui a un angle droit, &
les deux autres aigus.

Triangle ambligone. C'eſt celui qui a un angle obtus, &
les deux autres aigus.

Triangle oxigone. C'eſt celui qui a les trois angles aigus.

V

VAUSSOIR. Voyez. *Panneau.*

VERGE. C'eſt une meſure de deux toiſes.

MAXIMES GENERALES
pour la Fortification Reguliere & Irreguliere

LA Fortification, que nous avons dit être l'Art particulier des Ingenieurs, ſuppoſe un long détail de fonctions. Elle enſeigne à faire des Plans arbitraires ; à lever des Plans effectifs ; à conſtruire differentes Places, &
differens ouvrages ; à les revêtir de murailles ; à creuſer
leurs foſſez ; & enfin à conduire tous les travaux qui ſervent à l'attaque & à la défenſe des Places : pour cet effet
il faut neceſſairement que l'Ingenieur ſoit tout enſemble
Deſſinateur, Architecte & Machiniſte.

Préſuppoſant que le Prince ait deſſein de faire conſtruire une Place, ou de fortifier un endroit, & que pour cet
effet il y ait un Ingenieur chargé d'aller ſur les lieux pour
en reconnoître la ſituation ; il en doit examiner ſoigneuſement l'avantage & le déſavantage : c'eſt delà préciſé-
ment que dépend la force d'une Place ; car il eſt certain

Conſidera-
tions qu'on
doit faire lorſ-
qu'on a une
Place à con-
ſtruire.

qu'il y a de ces situations si défavantageuses, que quelques
soins qu'on prenne, & quelques dépenses qu'on fasse, on ne
surmonte presque jamais les difficultez qu'elles opposent; en
sorte que c'est toujours une mauvaise Place. Ce choix doit
s'entendre particulierement, pour les occasions où on est le
maître de choisir un terrain avantageux ; c'est-à-dire, quand
sans trop s'éloigner de l'endroit où l'on voudroit qu'une
Place fût précisément construite, lequel est défectueux, on
peut en choisir un autre, où la Forteresse produira l'effet
qu'on s'est proposé, pour garder le passage d'un fleuve, celui
d'une gorge de montagne, ou un autre poste important
pour la sureté d'un Etat. Car lorsqu'il y a un lieu proposé pour fortifier, lequel ne sauroit être changé, comme par exemple une Ville ou Bourgade dont on veut conserver les habitations ; alors il faut de toute necessité prendre le terrain comme il se trouve, & suppléer par l'Art
au défaut de la situation, quelque considerable qu'il soit,
de la manière que nous l'expliquerons cy-après.

Après cet examen, l'Ingenieur doit faire celui des avenuës & du terrain d'alentour ; & observer si le Pays est
plat, ou s'il est rempli de montagnes qui soient incommodes, & qui commandent sur la Forteresse qu'il veut
construire ; il doit remarquer si le Pays est fertile ou ste-
rile ; s'il y a des rivieres, & des marêcages ; si c'est un Port
de Mer ; si la terre est grasse, ou commune, ou sabloneuse, & propre à faire de la brique pour les revêtissemens ; s'il y a des carrieres de bonnes pierres pour le même sujet ; & si au défaut de l'un ou de l'autre, on pourra
trouver de bons gazons, à portée du lieu : il doit encore
examiner s'il sera necessaire de piloter, & si le bois propre pour ce travail est proche ou loin ; si le charroi sera
aisé ou dificile, tant pour cette partie que pour les autres sortes de materiaux, soit par terre ou par eau, &c.
Lorsqu'il s'est bien éclarci de toutes ces particularitez,
il doit commencer par en informer le Souverain, afin
que sur les difficultez qu'il lui marque, s'il s'en rencontre qu'il n'avoit pas prévûes, il puisse prendre une derniere resolution.

Si la situation du lieu convient, & qu'elle soit choisie
pour y faire la construction préméditée ; aussi-tôt que l'Ingenieur en a reçû l'ordre, il doit faire plusieurs Plans & Plans necessai-
res.
plusieurs modeles du corps & des ouvrages de sa Place,
en général & en particulier ; & les envoyer au Prince,
afin que lui & son Conseil se déterminent sur le choix de
l'une ou de l'autre Fortification proposée. Par ce moyen
un Ingenieur se met en état d'agir avec un ordre précis,
& pourvû qu'il execute bien ce qui lui a été ordonné, il
est à l'abri de toutes sortes de reproches.

Voici les maximes générales pour le dessein des Plans
qu'on fait avant la construction d'une Place, reguliere
ou irreguliere.

1°. Il faut que les plus grands côtez n'excedent pas cent Maximes gé-
nérales.
vingt toises, qui est la portée ordinaire du mousquet ; afin
que les Bastions qui seront à leur extrémité, soient en
bonne défense : & les plus petits côtez ne doivent jamais
avoir moins de quatre-vingt toises ; parce que leurs Bastions étant trop petits, n'auroient aucune force.

2°. Il faut que toutes les parties d'une Place soient flanquées ; c'est à-dire, vûës de flanc ou de côté : les parties
flanquées ne doivent être éloignées des flanquantes que
de cent-vingt toises ; & il faut que d'un flanc on découvre sans aucun empêchement la courtine, le flanc, la
face, & le fossé qui lui sont opposez, ainsi que le glacis
de la contre-escarpe du même côté.

3°. La hauteur des Bastions doit être tellement proportionnée entre-eux, que du flanc de chaque Bastion, on
voye la moitié de la courtine qui en est proche, & tout
le pied de la face du Bastion qui lui est opposé : il faut
leur donner le plus de gorge qu'il sera possible ; parce
qu'on y peut plus aisément construire des retranchemens
ou retirades, quand le Bastion est attaqué.

4°. Il faut que les courtines occupent à peu près les trois
parties d'un côté de poligone divisé en cinq ; afin qu'il
reste assez de terrain pour les Bastions : les faces de ces
Bastions doivent avoir l'étenduë des deux tiers de la courtine ; & les angles flanquez doivent être ouverts de soixante dégrez au moins.   L l ij

Regles pour faire un Plan fur le papier.

Dans les Plans des Places regulieres, qu'on deſſine ſur le papier ; aprés que l'on a fait la circonference ſuivant l'étenduë qu'on veut lui donner, ſi c'eſt une exagone, on diviſe le cercle en ſix parties égales ; & on tire enſuite du centre, des lignes en blanc ou ponctuées ſur les points de la diviſion ; puis on tire une ligne droite auſſi en blanc, d'un point à l'autre, pour former les ſix côtez du poligone.

Diviſion du cercle en exagone.

On fait les capitales, en diviſant un des côtez du poligone en trois parties égales, pour tranſporter une de ſes parties au-delà des angles ſaillans, ſur les lignes du centre prolongées.

Capitale.

Pour les demies gorges, on prend la cinquiéme partie d'un côté du poligone, & on la diſtribue à chaque côté des angles ſaillans. Pour faire les faces, les flancs & les courtines, on tire en ligne occulte, les lignes de défenſe & toutes les autres, des points des demies gorges, aux extremitez des capitales : puis au point d'une demie gorge, on met le centre d'un raporteur, deſorte que ſon diametre convienne avec le côté du poligone, pour y faire l'angle du flanc de quatre-vingt-dix-huit degrez : ſa ligne allongée coupant celle de défenſe, forme la courtine, le flanc, & la face ; & en obſervant la même choſe ſur tous les côtez de la figure, le Plan ſe trouvera achevé. Ces regles ſont les mêmes qu'il faut ſuivre, pour les autres figures regulieres, quelque nombre de côtez qu'elles ayent.

Demies gorges.

Faces, flancs, & courtines.

L'échelle doit ſe faire de la longueur d'un des côtez du poligone.

Echelle.

Pour deſſiner le rampart, on prend avec le compas les deux tiers de la demie gorge, ou la longueur du flanc ; & on porte cet eſpace au dedans de la figure, du point de la circonference ſur la ligne capitale, en dedans de la figure ; & cela ſur chaque angle, d'où on tire enſuite une ligne d'un point à l'autre, parallele au premier trait ; & le rampart ſe trouve tracé, & ſa largueur determinée.

Rampart.

Pour tracer le parapet, on prend la cinquiéme partie du flanc aux grandes Places, ou la quatriéme aux petites ; & à cette diſtance on tire au dedans des lignes pa-

Parapet.

ralleles aux faces, flancs, & courtine. Pour la banquette, Banquette.
on tire une ligne le plus près qu'il se peut de la courtine,
n'étant gueres possible d'en marquer la juste largeur, à
moins que ce ne soit dans un Plan de fort grande étendue. Les portes se marquent au milieu des courtines,
par un petit espace blanc ; on en peut voir les regles dans
le Dictionnaire cy-dessus.

Pour marquer la largeur du fossé, on allonge indéter- Fossé.
minément les lignes du centre, tant celles qui passent
par les angles que par le milieu des courtines ; puis on
prend la longueur d'un flanc, qu'on porte au-delà des
angles saillans sur la capitale ; d'où l'on tire ensuite une
ligne parallele aux faces des Bastions ; & cette ligne se
terminant de chaque côté sur celle du centre qui traverse la courtine, elle y forme un angle rentrant, lequel
avec les saillans détermine la largeur du fossé dans tout
le contour de la Place : la ligne qui le désigne, marque Contre-es-
carpe.
aussi la contre-escarpe.

Pour dessiner le chemin couvert, on prend pour les
grandes Places la cinquiéme partie du flanc, & la quatriéme pour les petites : on porte cet espace sur les capitales terminées par la contre-escarpe, ou par le bord
du fossé en dedans, tirant d'un point à l'autre une li-
gne parallele, laquelle forme le chemin couvert : on y Chemin cou-
vert.
peut aussi ajouter une banquette, comme nous l'avons
marqué cy-dessus.

Le glacis se fait parallele à la ligne qui termine le che- Glacis.
min couvert vers la campagne, & on lui donne l'étendue qu'on veut : si on veut la terminer, on lui donne ordinairement d'étendue la longueur du flanc. On peut
mettre aussi des points sur la ligne interieure du glacis,
pour marquer les palissades. Toutes ces parties sont expliquées dans le Dictionnaire cy-dessus.

Pour dessiner une place d'armes dans un Plan regulier, Place d'armes.
on divise en cinq parties égales une des lignes du centre
qui va répondre à une des angles de la figure : ensuite on
fait au centre du Plan une circonference qui coupe toutes les lignes du centre, tirant des lignes d'un point à l'au-

L l iij

tre, lefquelles forment une place ou vuide de même figure que la place.

Ruës.

Pour marquer les ruës, on en fait toujours une proche
& parallele au rampart ; les autres fe tirent le long des
lignes du centre qui vont rendre depuis la place d'armes
jufqu'au rampart, vis-à-vis les angles faillans, & au milieu des courtines ; le nombre de celles qui croifent n'eft
pas déterminé, ainfi on en peut faire autant qu'on juge
qu'il en eft neceffaire, pour communiquer d'un quartier
à un autre, fans être obligé de prendre un trop long dé-
tour : on leur donne de largeur dans les grands Plans la
cinquiéme partie du flanc, & la quatriéme dans les petites. Les intervales ou efpaces ifolez, qui font les plus
proches de la place d'armes, font ordinairement deftinez

Edifices pu-
blics.

pour bâtir l'Eglife, les logemens des Officiers de l'Etat
Major, l'Hôtel de Ville, & autres édifices publics.

Ravelins.

Pour deffiner les ravelins ou demi-lunes, on prend l'é-
tendue de la courtine, qu'on porte fur la ligne du centre qui paffe par cet endroit ; puis on tire une ligne du
point que cette étendue termine à l'angle de l'épaule, de
maniere que l'endroit où elle coupe la ligne du foffé détermine les faces & la gorge. On fait fon foffé de la moitié du flanc ; & on porte cet efpace fur la ligne du centre de la Place qui paffe par fon angle, & forme fa capitale, en tirant de ce point une ligne parallele à chaque
côté des faces : cette ligne fe va joindre à celle du grand
foffé, où elle forme un angle rentrant de chaque côté.
Le rampart fe fait en dedans parallele aux faces, large
de la moitié ou des deux tiers du flanc ; & le parapet fe
fait de la quatriéme ou cinquiéme partie du flanc.

Demi-lunes.

A l'égard des demi-lunes, ou ravelins, qui fe conftrui-
fent fur les angles faillans des Baftions, on en fait le deffein, en prolongeant les deux faces du Baftion indéterminément ; puis on prend la hauteur du flanc, & on porte
cet efpace fur l'angle flanqué du Baftion, devant lequel
on fait un arondiffement, qui forme la gorge de la demi-
lune, & termine le grand foffé : enfuite on prend les deux
tiers de la face du Baftion, ou les deux cinquiémes de la

courtine, & on les porte sur la capitale du côté de la campagne, pour en déterminer la longueur : après pour former les faces, on tire des lignes de l'angle saillant aux épaules des Bastions opposez ; puis le prolongement des faces du Bastion ayant déterminé les flancs & les faces de l'ouvrage détaché, on unit les angles par une ligne marquée, & l'ouvrage se trouve fait : son fossé se fait parallele à ses faces & à ses flancs, de la moitié de la largeur de celui de la Ville ; & son rampart & son parapet se font comme nous l'avons dit pour les demi-lunes, qui sont devant les courtines. Il faut observer de ne point faire de parapet sur les flancs ; afin que le terre-plein de l'ouvrage soit découvert par les flancs du corps de la Place. On doit, si l'on veut parler juste, appeller ravelins ces sortes d'ouvrages, lorsqu'ils sont construits devant les courtines ; & les appeller demi-lunes, lorsqu'ils sont construits devant des Bastions.

Pour dessiner un ouvrage à tenailles simples ou doubles, on prend la moitié de la longueur de la courtine, qu'on porte sur la ligne du centre prolongée, depuis l'angle saillant de la demi-lune en avant du côté de la campagne ; ce qui détermine le lieu où se devra former l'angle rentrant : puis pour déterminer les longs côtez, on prolonge indéterminément les flancs du corps de la Place ; & on porte sur les lignes la longueur de la courtine, depuis le bord du grand fossé en avant : ensuite on tire de ces deux points des lignes qui vont tomber à celui du centre, dont la rencontre forme la tenaille. Pour la tenaille double, on compose sa tête de trois angles saillans & deux rentrans, dont les faces sont de la hauteur d'un flanc. Les ramparts, les parapets, les fossez, les chemins couverts, & les glacis de ces ouvrages, ont les mêmes mesures que ceux des ravelins & des demi lunes.

On dessine la queuë d'ironde, en mettant la longueur du côté du poligone, sur la ligne du centre qui passe au milieu de la courtine, au bout de laquelle on tire une ligne parallele à la courtine, que l'on termine de chaque côté par la moitié de la longueur de la courtine : puis pour faire les longs côtez, on tire une ligne du centre de la courtine à chacune de fes extrémitez ; & pour former l'angle rentrant, on porte la longueur de la courtine depuis l'angle rentrant du grand foffé, fur la ligne du centre vers la tête ; & de ce point on tire des lignes à chaque extrémité des grands côtez. Si on veut faire cette tête double, on en ufera comme pour la double tenaille : ces fortes d'ouvrages ne font prefque plus en ufage.

Ouvrage à corne.   Pour le deffein d'un ouvrage à corne, on fait d'abord la même difpofition, que pour celui à tenailles ; enfuite pour former la tête, on divife la ligne parallele à la courtine en trois parties. On prend une de ces parties, qu'on porte fur les lignes des grands côtez ; & on tire de chaque point une autre ligne parallele à la courtine, que l'on divife auffi en trois parties égales, dont celle du milieu forme la courtine Aux extrêmitez de la courtine on éleve les flancs, aufquels on donne l'ouverture ordinaire ; & en tirant de chaque angle rentrant une ligne de défenfe aux extrêmitez des deux côtez, on trouve deux demi baftions formez, qui font la tête de cet ouvrage. Les ramparts, foffez, &c. font comme aux ouvrages précedens.

Ouvrage à couronne.   L'ouvrage à couronne fe deffine, en prolongeant indéterminément la ligne du centre, qui traverfe la courtine ; enfuite on prend un côté & demi du poligone, qu'on porte depuis le milieu de la courtine en avant fur cette ligne : après on prend la longueur d'une courtine & d'une demie gorge, qu'on porte depuis l'angle rentrant du ravelin, en avant, pour y former une partie du cercle ponctué, fur lequel on pofe, depuis le premier point d'étenduë à droit & à gauche, la longueur d'une courtine, & d'une demie gorge ; & tirant des lignes d'un point à l'autre, on trouve les deux côtez de poligone exterieurs de cet ouvrage. Pour avoir les aîles ou longs côtez, on tire des lignes de fes deux extremitez aux angles des flancs de la Place ; & ces lignes fe terminant à la rencontre de la contrefcarpe, forment les branches des aîles. Pour avoir le baftion entier, & les deux demi baftions, on prend la moitié de la longueur d'une

.courtine.

courtine , qu'on porte depuis les extremitez des longs
côtez en dedans , & depuis l'extrémité de la ligne capitale aussi en dedans , tirant une ligne parallele aux
deux côtez du poligone de l'ouvrage : puis pour for-
mor le bastion entier , on fera ses demies gorges de la
cinquiéme partie de cette ligne ; & pour la gorge des
demi bastions , on prendra le tiers de la même ligne ,
élevant à chaque point des flancs à l'ordinaire , ou à quatre-vingt-dix-huit dégrez d'ouvérture ; desorte que tirant
les lignes de défenses des angles rentrans aux angles
saillans , les courtines , les flancs , les faces , tant du bastion entier , que des demi bastions , se trouveront formées.

La figure la plus avantageuse pour le corps d'une Ci-
tadelle , est celle d'un pentagone ; parce que sa disposition oppose trois bastions aux Assiegeans , & deux aux
Habitans de la Ville en cas de revolte , sans que ces derniers bastions soient trop engagez dans l'enceinte de la
Place. Pour en faire le dessein avec proportion , eû égard
au corps de la Place , pour la seureté de laquelle elle
est construite , on prend l'étenduë d'une courtine , ou un
peu plus , & on la porte du milieu en avant sur la ligne
du centre qui la traverse , pour avoir à ce point celui du
centre de la Citadelle : de ce point on fait un cercle , que
l'on divise ensuite en cinq parties égales , tirant d'un point
à l'autre des lignes , pour former les cinq côtez de poligone , comme nous l'avons cy-devant marqué pour le
corps de la Place : il faut observer que deux de ces points
capitaux soient placez également du côté de la Ville ,
& que sur la ligne du centre , qui passe par le milieu de
la courtine , & qui est prolongée , soit l'angle saillant
du bastion , qui est au milieu de ceux qui regardent la
campagne. Le reste se fait comme aux autres Places regulieres. On fait ordinairement deux portes à la Citadelle , dont celle qui est du côté de la Ville s'apelle *porte
royale* , & celle du côté de la campagne , *porte du secours*.

On peut aussi établir le centre pour le dessein d'une Citadelle à la pointe d'un baſtion : mais nonobſtant ces diſ-ferentes regles , on ne doit pas manquer de placer une Citadelle ſur le terrain qu'on juge être le plus avanta-geux , ſoit pour commander ſur la Ville , ſoit pour oc-cuper quelque poſte important , dont l'Aſſiegeant pourroit ſe prévaloir.

Plans en relief.

    Outre ces ſortes de plans ſimples , l'Ingénieur en doit faire qui marquent en perſpective les hauteurs des ramparts , & parapets , & la profondeur des foſſez. Il y a pluſieurs regles pour cela dans les Livres qui traittent de l'Architecture , j'y renvoye le Lecteur. On fait auſſi des

Plans mode-lez.

plans modelez : ils ſont très - neceſſaires avant que d'en venir à la conſtruction ; parce que dès que les pro-portions y ſont bien obſervées , il n'eſt gueres poſſible en les imitant avec aplication , de rien élever ni conſtruire , qui ne ſoit entierement conforme au projet. Enfin tous ces plans ayant été communiquez , & aprouvez par le Souverain ou par ſon Conſeil , il s'agit d'en venir à l'exe-cution ſur le terrain : On rencontre dans cette execution des difficultez bien au-deſſus de celles qu'il y a à faire des plans ; & il eſt certain que communement , les plus ex-perts dans l'art de deſſigner ſe trouvent fort embarraſſez , lorſqu'il eſt queſtion de mettre leur deſſein en pratique ; je l'ai remarqué en pluſieurs occaſions.

Maniere de tracer ſur le terrain.

    Pour y parvenir , ſi le terrain eſt plat & ſans embaras , on plante un piquet au lieu où l'on veut que ſoit le cen-tre de la circonference : on attache à ce piquet un bout d'un cordeau de l'étenduë du diametre , & on met à l'au-tre bout un piquet , avec lequel on trace la circonferen-ce ſur le terrain , en tournant au tour du centre : il faut avoir ſoin de tenir ce piquet bien à plomb , afin que le cercle ſe trouve juſte ; & on doit faire augmenter la trace avec une pioche , par un homme intelligent & entendu.

    Si le lieu ſe trouve embaraſſé , de maniere qu'on n'ait pas la liberté de faire tourner le cordeau toujours éten-du , on prend une regle ou pluſieurs jointes enſemble , & faiſant la longueur du demi diametre ; les deux extrêmitez en font percées, afin que d'un côté elle foit mobile en la mettant au piquet du centre ; & qu'à l'autre bout on paffe une corde chargée d'un plomb : puis en faifant tourner cette regle autour du centre, on lâche ou releve le plomb, felon l'occafion ; & l'on obferve les points qu'il marque dans les lieux concaves, de même que dans ceux qui font élevez ou aplanis ; ainfi en joignant les differents pointes les uns avec les autres, on a le trait de la circonfeence dans toutes fes parties.

La circonference étant tracée, on la divife en autant de parties égales, qu'on veut avoir de baftions ; puis les côtez du poligone étant marquez par des cordeaux, ainfi que les lignes du centre, on fuit pour le refte les mêmes regles que pour le deffein fur le papier ; ou bien on fe fert de la toife, pour fe conformer pour les mefurer à l'échelle du plan : il faut obferver de mettre des piquets à tous les angles rentrans & faillans, & de tracer toutes les lignes bien juftes.

Quoique ces fortes de regles foient immancables dans l'operation, neanmoins il fe rencontre quelquefois des fituations, où l'on ne peut s'en fervir ; par exemple, lorfque le terrain fe trouvant rempli de maifons, de jardinages, ou autres incommoditez, on ne peut en avoir le centre : dans ce cas l'angle du poligone ou de la figure fe trouve, en divifant trois cens foixante degrez par le nombre des côtez qu'on veut donner au poligone : puis on ôte le quotidien de cent quatre-vingt degrez, & le refte donne l'angle : dès que cela eft trouvé, il eft aifé enfuite de former toutes les autres lignes, & d'avoir la figure defirée.

On trace la largeur des ramparts, des parapets & des foffez, fuivant les regles du deffein, ou avec la toife conformement à l'échelle.

Fortifications irregulieres.

Tous les côtez qui compofent l'enceinte d'une Place irreguliere, foit qu'ils forment des lignes droites, foit

Maniere de furmonter les dificultez qui peuvent s'y rencontrer.

qu'ils en forment de courbes, sont considerez en petits, moyens, & grands; ils sont expliquez cy-dessus dans le Dictionnaire. Lorsqu'on a une Ville ou terrain irregulier à fortifier, on doit de necessité en reduire les côtez à cette étenduë; parce qu'autrement les bastions qu'on construiroit sur les angles seroient defectueux, pour être trop grands ou trop petits, trop éloignez ou trop près les uns des autres.

Maniere de tracer une fortification irreguliere.

Cette réduction étant faite, on prend la longueur d'un des plus grands côtez de la Place ou de son plan, que je supose être de cent vingt toises; sur cette longueur on fait à part l'échelle, pour exprimer la portée du mousquet; puis ayant mesuré avec l'échelle tous les côtez de la figure, on voit s'il y en a qui soient moindres de quatre-vingt toises, ou qui en contiennent plus de cent vingt: dans ce cas on fortifie ces côtez, selon les regles qui leur conviennent, & que nous expliquerons cy après; à l'égard de celui-cy, on fait les demi gorges de la cinquiéme partie de son côté de poligone, & on en use pour le reste, comme aux Places regulieres.

En général, on doit réduire autant qu'il est possible, le corps d'une Place irreguliere, à celui d'une réguliere, afin de rendre sa force par tout égale; ou du moins il faut observer que ses ramparts soient tous d'une même épaisseur, & les fossez d'une même largeur: pour donner cette proportion, on prend l'étenduë de dix-huit toises sur l'échelle, qui sont les parties proportionelles entre la longueur des petits & grands flancs.

Lieu où les portes doivent être construites.

Un inconvenient qui se rencontre communement dans la fortification des Places irregulieres, c'est-la dificulté de pouvoir y placer les portes, à cause de l'incommodité du terrain, & de la disposition des anciennes ruës; ce qui empêche quelquefois qu'on les puisse mettre au milieu d'une courtine: cependant, on doit faire tout le possible, pour que cela soit ainsi; ou que du moins, si la porte ne peut être directement au milieu d'une courtine, elle soit dans une partie de sa longueur, afin qu'elle soit défenduë par les flancs: il faut sur tout éviter absolument d'en

placer aucune dans un flanc; attendu que cette ouverture
en ôte la force, & empêche que la face du baftion oppofé n'en foit défenduë. Neanmoins, fuppofé qu'il fallût
de toute neceffité la mettre en cet endroit, ou fur une
face de baftion, il vaudroit encore mieux l'y laiffer, attendu que les portes fur les faces font les plus défedueu-
fes de toutes; elles n'y font deffenduës que d'un feul flanc;
& c'eft le lieu le plus foible, & le plus expofé de toute
l'enceinte de la Place, & tellement découvert pendant
un Siege, qu'une porte ainfi fituée, ne pourroit être d'aucun ufage pour les forties, ni pour communiquer dans
les dehors.

Tous les côtez, depuis quatre-vingt toifes jufqu'à cent
vingt, font fortifiez felon les regles des moyens côtez, cy-
devant expliquez; mais lorfqu'il arrive que les côtez excedent cent vingt toifes, & qu'ils font par exemple de cent
foixante, de deux cens, ou de deux cens quarante toifes;
alors on conftruit un baftion plat au milieu de chaque
côté, en le divifant en deux parties égales, qui font con-
fiderées comme les deux côtez d'un poligone : il faut fi
le côté a une plus longue étenduë, y mettre autant de
baftions plats, que cette étenduë en pourra porter, en la
divifant en autant de parties égales, & obfervant que les
plus petites ne foient pas moindres de quatre - vingt
toifes, & que les plus grandes n'excedent pas cent vingt.

Maniere de fortifier les côtez trop longs.

Il fe rencontre auffi quelquefois des côtez trop longs,
pour avoir des baftions à leurs extrêmitez, & trop courts
pour en avoir un plat dans leur milieu; par exemple, ceux
qui ont cent quarante toifes de long : en ce cas fi le terrain permet que ce côté puiffe être prolongé par l'une
ou l'autre de fes extrêmitez, on le prolonge de vingt
toifes; & moyennant cela on peut conftruire un baftion
plat fur fon milieu. Mais fi ce côté ne peut être prolongé, il en faut retrancher affez, pour que le refte puiffe
être fortifié par deux baftions dans les regles; c'eft-à-
dire, qu'il faut le réduire à cent vingt toifes ou un peu
moins, mais jamais plus.

Ibid. pour les côtez défe-ctueux,

Pour ajoûter à une vieille enceinte de murailles & de

Maniere de fortifier une vieille enceinte.

tours, une fortification dans les regles, on en leve d'a-bord le plan : puis on prend fur l'échelle la longueur de cent ou cent vingt toifes ; & de cette ouverture, on marque fur les lignes du même plan, le lieu où doi-vent être conftruits les baftions, en fuivant le plus qu'il eft poffible la vieille enceinte, pourvû neanmoins qu'on n'y rencontre pas des angles fort rentrans & fort aigus: dans ce cas, on s'en écarte, ou on les retranche, pour en éviter les défauts ; ce retranchement fe trouve quelque-fois dificile, parce que l'on ne peut le faire qu'en ra-fant plufieurs maifons, ce qui augmente confiderable-ment la dépenfe.

Avantages qu'on en peut retirer.

S'il arrive que tous les angles faillans de la Ville en-ceinte, ne foient ni trop ni trop peu ouverts, & qu'ils ne foient éloignez les uns des autres que de cent toifes, ou peu moins, qu'il y ait un rampart déja conftruit, ou que la muraille foit d'une épaifleur capable de fervir de che-mife pour la nouvelle fortification ; on fait à chaque an-gle des baftions égaux entre-eux le plus qu'il eft poffi-ble, & fuivant les regles cy-devant prefcrites. S'il y a des tours en bon état fur les angles de cette vieille en-ceinte, on les y doit laiffer ; attendu que c'eft un retran-chement tout fait dans la gorge du baftion qu'on y con-ftruira. Il me fouvient à cette occafion, que nous trou-vâmes une pareille tour dans un des baftions de Barce-lone après l'avoir emporté : cette tour nous empêcha pen-dant long-temps de pouvoir aller plus loin, & fut caufe que ce pofte fut pris & repris plufieurs fois, à notre grand dommage.

Inconveniens qui peuvent s'y rencon-trer.

Entre les inconveniens qui fe rencontrent pour for-tifier une Ville un peu confiderable, qui n'a eû jufqu'alors qu'une fimple enceinte, ou quelque fortification antique ; celui des grands fauxbourgs qui s'y trouvent ordinaire-ment, eft un des plus confiderables ; parce que fi l'on s'attache à la regle, qui défend d'en laiffer aucun à por-tée des Places, & dont l'Affiegeant puiffe fe prévaloir pour faire fes aproches, on doit abfolument les rafer ; ce qui caufe un préjudice confiderable aux particuliers,

où des frais immenfes au Souverain , lorfqu'il veut bien
les dédommager : fi au contraire on veut les fortifier pour
les conferver unis à la Ville , c'est auffi un redoublement
de dépenfe, & une fi grande quantité d'ouvrages, qu'il
faut pour ainfi dire une armée pour défendre ces fortes
de Places. Cependant , fi pour quelques confiderations
particulieres, on veut fortifier un fauxbourg proche de
la Ville , on doit y obferver une pareille regularité : &
fi on ne peut pas joindre les deux parties en une, pour
n'en faire qu'un corps de Place ; on doit faire enforte   *Moyens pour
que chacune tire fa défenfe de foi-même, afin que la per-   les furmonter.*
te de l'une n'attire pas celle de l'autre : il faut auffi qu'elles foient fi également élevées , qu'il n'y ait aucune fuperiorité entre elles, dont l'Affiegeant puiffe fe prévaloir contre celle qui lui refteroit à prendre , après s'être
emparé de l'une des deux ; cela ne doit s'entendre neanmoins, que lorfque le Fauxbourg eft prefque auffi confiderable que la Ville, comme par exemple celui de Turin   *Exemple.*
qu'on nomme *Ville-neuve*, ou celui d'Arras qu'on apelle *Cité*.

Si l'on fait une Citadelle à ces fortes de Places , on
doit la difpofer de maniere , qu'elle commande égale-   *Autre exem-*
ment la Ville & le Fauxbourg, ainfi qu'on l'a pratiqué   *ple.*
à Turin & à Arras.

Si les Fauxbourgs font tellement proches de l'ancienne
enceinte de la Ville, & en telle qualité & quantité qu'ils
l'environnent prefque de toutes parts, ainfi qu'il s'en voit   *Remarque fur*
à plufieurs Villes du dedans du Royaume ; en ce cas ,   *les Faux-*
on peut ne confiderer le tout enfemble, que comme une   *bourgs.*
feule & même chofe , & fur ce pied l'environner par tout
d'une fortification convenable à fon étenduë , & à fa fituation : il faut laiffer la vieille enceinte de la Ville au
même état, & même avoir foin de l'entretenir, parce qu'elle peut fervir de retraite pour la Garnifon , au cas qu'elle fût
emportée d'affaut en défendant la nouvelle enceinte , ainfi
qu'on l'a vû au dernier Siege de Barcelonne : la Ville de
Lifbonne eft auffi fortifiée de cette maniere.

Il y a des Villes fituées de telle forte, que leurs enceintes   *Inconvenien
né peuvent fouffrir la conftruction d'aucuns ouvrages que   caufez par les
eaux & marais.*

ce foit ; parce qu'étant environnées de fources vives, ou de marais bourbeux, les pilotis n'y peuvent être affurez.

Maniere de les furmonter. En ce cas on s'écarte de la muraille, jufqu'à ce que l'on ait trouvé un terrain affez folide pour y élever quelque baftion, & autres ouvrages détachez : il faut obferver de les faire moins élevez que les murailles du corps de la Place, afin qu'ils en foient foûtenus & commandez. Mais fi le terrain folide ne pouvoit fe trouver qu'au de-là de cent vingt toifes du corps de la Place, il faut abfolument abandonner le deffein de la fortifier ; parce que ces ouvrages détachez n'étant foûtenus que par leurs flancs reciproques, qui font de peu de valeur, & ne pouvant communiquer des uns aux autres que très-dificilement, rien n'eft plus aifé que de les emporter. Cependant, préfupofant qu'une Ville ainfi fituée au milieu d'un marais, fût de telle confequence qu'il fallût neceffairement la garder, on peut en fortifier les avenuës par quelques forts capables de fe foûtenir eux-mêmes, & obferver d'établir leur communication avec le corps de la Place, par d'autres forts, ou redoutes, & même par une tranchée s'il eft

Exemple. poffible, ainfi que nous le pratiquâmes fur les digues de Mantouë, lorfque les Ennemis firent mine de vouloir l'affieger.

Inconveniens caufez par des hauteurs ou commandemens. On doit fur tout prendre bien garde, en fortifiant une Place, qu'elle ne foit point vûe ni commandée de quelque hauteur prochaine : dans ce cas on doit neceffairement faire occuper cette hauteur par un fort, capable d'empêcher pendant long-temps que l'Affiegeant ne s'en empare. Mais pour dire le vrai, à moins que ces fortes de forts ne foient confiderables, comme le font par exem

Maniere de les furmonter. ple, le château de Namur & celui de Fribourg, cette précaution n'empêche pas, que le tout ne compofe une mauvaife Place. Je l'ai vû par experience à Gironne, où il y a deux de ces fortes de fortins de peu de force, fituez fur une hauteur, d'où l'on voit jufques dans le milieu de la Ville ; ces forts étant une fois pris, on la foudroye de telle maniere, que les fortifications ne fervent plus à rien.

Les

Les poftes les plus dificiles , font ceux qui font fituez fur le fommet des montagnes très-élevées, & par confequent fur le roc ; ainfi à moins d'une neceffité indifpenfable, on doit éviter de conftruire des Fortereffes dans ces fortes de lieux ; premierement, parce qu'il faut des peines infinies, & des dépenfes exceffives, pour tailler les foffez dans le roc ; fecondement , parce que telle peine qu'on y prenne, & quelque dépenfe qu'on y faffe , ces fortes de Places extrêmement élevées ne valent jamais rien , par les raifons que nous expliquerons cy-après. Cependant fi la neceffité le requiert, il ne s'agit que d'aproprier aux angles faillans , des baftions fimples ou doubles, grands ou petits, reguliers ou difformes, avec d'autres ouvrages convenables à la fituation & au terrain : car le terrain commande en cette occafion à l'Ingenieur auffi abfolument, que l'Ingenieur peut lui commander dans les lieux plats : il faut donc le prendre tel qu'il eft, fans penfer à en allonger ni diminuer les côtez.

Inconveniens des fituations très-élevées fur le roc.

Dificiles à furmonter.

Pour fortifier les Villes maritimes, on en ufe pour fortifier régulierement ou irrégulierement les côtez qui regardent la terre ferme, comme dans les fituations ordinaires ; c'eft-à-dire, qu'on repare à force d'ouvrages l'imperfection & l'irrégularité de leur terrain. A l'égard des ouvrages qu'on éleve du côté des eaux, principalement quand elles y viennent dans les marées , ils doivent être revêtus d'une forte chemife de pierre, foutenuë par derriere de quantité d'éperons : le refte de la fortification fuit de ce côté autant qu'il eft poffible la figure capricieufe qu'il a , pourvû neanmoins qu'une partie défende l'autre , & ne laiffe rien dont l'ennemi puiffe tirer avantage. Si le côté qui regarde la mer eft en pente , ou pour ainfi dire en amphithéatre, on y fait plufieurs enceintes ou batteries les unes au-deffus des autres ; afin que dans les petites marées, la plus baffe puiffe tirer à fleur d'eau , & que les plus hautes commandent fur les Vaiffeaux , & battent auffi à fleur d'eau dans la haute marée.

Maniere de fortifier une Ville maritime.

Les Ports font naturels ou artificiels : ces derniers font taillez à force de bras dans les falaifes, creufez dans le

Fortification des Ports.

roc, ou gagnez dans la mer, par le secours des jettées de pierres, & des pilotis. La meilleur disposition du Port artificiel, est lorsque son entrée se trouve au milieu d'une courtine ; parce que les flancs des bastions voisins en défendent l'entrée. Si la Ville est élevée, & que le Port soit au pied, & que pour avoir trop d'élevation elle ne puisse défendre l'entrée du Port ; il faut necessairement construire une Citadelle ou autre Fort considerable, qui commande sur le Port, & s'il se peut sur la Ville ; ou bien fortifier les plages & le rivage de cavaliers & de platte-formes, où l'on puisse mettre plusieurs pieces d'Artillerie. C'est le terrain qui décide de toutes ces choses.

Fortification d'une riviere qui traverse une Ville.

Lorsqu'une riviere passe au travers d'une Ville, on fait à son entrée & à sa sortie les ouvrages qu'on juge les plus propres pour la défendre, & quelquefois de simples rédents. Si cette riviere est d'une largeur considerable, & ne fait que baigner un long côté de la Place sur une ligne droite, on fortifie de même ce côté de rédents, ou d'autres ouvrages plus étendus, suivant qu'on juge qu'il est possible ou impossible d'y aborder. On peut tirer du cours de cette riviere les eaux necessaires pour en remplir les fossez ; mais il faut en même-temps empêcher,

Digues ou bâtards-d'eau, pour retenir les eaux dans le fossé.

par quelque digue ou par quelque écluse, que l'eau du fossé ne communique avec celle de la riviere ; afin que si l'ennemi trouvoit le moyen d'en détourner le cours, le fossé malgré cela demeure toujours plein d'eau. On fait aussi des bâtards-d'eau sur quelques angles du corps de la Place, pour y contenir les eaux ; afin que si l'Assiegeant trouvoit le moyen de saigner le fossé, il ne puisse le mettre à sec que dans une de ses parties seulement, & non pas entierement, comme il arriveroit si rien n'en retenoit les eaux au dessus de la saignée.

AVANTAGES ET DESAVANTAGES
Des differentes situations des lieux où l'on veut construire une Place de Guerre.

IL se trouve communement des Villes ou des Ports dans des assietes si bizarres, qu'il est presque impossible de les fortifier régulierement, soit pour la diversité de leurs côtez, dont les uns sont trop longs & les autres trop petits, ainsi que nous l'avons expliqué ; soit parce qu'ils sont environnez de précipices, de valons, d'étangs, de rivieres, de colines, ou de montagnes : ces situations reduisent dans la necessité de fortifier une Ville dans la forme que la nature prescrit. Ces inconveniens peuvent neanmoins avoir leur utilité, lorsqu'on sçait parfaitement ajouter l'Art à la Nature.

Situation sur un rocher, ou sur une haute montagne.

Ces sortes de situations peuvent être aisément fortifiées; parce qu'il n'est pas necessaire d'y creuser de fort grands fossez, ni d'y élever de grands ramparts, pour se mettre à couvert des lieux circonvoisins : leur terrain ne peut être facilement miné, à cause de la dureté de la roche & du grand talus qui est ordinairement au pied de ces sortes de lieux : l'Assiegeant n'y peut conduire que très-difficilement ses approches, tant à cause du manquement de terre, que parce que ses travaux sont toujours vûs & commandez des Assiegez : il lui est aussi très-dificile d'y conduire du canon, & d'y construire des batteries ; & quand même il pourroit y établir son canon, il y seroit presque de nul effet, à moins qu'il ne l'ait porté jusqu'au niveau de la fondation ; parce que partout ailleurs tirant de bas en haut, il ne sauroit faire de breche.

Les défauts de ces Places, dit Malet, font qu'elles ne peuvent être fortifiées selon les maximes de l'Art ; & que par consequent il s'y trouve des postes qui sont sans défenses : qu'il y manque ordinairement d'eau, & que celle qu'on y peut amasser dans des citernes, peut être aisément corrompuë; joint à ce qu'une bombe venant à y entrer, rend par son effet cette eau absolument inutile pour la vie : que la Cavalerie y est entierement inutile: que la circonvalation en est aisée, & qu'il est presque impossible d'y introduire aucun secours pendant le Siege, parce qu'il n'y a ordinairement qu'un seul chemin qui y conduise, lequel est très-aisé à garder ou à défendre : & enfin que l'ennemi peut conduire les approches jusques vers le sommet, sans craindre l'Artillerie, parce qu'on ne peut la faire plonger pour ainsi dire à pic; & sans craindre beaucoup la mousqueterie, parce que les Mousquetaires ne peuvent aussi tirer du haut en bas, sans se découvrir.

Situation sur la pente d'une montagne.

Si le côté de la Place est couvert d'une élevation inaccessible, le circuit quoique grand, n'a pas besoin d'une forte garnison; c'est-à-dire, lorsque la partie escarpée environne au moins la moitié de la Place, telle qu'est celle du Fort de l'Ecluse : la partie du côté du plat pays peut avoir plusieurs avenues qui facilitent le secours, & par lesquelles la Cavalerie de la Place peut sortir & se retirer commodement. Ordinairement les eaux vives y sont communes.

Le défaut d'une telle Place est qu'il ne s'en trouve point, ou très-peu dans cette situation, qui ne soient commandées de front ou de travers : dans ce cas cela forme une très-mauvaise Place, comme je l'ai dit.

Situation dans une vallée entourée de montagnes.

Quelque perfection que puisse avoir le terrain dans ces sortes d'endroits, soit pour les eaux, soit pour la terre & autres matereaux propres pour la construction; ces Places étant commandées de toutes parts, & les Assiegez ne pouvant paroître à la défense de leurs ramparts, sans y être

à découvert, on n'en doit jamais faire le lieu d'une Place
de guerre : cette situation ne peut convenir que pour une
Ville de commerce, ou particuliere.

Situation en pleine campagne.

Le terroir y est fertile & avantageux pour la subsistance ; & le terrain est favorable pour la construction, &
l'on y peut facilement corriger l'irrégularité des côtez :
on y éleve aisément des ramparts, & toutes sortes d'ouvrages : l'eau y est commune, parce qu'au défaut de riviere il est facile d'y creuser des puits : on peut s'y retrancher avantageusement : on y peut faire des sorties par tous
les côtez ; & ainsi on peut facilement y introduire un secours.

Le défaut de cette situation, c'est que les Assiegeans
font sans peine leurs lignes de circonvalation ; que leur
Camp n'est commandé d'aucune part ; qu'ils jouissent de
la fertilité du Pays ; qu'ils peuvent facilement détourner
le cours des ruisseaux & rivieres qui passent dans ces Places, & par ce moyen en mettre les fossez à sec ; qu'ils y
conduisent aisément les lignes d'approches, & qu'il est facile d'y faire toutes sortes de sappes & de mines.

Situation dans un marais.

Ces sortes de Places ont peu d'avenues, & ne peuvent
par conséquent être attaquées que par le côté où il y en
a ; ce qui fait qu'elles sont aisées à garder : le terrain est
très propre à l'élevation des ouvrages : les cavaliers élevez sur les ramparts, joints à l'étendue des marécages,
obligent les Assiegeans à éloigner beaucoup de la Place
leur circonvalation & leur Camp : le terrain est mauvais
pour faire leurs batteries ; & ils ne peuvent creuser une
Tranchée sans trouver des eaux qui la remplisse.

Le défaut de ces Places est qu'elles sont sujettes au
mauvais air : l'eau y est toujours mauvaise : les marais en
peuvent être saignez durant l'Eté ; & dans l'Hyver on

les peut franchir à la faveur des glaces : il eſt dificile d'y faire entrer un ſecours, parce qu'elles ont peu d'avenues.

Situation proche d'une grande riviere.

Les Habitans de ces ſortes de Places ſont ordinairement riches, à cauſe du commerce. Ces Villes peuvent être bien fortifiées, & avoir dans leurs magazins toutes les choſes neceſſaires pour une bonne défenſe, qu'on y peut conduire à peu de frais par eau : on y peut faire des retenues d'eau, pour innonder le plat pays, & par ce moyen empêcher, ou du moins retarder beaucoup les approches des Aſſiegeans.

Le défaut de ces Villes, c'eſt que ces grandes rivieres donnent un moyen aiſé aux Aſſiegeans de conduire par eau, juſques dans leur Camp, tout ce qui leur eſt neceſſaire, ſans embarras & à peu de frais.

Situation ſur le bord de la Mer.

Ces Places n'ont pas beſoin de grandes fortifications du côté de la Mer ; un ſeul parapet bordé d'Artillerie ſuffit pour leur défenſe : on ne peut les aſſieger qu'avec une Armée de Terre & une Armée de Mer ; & elles peuvent être ſecourues, même pendant le Siege, du côté de la Mer, ſur tout lorſque le gros temps oblige les Vaiſſeaux de l'Aſſiegeant de ſe tenir au large.

Le défaut de ces Places, c'eſt qu'elles demandent une grande garde : les émotions ou revoltes y ſont dangereuſes ; parce que l'on peut aiſément les rendre à l'ennemi par le côté de la Mer : leur perte ouvre l'entrée d'un Pays à l'ennemi, lui ſert de retraite aſſurée, & cauſe d'autant plus de mal, qu'il eſt dificile de les reprendre.

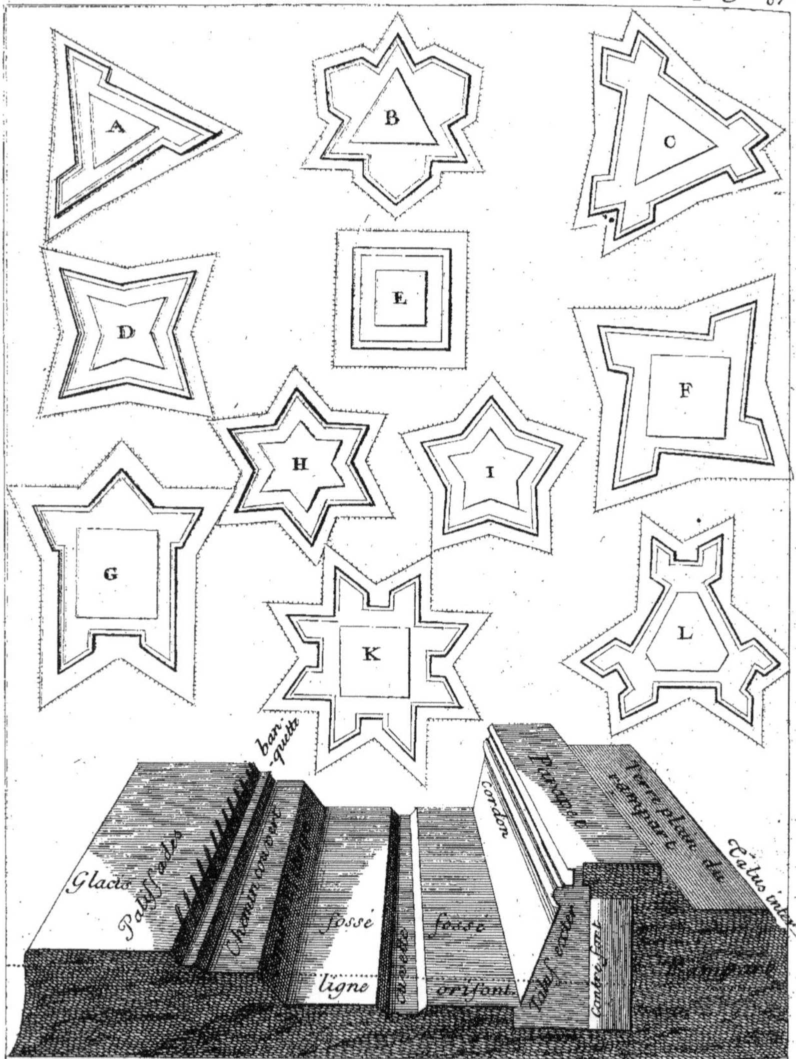

Forts de Campagne et profil de fortification

FORTS OU FORTINS,
Qu'on peut faire à la campagne, pour les usages cy-dessus expliquez.

ON peut donner à ces sortes de Forts plusieurs figures differentes, suivant la situation ou l'importance du lieu où on les veut construire ; sçavoir, triangulaire à demi-bastion ; triangulaire à double-demi-bastion ; triangulaire à bastion plat ; quarré régulier ; quarré à tenailles ; quarré à demi-bastion ; quarré à double-demi-bastion ; à chemise ; à étoiles à cinq & à six pointes ; & à corne, ainsi qu'ils sont icy representez.

EXPLICATION DE LA FIGURE CY-JOINTE.

A. Fort triangulaire, à demi-bastion.
B. Fort triangulaire, à bastion plat.
C. Fort triangulaire, à double-demi-bastion.
D. Fort à tenailles.
E. Redoute, *ou* Fort quarré.
F. Fort quarré, à demi-bastion.
G. Fort à chemise.
H. Fort à étoile à six pointes.
I. Fort à étoile à cinq pointes.
K. Fort quarré, à double-demi-bastion.
L. Fort à cornes.

REGLES POUR LE TOISE'.

LEs toises pour le travail étant multipliées par toises, produisent des toises quarrées.

Les toises multipliées par pieds, produisent des pieds, dont les six font la toise quarrée ; & chacun des mêmes pieds vaut six pieds quarrez.

La toise multipliée par des pouces, donne des pouces ; & pour chaque pouce il faut prendre un demi-pied quarré, qui fait soixante douze pouces quarrez.

Les pieds multipliez par des pieds, donnent des pieds : il en faut trente-six pour la toise quarrée.

Les pieds multipliez par pouces, donnent des pouces : il en faut douze pour le pied quarré ; & chacun de ces pouces vaut douze pouces quarrez.

Les pouces multipliez par pouces, donnent des pouces, defquels cent-quarente-quatre font un pied quarré.

Dans le toifé, le vuide eft eftimé & mefuré comme le folide ; & les colonnes des portes, des architraves, des frizes, des modelons, & généralement tout ce qui eft enrichi de moulures & d'autres ouvrages de Sculpture, fe font à l'eftimation, ou fe mefurent au pied.

Ces principes bien entendus, fervent beaucoup dans le toifé, qui demande une grande habitude dans les multiplications & les réductions de plufieurs efpeces en une même dénomination : cette réduction fe refout avec beaucoup plus de promptitude, & fans grande difference, par l'ufage de l'Arithmetique en dîme.

Fin du Sixiéme Livre.

L'ECOLE

Le Roy à la Teste de ses Armées.

L'ECOLE
DE MARS,

LIVRE SEPTIEME.

DE L'ARMÉE EN CAMPAGNE.

AVANT-PROPOS.

'AI fait mon possible dans les Livres précedens, pour donner une explication exacte de tous les differens détails de chaque Corps de troupes en particulier: mais ce détail n'étant utile qu'autant que tous ces corps réunis ensemble sous un seul Chef, sçavent l'employer pour agir de concert dans les operations qui se font en campagne; je vais tâcher d'établir des principes , qui puissent produire cet avantage. En effet c'est dans cette occasion où tous doivent mettre en pratique les parties qui

Effets que produit l'exa-cte difcipline.

font de leurs fonctions ; & c'eft là par confequent qu'on s'apperçoit des bons effets que produit l'exacte obfervation des regles & des Ordonnances rapportées dans tout le cours de cet ouvrage : le refte, excepté la garde & la défenfe des Places, n'eft pour ainfi dire qu'un jeu, ou des repréfentations fimulées, pour fe rendre capables de frapper des coups certains & inevitables.

Si la maxime de chercher à détruire fon ennemi, n'étoit pas auffi ancienne que le monde, & n'avoit par cette raifon paffé tellement en habitude, qu'on la fuit fans y faire la moindre attention ; il me femble qu'elle fourniroit matiere à faire de ferieufes réfléxions, fur ce que les hommes font ainfi leur principale étude, de trouver les moyens les plus fûrs, pour fe détruire les uns les autres. Mais tel eft l'ordre de la providence, dont les vûës font impenetrables ; & telle a été dans tous les temps la paffion des humains. Ils ont toûjours cherché à fatisfaire cette paffion fur les differens motifs qui l'ont fait naître ; tantôt

Motifs de guerre.

pour foutenir leurs droits particuliers ; tantôt pour aider leurs parens & leurs amis à faire valoir les leurs ; d'autres fois pour fe vanger d'une injure reçûë ; & le plus communement par jaloufie de la grandeur d'un voifin, ou par l'appas d'une occafion de profiter de fa foibleffe. Ce feroit donc en vain, qu'un Potentat fe croiroit lui & fes Etats à l'abri des fureurs de la Guerre, en difant qu'il

C'eft en vain qu'on croit l'éviter,

eft content de fon fort, quoique médiocre, & qu'il n'envie point celui des autres, quoique fort élevé. Il feroit aifé de prouver cette verité par un grand nombre d'exemples : je me contenterai d'en rapporter un très décifif, quoiqu'ancien ; c'eft celui de Taxile. Ce Prince ayant appris qu'Alexandre, à la tête de fon Armée, s'approchoit de fes Etats pour en faire la conquête, alla feul

Exemple.

au-devant de lui, & lui dit : *Qu'eft-il befoin, Alexandre, de Guerre entre nous, puifque tu n'eft pas venu icy à deffein de nous ôter l'eau, ni les chofes neceffaires pour la nourriture, & pour lefquelles feulement doivent combatre les gens raifonnables. Si j'ai des biens plus que tu n'en as, je fuis tout prêt à t'en faire part ; fi j'en poffede moins, je fuis auffi tout prêt à en recevoir.* Voilà fans doute le langage que tiennent encore à préfent ceux qui fe fentent trop foibles, pour refifter aux forces d'une Puiffance qui les attaque : mais il ne fait pas plus d'impreffion fur l'efprit d'un conquerant, qu'il n'en fit fur celui d'Alexandre. Ce Prince, quoique charmé du difcours de Taxile, ne laiffa pas que de le mettre au nombre de fes tributaires. Ce n'eft donc qu'avec les armes à la main qu'on peut s'oppofer à la rapidité d'un conquerant : quelques bonnes raifons qu'on ait à employer pour éviter de devenir fa conquête, il n'en manque point pour les détruire. Si celui qui eft attaqué lui allegue que fa foibleffe ne permet pas de craindre qu'il puiffe faire de mal ; il lui repondra qu'il ne craint point le mal qu'il peut faire par lui-même ; mais celui auquel il peut contribuer, en s'uniffant à fes ennemis, ou en leur fourniffant clandeftinement des fecours & des moyens de parvenir à leurs fins. S'il lui objecte qu'il n'y a aucun motif de rupture, & qu'il n'en a donné aucune occafion ; il obtiendra pour toute fatisfaction une réponfe à peu près femblable à celle que le loup d'Efope fait à l'agneau, *fi ce n'eft pas toy, c'eft ton pere* ; & la conquête fe pourfuivra. C'eft de ces confiderations, que nous avons formé l'Emblême *Ratio ultima Regum*, qui eft gravée fur nos canons : ce qui fignifie qu'il n'y a que les raifons qui fortent de la bouche de cet inftrument, qui foient capables d'obliger celui à qui on les adreffe de les écouter avec attention.

Pour être en état de mettre une ou plufieurs Armées nombreufes en campagne ; l'hiver, qui eft le temps du repos pour les Troupes, doit être celui de travail pour le Roy, pour fes Miniftres, & pour tous ceux qui font chargez de travailler aux difpofitions neceffaires, pour que toutes chofes foient en état à point nommé. Ces difpofitions font immenfes, mais fi indifpenfables, que lorfqu'elles manquent, les réfolutions prifes au Confeil pour telle entreprife que ce puiffe être, deviennent inutiles, les Généraux fe trouvant hors d'état de les executer, quoiqu'à la tête d'une nombreufe Armée :

parce qu'avec ce grand nombre de Soldats ils ne peuvent entreprendre que ce qui est dificile, & non pas ce qui est impossible ; & que toute entreprise devient impossible, quand au moment de son execution on est contraint de crier comme firent les Architectes de la Tour de Babel, *où est la chaux, où est le ciment* : j'en ai vû des exemples en quelques occasions. C'est pourquoi, aussi-tôt que les projets pour la campagne ont été concertez, on doit travailler sans relâche, à ce que toutes les choses necessaires pour les executer se trouvent portées sur les frontieres. Mais comme les mouvemens necessaires pour faire les dépots de provisions considerables, sont autant d'avertissemens à l'ennemi de se tenir sur ses gardes du côté où on les fait, on doit dès qu'une guerre est ouverte, tenir toutes les frontieres si bien munies & aprovisionnées de toutes choses, qu'on y soit toûjours en état d'entreprendre une grande Conquête, sans être obligé de découvrir son dessein par des mouvemens trop significatifs. Il faut aussi dès qu'on a fait la consommation de ces provisions, & même à mesure qu'elle se fait, les remplacer, pour être en situation de recommencer, ou du moins de causer une continuelle inquietude à l'ennemi, par l'incertitude où il est du côté où l'on lui portera les plus grands coups. Avec ces précautions, on ne peut jamais être pris au dépourvû; & tant sur l'offensive que sur la défensive on est toûjours également prêt à agir. Si l'on est sur l'offensive, on est en état de faire un Siege prémedité, ou un non prémedité pour faire une diversion : on peut aussi dans la même vûë pénetrer dans le pays ennemi, quand même il n'y auroit pas de subsistance ; parce qu'on est sûr d'en recevoir de chez soi. Si l'on est sur la défensive, on est en état de tenir toutes les Places bien munies des choses necessaires pour leurs défenses. Enfin sans faire un plus long détail de toutes les autres consequences, qui sont aisées à concevoir ; je me contenterai de dire, que ceux qui négligent ces précautions, donnent un si grand avantage à leur ennemi, qu'il faudroit qu'il fût dépourvû de tout sens pour n'en pas profiter : les Espagnols &

les Hollandois ont autrefois reſſenti des effets de cette négligence, qui leur ont été bien nuiſibles.

J'ai marqué en parlant du Miniſtre, de quelle utilité peuvent être les avis qu'on tiroit des bons Eſpions, qu'on entretient ou qu'on envoye chez l'ennemi ; je n'en ferai point de répetition : mais je crois devoir dire, que comme ce point important n'eſt ignoré d'aucunes Puiſſances, on doit être certain qu'elles employent la même maxime, & qu'elles mettent tout en uſage pour en avoir dans les Royaumes contre leſquels elles ſont en guerre, qui leur fourniſſent un pareil ſecours. C'eſt pourquoi, ceux qui par leur naiſſance, ou par leurs charges entrent au Conſeil, ou qui ont part aux réſolutions qui s'y prennent, doivent, pour ainſi dire, mettre le ſceau ſur leur bouche, de crainte qu'il n'en ſorte le moindre mot, qui puiſſe découvrir le ſecret. Il faut ſur tout que ce ſecret ne ſoit jamais confié à qui que ce ſoit, qu'on puiſſe croire ſuſceptible du profit qu'on retire de ces ſortes d'avis ; c'eſt-à-dire aux Commis, aux Secretaires, & ſur tout aux femmes. Il me ſouvient à propos de cela, que M. de Catinat, dont j'ai admiré la capacité & la prudence en mille occaſions, avoit pour maxime, lorſqu'il avoit quelque deſſein en tête, de faire une fauſſe confidence à quelqu'uns de nos petits Maîtres, qu'il connoiſſoit pour être peu portez à ſe taire. Comme il leur diſoit tout le contraire de ce qu'il avoit envie de faire, & que ce ſecret, qu'ils confioient à d'autres, devenoit bien-tôt public, l'Ennemi ne manquoit pas d'en être informé, & de prendre promptement les précautions néceſſaires du côté qu'il avoit dit vouloir l'attaquer : pendant ce temps-là il le ſurprenoit d'un autre côté. Mais comme cette ruſe ne pouvoit pas toûjours réüſſir, parceque l'on s'apercevoit à la fin du faux ; il communiquoit quelquefois ſon vrai deſſein, & l'executoit avec la même facilité ; parce l'ennemi ne faiſant point de fonds ſur les avis de ſes Eſpions, il lui étoit impoſſible de ne pas prendre le change. Quoique cette ruſe ait ſouvent produit de très bons effets ; je crois que pour la réüſſite des grands projets, il eſt plus pru-

O o iij

dent d'obferver tout à fait le filence.

C'eft un avantage confiderable que celui de pouvoir entrer en campagne avant l'ennemi. La France pourra toujours joüir de cet avantage, pourvû qu'on ait les précautions que je viens de marquer : car, comme aucune Puiffance dans l'Europe ne peut lui faire tête avec fes feules forces, & qu'il faut au contraire que toutes s'uniffent pour ce fujet, comme on l'a vû fous le précedent regne; on peut juger de la dificulté qu'il y a de raffembler tant de Nations differentes, dont la plus grande partie aime fi fort à joüir des commoditez des quartiers d'hyver que ce n'eft qu'avec peine qu'on peut les en tirer. D'ailleurs, rien n'eft plus dificile que de concilier tant d'efprits differens: comme ils n'ont pas fort à cœur l'intereft commun, ils lui préferent le leur particulier, à mefure qu'ils en trouvent l'occafion, pour leurs Troupes, pour leurs contributions, ou autres chofes aufquelles ils fe font engagez par leur ligue ou leur alliance. L'on ne peut pas dire que pour éviter ces inconveniens, leurs Généraux feront hyverner leurs Troupes fur la frontiere, ou du moins à portée de pouvoir les y raffembler en cas de befoin ; ce feroit propofer l'impoffible : ils n'y ont point les magafins neceffaires, & ils ne peuvent y en former ; vû qu'il eft très-dificile de raffembler tant de contingens de fubfiftance, que chaque Puiffance doit fournir pour le corps qui lui apartient, fans avoir d'autre reffource pour lever ce contingent, que l'impofition en nature qu'ils font fur leurs fujets : & comme il feroit abfolument impoffible à ces peuples d'en donner l'équivalent en argent, il faut de neceffité l'aller confommer fur les lieux. De plus ces quartiers d'hyver que tous les Princes de l'Empire accordent à leurs Troupes, forment leur fubfiftance pour toute l'année, l'ufage n'étant pas parmi eux de leur donner une folde reglée pendant la campagne : ainfi ils font obligez de fe précautionner, au rebours de la fourmi ; c'eft-à-dire, d'amaffer l'hyver dequoi vivre l'été. Mais quand il leur feroit poffible de furmonter ces dificultez, en établiffant des magafins, & une folde reglée,

pour faire hiverner leurs Troupes à portée de la frontiere,
qui eſt-ce qui leur y fourniroit le logement ? Un Prince particulier, dont les Etats ſe trouvent à cette portée, vou-
droit-il les voir innondez de Troupes, & ſupporter ſeul les
dommages que cauſe la licence des Soldats, & ſur tout
celle des Allemands, qui eſt ſi exceſſive qu'elle entraîne
preſque toûjours la ruine de leurs hôtes ? Aucun Prince
ne s'y réſoudroit certainement jamais, que par force :
mais ſi l'on prenoit ce parti, on ne doit pas douter que
ce Prince ne ſe déterminât à chercher l'occaſion de faire ſa paix particuliere, ou même de s'unir à ſon ennemi,
plûtôt que de ſe laiſſer accabler par ſes prétendus amis,
ainſi qu'on l'a vû arriver pluſieurs fois. En France au contraire un ſeul reſſort fait mouvoir toute la machine : la
volonté du Prince eſt par tout executée ſans replique,
parce qu'il eſt ſeul le Maître, & que d'ailleurs il n'y a point
de diſtinction dans les interêts, celui de la nation en général étant conforme à celui du Roy : c'eſt cette unité
d'interêt qui a produit & produira toûjours les mêmes
avantages que notre invincible Monarque Louis XIV. en
a retirez, pourvû qu'on en ſçache profiter.

Dificultez que
les ennemis y
rencontrent.

Autres avan-
tages des Fran-
çois.

On voit dans l'hiſtoire que nous avons eû cet avantage
ſur nos ennemis, preſque dès le commencent de l'établiſſement de la Monarchie Françoiſe : la harangue
que la Reine Fredegonde fit aux Troupes du Roy Clotaire, ſon fils mineur, avant la Bataille de Soiſſons en
597, en peut ſervir de preuve ; & elle pourroit etre encore
employée aujourd'huy, ſi l'ancienne maxime d'haranguer
les Troupes n'étoit pas abolie : on en ſuit à preſent une
plus courte & plus aiſée ; c'eſt, comme dit le Soldat, de
ſe recommander ſeulement à Dieu & à notre-dame de
frape fort. *Vous ſçavez très-bien,* leur dit cette courageuſe
Reine, *qu'aux grandes Armées, le nombre des Combatans
n'eſt pas toûjours le plus fort ; & qu'au contraire la multitude confuſe n'y apporte le plus ſouvent que du trouble & du déſordre ; c'eſt ce qui arrivera, comme j'eſpere, à nos ennemis,
qui ſont tous étrangers, Allemans, &c. ennemis ou envieux de
ce peu de François qui combattent ſous les mêmes drapeaux ;*

au lieu qu'entre eux, il y a aussi peu d'union d'esprits & de volontez, que de conformité de mœurs, de religion & de langage, &c.

Il me semble entendre dire à ceux qui liront ce que je viens de marquer, que nonobstant cet avantage, dont les effets semblent être certains, nous n'avons pas laissé l'avoir le dessous en bien des occasions pendant cette derniere guerre, & même d'y être quelquefois prévenus, au lieu que suivant mes principes nous devions prévenir.

Raisons qui les ont empêché d'en toujours profiter.

Mais je repondrai à cela, que lorsque nous avons eu du dessous, ce n'a jamais été que par notre faute, & nullement par la superiorité de nos ennemis : je dirai de plus sans parler de ceux qui ont commis ces fautes, que nos vainqueurs auroient pû dire de nous ce qu'Alexandre disoit de ceux qu'il avoit vaincus, ausquels il reprocha, comme je l'ai dit dans mon avertissement, que *leur molesse avoit plus contribué à leur défaite, que les coups qu'il leur avoit portez*; & que si nous n'avons pas toûjours profité de nos avantages, ce n'est que parce qu'on a negligé de les prendre : mais il y a un remede si aisé pour prévenir ces fautes, qu'on ne doit pas douter qu'on ne s'en servît s'il y avoit une guerre, & que par consequent il ne produisît les mêmes effets qu'il a toûjours produits, quand on a sçû l'employer.

D'ailleurs, qui sçait si nos Alliez n'ont point dérangé nos plus justes mesures : c'est à quoi on pourroit conclure, en faisant seulement reflexion, qu'avant leur union avec nous, & même lorsqu'ils étoient joints à ce prodigieux nombre de nos ennemis, nous les menions tous ensemble toujours battans. Je ne veux pas dire par là qu'on ait eu aucun lieu de soupçonner la fidelité de leurs Souverains; mais qui pourra répondre que celle de leurs Troupes & de leurs autres Sujets, n'ait point été corrompue? On a vû de quelle maniere l'inclination des Sujets a été partagée en Espagne & dans les Pays-Bas : & la défertion presque entiere des Troupes Walonnes après le Combat de Ramilly, montre assez le fonds qu'on pouvoit faire sur de telles troupes. N'étoit-ce pas aussi une chose

commune

commune que de voir une famille partagée danscha que
Parti, c'eſt-à-dire, le pere Officier Général pour Philippe V.
& le fils en même dignité pour l'Archiduc ; & le même partage ne ſe trouvoit-il pas entre les freres & les plus proches
parens? Je veux croire, & je ſuis même perſuadé, que les Officiers qui avoient embraſſé notre parti étoient trop hon-
nêtes gens, pour manquer à leur devoir ; mais qui me
répondra des perſonnes de leur ſuite ? En un mot, rien
n'eſt plus ſuſpect qu'un pareil aſſemblage ; & je ne crois
pas trop dire, en avançant, que les avantages que nos
ennemis ont eu ſur nous, pourroient bien avoir trouvé
leur principe dans ce mêlange d'inclinations, avec lequel il eſt impoſſible de garder le ſecret, & par conſequent d'executer les projets les mieux concertez.

Un autre inconvenient, qui a toujours été l'écueil des
François, eſt celui d'être obligé de porter des Armées au-
delà des Alpes ; nous en avons eu l'experience en une infinité d'occaſions : nous l'aurions cependant ſurmonté
dans cette derniere guerre, ſi nous n'avions pas été obligez d'avoir en même-temps une Armée aux portes de
Liſbonne, & une à celles de Vienne. Ces ſortes de guerres ne conviennent à notre Nation, qu'autant que les expeditions y ſont promptes : lorſqu'elles traînent en longueur,
l'oppoſition du climat à nos complexions ne manquant
pas de mettre les François au tombeau, les continuelles
recruës d'hommes qu'on eſt contraint de tirer du Royaume, pour les remplacer ſucceſſivement, ne tardent gueres à l'en épuiſer. C'eſt en cela ſeulement que nos ennemis ont un avantage ſur nous : leurs Etats ſont incom-
parablement plus étendus, & par conſequent plus en état
de fournir à cette conſommation. C'eſt pourquoi dans
toutes les occaſions autres que celles qui a produit la derniere guerre, où il s'agiſſoit de mettre la Maiſon de France en poſſeſſion d'un Royaume floriſſant, on doit éviter
autant qu'il ſe peut ces guerres éloignées, à moins qu'on
ne ſoit ſûr de pouvoir dire comme Céſar, *Veni, vidi, vici.*

Outre la maxime qu'on a France de travailler pendant
l'Hyver aux projets pour la Campagne ſuivante, comme

Les Guerres
éloignées ne
conviennent
point aux
François.

Raiſons pour
ce ſujet.

Inſtructions
du Roy don-
nées au Géné-
ral.

nous l'avons dit ; on a auſſi celle de donner par écrit, à chaque Général en chef, ſes Inſtructions ſur tout ce qu'il doit faire pendant ſon cours, ſuivant les differentes dé-marches des ennemis. Il doit ſe conformer exactement à ces Inſtructions, & ne rien entreprendre au-delà : il peut ſeulement faire les maneuvres qu'il juge neceſſaires, pour s'oppoſer à celles qu'on n'y auroit pas prevûës. Cette re-gle peut plaire ou déplaire au Général, ſuivant ſon in-clination, ou ſon opinion. Les uns ſont bien aiſes d'être par ce moyen à couvert des reproches, & toujours en état de ſe juſtifier envers le Public, s'ils font de fauſſes dé-marches, en diſant qu'ils ont executé les ordres qu'ils avoient : les autres au contraire ſont fâchez de ne pou-voir pas agir ſuivant leur idée, ni tenter tout au hazard, pour exercer leur capacité, ou pour ſatisfaire leur ambi-tion. Mais ſans entrer dans les raiſons des uns ni des au-tres, on fait très-bien de prendre cette précaution, pour être en quelque façon ſûr des évenemens : car quand il ſeroit vrai qu'en reſſerrant ainſi un Général dans les bor-nes d'une obéiſſance exacte, on lui ôte le moyen d'em-ployer toute ſa capacité, & qu'on l'empêche par conſe-quent de frapper des coups importans & même déciſifs, on a toujours raiſon de le faire : parce que l'incertitude du ſort des armes pouvant en décider autrement, ſou-vent une entrepriſe manquée pourroit cauſer la perte de l'Etat, ou du moins un dommage ſi conſiderable, qu'ou-tre les efforts qu'on ſeroit obligé de faire pour le répa-parer, on ne pourroit raiſonnablement éviter d'y joindre la chute de la tête de celui qui l'auroit cauſé par ſon imprudence ou ſa temerité. Il y a cependant quelques oc-caſions pour leſquelles le Roy donne au Général ce qu'on appelle *Carte-blanche* ; c'eſt-à-dire, un plein pouvoir de faire ce qu'il croira être le plus à propos pour le bien de ſon ſervice. Ce pouvoir s'accorde ordinairement à ceux qui commandent les Armées dans des Pays trop éloi-gnez, pour qu'on puiſſe y envoyer des ordres à temps, à meſure que les circonſtances & les conjonctures le re-quierent. Mais comme cette autorité demande de grands ménagemens, il faut qu'elle soit mise entre des mains bien sages : & celui à qui on la confie doit considerer attentivement, que rien n'est si délicat pour un Général, que de prendre sur soi des maneuvres importantes : d'un côté il a toute la gloire du succès, s'il réussit ; mais de l'autre il a toute la honte & le blâme , quand il échoüe. Je repeterai donc encore que dans les grandes dignitez militaires, comme dans les moindres , on est toujours plus en sûreté en n'agissant qu'avec des ordres : si on les execute avec valeur & capacité, on en a de même la gloire ; mais si le sort en décide autrement malgré les plus puissans efforts, personne à la guerre n'étant responsable des evenemens dans les expeditions qui lui sont ordonnées, on n'est pas moins estimable quoiqu'on ait été vaincu. *Ses inconveniens.* *On doit préferer les ordres à l'entiere liberté.* *Raisons pour ce sujet.*

Ce n'est pas en France seulement où l'on donne ainsi un frein aux Généraux, pour les empêcher de s'exposer aux précipices où leur ardeur pourroit les faire tomber, & y entraîner en même-temps les Souverains qui leur ont confié la sûreté de leurs Etats. Là même chose se pratique dans d'autres Royaumes , & particulierement dans les Républiques de Venise & d'Hollande, qui sont les plus considerables de l'Europe. Ces Républiques ont même porté cette maxime plus loin que les autres Puissances : ils ne se contentent pas de donner leurs Instructions & leurs intentions à leurs Généraux , ils députent encore un ou plusieurs de leurs Nobles ou de leurs Messieurs des Etats, pour les accompagner à l'Armée, & là leur faire entendre les intentions du Conseil de leurs Senats sur tout ce qu'ils ont à faire, quelque occasion qui se présente. Cette gêne est encore plus grande que celle de nos Généraux : ces Députez étant témoins de toutes les démarches, un Général ne peut s'excuser sur ce que l'occasion l'a engagé malgré lui dans une action qu'il n'a pû éviter. Ces Républiques qui donnent partout des marques de leur extrême sagesse, fondent sans doute cette précaution judicieuse sur les mêmes principes que je viens d'établir. Je crois devoir ajouter une autre raison des *Maximes des autres Puissances sur ce sujet.* *Plus gênantes que celles de France.*

plus fortes, qui doit engager à ne pas laiſſer un Général tout à fait le maître de ſes actions : indépendamment de toutes les conſequences que j'ai marquées, un Général, qui a intereſt de ſe conſerver le plus long-temps qu'il lui eſt poſſible cette eſpece de ſouveraineté dont il jouit pendant la Guerre, pourroit faire traîner en longueur cette Guerre ; en ſorte que tel, à qui le hazard fourniroit l'occaſion de la terminer, parce qu'il ne dépendroit que de lui de faire tuer juſqu'au dernier des ennemis, ſe garderoit bien d'en uſer ainſi ; puiſque ce ſeroit le moyen de s'ouvrir le chemin pour retourner à ſon premier état.

Cette maxime eſt très-ancienne : les Romains en firent autrefois le reproche à Céſar & à Pompée, qui en effet negligerent pendant un temps de profiter de la victoire, de crainte de perdre l'autorité que leur donnoit le commandement. Mais ſans aller chercher des exemples ſi loin, pluſieurs de nos anciens Guerriers ſçavent comme moi, qu'après une grande victoire remportée par un de nos plus fameux Généraux, ſon fils qui le ſuivoit voyant toute l'Armée ennemie en déroute, & qu'au lieu de la pourſuivre on lui faiſoit un pont d'or pour la laiſſer retirer, lui demanda ce que vouloit dire cette maneuvre, & pourquoi on ne tuoit ou prenoit pas juſqu'au dernier, puiſqu'il paroiſſoit qu'on le pouvoit ſans difficulté. Ce Général qui en ſçavoit plus que ſon fils, lui répondit froidement ; *Etes-vous las, mon fils, d'être icy le Dauphin ? Si cela eſt, je n'ai qu'à ſuivre votre conſeil, & dans trois mois vous ſerez le fils d'un Bourgeois de Paris.*

Des Guerres Civiles.

Quoique notre France ſoit heureuſement délivrée de la crainte de voir jamais regner chez elle les Guerres civiles, qui l'ont autrefois ſi cruellement déchirée ; je crois ne devoir pas finir cet Avant-propos, ſans marquer l'horreur que cette maudite fréneſie doit faire à tous les bons Sujets, & ſurtout à ceux qui ont le bonheur d'être nez dans un Etat Monarchique, & auſſi bien policé que l'eſt

celui-cy. Ce font ordinairement les miferables de la lie
du peuple, qui fervent de boute - feu aux féditions : mais
quoique leur état foit méprifable, on ne doit cependant
pas porter ce mépris jufqu'au point de laiffer accroître
leur infolence, faute de la reprimer. Au contraire, dès
que la premiere lueur de cet embrafement commence à paroître, il faut pour en arrêter la fuite, en détruire au plus
vîte la caufe, en faifant main baffe fur fes auteurs : les
fidels Citoyens doivent d'eux-mêmes s'y employer, fans
attendre le fecours des Troupes ; parce que plus l'incendie eft confiderable, plus il eft difficile de l'éteindre. Lorfque la rébellion fait un certain progrés, les Villes fortent, pour ainfi dire, de leurs places : il n'y a plus de Gouvernement ni de Magiftrats, & tout eft dans une agitation, qui peut renverfer un Etat par lui-même : nous en
aurions eu la trifte experience, fi la main du Tout-Puif-
fant n'eût confervé ce Royaume, malgré les fecouffes fur-
prenantes que fes propres membres lui ont tant de fois
donné. C'eft dans ces temps malheureux, où nos peres
ont vû les dangereux effets que produifent les troubles
& les factions. Ils ont vû le Royaume partagé entre les
fideles Sujets & les rebelles, avec une indépendance prefque égale de leur Souverain. Ils ont vû les Princes mêmes, & les plus grands Seigneurs déclarez pour l'un ou
pour l'autre parti ; les Provinces ravagées ; les Villes prifes & reprifes ; les Rencontres, les Combats & les Batailles prefque toutes gagnées par les bons Sujets, fans neanmoins pouvoir détruire ni même affoiblir le parti oppofé. Ils ont vû les Armées Etrangeres appellées & intro-
duites dans le Royaume. Ils ont vû les cabales & les in-
trigues de la Cour, tantôt favorables à la bonne caufe ;
quelquefois oppofées à la ruine entiere de ceux qui foutenoient la mauvaife ; & prefque toujours contraires aux
veritables interêts de l'Etat. Enfin ils ont vû par toutes
ces diffentions la confufion, le trouble & la défolation ré-
panduës partout ; la France épuifée d'hommes & d'argent, ravagée, fans reffource, & fur le bord du précipice prête à périr. Voilà une partie des fpectacles que nous

Précautions contre leur naiffance.

Dangereux effets de la re-bellion.

P p iij

donne l'Hiſtoire qui en fait mention : ils ſont plus que ſuffiſans pour nous porter à déteſter à jamais la rebellion.

On ne doit jamais être embarraſſé, dans un Etat Monarchique, ſur le parti qu'on doit prendre dans ces malheureuſes occaſions : celui du Roy eſt le ſeul qu'on y doit ſuivre ; & on ne peut s'en ſéparer, ſans enfreindre les loix divines & humaines, & ſans s'expoſer par conſequent aux châtimens les plus rigoureux. Il n'en eſt pas de même dans les Etats où le gouvernement eſt Ariſtocratique : chacun y ayant le droit d'en expliquer les interêts à ſa fantaiſie, l'oppoſition de ſentimens peut aiſement porter une partie à s'armer contre l'autre. On en a vû un exemple bien remarquable dans la premiere République du Monde, je veux dire celle de Rome : l'autorité y ayant été diſputée entre Céſar & Pompée qui avoient chacun leur parti, elle fut long-temps ſuſpenduë, mais à la fin elle fut perduë pour le Sénat. On voit que dans ces troubles Ciceron ſe diſoit à lui-même, *De quel côté dois-je me tourner ? Pompée a la meilleur cauſe ; & Céſar a la meilleur conduite, & gouverne le mieux ſes affaires & celles de ſes amis : deſorte,* ajoutoit-il, *que je trouve bien quel parti je dois fuir ; mais je ne ſçai pas lequel je dois ſuivre.* Il eſt aiſé de faire l'application de l'incertitude où ſe trouva ce celebre Citoyen Romain, avec celle qui a coutume de regner dans les Etats, qui ſont plus livrez aux fantaiſies populaires, que ſoumis à l'autorité de leur Souverain. Il faut à chaque jour, & même à chaque inſtant un miracle, pour qu'un Etat dans cette ſituation puiſſe ſe ſoutenir, & qu'il n'éprouve pas un ſort pareil à celui de la République Romaine. Ce ſort eſt bien repréſenté par Eſope dans ſa fable du ſerpent, où il fait parler la queue, qui ſe ſouleve contre la tête, & veut à ſon tour la conduire : la tête en accordant cette prétention, y éprouve ce qui ne pouvoit manquer de lui arriver ſous la conduite d'un guide ſans yeux & ſans oreilles : c'eſt à quoi doivent s'attendre tous ceux qui dans une Guerre civile, abandonnent la tête de leur Roy, pour ſuivre une queuë populaire.

Je crois ne pouvoir mieux terminer cet article, qu'en rapportant les propres paroles dont se servit autrefois un grand Seigneur François, au lit de la mort, lequel avoit porté presque toute sa vie les armes contre le Roy. Se sentant alors un sincere repentir de cette conduite, & voulant exhorter son fils à en tenir une toute opposée : il lui dit : *Les Rois, même ceux qui abusent de leur autorité, étant donnez de Dieu ; c'est toujours un grand crime que celui de manquer à la soumission qui leur est düe, soit en se revoltant contre eux, soit en entreprenant sur leurs droits, quelque pretexte qu'on en ait, & quelque sujet qu'ils en ayent donné. Par consequent rien ne peut excuser les auteurs des maux qu'une Guerre civile entraîne après elle ; & tôt ou tard Dieu, qui en est grievement offensé, en poursuit la vengeance par des exemples terribles. Le corps de l'Etat est toujours celui qui reconnoît le Prince legitime pour son Chef ; la puissance, l'ordre, le Conseil & la protection de Dieu y sont comme attachez : au lieu que toutes ces choses manquent à ceux qui l'abandonnent, pour suivre des Partis que l'avarice & l'ambition ont coutume de former. L'égalité & l'indépendance prétendue par ceux qui les composent, y introduisant tôt ou tard le desordre & la confusion, il n'y a rien de sûr & de reglé, & rien qui puisse les faire subsister long-temps : ce qui fait que l'autorité légitime prenant toujours enfin le dessus, on demeure ensuite exposé à la vangeance, ou du moins à la défiance éternelle du Souverain : ensorte qu'il n'y a que la témerité & l'imprudence qui puisse y engager & y retenir. Les jeunes gens, ajouta-t'il, qui ont d'ordinaire ces deux défauts, sont le plus souvent tentez de se jetter dans les partis qui se forment contre l'autorité Royal : ils s'imaginent qu'ils y feront plus distinguez, & qu'ils y feront plutôt cette fortune imaginaire, après laquelle ils courent sans sçavoir où ils vont : mais ils n'y trouvent rien moins que cette distinction dont ils se font flatez ; puisqu'au contraire ils y sont confondus avec toutes fortes de gens de bas aloi. Ceux qui s'engagent ainsi dans des partis contraires à leur devoir, ne peuvent prétendre à la qualité de Braves ; parce qu'il n'y a point de veritable valeur à combattre contre la justice, & qu'à quelques périls qu'on s'expose, on ne fçauroit manquer d'être blâmé par la poſterité. En un mot, on ne doit jamais ſe propoſer de grandeurs que celles qui s'acquierent juſtement, ni aller à la gloire que par le chemin de la vertu ; parce qu'on ne peut être heureux en s'éloignant de ſon devoir.* Il finit cette exhortation en avouant à ſon fils, qu'il avoit penſé ſe perdre ; & que s'il avoit ſoutenu la gloire & la fortune de ſes ancêtres, ce n'avoit été qu'en rentrant dans le parti de ſon Prince légitime, qu'il avoit injuſtement abandonné.

Le bonheur qu'ils ont.

Je reviens à mon ſujet, dont je ne me ſuis écarté, que pour faire ſentir à nos François, par ces differens traits que j'ai rapportez, le bonheur qu'ils ont d'être exempts pour jamais de tomber dans de pareils inconveniens.

Ouverture de la Campagne.

Lorſque le temps pour l'ouverture de la Campagne eſt venu, on commence à mettre les Troupes en mouvement, pour les rapprocher de la Frontiere, ſur laquelle elles doivent agir. En même-temps les Officiers Généraux, qui ſont nommez pour les commander, doivent s'y rendre, de même que les attelages, & autres attirails pour le ſervice de l'Artillerie & des Vivres. Comme ces mouvemens ſont encore autant d'avertiſſemens à l'ennemi, de ſe tenir ſur ſes gardes, on doit les tenir ſecrets, autant qu'il ſe peut ; à moins qu'on ne ſoit ſi ſuperieur, qu'on n'ait aucuns ménagemens à garder. On peut auſſi employer la ruſe de guerre, pour laquelle ce Royaume

Avantageuſe ſituation de ce Royaume.

eſt très-heureuſement ſitué. Par exemple, ſi le deſſein eſt de frapper un coup en Flandres ou en Allemagne, on peut aſſembler des Troupes dans pluſieurs petits Camps ſéparez, comme ſur la Moſelle, dans les trois Evêchez, & en Champagne : il eſt aiſé de les porter delà auſſi promptement en Allemagne qu'en Flandres, & en Flandres qu'en Allemagne. Cette diſpoſition cauſe une continuelle inquietude à l'ennemi pour l'un ou l'autre côté; mais il lui eſt preſque impoſſible d'y pouvoir remedier, quand même il poſteroit ſes Troupes dans une ſemblable ſituation : le grand tour qu'il eſt obligé de faire, à

Fruits qu'on en peut retirer.

cauſe de nos Places de Lonwy, de Sarlouis & de Thionville, allonge ſon chemin preſque de moitié ; ainſi nous

pouvons

pouvons toujours le prévenir : on l'a vû par experience en plusieurs occasions pendant cette derniere Guerre. Nous avons le même avantage, & nous pouvons par conséquent faire la même maneuvre, pour l'execution des desseins qu'on auroit projettez sur les Frontieres de Piémont & d'Espagne : car si on juge à propos de porter le plus fort de la Guerre en Piémont, rien n'est plus aisé que d'y faire filer les Troupes d'Allemagne, dans une marche d'un mois ; au lieu que l'ennemi n'y sçauroit aller qu'en trois. L'avantage est égal, si on veut fortifier l'Armée d'Allemagne, par une partie de celle de Piémont ; ou si on veut faire passer des Troupes de Piémont en Catalogne, ou de Catalogne en Piémont : ce n'est qu'un jeu pour nous, & c'est une difficulté presque insurmontable pour l'ennemi. Il n'a pour ce transport que la voye de la Mer ; & il ne peut s'en servir qu'avec une puissante Flotte, attendu qu'il est obligé de raser plusieurs Ports considerables que nous avons sur cette côte, où il y a toujours des Vaisseaux & des Galeres en état d'agir. De plus, si nous voulons nous tenir sur la défensive en Flandres, pour attaquer ailleurs, le grand nombre de Places fortes que nous y avons, & les postes avantageux que nous pouvons prendre sous ces Places, nous y tiennent en sûreté. En Allemagne, le Rhin nous produit le même avantage. En Piémont, nous sommes les maîtres des gorges, & par consequent toujours en état d'entrer dans le pays ennemi, & de l'empêcher d'entrer dans le notre. En Catalogne, nos Places de Bellegarde & de Montlouis nous fournissent les mêmes avantages ; & nous n'avons rien à craindre du côté de la Navarre, nonplus que de la Savoye, surtout depuis la chute de Montmelian. Si nos côtes maritimes se trouvent exposées à quelque descente, un petit corps de Troupes jointes aux Milices du pays Rochelois & d'Aunix, est suffisant pour les arrêter. Du côté de la Normandie & de la Bretagne, outre que ces Provinces sçavent fort bien se garder elles-mêmes, on est toujours en état de les secourir par des Troupes de l'Armée de Flandres. C'est cette situation avantageuse qui met ce Royaume en état de ne rien craindre de ſes enï nemis, & en même-temps dans celui de leur porter au con: traire des coups inévitables.

Aſſemblée de l'Armée.

La premiere aſſemblée de l'Armée, ſe fait ordinaire: ment par portions ; ſur tout, lorſqu'on eſt obligé de la faire ſur nos terres : on a cette précaution, afin que les dommages qu'elle cauſe innevitablement ne tombent pas ſur les mêmes endroits. On ne peut neanmoins avoir cette attention, lorſqu'on eſt neceſſité d'en uſer autrement : alors, comme dans toutes les occaſions où le ſervice ſe trouve intereſſé, guerre & pitié ne s'accordent point. Avant que de faire camper l'Armée dans un ſeul Camp, le Général en chef conjointement avec le Marêchal des Logis Général de la Cavalerie & les Majors Généraux d'Infanterie & de Dragons, fait la diſtribution des Bri: gades ; & il attache à chacune un Brigadier du même

Diſpoſition des Brigades & des Offi- ciers Géné- raux.

Corps. Il nomme en même temps les Officiers Généraux qui doivent commander les aîles de l'Armée, & le Corps d'Infanterie. Lorſque l'Armée eſt tout-à-fait aſſemblée, ſon premier ſoin doit être de faire attention, que comme ce qui fait un bon Royaume, n'eſt ni l'étenduë des Provin: ces, ni la fertilité des Campagnes, ni l'avantage du cli- mat, ſi ces avantages ne ſont accompagnez du bon or-

Neceſſité d'une exacte diſcipline.

dre, qui maintient le corps politique, qui y conſerve la ſuperiorité des uns, & empêche la revolte des autres, & qui fait qu'on goûte une douce tranquilité dans le tumulte même & les embarras de la guerre : de même ce qui fait une bonne Armée, n'eſt ni le nombre des Trou- pes, ni la bravoure des Soldats, ni même l'experience des Capitaines, à moins que l'ordre & la diſcipline militaire ni ſoient regulierement obſervées. Pour cet effet, le feu Roy, qui en a connu toute la conſequence, a rendu l'Ordon- nance dont nous allons rapporter un précis, qui contient les régles qui y ſont preſcrites, & ſur l'obſervation deſquel- les un Général ne doit ſouffrir aucun relâchement. Après cet extrait, avant que d'entrer dans tous les détails d'une Armée, nous définirons en particulier les fonctions d'un Gé- néral en chef, & nous donnerons enſuite une pareille explication fur les autres Officiers Généraux , & fur tous les autres qui avec des caracteres particuliers font attachez au service , & au détail de l'Armée.

Sa Majefté défend à tous Gardes, Gendarmes, Chevaux-Legers, Moufquetaires, Grenadiers à cheval, Cavaliers, Dragons, Soldats, &c. de s'écarter à droite ni à gauche de la marche de l'Armée , à peines aux Gardes & autres de fa Maifon, & aux Grenadiers à cheval d'être caffez ; & aux autres d'être marquez d'une fleur de lis au vifage : Voulant Sa Majefté que s'il y en a aucun d'arefté, fans que le Capitaine en ait averti le Commandant, & le Commandant fon Brigadier, le Capitaine ou Commandant foit privé de fa folde pendant huit jours , pour la premiere fois ; & la feconde, qu'il foit interdit jufqu'à nouvel ordre de Sa Majefté ; laquelle fait auffi défenfe aufdits Gardes & autres , de fortir de leur Camp, la nuit ou le jour, pour aller courre ; fur peine aux premiers d'être caffez , & aux autres de la vie : & veut que le Capitaine & le Commandant foient châtiez comme cy-deffus. Défend auffi Sa Majefté fous peine de la vie , de mettre le feu à nul endroit , ni de prendre autre chofe dans les lieux où il fera permis de fourrager , que ce qui fera neceffaire pour la fubfiftance des hommes & des chevaux, & pour le campement. Défend encore fous la même peine, d'entrer dans les lieux où il y des Sauve-gardes , ni de leur faire aucune violence ; & aux Soldats, Cavaliers & Dragons de tirer dans le Camp, ni dans les marches : Voulant Sa Majefté que le Commandant du Bataillon où l'on aura tiré , foit interdit fur le champ , s'il a manqué de faire arrêter celui ou ceux qui auront tiré ; & que quand il eft neceffaire de faire décharger les armes après une pluye, on le faffe avec les précautions requifes. Défend auffi Sa Majefté à qui que ce foit , de donner une Efcorte armée à fon équipage , ni d'y envoyer aucun Soldat, fur peine d'interdiction pour le Commandant du Corps duquel il fera trouvé une efcorte aufdits équipages. Veut Sa Majefté, que les Majors comptent leur Troupe pendant la marche, & en donnent un état jufte au Ma-

Refpect dû aux Sauve-gardes.

Défenfe d'envoyer des efcortes particulieres pour les Equipages.

Qq ij

jor Général de l'Armée. Défend Sa Majesté à tous Officiers de s'éloigner de leur Camp, pour aller coucher dans
des maisons éloignées, sur peine au Commandant qui le
souffrira d'être interdit : Voulant Sa Majesté, qu'au cas

Reglement
pour les mai-
fons qui fe
trouvent dans
le Camp.

qu'il se trouve des maisons proches & marquées pour un
Regiment, il reste au moins le tiers des Officiers campez : Enjoignant au Prevôt de l'Armée de faire punir sur
le champ les contrevenans à cesdites Ordonnances, pour
les choses qui sont de son ressort, sans attendre d'autres
ordres de lui, ni de ses Lieutenans Généraux. (*)

Ordonnance
du Géneral.

Outre ces Ordonnances, qui ne comprennent qu'une
partie de la Police, que le Roy veut qui soit observée dans
ses Armées, le Général en chef peut y ajoûter de sa part
celles qu'il juge à propos qu'on observe, & en ordonner
l'execution sous peine de la vie, ou de telle autre qu'il
lui plaît d'imposer. Il doit observer, pour que ses intentions ne puissent être ignorées de personne, de les faire
mettre par écrit, & distribuer à l'Ordre par les Majors
Généraux aux Majors de Brigades, qui doivent les distribuer aux Majors particuliers de chaque Regiment,
afin qu'ils fassent battre un banc chacun à la tête de leur
Corps, & ensuite la lecture desdites Ordonnances de Sa
Majesté & de celles du Général en Chef.

* *

DU GENERAL EN CHEF.

Le Roy est
Général né de
ses Armées.

L A principale & la plus noble fonction de nos Rois,
est sans difficulté celle de commander les Armées en
personne : l'histoire fait mention de plusieurs qui s'en sont
aquité avec beaucop de capacité & de valeur. Cette fonction
a toûjours été si fort attachée à la dignité royale, qu'on
remarque de même dans l'histoire, que ceux qui ont voulu s'en dispenser, ont été surnommez faineans : c'est sans

Cause de l'au-
torité des
Maires du Pa-
lais.

doute leur indolence, qui a fourni l'occasion aux Maires
du Palais de s'attribuer ce commandement, quoique leur

* Ordonnance du premier May 1701.

charge dans son inſtitution ne fût qu'un office de Cour, & non Militaire. Ils ont joüi de ce droit juſqu'à la ſuppreſſion de cette charge, ſoit en l'abſence du Roy, ou conjointement avec lui ; mais ils n'avoient ce commandement que ſur la principale Armée : lorſqu'il y en avoit pluſieurs, c'étoit ordinairement le Duc ou le Comte de la frontiere où ſe portoit la guerre, qui y avoit le commandement. Nonobſtant cet établiſſement, il paroît qu'en quelques occaſions les Troupes aſſemblées choiſiſſoient entre les Capitaines de plus grande réputation, celui qui devoit les commander en chef. Il y en un exemple du temps du combat de Cocherel ſous Charles V. Avant cette bataille les Troupes élurent à la pluralité des voix le Comte d'Auxerre : mais il s'en déporta en faveur de Bertrand Dugueſclin ; & il obligea les Officiers de le prendre en ſa place, en les aſſurant qu'il avoit une experience conſommée, & que de toutes façons il étoit bien plus capable que lui, de conduire une affaire de cette importance. Je crois pouvoir dire icy que cette déference d'un Prince à un ſimple Gentilhomme, quoique très-ancienne, peut ſervir d'exemple à bien des gens d'aujourd'hui ; c'eſt-à-dire, à ceux qui ſans experience, croyent que leur nom ou leur dignité porte avec ſoi tout ce qui eſt neceſſaire pour bien commander. Il eſt vrai que ceux d'une naiſſance élevée, apportent avec eux en naiſſant un caractere d'autorité, auquel ceux qui leur ſont inferieurs par cet endroit doivent ſe rendre ſans difficulté à la guerre comme ailleurs. Mais s'ils croyent que cela ſeul ſuffit, & qu'ils négligent les moyens & les occaſions d'ajouter au don que la providence leur a fait, celui qui s'aquiert par le travail continuel dans les armes, par lequel on ſe rend capable de bien conduire ceux qui les portent ; en un mot, ſi cette naiſſance fait tout leur merite, dificilement empêcheront-ils qu'on ne diſe qu'ils n'établiſſent ce merite, que ſur la renommée de leurs anceſtres, & que ſans doute ils n'en ont gueres aquis depuis qu'ils ſont au monde, puiſqu'ils ſont obligez de faire parade, de celle qui étoit établie avant qu'ils fuſſent nez.

Qq iij

Si c'eſt de leurs charges, dont ils veulent tirer vanité, ils ſont encore dans une plus grande erreur; parce tel. les qu'elles ſoient, elles ne donnent jamais le vrai me- rite.

Commande- ment déferé au Grand Sé- néchal

Ce commandement, comme nous venons de l'expliquer, fut donc attaché d'abord au Roy, aux Maires du Palais, aux Ducs & Comtes, & fut même arbitraire, juſqu'à ce qu'il fut donné au grand Sénéchal de France, qu'on ap- pelloit ſous Philippes Auguſte, *Prince ou Chef de la Milice Françoiſe*.

Puis au Con- nétable & aux Maréchaux.

Le Connétable a ſuccédé au Sénéchal, & les Maréchaux ont remplacé ce dernier, comme nous l'a- vons dit. Il y a eu auſſi des Généraux, ſous le titre de

Capitaines Généraux.

Capitaine Général : ils avoient le Commandement au-deſ- ſus des Maréchaux. Guy de Neſle, & le Comte S. Pol ſous Philippes de Valois en 1302, & 1349 ont joüi de cette dignité; & Loüis XIII. donna le même titre au Duc de Savoye en 1635. Cette dignité a été repréſentée dans ces

Généraliſſi- mes.

derniers temps, par celle de *Généraliſſime*, dans les per- ſonnes de M. le Duc de Savoye & de M. l'Electeur de Baviere, lorſqu'ils commandoient nos Armées. Il y a eu trois Maréchaux de France, ſous le titre de *Maréchal*

Maréchaux Généraux.

Général des Camps & Armées; ſçavoir Meſſieurs de Bi- ron, de Leſdiguieres & de Turenne. Cette qualité leur donnoit le Commandement au-deſſus des autres Maré- chaux, quoique plus anciens qu'eux. On a vû auſſi des Lieutenans Généraux ſous Louis XIV. avec le même ti-

Autres Capi- taines Géné- raux.

tre de *Capitaine Général* : en conſequence de ce titre ils obéiſſoient aux Maréchaux, & avoient le commande- ment au-deſſus des autres Lieutenans Généraux, quoi- que plus anciens qu'eux. Les premiers qui ont joüi de cette dignité, ſont les Marquis d'Uxelles & de Caſtelnau en 1656. M. le Duc de Noailles a eu la même préroga- tive en Catalogne, où je l'ai vû commander Meſſieurs d'Obterre & de Chaferon, quoique beaucoup plus an- ciens que lui. Quoiqu'il en ſoit, & quelque titre que por- tent ceux qui ont le commandement d'une Armée; le Roi eſt ſeul Général de toutes celles qu'il met ſur pied; & les Généraux ſont ſeulement ſes Lieutenans. C'eſt pourquoi, bien que Sa Majefté n'y foit pas préfente, le quartier du Chef s'apelle toûjours *le quartier du Roy.*

Le commandement d'une Armée a toûjours été, comme il eft encore à préfent, le caraĉtere qui reffemble le
plus à celui d'un Souverain, à caufe de l'autorité, des
honneurs, & des prérogatives, dont joüit celui qui en
eft revêtu. Celui qui parvient à ce degré fuprême, doit
donc avoir en quelque façon, tous les talens neceffaires
pour bien regner, ou pour bien commander ; ce qui fignifie à peu près la même chofe. Pour cet effet il doit   *Conduite d'un*
entreprendre de grandes chofes, fans affeĉtation ; être *Général.*
jufte, fans écouter fes interêt ; foûtenir les privileges de
fon rang, fans faire reffentir les incommoditez de fa grandeur ; quitter fes plaifirs, pour le bien public ; negliger
fa fortune, pour la procurer aux autres ; & méprifer la
vie, quand il s'agit de remplir fon devoir. Voilà les difpofitions, qui font indifpenfablement neceffaires dans un
Général : elles lui gagnent les cœurs de tous ceux qui
font foûmis à fon commandement ; & le mettent par confequent en état de faire de grandes conquêtes. Un Général doit encore s'occuper fans ceffe des moyens de faire réuffir les projets, qui ont été concertez, comme
nous l'avons dit : il doit en former lui même de nouveaux,
à mefure que l'ennemi lui en fournit l'occafion : Car
quoiqu'il ait des ordres de la Cour fur ce qu'il doit faire,
ces ordres ne font pas ordinairement fi précis, qu'il ne
lui refte beaucoup de chofes à faire, qui dépendent non
feulement de l'occafion, mais des talens neceffaires pour
en fçavoir profiter. Par exemple, s'il a ordre de chercher
les ennemis & de les combatre, la difficulté n'eft pas de
les trouver ; parce qu'une Armée n'eft pas une chofe
qu'on puiffe cacher : mais le point effentiel eft de tâcher
que cette attaque ne fe faffe pas dans un lieu trop avantageux à l'ennemi, & de faire enforte au contraire, que
ce foit en lieu où l'on foit comme fûr de le battre. C'eft   *Perfeĉtions*
en quoi excelloit parfaitement le grand M. de Turenne : *de M. de Tu*
il avoit pour maxime, de tourner pour ainfi dire l'Enne *renne.*
mi, jufqu'à ce qu'il l'eût attiré dans l'endroit où il dé

firoit qu'il fût, pour en avoir meilleur marché : alors il difoit, *les voicy, où il y a long-temps que je fouhaitois qu'ils fuffent.* Ces paroles font les mêmes, que ce parfait modele des Généraux François proferoit, lorfqu'il reçut le coup fatal, qui fit perdre à fon Armée le fruit d'une fi belle occafion, & à la France le plus fort de fes bras.

Profiter de l'occafion.

Lorfque l'Ennemi donne ainfi beau jeu, ou que le Général fe l'eft procuré par fa fuperiorité de genie ; il doit avoir une extrême vigilance à en profiter auffi-tôt ; puifqu'un fimple mouvement peut changer la fituation de l'Ennemi, & la rendre bonne de mauvaife qu'elle étoit. M. de Vendôme & M. de Villars ont toûjours excellé en cela.

Exemples.

Eloge de M. de Vendôme.

Les noms de ces deux Généraux feront à jamais immortels : l'un aprés avoir donné en France des preuves infinies de fa bravoure, & de fes talens, a remis pour ainfi dire la couronne fur la tête du Roy d'Efpagne : l'autre aprés avoir été chercher l'occafion de vaincre fur le Rhin & fur le Danube, malgré des difficultez qui auroient paru infurmontables à plufieurs autres, a fçû enfuite faifir cette même occafion, lorfqu'elle s'eft préfentée à lui fur

Eloge de M. de Villars.

l'Efcau : les coups qu'il y a frappez retentiront à jamais, pour lui conferver le glorieux titre qu'il s'y eft aquis, de Reftaurateur du nom François. Par les mêmes raifons, fi le Général a ordre d'éviter le combat, il doit prendre garde de tomber dans les lacs que nous venons de dépeindre.

Devoir Général dans les occafions où il doit s'expofer.

Quoiqu'un Général d'Armée ne doive pas trop expofer fa perfonne, il y a neanmoins de certaines occafions, où il le doit néceffairement faire. Voicy comme Matthieu dans fon hiftoire d'Henry IV. s'explique fur ce fujet, pour juftifier ce grand Prince fur ce qu'il s'étoit trop expofé au combat de Fontaine Françoife. *Une temerité,* dit-il, *quand elle eft heureufe, ne fait gueres de tort pour l'ordinaire à un Général en matiere de Guerre. Tous les grands Capitaines ont pour maxime, de s'inftruire exactement par eux-mêmes des forces & de la difpofition des Ennemis, fans s'en rapporter à d'autres, quand il s'agit d'une action importante & décifive. C'eft pour cela qu'en de telles conjonctures, il doit aller*

en

en perſonne à la découverte : & comme ces précautions, toûjours utiles pour le ſuccès des grandes entrepriſes, ne ſont pas d'ordinaire ſans quelque péril ; un accident imprévû, un hazard, l'adreſſe de l'ennemi, le font naître quelquefois : c'eſt alors que l'honneur oblige un Général à ſoutenir par ſa valeur, ce qu'il n'a entrepris que par prudence ; & à payer de ſa perſonne comme un Officier ſubalterne, ſans nul égard à ſon rang & à ſa dignité. J'ajouterai à cela, que les commencemens de chaque choſe ſont ordinairement dificiles : mais qu'il eſt glorieux d'entreprendre & de commencer une grande action ; parce que cette gloire augmente à proportion que les difficultez qui s'y rencontrent ſont conſiderables.

Quoique nos Généraux François ayent tous mérité d'être louez en général ; je crois cependant pouvoir choiſir les parties ſur leſquelles ils ont excellé en particulier, & en propoſer l'aſſemblage. S'il étoit poſſible de réünir en un ſeul homme ces differentes qualitez, on en feroit certainement un Général parfait : il auroit la valeur intrépide du grand Prince de Condé, l'experience & la ſageſſe de M. de Turenne, la prompte reſolution de M. de Vendôme, l'activité de M. de Luxembourg, le flegme de M. de Catinat, le bel ordre pour les Marches & les Campemens de M. de Villeroy, l'exacte diſcipline de M. de Noailles, & la vivacité de M. de Villars. Outre ces belles qualitez, tout l'objet d'un Général doit être la gloire du Souverain, & la ſûreté de l'Etat, ſans s'amuſer à une quête d'éloges ou de flateries fades : elles n'ont d'approbation qu'en ſa préſence, & produiſent un effet tout contraire dans le public, duquel on croit fauſſement meriter les applaudiſſemens ; parce qu'on s'eſt applaudi ſoi-même, ou que quelque flateur outré l'a fait en notre préſence. On remarque que les Anciens ont penſé de même, & ont deſapprouvé ces fauſſes louanges : Démoſthenes entendant vanter les belles qualitez de Philippes de Macedoine par Æſchines & Policrate, qui étoient ſes adulateurs, & qui diſoient pour le louer, *qu'il parloit bien, qu'il étoit bien fait, & que de plus il buvoit bien* ; cet Ora-

Qualitez neceſſaires dans un Général.

Quel doit être ſon objet.

Il doit mépriſer les flateurs & la flaterie.

Exemple.

teur leur répondit en riant, que *loin que ces qualitez fuſſent celles d'un grand Capitaine, la premiere n'appartenoit qu'à un Avocat, la ſeconde à une femme, & la troiſiéme à une éponge. Dites ſeulement*, leur repliqua-t'il encore, *que Philippes ſçait bien commander; & ſi on en convient, vous en aurez fait un éloge parfait.* Cet exemple montre l'inutilité de ces ſortes d'éloges mandiez, ou que l'amour propre fait recevoir : on doit donc les rejetter, comme je l'ai dit, & éviter ſur tout d'être l'auteur de ſon propre panegyrique ; parce que ſi on eſt raiſonnable, on y tait ſes perfections ; ſi on ne l'eſt pas, la gloire qu'on cherche en les découvrant, ſe change infailliblement en un mépris général. On trouve auſſi un exemple de cette maxime dans l'antiquité : le voici. Ciceron revenant de ſa Queſture de Sicile, où il croyoit avoir fait beaucoup de choſes importantes pour la gloire du Sénat Romain, & où cependant il n'avoit rien fait d'approchant, impatient de ſçavoir ce qu'on diſoit de lui à Rome, où il s'attendoit de recevoir de grands honneurs, demanda à un des principaux de la Ville qu'il rencontra, ce qu'on y diſoit de Ciceron, & de ce qu'il avoit fait dans ſon Gouvernement ; *Quel Gouvernement*, dit cet homme ? *Hé où as tu été depuis que je ne t'ai vû ?* Cette réponſe le fit rentrer en lui-même, & faire reflexion qu'on travaille en vain pour acquerir de la gloire, ſi on ne l'obtient par des actions d'aſſez grande importance, pour que la renommée les publie. C'eſt là en effet le ſeul moyen qu'à un Général d'en acquerir, ſans être obligé de la mandier : par exemple, ce qui combla de gloire M. de Luxembourg après le Combat de Nervinde, ne fut certainement pas l'éloge qu'il fit de lui-même, dans le compte qu'il en rendit au Roy par la lettre qu'il écrivit à Sa Majeſté ſur ce ſujet : cette lettre étoit conçûë dans ces termes : *Conformément aux ordres de Votre Majeſté, j'ai cherché l'Armée ennemie ; je l'ai trouvée, & vos Troupes l'ont bien battuë : le Champ de Bataille, dont nous ſommes les maîtres, & les Drapeaux & Etendars que j'envoye à Votre Majeſté, en ſont la preuve. Le porteur lui fera le détail de l'action.* Voilà ce qui s'appelle le vrai stile d'un Vainqueur, & celui qui doit servir de modele en pareille occasion.

Nous avons suffisamment marqué à l'article du Ministre, & dans quelques autres, combien les Officiers François aiment à être caressez ; c'est pourquoi nous n'en ferons point ici de répetition : nous dirons seulement, que comme un Général d'Armée a plus d'occasions de le faire qu'aucun autre de l'Etat, il doit leur accorder cette satisfaction, lorsqu'ils l'ont meritée par des actions de valeur, & de bonne conduite. Il doit sur tout imiter sur cela la maxime qu'employoit M. de Turenne envers ceux qui avoient eu le malheur d'être vaincus, ou de manquer à l'execution de quelque exploit dont ils avoient été chargez en particulier : il doit comme ce Général, ne les point gronder, à moins qu'ils n'ayent manqué directement par leur faute ; il faut au contraire qu'il paroisse prendre part à la peine qu'ils ressentent ; leur promettre de leur fournir l'occasion de s'en revancher, & le faire en effet. Il y a de l'injustice à penser que parce qu'un Officier a été battu, il doit toujours l'être ; au contraire cet échec est quelquefois très-utile, pour apprendre à ne l'être plus : on en a vû la preuve même dans les plus grands hommes. En effet, il est constant qu'un peu d'adversité n'est pas un si grand mal qu'on pourroit se l'imaginer : elle a toujours été, pour ainsi dire, l'école où tous les Grands Hommes se sont formez ; & lorsque la Providence a destiné quelqu'un à le devenir, elle l'a fait passer par des épreuves, qui ont contribué plus que tout autre chose à lui former l'esprit & le cœur. Rien ne corrompt tant l'un & l'autre qu'une trop longue prosperité ; un homme accoutumé à être heureux, devient fier, dur, intraitable ; il ne veut entendre que les veritez qui plaisent. A force de compter sur la fortune, on ne donne plus rien à la sagesse ; tout se fait par caprice ou par habitude : en un mot on est tenté de se croire au-dessus de l'homme, lorsqu'un bonheur trop constant a éloigné de nous ce qui peut apprendre à nous connoître. Un peu d'adversité au contraire, rend doux, hu-

Les François aiment les loüanges.

Maxime de M. de Turenne après les évenemens fâcheux.

R r ij

main, réfléchissant : on n'a pas de peine à plaindre dans autrui les malheurs qu'on a éprouvé soi-même ; on marche avec précaution de peur d'y tomber, & l'on use d'autant mieux de la bonne fortune, qu'elle a plus couté à acquerir. C'est ce qui arriva au Vicomte de Turenne lui-même. Les plaisirs de la Cour, ses succès dans tout ce qu'il avoit entrepris dans sa jeunesse l'avoient gâté ; l'adversité le redressa, le rendit sage & précautionné ; & si la chaleur de l'âge le porta quelquefois à des actions temeraires, il acquit plutôt qu'un autre cette valeur reglée, cette conduite ferme & mesurée, qui en firent depuis un si grand homme : d'où l'on peut conclure, que de faire quelquefois des fautes, n'empêche pas qu'on ne soit un grand Capitaine ; & que les hommes à qui on n'en reproche point, sont ceux qui n'ont jamais commandé.

Voici encore quelques maximes que j'ai trouvées si convenables à un Général d'Armée, que j'ose esperer qu'on ne me saura pas mauvais gré de la liberté que je prends de les proposer à ceux qui aspirent à cet éminent Emploi.

Qualitez necessaires à un Général.

Il ne faut point que le courage de celui qui commande aux autres puisse être douteux ; parce que s'il est necessaire à une Armée de conserver son Chef, il lui est encore plus necessaire de ne le point voir dans une réputation incertaine sur la valeur. Celui qui commande doit être le modele des autres ; son exemple doit animer toute l'Armée : ainsi il doit s'exposer & perir dans les Combats, plutôt que de s'exposer à la malignité de ceux qui pourroient douter de son courage : mais il ne doit pas chercher les perils sans utilité.

Un Chef doit être plus sobre, plus ennemi de la molesse, & plus exempt de faste & de hauteur qu'aucun autre. Il est au dehors le défenseur de la Patrie, en commandant les Armées : mais ce n'est point pour lui que le Roy l'a fait Chef ; il ne l'est que pour être l'Homme des Peuples, ausquels il doit tout son temps, tous ses soins, toute son affection, jusqu'à s'oublier lui-même, pour se sacrifier au public.

Quand on ne commande aux hommes que félon la vraie regle, pour leur propre bien, & pour celui de la Patrie en général, on eft moins leur maître que leur tuteur : on n'en a que la peine, qui eft infinie ; & on eft bien éloigné de vouloir étendre plus loin fon autorité.

Un Auteur faifant le portrait d'un grand Capitaine, dit ; qu'il étoit infatigable dans les plus grands travaux de la Guerre ; qu'il dormoit peu, & que fon fommeil étoit fouvent interrompu, ou par les avis qu'il recevoit à toutes heures de la nuit comme du jour, ou par la vifite de tous les quartiers du Camp, qu'il ne faifoit jamais de fuite aux mêmes heures, afin de furprendre ceux qui n'étoient pas affez vigilans ; qu'il revenoit fouvent dans fa tente couvert de fueur & de poufliere ; que fa nourriture étoit fimple, & qu'il vivoit comme les Soldats, pour leur donner l'exemple de la fobrieté & de la patience. Ce tableau n'a-t'il pas dequoi dégoûter, & même épouvanter ceux qui courent avec tant de foins après le commandement d'une Armée ? Cependant l'augufte Général qui en eft le modele, doit exciter leur émulation, puifque c'eft le portrait d'Henry le Grand.

Un Chef donc ne peut, fans fe deshonorer, preferer une vie douce & oifive aux fonctions penibles du commandement : il fe doit à tous ceux qui lui font fubordonnez, & par confequent il ne lui eft jamais permis d'être à lui. Ses moindres fautes font d'une confequence infinie ; parce qu'elles caufent le malheur des Peuples, quelquefois pendant plufieurs fiecles. Ce n'eft pas affez pour lui de ne faire aucun mal, il faut qu'il faffe tout le bien poffible dont l'Etat a befoin. Ce n'eft pas affez de faire le bien, il faut encore qu'il empêche tous les maux que ceux qui font fous fes ordres feroient, s'ils n'étoient retenus.

Quand le commandement eft pris pour fe contenter foi-même, c'eft une monftrueufe tyrannie ; & quand il eft pris pour remplir fes devoirs, c'eft une fervitude accablante, qui demande un courage & une patience heroïque.

Un Général ne doit jamais écouter les difcours, qu'on lui fait pour exciter fa défiance ou fa jaloufie contre les autres Chefs, qui lui font fubordonnez. Il doit leur parler avec confiance & ingenuité : s'il croit qu'ils ont manqué à fon égard, il faut qu'il leur ouvre fon cœur, qu'il leur explique fes fujets de plaintes : s'ils font capables de fentir la noblefle de cette conduite, elle les charmera, & un Commandant tirera d'eux tout ce qu'il en doit attendre : au contraire, s'ils ne font pas raifonnables pour entrer dans de tels fentimens, il fera inftruit par lui-même de ce qu'il y aura en eux d'injufte ; & ainfi il prendra les mefures pour ne fe plus commettre, & pour foutenir fon autorité dans toute fon étendue.

„ Gardez-vous, *dit l'incomparable Auteur d'une hiftoire tirée de la fuite de l'Odiffée d'Homere*, gardez-vous, foit „ que vous foyez Général, & même un grand Roy, de „ montrer l'exemple pernicieux de manquer de parole & „ de violer votre ferment. Quelles guerres, *dit-il*, n'ex- „ citerez vous point par cette conduite impie ? quel voi- „ fin ne fera pas contraint de craindre tout de vous, & „ de vous détefter ? qui pourra deformais dans les necef- „ fitez les plus preffantes fe fier à vous ? quelle fûreté „ pourrez vous donner, quand vous voudrez être fince- „ re, & qu'il vous importera de perfuader de votre fince- „ rité ceux avec lefquels vous aurez à traiter ? Sera-ce un „ traité folemnel ? Eh ne fçauront-ils pas que vous comp- „ tez Dieu pour rien, quand vous efperez tirer du par- „ jure quelque avantage ? La Paix n'aura pas plus de fû- „ reté que la Guerre à votre égard ; tout ce qui viendra „ de vous fera reçû comme une guerre, feinte ou décla- „ rée. Vous ferez l'ennemi perpetuel de tous ceux qui „ auront le malheur d'être expofez à votre caprice : tou- „ tes les affaires qui demandent de la réputation, de la „ probité & de la confiance, vous deviendront impoffi- „ bles ; vous n'aurez plus de reffource pour faire croire „ ce que vous promettrez. Enfin fi vous pofez pour ma- „ xime, qu'on peut violer les regles de la probité & de la „ fidelité pour un grand interêt, qui pourra fe fier à un

autre, quand cet autre pourra trouver un grand avan- "
tage à lui manquer de parole & à le tromper ? qui eſt "
celui qui ne voudra point prévenir les artifices d'un Gé- "
néral oppoſé, par les ſiennes ?

Lorſqu'on remporte les plus grandes victoires, avec
tel avantage qu'on ait commencé le combat, on n'a jamais été ſeur de le finir ſans être expoſé aux plus tragi-
ques renverſemens de la fortune ; parce qu'avec quelque
ſuperiorité de forces qu'on s'y engage, le moindre mé-
compte, une tereur panique, un rien, vous arrache la
victoire qui étoit déja dans vos mains, & la tranſporte chez
vos Ennemis. Lors donc qu'un Général tombe dans les
fâcheuſes extrêmitez, où la guerre précipite quelquefois
les plus plus grands hommes ; il faut qu'il s'en releve par
ſa vigilance, & par les efforts de ſon experience & de ſon
courage, qui ne doit jamais ſe laiſſer abbatre : mais il
doit toûjours conſerver l'honneur & la bonne foi ; s'il
vient une fois à rompre les regles qui y ſont attachées,
cette perte eſt irreparable : il ne pourra plus ni rétablir la confiance neceſſaire pour le ſuccès de toutes les
affaires importantes, ni ramener les hommes aux principes de la vertu, après qu'il leur aura montré à la mépriſer. Il doit mourir en combattant s'il le faut, plûtôt
que de vaincre indignement. Je donnerai un exemple ſur
ce ſujet dans la ſuite.

Lorſqu'un Général donne un ordre important, il doit
le donner dans les termes les plus ſimples & les plus clairs ;
il doit même le repeter, pour mieux inſtruire celui qui
doit l'executer. Si la capacité de celui auquel il donne
cet ordre eſt douteuſe, il doit examiner dans ſes yeux s'il
a bien compris ſes paroles & le principale but de l'entrepriſe qu'il lui commande : pour peu qu'il en doute, il
doit la lui faire expliquer familierement, quand bien
même il auroit donné cet ordre ſuffiſamment expliqué par écrit. Quand un Général aura ainſi éprouvé
le bon ſens de celui qu'il envoye, & qu'il l'aura fait entrer dans ſes vûës, il doit ne le faire partir qu'après lui
avoir donné quelques marques d'eſtime & de confiance,

pou_{de} encourager : par cette attention il le rendra plein d'arur pour lui plaire, & pour réuſſir. De plus il ne doit point le gêner par le crainre de ſe voir imputer le mau_ vais ſuccez : on doit excuſer toutes les fautes qui ne vien_ nent point de la mauvaiſe volonté.

L'habileté d'un Général ne conſiſte pas à faire tout par lui-même ; c'eſt une vanité mal placée que d'eſperer d'en venir à bout, ou de vouloir perſuader au monde qu'on en eſt capable : au contraire il ne faut pas qu'il faſſe le menu détail, ce ſeroit faire la fonction de ceux qui ont à travailler ſous lui ; il doit ſeulement s'en faire rendre compte, & en ſçavoir aſſez pour entrer dans ce compte avec dicernement. En effet, c'eſt ſçavoir merveilleuſe_ ment commander, que de bien choiſir & appliquer ces comptables ſelon leurs talens ; & de les coriger, & leur inſpirer la valeur & la bonne conduite. Vouloir faire tout par ſoy - même, c'eſt petiteſſe ; c'eſt une paſ_ ſion pour les détails mediocres, qui conſume le temps & la liberté d'eſprit neceſſaire pour les grandes choſes: pour former de grands deſſeins il faut avoir l'eſprit libre & repoſé.

Ceux qui n'ont point de principes pour le comman_ dement, & qui n'ont point de vrai dicernement des eſ_ prits, vont toûjours comme à tâton ; c'eſt un hazard quand ils ne ſe trompent pas. Ils ne ſçavent pas même préciſement ce qu'ils cherchent, ni à quoi ils doivent ten_ dre : ils ne ſçavent que ſe défier ; & ils ſe défient ordi_ nairement plûtôt des Officiers experimentez qui les con_ trediſent, que des trompeurs ignorans qui les flatent. Au contraire, ceux qui ont les principes neceſſaires, & qui ſont inſtruits en Capitaines, de ce qu'ils doivent vou_ loir, & des moyens d'y parvenir, connoiſſent ſi ceux qu'ils employent ſont des inſtrumens propres à leurs deſ_ ſeins, & s'ils entrent dans leurs vûës pour tendre au but qu'ils ſe propoſent. D'ailleurs comme ils ne ſe jettent pas dans ces menus détails accablans, ils ont l'eſprit plus li_ bre pour enviſager d'une ſeule vûë le gros de l'ouvra_ ge, & pour obſerver s'ils avancent vers la fin principale,

qui

qui eſt la victoire : s'ils ſont trompez, difficilement le ſont-
ils dans l'eſſentiel. On perd plus dans l'irreſolution où jette
la défiance, qu'on ne perdroit à ſe laiſſer un peu tromper dans les choſes mediocres : les grandes ne laiſſent pas
de ſe terminer, & ce ſont les ſeules dont un Chef doit
être en peine. Cependant il faut reprimer ſévérement la
tromperie quand on la découvre ; mais il faut compter
ſur quelque tromperie, ſi on ne veut point être veritablement trompé. Je ſuis perſuadé que le Lecteur qui aura ſervi ſous le grand Duc de Vendôme, reconnoîtra ſon
portrait dans ces dernieres maximes.

Un Général veut-il connoître les bons Officiers, qu'il
les examine, qu'il les faſſe parler les uns & les autres ;
qu'il les éprouve peu-à-peu, & qu'il n'en charge aucun
d'une commiſſion importante, qu'après une ſuffiſante experience. Lorſqu'il s'eſt trompé dans ſon jugement, qu'il
apprenne par là à ne juger promptement de perſonne,
ni en bien ni en mal. Ceux qui n'ont pour tout merite
que l'éfronterie, ſont trop profonds pour ne pas ſurprendre ſa credulité au moins une fois, par leurs déguiſe-
mens : mais cette ſurpriſe reconnuë l'inſtruira très-utilement pour l'avenir.

Quand un Général aura trouvé des talens & de la
valeur dans un Officier, il doit s'en ſervir avec confiance : ceux de cette eſpece meritent qu'on ſente ce qu'ils
valent ; & leur caractere eſt d'aimer mieux de l'eſtime &
de la confiance que des tréſors : mais il ne doit pas les
gâter en leur donnant trop de pouvoir à contre-temps ;
car tel eut toûjours été brave & vigilant, qui ne l'eſt plus ;
parce qu'il a trop tôt acquis une grande autorité.

Par les bons Officiers auſquels un Général ſe confie, il
apprend ce qu'il ne peut pas dicerner par lui même. Il en
trouvera aſſez qui auront une habileté ſuffiſante ; mais
ce n'eſt pas aſſez de trouver de bons ſujets dans une Armée, il eſt neceſſaire d'en former de nouveaux.

Lorſqu'un Genéral s'applique à chercher des Officiers
habiles & pleins de valeur, pour les élever ; il excite
& anime tous ceux qui ont du talent & du courage : cha-

cun fait des efforts. Combien y en a t'il qui languiſent
dans une oiſiveté obſcure , & qui deviendroient de
grands hommes , ſi l'aide du Chef ſoûtenoit leur émulation par l'eſperance , qui ſeule anime au travail ? Combien y en a-t'il que la miſere & l'impuiſſance de s'élever
par la vertu , tentent enfin de s'élever par le crime.

Si un Général attache les récompenſes aux talens &
à la valeur , combien de ſujets ſe formeront d'eux-mêmes ? Mais combien en formera-t'il en les faiſant monter de degré en degré , depuis les derniers emplois juſqu'aux premiers ? Il excitera les talens & le courage ; il
éprouvera l'étenduë de la force & de l'eſprit. Ceux qui par-
viendront aux plus hautes places , auront été nourris ſous
ſes yeux ; il jugera d'eux non par leurs paroles , mais par
toute la ſuite de leurs actions.

Enfin un Général doit éviter avec ſoin de ſe mettre
à la merci des raporteurs , nation baſſe & maligne qui ſe
nourrit de venin , qui empoiſonne les choſes innocentes ,
qui groſſit les petites , qui invente le mal plûtôt que de
ceſſer de nuire , & qui ſe joüe pour ſon interêt de la défiance , & de l'indigne curioſité d'un Chef foible & om-
brageux.

On verra dans la ſuite , à meſure que nous détaille-
rons les differentes maneuves de l'Armée , ce que doit faire
un Général pour qu'elles ſoient regulierement executées.
Voicy un Extrait de l'Ordonnance du Roy au ſujet du
commandement en chef , & de la diſpoſition des principaux Officiers Généraux de l'Armée.

Succeſſion au commande-ment.
Sa Majeſté ordonne , qu'au cas que le Général de l'Armée , ou d'un Corps ſéparé , vienne à manquer par maladie ou autrement ; celui qui ſe trouvera le plus ancien
ſous lui d'entre les Officiers généraux , ou principaux ,
tant Maréchaux de France que Lieutenans généraux ,
commandera en ſa place , avec la même autorité que s'il
en avoit l'ordre particulier du Roy ; & ce juſqu'à ce
que Sa Majeſté , ſur l'avis qu'elle en aura reçû , en ait
ordonné autrement : enſorte qu'un Corps , ou un détachement , qu'elle aura confié à une ſeule perſonne , ne

puiſſe jamais tomber ſous les ordres de pluſieurs. Voulant Sa Majeſté que les Lieutenans généraux d'une même promotion , tiennent rang entre eux , ſuivant celui qu'ils ont gardé cy-devant en qualité de Maréchaux de Camp. *(a)*

Sa Majeſté laiſſe à la diſpoſition du Général en chef, le choix des Lieutenans généraux pour commander les deux aîles de Cavalerie, & le Corps de l'Infanterie ; & veut que ce choix étant fait , celui qui ſera le plus ancien des deux , qui devront commander les aîles de Cavalerie, ait le commandement ſur les deux lignes de la droite ; & le ſecond , ſur les deux lignes de la gauche : de maniere que les Officiers généraux de chacune de ces aîles , ſoient ſubordonnez au plus ancien Lieutenant général de celle où ils ſont ; & que l'Officier général, qui ſera le plus ancien au corps de l'Infanterie, ait le commandement des deux lignes ; & que tous les autres Officiers généraux lui ſoient ſubordonnez. Que les Lieutenans généraux commandans les aîles de Cavalerie, & le Lieutenant général qui commandra l'Infanterie, n'ayent point de poſte fixe, à la tête des Troupes qui ſeront ſous leurs ordres, pouvant ſe porter à la tête de celles de leurs Corps qu'ils jugeront à propos, à l'exception neanmoins des Troupes qui pourroient avoir été détachées des lignes, pour corps de reſerve , ou autre , dont le commandement demeurera aux Officiers généraux commandez pour ce ſujet : Ordonnant Sa Majeſté, qu'encore qu'il ſe trouve aux aîles ou à l'Infanterie , un Maréchal de France , leſdits Lieutenans généraux auront toûjours ſous lui le commandement ſur les Lieutenans généraux , qui leur ſont ſubordonnez. *(b)*

Le Commandant de la Cavalerie a par mois de quarente-cinq jours, ſix cens livres d'appointemens, & trente rations de pain par jour.

On a vû à l'article de l'Infanterie, quelle Garde un Général d'Armée doit avoir , ſuivant ſa dignité de Prin-

Autorité du Général pour la diſtribution des poſtes des autres Officiers Généraux.

(*a*) Ordonnance du premier Août 1715. & 14. Mars 1716.
(*b*) Ordonnance du premier Fevrier 1703.

ce , de Maréchal, ou autre ; outre cette garde il a une Compagnie de Carabins ou gardes particuliers, dont on verra cy-après les fonctions.

DES LIEUTENANS GENERAUX.

AVant le regne de Louis XIII. il n'y avoit point de Lieutenans généraux, qui portaſſent ce titre comme ſeconds Officiers de l'Armée: il n'étoit donné qu'à celui qui en avoit le commandement en chef ; parce que le Roy étant ſeul Général de toutes ſes 'Armées , qui que ce ſoit qui en commande quelqu'une , n'eſt réellement que ſon Lieutenant : c'eſt pourquoi on nommoit les ſeconds Officiers Marêchaux de Camp.

On appelloit auſſi , comme il ſe pratique encore à preſent, Lieutenans généraux, ceux qui commandoient dans les Provinces : dans la ſuite le Roy a donné ce titre aux Officiers de guerre , qui ont le commandement immediat après le Marêchal ou autre Général , commandant l'Armée.

Cette charge eſt donc la premiere dignité militaire , après les Marêchaux : les fonctions de ceux qui la poſſedent ſont , d'aider le Général de leurs conſeils , de commander les aîles d'une Armée, & les differens corps de Troupes, dans un jour de bataille , dans les tranchées à un Siege, & dans la défenſe des Places ; ils commandent auſſi quelquefois des Armées en chef.

La Patente que le Roy leur fait expedier , eſt un pouvoir ſimple , ſans proviſions ni brevet. Ce pouvoir eſt renouvellé chaque fois qu'ils doivent ſervir à l'Armée, ou ſur la frontiere ; & c'eſt ce qu'on apelle Lettres de ſervice. Un Lieutenant général , & les autres Officiers généraux au-deſſous , peuvent bien ſans ces Lettres porter le titre de leur charge ; mais ils ne peuvent exiger des Troupes les honneurs militaires qui y ſont attachez.

Le rang des Lieutenans généraux ſe regle entre eux, par la datte de leur promotion ; & ceux du même jour, ſuivent celui qu'ils tenoient comme Marêchaux de Camp.

Ils prennent Jour à l'Armée fur ce pied ; comme nous l'expliquerons cy-après ; & ils font diftribuez de même le jour d'une Bataille, à moins que le Général en chef, qui eft maître de la difpofition, n'en ordonne autrement.

Les honneurs militaires qui leur font dûs font, que tou-tes les Gardes de l'Armée ou des Villes doivent pren-dre les armes pour eux, les porter fur l'épaule ; & le Tambour doit appeller. S'ils commandent en chef à l'Ar-mée ou dans une Province, ils ont pour Garde de leur logis cinquante hommes avec les Officiers, fans Drapeau; & le Tambour appelle. Les Troupes doivent les faluer deux fois, l'une en entrant, & l'autre en fortant de Cam-pagne : le même falut leur eft dû auffi en entrant ou en fortant de la Province où ils commandent; c'eft-à-dire, la premiere ou la derniere fois que les Troupes les voyent. Lorfqu'ils font à l'Armée, ou dans une Province, fous d'autres Chefs, leur Garde ne doit être que de trente hommes, commandez par un Lieutenant. Leurs appoin-temens quand ils fervent, font par mois de quarante-cinq jours,

Appointemens . . 1000.l. ⎫
Comp. de 20. Gardes. 729. ⎬ 80. rations de pain par jour.
2. Aydes de Camp, à

   300. chaque . . 600. & trente rations de pain par jour.

       Total. 2329.

DES MARECHAUX DE CAMP.

LE titre de Maréchal de Camp eft fort ancien en France ; on le trouve employé dans les plus vieilles Relations de guerre : mais il femble qu'il n'ait commen-cé à avoir l'éclat qu'il a préfentement que fous le regne d'Henry IV. Avant ce Prince ils n'étoient qu'à peu près ce que font aujourd'hui les Aydes de Camp. Leurs fon-ctions préfentement font, d'ordonner fous le Général en chef, du campement & du logement de l'Armée : ils en déterminent la forme & l'étendue ; & ils en laiffent en-

              S f iij

suite la repartition à faire au Maréchal général des Logis, & aux Majors généraux. Ils postent aussi toutes les Gardes de l'Armée, & ils distribuent les ordres du Général aux Majors généraux & au Maréchal des Logis de la Cavalerie. Ils prennent Jour entre eux à l'Armée suivant la datte de leur Promotion, & sont employez de même dans les diverses occasions, soit pour les Batailles, ou les Tranchées, soit pour la défense des Places assiegées.* Leurs

Leurs appointemens, appointemens par mois de quarante-cinq jours, sont,

Appointemens. . . . 500.l. & 30. rations de pain par jour.
6. Carabiniers.   162.
1. Ayde de Camp.   300. & 15. rations de pain par jour.

Total. 962.

Honneurs militaires qui leur sont dûs. Leurs honneurs militaires consistent à une Garde de quinze hommes, commandez par un Sergent, avec un Tambour qui va conduire cette Garde, & qui la ramenne, sans demeurer chez eux. Les Gardes de l'Armée doivent prendre les armes pour eux, & le Tambour avoir sa caisse au col, sans battre. Lorsqu'ils commandent un corps de Troupes en chef, leur Garde est de trente hommes, commandez par un Lieutenant ; & le Tambour doit appeller.

DES BRIGADIERS.

Origine des Brigadiers, **L**Es Brigadiers de Cavalerie, d'Infanterie & de Dragons n'ont commencé à jouir de cette dignité en titre d'Office, qu'en l'année 1667. Avant ce temps-là les Colonels des plus anciens Regimens en faisoient les fonctions. Cette pratique étoit d'une très dangereuse consequence ; parce que l'usage étant alors comme à présent, d'acquerir la dignité de Colonel à prix d'argent, celui qui avoit acheté un vieux Regiment, se trouvoit le Commandant d'une Brigade, souvent quoique très-jeune & *Sujet de leur institution.* sans experience. Monsieur de Turenne en ayant connu l'abus, & l'ayant representé au Roy, dans le temps que nous venons de marquer, Sa Majesté fit expedier des Bre-

* Ordonnance du 24. Mars 1676.

vets particuliers, qu'il diſtribua aux Officiers les plus experimentez de chaque Corps de Troupes : cette maxime ayant été obſervée les Campagnes ſuivantes, & enfin établie pour toujours, cet emploi eſt devenu une charge ou grade dans les Troupes, mais non pas une dignité générale, comme quelques-uns le pretendent : puiſque leur autorité à l'Armée ne s'étend point au-delà de leur Brigade ; au lieu que ceux qui ſont effectivement Officiers généraux, ont la même autorité ſur toutes ſortes de Troupes. Lorſque les Brigades étoient commandées par le Colonel du plus ancien Regiment, comme nous venons de le dire, elles portoient le nom de ce Regiment : pour ne point ôter tout à fait aux vieux Corps leur ancienne prérogative, l'on a conſervé cet uſage, ſurtout dans l'Infanterie, où les Brigades ne portent jamais le nom du Brigadier. De même dans la Cavalerie, les Brigades qui ont pour Chef un Regiment Royal, ou de Prince, ou de l'Etat Major de la Cavalerie, c'eſt à-dire, le Colonel, le Meſtre de Camp ou Commiſſaire général, portent le nom de ces Regimens, & non pas celui du Brigadier : mais lorſque la Brigade ſe trouve n'être compoſée que de Regimens de Gentilshommes, alors elle porte le nom du Brigadier, ſans déférence pour le plus ancien Regiment. La même choſe s'obſerve pour les Brigades de Dragons.

La dignité de Brigadier, depuis ſon inſtitution a été neceſſaire, pour parvenir à celle de Maréchal de Camp, & enſuite aux plus éminentes : mais comme pluſieurs des Officiers qui ont les qualitez & l'experience neceſſaires pour pouvoir un jour remplir ces grands emplois, ſont hors d'état d'acheter des Regimens, ou de ſervir à leur tête, & qu'il y en a même une grande partie qui ſervent utilement dans d'autres poſtes ; le Roy accorde à ces Officiers le Brevet de Brigadier, ſur tout à ceux des Troupes de ſa Maiſon ; c'eſt-à-dire, aux Grands Officiers, ou Officiers à hauſſe-col : par exemple ce Brevet s'accorde dans les Gardes du Corps, depuis les Capitaines, juſqu'aux Enſeignes incluſivement ; mais il ne s'accorde pas

aux Exempts, à moins qu'ils n'ayent obtenu la dignité
de Meftre de Camp, par des Lettres particulieres, comme nous l'avons marqué à leur article, parce qu'ils ne
font point Officiers dans le Corps. Dans les Gendarmes,
les Chevaux-Legers & les Moufquetaires de la Garde,
ce grade ne s'accorde, que depuis les Capitaines-Lieutenans, jufqu'aux Enfeignes & Guidons inclufivement ; les
Maréchaux des Logis ne l'obtiennent point, parce qu'ils
font dans le cas des Exempts des Gardes. Dans les Regimens des Gardes Françoifes & Suiffes, le Colonel,
le Lieutenant Colonel, les Majors & les Capitaines font
feuls qui en puiffent jouir, excepté ceux des autres Officiers qui ont la dignité de Meftre de Camp par des Lettres particulieres. Mais quoique les Officiers que nous
venons de nommer, puiffent obtenir la dignité de Brigadier, on ne leur donne pas cependant une Brigade à
commander ; chacun au contraire eft obligé de fervir à
fa Troupe : ainfi ce titre leur fert feulement pour commander quelques Détachemens. Les Lieutenans Colonels de Cavalerie, d'Infanterie & de Dragons, peuvent
auffi en être pourvûs : ceux de l'Infanterie qui en jouiffent, commandent la Brigade dans laquelle leur Regiment fe trouve, quand même il y auroit un Meftre de
Camp Brigadier, lorfqu'ils fe trouvent plus anciens Brigadiers que lui. C'eft pour cette raifon, que les Lieutenans
Colonels bien confeillez, refufent de prendre la Commiffion de Meftre de Camp, lorfqu'on la leur offre par forme
de récompenfe : parce qu'en ce cas, ils feroient obligez de
rouler fur ce pied avec les Meftres de Camp afpirans. Ces
derniers auroient même un grand avantage fur eux ; parce
que du College on peut paffer au commandement d'un
Regiment ; au lieu que pour en devenir le Lieutenant
Colonel, il y a bien d'autre ouvrage à faire, comme je
l'ai dit dans fon lieu. Cette dignité s'accorde encore aux
Capitaines-Lieutenans de la Gendarmerie, aux Ingenieurs,
aux principaux Officiers d'Artillerie, & quelquefois à de
fimples Capitaines, ou Majors, pour récompenfe de quelque action d'éclat.

Les

Tous les Bri-
gadiers n'ont
pas des Bri-
gades.

Les Brigadiers roulent entre eux pour le service, suivant la datte de leur Promotion ; & si elle se trouve de même jour, suivant leur ancienneté de Mestre de Camp ou de Lieutenant Colonel, en quelque part & de quelque sorte qu'ils l'ayent été. (*a*) Ils se conforment entre eux pour le commandement, à ce qui est reglé pour la préséance dans la Cavalerie, l'Infanterie & les Dragons, entre ceux de même dignité, soit à la campagne, soit dans les lieux fermez, comme il est marqué dans l'Extrait des Ordonnances générales, qu'on a cy-devant vû. Leurs fonctions consistent à commander la Brigade qui est sous leurs ordres, & les Détachemens qui leur sont confiez. Les honneurs militaires dont ils jouïssent, consistent à avoir à l'Armée une Garde de dix hommes, commandez par un Caporal, pour garder leur équipage, pourvû qu'ils soient campez ou logez à leur Brigade. (*b*) Ils ont seulement une Sentinelle, lorsqu'ils sont dans une Place avec des Lettres de services : & quand ils visitent les Gardes de l'Armée, elles doivent se mettre en haye, reposez sur leurs armes, l'Officier ayant la sienne auprès de lui. Leurs appointemens sont de cinq cens livres par mois de quarente-cinq jours ; & ils ont vingt rations de pain par jour.

Rang entre eux.

Leurs fonctions & honneurs militaires.

Leurs appointemens.

Les Officiers généraux ont en hyver, lorsqu'ils servent, les mêmes appointemens, Parties inopinées, Compagnie de Gardes & petits Officiers ; à l'exception des Aydes de Camp seulement : ils sont payez par mois de trente jours; & ont de plus du fourrage.

DU MAJOR GENERAL DE L'ARME'E.

LE titre de Major général a succedé à celui de Sergent major de Bataille, que portoit avant le précedent regne celui qui en faisoit les fonctions. Son détail s'étendoit autrefois sur toutes les Troupes de l'Armée, dont il faisoit l'arrangement pour les combats, suivant le projet du Général : ainsi cette charge étoit alors la seconde

Origine des Majors-généraux.

Leurs anciennes prérogatives.

{ *a* }
{ *b* } } Ordonnance du 20. Mars 1704.

de l'Armée. Mais depuis qu'on a inſtitué un Marê-chal des Logis général , pour faire le détail de la Ca-valerie, & un Major général pour les Dragons, ſes fon-ctions ne regardent principalement que l'Infanterie. Il

Leurs fon-ctions. en fait le campement avec le Marêchal de Camp de Jour, & il ordonne toutes les gardes des poſtes que ce Corps doit garder. Il tient l'état des Brigadiers , des Meſtres de Camp, des LieutenansColonels,& des Compagnies de Gre-nadiers, pour les commander chacuns à leur tour pour être de Jour , & pour marcher avec les détachemens. Il prend l'Ordre du Général , ou du Marêchal de Camp de Jour ; & il le diſtribuë aux Majors de Brigades , qui pour cet effet doivent ſe rendre tous les jours chez lui : il doit auſ-ſi y avoir toûjours un Sergent & un Caporal de leur Bri-gade à l'Ordonnance , pour leur apporter les ordres ex-traordinaires qui pourroient ſurvenir. Il ſe trouve aux Gardes montantes, pour les examiner , & les faire dé-filer en parade, à peu près comme dans les Places. Com-

Aydes-Ma-jors généraux. me cette charge demande des ſoins infinis , & un travail continuel , auſquels un ſeul ne pourroit ſuffire ; le Géné-ral établit ſous lui autant d'Aydes-Majors généraux qu'il en eſt beſoin , ſuivant la force de l'Armée : ces Aydes ſont ordinairement choiſis entre les Majors d'Infanterie les plus capables de bien remplir ces emplois. Le Major & les Aydes-Majors généraux ſont à l'égard de toute l'Infanterie de l'Armée, ce qu'eſt un ſimple Major pour un Regiment ; c'eſt-à-dire, qu'ils ſont chargez du ſoin de tout ce qui peut contribuer à l'honneur du Corps : ils doivent donc de même ne ſe pas contenter d'ordonner les choſes de la part du Général ; il faut encore qu'ils veillent à ce qu'elles ſoient ponctuellement executées. Il

Devoirs pro-poſez par l'Auteur. eſt donc de leur devoir de ſe porter partout, ſans en ex-cepter les actions un peu conſiderables, qui ſe font à portée de l'Armée , où ils doivent ſervir non ſeulement

Exemple de leur effet , & éloge de M. d'Imecourt ſur ce ſujet. pour les arrangemens , mais auſſi de leur épée : je l'ai vû pratiquer au brave & intrepide M. d'Imecourt, Ayde-Major général de notre Armée en Catalogne. Cet Offi-cier ne manquoit aucune action d'éclat ; juſques là mê-

me, que pendant le fâmeux Siege de Barcelonne, il ne
se fit pas une seule attaque importante & à découvert,
dont il ne voulût être ; & il donnoit également ses avis,
pour les logemens dans les ouvrages qu'on emportoit,
comme pour la maniere de les emporter. Cette activité
avoit fait de cet Officier un si parfait modele de Gue-
rier, que quoi qu'il fût Lieutenant général, lorsque le
coup fatal qu'il reçut devant Verüe l'ôta à la France, il
n'étoit pas encore arrivé jusqu'où sa valeur & sa bonne
conduite le pouvoient faire aller. Les appointemens du *Appointe-*
Major général sont de 500 liv. par mois de quarente-cinq *mens,*
jours ; & il a vingt rations de pain par jour : plus pour
deux Fourriers 200 livres, & quatre rations de pain.

Je ne puis finir cet article, sans rendre à M. le Maré- *Eloge de M.*
chal de Montesquiou, qui a long-temps exercé cette char- *de Montes-*
ge, la justice que toute l'Infanterie lui doit ; je dirai donc, *quiou.*
qu'aucun Officier en France, n'a si bien connu, ni si bien
conduit ce Corps, que lui, tant en cette qualité, qu'en
celle de son Directeur général. Cette application, jointe
aux grands talens qu'il a pour la guerre, lui a fait meriter à juste titre, outre la qualité de grand Capitaine,
celle qui étoit autrefois la plus cherie des Romains ; je
veux dire celle de très-zelé Citoyen.

DU MARECHAL GENERAL DES LOGIS
DE L'ARME'E.

Es fonctions du Maréchal des Logis de l'Armée, *Ses fonctions,*
sont d'en faire le campement, & d'en distribuer l'é-
tendüe aux differens Corps, & aux autres parties qui la
composent, comme le quartier général, celui de l'Artillerie & des Vivres, &c. Il doit diriger la marche de l'Armée, lorsqu'elle décampe ; & pour cet effet en faire le
plan & le communiquer au Général, pour recevoir son
aprobation & ses ordres, sur la maniere dont les colon- *Maréchaux*
nes marcheront. Il y a deux autres Maréchaux des Logis, *des Logis or-*
qui sont aussi en titre d'office ; le Roy les employe cha- *dinaires de*
cun dans une Armée differente, supposé qu'ils ayent l'ex- *l'Armée.*

perience & la capacité requifes : car , comme ces charges s'aquierent à prix d'argent , & qu'elles font par confequent fujettes à être remplies par des novices ; le Général en ce cas eft le Maître d'en faire faire les fonctions
par l'Officier qu'il juge en être le plus capable. Un Marêchal des Logis doit fur tout être bon Géographe , &
avoir des Cartes fideles de la Frontiere où il eft employé ,
avec les Plans qui ont été dreffez des differens campemens qui ont été faits partout où la guerre a été portée fous le precedent regne ; parce que très-commune-
ment on fe retrouve dans les mêmes. Il y a de ces plans
qui ont été dreffez par M. de Chanlais : ils font auffi
parfaits , que leur Auteur l'étoit dans ce genre. Nous parlerons dans la fuite des foins que chacun doit apporter,
pour que l'Armée foit bien campée , & des regles pour
ce fujet. Les appointemens des Marêchaux des Logis des
Armées , font de fix mille trois cens livres chacun par
an : ils ont vingt rations de pain par jour.

Qualitez ne-
ceffaires à ces
Officiers.

Leurs appoin-
temens.

DU MARECHAL GENERAL DES LOGIS
DE LA CAVALERIE.

LE Marêchal général des Logis de la Cavalerie, fait
pour ce Corps les mêmes fonctions, que celles que
nous avons marquées devoir être faites par le Major général de l'Infanterie ; ainfi nous n'en ferons point de repetition. Ses appointemens font de cinq cens cinquante livres par mois de quarente-cinq jours ; & il a vingt rations de pain par jour : plus pour des Fourriers deux cens
livres , & quatre rations de pain.

DU MAJOR GENERAL DES DRAGONS.

L'Ordonnance du 20 Fevrier 1690 , définiffant parfaitement les fonctions du Major général des Dragons , nous croyons ne pouvoir donner une plus feure
explication fur cette Charge , qu'en rapportant l'Extrait
de cette Ordonnance : le voicy.

Veut Sa Majesté, que l'Officier qui sera chargé du **Ses fonctions.** détail des Dragons à l'Armée, quand même il n'y auroit qu'un Regiment, prenne la parole du Maréchal de Camp de Jour ; & dans un Camp volant où il n'y aura point de Maréchal de Camp, qu'il la reçoive du Général qui le commandera. Que pour le détail du service, que les Dragons devront faire avec la Cavalerie, le Major général des Dragons reçoive le Memoire du Maréchal des Logis de la Cavalerie. Voulant Sa Majesté, qu'au cas que ledit Major général se trouvât trop éloigné du Maréchal des Logis, pour qu'il pût lui envoyer les ordres promptement, il y ait chez ledit Maréchal des Logis cinq ou six Dragons à l'Ordonnance pour ce sujet.

A l'égard du reste du détail, il sera fait uniquement **Prérogatives du Corps des Dragons.** par le Major général des Dragons, sous l'autorité de celui qui commandera ce Corps à l'Armée, sans que le Maréchal des Logis puisse y entrer en aucune maniere, si ce n'est pour marquer le nombre qui devra marcher, avec la Cavalerie, & le lieu où ils devront se rendre, avec les intentions du Général de l'Armée sur ce qu'ils devront executer : sans que pour ce sujet, le Commandant de la **Sont indépendans du Général de la Cavalerie.** Cavalerie puisse pretendre aucune sorte de droit, ni juridiction particuliere sur les Dragons, pour lesquels Sa Majesté a créé & établi des Officiers Généraux, entierement distincts de ceux de la Cavalerie.

Ce Major général est ordinairement celui du premier **Choix du Major Général de ce Corps à l'Armée.** Regiment de ce Corps qui se trouve à l'armée : comme son détail est aussi le même, par rapport à ce Corps, que celui du Major général pour l'Infanterie, nous n'en ferons point de repetition.

DU WAGUE-MESTRE GENERAL.

CElui qui possede cet emploi, est chargé du soin de **Ses fonctions.** faire marcher les bagages, conformement à l'intention du Général. Voicy un Extrait de l'Ordonnance, que le Roy a rendûe sur ce sujet le 1 May 1701.

Sa Majesté ordonne, qu'il y aura dans chaque Brigade, **Ordonnance sur ce sujet.**

soit de Cavalerie soit d'Infanterie, un Officier choisi, pour faire la charge de Wague-meſtre de Brigade, & deux Aydes sous lui ; & dans chaque Regiment, un Wague-meſtre particulier, qui recevra les ordres de celui de la Brigade. Que lesdits Wague-meſtres de Brigades, un Commiſſaire pour l'Artillerie, & un Commis des Vivres viendront la veille de chaque jour de marché, recevoir l'Ordre du Wague-meſtre général de l'Armée ; & ils diſtribueront cet ordre aux Wague-meſtres particuliers, qui s'y conformeront pour faire charger, ateler & conduire les bagages, où il aura été ordonné. Que le Wague-meſtre de Brigade ſe conformera en tout aux ordres qui lui feront donnez ou envoyez par le Wague-meſtre général, pendant la marche, & en toutes occaſions. L'ordre ordinaire pour la marche des bagages par Brigades, eſt ſuivant le rang des Regimens ; & dans les Regimens, ſuivant le rang des Compagnies : ſur quoi il faut remarquer, que le bagage de chaque Subalterne doit ſuivre celui du Capitaine de la Compagnie dont il eſt. Veut Sa Majeſté que ſi aucun Chartier, ou Conducteur de bagages, ſe met en marche avant que d'être commandé, il ſoit ſur le champ marqué d'une fleur de lis à la joüe.

Le bagage général ou du quartier du Roy, & celui de l'Artillerie & des Vivres marchera, ſçavoir, le Tréſor à la tête de tout, même avant le bagage du Général de l'Armée; le bagage des Princes & Officiers généraux ſuivant leur rang; celui du Meſtre de Camp général de la Cavalerie; celui du Marêchal des Logis général des Camps & Armées; celui du Prevôt général de l'Armée ; ceux des Commiſſaires des guerres ; enſuite l'équipage des Vivres, & puis l'Artillerie, ſi elle ne peut pas aller ſur une colonne à part ; enſuite celui de l'aîle de Cavalerie qui aura l'avant-garde ; & après, celui de l'Infanterie, & du reſte de la Cavalerie, ſuivant ce qui aura été ordonné pour la marche de ce jour là : après cela, marcheront tous ceux des Vivandiers du quartier du Roy, & autres Marchands ſuivans l'Armée.

Si le terrain permet de faire marcher les bagages en

deux ou plufieurs colonnes, l'argent fera à la tête de la premiere, avec les bagages des Généraux, & Officiers Majors de l'Armée, & les Vivres; enfuite feront ceux de la premiere ligne. A la tête de la feconde colonne, fera l'Artillerie, & enfuite le bagage de la feconde ligne. Si pendant la marche en plufieurs colonnes, il fe rencontre un pont ou autre défilé qui foit le feul paffage, chacun reprendra fon rang, après l'avoir paffé. Veut Sa Majefté qu'il y ait dans chaque Brigade un fanion ou petit Etendard, pour les faire reconnoître; & il fera porté par un Valet entendu, qui aura pour ce fujet vingt fols par jour de marche, fuivant l'ordre du Major général pour l'Infanterie, & du Maréchal des Logis pour la Cavalerie. Un Officier fubalterne prendra foin de ce Fanion; défendant Sa Majefté aux Valets de la Brigade de le quitter, à peine du foüet par la main de l'Executeur; & à tous Valets Conducteurs de bagage d'en couper la marche, fur la même peine. Enjoint Sa Majefté au Prevôt de l'Armée de faire punir les contrevenans, fans qu'il foit befoin pour ce fujet d'autre ordre.

Fanion dans chaque Brigade.

On doit toûjours faire marcher le bagage du côté oppofé à l'Ennemi, c'eft-à-dire, à la queuë, s'il eft en tête; & à la tête, s'il eft en queuë; & il doit être couvert d'une colonne de Troupes s'il eft à côté. Les aîles de l'Armée ayant chacune à leur tour l'avant garde les jours de marche, le bagage roule de même: mais celui de l'Infanterie marche toûjours au milieu de celui de la Cavalerie.

Les appointemens du Vaguemeftre font par mois de quarante-cinq jours, de deux cens livres; & il a dix rations de pain.

Appointemens du Wague-meftre.

DES MAJORS DE BRIGADE.

LEs Majors de Brigades font chacun chargez du détail de celles où ils font attachez : ils doivent pour cet effet aller tous les foirs recevoir l'Ordre des Majors généraux des Corps dont ils font, & le diftribuer enfuite au Major des Regimens qui font de leur Brigade, après l'avoir communiqué au Brigadier. Ils doivent affembler

Leurs fonctions.

les détachemens, que la Brigade doit fournir, les examiner, & les conduire au rendez-vous. Il faut qu'ils marchent partout où leur Brigadier eft commandé d'aller
pour le fervice ; afin de faire fous lui le détail & l'arrangement de la Troupe qu'il doit commander : ils font chargez des mêmes foins les jours d'une Bataille. Les Majors
de Brigade font ordinairement ceux des plus anciens Regimens qui la compofent : mais dans ce cas un Major de
Brigade n'eft qu'autant qu'il le veut attaché au détail
particulier du Regiment ; attendu qu'il trouve affez de
quoi s'occuper dans celui qui regarde la Brigade en général : c'eft pourquoi il peut fe difpenfer de fuivre fon
Meftre de Camp, lorfqu'il eft détaché ; parce que pendant ce temps fon Brigadier pourroit l'être.

Choix qu'on en fait.

Les Majors de Brigade d'Infanterie ont d'appointemens par mois de quarente-cinq jours trois cens livres, &
quinze rations de pain par jour : & ceux de Cavalerie ont
cent-cinquante livres, & quinze rations de pain.

Leurs appointemens.

DU CAPITAINE DES GUIDES.

ON forme ordinairement une Compagnie de Guides,
dont le Général donne le commandement à un Gentilhomme, ou à un autre particulier des mieux inftruits
de tous les chemins à trois ou quatre lieues aux environs
de l'Armée. Ce Commandant eft chargé d'affembler jufqu'à quarente ou cinquante Bourgeois & Payfans du pays,
pareillement des mieux inftruits des chemins, dont une
partie doit être à cheval, & l'autre à pied ; afin d'en
donner pour Guides aux Partis ou autres Détachemens
que le Général juge à propos d'envoyer à la Guerre. A
mefure que l'Armée fait quelque mouvement, qui l'éloigne des lieux & des chemins que ces Guides connoiffent,
il doit en chercher d'autres. Comme cet établiffement eft
très-effentiel, s'il ne s'en trouvoit point de bonne volonté, il peut en prendre par force : dans ce cas on lui donne une Garde pour les garder. Ce Capitaine a 200 livres
par mois de quarente-cinq jours, & fix rations de pain ;

Compagnie de Guides : par qui commandez.

Ses fonctions.

Ses appointemens & autres droits.

&

& chaque Guide a vingt fols par jours , & fa portion
fur le pied d'un Soldat dans les captures que les Partis
qu'ils guident font fur l'ennemi. Le Capitaine des Guides
doit fuivre le Général par tout où il va.

Il y a un Capitaine des Guides du Roy , & de fes Camps
& Armées, pourvû en titre d'Office : il fait les fonctions
que nous venons de marquer, lorfque Sa Majefté eft en
campagne. Il a de plus le droit d'être proche du Roy lorfqu'il marche ; il fe tient près d'une des portieres de fon
caroffe ou de fon cheval ; afin que fi Sa Majefté demande le nom des lieux, Villes, Châteaux , Bourgs & Villages qui font fur le chemin, il les lui puiffe nommer. Il
a auffi le droit d'établir des Lieutenans des Guides dans
toutes les Armées du Roy ; & il leur donne des Provifions, fur lefquelles ils font admis pardevant Meffieurs les
Maréchaux de France. Il y a tout lieu de douter fi cette
charge n'eft pas tout à fait militaire ; puifque ceux qui
en ont été pourvûs dans le temps qu'il y avoit un Connétable, ont toujours prêté ferment entre fes mains ; &
que depuis que cette dignité a été fupprimée, ils le prê-
tent devant le plus ancien Maréchal de France. Il a 2000
livres de gages ordinaires, 300 livres par mois d'appointemens , & 600 livres d'extraordinaire dans les voyages ou à
l'Armée, avec bouche à Cour au Serdeau du Roy.

DES AYDES DE CAMP.

Bien des gens s'imaginent, parce qu'ils voyent ordinairement l'emploi d'Ayde de Camp , rempli par de jeunes Officiers , ou autres fans experience , que cet emploi eft de très-peu de confequence : ils ont raifon de le
croire, par le peu de cas qu'il femble qu'on en fait, en
l'accordant ainfi au hazard. Cependant ceux qui leur
donnent , par un femblable choix, le jufte fujet qu'ils
ont de s'en former une pareille idée, ne font aparemment pas eux-mêmes les reflexions que mérite l'importance de cette charge. Il eft certain que c'eft une de celles qui demandent le plus de capacité ; car comme il

n'eſt pas poſſible qu'un Général puiſſe ſe porter partout où ſa préſence ſeroit neceſſaire, il faut abſolument qu'il y ſoit repréſenté, ou que du moins ſes ordres y ſoient portez par un homme aſſez entendu, premierement pour les recevoir, & ſecondement pour les expliquer ſi bien à ceux à qui il les porte, qu'ils produiſent le même effet que ſi le Général y étoit préſent. De plus, un Général eſt quelquefois obligé de regler les ordres qu'il donne, ſur les avis que les mêmes Aydes de Camp lui apportent, ſoit ſur ce qu'ils ont vû, ſoit ſur ce qu'un Officier principal & même général leur aura dit de repreſenter : il faut encore en cette occaſion qu'ils ayent outre l'intelligence, l'experience la plus parfaite. C'eſt pourquoi comme ceux qui ont ces emplois doivent dans une infinité d'occaſions, jouer pour ainſi dire le rôle du Chef; ils doivent par conſequent avoir les talens neceſſaires pour s'en bien acquitter. Il me ſemble qu'on n'a jamais fait trop d'attention ſur cela en France ; puiſque loin qu'on ait fait de cet emploi une charge ou un grade particulier, ainſi qu'il ſe pratique partout ailleurs, on a défendu aux Généraux d'employer à ces fonctions aucuns Chefs ou autres Officiers des Troupes de la même Armée.

Quand le Roy eſt à l'Armée, il choiſit ordinairement un nombre de Seigneurs des plus qualifiez pour lui ſervir d'Aydes de Camp, entre leſquels l'Ecuyer de Sa Majeſté a une place de droit. Ces Seigneurs ſont les ſeuls qui ayent ſous eux d'autres Aydes de Camp, qu'on appelle Aydes de Camp du Roy. Ces derniers emplois appartiennent de droit aux Pages de la Chambre & de la grande & petite Ecurie de Sa Majeſté, lorſqu'ils ont les qualitez neceſſaires pour les bien remplir.

DE L'INTENDANT DE L'ARME'E.

Choix des Intendans d'Armées.

L E Roy choiſit ordinairement l'Intendant du Département le plus proche de la Frontiere ſur laquelle on porte la guerre, pour y ſuivre l'Armée, & y être comme dans la Province, l'Homme de Sa Majeſté. En cette qualité; il décide de ce qui regarde la justice, la police & la finance pour les Troupes, & pourvoit à ce que leur subsistance ne manque jamais. Ce dernier point étant le plus essentiel, c'est celui auquel il doit particulierement s'attacher : il doit donc avoir un inventaire bien exact de tout ce qui a été mis pour cet effet dans les differens magasins qui ont été établis pour la subsistance de l'Armée, afin de pouvoir s'en servir suivant l'occasion, & d'être toujours en état de répondre juste au Général de l'Armée, lorsqu'il veut être informé, avant que de faire un mouvement, s'il y aura des vivres à portée du lieu où il voudra faire quelque entreprise considerable. C'est pour cette raison que l'Intendant de l'Armée doit être appellé non seulement au Conseil de Guerre que le Général fait assembler, pour y résoudre les moyens de faire réussir un dessein important ; mais aussi quelquefois dans celui du Roy, lorsqu'on y fait les dispositions pour les operations de la Campagne. Un Général est bien soulagé quand ce poste important est rempli par un sujet capable de ce grand détail ; parce que la subsistance pour les Troupes étant assurée, en quelque part qu'il veuille porter ses coups, il ne lui reste à faire que ce qui est directement de son métier, en quoi il ne doit jamais être embarrassé.

C'est l'Intendant de l'Armée qui choisit les Commis- saires des Guerres, pour être employez aux détails particuliers qui sont de leur ministere ; nous les marquerons cy-après. Il a soin aussi du recouvrement des Contributions ; & il nomme un Receveur pour ce recouvrement. C'est lui qui est particulierement chargé de faire les con- ventions necessaires avec les Députez du pays ennemi, où les Contributions ont été établies ; & si l'ennemi en établit de même en quelque endroit de notre domination, c'est lui aussi qui les regle : ainsi un Général peut bien pour le service du Roy penetrer aussi avant qu'il peut dans le pays ennemi, pour en obliger les peuples de se soumettre à la Contribution ; mais il ne peut fixer ces Contributions, ni les recevoir, ni en faire aucune destination : ce détail est entierement reservé à l'Intendant, qui se regle pour ce sujet sur les intentions du Roy, qui lui sont mandées par le Secretaire d'Etat qui a le Département de la Guerre.

Les magasins que l'on fait pour la subsistance de l'Armée, ne contiennent pas tout ce qui est necessaire pour la vie, mais seulement l'essentiel ; ainsi l'Intendant doit veiller à ce qu'elle ait toutes les autres choses en abondance ; c'est-à-dire, de toutes sortes de boissons, du sel, du poivre, du fromage, du tabac, de la chandelle, de toutes sortes de volailles, &c. C'est pourquoi si les Vivandiers & autres Marchands suivans l'Armée, ne trouvoient pas l'occasion de se pourvoir de ces choses, à mesure qu'ils en ont fait le débit, soit parce que les Villes voisines en seroient dégarnies, soit à cause que l'Armée seroit trop éloignée des autres Villes plus reculées, pour qu'ils en pussent tirer ; il doit les y faire apporter par les habitans mêmes des lieux éloignez. Pour cet effet il doit leur promettre toute sûreté, & la regularité du payement de leurs denrées, & tenir la main à ce que cette promesse soit executée. Mais si malgré ses soins il ne pouvoit les engager à faire ces fournitures, il doit les y contraindre par une imposition sur chaque lieu, proportionnée à ce qu'il le juge en état de fournir ; & il doit rendre les Magistrats desdits lieux responsables de la fourniture de l'imposition, & obliger même l'un d'eux de la conduire à l'Armée, & d'en tirer un Certificat de celui qui aura été nommé pour la recevoir. Quoique ces sortes de fournitures de denrées soient forcées, il doit avoir soin de les faire payer, & même grassement, par les Vivandiers ou autres qui les achetent en gros, pour les débiter en détail ; afin que cet appas du gain engage les habitans à y venir d'eux-mêmes. Il faut de plus leur donner, tant pour la venuë que pour le retour, des Escortes suffisantes, & châtier rigoureusement tous ceux qui pourroient leur causer le moindre trouble ; étant certain que cette multitude de Paysans ou de Negocians qui apportent ordinairement leurs denrées à l'Armée, sont les feuls qui la font fubfifter. François I. par fon Ordonnance du 24 Juillet 1534, confirmée par celle d'Henry II. du 22 Mars 1557, s'exprime en ces termes à cette occafion : *Les Compagnons ne prendront rien fans payer, foit pain, vin, &c. pendant qu'ils feront au Camp, fur peine de la vie ; d'autant qu'à caufe de ce les Vivandiers n'apporteroient vivres au Camp, ce qui feroit pour ruiner une Armée.*

L'Intendant de l'Armée doit mettre fa fignature au bas des ordres que le Major général a donnez pour les Travailleurs, que chaque Regiment doit fournir pendant un Siege ; afin qu'ils en puiffent recevoir le payement du Tréforier. Il arrête de même toutes les dépenfes ordinaires & extraordinaires de l'Armée, dans lefquelles font comprifes celles qu'on appelle fecretes : ces dernieres ont pour prétexte l'entretien des Penfionnaires chez l'ennemi, ou des Efpions pour être informé de ce qui s'y paffe. Il a fon logement de droit au quartier général, où l'Infanterie lui fournit une Garde de dix hommes, commandez par un Sergent, pour garder fes équipages, & particulierement fes papiers. Ses appointemens font de mille livres par mois de quarente-cinq jours ; & il a cinquante rations de pain par jour. *Ses appointemens.*

DES COMMISSAIRES DES GUERRES
A L'ARME'E

OUtre les Révuës que les Commiffaires des Guerres font chargez de faire à l'Armée, comme nous l'avons dit à leur article, l'Intendant en choifit un nombre des plus entendus, dont il en attache un à chaque détail particulier ; fçavoir aux Vivres, pour le pain de munition ; à la Boucherie de l'Armée, pour la diftribution de la viande morte ou fur pied. Ils font chargez d'examiner foigneufement, l'un fi le pain eft de poids, & de la qualité requife, & l'autre de même pour la viande. On en attache auffi un à l'Hôpital, un pour l'échange des prifonniers, un pour délivrer les Paffeports, un pour *Détails aufquels ils font employez à l'Armée.*

prendre foin des Contributions en denrées, & un pour
celles en fourrages fecs. Ils doivent tous fe conformer fur
ces parties aux ordres de l'Intendant, & lui rendre un
compte exact de toutes chofes : pour cet effet il faut qu'ils
ayent foin de fe préfenter tous les jours à lui, pour fçavoir s'il n'a rien à leur ordonner. Ils campent proche le
quartier général, où l'on leur marque auffi des logis.
Leurs appointemens en campagne font les mêmes qu'en
garnifon, avec dix rations de pain par jour.

DE L'HOPITAL DE L'ARME'E.

QUoique l'Armée foit fujette à des mouvemens, où
il eft dificile de tranfporter les malades & les bleffez, il eft cependant neceffaire qu'il y ait un Hôpital,
où l'on puiffe du moins recevoir le premier appareil, &
porter les Soldats dont la maladie eft contagieufe, ou
capable d'infecter ceux qui font dans la même tente. C'eft
pourquoi le Roy en entretient un dans chaque Armée,
& il y attache des Medecins, des Chirurgiens, des Apo-
ticaires, un Contrôleur, & des Infirmiers ; il y a auffi
un Directeur général, pour avoir le foin de fournir tout
ce qui eft neceffaire pour les alimens & médicamens, ou
autres chofes. Mais comme il feroit dangereux d'entreprendre de guérir une bleffure ou une maladie importante dans ces fortes d'Hôpitaux, fujets aux mêmes mouvemens que l'Armée ; on envoye les malades dès qu'on
le peut dans les Hôpitaux qui font dans les Places frontieres : on fe fert pour les tranfporter des caiffons vuides,
qui vont chercher le pain de munition. Lorfqu'on fait
de ces fortes de convois de malades ou de bleffez, il faut
avoir foin de les faire accompagner par des Chirurgiens,
qui puiffent les fecourir pendant la marche, & par des
Infirmiers qui prennent foin de leur fubfiftance. Si ces
fortes de voitures font trop rudes pour quelqu'uns, parce
qu'on leur aura fait des emputations, ou pour d'autres raifons ; le Directeur doit leur fournir des brancards, & toute
forte de fecours, aux frais du Roy. C'eft particulierement

le jour d'une Bataille, ou pendant un Siege, que cet Hôpital doit être déservi avec une extrême attention : pour
cet effet le Commiſſaire que nous avons dit y devoir être
attaché, doit mettre en pratique les conſeils que nous lui
avons cy-devant donné, en parlant des autres Hôpitaux.
Le jour d'un Combat on commande ordinairement à tous
ceux qui compoſent cet Hôpital, de ſe tenir à un endroit
marqué, pour y donner aux bleſſez en général les mêmes ſecours que nous avons marquez que le Chirurgien
d'un Regiment doit donner à ceux de ſon Corps en particulier. Dans un Siege, comme les operations y ſont d'un
plus long cours, on doit établir l'Hôpital dans des granges
ou autres lieux, le plus proche qu'il ſe peut de la tranchée,
hors de la portée des coups de la Place ; afin qu'il y ait
moins loin pour y porter les bleſſez, & qu'ils puiſſent par
conſequent être plus promptement ſecourus : lorſqu'une
défenſe eſt obſtinée, le nombre des bleſſez devenant à
la fin conſiderable, on doit les faire tranſporter dans les
Places, comme nous l'avons dit.

DES AUMONIERS DE L'ARME'E

OUtre les Aumôniers que le Roy entretient dans chaque Regiment, Sa Majeſté en entretient auſſi un
nombre dans chaque Armée, pour y faire les fonctions
curiales dans le quartier général. Ce ſont ordinairement
les Recolets qui ſont employez à ce ſalutaire uſage : ils
s'en acquitent avec la régularité qui eſt générale dans cet
Ordre. On leur fournit les voitures neceſſaires, avec
trente ſols chacun par jour, & deux rations de pain. On
doit leur donner par préference un logement convenable, pour qu'ils y puiſſent au défaut d'Egliſe celebrer les
Meſſes, & faire les autres fonctions Eccleſiaſtiques. Je
crois devoir dire icy, qu'il me ſemble qu'il ſeroit fort à
propos que le Superieur de ces Aumôniers, ou tel autre
qu'on voudroit choiſir, eût ſous le titre d'Aumônier général, une eſpece d'inſpection ſur tous ceux des Regimens qui ſont à l'Armée. Il faudroit pour cet effet obli-

ger ces derniers à lui aller prefenter leurs Obédiences
auffi.tôt que l'Armée feroit affemblée , & à recevoir en
même-temps fes inftructions fur la maniere dont ils devroient fe comporter pendant le cours de la Campagne.
Il feroit utile auffi qu'il eût l'autorité de les reprendre ,
& même de les interdire , ou d'ordonner un plus grand
châtiment , s'ils manquoient à l'exacte obfervation de ce
qu'il leur auroit prefcrit, tant par rapport à leurs fonctions, qu'à leur conduite particuliere. Cet établiffement
paroît d'autant plus neceffaire, qu'il n'y a rien de fi commun que de voir dans les Armées des Aumôniers tout à
fait indignes de l'être, les uns par leur conduite fcanda-
leufe , les autres parce qu'ils ont été interdits de Prêtrife , ou chaffez de leurs Paroiffes ou Communautez ; &
les autres parce qu'il n'ont pas feulement l'Ordre de
Prêtrife. J'ay vû un exemple de ce dernier defordre :
il ne fut reconnu qu'après plus de dix ans d'exercice
dans un un même Regiment : j'en ai vû un autre tout
auffi fcelerat ; il fervoit alternativement d'Aumônier en
France , & de Miniftre chez les Hollandois.

DU TRESORIER DE L'ARME'E.

Les Treforiers généraux de l'Extraordinaire des
Guerres choififfent entre leurs principaux Commis
ceux qui font les plus entendus ; & ils en envoyent un
dans chaque Armée. Il y eft chargé du payement de toutes les Troupes, & de toutes les dépenfes extraordinaires , excepté celles qui concernent l'Artillerie , pour lefquelles il y a un Tréforier particulier, ainfi que nous l'a-
vons marqué à l'article de ce Corps. Ce Tréforier doit
avoir un logement dans le quartier général, & l'Infanterie doit y fournir une Garde de trente hommes , commandez par un Lieutenant : cette Garde n'eft affectée à
aucun Regiment en particulier ; elle fe fournit à tour de
rôle par ceux qui ne montent point la Garde chez les
Généraux. Lorfque les Regimens aux Gardes font à l'Armée , ils ont cette Garde affectée de droit : ils fourniffent

sent pour cet effet quinze ou vingt hommes, commandez par un Sergent, ainsi que nous l'avons marqué à leur
article. Cette Garde doit fournir des Sentinelles partout où le Tréforier demande qu'il y en ait : celle qui
est à la porte de la chambre ou de la tente où se délivre
l'argent, n'y doit pas laisser entrer plus de deux ou trois
perfonnes à la fois ; & s'il s'en préfente d'autres quand ce
nombre est entré, il doit les retenir jufqu'à ce que ces
premiers foient fortis. Cette Garde doit fuivre les Tréforiers pendant les marches de l'Armée : & c'est la feule
qui foit exceptée des défenfes que nous avons marqué être
faites à aucunes Troupes armées de marcher avec les
bagages.

DU DIRECTEUR GENERAL DES VIVRES
ET AUTRES COMMIS.

LEs Entrepreneurs généraux des Vivres doivent entretenir dans chaque Armée un de leurs principaux
Commis, fous le titre de Directeur général. Il y fait tous
les détails que demande cette fonction, qui est des plus
importantes, & qui demande que celui qui en est chargé
ait une très-grande capacité, pour pouvoir s'en aquitter.
C'est lui qui fuivant les ordres de l'Intendant, & même
du Général, doit veiller à ce que la fourniture du pain
de munition ne foit jamais interrompuë : pour cet effet
il doit tenir tous les Magafins, qui font à portée de l'Armée, fournis des chofes neceffaires ; & fçavoir en établir
à propos, pour feconder le deffein que le Général pourroit avoir de porter fon Armée en quelque endroit éloigné de ceux où font les dépôts ordinaires ; à l'effet de
quoi il est quelquefois appellé au Confeil. C'est pourquoi
comme cet emploi forme une des chevilles ouvrieres de
l'Armée, & même des principales, on doit être fort cir-
confpect dans le choix qu'on fait de celui qui le remplit,
non feulement par rapport à la capacité, mais auffi pour
la fidelité ; puifque le fecret doit neceffairement lui être
confié. C'est lui qui diftribue tous les Commis employez

par la Compagnie pour le foin des vivres : ils doivent fe conformer en toutes chofes aux ordres qu'il leur envoye pour le remuage des Magafins, la conftruction des fours, les cuiffons de pain, les convois & les moutures de grains : on doit fçavoir à l'occafion des moutures, que les Commis des vivres font en droit de fe fervir d'autorité de tous les Moulins qui fe trouvent à leur bienféance. Il commande auffi à tous ceux qui font prépofez pour la conduite des équipages ou charrois de ce Corps, lefquels ont un Chef particulier, fous le titre de Capitaine général. Ce Chef a fous lui autant de Capitaines particuliers, qu'il y a de cinquante chevaux ; & ils ont fous eux chacun un Lieutenant & un Conducteur. Ils doivent tous fuivre les Convois, & veiller à ce que les chevaux, les harnois & les charrois foient bien foignez & entretenus : pour cet effet le Capitaine général reçoit l'ordre du Directeur, qu'il diftribue enfuite à ceux qui lui font fubordonnez. Le Directeur loge au Parc des vivres : l'Infanterie y fournit une Garde telle que le Général l'ordonne, fuivant la confequence dont eft ce qu'elle doit garder. Cette Garde eft ordinairement de trente hommes, commandez par un Lieutenant ; & les Regimens qui ne montent point la Garde chez les Généraux la fourniffent tour à tour. Le Directeur outre les appointemens confiderables que la Compagnie lui donne, reçoit d'elle de quoi tenir foir & matin une table de quinze ou vingt couverts : cette table eft des mieux fervies de l'Armée.

DU PREVOST GENERAL DE L'ARMEE.

LE Prevôt de la Connétablie étoit autrefois le feul qui eût le droit de fuivre les Armées, pour faire les fonctions prevôtales : il marchoit pour ce fujet avec fa Compagnie entiere, lorfqu'il n'y en avoit qu'une ; ou il envoyoit des détachemens avec de fes Officiers dans chacune des autres, lorfqu'il y en avoit plufieurs. Mais depuis que le Roy a érigé des Prevôts particuliers avec des Compagnies, pour être employez uniquement à cette

fonction, ce foin eft refervé à ces derniers. Ils font obligez d'avoir chacun une Compagnie, compofée de tel nombre d'Archers à cheval qu'il plaît à Sa Majefté : ils doivent être armez à la Cavaliere, & porter des botines,
pour pouvoir agir à pied & à cheval. Le Prevôt a fous
lui deux Lieutenans & deux Exempts, pour agir à la
campagne ; & un Procureur du Roy & deux Greffiers,
pour mettre les procedures en regle. Le Procureur du
Roy doit être lettré ; & le Prevôt n'étant pas affujetti à
cette loi, il faut qu'un des Lieutenans foit auffi lettré,
lorfque le Prevôt ne l'eft pas.

On a vû cy-devant, dans les differens Extraits d'Ordonnances que nous avons rapportées, à mefure qu'elles
ont eu rapport au fujet que nous avons traité, les injon-
ctions que Sa Majefté fait aux Prevôts de faire punir fans
délai tous ceux qui oferont y contrevenir dans les cas
qui font de leur competance. C'eft principalement à l'Armée où ces contraventions fe commettent le plus fre-
quemment ; c'eft-là par confequent qu'un Prevôt doit
être le plus exact : parce que fans cette exactitude il n'eft
pas poffible d'établir le bon ordre dans une Armée ; c'eft
cependant ce qui en fait toute la bonté. Il n'y a qu'une
grande feverité qui puiffe produire un effet fi neceffaire :
le Prevôt à qui ce foin eft commis, doit donc auffi-tôt
qu'avec les Ordonnances du Roy, dont il doit être inftruit, il a reçû celles du Général, être dans un continuel mouvement, pour arrêter & faire punir fans remiffion les infracteurs. Pour cet effet, il doit avoir outre fa
troupe, une efcorte fuffifante de Cavalerie ou d'Infanterie. Les Officiers de cette efcorte doivent fe conformer
à ce qu'il leur dit, concernant les devoirs de fa charge :
mais comme il eft quelquefois arrivé des dificultez fur ce
point, les Officiers, loin de vouloir recevoir fes ordres,
prétendant au contraire être en droit de lui en donner;
pour que toute l'autorité demeurât au Prevôt, Sa Majefté a accordé à ceux qui poffederoient cette charge :
le rang de Meftre de Camp. En vertu de ce rang les Officiers qui font de cette efcorte, fe trouvant toujours d'un

rang au-deſſous, doivent lui obeir en tout ce qu'il leur commande.

Le Prevôt doit avoir ſon logement au quartier général, & dans un lieu aſſez ſpatieux, pour que les Officiers de ſa Juridiction y ſoient logez avec lui ; & qu'il y ait un endroit pour mettre ſes priſonniers à couvert. Les priſonniers de guerre étant ordinairement à ſa Garde, lorſqu'ils ne ſont pas en grand nombre, juſqu'à ce qu'on ait occaſion de les envoyer dans les Places frontieres ; l'Infanterie lui fournit une Garde convenable : elle eſt ordinairement de trente hommes, commandez par un Lieutenant. Ils doivent poſer des Sentinelles partout où il juge à propos qu'il y en ait : mais il ne peut les employer à enchaîner les criminels ; cette fonction eſt du devoir des Archers, & non pas de celui des Soldats. Outre les crimes que les Soldats ſont ſujets à commettre, & qui ſont du reſſort du Prevôt ; il connoît auſſi de ceux des Officiers, pour les querelles & combats qui ont rapport au crime de duel : il doit en faire ſes Informations, & juger ſouverainement. Il peut auſſi, par ſon Greffier, recevoir les Teſtamens des Officiers, & autres perſonnes qui ſuivent l'Armée : il peut de même faire les Contrats de mariage, expedier des Procurations, paſſer des Obligations & autres Actes de Notaire. Il juge de tous les differends ou procès qui arrivent entre les Vivandiers & autres Marchands ſuivant l'Armée, qui établiſſent leur boutique au quartier général : il y diſtribue à chacun la place qu'ils y peuvent occuper ; il lui eſt dû pour cette place un droit, qu'ils lui doivent payer d'avance chaque mois. Ce droit lui forme un revenu conſiderable : en reconnoiſſance il a ſoin de faire roder ſes Archers jour & nuit aux environs des tentes de ces Marchands, pour empêcher que les larrons, qui y ſont très-communs, ne leur portent aucun dommage. Il doit ſe trouver tous les ſoirs à l'Ordre, pour prendre celui du Général, ſur ce qu'il peut juger à propos de lui commander.

Les appointemens de la Prevôté de l'Armée ſont reglez ; ſçavoir,

Au Prevôt par mois de quarente-cinq jours 200 livres, & dix rations de pain par jour.

Au Lieutenant 120 livres, & quatre rations de pain.

Au Procureur du Roy 100 livres, & trois rations de pain.

A l'Exempt 60. livres, & trois rations de pain.

Au Greffier 60 livres, & trois rations de pain.

A chaque Archer & à l'Executeur 25 livres, & trois rations de pain.

DU GENERAL DE L'ARTILLERIE
de l'Armée, & des autres Officiers de ce Corps qui y sont employez.

L'Officier géneral que le Roy a choisi pour commander le corps de l'Artillerie à l'Armée, sous l'autorité du Général en chef, est ordinairement appellé au Conseil de sa Majesté, pour y avoir part aux resolutions qu'on y prend, sur les operations de la Campagne du côté où il doit servir ; afin qu'il tienne prêt & en état toutes les choses qui sont de son détail, soit pour le nombre des Officiers particuliers, soit pour celui des pieces d'Artillerie, & des charrois & autres choses necessaires pour les desservir. Il prend sur cela les ordres du Grand-Maître ; & il doit lui rendre compte généralement de tout ce qu'il fait, en quelque part, ou pour quelque occasion que ce soit. Il doit avoir un Inventaire bien exact de toutes les choses qui doivent suivre l'Armée, & se faire rendre compte de la consommation qui s'en fait. Il doit avoir un pareil Inventaire de tout ce qui est dans les Magasins ou Arcenaux qui sont dans les Places frontieres, du côté où est l'Armée ; afin d'être en état de pouvoir dire au Général sur quoi il peut faire fonds, en cas qu'il eût l'ordre ou l'occasion de faire quelque entreprise importante, comme le Siege d'une Place considerable. Pour son détail, il prend l'ordre du Général de l'Armée directement ; & il le donne ensuite au Major général de l'Artillerie, qui est chargé de le distribuer aux autres Officiers, & de faire executer ce qui est ordoné. Pour

cet effet, un Officier Major pour le corps des Troupes
attachées à l'Artillerie, un autre pour les Officiers particuliers, comme Lieutenans, Commiſſaires Provinciaux,
Ordinaires, &c. & un autre pour ce qui concerne les charrois, doivent tous les ſoirs ſe rendre chez lui. Comme
nous avons ſuffiſamment défini ce Corps à ſon article particulier, nous reſervons à en marquer les maneuvres, à
meſure que nous en trouverons l'occaſion, dans les operations dont nous ferons cy-après le détail. Le Général
de l'Artillerie loge ordinairement auprès du Parc, dans
quelque maiſon qui s'en trouve à portée ; & le Regiment
de ce Corps doit lui fournir une Garde, ſuivant ſa dignité, ainſi que nous l'avons cy-devant expliqué.

DES INGENIEURS DE L'ARMÉE.

IL ſe rencontre pluſieurs occaſions conſiderables à l'Armée, où on a beſoin du miniſtere des Ingenieurs, inde-
pendemment de celles des Sieges : ces occaſions ſont ou
pour attaquer quelque Château ou autre maiſon conſiderable, ou pour retrancher & même fortifier dans les
formes quelque poſte important, ou pour tracer des retranchemens, afin de couvrir toute l'Armée. C'eſt pourquoi on en fait ordinairement un Détachement, commandé par un Brigadier de leur Corps : il loge au Camp,
au quartier général, pour y être prêt à recevoir les ordres du Chef. Comme il eſt très-important que la Cour
ſoit informée des differentes diſpoſitions, ſuivant leſquelles les Armées ont campé ; il y a un Ingenieur particulier qui en doit lever tous les plans : il eſt toujours attaché auprès du Général, ſous le titre de ſon Ingenieur
Geographe.

DU DIRECTEUR DES POSTES.

LE commerce des lettres étant en uſage à l'Armée
comme ailleurs, & même beaucoup plus conſiderable qu'en aucune Ville du Royaume ; on nomme pour

ce sujet un Directeur, qui a sous lui un nombre de Commis suffisant, pour en faire l'arrangement : mais comme il seroit impossible de les rendre chacune à leur adresse, ainsi qu'il se pratique dans les Villes, on doit les aller retirer ; chaque Regiment a un homme qui est chargé de ce soin, moyennant une petite retribution qu'on lui donne ; les Corps d'Artillerie, des Vivres & autres en ont un pareil.

Outre la Poste pour les lettres, il y a aussi à l'Armée un nombre de chevaux, pour servir aux Couriers extraordinaires, que le Général juge à propos d'envoyer à la Cour ou ailleurs. Ces chevaux avec les Postillons necessaires sont fournis par les Maîtres des Postes des environs, dont l'un d'eux doit se tenir à l'Armée, pour en avoir la direction : les uns & les autres doivent être logez au Camp au quartier général.

De la Table & des Equipages des Officiers Généraux & principaux.

LEs appointemens considerables que le Roy accorde à plusieurs de ses Officiers généraux, ont pour conditions expliquées pour les uns, & sous-entenduës pour les autres, qu'ils serviront non seulement pour leur subsistance particuliere, mais aussi pour celle d'un nombre d'Officiers, à qui leurs tables peuvent être d'un secours en certaines occasions. Les Officiers généraux qui sont dans cette obligation doivent donc pour cet effet tenir table ouverte ; afin que ceux qui en veulent profiter, n'ayent pas besoin d'y être conviez : ceux de notre nation suivent volontiers cette méthode ; & bien loin qu'il faille user d'autorité pour leur faire faire cette dépense, le Roy a été obligé de leur prescrire des regles, pour les empêcher de se ruiner, comme il leur arrivoit, & comme il leur arrive même encore communement, malgré ces regles, que nous avons cru devoir rapporter icy en leur entier.

Défend Sa Majesté à tous Officiers, depuis les Mestres de Camp inclusivement, d'avoir d'autre vaisselle d'argent

à l'Armée, que des cuilliers, des fourchettes & des go-
belets ; & aux Officiers généraux & autres tenans table,
d'y faire servir autre chose que du potage & du roti,
avec des entrées, entremets, & des ragoûts de grosse
viande, sans aucunes assietes volantes, ni hors d'œuvre:
& quant au fruit, ordonne Sa Majesté qu'ils n'y fassent
servir que des compotes, du fromage, du lait, & des
fruits crûs ou cuits, sans sucreries, biscuits ni massepains,
le tout sur des plats ordinaires, & non des porcelaines,
cristaux, ou autres vases de cette nature ; & ce afin qu'ils
puissent soûtenir la dépense de leurs tables, & y convier
un plus grand nombre d'Officiers : à peine pour les contrevenans d'être renvoyez dans une Place pendant la Campagne. *

Quoique le propre de notre nation soit, comme je
viens de le dire, d'aimer à faire de la dépense pour donner à manger ; ce caractere général a neanmoins quelques exceptions. Il peut se rencontrer quelquefois des
personnes d'un goût different, & qui trouvent plus de
plaisir à amasser leur revenu, qu'à le dépenser ainsi en
fumée, sans qu'on leur en ait beaucoup d'obligation.
Mais quoique la noble économie ne soit défendue à personne, l'intention du Roy n'est pas neanmoins qu'elle
soit mise en usage par ceux à qui Sa Majesté donne le
moyen de tenir de ces tables ouvertes : au contraire, Sa
Majesté trouve fort mauvais qu'on y fasse aucune lésine,
& qu'on porte l'épargne au-delà de celle qu'elle a pres-
crite, & que nous venons de rapporter. On en a vû l'exemple de nos jours, dans la personne d'un Gouverneur,
qui étoit du caractere de ceux dont je viens de parler,
qui préferent l'épargne à la dépense. Ce Gouverneur,
pour satisfaire son panchant, avoit retranché totalement
le soupé, & plusieurs couverts du dîné. M. de Louvois
en ayant été informé, lui écrivit, que *le Roy prenant beaucoup de part à sa santé, lui avoit commandé de lui mander,
qu'il croyoit que rien ne pouvoit y mieux contribuer, que de
bien dîner, & de souper de même ; & que pour ce sujet Sa*

* Ordonnance du premier Avril 1705.

M a j e s t é

Majesté lui ordonnoit d'avoir au moins quinze couverts rem-
plis soir & matin, & plus s'il se présentoit davantage d'Of-
ficiers pour les occuper ; attendu que rien n'étoit encore meil-
leur pour sa santé, que la bonne & nombreuse compagnie :
il n'eut garde de manquer à se conformer à cet ordre.

Parmi les Officiers qui ont l'honneur d'être admis à ces sortes de tables, il s'en rencontre souvent qui sont peu instruits, & quelquefois même point du tout sur les points de civilité qu'ils y doivent observer : comme ce défaut tourne non seulement à leur confusion, mais aussi à celle du Corps dont ils sont ; je crois devoir donner icy quelques courtes regles sur ce sujet : ceux qui auront soin de les mettre en pratique, s'épargneront cette mortification. Regles de ci-vilité pour les Officiers qui mangent à la table d'un Gé-néral.

I. Il ne faut s'asseoir à table qu'après que le Général a pris sa place, & que ceux d'un rang au-dessus de soi en ont fait autant.

II. On doit avoir le chapeau bas jusqu'à ce qu'on soit assis, & toujours sur la tête pendant le repas.

III. Il ne faut mettre la main dans aucun plat, ni demander à boire, le premier.

IV. On doit se bien garder de boire à la santé d'un Général, ni à aucun autre de la table.

V. Il faut manger proprement de ce qui est devant soi, sans allonger les bras, pour en aller prendre dans un plat éloigné ; & au cas que quelqu'un qui est auprès de ce plat en offre, il faut prier un Laquais de lui porter son assiette, & une cuiller ou fourchette, suivant ce que c'est.

VI. Il ne faut pas mettre son pain sur la table, mais dans sa serviette.

VII. Celui à qui le Général adresse la parole, doit ôter son chapeau, en lui faisant la premiere réponse : & lorsqu'il convie de boire à sa santé, il faut le faire aussi chapeau bas.

VIII. On ne doit jamais commencer une question ; il faut seulement répondre sur celle qu'on entend faire, quand une personne de consideration vous demande votre avis, ou vous adresse la parole.

IX. Il faut obſerver de ne point geſticuler en mangeant, & de ne point parler la bouche pleine.

X. On ne doit ſe lever de table qu'après que le Général a pouſſé ſa chaiſe ; ce qui dénote qu'on en peut ſortir.

Quoique nous ayons dit à l'article de l'Infanterie, que le Capitaine, ou autre principal Officier, de Garde chez un Général, avoir de droit ſa place à ſa gauche : cependant ſi quelque perſonne de conſideration ſe préſentoit pour la prendre, en priant de la lui ceder, on ne doit pas lui refuſer. Monſieur de Vandôme avoit une ſi particuliere attention pour l'Officier qui étoit de Garde chez lui, qu'il ne manquoit jamais en ſe mettant à table, de demander où étoit le Capitaine de Garde, & de dire même à ſes Favoris, de ne point occuper ſa place. A l'égard des Subalternes, ils n'ont point de place affectée.

De même que le Roy a pris ſoin d'empêcher par l'Ordonnance que nous avons rapportée, que les Officiers généraux & autres ne ſe ruinent par trop de dépenſe pour leurs tables ; Sa Majeſté a eu une pareille attention, pour empêcher auſſi qu'ils ne le fiſſent par celle que cauſent les trop grands équipages : Sa Majeſté à cet effet a établi les regles qu'on va voir.

Sa Majeſté entend que les Généraux de ſes Armées ayent tel nombre de gros équipages & de chevaux qu'ils jugeront à propos : que chaque Lieutenant Général ait ſeulement deux ou trois charettes ou chariots, & quarente chevaux en tout : chaque Maréchal de Camp une ou deux charettes ou un chariot, & trente chevaux en tout : chaque Brigadier, Colonel ou Meſtre de Camp, une charette, & vingt chevaux en tout : les Lieutenans Colonels & autres Officiers ne pourront avoir que des chevaux de bâts, & non des charettes. Il pourra y avoir dans chaque Bataillon d'Infanterie, & Regiment de Cavalerie ou Dragons, deux charettes de Vivandiers ; à condition qu'elles ſeront attelées de quatre bons chevaux : s'il y a d'autres Vivandiers, ils ne pourront avoir que des chevaux de bâts. Chaque Regiment d'Infanterie ou de Cavalerie

pourra auſſi avoir une charette, pour un Boulanger, at-
telée de même de quatre bons chevaux. Défend Sa Majeſté aux Officiers généraux & autres, de ſe ſervir d'aucunes charettes des Vivres, ſous peine de déſobéiſſance, & ſur les mêmes peines, de ſe ſervir d'aucunes
voitures appartenantes aux Payſans. *

 C'eſt icy le lieu où je crois devoir m'aquiter de la
promeſſe que j'ai faite dans mon Avertiſſement, de parler librement des inconveniens, que le trop grand
nombre d'équipages peut cauſer dans une Armée.
En effet, depuis que la moleſſe de nos Guerriers a été
portée au point que j'ai exprimé dans ce même Avertiſſement, le grand nombre de chevaux dont ils ont eu
beſoin pour voiturer tout ce qu'ils jugeoient propre à leur
procurer leurs aiſes, & pour faire une parade conforme à
leur ambition, joint à la quantité de Valets qui leur ont
été neceſſaires pour les mêmes fins, ont pour ainſi dire
inondé les Armées. Comme il faut que ces bouches inutiles trouvent à vivre auſſi-bien que les plus neceſſaires,
& que ſouvent même l'autorité de ceux à qui elles appartiennent leur procure la préference ſur ce point ; il
arrive que ces dernieres, quoique les ſeules qui méritent
attention, manquent de ſubſiſtance, & qu'un Général
ſe trouve par conſequent hors d'état d'executer ſes projets. D'ailleurs, ſi l'on veut penetrer un peu avant dans
le pays ennemi, comment s'y faire ſuivre par un ſi nom-
breux attirail, & comment l'y faire ſubſiſter ? Lorſqu'on
y eſt entré, ſi l'on eſt obligé de s'en retirer précipitamment, le moyen de le faire avec cet embarras ? Il n'y a,
dira-t'on, qu'à l'abandonner, & n'y pas faire la moindre
attention. Cela ſeroit bon, ſi l'on n'enviſageoit que ceux
qui cauſent cette confuſion : mais l'on conviendra que
cet expedient doit être abſolument rejetté, ſi l'on fait
attention, qu'en les abandonnant ainſi, l'ennemi en fait
ſa proye, & que c'eſt lui fournir un ſecours conſiderable : on en a vû des exemples aux retraites de Baviere &

de Turin. De plus, fi pour quelque apparence de combat on renvoye les équipages fous le canon d'une Place, où il faille les faire fubfifter au dépens du Roy,
dans quels frais cela ne jette-t'il pas ? Si on eft obligé
de faire fubfifter les chevaux de toute l'Armée de fourrages tirez des Magafins, comme il eft arrivé à Sirk fur
la Mofelle, & en plufieurs autres occafions ; quelle dépenfe immenfe ? Ne font ce point ces dépenfes qui ont
en partie caufé l'épuifement dans lequel la France
étoit tombée ? Il n'y a donc point d'autre remede à ce
mal, que d'en faire ceffer la caufe : en vain en apporte-
roit-on d'autres, ils feroient inutiles. Qu'on fe rappelle les
Reglemens du Cardinal Mazarin fur ce fujet : il y mar-
quoit entre autres chofes, qu'un Capitaine de Cavalerie
devoit avoir trois bons chevaux pour fe battre, & un bi-
det pour porter fon équipage ; & que ceux d'Infanterie
avoient affez d'une mule entre deux, pour porter leur
bagage. C'eft en effet ce qui devroit fe pratiquer.

Sentimens du
Cardinal Ma-
zarin fur ce
fujet,

DES SAUVES-GARDES DU ROY,
ET DE CELLES DES GENERAUX.

LEs Généraux d'Armée font les maîtres d'accorder
leur protection aux perfonnes qu'ils jugent à propos,
pour empêcher que leurs maifons & leurs terres ne foient
pillées ou fourragées. Sa Majefté a pour cet effet inftitué une Compagnie, fous le nom de *Sauves-gardes du
Roy* : les Cavaliers qui la compofent doivent être employez à garder les lieux, que le Général veut faire jouir
de ce privilege. Mais comme cette Compagnie ne fuffit
pas, pour fournir des Sauves-gardes dans plufieurs Armées, & que d'ailleurs on a prétendu dans ces derniers
temps, que fes fonctions ne devoient avoir lieu, que
lorfqu'elle étoit à la fuite du Roy en perfonne : les
Généraux y ont fuppléé, par leurs Carabins ou Gardes
particuliers. Ils envoyent chacun de ces Gardes dans le
lieu qu'ils veulent proteger, avec un ordre écrit, con-

renant leurs intentions : on doit fe conformer à cet ordre, fous les peines que nous avons marquées. Quoique ces fortes de protections femblent être l'effet de la compaffion des Généraux, elles ne s'accordent cependant pas gratuitement : au contraire, ceux qui en jouiffent les payent quelquefois fi cher, qu'elles ne leur font que d'un foible fecours. Quelques Généraux laiffent ce profit à leur Capitaine des Gardes, à leurs Secretaires & autres principaux Domeftiques. D'autres, par un zele très-louable, ayant reconnu que ce revenu étoit immenfe, ont voulu qu'il tournât au profit du Roy : M. le Maréchal de Villeroy entre autres a fuivi cette maxime. D'autres enfin fe font approprié ce bénéfice, pour accommoder leurs affaires. Je dirai à cette occafion, que fur ce qu'on dit un jour au Roy, qu'un de nos Généraux excelloit dans cette pratique, ce Prince qui étoit perfuadé qu'il avoit en même-temps un foin très-particulier des interêts de fa Couronne, répondit : *Je fuis bien-aife qu'il faffe fés affaires particulieres ; attendu qu'il fait parfaitement bien celles de l'Etat.* Il n'y a rien à repliquer à cela ; d'autant plus que dans ces occafions on peut dire que c'eft autant de pris fur l'ennemi.

Profit que produifent les Sauves gardes.

Exemple.

Par l'Ordonnance du 6 Avril 1668, Sa Majefté ordonne que dorénavant il fera payé à ceux qui feront envoyez en Sauve-garde dans des maifons, Châteaux, Bourgs, Paroiffes & Villages, cinq livres par jour feulement, outre leur fubfiftance ; fans qu'ils puiffent exiger un plus haut payement, à peine de concuffion & de punition exemplaire. Et afin que ces Sauve-gardes ne demeurent pas inutilement efdits lieux à la charge des habitans ou proprietaires, ceux qui y feront envoyez feront tenus d'en partir, lorfque les Armées s'en feront éloignées de fix heures de chemin ; & ils iront rejoindre leur Corps, fans attendre pour cela l'ordre de qui que ce foit : à peine contre ceux qui vingt-quatre heures après ledit éloignement feront trouvez efdits lieux, d'être punis de mort fur le champ, fans autre forme de procès ; & contre les proprietaires & habitans defdits lieux, qui

Ordonnance fur ce fujet.

les y auront foufferts après ledit éloignement, d'être
brûlez fans remiſſion.

DES DIFFERENTES OPERATIONS
D'UNE ARME'E EN CAMPAGNE.

L'Aſſemblage de l'Armée, que nous avons cy-devant
fait, n'eſt qu'une aſſemblée confuſe, telle qu'elle l'eſt
preſque toujours la premiere fois que les Troupes s'uniſ-
ſent pour entrer en Campagne. Nous y avons fait voir
les Troupes arrivant à differens jours, & aſſemblées par
corps en differens lieux, d'où neanmoins on peut les réu-
nir toutes dans une marche. Nous allons maintenant raſſembler cette Armée, & la faire marcher entiere dans
les regles ; & enſuite nous la ferons camper de même.

Marche &
campement de
l'Armée.　Lorſque le Général a concerté la marche de l'Armée,
& qu'il a décidé du lieu où elle doit aller camper, avec
les Officiers généraux que nous avons dit être particulierement chargez de ce détail ; les Majors de Brigades
reçoivent le ſoir à l'Ordre ſes intentions ſur cette marche. Le lendemain à l'heure marquée, tous les Tambours
battent la Générale, & les Trompettes ſonnent le Boute-
ſelle. En même-temps, ou plutôt s'il a été ordonné, les
Officiers généraux & autres, qui ont été commandez
pour être de Jour, tous les détachemens qui ont été or-
Aſſemblée du
campement.　donez pour faire l'avant-garde de l'Armée, & pour être
poſtez aux environs du nouveau Camp, comme nous le
dirons cy-après, & tous les Fourriers de l'Armée, doivent ſe rendre au rendez-vous, qui a été marqué pour
Travailleurs
à la tête des
colonnes.　aſſembler ce qu'on appelle le Campement. Les Travailleurs
qui ont été commandez pour marcher à la tête de cha-
que colonne, doivent auſſi s'y rendre, pour les préceder
pendant la marche ; afin d'applanir les chemins, remplir
Service des
Dragons pour
ce ſujet.　les foſſez, & couper les hayes qui pourroient la retarder :
on doit employer à ce travail les Dragons particuliere-

ment ; attendu qu'on peut les porter plus promptement en avant, à mesure qu'on en a besoin. Le Capitaine des Guides doit aussi en même-temps en envoyer un nombre, pour guider le Campement, & un à la tête de chaque colonne de Troupes, d'Artillerie, & d'équipages, pour le même sujet : ces Guides doivent être soigneusement gardez, surtout s'ils ont été pris par force.

Avant que de marcher, on doit être instruit de la qualité du pays, s'il est couvert ou plaine campagne, s'il y a plusieurs défilez, si l'énnemi est loin ou près, s'il vient à vous, s'il se retire, ou s'il vous suit.

Lorsque le Campement est en marche, si pendant son cours l'Officier général reconnoît quelque poste important, dont l'énnemi pourroit s'emparer, & delà inquiéter l'Armée pendant sa marche ; il doit le faire occuper par un détachement convenable à l'importance du lieu. Si l'on est dans un pays montueux, où l'on soit contraint de marcher dans une gorge, commandée de montagnes à la portée du fusil, il faut necessairement en faire occuper les hauteurs par des détachemens soutenus par d'autres : sans cette précaution, l'Armée seroit continuellement exposée aux insultes de ces peuples montagnards ; il nous est souvent arrivé d'en recevoir des coups mortels dans nos rangs, faute de l'avoir euë. Nos Miquelets de Roussillon, comme je l'ai dit à leur article, ont toujours été employez très-utilement pour mettre à l'abri de ces insultes. On doit avoir la même précaution, lorsqu'on a un long défilé, ou des bois à passer.

Lorsque les Fourriers sont arrivez au lieu où l'on doit marquer le Camp, l'Officier général & les autres préposez pour ce sujet, en doivent reconnoître soigneusement le terrain, & ensuite tous les environs. Il faut qu'ils ayent soin en faisant leur circuit d'établir à mesure les Gardes, dans les postes qu'ils jugent devoir être gardez, pour que l'Armée soit à couvert de toutes surprises : ils doivent à cet effet donner à chaque Officier qui y doit commander, les instructions necessaires pour qu'il y fasse son devoir. L'Officier à qui on donne ainsi un poste à garder,

Précautions que doivent avoir les Officiers qui les commandent. doit avoir eu l'attention de faire porter à la Troupe qu'il commande, les outils neceffaires pour s'y fortifier, foit en crenelant les murs d'une maifon, foit en couvrant fa porte d'un retranchement ; ou fi fon pofte eft à découvert, en le couvrant par des abbatis d'arbres, dont les branches foient éguifées, pour le rendre inacceffible à la Cavalerie ; ou en y faifant un retranchement dans les formes.

Enfuite le Général de Jour ayant déterminé les endroits, où les droites & les gauches des lignes feront appuyées ; il fait la diftribution du terrain, qu'il y a entre **Diftribution du terrain que chaque Corps doivent occuper.** ces deux points, aux differens corps de Troupes qui les doivent remplir. Lorfque le terrain n'a que l'étendue précifément neceffaire, chacun de ces Corps prend l'efpace jufte qui eft reglé pour chaque Efcadron & Bataillon, ainfi que nous l'avons expliqué à chaque Corps particulier. Si le terrain eft plus fpatieux, ils s'élargiffent davantage ; & de même, s'il eft neceffaire de s'étendre, foit pour que la droite & la gauche foient couvertes d'un ruiffeau, d'un Village, ou établie fur une hauteur, foit pour profiter de quelqu'autre avantage, fuivant la difpofition des lieux. Si pour les mêmes raifons on étoit obligé de fe referrer, on le fait auffi ; mais on doit prendre garde que ce ne foit pas à l'excès : rien ne caufe une plus grande incommodité aux Troupes, que d'être trop **Se doit faire également.** ferrées dans leur Camp. De quelque façon que le campement fe faffe, il faut diftribuer le terrain le plus également qu'il eft poffible ; afin que les Efcadrons & Bataillons étant également ouverts, les lignes ayent plus de grace : il eft fûr qu'une difpofition inégale, comme j'en ai vû quelqu'unes, forment un coup d'œil déplaifant dans un Camp, auffi-bien que quand les Troupes y paroiffent **Les lignes doivent être droites.** fous les armes. On doit de même prendre les alignemens juftes, pour que le Camp foit fur une ligne droite, lorfque le terrain le permet.

Quartier du Roy. Après cela, ou en même-temps s'il fe peut, on doit marquer dans le quartier général, les logis, pour ceux qui ont droit d'y en occuper ; auffi-bien que le campement

ment des Vivandiers, & autres Marchands qui font de fa fuite. S'il fe rencontre des Villages ou des maifons fur les aîles, dans le centre, ou à la queuë de l'Armée ; on les doit marquer de même, pour ceux qui ont droit d'y loger : les maifons qui fe rencontrent fur les aîles appartiennent aux Officiers généraux qui commandent les aîles de Cavalerie : celles du centre font pour celui qui a la même autorité fur le corps de l'Infanterie ; & celles qui font fur le terrain des Regimens, appartiennent à leurs Chefs : nous avons expliqué cy-devant de quelle maniere & fur quel pied ils en pouvoient jouir.

Lorfque le Roy eft à l'Armée, les Maréchaux des Logis de fa Maifon ont droit de prendre au moins les deux tiers du logement, pour loger Sa Majefté, fa Cour & les Officiers des Maifons Royales : l'autre tiers demeure à la difpofition des Maréchaux des Logis des Camps & Armées, pour le diftribuer aux Officiers généraux & autres qui ont droit d'y loger. Neanmoins fi le nombre des logemens, qui fe rencontrent dans le quartier du Roy, ne peut être divifé par tiers égaux, & qu'il en refte un ou deux de furplus ; cet excedent eft encore pris par les Maréchaux des Logis du Roy fans difficulté. Il n'y a que les feuls logemens pour Sa Majefté & fa fuite, qui foient marquez en craye blanche, & fur les portes d'entrée : les autres doivent l'être en craye jaune, & feulement fur les portes des chambres. On doit un très-grand refpect à la craye du Roy ; & perfonne ne doit être fi hardi que de l'effacer, de la changer, ou de la mettre foi-même ; fous de très-groffes peines. Après le Roy, le Dauphin, les Fils de France, les Princes du Sang & Legitimez, le premier logement appartient au Général commandant l'Armée immédiatement fous Sa Majefté. Enfuite c'eft le logement du Maréchal de France ; & s'ils font plufieurs revêtus de cette dignité, le plus ancien choifit. Il faut obferver qu'à l'Armée les Ducs & Pairs qui font à la fuite du Roy, fans autre emploi, ne font logez qu'après les Maréchaux de France : ceux qui ont des dignitez militaires, doivent fe tenir à leur pofte, où leur rang

DesGénéraux-
particuliers.

Maifons à la
queuë du
Camp.

Logement du
Roy, lorfqu'il
eft à l'Armée.

de Duc ne leur donne aucune préference sur ceux qui leur font égaux par leurs charges.

Campement neceffaire pour couvrir le quartier du Roy.

Lorfque le quartier général eft éloigné des lignes, & qu'il pourroit par conféquent être infulté, on le doit couvrir par un campement de quelques Troupes : ordinairement ce font les Dragons qui y font employez ; on y met auffi quelquefois de l'Infanterie : on fe fouviendra, fans doute, long-temps de quelle utilité fut celle qui couvroit le quartier général au Combat imprévû de Steinquerk.

Exemple.

Il eft neceffaire de remarquer, que le campement ne va ainfi devant, que quand on n'a pas lieu de craindre qu'il foit attaqué : lorfque l'ennemi eft à portée de le pouvoir faire avec avantage, & qu'on a lieu de penfer qu'il pourroit avoir le deffein d'aller lui-même camper où on a projetté d'aller ; alors il eft de l'habileté du Général de l'y prévenir, en faifant une marche forcée, pour y arriver avant lui ; ainfi que nous l'avons vû pratiquer à Vignamont, au Pont des Pierres,

Marche forcée.

Exemple.

& en plufieurs autres occafions. Dans ce cas le campement demeure joint à l'Armée, jufqu'à ce qu'elle foit arrivée où elle doit aller ; & elle refte en bataille jufqu'à ce que le Camp foit marqué.

Marche ordinaire.

L'Armée étant en bataille au front du Camp qu'elle quitte, les bagages étant affemblez à leur rendez-vous, ainfi que l'Artillerie & le train des Vivres, pour y former autant de colonnes que le pays où on doit paffer le permet, & l'heure à laquelle le Général a ordonné de fe mettre en mouvement étant venuë ; on le fait par les differens chemins qui ont été marquez pour cette marche.

Differentes colonnes.

Ces chemins doivent être fi bien diftribuez, qu'une colonne ne foit jamais rencontrée ni traverfée par une autre, comme je l'ai quelquefois vû arriver : ces rencontres caufent un embarras dont on a bien de la peine à fe démêler ; furtout lorfqu'elles arrivent avec une colonne de bagages.

Precautions fur leur fujet.

On doit cependant avoir foin que les colonnes ne marchent pas à une trop grande diftance les unes des autres ; afin de pouvoir en cas de befoin mettre promptement toute l'Armée en bataille. On doit auffi pour la même raison faire ensorte que la tête de l'une ne soit pas plus avancée que celle de l'autre, & que les queuës soient de même ; afin que les unes & les autres se cotoyent, & arrivent en même-temps, premierement où l'Armée doit faire alte, & ensuite dans le Camp. Pour cet effet ceux qui commandent la tête de chaque colonne, la doivent faire marcher très-lentement, & faire de petites altes de temps en temps ; parce que si une colonne a une grande longueur, quoique la tête n'aille que d'un pas ordinaire, la queuë est presque toujours obligée de courir pour la suivre. Ces petites altes doivent être plus longues, lorsque l'on a passé quelque défilé ; & l'on doit observer alors de ne la commencer que quand la tête est assez éloignée du défilé, pour qu'il y ait entre elle & lui un intervale suffisant pour contenir la colonne entiere ; afin d'éviter que les Troupes ne soient obligées de s'arrêter dans le défilé même.

La tête en doit marcher lentement.

Petites altes necessaires.

Lorsque l'Armée est arrivée au lieu où le Général juge à propos qu'elle fasse la grande alte, pour la reposer, & pour donner le temps aux hommes & aux chevaux de repaître ; cette alte se fait de deux façons ; ou en laissant les colonnes dans la même disposition, ou en faisant doubler les Escadrons & les Bataillons, pour les mettre en bataille sur une ou sur plusieurs lignes, & faisant faire la même maneuvre à l'Artillerie & aux bagages ; le tout suivant que le terrain le permet. Il faut choisir pour cela quelque endroit où il y ait de l'eau ; elle est indispensablement necessaire partout où il y a des Troupes. Lorsqu'on veut partir, on se remet en marche comme cy-devant.

Grande alte.

Quand le campement est allé devant, comme nous l'avons déja marqué, & qu'il n'y a par consequent nulle apparence qu'il se passe une action pendant la marche ; le Général laisse ordinairement l'Armée à la alte, & prend les devans, pour aller examiner si la disposition du Camp & l'établissement des Gardes sont à son gré, & ordonner les changemens qu'il juge à propos qui y soient faits, s'il le croit necessaire ; parce que s'il trouvoit qu'il

Maneuvre du Général en cette occasion.

y eût un changement confiderable, à faire, il envoieroit fes ordres à l'Armée, pour qu'elle demeure en alte à un lieu defigné, jufqu'à ce qu'il lui envoye celui de marcher pour arriver dans le Camp. On peut auffi après la grande alte faire partir les bagages devant ; & même on le doit, quand aucun inconvenient n'en empêche : parce que les Officiers, qui font quelquefois fatiguez d'une longue marche, font très-aifes de les trouver établis lorfqu'ils arrivent ; c'eft-à-dire, leurs tentes dreffées & leur manger prêt.

Bagages doivent aller devant.

On conforme ordinairement la marche des Troupes à la difpofition du terrain : quand il eft plat & étendu, on fait marcher la Cavalerie par Efcadrons entiers de front, & l'Infanterie par Bataillons de même. Chacun doit obferver de garder les intervales que nous avons marquez 'devoir être entre les Efcadrons & les Bataillons, pour pouvoir en cas de befoin mettre tout d'un coup l'Armée en ligne, par un quart de converfion. J'ai vû faire cette maneuvre avec beaucoup de jufteffe, fous les ordres de M. le Maréchal de Villeroy, lorfque nous marchâmes pour nous oppofer au deffein que les ennemis avoient de paffer le ruiffeau de Neriche. Dans les chemins plus étroits on marche par quart, par demi, ou par manche.

Differentes manieres de faire marcher les Bataillons & les Efcadrons.

Lorfque l'Armée arrive dans le Camp, les Troupes doivent y entrer en bon ordre, les Timbales & Trompettes de la Cavalerie fonnant, & leurs Etendars deployez, & l'Infanterie tous les Tambours battant, & les Drapeaux auffi deployez. Enfuite chacun fe va mettre en bataille devant le terrain qu'il doit occuper, pofe les armes, & entre dans Camp, comme nous l'avons marqué. Il faut obferver d'y mettre les Gardes, comme nous l'avons auffi expliqué.

Arrivée des Troupes dans le Camp.

De l'Ordre & du Mot du Guet.

Le foir les Majors de Brigades fe rendent chez leurs Majors généraux, pour y recevoir leurs ordres fur ce que le Général de l'Armée a ordonné pour le lendemain.

Devoirs des Majors de Brigades.

Pour cet effet, ils doivent avoir chacun un livret, pour y écrire avec de l'ancre, & non pas du crayon, les parties générales qu'ils doivent sçavoir, & les particulieres pour leurs Brigades. Les parties générales font le Mot du Guet, & celui de Raliment : le premier est comme dans les Places le nom d'un Saint & celui d'un Ville; & le second est le nom d'une personne particuliere, qu'on doit nommer dans les occasions, & surtout dans celles de nuit, où l'on a besoin d'un signal pour se reconnoître : ces Mots doivent être portez dans tous les postes de l'Armée. Ils doivent ensuite écrire les noms des Officiers généraux & principaux, qui doivent être de Piquet ou de Jour, pour faire les fonctions que nous expliquerons cy-après; & écrire aussi les détachemens pour les Gardes ordinaires ou autres, que chaque Brigade doit fournir. Les Majors généraux doivent la premiere fois qu'ils donnent l'Ordre, remettre par écrit à chaque Major de Brigade les défenses que le Général juge à propos qui soient faites en son nom à toutes les Troupes; & les Majors de Brigade doivent donner une copie de ces Ordonnances aux Majors des Regimens, pour faire faire les bans, & les publier chacun à la tête de leur Camp; & ils doivent en rendre compte à leur Brigadier, & dicter aux autres Majors ce qui a été ordonné, comme nous l'avons dit.

Mot du Guet & de raliment.

DES OFFICIERS GENERAUX ET PRINCIPAUX
DE PIQUET, *dits* OFFICIERS DE JOUR.

LEs Officiers généraux qui font nommez pour être de Piquet ou de Jour, font, un Lieutenant Général & un Maréchal de Camp : ils ont sous eux un Brigadier, un Mestre de Camp, un Lieutenant Colonnel, & un Major de Brigade de Cavalerie & d'Infanterie. Ces cinq Officiers ont inspection, sous l'autorité des deux premiers, sur tous les postes de l'Armée, où il y a des Gardes de leur Corps, de même que sur les Piquets, qui doivent se tenir prêts à marcher dans chaque Regiment, & qui ne doivent faire aucun mouvement sans l'ordre précis

Z z iij

des Officiers généraux de Jour, ainſi que nous l'avons marqué au détail des Corps particuliers. Ils doivent auſſi ſe trouver aux Gardes montantes, & marcher avec les Troupes pour l'eſcorte des Fourrageurs, & pour les autres expeditions qui ſe font pendant les vingt-quatre heures. Afin que ces choſes ſoient ponctuellement executées ; auſſi-tôt que les Officiers de Jour ſont nommez, ils doivent ſe rendre chez le Lieutenant Géneral qui en eſt, pour recevoir de lui les ordres qu'il juge à propos de leur donner, ſur ce qu'ils auront à faire. Si la tournée de l'Armée pour la viſite des poſtes eſt trop étenduë, pour pouvoir être faite dans un jour avec l'attention requiſe, il la met par portions; il en prend la principale, & il leur diſtribue chacune des autres pour les aller viſiter, & lui en rendre compte enſuite, afin qu'il le rende de même au Général. Le ſoin des Officiers de Jour s'étend auſſi ſur les Gardes des lignes, où l'on doit comme dans les autres leur rendre les honneurs qui leur ſont dûs, & tels que nous les avons cy-devant marquez. Ils doivent en faiſant cette viſite veiller ſur la propreté du Camp ; on ne ſçauroit y avoir trop d'attention. Pour cet effet, ils doivent ordonner d'enterrer les chevaux morts aſſez avant, pour qu'ils ne puiſſent cauſer aucune infection, & qu'il y ait des latrines à tous les Regimens pour le même ſujet.

Les Sentinelles de l'Armée crient, *qui vive* à ceux qu'ils voyent approcher de leur poſte le jour & la nuit : on doit répondre à ce cri, *France* ; & lorſque la Sentinelle demande, *quel Regiment ?* on doit nommer celui dont on eſt : ſi c'eſt un Officier général, il doit décliner ſa qualité ; la Sentinelle en avertit le Corps de Garde, pour qu'il y ſoit reçû ſuivant ſa dignité, après neanmoins que l'Officier l'a fait reconnoître, comme nous l'avons dit. Si c'eſt un Officier de Jour, il doit répondre de même, & en diſant ſa dignité, y ajouter *de Jour.*

Des Gardes montantes.

Nous avons déja parlé des Gardes montantes de l'Ar-

mée , en définissant les charges de ceux qui les doivent
diriger ; nous n'en ferons aucune répétition : nous dirons
seulement , que pour qu'elles puissent être conduites au
lieu où elles doivent relever celles qui y sont, ceux qui
commandent ces dernieres, doivent envoyer chacun un
Soldat de leur poste au lieu où les Gardes s'assemblent ,
pour guider celles qui doivent les venir relever.

Outre les Gardes qu'on poste aux environs de l'Ar- *Gardes éta-*
mée , comme nous l'avons dit, on en met aussi pour éta- *blies pour la*
blir la communication avec la Place qui en est la plus *communica-*
proche ; afin de n'être point obligé de donner conti- *tion de l'Ar-*
nuellement des escortes aux allans & venans ; & particu- *mée.*
lierement afin de former un passage sûr à ceux qui apportent des provisions à l'Armée, pour lesquels, comme je
l'ai dit, on ne sçauroit avoir trop d'attention. Ces sortes de
Gardes sont ordinairement établies dans des lieux forts,
comme des Eglises, des Cimetieres clos , des Moulins ,
ou autres lieux, suivant qu'ils se trouvent à la bienséance:
on doit s'y fortifier, & prendre les sûretez que nous avons
marqué. Si le pays est découvert , il faut outre l'Infanterie qui est dans ces sortes de postes , établir aussi
quelques Corps de Garde de Cavalerie de distance en
distance , avec ordre de faire marcher de temps en temps
des patroüilles le long du chemin.

Il se rencontre aussi quelquefois des postes considera- *Postes consi-*
bles aux environs de l'Armée, qu'il est necessaire d'oc- *derables aux*
cuper, de crainte que l'ennemi ne s'en empare , & ne *environs de*
puisse s'en prévaloir pour inquieter l'Armée, comme de *l'Armée.*
gros châteaux, ou maisons fortes, des Abbayes, &c. Dans
ce cas on y doit mettre un Corps avec un Chef, proportionné à l'importance du lieu. Ces Gardes ne se relevent
pas tous les jours, mais seulement quand le Général l'ordonne.

Lorsque la disposition du terrain où l'Armée est cam- *Retrancher*
pée, ou d'autres raisons connuës au Général, demandent *l'Armée.*
qu'elle soit retranchée, on y doit travailler sans relâche:
à cet effet la Cavalerie doit fournir les fascines & les piquets, & l'Infanterie la main d'œuvre. On a vû à l'ar-

ticle des Ingenieurs, comme ces retranchemens doivent être conftruits : on a vû auffi à celui de l'Artillerie la difpofition du Parc de ce Corps; ainfi je ne le repeterai point.

Du Fourrage.

<table><tr><td>Aller au fourrage.</td><td>Les fourrages font une des chofes les plus neceffaires pour la fubfiftance d'une Armée : c'eft par confequent une de celles qui méritent le plus d'attention, premiérement pour les menager de façon, qu'on puiffe en trouver fuffifamment pour demeurer long-temps dans un Camp, dont le pofte eft quelquefois fi important, que l'obligation où l'on fe trouve de le quitter faute de cette fubfiftance, peut donner un avantage confiderable à l'ennemi ; fecondement, de prendre toutes les précautions neceffaires pour l'aller chercher en fûreté : voici les regles qu'il faut obferver pour y réuffir.</td></tr><tr><td>Maniere de former l'enceinte pour couvrir les fourrageurs.</td><td>Lorfque l'Ordre a été donné à la partie de l'Armée qui doit aller au fourrage, les Officiers généraux de Jour doivent aller reconnoître les lieux où on doit fourrager, foit au verd, foit au fec : il faut qu'ils y menent avec eux les détachemens qui ont été commandez pour former une enceinte, ou ce qu'on appelle la Chaîne, tant pour couvrir les Fourrageurs contre les infultes des Partis ennemis, & furtout de leurs Huffarts, qui font friants de ces fortes d'occafions, que pour empêcher en même-temps les Fourrageurs d'aller au-delà de l'étenduë qu'on a intention de fourrager : on doit auffi le leur défendre fur de très rigoureufes peines, & même fur celle de la vie, tant pour conferver les quartiers voifins pour une autrefois, que pour empêcher qu'ils ne s'expofent à être pris. Lorfque la chaîne eft formée, & que les Fourrageurs, qu'on a dû affembler à un rendez-vous marqué, font arrivez fur le terrain, en bon ordre & tel que nous avons dit qu'il devoit être obfervé dans chaque Corps de Troupes ; on les lâche, & chacun va s'en pourvoir dans</td></tr><tr><td>Devoir des Troupes qui y font employées.</td><td>l'enceinte qui a été faite. Pendant ce temps-là toutes les Gardes qui ont été poftées, doivent être dans une continuelle</td></tr></table>

tinuelle attention, pour empêcher que quelque Parti ne
se glisse par les intervales qu'il y a de l'une à l'autre, ou
qu'il n'y passe quelques Fourrageurs. Pour cet effet, on
doit faire rouler d'un poste à l'autre des patroüilles,
sur tout de Cavalerie; & les Officiers de Jour doivent
être dans un continuel mouvement, pour veiller à ce que
chacun fasse ponctuellement son devoir. Si le fourrage se
fait dans un pays montueux, où il y ait par conséquent
des défilez à passer tant en allant, que pour le retour des
Fourrageurs avec leurs trousses; on en doit bien faire garder les hauteurs.

    On profite ordinairement de l'occasion des fourrages
pour donner aux Soldats celle d'aller se pourvoir de legumes avec seureté; ce qu'on appelle *aller herboriser*: on
leur ôte par ce moyen le prétexte d'aller en maraude.
Lorsque le Général en a fait avertir à l'Ordre, on commande un ou deux hommes sans armes, par chambrée
de chaque Compagnie, & non davantage, afin que le
Camp ne se trouve pas trop dégarni; il doit y avoir à
chaque cinquante hommes le même nombre d'Officiers
que pour les détachemens pour la guerre; & l'on y joint
une Troupe armée de chaque Regiment. On donne un
rendez-vous particulier à ces Herboristes; outre les Officiers ordinaires, on y attache des Mestres de Camp, des
Lieutenans Colonels, & quelquefois un Brigadier, pour
avoir inspection sur eux, & sur les Officiers qui les conduisent. On les fait marcher à la queuë des Fourrageurs;
& lorsque l'enceinte ou chaîne est formée, on les conduit par portions dans les Villages ou autres lieux en
deça des Gardes, dans lesquels on juge qu'il peut y avoir
ce qui leur est necessaire. Il faut avoir soin que cette pro-
vision ne se fasse point à la débandade, & que chaque
Brigade, ou au moins chaque Regiment, s'en fournisse
dans le même endroit; afin qu'il soit plus aisé aux Officiers de chaque Corps de les contenir, & de les pouvoir ramener tous ensemble, dans le même ordre qu'on
a tenu pour les y conduire. Les Gardes qui ont été postées doivent redoubler leur attention, pour empêcher

Précaution
necessaire
dans les pays
montueux.

Herboriser.

Devoirs des
Officiers qui
les conduisent.

qu'aucuns ne se glissent entre elles pour aller au-delà ; elles doivent pour cet effet arrêter tous ceux qui s'y présentent, & les remettre au Prevôt, pour les faire châtier, ainsi que le Général l'ordonnera.

La necessité qu'il y a d'avoir des fourrages, contraint souvent d'en aller chercher dans des lieux, où il est dangereux d'être attaqué par l'ennemi à forces ouvertes ; alors on proportionne l'escorte au danger ; s'il est considerable, on y joint les deux aîles de Cavalerie de la droite ou de la gauche, avec la moitié de l'Infanterie ; quelquefois même on y mêne toute l'Armée avec l'Artillerie, & on la dispose comme pour donner une Bataille, afin qu'on puisse fourrager derriere elle avec seureté. Dans ce cas les Cavaliers ou Dragons qui doivent fourrager, marchent en équipage de guerre, mêlez dans les Escadrons comme les autres ; ils portent avec leurs armes des faulx & des troussieres, pour être en état de fourrager lorsqu'on leur commande. Si l'on fait un fourrage proche d'une Place ennemie, dont la garnison soit forte, & dont on doive par consequent apprehender les insultes, on doit outre les Gardes que nous avons dit qui doivent fournir l'enceinte, en établir de plus fortes, pour masquer les sorties de cette Place ; de sorte que dans chacune de ses avenuës, il y ait un Corps de Troupes suffisant, pour faire tête à la Garnison entiere, & l'arrêter au cas qu'elle voulût sortir. De même que les Fourrageurs peuvent être attaquez, lorsqu'ils sont éloignez de l'Armée ; l'Armée peut aussi l'être, lorsque le grand nombre d'hommes qui sont employez au fourrage sont écartez d'elle : on doit donc lorsqu'on a lieu de craindre qu'elle soit attaquée, la tenir en bataille dans le Camp, & ordonner à ceux qui ont la conduite des Fourrageurs, qu'au cas qu'ils entendent tirer un certain nombre de coups de canon, ils les y ramenent diligemment, sans permettre qu'aucun garde sa trousse, quand même il ne lui resteroit que peu de chemin à faire. Enfin cette operation étant une des plus délicates de celles qui se font à l'Armée, le Général & tous ceux qui y sont employez ne sçau-

Differente maniere d'escorter les Fourrageurs.

Façon de masquer les sorties d'une Place.

Signal necessaire pour faire revenir les Fourrageurs.

roient y avoir trop d'attention : comme on ne peut gueres donner d'autres regles générales sur cette partie, que celles que nous venons de marquer ; la capacité du Chef doit suppléer aux inconveniens qui surviennent, & qui peuvent être causez par les conjonctures, & particulierement par la disposition du pays où l'on est. Il faut si le pays est découvert, beaucoup de Cavalerie, & peu d'Infanterie : si au contraire il est fourré & montueux, il faut beaucoup d'Infanterie & peu de Cavalerie. On ne doit pas sur tout oublier, de bien faire fouler & visiter tout ce qui se trouve dans l'enceinte, où il pourroit y avoir quelques ennemis cachez ; afin de ne pas enfermer pour ainsi dire le loup dans la bergerie, ainsi qu'il est quelquefois arrivé, au grand dommage de ceux qui avoient fait cette faute. Si pendant le fourrage, il se presentoit quelque Troupe de Cavalerie ennemie, faisant mine d'attaquer quelqu'uns des postes, aucuns des autres postes ne doit desemparer ; chacun au contraire doit demeurer ferme dans celui où il a été mis : autrement ce seroit rompre la chaîne, & laisser par conséquent une ou plusieurs entrées libres à l'ennemi, qui peut donner ainsi l'alarme d'un côté, pour faire son coup de l'autre. C'est pourquoi, le Général doit avoir un Corps de Troupes, & sur tout de Cavalerie, prêt à porter du secours par tout où il est necessaire, sans qu'il soit besoin de dégarnir l'enceinte. On doit observer, au cas que quelque Troupe ennemie se presentât, de ne la pas faire suivre trop loin après l'avoir chargée, de crainte que ce ne soit un appas pour attirer dans quelque embuscade : j'en ai vû un exemple en Italie ; un de nos Officiers Généraux, lequel étoit à la verité trop jeune pour son emploi, donna pour ainsi dire à plein colier dans ce leurre : il y perdit la vie, & la fit perdre à une infinité de braves gens, qui furent la victime de son imprudence.

Précaution que ceux qui commandent le fourage doivent prendre.

Lorsque le fourrage est fait, on retire les Troupes de leurs postes, & on les ramene au Camp en bon ordre : les Officiers généraux & principaux se tiennent à leurs postes, & celui qui commande en chef fait l'arriere-garde

Retraite de l'escorte.

de tout. On a vû cy-devant l'intention du Roy au fujet des chofes que Sa Majefté deffend qu'on prenne dans les lieux qu'on fourrage, au-delà de ce qui eft neceffaire pour la vie & le campement ; on doit s'y conformer regulierement, à moins que le Général, pour des raifons qui font de fon détail, n'ait permis de faire le dégaft : alors il n'y a qu'à laiffer faire le Soldat, & l'ouvrage eft bien-tôt fini. Un des moyens le plus feur, pour menager les fourrages, & pour faire par confequent qu'une Armée puiffe demeurer plus longtemps dans un même Camp, c'eft d'envoyer les Chevaux à la pâture dans les endroits où il y en a de bonne à portée du Camp : dans ce cas on doit prendre à peu près les mêmes précautions pour couvrir ces pâturages, que pour les Fourrageurs. Il faut de plus obliger les Cavaliers qui y mennent leurs Chevaux, d'y aller avec leurs armes, afin de pouvoir s'oppofer aux ennemis qui pourroient par quelque ftratageme s'introduire dans le pâturage malgré la vigilance des Gardes : les Huffarts principalement font à craindre pour ces furprifes, ils y excellent. On doit auffi avertir ceux qui vont au pâturage, de fe rendre au plutôt au Camp, au fignal qu'on leur a indiqué, comme nous l'avons dit pour les Fourrageurs.

Aller à la pâture.

Efcorte d'un Convoy.

L'efcorte d'un convoy confiderable, eft en quelque façon plus du détail du fervice des Troupes des garnifons, que de celles des Armées ; parce que c'eft ordinairement des endroits où font ces garnifons que les convois partent : cependant j'ai crû devoir en parler icy ; parce que quand ils font importans, on détache des Troupes de l'Armée pour aller au-devant, même jufqu'aux lieux d'où ils doivent partir ; attendu que communement une garnifon n'eft pas affez forte, fur tout en Cavalerie.

Difpofition des Troupes de l'efcorte.

La difpofition des Troupes qui doivent efcorter un convoy, eft une des chofes la plus épineufe qu'il y ait à la guerre : quelque bonne qu'elle foit, elle n'eft jamais

certaine, à moins que le hazard ne faſſe rencontrer un
pays toujours égal, depuis le lieu d'où l'on part, juſqu'à
celui où on doit aller ; c'eſt-à-dire toujours plat & ouvert, ou toujours ſerré & couvert. Comme il eſt rare de
trouver ainſi un pays égal, il faut changer la diſpoſition de
cette eſcorte ſuivant les differentes ſituationsqu'on rencontre : mais telles qu'elles ſoient, on doit d'abord faire marcher à la tête un bon nombre de Travailleurs, ſoutenus
par des Troupes, avec des outils neceſſaires pour aplanir les chemins. Il faut enſuite diſpoſer les Troupes ſuivant la ſituation du pays : par exemple, lorſqu'on marche dans un pays plat & découvert, on doit mettre à
l'avant & à l'arriere garde une forte troupe de Cavalerie, & diſtribuer le reſte de ce Corps par troupes à droite & à gauche ſur les aîles du convoy tout le long de ſon
étenduë, & placer ces Troupes à une diſtance d'où elles puiſſent ſe ſoutenir les unes les autres. A l'égard de l'Infanterie, il en faut mettre une Troupe à l'avant garde,
& une à l'arriere, & placer le ſurplus par pelotons de diſtance en diſtance dans la même colonne que les chariots forment. Lorſqu'ils ſont attaquez, elle doit ſe former un retranchement avec ces chariots, pour y ſoutenir
les efforts de l'ennemi, & faciliter le raliment de la Cavalerie ſous ſon feu, ſi quelque charge vive l'a rompuë.

Le plat pays donne auſſi un avantage, dont on peut
ſe ſervir lorſqu'on a avis pendant la marche qu'on doit
être attaqué par quelque Corps conſiderable : cet avantage eſt de faire parquer les chariots. On en forme un
cercle, ou un quarré, & même des redents flanquez, en
les faiſant ſerrer les uns près des autres : pour cet effet
on les met à double & triple rang, afin que l'enceinte
ſoit moins étenduë, & par conſequent plus aiſée à défendre ; l'on les range de façon que le timon de l'un ſoit
poſé & même attaché ſur le derriere de l'autre. Cette diſpoſition eſt abſolument impenetrable à la Cavalerie, & même
à l'Infanterie ; pourvû que ceux qui la défendent en ſentent la force, & faſſent leur devoir. Ces ſortes de parcs
ſont très-aiſez à former, lorſque les chariots ſont du train

Travailleurs
neceſſaires.

Diſpoſition
du pays plat.

Faire parquer
le convoy.

A a a iij

de l'Artillerie, ou de celui des Vivres ; ils ont des Conducteurs experts pour cette forte de maneuvre, & d'ailleurs les Chartiers font gens aguerris : mais cela eft tout different, quand on n'a que des voitures de Payfans ; les Chartiers prennent fi facilement l'épouvante au moindre bruit, que loin qu'il foit aifé de leur faire entendre le commandement, pour s'arranger comme je viens de le marquer, on a bien de la peine à les empêcher d'abandonner, ou de dételer leurs Chevaux pour éviter leur prife, & fe fauver plus promptement. Dans cette occurrence c'eft un redoublement de peines, pour le Chef & pour les Tropes : ils ne doivent pas néanmoins les épargner, afin de furmonter ces difficultez, & toutes celles qui fe peuvent rencontrer. Pour défendre un convoy, après qu'il eft parqué comme je viens de le dire, on doit tenir tous les Chevaux de tirage dans le vuide du cercle, ou du quarré qu'on aura formé. Il faut pofter l'Infanterie en dedans derriere les chariots ; & obferver s'ils font à double ou triple rang, de la placer de même derriere chacun des chariots, fuivant que fon nombre le permetra. On doit difpofer la Cavalerie par Efcadrons autour & en dehors du parc : fi elle eft inferieure à celle de l'ennemi, elle doit fe tenir fous le feu de l'Infanterie, qui doit la couvrir de même pour fe ralier après qu'elle a chargé. Lorfque parmi les chofes que le convoy conduit, il y a du canon en état de tirer, il faut le placer par portions autour du cercle, ou fur les angles du quarré, fur la même ligne que les chariots ; & mettre à chaque batterie une troupe de Cavalerie pour la couvrir, & une d'Infanterie pour la foutenir. Rien n'eft plus embarraffant dans ces fortes d'occafions, que d'avoir à garder des chariots chargez de poudre ; il eft aifé de fe reprefenter combien il eft à craindre que le feu n'y prenne, & quel défordre ce feu produiroit. C'eft pourquoi il ne faut point abfolument mettre ces chariots en ligne avec les autres, pour former le parc : il ne feroit pas poffible de faire feu de derriere, fans courir un danger évident. Il eft donc neceffaire, pour qu'ils ne foient pas même à porrée du feu, d'en faire un amas, & de les mettre bien ferrez dans le milieu du vuide du parc. Si le convoy étoit totalement compofé de cette dangereufe matiere, il faut faire parquer les voitures quarrément fans vuide, & les placer bien ferrées les unes contre les autres ; mais au lieu que dans l'autre cas les chariots doivent couvrir les Troupes, dans celui cy les Troupes doivent couvrir les chariots : elles doivent à cet effet fe pofter à une diftance affez confiderable, pour que le feu qu'on fait, en tirant fur l'ennemi, ne puiffe pas produire le dangereux effet qui feroit immancable s'il prenoit aux poudres.

Lorfqu'on a reçû un avis qui oblige à prendre ce parti ; on doit auffi-tôt en informer le Général de l'Armée, afin qu'il envoye au plus vîte le fecours neceffaire, pour faire lâcher prife à l'ennemi, ou l'obliger de fe retirer. Si la marche eft trop longue, pour pouvoir être faite en un jour, & que par confequent le convoy foit obligé de paffer une ou plufieurs nuits en chemin ; comme cette marche ne fe peut faire fans donner quelque repos aux Troupes de l'efcorte, & aux Chevaux le temps de repaître, il faut faire parquer les chariots dans le même ordre que nous venons de le dire, & établir de mêmes les Gardes ; afin que pendant la nuit, qui eft la mere des furprifes, on foit toujours en état de bien recevoir l'ennemi.

Si la marche fe fait dans un pays couvert, & de défilez continuels, on n'a pas la même reffource de parquer aifément en cas d'allarme, non plus que celle de faire couvrir les aîles du Convoy par la Cavalerie, à une diftance affez éloignée pour qu'il ne foit jamais attaqué au dépourvû. Au contraire, la difpofition des Troupes, qui convient dans le premier cas, doit être changée dans celui-cy. L'avant & l'arriere-garde doivent être couvertes d'un bon Corps d'Infanterie, foutenu de Cavalerie ; le refte de l'Infanterie doit être diftribué par pelotons de diftance en diftance fur les aîles, & la Cavalerie diftribuée de même par troupes dans la colonne même des chariots ; afin de pouvoir agir dans le chemin, que je fuppofe être le feul efpace où la marche fe puiſſe faire. Si le convoy eſt attaqué dans cette ſituation, chacun doit dans ſon poſte s'oppoſer de toutes ſes forces aux efforts de l'ennemi ; & obſerver ſurtout de ne le point abandonner , même pour aller donner du ſecours en un autre endroit où l'on entend le feu ou le bruit d'une alarme ; puiſque ces alarmes ſont préciſement la ruſe qu'on employe, pour obliger les Troupes de découvrir une partie de ce qu'elles eſcortent, afin de pouvoir l'enlever plus aiſement. Le Chef doit donc avoir la précaution , de placer en autant d'endroits qu'il eſt neceſſaire , ſuivant la longueur du convoy , des corps de Troupes deſtinées à porter ſecours : & ces corps détachez doivent au moindre bruit ſe porter où il eſt neceſſaire. Ces Troupes doivent être de Cavalerie dans le pays ouvert , & de la meilleure Infanterie dans celui qui eſt coupé.

Quand on paſſe dans une gorge étroite , ou autre défilé , dont les côtez ſont bordez de montagnes, il faut abſolument qu'une partie de l'Infanterie marche ſur les hauteurs , à moins qu'elles ne ſoient inacceſſibles ; parce qu'elles le ſont de même à l'ennemi. Dans ce cas on n'a rien à craindre ſur les aîles ; on doit donc tenir l'avant & l'arriere garde très-fortes ; attendu que ce ſont les ſeules parties, qui puiſſent être attaquées. Si comme nous l'avons dit , le pays où on doit paſſer eſt plat dans des endroits & ſerré dans d'autres ; il faut abſolument proportionner la diſpoſition des Troupes à l'une & à l'autre de ces ſcituations, à meſure qu'elles ſe rencontrent. Ces changemens ne ſont pas difficiles ; il ne s'agit que de faire paſſer les Troupes de la gauche à la droite, ou de la droite à la gauche. Il faut avoir ſoin dans l'un ou dans l'autre cas ; de faire marcher les chariots ſi regulierement à la queüe l'un de l'autre, qu'il n'y ait jamais aucun interval conſiderable entre eux : pour cet effet la tête doit aller très-lentement , par les raiſons que nous avons marquées, en parlant de la marche des bagages de l'Armée ; & faire de petites altes de temps en temps. Il arrive communement dans ces marches , qu'une voiture ſe briſe , &

peut

La même pour paſſer un défilé.

péut par conséquent arrêter la file des autres, surtout
dans un défilé : on doit donc de cinquante en cinquante
chariots, en avoir cinq ou six de vuides, pour servir de
rechange à ceux qui viennent à manquer. Cette précaution est essentielle ; parce que si on remettoit la charge
de ces chariots brisez sur d'autres déja chargez, on les
exposeroit au même danger, & on retomberoit par consequent dans le même embarras. On doit aussi faire porter les engeins necessaires pour remonter les voitures qui
pourroient se démonter. Le Chef de l'escorte & les autres Officiers sont débarrassez de ces soins, lorsque le
Convoi entier ou une partie est composée d'équipages de
l'Artillerie ou des Vivres ; attendu que les Officiers ou
Commis de ces Corps sont très-attentifs à ces précautions:
elles sont si essentielles, qu'il est moralement impossible
de conduire un Convoi si on ne les a pas.

Lorsque pendant la marche il se rencontre quelque
bouquet de bois ou des hayes, capables de tenir une embuscade à couvert ; il ne faut pas manquer de les faire
fouler & bien visiter. Il faut avoir la même attention dans
les Villages qui se rencontrent sur le chemin, ou qui en
sont proche ; ainsi quand on découvre de ces endroits, Autres précautions ne-
cessaires.
on doit tenir le Convoi en alte, jusqu'à ce qu'on soit sûr
qu'on peut les passer sans danger. Si l'on doit passer proche d'une Place ennemie, il faut en faire masquer les
sorties, avec les mêmes précautions que nous avons marquées, en parlant des Fourrages qui se font aux environs
d'une Place.

Les differentes operations, dont je viens de donner le
détail, semblent suffire pour conduire en toutes occasions un Convoi à l'abri de l'insulte, ou du moins sans
qu'il puisse être exposé à un danger évident : je ne puis
pas répondre neanmoins d'avoir prévû toutes celles qui
peuvent être necessaires, pour l'en garentir absolument;
parce que de même qu'il y a des regles pour défendre
une chose, il y en a aussi pour l'attaquer, & pour surmonter toutes les difficultez qu'on peut opposer. De plus,
de toutes les maneuvres qui se font à la guerre, il n'y

en a certainement aucune de plus dificile à executer, que
celle d'escorter un Convoi ; au lieu que la plus aisée de
toutes , c'est celle de l'attaquer : comme cette attaque est
une fonction qui se fait souvent par les Troupes de l'Armée , j'en vais donner icy le détail.

Attaque d'un Convoi.

Les mêmes raisons qui engagent à prendre des précautions pour faire passer un Convoi considerable avec sûreté , obligent un Général à prendre toutes les mesures
possibles pour s'y opposer , lorsqu'il est à portée de le
pouvoir faire. Cette operation est même quelquefois un
point si important , qu'elle est décisive pour le succès ou
pour le renversement des entreprises les plus considerables.
C'est pour cette raison particulierement que nous avons
marqué de quelle consequence il étoit que la communication de l'Armée avec les Places , & des Places avec l'Armée fût si bien établie , que les Convois fussent du moins
hors du danger d'être totalement enlevez. Une des plus
belles maneuvres de la guerre étant donc de pouvoir couper le passage des vivres à son ennemi , un Géneral doit
pour y reussir prendre tous les avantages que l'occasion
lui presente ; soit en postant son Armée de maniere qu'il
rende à son adversaire la communication impossible , &
le contraigne par-là de décamper , & même de lever un
Siege commencé ; soit en se tenant à portée de pouvoir
continuellement attaquer ses Convois.

De même que la situation du pays décide sur la maniere de disposer l'escorte d'un Convoi , pour le conserver & le défendre ; elle décide aussi sur celle qu'on doit
suivre pour l'attaquer : ainsi supposé que le terrain soit plat
& ouvert , il faut faire agir particulierement la Cavalerie ,
& surtout les Dragons ; l'usage où ils sont de servir à pied
& à cheval les met en état , après avoir chargé à pied ,
de pouvoir se servir de leurs chevaux pour la retraite ;
laquelle seroit très-dificile à l'Infanterie , si la resistance
de l'escorte y contraignoit.

Il y a plusieurs façons d'attaquer un Convoi : on peut les employer suivant le nombre d'hommes dont le détachement est composé. Lorsque le détachement est mediocre, & qu'il est seulement destiné pour inquieter la marche du Convoi, ou pour tâcher de l'écorner par quelque endroit ; alors cette troupe a besoin d'être conduite par un Chef sage & entendu ; parce qu'ayant à craindre des forces superieures aux siennes, au lieu de prendre, il pourroit fort bien lui arriver d'être pris : cela s'est vû plusieurs fois. Il n'y a donc gueres d'autre parti à prendre dans ce cas là, que celui d'attaquer l'arrieregarde avec une partie du détachement, & de faire brusquer par l'autre la garde des derniers chariots, pour en enlever autant d'attelages qu'on peut. Il faut ensuite se retirer, avant qu'on ait eu le temps de venir au secours. La raison qui doit engager à attaquer plutôt l'arrieregarde qu'une autre partie, est sensible : on est beaucoup plus sûre de la retraite de ce côté-là ; parce qu'on n'a point à craindre d'y être enveloppé, comme on le pourroit être, si on attaquoit par le centre ; puisqu'alors la file des chariots formant une haye impenetrable par devant, il seroit aisé aux Troupes de l'escorte d'en former une autre par derriere.

Lorsqu'on est en état de faire cette attaque à forces ouvertes & superieures à celles de l'escorte ; on peut la faire dans la même disposition. Il faut donc mêler les pelotons d'Infanterie avec les troupes de Cavalerie, & charger en même temps la tête, le centre & la queuë ; & observer sur tout de faire cette attaque des deux côtez à la fois ; afin que la file des chariots ne puisse pas servir de rempart à ceux qui les défendent, & qu'au contraire ils se trouvent à découvert de tous les côtez. On peut se servir de la même maxime dans un pays couvert ; mais il faut avoir la précaution d'y être fort en Infanterie.

Comme dans le pays couvert il se trouve communément des défilez, où il n'y a précisément que le passage d'un chariot, & que par consequent il n'est gueres possible d'y attaquer un Convoi par les côtez ; on peut en

laiſſer entrer une partie dans le défilé, & enſuite charger le reſte : on en a bon marché ; parce que le paſſage
eſt bouché à l'eſcorte des premiers, pour venir au ſecours
des derniers ; & que s'ils y viennent malgré cet obſtacle,
ce ne peut être qu'à la file, & par conſequent en état
d'être aiſément repouſſez. On peut même pour les empêcher d'y venir, faire paſſer quelques Fuſiliers ſur les hauteurs des deux côtez du défilé, ſi elles ſont acceſſibles :
ces Fuſiliers les tiennent continuellement en alarme, pour
la partie qu'ils gardent ; & par ce moyen les obligent d'y
demeurer. On peut faire également cette attaque en tête
comme en queuë, quand on ſe trouve à portée, ou que
c'eſt le ſeul côté par où on puiſſe le faire. Dans ce cas,
on doit prendre ſon temps lorſqu'une partie du Convoi
a paſſé le défilé. Il faut bien remarquer que je ne propoſe
l'une ou l'autre de ces ſortes d'attaques, qu'autant que
je préſuppoſe que les deux côtez du chemin ſont impraticables : ſi au contraire les flancs du défilé ſont acceſſibles, on doit ſans balancer attaquer le Convoi dans
le défilé même, & obſerver ſur tout que l'attaque ſe faſſe
auſſi des deux côtez, pour les mêmes raiſons que j'ai marquées.

Attaque d'un
Convoi par-
qué.

Si on trouve le Convoi parqué, & diſpoſé comme nous
l'avons cy-devant expliqué, c'eſt une operation très-ſe-
rieuſe & très-difficile, que celle de l'attaquer. Il ne s'a-
git plus d'une ſimple attaque corps à corps : il faut forcer
un retranchement des plus forts qui ſe faſſent à la guerre.
C'eſt pourquoi, on doit examiner d'abord ſi l'on a des
forces ſuffiſantes pour le faire avec ſuccès : elles ne doivent pas être moindres du double de celles qu'on a en
tête ; puiſqu'il eſt conſtant qu'un homme bien retranché en vaut du moins deux. Sur ce principe, quand on
n'a pas cette ſuperiorité, je crois qu'il eſt plus à propos
d'attendre que le Convoi ſe remette en marche, pour
l'attaquer avec moins de déſavantage. Si malgré la difficulté de l'entrepriſe, il étoit indiſpenſablement neceſſaire de l'attaquer ainſi parqué, ſoit pour profiter de l'occaſion, qu'on pourroit perdre par l'arrivée d'un puiſſant

fecours, foit parce qu'on eft en état de furmonter les plus
grandes difficultez; on peut difpofer les Troupes de plufieurs façons pour faire cette attaque; premierement en
couronnade, fuivant l'ancienne maxime des Romains
lorfqu'ils vouloient emporter une Place d'emblée. Pour
cet effet, il faut former autour du Parc un cercle de pelotons d'Infanterie & de Cavalerie, & le faire attaquer
de toutes parts en même-temps. La feconde maniere eft
de former trois ou quatre colonnes d'Infanterie, & de
pofter la Cavalerie par Efcadrons dans les intervales des
colonnes, dont la tête de chacune doit heurter en même-temps par autant d'endroits differens. Enfin on peut
difpofer toutes les Troupes fur deux lignes, & les faire
charger par un feul côté : il faut obferver quand on
prend ce parti, de tenir quelques troupes de Cavalerie à
portée de pouvoir arrêter ceux qui voudroient fe fauver
par l'autre côté. Quoique ces trois difpofitions foient
très-bonnes, je préfererois la couronnade : quand on
l'employe on embraffe tout le Parc, & l'expedition eft
plus prompte. Mais de telle maniere que l'attaque fe faffe,
il faut, comme je l'ai dit, être fort fuperieur : fans cela,
fi les Troupes de l'efcorte fçavent profiter de leur avantage, elles donnent bien de l'ouvrage à celles qui les attaquent, & peuvent même les contraindre de s'en retourner avec honte. Cependant fi l'on éprouvoit ce danger, ou qu'enfin une vigoureufe réfiftance empêchât abfolument de forcer le Parc, & de s'en rendre maître;
on doit du moins lui caufer le plus grand dommage qu'il
eft poffible, foit en tuant quantité de chevaux par des
décharges continuelles, foit en tâchant de mettre le feu
aux chariots qui font chargez de chofes combuftibles,
& fur tout à la poudre. Pour cet effet on ne doit point
épargner dans cette occafion les balles à feu, dont nous
avons parlé à l'article de l'Artillerie; puifqu'il eft certain que fi l'on peut parvenir à mettre le feu aux poudres, le Convoi & les Troupes qui l'efcortent font totalement perduës. Mais comme les effets de cette terrible matiere pourroit s'étendre jufques fur les Troupes

Attaque en couronnade.

En colonne.

En lignes dé-
ployées.

B bb iij

aſſaillantes, le Chef doit lorſqu'il ſe réſoud à cette extrémité, veiller à ce qu'elles n'y ſoient pas trop expoſées:
ainſi il n'en doit faire faire la tentative que par quelque
pelotons hazardez. Si au contraire dans l'une ou l'autre
des attaques, qu'on a faites à un Convoi, on s'eſt rendu
maître de tout, ou d'une partie; on doit le plutôt qu'il eſt
poſſible conduire ſa priſe en lieu de ſûreté, de crainte
qu'il ne ſurvienne un ſecours capable d'obliger de l'a-
bandonner; cela arrive communement: il faut auſſi avoir
ſoin de mettre le feu aux choſes qu'on ne peut pas tranſporter, & que l'ennemi pourroit recouvrer. On peut voir
dans la Vie de M. de Turenne, & dans les Memoires particuliers de ſes Campagnes, les bons effets qu'a produit
la guerre qu'il faiſoit continuellement aux Convois ennemis : on en a connu les conſequences à Lille ; tout le
monde ſçait que le paſſage d'un ſeul Convoi cauſa la perte de cette Place, dont la Garniſon ſeule auroit contraint de lever le Siege, ſi on eût empêché, comme on le
pouvoit, que ce ſecours ne lui arrivât.

Exemple des avantages que cauſe la priſe d'un Convoi.

Des Partis & autres Détachemens pour la Petite Guerre.

Utilité des Partis.

Il n'eſt pas poſſible qu'un Général d'Armée puiſſe tout
voir par ſes yeux ; & il eſt de ſa prudence de ne ſe point
expoſer aux dangers que l'on court en allant reconnoî-
des choſes trop éloignées : il ſe ſert donc pour cela des
Partis qu'il envoye à la guerre. Leurs Chefs doivent être
gens entendus, & incapables de prendre le change en aucunes occaſions ; afin de pouvoir donner des avis certains, ſur leſquels le Général puiſſe regler ſes mouvemens, pour profiter de l'occaſion que l'ennemi lui donne de le ſurprendre, ou pour éviter d'en être ſurpris.

Qualitez ne-ceſſaires aux Partiſans.

Quand ces ſortes de Partis ſont conduits par des Officiers d'une capacité parfaite, ils ſont pour ainſi dire, les
Guides de la Victoire ; parce que dès qu'on préſuppoſe
qu'on peut être informé des deſſeins de l'ennemi, & qu'on
peut cacher ceux qu'on a, on peut conclure que ſa défaite eſt aſſurée. L'un & l'autre de ces deux avantages por-

te avec foi une égale conséquence ; on doit donc en cherchant les moyens de reconnoître son ennemi, prendre les plus justes mesures pour éviter d'en être reconnu. Pour cet effet, outre la Commission qu'on donne aux Partis d'aller observer les démarches de l'ennemi, il faut leur ordonner de combattre tout ce qu'ils rencontreront qui pourroit avoir le même dessein : ils ont besoin dans ces occasions de deux qualitez également importantes ; être assez experimentez pour faire de justes observations sur les choses qu'ils voyent, & avoir assez de valeur pour ne point balancer sur la necessité qu'il y a de combattre chaque fois qu'ils en trouvent l'occasion. Il faut même chercher cette occasion avec soin, lorsqu'on a avis du lieu où un Parti ennemi s'est retiré. Sur ces principes, de pareilles Commissions ne doivent pas être données au hazard ; un Général au contraire doit être fort circonspect dans le choix de ceux qu'il y employe : sans cette attention, il est sans cesse exposé aux fausses démarches, qu'un faux avis peut produire, & être examiné jusque chez lui par les Bayeurs que l'ennemi ne manque pas d'y envoyer.

Il y a ordinairement dans une Armée des Partisans de plusieurs classes & de differens Corps. Les uns font propres à commander des détachemens considerables, pour pénetrer bien avant dans le pays ennemi ; soit pour y établir des Contributions, soit pour y faire quelque coup d'éclat. J'ai vû des Officiers, qui aimoient tellement ces fortes d'operations, que quoiqu'ils fussent parvenus à la dignité de Lieutenant Général, ils conservoient leur nom de Partisan ; parce qu'il donne l'avantage de pouvoir marcher par préference chaque fois que le service le requiert, sans s'attacher au tour de Garde, & sans que les autres Officiers généraux puissent s'y opposer, quoique plus anciens, ou quoique ce soit leur jour à marcher. J'ai vû décider cette prérogative par M. de Catinat, non-obstant les vives remontrances d'un Seigneur de grand nom, que cela touchoit : il en porta ses plaintes au Roy, qui lui donna le tort, & approuva le Général. D'autres

Partifans font propres à conduire de moindres Corps, &
entendent également les maneuvres de la Cavalerie &
de l'Infanterie ; deforte qu'on peut dans le befoin com-
pofer leur détachement de l'une & de l'autre. D'autres
ne fçavent que la guerre à cheval, ce qui les fait nommer Partifans de Cavalerie. D'autres enfin fon Partifans
d'Infanterie uniquement.

De quelque façon que les uns ou les autres foient employez, ils ne doivent avoir pour objet que les fins que
nous avons cy-devant propofées, & non pas celles de
faire la capture d'un paffager, ou de quelque attelage de
Devoirs des chevaux. Cependant, comme en prenant fur l'ennemi on
Partifans. l'affoiblit, on n'en doit pas rejetter l'occafion lorfqu'elle
fe préfente ; pourvû que cela ne foit point capable de
retarder une operation plus importante, & où il y auroit
de l'honneur à aquerir. Un Officier ne peut fans honte
négliger cet honneur, pour courir à un profit mefquin,
comme ont fait plufieurs de nos Partifans, fur le compte
defquels je me fuis fuffifamment expliqué à l'article du Ser-
Avantages vice journalier dans une Place. C'eft en obfervant ces
que le com- regles qu'un Officier eft veritablement Partifan ; & c'eft
mandement en faifant cette fonction avec application, qu'on peut de-
d'un Parti venir un très-grand homme de Guerre : parce que dans
produit à l'Of- les occafions de Parti, on trouve à tous momens celle
ficier qui en de faire en petit les principales chofes qu'un Général
eft chargé. doit faire en grand. Il faut comme lui ufer de rufes par
des marches & des contremarches, pour arriver jufqu'aus
point où on veut aller, & pour revenir de même ; ou
pour furprendre fon ennemi. Il faut être capable d'une
prompte refolution, pour fe determiner au combat, ou
Précautions à la retraite, fuivant le temps & l'occafion. Il faut fça-
qu'un Partifan voir fe pofter avec avantage, quand on eft trop foible pour
doit avoir. rifquer un combat en champ ouvert, & fçavoir de même prendre un jufte parti pour battre l'ennemi qu'on
trouve dans une pareille difpofition. Il faut fçavoir bien
difpofer une embufcade, & éviter de tomber dans celles
de ennemi. Il faut bien ménager fes vivres, afin de n'ê-
tre point obligé de fe découvrir par la neceffité d'en aller
                                                    chercher

chercher dans des lieux ennemis ; ménager de même la
poudre & les bâles, & fur tout avoir grand foin que les
armes foient toujours en bon état. Enfin il faut tenir fa
troupe dans une difcipline fi exacte, que tout y foit obfervé jufqu'au filence, qui eft particuliérement neceffaire
dans la guerre de Parti. Toutes ces differentes parties demandent une application fi continuelle, que pour peu
qu'un Partifan s'en relâche, il n'eft gueres poffible qu'il
ne fuccombe, & qu'il n'éprouve la difference qu'il y a
entre un Parti de cent hommes & une Armée, qui eft
fans ceffe aux écoutes pour écrafer ces fortes de mou-
ches, dont le bourdonnement ne laiffe pas que de porter avec foi les confequences que nous avons marquées.

Outre les maneuvres aufquelles nous venons de dire
que les Partis étoient ordinairement attachez ; il y en
a plufieurs autres, dont ils font auffi quelquefois chargez.
Ils font employez à inquieter la marche d'un Convoi,
à faire enforte de l'écorner, comme nous l'avons dit, &
à tenter d'entrer dans la chaîne d'un Fourrage ou dans
un pâturage, pour y enlever autant de chevaux qu'il eft
poffible ; le tout pour affoiblir l'ennemi par tous les endroits imaginables. Ils font encore chargez de faire les
executions militaires, dans les lieux qui refufent de fe
foumettre à la Contribution ; ou dans ceux qui s'y étant
foumis, manquent à en faire le payement au temps marqué. Ces executions fe font conformement à ce que
le Général a ordonné ; foit en enlevant les principaux
habitans, pour tenir lieu d'ôtages, & de fûreté des payemens ; foit en pillant les lieux & y mettant le feu. Ils
doivent fe conformer bien regulierement aux ordres qu'ils
ont reçûs pour ces expeditions, & ne fe laiffer jamais at-
tendrir par la pitié, fous quelque pretexte que ce puiffe
être : ils doivent feulement empêcher de toutes leurs
forces les facrileges & le viol ; attendu que les Chrétiens ne donnent jamais d'ordre pour ces épouvantables
excès : au contraire ceux qui les commettent, même
dans le pays ennemi, font fujets aux mêmes châtimens

que les loix ont prefcrits contre les autres criminels convaincus de ces crimes.

Executions Militaires.

Ce n'eft pas feulement par rapport au défaut de payement des Contributions, qu'on eft obligé d'en venir à ces extrémitez contre les lieux ennemis : d'autre raifons y engagent encore, & particulierement celles d'ôter à fon ennemi le moyen de pouvoir fubfifter dans un pays, d'où il pourroit dans la fuite être à portée de faire une entreprife capable de mettre un Etat au rifque d'être perdu. Dans ce cas on ne doit point balancer à employer le feu, & tout ce qui peut ruiner un pays de fond en comble, fans qu'aucune confideration humaine en puiffe rien faire excepter. C'eft le moyen d'obliger l'ennemi d'établir fes quartiers d'hyver loin de nous, & de lui oppofer d'abord la dificulté de pouvoir fubfifter dans les premiers mouvemens qu'il eft obligé de faire pour nous venir attaquer. Cette regle, à la verité, quoique très-importante & neceffaire, femble neanmoins choquer le Chriftianifme, & répugner à l'humanité : mais tel eft le fleau de la Guerre : les peuples qui ont le malheur d'y être expofez, doivent à tout moment s'attendre à fes effets : on en voit quelquefois de bien plus fenfibles, lorfqu'on eft obligé de détruire foi-même fon propre pays, ainfi qu'il eft arrivé plufieurs fois, pour éviter par une perte particuliere un danger général. On porte même quelquefois cette précaution à une extrêmité toute auffi grande, que celle du pillage & de l'incendie ; c'eft d'obliger les particuliers de labourer les prairies ; de leur défendre d'enfemencer leurs terres ; & de faire couper les vignes & les arbres fruitiers. Après une femblable execution, le plus beau & le meilleur pays du monde, n'eft plus qu'un défert affreux : nous en avons vû un de nos jours, lequel à fon grand malheur a éprouvé les triftes effets de cette dangereufe conféquence.

Mais quoique de pareilles executions soient necessai_
res, & quelquefois indispensables ; on doit ce me semble, avant que de les faire, reflechir sur le danger des re_
presailles. Car si on jugeoit, que nonobstant le dégât
qu'on veut faire, l'ennemi pourra pénetrer sur nos terres, il y auroit de l'imprudence de lui donner cette occasion d'y mettre tout à feu & à sang : c'est ce qui ar_
rive ordinairement, lorsqu'on trouve le moyen de
prendre sa revanche. Ainsi pour se déterminer à ces executions, il faut qu'elles soient décisives. On doit aussi
avoir les mêmes considerations, lorsqu'on fait executer
militairement quelque lieu, faute de l'acceptation ou du
payement des Contributions : pour cet effet il faut exa_
miner si l'ennemi n'est point en état d'en établir de même sur nos terres de l'un ou de l'autre des côtez où nous
sommes en guerre, où il pourroit par consequent user
de la même violence. Toutes ces reflexions meritent d'ê_
tre mûrement pesées : parce qu'il arrive souvent que pour
avoir voulu causer un petit dommage à son ennemi, on
en reçoit un mil fois plus grand, & dont les peuples,
qui n'y ont point eu de part, sont neanmoins la victime. Mais encore un coup, quand la necessité le requiert,
& que le coup est décisif, comme je l'ai dit, toutes ces
considerations doivent être mises au néant : je répeterai
encore à cette occasion, que guerre & pitié ne s'accor_
dent point.

Reflexions qu'on doit fai_
re avant que d'en venir à ces extremi_
tez,

Dangers des represailles.

On doit sçavoir que suivant l'usage de tout temps, si
l'ennemi a fait une prise de chevaux, de meubles, bagages ou autres choses sur nous, & que ces mêmes cho_
ses soient reprises sur lui après vingt-quatre heures pas_
sées ; elles appartiennent de droit à ceux qui les ont reprises, sans que ceux qui les ont perduës y puissent rien
prétendre. Si au contraire on les reprend avant les vingt_
quatre heures, elles doivent être renduës à ceux qui les
reclament.

Cartels & Represailles.

Ce que nous venons de dire au sujet des represailles,

n'étant pas fuffifant pour en faire concevoir toute la conféquence ; je crois devoir encore ajouter, que rien n'eft plus fâcheux pour tout le monde, qu'une guerre où on y eft expofé : c'eft pourquoi on a très-bien fait en Europe, d'en bannir prefque entierement les inconveniens, du moins par rapport aux hommes perfonnellement : on a établi à cet effet des Cartels ou conventions entre ennemis, au moyen defquels on n'eft plus expofé à fe voir égorger de fang froid, après avoir été pris dans une action, ainfi qu'il arrivoit autrefois, & qu'il arrive encore dans les pays, où l'on fait, comme dit le proverbe, *la guerre de Turc à Maure.*

Les Cartels qui fe font pour ce fujet entre les Généraux oppofez, portent une convention marquée, pour ce qui devra être payé pour le rachat, ou la rançon des Officiers & des Soldats, qui feront pris par l'un ou l'autre Parti ; avec obligation de les rendre fur ce pied, auffi-tôt qu'on les aura reclâmez : ou bien par un échange des Officiers de même dignité, & d'un nombre de Soldats contre un pareil. Pour mettre ces Cartels à execution, fans qu'il foit befoin de fournir de l'argent ou l'échange en hommes, chaque fois qu'on a occafion de reclamer des prifonniers ; il y a un Commiffaire nommé dans chaque Parti, pour en tenir regiftre, & pour en compter enfemble à la fin de chaque Campagne. Celui qui par le réfultat de ce compte à moins pris, paye à l'autre le furplus. Je dirai à cette occafion, que dans tous ce qui eft guerre de Parti, la rançon des prifonniers appartient de droit à ceux qui en font la capture ; mais non pas dans aucunes des autres occafions.

Quoique l'établiffemement des Cartels procure un foulagement reciproque aux deux partis oppofez ; cependant la loi ne veut pas qu'on accorde cette faveur aux Sujets rebelles : elle veut au contraire qu'on faffe fouffrir les plus feveres châtimens à ceux dont on peut fe faifir, foit dans les actions de guerre, foit autrement. L'on eft obligé d'employer cette extrême feverité, parce qu'il feroit très-humiliant pour un Souverain, de paroître, en faifant autrement, capituler avec ſes propres Sujets. Cependant, ſans diſconvenir que la loi ne ſoit très-juſte en ce point, je crois pouvoir dire, que les Troupes, ou les fideles Sujets, qui ſont chargez de cet ouvrage, ont un juſte ſujet de s'en plaindre ; parce que les repreſailles ne manquant pas d'avoir lieu, c'eſt immanquablement ſur eux qu'en rejailliſſent les déplorables effets : on n'en a eu que trop d'exemples pendant la fureur de nos Guerres civiles ; & ſans remonter ſi loin, durant celle que nous avons faite aux habitans des Vallées de Pragelas, de Luſernes, de Saint Martin, & d'Angrogne, que nous appellons *Barbets* ; & avec ceux des Sevenes, dits *Fanatiques*, ou *Camiſards* : une infinité de braves Soldats, & pluſieurs Officiers & habitans de diſtinction, ont été les victimes de la barbarie de ces derniers. C'eſt pourquoi on eſt quelquefois contraint de ceder à la force, & de prévenir de plus grands maux, en retranchant un peu de la ſeverité que la rebellion mérite. C'eſt en effet le parti qu'on a été obligé de prendre pendant les Guerres civiles, & dans les autres dont je viens de parler ; parce que la répugnance avec laquelle les Troupes ſe portoient dans les actions, ne pouvoit produire qu'un très-mauvais effet. Cette répugnance au reſte étoit bien fondée ; car tout homme qui n'en a aucune à s'expoſer à perdre la vie les armes à la main, en a une très grande à riſquer de la perdre par la main d'un bourreau, dans des tourmens auſſi effroyables, que ceux que ces derniers furieux ont exercé ſur tous ceux qui avoient le malheur de tomber entre leurs mains.

Exemples du contraire.

Sujet qui les a cauſez & doit cauſer.

Des Amniſties, ou Pardons.

Outre les Cartels que les Souverains ſont quelquefois obligez d'accorder à leurs Sujets rebelles, par les raiſons que nous venons de marquer, ordinairement ces ſortes de Guerres ſe terminent par une Amniſtie générale ; afin d'obliger les revoltez à rentrer dans leur devoir, ſans crainte d'être recherchez pour leurs fautes

paſſées. On voit une infinité d'exemples de cette cle-
mence dans toutes les Hiſtoires, & particulierement dans
celle de ce Royaume : comme leur multiplicité ne les
rend pas moins ſurprenans, on peut dire qu'apparemment dans ces temps fâcheux la neceſſité à contraint la
loi : mais on ne peut pas, ce me ſemble, alleguer la même raiſon pour les Amniſties qu'on a tant de fois ac-
cordées aux déſerteurs de nos Troupes ; loin qu'elles puiſſent être fondées ſur les mêmes principes, elles ne peuvent au contraire ſervir qu'à autoriſer le brigandage :
auſſi peut-on dire que c'eſt ce qui a certainement le plus
contribué à l'épuiſement d'hommes dans lequel nous nous
ſommes trouvé, & en même-temps à la ruine de tant
de Capitaines. En effet, ceux qui ont comme moi examiné les pernicieux effets de cet abus, conviendront que
dès que la premiere Grace fut publiée, l'eſpoir d'une
ſeconde fit paſſer chez les ennemis dix fois plus de Soldats qu'il n'en revint ; & que lorſqu'on accorda la ſeconde, elle produiſit le même effet. Le ſoin que les ennemis eurent de faire paſſer ces traîtres ſur leurs frontieres oppoſées à celles où nous étions en guerre, leur ayant
ôté le moyen d'en revenir ; ces Amniſties réiterées ne
nous cauſerent que des redoublemens de pertes, & jamais de profit. C'eſt par leur moyen que les Hollandois
ont eu pluſieurs Bataillons ſous le nom de Wallons, leſquels n'étoient preſque remplis que de François ; & que
les frontieres de Hongrie en étoient pleines : c'eſt auſſi
par leur moyen que nous en avons vû des Brigades entieres en Piémont, ſous le nom de Religionnaires, quoique les Soldats qui les compoſoient fuſſent preſque tous
Catholiques. Enfin ſans ces Amniſties, les Venitiens n'auroient pas eu ce nombre de Bataillons de François qu'on
leur a vû, & auſquels même ils faiſoient battre la marche Françoiſe, pour qu'on ne pût ignorer leur nation.

D'ailleurs, y a-t-il rien qui ſoit d'un plus mauvais exemple, que de voir un nombre de déſerteurs d'un Regiment, qui ont pris parti dans un autre, venir, à l'abri
de ces Amniſties, y viſiter leurs Camarades, pour les

exciter à en faire autant, & narguer, pour ainsi dire, par cette effronterie les Capitaines que leur infidelité a ruinez ? De plus, un déserteur, par les circonstances de sa désertion, a causé ou pû causer un échec considerable & très-préjudiciable au Parti qu'il a abandonné ; ce qui arrive communément à la guerre : est-il supportable de voir un pareil selerat en vertu de ces Amnisties à l'abri du châtiment que mérite un crime aussi énorme ? J'en ai vû neanmoins plusieurs exemples, & entre autres celui d'un Caporal de notre Regiment. Ce selerat ayant été détaché avec six hommes dans un poste avancé, pour découvrir l'approche des ennemis devant Ostalricq, passa chez eux avec sa troupe qu'il débaucha ; & il les conduisit lui-même à l'endroit où nous étions le moins sur nos gardes. Cette trahison pensa nous faire surprendre, & causer la perte de la Place : cependant après un crime aussi monstrueux, à l'ombre d'une de ces Amnisties, il revint l'année suivante, prit parti dans un autre Regiment, & eut la hardiesse de venir dans le notre, pour y faire nargue, comme je l'ai déja dit. Je le commandois alors ; & sa présence m'ayant parû insuportable, je le fis arrêter nonobstant sa prétendue sûreté : je l'interrogeai aussi-tôt, comme Major, pour voir si je ne le trouverois point en défaut sur le terme de la derniere Amnistie ; & je le fis avec tout le soin possible, afin qu'un crime aussi énorme ne demeurât point impuni : mais comme il n'oublioit rien de son côté de ce qui pouvoit prouver qu'il étoit pleinement dans le cas de la grace, & que je ne trouvois pas tout à fait le contraire ; j'envoyai les Informations à M. de Quinsson, Lieutenant Général commandant dans la Province, le suppliant d'ordonner ce qu'il jugeroit à propos sur ce sujet : il m'envoya aussi-tôt un ordre positif de faire pendre ce traître, sans autre forme de procès ; ce qui fut executé.

Une autre Amnistie toute aussi dangereuse que celle qui a pour pretexte le retour des déserteurs qui sont chez les ennemis, est celle qu'on accorde à ceux qui sont actuellement dans nos Troupes : elle forme à peu près le même defordre. Il eft certain que le grand nombre de Soldats, qui font pour ainfi dire métier & marchandife, de paffer d'un Regiment dans un autre, fait qu'à mefure que l'un fe rétablit, l'autre fe détruit, ainfi que je l'ai expliqué en parlant des Regimens de nouvelle levée : mais ce rétabliffement eft certainement de peu de durée, premierement à caufe de l'inconftance de ces coureurs ; fecondement, parce que fi l'Amniftie qu'ils efperent vient à manquer, la crainte qu'ils ont de rencontrer les Regimens dont ils ont déferté, les fait paffer à la premiere occafion chez les ennemis. Voilà fans contredit ce qui a toujours caufé ces défertions confiderables, qu'on a effuyées toutes les fois qu'on faifoit la premiere affemblée de l'Armée. C'eft pourquoi, je prends la liberté de dire icy, que je crois, qu'au lieu de donner occafion à un abus fi préjudiciable au fervice du Roy, par l'efperance de pareilles graces ; il feroit neceffaire au contraire, qu'au commencement d'une Guerre, on publiât à la tête des Troupes, une Ordonnance de Sa Majefté, portant ferment de n'en jamais accorder.

Si on avoit pû accepter la propofition que les ennemis firent au commencement de la Guerre de 1689, de fe renvoyer les déferteurs reciproquement, ç'auroit été un beau moyen d'anéantir la défertion : mais comme elle ne pouvoit convenir à nos Regimens de diverfes nations étrangeres, parce qu'en temps de guerre la plus grande partie de leurs Recruës font compofées de ces déferteurs, elle n'a pû avoir lieu ; ainfi pour un petit avantage, on a fouffert un grand mal.

On doit bien traitter les prifonniers de guere.

Raifons pour ce fujet.

En général, on ne peut faire un trop bon traitement aux prifonniers de guerre ; parce que celui qui fe mêle de ce métier, eft tous les jours expofé à avoir befoin d'une même confideration. Cette maxime porte avec foi une autre confequence, dont on voit un exemple dans l'Antiquité, qui y a un rapport fi parfait, que je fuis perfuadé qu'on en trouvera le récit plus fignificatif & plus convaincant, que tout ce que je pourrois dire fur

Exemple,

ce fujet. Plutarque rapporte, "qu'Un des principaux
d'Athenes

d'Atheniens ayant été pris par les Macedoniens, quel- "
qu'uns de ses Compatriotes, dont il étoit fort aimé, "
le furent racheter quelque temps après, & payerent "
pour lui une forte rançon. Comme ils s'apperçurent qu'il "
verſoit des larmes en quittant les ennemis ; l'un d'eux "
lui dit, qu'apparemment ç'étoit la joye qu'il avoit de "
recouvrer ſa liberté, qui l'obligeoit à donner cette mar- "
que de foibleſſe : à quoi il répondit ; *Croyez-vous que je* "
puiſſe ſans douleur quitter une Ville, où il y a des ennemis ſi "
genereux, qu'il ſeroit mal-aiſé de trouver ailleurs d'auſſi bons "
amis. Ce diſcours joint au récit qu'il leur fit dans la ſuite "
de tous les bons traitemens qu'il en avoit reçû, fit une "
telle impreſſion ſur leurs eſprits, & ſur tous ceux à qui "
le rapport en fut fait ; que ne craignant plus tant la "
domination d'Alexandre, cela avança conſiderablement "
ſes affaires. " On voit par cet exemple tiré de l'antiquité, Fruits qu'on
en peut reti-
rer.
que la prévention pour ou contre un Conquerant, a pro-
duit ſes effets dans tous les temps. En effet, c'eſt ce qui
fait que la conquête d'un Etat entier, devient poſſible ou Effets que la
prévention
peut produire.
impoſſible : parce que la poſſibilité ne ſe rencontre qu'au-
tant que les peuples qui le compoſent y conſentent tacitement, en n'y aportant pas toutes les difficultez qu'il peuvent y oppoſer ; & que l'impoſſibilité en eſt certaine, lorſque leur oppoſition eſt continuelle, ſoit qu'elle ſoit animée par leur prévention, ou par leur fidelité pour leur
légitime Souverain. Il y a bien des exemples de cette vé-
rité dans l'antiquité, & on en a vû de nos jours deux fort
ſinguliers, que l'oppoſition de ſentimens a produits très-
differemment. Le premier eſt celui de la conquête des Exemple.
trois Royaumes qui compoſent l'Angleterre : elle s'eſt
faite pour ainſi dire dans un tour de main ; hé pourquoi s'eſt-elle faite ainſi ? Parce que les peuples l'ont bien
voulu. Le ſecond, eſt celui de la conquête de l'Eſpagne, Autre exem
ple.
que le Concurrent du légitime Souverain avoit pouſſée juſ-
qu'au point de ſe faire couronner dans la Capitale, tandis que ce dernier ſembloit n'avoir d'autre reſſource que
celle de retourner dans ſon premier Etat. Cependant
cette conquête apparente a durée ſi peu de temps, qu'à

peine le Conquerant a-t'il été en possession, qu'il a été contraint d'abandonner précipitamment sa conquête, pour retourner lui même dans son premier Etat ; laissant le Thrône, où il n'avoit pas seulement eu le temps de s'asseoir, à celui qui sembloit l'avoir quitté pour jamais. Comment cela s'est il pû faire ? Est-ce une grande Bataille qui a produit un si surprenant changement ? Non, c'est que les peuples sont demeurez inviolablement attachez à leur Roy. Cette fidelité mérite mille éloges, que la renommée a publiez & publiera jusqu'aux siecles à venir, avec d'autant plus de raison, que la prévention dont nous venons de marquer l'importance, sembloit favoriser le Concurrent, puisqu'elle pouvoit être fondée sur l'opposition & même sur l'antipatie qui a regné si long temps entre les François & les Espagnols. Cet exemple sert à prouver, que l'honneur & la fidelité ont été les seuls guides de ces peuples en cette occasion, & cette preuve qu'ils en ont donné, sera dans tous les temps à venir le plus beau trait qu'on puisse rapporter dans l'histoire de leur pays.

Nos ennemis pendant la Guerre qui a précedé la Paix de Riswick, avoient si fort insinué aux peuples de leur domination, combien ils devoient craindre de tomber sous celle des François ; & ils s'étoient servi d'exagerations & de portraits si épouvantables, pour le leur persuader, que la prévention dont ils avoient rempli leurs esprits, s'y étoit tellement imprimée, qu'il nous a été aisé de nous en appercevoir en toutes occasions, & particulierement en Italie, où les avantures de Cremone, & de la Mirandole, & une infinité d'autres actes d'infidelité, nous ont fait ressentir les effets qu'elle peut produire. J'ai éprouvé en particulier jusqu'à quel point cette impression s'étoit formée : cet exemple est très singulier. J'avois été envoyé à Ostiglia avec un Détachement assez considerable, pour en garder le Château, & pour veiller sur tout ce qui auroit pû s'introduire dans le Milanois en remontant le Pô. Je fis garder une si exacte discipline à ma troupe, que je ne doutois nullement que ces

peuples ne trouvaſſent une grande difference entre cette
conduite & la maniere dure, dont les Allemands en avoient
uſé peu de temps auparavant avec eux, dont j'étois bien
informé. Je croyois par-là pouvoir gagner leur affection,
non ſeulement pour moi en particulier, mais auſſi pour notre Nation en général. Cependant ayant remarqué qu'on
ne m'en faiſoit pas meilleur viſage ; & voyant au contraire que je ne trouvois en toutes occaſions que des eſprits,
qui ſembloient s'attendre à une ruine totale, ou à quelque ſemblable cataſtrophe, je fus curieux de connoître
le ſujet de leur mécontentement. Je m'adreſſai donc au
premier Conſul, qui étoit homme de fort bon ſens ; & je
lui demandai ce qu'il penſoit de la maniere avec laquelle
moi & ma Troupe vivoient dans leur Ville, & s'il ne
trouvoit pas une grande difference entre une garniſon de
François, & un quartier d'hyver d'Allemands. Loin de
me faire la réponſe que j'eſperois, & que je méritois en
effet, il me dit au contraire : *Il eſt vrai que cette diffe-*
rence eſt grande ; lorſque les Imperiaux étoient icy, ils ſe
rendoient les maîtres de tout ce qu'ils y trouvoient, & ne
nous laiſſoient qu'à peine de quoi ſubſiſter avec nos famil-
les : de plus, comme ils étoient preſque toujours yvres, ils y
commettoient mille inſolences, leſquelles s'étendoient juſque con-
tre l'honneur de nos femmes & de nos filles : nous étions mê-
me obligez de payer une ſomme de trente mille livres à cha-
que Compagnie, par forme d'Uſtenciles. Vous autres François
au contraire vivez certainement icy plus en Religieux qu'en
Soldats : vous payez ce que vous prenez, & même au delà
de ce que les choſes valent ; & vous uſez en toutes occaſions
de tant de civilité & de courtoiſie, que nous ne pouvons rai-
ſonnablement nous empêcher de vous regarder avec admira-
tion. Mais nonobſtant tout cela, ajouta-t'il, *nous aimerions*
beaucoup mieux avoir encore les Allemands, & que vous fuſ-
ſiez au-delà des Alpes. On peut juger de l'étonnement que
me cauſa une pareille réponſe : mais j'en fus moins ſurpris dans la ſuite, lorſque je fus informé, que l'horrible
portrait qu'on leur avoit fait des François, & de leur domination, en étoit la ſeule cauſe. Enfin la prévention a

été si forte en ce pays, que tout ce que nous y avons fait pour la détruire, n'a pas empêché que nous ne l'y ayons laissée toute entiere, lorsque nous l'avons abandonné.

Des Espions.

Des Espions. Quoique nous ayons déja établi l'utilité des Espions, comme ils sont particulierement necessaires à un Général d'Armée, nous croyons devoir repeter icy, qu'il ne peut assez payer ceux qui s'offrent à lui pour lui rendre cet important service : parce que les avis qu'il peut recevoir par les Partis, dont nous avons parlé, ne pouvant regarder que ce qui se passe au dehors de l'Armée ennemie, il faut encore qu'il soit instruit de ce qui se fait au dedans, où il n'est pas possible d'aller à main armée. Il

Leur utilité. a donc besoin pour cette partie, de gens assez déterminez, pour ne point craindre le danger qu'on court en allant faire ces sortes d'observations ; & assez entendus, pour lui faire un rapport exact de tout ce qu'ils voyent.

C'est la plus sûre voye qu'ait un Général, pour se mettre en état de prendre ses avantages, soit pour attaquer l'ennemi, soit pour éviter d'en être attaqué. Outre ces Espions, qu'il employe sans cesse à aller & venir, il doit

Differentes sortes d'Espions. tâcher d'en avoir de sédentaires, & même dans le Conseil du Général opposé, s'il est possible, qui puissent sçavoir précisément tout ce qui se passe ; ou qui soient du moins en état de l'examiner de plus près que ces premiers, dont ils se servent pour lui donner avis de ce qu'ils ont pû découvrir. Deplus, un Général doit avoir de ces Espions sédentaires, non seulement dans l'Armée ennemie, mais aussi dans ses Places frontieres, afin de pouvoir être averti à point nommé de tout ce qui s'y passe, & sur tout du départ des Convois : ces avis le mettent en état de prendre des mesures justes, pour tâcher de les enlever, en mettant en pratique les maneuvres que nous avons cy-devant marquées. Les avantages qu'un Général tire de ces Espions sont si importans, qu'il ne peut, comme je l'ai déja dit, les acheter à trop grands frais : d'autant plus que ces frais se faisant sur le seul compte du Roy, ils ne doivent pas être épargnez, & qu'il n'y a gueres d'occasions, où ils puissent être employez plus utilement que dans cette partie, qui seule peut produire le gain, ou la perte d'une Place, ou d'une bataille, ou même d'un Etat.

Dépenses secretes.

Le Roy qui est instruit de l'importance des dépenses secretes, lorsqu'elles sont bien appliquées, laisse le Général maître de les porter à tel point qu'il veut, sans exiger de lui d'en rendre aucun compte : c'est de là que leur vient le nom de dépenses secretes. Mais quoique ces dépenses ne soient nullement à charge à celui qui en dispose, il se rencontre quelquefois des Généraux, qui en font si grands ménagers, qu'ils sont absolument privez des avantages qu'elles peuvent produire. Leur conduite en cela est tout à fait blâmable ; puisque s'ils prétendent par là épargner l'argent du Prince, il ne peut leur en sçavoir aucun gré ; parce qu'il n'en a que pour employer à l'avancement de ses affaires, & que rien ne doit être ménagé pour les faire réüssir. Au reste cette facilité qu'un Général a de prendre à pleines mains dans les coffres du Roy, sans obligation d'en rendre compte, ne doit jamais le porter à profiter de cette occasion pour avancer ses affaires particulieres ; c'est un crime aussi énorme que celui de la trahison : ainsi il faut croire que les soupçons qu'on a eu sur quelques Généraux, étoient mal fondez.

Un Général doit être certain que celui qui lui est opposé a les mêmes vûës que lui, par rapport aux effets que les bons Espions peuvent produire : ainsi, comme il doit s'attendre, qu'il ne manquera pas d'en envoyer chez lui, il doit veiller soigneusement à tâcher de les découvrir. Il faut surtout qu'il prenne bien garde, qu'ils ne soient à ses côtez lorsqu'il les en croit bien éloignez ; c'est-à-dire que quelque Secretaire, ou autres de ses Domestiques à qui il se confie le plus, ne soient pensionnai-

Le Général en est le Maître,

Elles ne doivent point être épargnées,

Précautions contre les Espions,

res des ennemis : cela est quelquefois arrivé. Il y a des Espions, qui pour faire un double profit avertissent les deux Partis opposez de ce qu'ils apprennent dans l'un & l'autre côté ; & font par ce moyen leur métier sans crainte d'être soupçonnez pour ce qu'ils font, étant sûrs d'être également bien venus de quelque côté qu'ils aillent. Un Général doit donc encore bien prendre garde que quelqu'uns de ceux qu'il employe, & qu'il croit être uniquement à son service, ne soient capables de cette manœuvre : pour le découvrir il doit les faire examiner par d'autres qui leur soient inconnus, & qui les suivent partout lorsqu'ils vont chez l'ennemi.

Quoiqu'une pareille manœuvre dans un Espion porte avec soi une dangereuse conséquence ; on pourroit cependant en retirer beaucoup de profit, en engageant un ou plusieurs de cette espece, d'aller offrir leurs services aux ennemis ; à condition sous entenduë, que ce ne seroit que pour les tromper, & avoir plus facilement l'occasion d'examiner toutes choses en sûreté, pour en rendre un compte fidel & de bonne foi. Cette maxime est très-bonne, & n'est nullement impossible ; pourvû qu'elle soit conduite sagement, ainsi que je l'ai vûë pratiquer par plusieurs de nos Généraux, & que je l'ai pratiquée moi-même avec succez. On peut par ce moyen faire prendre le change à l'ennemi quand on veut, & lui tendre toutes sortes de pieges : mais on ne peut faire réüssir cette ruse qu'une seule fois avec le même Espion ; parce que si-tôt qu'il a donné un faux avis qui a causé un échec considerable, il n'y a plus moyen qu'il puisse y retourner. On peut entretenir ce commerce, en permettant à celui qu'on a gagné pour ce sujet, d'amuser l'ennemi par des nouvelles de bagatelles ; pour avoir occasion d'en rapporter d'essentielles. L'on sçait ce que produisit à Stinquerque, le faux avis qui vint à M. de Luxembourg de la part d'un de ses Espions qui avoit été découvert : cet avis pensa causer la perte de son Armée. Cet exemple prouve assez l'effet que de semblables avis peuvent produire.

Exercices des Armées.

La maxime de tenir les Troupes dans un continuel mouvement, eſt très-ancienne : on voit dans l'Hiſtoire, que les Grecs & les Romains, pour ſe conformer à ce principe, tenoient les leurs continuellement campées, ſoit en paix ſoit en guerre ; de crainte que la moleſſe, qui eſt la ſuite de l'inaction, ne leur ôtât la vigueur, & l'habitude dans laquelle il eſt neceſſaire qu'elles ſoient, pour ſupporter les fatigues de la guerre. C'eſt particulierement pour cette raiſon, qu'ils les tenoient une partie du temps ſous les armes, & les obligeoient d'employer l'autre à travailler aux ouvrages les plus pénibles. Tantôt ils les occupoient à faire des chemins d'une étenduë extraordinaire, par des levées de terre, propre à les rendre toujours commodes pour le publique : d'autres fois ils les employoient à creuſer des canots, à changer le cours d'une Riviere, à raſer une montagne, à conſtruire des aqueducs, enfin à élever des Fortereſſes conſiderables, & des ponts de même ſur les plus grands & les plus rapides Fleuves. On voit encore en pluſieurs endroits des veſtiges de ces ouvrages, qui font juger des peines qu'ils ont coûté à faire, & de l'attention que ces Nations avoient de ne point tenir leurs Soldats oiſifs : puiſque c'étoit plutôt dans cette vûë qu'ils les faiſoient faire, que dans celle de l'utilité publique ; quoique ce travail produiſît également ces deux ſalutaires effets.

C'eſt ſans doute dans de ſemblables vûës, que Loüis le Grand, qui n'ignoroit aucunes de celles qui pouvoient élever le nom François, a ſuivi les mêmes maximes pendant les courts intervales, qu'il y a eû ſous ſon Regne, d'une guerre à l'autre. Auſſi chaque fois qu'il a été obligé de ſe remettre aux champs, pour s'opoſer au formidable nombre de ſes ennemis, il l'a toujours fait avec des Troupes qui avoient l'avantage, ſi elles n'étoient pas entierement aguerries, d'être du moins accoûtumées au travail. C'eſt ce qui lui a procuré ces exploits éclatans, dont

Maximes des Grecs, & des Romains ſur ce ſujet.

Imitées par Louis le Grand

toute l'Europe a été témoin ; & dont le bruit s'est répandu
jusqu'aux confins de la terre, où les Puissances les plus reculées ont donné des marques de l'étonnement que leur cau-
soient ses conquêtes, par les Ambassades qu'elles ont en-
voyées pour les admirer, aussi bien que leur Auteur. En effet qu'est-ce qui fait la difference qu'il y a entre de vieilles
& de nouvelles Troupes ; croit-on que ce soit seulement
l'habitude, que ces premieres ont contractée de se porter
dans les combats, sans en craindre les dangers ? Il est
vrai, que cette habitude y entre pour une partie considerable ; mais elle n'approche pas de celle des travaux
& des fatigues : lorsqu'on a cette derniere, on est en état
de vaincre sans combattre ceux qui n'ont pas le même
avantage ; puisque plus leur nombre sera grand, & plutôt il se détruira par lui-même. D'ailleurs, n'est-il pas
vrai, que lorsqu'une Paix dure seulement dix années, il
ne reste dans les Troupes après ce temps, que bien peu de
Soldats qui ayent vû la guerre; & surtout parmi nous, où on
a établi la dangereuse maxime, de renvoyer en temps de
paix les vieux Soldats, qui sont d'une taille médiocre,
pour en prendre de nouveaux plus élevez, mais qui ordinairement ne sont bons que pour la parade seulement.
Pour en pouvoir faire sentir la consequence, je croi devoir dire, qu'étant au Siege de Philisbourg, qui fut la
premiere occasion où nos Troupes se trouverent après
une assez longue paix, quelques corps ayant un peu moli
dans une action, & particulierement un des premiers Regimens de l'Armée ; les Capitaines à qui on en fit quelques
reproches, répondirent que c'étoit l'effet du sistême d'un
Officier, qui a eu l'inspection sur notre Regiment : en
effet cet Inspecteur général, suivant la maxime que je
viens de combattre, avoit fait d'un vieux Regiment un
tout nouveau. Quoiqu'il en soit, comme de l'une & de
l'autre façon, les Troupes peuvent se trouver dégarnies
de Soldats aguerris ; on doit pour y suppléer les tenir
toujours composées de Soldats accoutumez à la fatigue.
Pour cet effet il faut former divers Camps pendant la
paix, pour les habituer à coucher dehors, & à veiller

Bons effets qu'elle pro-
duit.

On doit con-
server les an-
ciens Soldats.

Preuve.

Avantages
que l'habitu-
de du travail
produit.

ler auſſi régulierement, que s'ils étoient proches de l'ennemi : & les tenir dans un travail continuel : c'eſt le
moyen, comme je l'ai déja dit, de former de bons & vigoureux Soldats, ſans parler de l'utilité publique qui reſulte
des differens travaux où on les employe.

Outre les avantages que nous venons de marquer,
qu'on peut tirer de ces ſortes de Camps; ils donnent encore celui de pouvoir exercer les Troupes au maniement
des armes, & aux mouvemens militaires tels qu'on les
doit executer le jour d'une bataille. On doit donc les
exercer dans ces differentes maneuvres auſſi bien en temps
de guerre, comme dans celui de paix. Pour cet effet, il
faut leur faire prendre les armes le plus ſouvent qu'il eſt
poſſible ; tantôt pour repreſenter un combat dans les formes, en faiſant la diſpoſition des Troupes & de l'Artillerie neceſſaire, ſuivant la ſituation du pays ; d'autres
fois pour forcer un pont, paſſer un défilé, attaquer un
Village ; & ainſi de toutes les autres opérations. Il eſt
très-eſſentiel dans ces actions ſimulées de ne point épargner la poudre : rien n'accoutume mieux les nouveaux Soldats à s'en ſervir, & à ne la point craindre dans les
operations réelles. Je ne puis m'empêcher de dire encore une fois à cette occaſion, qu'on eſt certainement
trop ménager de cette dépenſe en France ; elle eſt néanmoins non ſeulement néceſſaire, mais tout à fait indiſ-
penſable : lés raiſons de cette neceſſité ſont ſi palpables,
que j'ai été toute ma vie ſurpris, qu'elles n'ayent pas fait
plus d'impreſſion.

Combats ſi-
mulez, neceſ-
ſaires.

On n'y doit
point épar-
gner la pou-
dre.

Des Batailles.

Un Combat général eſt ſans contredit l'opération la
plus importante, qui ſe faſſe à la guerre : ſouvent il décide du ſort d'un Etat entier. On ne peut neanmoins pré-
ſcrire aucunes regles dont l'execution puiſſe rendre certain du ſuccez ; parce qu'il eſt impoſſible de tabler ſur une
diſpoſition certaine. En effet depuis qu'on donne des batailles, il ne s'en eſt point donné, qui n'ayent été tout à

Diſpoſitions
des batailles,
toujo rs dif-
ferentes.

fait differentes l'une de l'autre ; & il ne s'en donnera jamais, qu'on ne rencontre l'occasion d'employer pour ainsi dire un sistême nouveau. Cette varieté n'est point surprenante : comme rien ne se ressemble parfaitement dans la nature, & qu'il est certain qu'à chaque pas qu'on fait on trouve un terrain different , sur tout quand il s'agit de poster une Armée ; cette difference donne la loi au Général : mais il ne comprend cette loi , qu'autant qu'il a l'experience necessaire , pour la bien connoître. Cette experience est le point indispensablement necessaire à un Général , pour s'ouvrir le chemin de la victoire ; puisqu'il est constant , que tel avantage qu'une Armée ait par le nombre de Troupes qui la composent , cet avantage devient inutile , si le Chef ne sçait pas profiter de celui que lui donne le terrain. Un Général doit donc être si parfaitement éclairé sur ce point , qu'un instant puisse lui suffire , pour prendre une juste résolution : puisque si son incertitude le fait biaiser , il est dangereux que lorsqu'il se sera déterminé à un parti , il ne soit plus temps de le prendre ; parceque l'ennemi plus prompt , s'en sera emparé. En effet les maneuvres , qui se font dans les occasions où l'on courre ce danger , demandent une activité continuelle , & un fonds de capacité , qui puisse d'un seul coup d'œil faire reconnoître en même temps la situation des lieux qu'on doit occuper , & la disposition & les mouvemens des ennemis qu'on a en tête. C'est le seul moyen de faire toujours des démarches si justes , qu'on ne donne jamais beau jeu à l'ennemi ; & d'être au contraire en état de profiter de celui qu'il peut présenter. C'est pour cette raison , comme je viens de le dire , qu'on ne sauroit donner aucunes regles précises. Tout dépend du temps & des occasions : dans les unes , la Cavalerie doit être sur les aîles , & l'Infanterie dans le centre ; dans d'autres , l'Infanterie doit être au contraire sur les aîles , & la Cavalerie au centre : quelquefois on dispose l'Armée en front de bandiere ; c'est-à-dire , que l'on mêle les Escadrons entre les Bataillons : dans d'autres , la Cavalerie & l'Infanterie forment chacun une ou plusieurs lignes , dont

l'une marche devant l'autre, suivant la difpofition du terrain : les ennemis pratiquerent cette maneuvre au combat de Luzara. Quelquefois, il fe rencontre des Villages, ou autres poftes qu'on doit occuper & défendre :
d'autres fois il faut de neceffité attaquer de femblables endroits, dont l'ennemi s'eft emparé ; & dans ces occafions
il fe donne des combats qui reffemblent plus aux affauts,
qu'à une bataille. Il y a des rencontres, telle que celle
de Nervinde, où il faut forcer l'ennemi dans un retranchement général ; d'autres, où pour aller l'attaquer, il faut
paffer un fleuve, comme nous avons fait fur le Rhin &
fur le Ther : dans d'autres, il faut le forcer dans un pays
montueux, & prefque inacceffible, comme on fit à Fribourg ; ou le combattre en plaine rafe en un efpece de
duel, ainfi que nous le fîmes à la Marfaille ; ou ne faire
agir que l'Infanterie feulement, comme à Stinquerque.
Toutes ces differentes occafions, & mille autres qui fe peuvent rencontrer, demandent des difpofitions qui leur
foient convenables. La juftelle de ces difpofitions roule
uniquement fur la capacité, & l'experience du Chef ; ainfi quiconque n'a pas cette fcience indifpenfable, ne doit
être nullement appellé Général : tels autres talens qu'il
puiffe avoir, s'il manque dans cette partie, ils font inutiles ; puifque indépendamment de l'incertitude du fort
des armes, les fautes que l'on fait dans la difpofition
d'une Armée, décident fi fouvent du bon ou du mauvais
fuccez, qu'on pourroit fe hazarder de dire affirmative-
ment, que celui qui fe trouve fuperieur à fon ennemi dans
l'art de difpofer une Armée avantageufement, eft comme affuré de le vaincre, même en nombre très-inferieur :
l'experience a fait connoître une infinité de fois, fous les
ordres de M. de Turenne, la verité de ce principe.

Avantages que produit une bonne dif-pofition.

La fituation du terrain donne également la loi pour
la difpofition de l'Artillerie : le Général qui la commande doit donc s'y conformer pour l'arranger ; & prendre
de même tous les avantages que l'occafion lui prefente,
pour faire agir dans les combats cette partie effentielle,
de maniere que l'ennemi en reffente par tout les terribles

Difpofition de l'Artillerie.

Avantage que produit le deſſous du vent, & l'expoſition du Soleil.

effets. C'eſt un avantage conſiderable , tant pour le feu des canons , que pour celui de la mouſqueterie , que d'avoir le vent arriere ; parce la fumée allant ſur l'ennemi, non ſeulement elle l'incommode très-fort ; mais même elle peut ſervir à cacher les mouvemens qu'on fait derriere elle. On fait bien de prendre cet avantage , quand on le peut, ſans rien varier à une bonne diſpoſition : mais comme cet effet du vent peut varier à chaque inſtant , il faut preſque toujours que ce ſoit le hazard qui le procure, de même que celui que cauſe l'expoſition du Soleil, qui eſt très-incommode pour ceux qui l'ont en face : quiconque pourroit avoir ces deux avantages ſur ſon ennemi, en auroit un très-conſiderable.

Précautions neceſſaires avant le Combat.

De quelque ſorte que l'occaſion ſe preſente, ou qu'on ait réſolu de donner un combat général, il y a pluſieurs ſoins qui en doivent préceder l'execution. Il faut renvoyer les bagages en lieu ſeur ; ſans permettre à qui que ce ſoit d'en garder aucuns, qui puiſſent former le moindre embarras pendant l'action : il faut donner les ordres neceſſaires, pour que les Hôpitaux des Places les plus proches de l'Armée , ſoient abondamment pourvûs de toutes les choſes neceſſaires ; afin que les bleſſez qu'on ſera obligé d'y faire tranſporter , y ſoient ſoigneuſement ſecourus & penſez : on doit avoir la même attention, pour que l'Hôpital , qui eſt à la ſuite de l'Armée , ſoit auſſi préparé de maniere que rien n'y manque pour le même ſujet : enfin il faut donner toute l'attention poſſible, à ce que les armes & l'Artillerie ſoient dans l'état le plus parfait.

Corps de reſerve neceſſaire.

Lorſque tout eſt bien diſpoſé , le jour qu'on doit combattre , on formera un Corps de reſerve , d'un nombre de Bataillons & d'Eſcadrons proportionné à la force de l'Armée : enſuite, on marchera aux Ennemis , ou on les attendra , dans la diſpoſition que le terrain aura requis. Il faut obſerver , autant qu'il eſt poſſible , de ne point commencer le combat avant que l'Armée ſoit entierement formée ; à moins que ce ne ſoit pour quelque raiſon importante, comme pour s'emparer de quelque po-

fte avantageux , fur lequel l'Ennemi auroit quelque def_
fein. Dans ce cas on ne doit pas balancer de le faire, &
même fi promptement, qu'il n'ait pas le temps de s'y
établir de façon à ne pouvoir en être chaffé que très-
difficilement. C'eft particulierement dans ces occafions ,
que pour empêcher qu'une partie de l'Armée ne vienne aux prifes , avant que l'autre ne foit formée, on doit
empêcher les efcarmouches , que les Officiers prennent
fouvent plaifir d'aller faire fans ordre. ; parce que très-
fouvent il arrive que les petits combats engagent dans le
général, & que le Chef n'y étant pas encore préparé ,
peut voir malgré lui fes plus juftes mefures dérangées.
Il faut donc châtier très-feverement tous ceux qui par une
bravoure mal entenduë pourroient être capables de caufer
ce défordre ; j'ai vû pratiquer cette maxime par M. de
Vandôme, en allant au fecours de Palamos : il ufa d'une
telle feverité alors , qu'aucuns de ceux qui ont fervi depuis fous fes ordres, n'ont ofez s'y expofer. Il eft vrai cependant, que les Troupes qui font les premieres poftées ,
& qui trouvent en arrivant fur leur terrain les Ennemis
en face, dont ils effuyent le feu fans ofer les brufquer,
ont beaucoup à fouffrir par une attente , qui eft quelquefois affez longue , pour ennuier les plus braves &
les plus conftans : nous l'éprouvâmes à Stinquerque, où
la droite de notre Armée dont j'étois , fut expofée au
feu de l'Ennemi prefque bout touchant, pendant un très-
long temps , fans que M. de Montal , qui commandoit
en cet endroit voulût nous permettre de tirer un feul
coup, pour les raifons que je viens de marquer. Je cite
cette occafion particulierement, parce qu'on y a vû une
preuve de la neceffité qu'il y a de fuivre cette maxime:
les Ennemis perdirent la plus belle occafion qui fe puiffe
jamais trouver de nous furprendre , pour n'avoir pas fuivi cette regle , & pour avoir au contraire fait charger la
Brigade de Bourbonnois , avant que leur Armée fût non
feulement formée , mais même arrivée ; puifqu'une de
leurs colonnes qui s'étoit égarée , n'arriva que long-
temps après.

Efcarmou-
ches dange-
reufes avant
que l'Armée
foit formée.

Doivent être
deffendus,

L'Armée
doit être en-
tierement for-
mée avant que
de commencer
le Combat gé-
néral.

Preuve.

De même qu'il est dangereux de charger l'Ennemi avant qu'on soit entierement formé, il l'est aussi d'en être attaqué en cet état, ainsi qu'il nous arriva à Luzara. C'est pourquoi, lorsqu'on sçait qu'il est en ordre de Bataille, on doit necessairement se présenter à lui de même : il faut pour cet effet former cet ordre à une distance suffisante, pour qu'on puisse être hors de portée d'en être interrompu par quelque charge, qui y mette le désordre & la confusion : nous en avons vû les dangereux effets près d'Oudenarde. Enfin, comme chaque action demande une disposition differente, comme je l'ai dit ; présuposant que le Général l'aura faite avec l'attention requise, lorsque le moment de combattre est venu les Troupes doivent charger l'Ennemi, chacunes dans l'ordre que nous avons prescrit, en faisant le détail des Corps particuliers. Elles doivent observer de marcher lentement jusqu'à une certaine portée, afin de ne se point rompre; & surtout de ne point tirer que l'Ennemi n'ait fait sa décharge, ou que ce ne soit à bout touchant. Alors, il est bon de doubler le pas, & même de courir un peu en heurtant l'Ennemi : parce suivant le sentiment de Cesar, l'attaque qui se fait en courant est plus terrible ; elle ajoûte de la force aux coups, & enflamme le courage. On voit à cette occasion dans l'histoire de ce fameux Conquerant, qu'il s'aplaudit de s'être servi de cette maxime à la Bataille de Pharsale, en reprochant à Pompée qu'il n'avoit été vaincu, que pour en avoir suivi une contraire, en conduisant ses Troupes trop lentement au combat. En effet, il est certain que de même que la rapidité d'un Fleuve peut causer de plus grands dommages, que le cours tranquile d'un autre ; la course dans le temps que j'ai marqué, peut produire la même difference. Mais sans m'arrêter à l'exemple que j'en viens de citter, j'ai été témoin d'un autre au Siege de Namur, sous les Ordres du Roy. La premire Compagnie de Grenadiers du Royaume y faisoit la tête d'une attaque considerable; celui qui la commandoit, croyant se distinguer en la conduisant & en la faisant charger d'un pas aussi lent que celui qu'on

obſerve aux Evolutions, penſa tout gâter ; & il l'auroit fait
en effet ; ſi ceux qui ſuivoient cette Troupe , impatiens
de la voir ainſi expoſée à un feu qui en avoit déja détruit une partie, & dont ils ſe reſſentoient eux-mêmes,
ſans que pour cela leur Chef changeât ſes allures, n'euſſent doublé à droite & à gauche ſur ces aſſaillans trop
froids, & chargé vivement où il falloit le faire : ils firent cette charge avec tant d'ardeur, que l'ouvrage ſe trouva fait avant que cette brave Troupe y fût arrivée.

C'eſt dans le temps que l'Armée eſt aux priſes , que
les differens Officiers Généraux, qui ſont poſtez le long
des lignes, doivent employer leur valeur & leurs talens,
pour qu'au milieu du feu, du ſang & du carnage, & nonobſtant le tintamare affreux que cauſent les cris & le
bruit des armes, toutes les maneuvres s'y faſſent regulierement & à point nommé. Ils doivent faire ſoutenir les
uns, pour les mettre en état de vaincre une reſiſtance trop
obſtinée; il faut qu'ils rallient les autres qui ont été repouſſez, & qu'ils les ramenent courageuſement au Combat;
& qu'ils animent les uns & les autres par leur exemple,
en ſe ſervant également de leurs épées & de leur experience : enfin ils doivent agir de maniere, que tout ce
qui eſt ſous leurs ordres ou à leur portée, ne manque jamais d'être conduit dans les differentes maneuvres, par
la prudence, par la valeur, & par l'autorité des Chefs.
Sans cela, vainement le plus fameux Général auroit-il
épuiſé tout ſon ſçavoir, pour faire une diſpoſition parfaite : parce que, s'il n'eſt pas ſecondé comme je le viens
de marquer, il eſt impoſſible qu'il puiſſe ſeul remedier à
l'infinité d'inconveniens, qui peuvent ſurvenir. D'ailleurs,
malgré toute la bonne volonté qui regne dans nos Troupes, elles ont beſoin d'un commandement vif & ſerré,
tantôt pour arrêter leur fougue trop violente, & d'autres
fois pour moderer l'impatience à laquelle elles ſont ſu-
jettes; Deplus, les François aiment tout-à-fait la gloire :
& comme c'en eſt une que de combattre à la vûë d'un
Chef reſpectable par ſa naiſſance, ou par ſa dignité, il
eſt certain, qu'en leur procurant cet avantage, il n'y a

Devoir des
Officiers Gé-
néraux pen-
dant le Com-
bat.

Bons effets
que produit la
préſence & la
valeur des
Chefs

point de feu, si terrible qu'il soit, dans lequel ils ne se jettent sans balancer : j'en ai vû un exemple au combat de Stinquerque, où le grand & intrepide Prince de Conty, par ses continuelles allées & venües aux endroits les plus périlleux, augmentoit l'ardeur de ceux qui approchoient de la Victoire, & ranimoit celle de ceux qui sembloient y avoir renoncé en tournant le dos à l'Ennemi. C'est en effet de cette sorte, qu'on peut esperer de procurer la Victoire à une Armée.

Il y a des occasions, où les ordres du Général en chef sont absolument necessaires ; comme pour faire passer des Troupes de la droite à la gauche, ou de la gauche à la droite ; pour faire charger la seconde ligne, & employer le Corps de reserve : nul autre que lui n'est en droit d'ordonner ces mouvemens. Il doit donc se tenir toujours à portée de pouvoir faire ses commandemens à propos, & de donner tous ceux qu'il jugera necessaire de faire, à mesure qu'il en aura l'occasion pendant le Combat. A cet effet il doit tenir auprès de lui des Aydes de Camp entendus, & en disperser d'autres dans les endroits les plus importans ; afin d'être à tout moment informé de ce qui se passe dans les lieux, que la disposition du pays peut lui empêcher de voir clairement. Il doit aussi se porter en personne par tout où il juge que sa présence peut être necessaire, sans neanmoins s'exposer à un danger trop évident ; parce que la perte du Général peut entraîner avec soi celle de toute l'Armée.

Outre ce que nous venons de marquer au sujet des Combats généraux ; je crois qu'on doit regler la maniere d'attaquer les Ennemis, tant dans les grandes actions, que dans les moindres, suivant le caractere de celui qu'on a en tête. Par exemple, si on a affaire à des Allemands, au nombre desquels je mets tous les peuples qui sont de-là le Rhin jusqu'aux frontieres de Hongrie ; on ne doit point s'amuser à tirailler, ni prétendre de les vaincre par des escarmouches si vives qu'elles puissent être, & encore moins par des mouvemens sous leur feu, sans aller au corps. Il est certain qu'ils en sçavent pour le moins au-

tant

tant que nous fur ce point; l'experience me l'a fait voir en plufieurs occafions, & notamment à Stinkerque, où fous le feu même, & d'affez près, je leur ai vû faire de ces mouvemens, foit pour tirer, foit pour marcher, avec autant de juftefle, que fi ce n'eût été qu'un combat fimulé ou un exercice. C'eft pourquoi, il faut fans balancer les heurter vivement, dès qu'on eft à portée de le pouvoir faire; & fe fervir promptement de l'avantage que nous donne notre incomparable vivacité : elle eft infoutenable corps à corps à telle autre Nation que ce foit, furtout dans fes premiers mouvemens.

On doit employer la même vivacité contre les Efpa-gnols, & furtout corps à corps; il ne faut point compter pouvoir autrement ébranler leur conftance, dans quelque occafion que ce foit. Cette vertu eft le propre de leur Nation; & elle en a donné tant de preuves differentes, qu'on ne peut difconvenir qu'elle a en cela l'avantage fur toutes les autres du monde; de forte que fi elle joignoit à ce point effentiel, une refolution un peu plus prompte, & plus d'activité dans fes operations, elle formeroit fans contredit un modele parfait : mais ces deux défauts donnent un fi grand avantage fur elle, qu'en prenant le parti contraire, c'eft-à-dire celui de la vivacité, on eft comme affûré de la vaincre.

Des Efpa-
gnols.

Les Anglois font d'une autre nature : ils ne tiennent en rien des Allemands ni des Efpagnols, quoi qu'ils ayent été long-temps unis enfemble; ils approchent au contraire dans leur premier mouvement de la vivacité de notre Nation, quoi qu'elle leur ait prefque toujours été oppofée, foit dans la maniere d'attaquer, foit dans celle de fe deffendre. Cependant ils craignent le feu, & font très-difficiles à ralier : ainfi, on peut prendre fur eux ces deux avantages; il faut furtout tâcher de les charger avant qu'ils vous chargent, attendu que leur premier mouvement eft comme je l'ai dit à peu près femblable au notre.

Des Anglois.

Les Holandois ont fi peu de leurs fujets dans leurs Armées, que je ne rapporterai point leur caractere par-

Des Holan-
dois.

riculier : Cependant, comme on peut comprendre sous ce nom les Flamands & Walons, dont ils ont toujours beaucoup à leur service, je dirai seulement qu'on doit en user avec eux, comme avec les Allemands; c'est-à-dire aller au corps, & point d'escarmouches.

Des Italiens.

Il ne m'est pas aussi aisé de caracteriser les Troupes Italiennes en général, que celles des autres Nations Etrangeres; quelque part où j'aye servi, je n'en ai point vû un nombre assez considerable, pour en pouvoir tirer des conjectures aussi sûres que celles que je viens de marquer, en parlant des autres Nations. Si on consulte l'histoire sur leur sujet, & qu'on remonte un peu haut, on y est comme enchanté, par le merveilleux qui paroît dans presque toutes les actions de ces fameux & illustres Conquerans du monde entier. Dans la suite, sous les Regnes de Charles-Quint, & de Philippe son fils, on les voit encore combattre glorieusement, sous les Etendars de ces deux Princes, dans les Guerres d'Afrique, & des Pays-Bas, & principalement dans cette derniere, pendant la revolte des Flamands : dans cette guerre suivant ce que Strada en a rapporté dans son Traité des Guerres de Flandres, ils ont merité mille palmes de gloire. Mais en descendant plus bas, il s'en manque beaucoup qu'on les y trouve aussi avantageusement representez : au contraire, si on en excepte ce que quelques particuliers de ce Pays ont fait de grand en commandant les Armées de l'Empire, (a) ou en servant dans les nôtres, (b) on ne voit plus paroître que de très-foibles restes de cette Nation, autrefois invincible & superbe; loin de suivre les glorieuses traces de leurs Ancêtres, il semble au contraire qu'ils ont pris le contre-pied. En effet, on ne voit dans les Relations des dernieres Guerres aucun acte de leur part, qu'on puisse dire leur avoir été avantageux; & sans parler icy de ce que j'ai lû, je crois pouvoir dire que j'ai vû à la Marsaille l'aîle gauche de l'Armée Ennemie toute

____

(a) Les fameux Généraux Montecuculy, & Caprara.
(b) Messieurs de Magaloty, Albergoty, de Perry, Montroux, de Parpaille & autres.

compofée de Cavalerie Italienne , s'enfuir à toutes jambes , avant que d'avoir été attaquée. L'Infanterie de
la même nation, qui gardoit le chemin couvert de Palamos, fe défendit fi mal lorfque nous l'attaquâmes, que
nous emportâmes la Ville d'affaut très-promptement. Enfin au paffage du Ther, ils mirent armes bas , fans tirer
un feul coup. Quoique ces exemples femblent montrer le bon marché qu'on peut avoir d'eux, il ne faut
pourtant pas s'y fier , jufqu'à negliger de maneuvrer
devant eux fuivant les meilleures regles ; parce qu'il
peut arriver, qu'ayant été terribles dans leurs commencemens, & tres valeureux fous les regnes que je viens de
citer, fi le fang Romain fe réchauffoit dans leurs veines,
ils feroient d'autant plus redoutables, qu'on ne fçauroit
difconvenir qu'ils n'ayent de très excellentes parties pour
la Guerre. Dans ce cas on pourra toujours fe prévaloir
de ce que les Soldats de cette nation font inconftans à
l'excès, féditieux & déferteurs à outrance, & très-aifez à
corrompre avec de l'argent.

On doit en ufer avec les Piémontois, que j'excepte
des autres, comme avec les Anglois : leur caractere eft
à peu près égal.

Lorfque l'obfervation exacte de tous les principes que
je viens de marquer, a procuré la victoire, comme cela
eft très-poffible ; le Général doit voir jufqu'à quel point
il la doit porter ; c'eft-à-dire, s'il la pourfuivra jufqu'à
l'entiere défaite des ennemis, ou fi au contraire, après
l'avoir chaffé de fon pofte, & s'en être emparé , il lui fera
comme on dit, un pont d'or, de crainte qu'en le fuivant trop
loin dans une retraite qu'il fait en bon ordre, il ne lui donne
l'occafion de tourner face , & de lui arracher pour ainfi
dire des mains cette victoire , & en obtenir fur lui une
plus complette & plus certaine : on en a vû des exemples.
C'eft pourquoi il doit mûrement réfléchir, & examiner
lequel de ces deux partis eft le plus avantageux. Il doit
fur tout ne pas negliger de profiter de l'occafion de terminer la Guerre, s'il la trouve ; parce que très-certai-
nement c'eft le plus beau fruit qu'on puiffe recueillir, &

F ff ij

qui marque mieux la superiorité qu'on a sur son ennemi après l'avoir vaincu. Alors on est le maître des conditions de la Paix : ainsi quiconque seroit capable de retarder un pareil avantage, par les vûës que nous avons cy-devant marquées, seroit veritablement traître au Roy & à l'Etat.

Que la Paix est le plus grand.

Retraite.

Mais on ne peut pas disconvenir que le sort des armes ne puisse quelquefois avoir part aux évenemens heureux ou malheureux : la volonté du Tout-Puissant étant au-dessus de toutes les forces humaines, souvent il l'employe pour rabaisser leur orgueil, ou par d'autres vûës dont le secret est reservé à sa divine Majesté. C'est pourquoi, si au lieu de vaincre on est vaincu ; dans cette occasion un Général a besoin de tout ce que l'experience lui a aquis de lumieres, pour donner ses ordres si à propos, qu'il puisse absolument éviter de tomber dans le desordre que peut causer une retraite confuse. Il doit donc en même-temps qu'il dispose l'Armée pour la faire combattre, faire une autre disposition pour la faire retirer en bon ordre, au cas que la necessité contraigne à la retraite. Comme ce dernier point est pour le moins aussi important que le premier, la connoissance n'en doit pas être reservée au Général seul ; il faut qu'elle soit communiquée aux autres Officiers généraux, avec les autres resolutions qui ont été prises au Conseil de Guerre ; afin que cette necessité survenant, malgré les plus puissans efforts, chacun sçache ce qu'il aura à faire, & l'execute aussi regulierement qu'il lui sera possible. Il est certain que c'est dans ces sortes d'occasions où les Officiers principaux sont en quelque façon le plus necessaires : car lorsqu'on a disposé des Troupes, & qu'on leur a montré l'ennemi qu'ils doivent attaquer, s'il ne survient point de ces maneuvres délicates, qui demandent absolument la présence & l'autorité d'un Général, parce que les Chefs des Corps particuliers n'osent pas les entreprendre sur leur propre compte ; la meute, pour ainsi dire,

Maneuvre necessaire lorsqu'on est contraint de se retirer.

Utilité des Officiers généraux en cette occasion.

étant lachée, elle n'a plus befoin pour le refte d'être appuyée, qu'autant qu'elle eft plus ou moins accoutumée à
l'ouvrage. Mais dans une retraite cela eft tout different:
aucuns des Corps particuliers ne fçachant directement la
route qu'ils doivent tenir, & ayant par confequent befoin de Guides certains ; fi les Officiers principaux ne leur
en fervent affiduement, ils s'égarent infailliblement, &
deviennent faute de ce fecours les victimes de l'ennemi,
ou errans. Ainfi au lieu d'être avec une Armée reglée, on
fe trouve au milieu d'un tourbillon confus, dont la terreur des uns amoliffant le cœur des autres, met le tout
dans un état plus aifé à concevoir, qu'à dépeindre, &
auquel il eft moralement impoffible au Général en chef
de pouvoir remedier : nous en avons eu un exemple à
Ramilly.

C'eft particulierement pour affurer la retraite qu'on
forme le Corps de referve, dont nous avons parlé ; afin
d'avoir une troupe fraîche & entiere, qu'on puiffe oppofer à l'ennemi, pour avoir le temps de rétablir l'ordre,
qu'on ne peut tout à fait empêcher d'être interrompu,
lorfqu'on eft obligé d'abandonner le terrain & de fe retirer. C'eft pour cette raifon qu'on doit éviter d'employer
cette troupe pendant le combat, à moins qu'on ne fût
bien fûr que par ce moyen on pourroit achever de furmonter le refte des difficultez qu'on a rencontrées, &
parvenir à l'entiere victoire. Enfin je fuis contraint de
dire icy, ce que mon zele me dicte, en parlant de la
victoire ; afin de contribuer autant qu'il m'eft poffible à
l'avantage de mon Roy & de ma Patrie. Qu'on ne donne jamais le commandement d'une Armée, qu'à celui
qui s'en fera montré capable par des faits réels & certains : qu'on n'admette à la dignité d'Officier général,
que ceux qui auront donné de pareilles preuves de valeur & de capacité, fi neceffaires & fi indifpenfables dans
ces éminens emplois, fans s'attacher pour ce fujet à l'ancienneté ou à la datte d'un Brevet ; & encore moins au
nom ou aux recommandations : qu'on faffe un choix femblable pour ceux qui doivent commander les Corps par-

Ufage auquel le Corps de referve eft employé,

Maximes pro- pofées par l'Auteur au fujet des Offi- ciers géné- raux & autres.

F ff iij

ticuliers, en banniſſant pour jamais la maxime qu'on a de
l'accorder au plus offrant : qu'on reconnoiſſe les ſervices
des Officiers inferieurs, par des récompenſes proportionnées à leur importance : que tous les Officiers tiennent
la main à l'exacte obſervation d'une bonne diſcipline,
telle qu'elle eſt établie par les loix, & que nous l'avons
cy-devant rapportée ; ſans neanmoins uſer de ces rigueurs
extraordinaires, que quelques Officiers exercent mal à
propos contre les Soldats : qu'on interdiſſe pour toujours
la moleſſe qni s'eſt introduite parmi nous , & dont j'ai
montré le mieux qu'il m'a été poſſible les dangereuſes
conſequences : enfin, qu'on faſſe enſorte que les Troupes
ne ſoient jamais dans l'indigence, parce qu'alors tout lan-
guit : Si toutes ces maximes peuvent être miſes en pratique,
j'oſe répondre que nous deviendrons invincibles, toutes
les fois que nous n'aurons que des hommes à combattre ;
c'eſt-à-dire, quand le Ciel ne ſera pas contre nous.

Avantages qu'elles peu-vent produire.

Des Camps volans.

Utilité des Camps volans.

Outre la principale Armée, on forme quelquefois un
ou pluſieurs Camps volans dans le même pays : cette
maxime s'eſt particulierement obſervée en Flandres, tant
parce que le pays y eſt plat & ouvert , que parce que
l'Armée y étant toujours très-nombreuſe, on la faiſoit
ſubſiſter plus aiſément, en tenant ces Corps ſéparez d'elle.
De plus, ces Corps ſont très-propres à cauſer de l'inquietude à l'ennemi , en rempliſſant l'étimologie de leur nom ;
c'eſt-à-dire, voltigeant ſur ſes aîles, pour charger ſes Fourrageurs ou ſes Convois, ou ſon arriere-garde, quand ils
en trouvent l'occaſion. Mais comme cette maneuvre eſt
très délicate, ces Corps particuliers courant riſque d'être
à tout moment enveloppez par la ſuperiorité de ceux qu'ils
vont harceler ; le Général qui les commande doit être
très-attentif, & ſi vigilant, que ſes continuels mouvemens
le mettent toujours en état de prendre , & hors du danger d'être pris : on peut dire que Meſſieurs d'Harcourt
& de Boufflers ont parfaitement réuſſi en cela, pendant

Qualitez ne-ceſſaires dans les Chefs qui les comman-dent.

le long tems qu'ils ont été chargez de cetre commiſſion.
Il eſt aiſé de concevoir que ces ſortes de maneuvres de-
mandant une continuelle agitation, les Troupes qui en
ſont chargées doivent s'attendre à n'y avoir pas plus de
repos que leur Chef : ainſi je me ſuis étonné pluſieurs
fois d'entendre les plaintes frivoles que pluſieurs Officiers,
& mêmes des principaux, faiſoient inutilement ſur ce ſujet ; puiſque la Guerre portant cette neceſſité avec elle,
ceux qui en font le métier, doivent compter les peines
pour rien, & les ſupporter non ſeulement ſans murmure,
mais avec plaiſir quand il s'agit de l'affaire commune.
Quoique les Camps volans ayent la faculté de camper
ou de décamper à meſure que la neceſſité ou l'occaſion
le requierent, ceux qui les commandent doivent regler
leurs mouvemens de maniere, qu'ils ſoient toujours à portée de pouvoir rejoindre la principale Armée dans une
marche, ou deux au plus ; afin que ſi l'occaſion ſe préſentoit de donner un Combat général, ils puſſent y arriver à point nommé, pour être de la partie : c'eſt ce qu'on
a vû pratiquer aux Généraux que je viens de nommer ;
leſquels ont pluſieurs fois conſiderablement contribué au
gain des Batailles, par leur arrivée ſoudaine, & imprévûë par l'ennemi.

Ces Camps
doivent être
ſubordonnez
au Général de
la principale
Armée.

Raiſons pour
ce ſujet.

Attaque d'une Arriere-garde.

C'eſt une maneuvre très-importante, que celle de charger l'ennemi, lorſqu'il eſt en marche : on peut dire que
M. de Turenne y excelloit ſi parfaitement, que le fruit
qu'il en a pluſieurs fois retiré, valoit chaque fois le gain
d'une Bataille. La maxime la plus ordinaire pour cette
maneuvre, c'eſt d'attaquer par préference l'arriere-garde ; parce que ſi on formoit l'attaque par la tête, on
s'expoſeroit à avoir bien tôt ſur les bras toute l'Armée ;
attendu que ſe préſentant devant ſa marche, les Troupes arriveroient ſucceſſivement. Comme ils pourroient
faire la même maneuvre en arriere, en faiſant demi
tour à droite ; on doit tâcher de leur en ôter le moyen,

Importance
de cette action

Pourquoi on
charge plutôt
l'arriere-gar-
de qu'une au-
tre partie.

en prenant le temps que le plus fort de leur Armée soit engagé dans un défilé, pour charger vivement la quëuë qui en est dehors : dans ce cas on est comme assuré de la tailler en pieces ; parce que le gros ne pouvant venir au secours qu'à la file, l'expedition est faite avant qu'il ait eu le temps de se former pour s'y opposer. Mais on doit sur tout faire ces sortes d'expeditions promptement, & se retirer de même après les avoir faites, sans trop vouloir profiter de l'avantage que l'occasion présente: parce que si on donne le temps à l'ennemi de se recon-noître, cet avantage peut bien-tôt être changé dans la necessité de lâcher sa proye, & de se retirer avec con-fusion. Il est vrai neanmoins que les Troupes de la Mai-son du Roy, pour avoir eu cette obstination dangereuse à l'affaire de Leuse, s'y sont acquis une gloire immor-tele, en soutenant non seulement l'effort de soixante & douze Escadrons ennemis, mais en les menant battant jusques dans le gros de leur Armée : mais quoiqu'il y ait du merveilleux dans cette surprenante action, & quel-que honneur qu'elle fasse à cet illustre Corps ; je crois qu'ils auroient aussi-bien fait de s'en tenir au premier su-jet de leur mission, qui étoit de charger seulement l'ar-riere-garde, & non pas de porter les choses si loin: parce que, premierement s'il s'est fait une espece de miracle en cette occasion, il n'est pas toujours sûr qu'il s'en fasse de pareils. D'ailleurs on sçait que la superiorité du nombre, quoique battu, n'a pas laissé que de faire une playe si considerable à cette brave Troupe, qu'elle s'en est ressentie long-temps après, & qu'elle s'en ressent encore aujourd'huy. Ainsi suivant moi, l'avantage est médiocre, quand on ne l'obtient qu'à ce prix.

On doit éviter de porter ces actions trop loin.

Exemple sur ce sujet.

Attaque de l'ennemi au-delà d'un fleuve.

Entre les occasions que nous avons dit, qui deman-doient une disposition particuliere, suivant le temps & le lieu, & pour lesquelles on ne pouvoit donner de ré-gles certaines ; il s'en est rencontré de nos jours d'une espece,

efpece, qui auroit paru impoffible à entreprendre, à tous
autres qu'aux François; je veux dire, celle de paffer un
fleuve à la nage, ou à gué, pour aller attaquer l'ennemi retranché au-delà, & fur fes bords. Le premier paffage que nous avons fait de cette maniere, fut celui
du Rhin, fous les ordres & en préfence du feu Roy.
Cette action ne fut qu'une affaire de Cavalerie fimplement; mais cependant fi furprenante, qu'elle a caufé l'é-
tonnement de l'Univers, & fourni matiere à tant de Relations particulieres, que je fuis perfuadé que perfonne
n'en ignore les circonftances, ni les mefures qu'on prit
pour faire réuffir cette entreprife : nous n'en ferons donc
point d'autre mention. Le fecond paffage fut celui du
Ther, auquel j'étois. Comme cette derniere action a été
plus générale que la premiere; je crois devoir propofer
pour modele la difpofition que l'intrepide M. de Chaferon y fit, afin que l'on puiffe s'en fervir lorfqu'on en trouvera de pareilles.

Ce brave & experimenté Lieutenant Général ayant
été détaché de l'Armée avec une aîle de Cavalerie, l'Artillerie & quelques Brigades d'Infanterie, pour aller obferver les ennemis, qui étoient retranchez de l'autre côté
du Ther; avec ordre de les tâter, & d'effayer s'il n'y
auroit point moyen de les débufquer de cet endroit; il
alla d'abord fe former vis-à-vis d'eux, en deçà du fleuve,
d'où il leur fit tirer quelques volées de canon, qui les
ébranlerent, & les mirent même en quelque forte de defordre. Pour profiter de ce defordre, il fit chercher un
gué dans cet endroit : on en trouva heureufement un,
mais dans un lieu où le fleuve avoit plus de cinq cens
toifes de traverfe; outre cette extrême largeur, le courant étoit fi rapide, que l'Infanterie ayant de l'eau jufqu'à la poitrine, il n'ofoit l'expofer à ce paffage; dans la
crainte qu'elle ne fût renverfée & fubmergée, avant que de
pouvoir arriver jufqu'au retranchement. Cependant comme les expediens ne manquent jamais à un grand Capitaine, quand il s'agit de la gloire; il en trouva bien-tôt
un, auffi furprenant que bien imaginé. Pour arrêter les

efforts de ce furieux courant, il forma une colonne de toute la Cavalerie dans la largeur de ce fleuve, & fit ferrer les Efcadrons bien près les uns des autres : à l'abri de cette Cavalerie, qui faifoit une efpece de digue, il fit paffer l'Infanterie qui forma de même une colonne à côté d'elle. L'Artillerie pendant ce temps-là faifoit un feu continuel fur les aîles : de forte que la tête étant arrivée au retranchement, elle l'attaqua vivement ; & l'ayant forcé d'emblée, la Cavalerie y entra par le paffage que cet effort lui avoit ouvert, & fe mit enfuite aux trouffes de la Cavalerie ennemie, qu'elle chargea & pourfuivit fi vivement, que toute l'Infanterie Efpagnole & autre demeura à notre difcretion : enforte qu'après avoir fait main-baffe fur tout ce qui faifoit réfiftance, nous en prîmes cinq à fix mille prifonniers de guerre, quoiqu'ils fuffent au moins quatre fois plus forts en nombre que nous. On peut bien s'imaginer quelle fut la beauté furprenante de ce fpectacle : en effet, je crois ne pas trop dire, en foutenant qu'il n'y en a eu aucun qui lui ait été comparable fous le regne précedent. Mais ce que j'y ai vû de plus admirable, c'eft certainement le Chef qui en étoit l'auteur. Car qui ne feroit point dans l'admiration de voir un Général caffé de vieilleffe, & de bleffures, & fi fort eftropié de tous fes membres par les cruels effets de la goute, qu'il ne lui reftoit précifement que la faculté de la voix : qui ne feroit pas dans l'admiration, dis-je, de voir un homme en cet état fe jetter au milieu des eaux, & fe porter dans tous les endroits les plus perilleux; où ne pouvant plus faire ufage de fon épée, parce qu'elle lui étoit inutile, il employoit la feule force de la parole, pour animer les troupes, & pour les conduire à cette gloire qu'ils partagerent avec lui, & qu'il a laiffé en partage à fes illuftres defcendans ; que l'on peut dire dignes fils d'un tel pere.

Eloge de cet intrépide Général.

On voit dans l'Hiftoire que Céfar fe fervit du même moyen pour faire paffer la Loire & la Segre à fon Armée; & que le Prince d'Orange l'employa auffi utilement contre les Efpagnols dans la guerre de Flandres en 1568, lorſqu'il fit paſſer la Meuſe à la ſienne, pour aller enſuite attaquer le Duc d'Albe. Mais ſoit que ços anciens exemples ayent porté M. de Chaſeron à les ſuivre, ou que ſa ſeule valeur l'y ait déterminé, il n'en eſt pas moins digne de mille louanges. Quoique la verité, jointe à la reconnoiſſance que j'aurai toute ma vie des bontez que feu M. le Comte de Chaſeron a eues pour moi, m'ayent engagé de lui donner ici un éloge qu'il mérite à juſte titre; je dois cependant, pour rendre à chacun ce qui lui appartient, dire auſſi, que bien que ce brave vieillard ait eu l'avantage de conduire cette grande entrepriſe avec ſuccès, comme il n'agiſſoit que ſous les ordres de M. le Maréchal de Noailles, la plus grande gloire en a dû retomber ſur ce Chef. J'ajouterai à cela, pour en augmenter l'éclat, que non ſeulement on peut mettre la Campagne, pendant laquelle cette action ſe paſſa, au nombre de celles qui ont le plus relevé la gloire de nos armes depuis 1689 juſqu'alors ; mais auſſi que l'Hiſtoire fournit peu d'exemples qu'il s'en ſoit fait aucunes de plus brillantes. En effet, Palamos pris d'aſſaut, une grande Bataille gagnée, Gironne, Oſtalricq & Caſtelfoliet forcées de ſe rendre, & Barcelonne prête à ſubir le même ſort, ſi la violence d'un vent contraire, qui empêcha nos Vaiſſeaux de l'inveſtir du côté de la mer, ne l'en eût preſervée ; ſont ſans doute des exploits que nuls autres ne peuvent effacer ; ces exploits ſur tout s'étant faits dans un pays où il faut avoir ſervi pour connoître toutes les difficultez qui s'y rencontrent. Ces difficultez neanmoins ont été ſurmontées par la valeur, l'experience & la ſage conduite de ce Maréchal; & il a pû ſe vanter d'être le ſeul qui ait auſſi long-temps commandé les Armées dans ce fâcheux pays, ſans y avoir jamais reçû le moindre échec. On va voir quelles ſont ces difficultez.

Attaque en pays montueux.

La guerre qui ſe fait dans les pays montueux, entraîne avec ſoi des difficultez bien au-deſſus de celles qui ſe

Inconveniens que produit un pays coupé & montueux.

rencontrent dans un pays ouvert. Premierement, les communications y sont si difficiles, qu'on ne sçauroit pour ainsi dire y faire un pas, sans courre le risque d'y être attaqué, & même battu ; à cause de l'avantage que ceux du pays ont de connoître tous les défilez, & de pouvoir par ce moyen tendre si souvent des pieges, qu'il est bien difficile de n'y pas être pris. Ces dangers sont sur tout à craindre lorsqu'il faut faire passer des Convois, comme je l'ai dit, ou faire des Fourrages dans ces gorges de montagnes : quelque précaution qu'on prenne, on n'y est jamais dans une entiere sureté. On sçait dans quelles extrêmitez les montagnards, dits *Barbets*, nous ont souvent reduits : la communication auroit donc toujours été interrompue par leurs courses dans la vallée de Pragelas, quelques escortes qu'on eût eu, si on n'y eût établi comme une chaîne de Redoutes : elles étoient construites si près les unes des autres, & si bien garnies de Troupes, qu'on y fut enfin hors d'insulte. Je sçai aussi que pendant les huit Campagnes que j'ai faites en Catalogne, on n'y a jamais fait un Fourrage sans y être attaqué, & même si vivement, que j'y ai été témoin de plusieurs combats, qui avoient plus l'air d'une Bataille que d'une affaire particuliere. Mais comme j'ai parlé ailleurs des mesures qu'on doit prendre en ces sortes d'occasions ; je dirai seulement ici, que lorsqu'il est question de forcer l'ennemi dans ces situations de difficile accès, il n'y a aucun autre moyen d'y reussir, que celui de prendre toujours le dessus, autant qu'il est possible : parce que si on l'attaque de bas en haut, l'avantage qu'il a cause des peines infinies, ainsi que nous l'avons tant de fois experimenté dans ces guerres incommodes de Barbets & de Miquelets. De même s'il en faut venir à une action plus importante, comme celle de forcer un Corps considerable, retranché au bout d'un défilé étroit, soit en deçà, soit en delà ; il n'y a point d'autre parti à prendre que celui de s'emparer à quelque prix que ce soit des hauteurs qui sont à la droite & à la gauche du retranchement ; afin de pouvoir le prendre de revers. Si on l'attaquoit par le front, on

donneroit l'avantage à l'ennemi : d'ailleurs le chemin
pour y arriver étant ordinairement étroit, on ne peut
aller à lui qu'avec un front de même, & par conſequent
avec peu de force C'eſt de cette premiere façon que le
brave M. de la Hoguette en uſa, lorſque nous forçâmes
ſous ſes ordres le fameux Pas de la Tuille : cette action
produiſit la conquête de toute la Vallée d'Aoſt. Comme
la diſpoſition qu'il fit pour cette attaque, dont j'ai été
témoin, peut ſervir de modele en pareille rencontre, je
vais la rapporter. Notre petite Armée n'étant compoſée
que de huit Bataillons, & de deux Regimens de Dragons,
il laiſſa ces derniers dans la gorge, à vûë du Retranchement, afin d'amuſer ceux qui le gardoient. Pendant ce
temps-là notre Infanterie partagée en deux corps, grim-
pa de chaque côté au plus haut des montagnes, par des
endroits où vrai-ſemblablement jamais aucuns hommes
n'avoient paſſé : par ce moyen elle arriva au delà des deux
aîles du Retranchement, d'où commençant à deſcendre
pour l'attaquer par le revers, les ennemis épouvantez de
nous voir dans ces endroits, qu'ils avoient crû inacceſſibles, s'ébranlerent pour aller chercher un aſile plus ſûr:
ils ne purent neanmoins le faire aſſez promptement,
pour empêcher que les Dragons, qui les obſervoient en
bas, ne ſe miſſent auſſi-tôt à leurs trouſſes, & que nous ne
tombaſſions des autres côtez : ainſi nous les taillâmes tous
en piece, quoi qu'ils fuſſent beaucoup plus forts en nombre que nous. Je dois dire icy à la louange de M. le Duc
d'Antin, qui étoit alors Colonel du Regiment de Languedoc, & auprès duquel j'eus l'honneur de combattre,
qu'il ſe porta dans cette action avec toute la valeur & la
bonne conduite poſſible.

Secours d'une Place aſſiegée.

On voit par l'Hiſtoire que la maxime de ſecourir les
Places aſſiegées eſt très-ancienne : il ſemble même qu'on
étoit plus attentif à cette neceſſité dans les temps reculez, qu'on ne l'a été du nôtre. En effet, je n'ai point vû

pendant les dernieres Guerres qu'on se soit trop mis en devoir de mettre en pratique les divers moyens que les Anciens nous ont laissez par leur exemple, pour réussir dans ces fortes d'entreprises, & tels qu'on en voit dans les Memoires que Rabutin a dressez des plus beaux exploits de guerre qui se font faits sous le regne d'Henry II. L'on y remarque entre autres choses, qu'une infinité de Places ont été secouruës par autant de stratagemes difrens. Il semble donc que nos François seuls ayent degeneré dans cette partie, du moins pendant les dernieres Guerres, comme je viens de le dire ; car si on en excepte les belles manœuvres que M. de Vandôme a faites en Catalogne pour ce sujet, on ne peut citer en ce genre aucunes actions, qui puissent passer pour importantes ; à moins qu'on ne voulût mettre de ce nombre le secours qu'on jetta dans Lille : mais on se tromperoit très-fort en composant de même un secours uniquement de Cavalerie ; tout le monde en sçait les raisons, & je vais en dire quelque chose dans la suite. J'avouerai à cette occasion, qu'on ne peut nier que les Puissances contre lesquelles nous avons eté en guerre, ne nous ayent surpassé en cette partie, principalement dans les secours qu'ils ont donné aux deux plus importantes de leurs Places que nous tenions assiegées ; je veux dire Barcelonne & Turin. Ces deux coups auroient été capables de renverser tout autre Etat que celui-cy : à la verité il en a ressenti une si violente secousse, qu'il a eu besoin de toutes ses forces, pour n'en être pas ébranlé.

Quoiqu'il en soit, si l'on veut secourir une Place assiegée, on doit proportionner la disposition de ce secours, à la maniere dont on veut qu'il soit ; c'est-à-dire, que s'il ne s'agit que d'introduire dans la Place un nombre d'hommes, pour en fortifier la Garnison ; ou un Convoi de vivres, pour en augmenter les provisions ; ou l'un & l'autre tout ensemble ; on doit tâcher de le faire avant que les lignes de circonvalation & de contrevalation soient parfaites : autrement les difficultez qu'elles opposent seroient très-difficiles à surmonter. Ces difficultez neanmoins ne font pas impoſſibles à vaincre : il y a une infinité d'exemples qui prouvent le contraire, & notamment celui de Lille, dont je viens de parler. Mais il eſt impoſſible de donner aucunes regles certaines ſur cela ; parce qu'il faut de neceſſité que ce ſoit la diſpoſition des lieux & celle de l'ennemi qui en decident. Celui qui conduit l'entrepriſe doit donc être ſi bien inſtruit de ces diſpoſitions, qu'il n'ait pas beſoin d'autre guide que lui-même, pour pouvoir profiter de l'avantage qu'elles lui donnent. Sur tout, ſi ce ſont des Troupes que l'on veut jetter dans une Place, qu'on ſe ſouvienne que c'eſt de l'Infanterie qui y eſt neceſſaire, & non pas de la Cavalerie, comme on en jetta dans celle que je viens de citer : elle ne ſervit qu'à conſommer le peu de munitions de bouche que nous y avions, & ne fut d'aucun ſecours ; ſi ce n'eſt que les chevaux qu'ils ammenerent, & que nous mangeâmes, nous dédommagerent en quelque ſorte des autres choſes qu'ils conſommerent, & dont nous eumes grand beſoin dans la ſuite. Je ne prétends pas en diſant cela, blâmer la conduite des Generaux qui avoient ordonné ce ſecours ; puiſque tout le monde ſçait qu'ils y avoient joint un corps de Grenadiers, qui n'ayant pû faire la même diligence que cette Cavalerie, trouva le paſſage fermé lorſqu'il ſe preſenta devant la Place. On avoit deplus eu la précaution d'armer les Cavaliers de bons fuſils avec des bayonnettes, afin qu'il ne leur manquât rien de ce qui leur étoit neceſſaire pour devenir Fantaſſins dans le beſoin. Ainſi je m'arrête ſeulement ſur ce qu'il m'a ſemblé comme à bien d'autres, qu'on s'étoit trop tôt dégoûté de leur ſervice, en les ôtant des attaques où on les avoit d'abord poſtez, pour ne les employer uniquement qu'à la garde des poſtes du dedans de la Ville, ou d'autres ſi éloignez du danger, qu'à peine en pouvoient ils entendre le bruit. En mon particulier je n'en ai point ſçu la raiſon ; mais quoique je ſois d'un Corps different, je crois devoir aſſurer icy, pour détruire l'opinion qu'on pourroit avoir de ce changement, que je ne leur ai vû faire aucune maneuvre qui leur ait fait mériter cette excluſion.

Ils étoient tous François, grands, forts, robuſtes & frais: ainſi quand il ſeroit vrai que le tintamarre d'une Ville vigoureuſement aſſiegée, les auroit un peu ſurpris; il ne faut point douter qu'après quelques épreuves ils ne s'y fuſſent accoutumez, auſſi-bien que pluſieurs d'entre nous autres Fantaſſins, à qui les commencemens n'avoient pas moins paru extraordinaires & fâcheux. En un mot c'étoit grand dommage que tant de braves Officiers & de ſi beaux Cavaliers demeuraſſent ainſi les bras croiſez, tandis que l'Infanterie & les Dragons les employoient nuit & jour à attaquer ou à repouſſer les ennemis : le détachement de Carabiniers s'y porta auſſi avec autant de valeur & de bonne conduite que nos meilleurs Grenadiers. Au reſte quoique ce ſecours ſemble avoir été médiocre, par les raiſons que je viens de marquer, il fut neanmoins trèsconſiderable par l'arrivée de l'intrepide & genereux Prince de Tingry : il a montré dans cette occaſion, comme dans toutes celles de ſa vie, que c'eſt le ſang des Montmorency, ces foudres de guerre, que le grand Maréchal de Luxembourg ſon pere lui a tranſmis, pour être comme celui de ſes ancêtres toujours redoutable aux ennemis de la France, & aux envieux de la grandeur des François.

　　Lorſque l'on charge des Cavaliers de poudre, pour l'introduire dans une Place, il faut avoir ſoin de la mettre dans des ſacs de cuir, enveloppez par un ou deux autres ſacs de toile, & non pas dans un ſimple ſac de toile, comme on fit dans cette derniere occaſion : la poudre ſortant de ces ſimples ſacs, & s'épenchant le long du grand chemin, le feu prit à la traînée, & ſe porta à la croupe des chevaux. Cet accident cauſa la perte d'un grand nombre de Cavaliers, & auroit dû ſans un miracle entraîner celle de toute la Troupe. Des Officiers d'Artillerie peuvent-ils commettre une faute de cette nature ?

　　L'autre façon de ſecourir les Places, eſt d'y aller avec une bonne Armée pour combattre celle de l'Aſſiegeant, de quelque maniere qu'elle ſoit poſtée, afin de la contraindre

dre de lever le Siege. Dans cette occasion, s'il y a
une Armée d'observation, ou que celle qui assiege forte des lignes pour venir au devant, il n'y a pas autre
chose à faire que ce que nous avons marqué pour le combat général ; excepté que si pendant l'action il se présente l'occasion de jetter des Troupes ou d'autres secours
dans la Place, on en doit profiter, à cause de l'incertitude du succès parfait de l'entreprise. Cette action doit
être concertée avec le Gouverneur, par le moyen des
Espions ; afin que pendant son cours, il fasse de son côté
des efforts, tels que nous les avons marquez, en parlant
de la défense des Places. Mais si au contraire l'ennemi
ne sort point de son retranchement, & qu'il faille par consequent de necessité l'y forcer ; il y a deux partis à prendre, entre lesquels le Général doit choisir celui qui lui
convient le mieux, suivant la disposition du terrain. Le
premier, c'est d'attaquer en lignes déployées, une par- Differentes
dispositions
pour ce sujet.
tie de la circonvalation, qui soit séparée de l'autre par
quelque riviere, ruisseau ou autre défilé ; afin de n'avoir
pas toutes les forces de l'ennemi à combattre. Pour cet
effet, il faut faire paroître quelques Corps de Troupes
de l'autre côté, pour y tenir en échec celles qui y sont
en garde ; & si elles vont au secours du côté attaqué,
ces Corps ne doivent pas manquer de profiter de leur
absence, pour pénetrer dans les lignes, & pousser s'il est
possible jusqu'aux tranchées, ou du moins faire une puissante diversion. Le second, c'est d'attaquer le retranchement
par tête de colonnes, qu'on forme en divers endroits :
il faut dans ce cas choisir les endroits les plus foibles, &
d'où l'on puisse le plus aisément pénetrer jusqu'à la Pla-
ce. Cette maxime a été mise en pratique pour la pre- Exemples de
l'effet qu'elles
ont produit.
miere fois au Siege de Turin : ses effets n'ayant été que
trop certains, on peut conclure qu'elle a été très-bien
imaginée, & qu'on peut de même s'en servir dans l'occasion ; parce que quelques mesures que l'Assiegeant prenne, il ne lui est gueres possible d'en prendre d'assez justes pour s'opposer à ces sortes d'attaques. S'il veut faire
une disposition semblable, en opposant colonne contre

colonne, il eſt certain qu'il ne le peut ſans être obligé
de dégarnir preſque entierement le derriere de ſes parapets, & ſans s'expoſer par conſequent à être emporté par
ces endroits : parce qu'il eſt infiniment plus aiſé à l'aſſail-
lant de lui donner le change, qu'il ne lui eſt facile de
s'en garentir. C'eſt pour cette raiſon qu'on a preſque
aboli l'ancienne maxime qu'on avoit d'attendre toujours
l'ennemi de pied ferme dans les lignes : en effet il eſt moralement impoſſible qu'on ne ſoit du moins entamé, pour
peu que celui qui attaque ſçache prendre un juſte parti.
Je m'expliquerai plus parfaitement ſur cela dans la ſuite,
en parlant de la maniere d'attaquer les Places dans les
formes.

Lignes pour couvrir un pays.

'Ancienneté de
l'uſage des li-
gnes.

Les lignes ou retranchemens qu'on fait pour couvrir
un pays contre les courſes des Partis ennemis, ou pour
le garentir d'autres irruptions plus conſiderables, ont été
miſes en uſage preſque dans tous les temps. Cette fa-
meuſe muraille, qui ſéparoit autrefois la grande Tarta-
rie d'avec la Chine, & dont il reſte encore des veſtiges
conſiderables, & celle qui fut conſtruite pour le même
ſujet entre l'Ecoſſe & l'Angleterre, montrent clairement
que les Anciens en connoiſſoient comme nous l'importance & l'utilité. Cependant quoique nous n'ayons fait
en cela que les imiter, il m'a toujours paru, que le fruit

Leur utilité. que nous en avons retiré a été très-mediocre. En effet
je ne me ſuis point apperçû que celles que nous avons
faites, & particulierement celles qui furent conſtruites
en Flandres avec tant de peines & à ſi grands frais, ayent
jamais été fort utiles. Il m'a ſemblé au contraire que le
parti que nous prenions ſouvent de nous aller poſter derriere elles, a plus contribué aux échecs que nous y avons

Inconveniens
qu'elles cau-
ſent. reçûs, qu'il n'a ſervi à nous en garentir. Ce qui cauſe le
peu d'utilité de ces ſortes de lignes, c'eſt que la garde
qu'il en faut faire étant en tout ſemblable à celle des
lignes qu'on fait devant une Place, ſi ce n'eſt qu'elles
ſont infiniment plus étenduës, on y eſt expoſé aux mê-

mes inconveniens que nous avons rapportez : nous en avons reſſenti les effets dans celles de Judoigne ; les ennemis nous en délogerent, pour ainſi dire, ſans coup ferir : au lieu que ſi nous euſſions été en raſe campagne, nous étions certainement en état & en nombre ſuffiſant pour leur paſſer par tout ſur le ventre. Je dirai donc librement, que ſuivant mon avis ces ſortes de retraites ſont tout à fait inutiles, & même très-dangereuſes pour les Armées ; parce que qui n'en garde qu'une partie, n'en garde rien. Sur ce principe, ſi on eſt en état de garder des lignes d'une étenduë de cinq à ſix lieuës de pays, ce qui ne ſe peut faire qu'avec des forces très-conſiderables ; on eſt par conſequent dans celui de ſe mettre aux champs, & de faire tête à l'ennemi quelque part qu'il ſe préſente : parce qu'alors tout le corps eſt réuni, & par conſequent beaucoup plus en état de ſe faire redouter, que lorſqu'il eſt répandu dans une ligne par portions, dont l'une ne peut que très-difficilement ſecourir l'autre. De même, ſi on eſt en nombre inferieur, un poſte avantageux me paroît préferable à quelques lignes que ce ſoit : puiſqu'alors on n'a que ce poſte à garder ; & que comme il n'y a que l'eſpace convenable, on y eſt aſſuré de ſa maneuvre, & jamais dans la crainte d'y être pris au dépourvû, ainſi qu'il arrive preſque toujours dans l'autre diſpoſition. Je ne veux pas dire par-là que les retranchemens qu'on fait, ou pour fortifier un Armée dans un poſte important, ou parce qu'elle eſt inferieure à celle de l'ennemi, ne puiſſe être d'un ſalutaire uſage : au contraire, je ſçai par experience que cette maxime eſt très-bonne dans l'un ou dans l'autre cas. Mais il y a une grande difference entre ces retranchemens & ceux des lignes : dans ces occaſions on ne leve de terre qu'autant qu'on en peut garder en bon ordre de bataille ; & dans ce cas un homme en vaut au moins deux, ainſi que je l'ai dit. Enfin ſi on excepte de l'utilité des lignes celle qu'elles peuvent produire par les difficultez qu'elles cauſent de plus aux Partis qu'on veut faire entrer dans le pays, pour y étendre les Contributions ; on conviendra que cette

H hh ij

Exemples.

Sentimens de l'Auteur ſur ce ſujet.

exception faite, elles sont tout-à-fait inutiles. Mais cette opposition n'ayant pas mis nos Provinces éloignées de la frontiere à l'abris de ces impositions ; je persiste à croire, que
comme de toutes façons elles ont plus coûté de peine &
d'argent, qu'elles n'en ont épargné ; on doit à l'avenir
les considerer comme un abus. Ceux qui en faisoient le
détail, sont les seuls qui s'en sont bien trouvez ; car il
est certain que les monopoles, & même les concussions
de plusieurs de ces Messieurs, on causé un dommage aussi
considerable aux peuples qui y étoient exposez, que s'ils
eussent été à la discretion des plus impitoyables ennemis.

Avant que d'entrer dans le détail de ce qui se fait ordinairement par les Assiegeans contre les Assiegez, dont
nous composerons l'article suivant, j'ai crû qu'il étoit à
propos de donner icy l'explication de la figure cy jointe :
afin que le Lecteur puisse comprendre plus aisément les
termes, dont je me servirai dans ce détail, lesquels sont
inconnus à ceux qui n'ont ni téorie ni pratique. J'ai
choisi pour ce sujet le plan d'une Place maritime ; afin
d'avoir en même temps un lieu propre à contenir les
differens noms qu'on donne aux parties aquatiques, lesquels ne sont pas moins ignorez de la plupart des Officiers, que ceux qui ont rapport à la Fortification.

EXPLICATION DE LA FIGURE CY-JOINTE.

A. Ville Maritime.	P. Isthme.
B. Citadelle.	Q. Presqu'Isle.
C. Bassin.	R. Falaise.
D. Port.	S. Ecueil, ou Brisans.
E. Jettées.	T Isle.
F. Tête ou Batteries.	V. Golfe.
G. Estacade.	X. Cap, ou pointe.
H. Risban.	Y. Bras, Canal, ou Détroit.
I. Rade ou moüillage.	Z. Détroit.
L. Banc de sable, que l'eau cou-	&. Bord, ou Rivage.
vre quand la marée monte.	a. Lac.
M. Dunes.	b. Etang.
N. Embouchure.	c. Ravine.
O. Baye.	d. Fontaine.

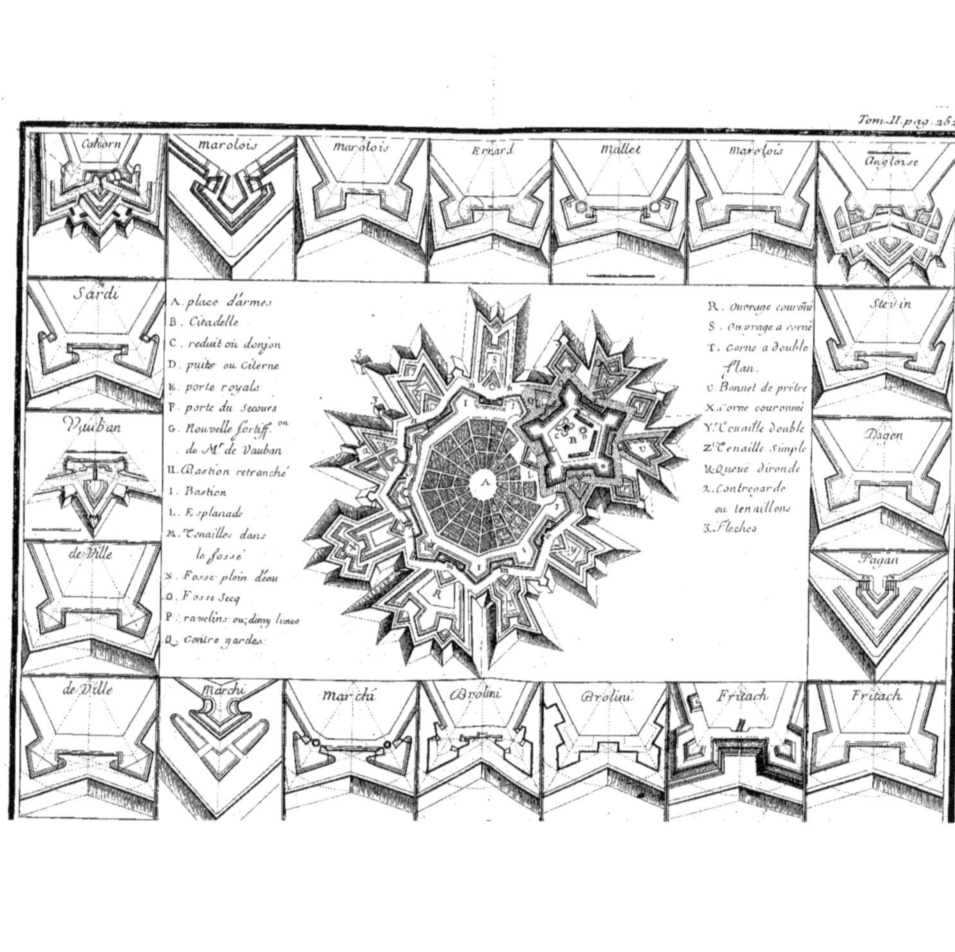

Cohorn
marolois
marolois
Errard
Mallet
marolois
Angloise
Sardi
Stevin
Vauban
Dagen
de Ville
Pagan
de Ville
Marchi
Marchi
Brolini
Brolini
Fritach
Fritach
A. place d'armes
B. Citadelle
C. reduit ou donjon
D. puits ou Citerne
E. porte royale
F. porte du Secours
G. Nouvelle fortiff.on de Mr de Vauban
H. Bastion retranché
I. Bastion
L. Esplanade
M. Tenailles dans le fossé
N. Fosse plein d'eau
O. Fosse Secq
P. ravelins ou demy lunes
Q. Contre gardes
R. Ouvrage couronné
S. Ouvrage a corne
T. Corne a double flan
V. Bonnet de prêtre
X. Corne couronné
Y. Tenaille double
Z. Tenaille simple
&. Queue d'ironde
2. Contregarde ou tenaillons
3. Fleches

Tom. II. pag. 428.

e. Aqueduc.
f. Conduite fouterraine.
g. Ponts de bateaux.
h. Courant du Fleuve.
i. Eclufe.
l. Pont de pierre.
m. Conflant.
1. Rivierre fervant de premiere Circonvalation.
2. Seconde Circonvalation.
3. Camp d'obfervation.
4. Campement de l'Armée affiegeante.
5. Ligne de Contrevalation.
7. Ouvertures de la Tranchée.
8. Premiere Parallele.
9. Approches.
10. Batteries de Canon.
11. Batteries de Mortiers.
12. Seconde Parallele.
13. Sappes.
14. Mole.
15. Phâre, ou Fanal.

Siege dans les formes.

Les Sieges, qu'on forme pour fe procurer la conquê-re d'une Fortereffe confiderable , ont été dans tous les temps , étant une des principales operations de la guer-re, & même comme une des plus effentielles : il n'eft donc pas furprenant de voir l'application avec laquelle on cherche depuis près de deux mil ans les moyens de par-venir au plus haut degré de perfection dans ce genre. On voit fur cette opération une filiation de fentimens, qui ont fuccedez les uns aux autres, dans un ordre fi parfait depuis les Guerres des Macedoniens , des Grecs, des Juifs & des Romains , jufqu'aux dernieres qui ont agité notre Europe ; qu'on y remarque avec admiration , de quel-le maniere une nouvelle invention a détruit celle qui la précedoit ; foit pour augmenter & pour affûrer les Forti-fications ; foit pour trouver le moyen d'en furmonter les dificultez, par des effets auffi nouveaux , que la refiftan-ce étoit nouvelle. On peut même dire, que nonobftant le rafinement des plus experts dans cet Art , & même des plus modernes , on n'eft pas encore parvenu à épuifer la matiere ; & que vrai-femblablement on ne l'épuifera ja-mais. Un nouveau fiftême pour attaquer, ouvrant le che-min à un autre pour fe défendre , les hommes ne de-meureront point en refte , pour fe procurer l'un ou l'au-tre de ces avantages.

Précautions necessaires avant l'entreprise d'un Siege.

Quoiqu'il en soit, présupofant qu'on foit dans le deffein de faire un Siege confiderable, qui ait été premedité, ou pour lequel le gain d'une Bataille ait ouvert le chemin : on doit commencer par fçavoir, fi les magafins qui font fur la Frontiere, font remplis des chofes neceffaires pour ce Siege ; afin qu'aucunes de ces chofes, & principalement celles qui regardent l'Artillerie ne manquent pas, ainfi qu'il eft quelquefois arrivé. Après cet examen, on doit avant que de fe déterminer à faire l'Inveftiture, donner toute l'inquietude poffible à l'ennemi, pour l'empêcher de fçavoir précifement fur laquelle de fes Places on fera tomber la foudre. Pour cet effet, il faut

Differentes manieres fur le même fujet.

faire faire quelques marches & contre-marches à l'Armée, tantôt d'un côté, & tantôt de l'autre, affectant de les diriger moins fur la Place qu'on a en vûë, que fur les autres ; afin d'obliger l'ennemi de divifer fes forces, & de prendre le change, qu'il eft bien difficile d'éviter, lorfqu'on fait la guerre fur la défenfive, ainfi que l'exemple de Tournay nous l'a montré. Enfin, lorfque le temps eft venu de découvrir fon deffein, on fait un détachement de l'Armée, proportionné à la force de la garnifon de

Maniere de former l'Inveftiture d'une Place.

la Place qu'on veut affieger, pour en aller faire l'inveftiture. Pour faire cette inveftiture, on difpofe les Troupes de maniere, que rien ne puiffe fortir de la Fortereffe, ni y entrer, par quelque endroit que ce foit : il faut avoir foin pour ce dernier point, de tenir toutes les avenuës bien gardées, de faire rouler fans ceffe des patroüilles d'un pôfte à l'autre, & de fe tenir partout fi bien fur fes gardes, qu'on y foit toujours en état de repouffer les infultes de la Garnifon : car dans ces commencemens une Garnifon donne ordinairement des marques de ce qu'elle fera capable de faire pendant le refte du Siege, nonobftant les inconveniens que nous avons dit qui en pouvoient arriver.

Lorfque les Troupes, qui doivent former l'Inveftiture, font parties, l'Armée doit auffi-tôt fe mettre en marche du même côté ; afin de pouvoir arriver à temps, pour les foutenir : autrement, il y auroit à craindre que quel-

que Corps d'Ennemis confiderable ne les forçât par quelque endroit ; ce qui eft très-facile, à caufe du grand circuit qu'elles font obligées d'occuper, pour tenir la Place
mafquée de toutes parts. En même temps, l'Intendant de l'Intendant
l'Armée doit veiller, à ce que les Pionniers, & toutes les doit avoir.
voitures extraordinaires qu'il a dû faire commander dans
le Pays circonvoifin, fe rendent au plutôt chacun à leur
rendez-vous : les Pionniers doivent fe rendre à l'Armée,
& les voitures dans les Places d'où doivent partir les Convois neceffaires ; & il faut obferver, que les uns & les
autres foient conduits par les Mairs ou autres Chefs
des lieux, lefquels doivent répondre de leur nombre, Pionniers &
& les contenir dans la difcipline qu'il eft neceffaire que voitures ex-
toutes fortes de gens obfervent dans une Armée. L'impo- traordinaires,
fition de ces Pionniers & chariots extraordinaires fe fait
ordinairement fur les lieux de la domination de celui
qui affiege ; mais comme on peut comprendre dans cette
partie ceux de l'ennemi qui font fujets à la contribution ;
on doit les obliger aux mêmes corvées, & leur en donner toujours la meilleure partie, afin d'en foulager les veritables Sujets ; de plus c'eft autant de pris fur l'ennemi : les Alliez l'ont pratiqué ainfi pendant les derniers
avantages qu'ils ont eû fur nous.

Lorfque l'Armée eft arrivée, on la fait camper de maniere, que la Place en foit embraffée de toutes parts. Il Campement
faut dans fa difpofition s'attacher à la fituation du ter- de l'Armée
rain ou des lieux, pour les fortifier en Infanterie ou devant une
en Cavalerie, fuivant qu'on juge qu'il eft neceffaire, Place.
pour être en état de bien recevoir l'ennemi, de quelque côté qu'il fe préfente. On doit furtout fare enforte,
que le côté du Camp qui regarde celui où l'on doit
ouvrir la Tranchée foit bien garni de Troupes, & particulierement d'Infanterie ; afin d'être plus à portée d'y
donner les fecours, dont on y peut avoir befoin, foit
pour repouffer quelque fortie confiderable, foit pour d'autres maneuvres fi preffantes, qu'on n'eût pas le temps de
fe fervir de la maxime ordinaire, c'eft-à-dire, d'envoyer
ceux qui doivent marcher fuivant le tour de rôle. Pendant

le campement le Général en chef & les principaux Ingenieurs doivent s'approcher de la Place, affez près pour

Neceffité de reconnoître la Place.

en reconnoître la fituation & toutes les parties de fes
fortifications; afin de voir fi elles font conformes aux
plans, que je préfuppofe qu'ils en doivent avoir. Enfuite
le Général de concert avec les Ingenieurs, choifit l'endroit, ou les endroits, par où il juge à propos que la
Place foit attaquée: il doit avoir foin de prendre fur cela un parti fi jufte, qu'il n'ait pas lieu dans la fuite de
regretter de s'être trompé, en s'apercevant, qu'au lieu
d'avoir pris le plus foible, il a au contraire choifi le plus
fort: cela nous eft quelquefois arrivé. Cette faute eft
d'autant moins pardonnable, qu'elle ne peut certainement venir que du peu de capacité de fes Auteurs, puifque rien n'empêche en ces fortes d'occafions, de mettre tout ce qu'on a d'experience en pratique. De plus
cette erreur pouvant mettre dans la neceffité de changer l'attaque, & pour ainfi dire de recommencer de tout,
on peut juger de l'ennui que cela caufe aux Troupes;
joint à ce que l'Ennemi peut trouver par là l'occafion de
venir au fecours. J'en ai vû un exemple en Allemagne; &
j'en ai rapporté des marques, qui ne m'aident que trop
à en reffentir la confequence.

Armée d'ob-fervation,

Si pendant qu'on fait le Siege, l'ennemi eft en état de
fe mettre aux champs avec une Armée capable de le troubler; on ne peut rien faire de mieux pour s'y oppofer,
que d'en avoir une autre deftinée uniquement pour l'obferver: mais il faut qu'elle foit poftée de maniere, que
de quelque côté qu'il tourne, cette barriere fe trouve toujours entre la place & lui. Cette maxime a été très-bien
imaginée dans ces derniers temps, pour faire que les Affiegeans n'étant point diftraits par la crainte de l'arrivée
d'un puiffant fecours, ne s'occupent uniquement que du
foin de preffer la Place. Cependant fi l'ennemi furvenoit,

Doit agir de concert avec l'Affiegeant.

ils ne doivent pas être tellement attachez à leur objet,
que celui-cy leur foit indifferent. Au contraire, on doit
en ce cas fortifier l'Armée d'obfervation, d'autant de Troupes qu'il eft poffible d'en tirer de l'affiegeante; de forte
néanmoins

néanmoins que le reste n'ait rien à appréhender des efforts
des Assiegez. Pour cet effet il faut doubler & même tri-
pler la garde des tranchées, ainsi qu'on le pratiqua devant Landau. Quoique ces deux Armées soient separées,
elles ne doivent néanmoins être considerées que comme
un seul corps : pour cet effet elles ne doivent avoir qu'un
même Général ; afin qu'il n'y ait aucune difficulté sur
tout ce qu'il est à propos de faire, pour la sûreté commune. On doit sur tout, suivant le sentiment des meilleurs
Guerriers, aller au devant de l'ennemi, & non pas l'attendre dans les lignes ; j'en ai déja marqué les raisons.
Je sçai néanmoins qu'il y a des gens d'un sentiment different, lesquels se fondant plus sur les vieux exemples
que sur les modernes, alleguent pour leurs raisons, que
depuis le regne de Charles V. jusqu'à celui d'Henry
IV. on a observé la maxime contraire, dont on s'est toujours bien trouvé ; & que notamment ce dernier Prince
en reconnut l'utilité devant Amiens, lorsque l'Archiduc
Albert l'y vint attaquer. Mais je répons à cela, *altri tempo
altri curi* ; c'est-à-dire, que ce qui étoit bon dans un temps,
ne l'est plus dans l'autre ; c'est de quoi ceux qui étoient
devant Turin seront mes garands. De même que l'Armée
assiegeante doit aider celle d'observation, quand le besoin
le requiert ; cette derniere en doit faire autant dans les ne-
cessitez de l'autre ; soit en lui envoyant des detachemens
de Grenadiers, pour être employez dans les attaques considerables ; soit en lui fournissant des Travailleurs ; soit par
d'autres secours, tels que M. de Luxembourg en envoyoit
au Roy, pendant le Siege de Namur.

On doit al-
ler au devant
de l'ennemi
qui vient au
secours, & sor-
tir pour ce su-
jet des lignes.

Sentiment
contraire.

   Après que le Camp sera formé, & que les Pionniers
dont nous avons parlé seront arrivez, on travaillera au
plutôt à faire la ligne de circonvalation. Si la garnison
de la Place est si considerable, qu'on ait lieu de craindre d'en être insulté ; on fera aussi une ligne de contrevalation, le tout conformement au modele que nous
en avons donné à l'article des Ingenieurs. On doit observer de construire des ponts où il en est necessaire, &
d'aplanir partout le terrain le long des lignes ; de sorte

Lignes de
circonvala-
tion, & de
contrevala-
tion.

que l'on puiſſe communiquer dans tout le circuit, ſans aucun embarras. En même temps la Cavalerie doit être employée ſans relâche, à faire des faſcines & des piquets : on peut auſſi employer l'Infanterie à cet ouvrage, & ſur tout à faire des gabions ; elle s'y entend ordinairement mieux que la Cavalerie. Les uns & les autres doivent en faire, chacun à la tête de leur Camp, des amas par monceaux compoſez du nombre qui leur a été ordonné ; afin qu'on ſoit ſûr d'en avoir la quantité ſuffiſante : la Cavalerie eſt employée à les porter à la queuë de la tranchée pendant tout le cours du Siege, comme nous l'avons dit à l'article de ce Corps. En même temps auſſi les Officiers de l'Artillerie doivent mettre tout ce qui eſt de leur détail en ſi bon ordre, qu'il n'y ait plus qu'à le mettre en uſage, lorſqu'il leur ſera ordonné. Les Ingenieurs ſur tout doivent profiter de cet intervale, pour ſi bien reconnoître l'ouvrage qu'ils auront à faire, qu'il ne leur y paroiſſe rien de difficile, lorſqu'il y faudra travailler.

Ouverture de la Tranchée.

Quand tout eſt ainſi en état, & que le Général a déterminé le lieu où il veut faire ouvrir la tranchée, ſoit en un, ſoit en pluſieurs endroits ; on choiſit pour l'exécuter une nuit où il n'y ait point de Lune ; afin que le travail ſe puiſſe faire moins à découvert : cette précau-

Inconveniens que la clarté de la Lune peut cauſer.

tion eſt eſſentielle ; il eſt donc de la prudence du Général, de s'arranger de maniere que les préparatifs, qu'il eſt à propos de faire avant ce jour, le conduiſent dans un déclin, où l'on puiſſe travailler pluſieurs nuits de ſuite, ſans être éclairez par cette lumiere : elle eſt quelquefois ſi incommode, que les effets qu'elle produit retardent conſidérablement l'ouvrage. Avant que d'ouvrir la

Diſpoſitions pour l'ouverture de la tranchée.

tranchée, il faut obſerver d'abord, de ne faire aucunes démarches, qui puiſſent faire reconnoître à l'Aſſiegé l'endroit par où on doit l'attaquer : on doit affecter au contraire par des allées & venuës, d'avoir ce deſſein ſur quelqu'autre. Enſuite quand le moment eſt venu de commencer cette operation, on commande la quantité de Bataillons néceſſaire, ſuivant la force de la Garniſon ;

avec un nombre de Compagnies de Grenadiers , & de Travailleurs. On fait marcher les uns & les autres à petit bruit : les Grenadiers ont le devant ; les Travailleurs marchent enfuite , & font fuivis des Bataillons. Chaque Soldat porte une ou deux fafcines, avec trois piquets pour chacune ; ils les ont fous le bras, afin que ce qu'ils portent foit moins apparent, & ne puiffe pas donner dans le vifage de celui qui va derriere. Lorfqu'on eft fur le terrain, on commence par faire avancer les Grenadiers ; & on en forme une efpece de ligne, de diftance en diftance, pour couvrir les Travailleurs contre les forties de la Place qui pourroient les troubler : cette difpofition des Grenadiers doit être faite à la file, & non pas de front ; & il faut la pouffer le plus en avant qu'il eft poffible, afin de pouvoir par ce moyen couper la retraite à ceux qu'on pourroit avoir envoyé de la Place, pour reconnoître le travail : cette efpece de chaîne fe tient fur le ventre, jufqu'à ce que l'ouvrage foit parfait. Quand ces premieres Troupes font ainfi difpofées , les Ingenieurs conduifent chacun une file de Travailleurs ; & ils en portent la tête auffi près de la Place qu'il eft poffible , fuivant la refiftance qu'ils y trouvent, par le feu que l'ennemi y fait. Ils doivent diriger leur marche fi jufte , que la file qu'ils conduifent forme la trace de la tranchée , fans qu'il foit befoin de fe fervir de cordeau. Celui de la tête étant arrivé jufqu'au point où il a pû aller ; il arrêtera la premiere file, & pofera la premiere fafcine de fon long à terre, de maniere, que ce qui eft derriere foit hors de l'enfilade : enfuite on pofera toutes les autres de fuite, avec la même précaution. Les Officiers , qui commandent les Travailleurs, conjointement avec les Ingenieurs doivent avoir une continuelle attention fur cela, de même que pour contenir les Travailleurs, tellement que malgré les allarmes , qui peuvent venir du côté de la Place, aucuns n'abandonnent le travail, à moins que la Troupe qui les couvre ne foit forcée. Chacun travaille enfuite de toutes fes forces à creufer le terrain derriere le rang des fafcines, qui ont été pofées : pendant ce travail les

Bataillons se tiennent derriere eux , pour les soutenir en arriere comme ils le sont en avant , & pour être prêts à se porter contre tout ce qui pourroit paroître pour s'y opposer. C'est pourquoi, il faut qu'il y ait aussi une forte garde de Cavalerie : il faut en entretenir une semblable pendant tout le Siege, & surtout les premiers jours.

Comme il est très important de cacher à l'ennemi l'ouverture de la tranchée ; on peut employer pour cet effet les moyens que nous en avons donnez , en parlant de la deffense des Places, dont nous ne ferons point icy de repetition : mais si la vigilance de l'Assiegé surpasse les ruses qu'on aura employées ; on doit pour y suppléer, l'obliger de diviser ses forces , en lui faisant plusieurs at-

Fausse attaque.

taques ; l'une vraie , & les autres fausses. Il peut arriver alors que l'attaque qu'on n'aura crû faire que pour une diversion , peut devenir la véritable , par les facilitez qu'on y rencontre : cela nous arriva devant Barcelonne , & est arrivé de même aux Alliez devant Bethune. Ces Places furent prises chacune par l'endroit où on avoit crû d'abord ne faire qu'une fausse attaque : il y en a eu plu-

Manœuvre des Troupes après que la tranchée a été ouverte,

sieurs autres qui ont été prises de même. De telle maniere qu'on ait ouvert la tranchée , lorsque le jour survient , les Grenadiers qui ont été postez en avant se retirent dedans , & les Bataillons en usent de même : ils s'y postent de maniere que les Travailleurs puissent continuer leur travail , sans en être embarassez. Aussi-tôt, on fait relever les Travailleurs par d'autres , qui sont employez pendant le jour à élargir les boyaux , à former les parapets & les banquettes , & à parfaire les communications & les autres ouvrages , ausquels la nuit a pû apporter quelques obstacles. C'est dans ce tems principalement que toutes les Troupes doivent se tenir sur leurs gardes, pour être prêtes à soûtenir les sorties considerables, qui se font ordinairement dans ces premiers momens avec d'autant plus de vivacité , qu'il n'est plus gueres temps de les faire , quand la Place est plus referrée. C'est pourquoi on ne doit pas oublier, en faisant l'ouverture de la tranchée , d'élever un épaulement capable de tenir à couvert un bon corps de Cavalerie, & d'où il puisse se porter promptement contre toutes sortes d'attaques à découvert. Dans ces attaques l'Infanterie doit aussi-tôt que l'ennemi commence à paroître, sortir de la tranchée, & se former sur le revers, mettant devant soy le retranchement que forme la tranchée, pour le soûtenir vigoureusement, sans jamais l'abandonner : faute de quoi, on courroit risque de le trouver comblé au retour, & de voir par consequent bien des peines perdües, & quelquefois bien du sang répandu inutilement. Il y a encore des entêtez sur ce point, qui veulent que l'on tienne ferme derriere le parapet de la tranchée, sans en sortir, comme je le viens de dire : mais je leur répons, pour détruire leur prévention, qu'aparemment ils ne sçavent pas ce qu'il nous en coûta au Siege de Charleroy, & ce qu'il en a coûté aux Alliez à celui de Bethune, pour avoir pris un semblable parti. On a vû à l'article des Ingenieurs le plan des tranchées ordinaires, & de celles ausquelles la situation de la Place, & la disposition du terrain peuvent obliger.

    Lorsque la premiere ouverture de la tranchée est faite, l'Officier général, ou autre qui commande l'Artillerie, doit en aller reconnoître le terrain, & examiner celui qui sera le plus avantageux, soit pour y établir les batteries, tant pour ruiner les deffenses & démonter l'Artillerie de l'Assiegé, que pour battre en brèche ; soit pour y placer d'abord quelques pieces, qui puissent être employées contre les sorties. Quoique la situation de la Place mette en état de la battre en brèche de fort loin, on ne doit pas le faire tellement, que la brèche soit accessible avant qu'on soit à portée de la pouvoir attaquer ; parceque, comme il s'en faut de beaucoup que le travail de la tranchée puisse aller aussi vîte, que les effets du canon, l'éloignement de la tranchée fourniroit aux Assiegez le moyen de reparer les brèches, & même de les fortifier de maniere, que lorsqu'on en seroit à une portée convenable, elles se trouveroient tout-à-fait hors d'insulte. Ainsi suivant mon avis, & conformément à ce que l'experience

L.ii iij

Epaulemet necessaire pour mettre la garde de Cavalerie à couvert.

Disposition contre les sorties.

Etablissement des batteries.

Maniere de profiter de leurs effets.

m'a fait connoître, les premiers efforts de l'Artillerie doivent être employez à ruiner les défenses, à démonter les pieces de l'Assiegé, à tenir en respect, par un feu suivi, les tireurs qui sont sur les ramparts, & à briser les palissades du chemin couvert ; afin que l'entrée s'en trouve plus aisée, lorsqu'il sera question de l'attaquer : il faut pour cet effet avancer les batteries proche de la Place, à mesure que la tête de la tranchée s'en approche aussi; afin que les efforts de l'une secondant ceux de l'autre, l'ouvrage se trouve également avancé.

Exemple.

C'est pendant la défense de Lille que j'ai particulierement remarqué la necessité de cette attention, dans l'occasion que les Assiegeans en donnerent. Ayant trouvé un grand rideau, de dessus lequel on découvroit les faces des deux bastions jusqu'à fleur d'eau, ils y établirent d'abord toute leur Artillerie, sans considerer que ce poste étant à la grande portée du canon de la Place, les brêches seroient bien plutôt faites, qu'on ne seroit en état d'y donner l'assaut ; & que par consequent cela nous donneroit le temps de les réparer. De plus, leur Général voyant le succès avec lequel cette Artillerie ouvroit la Place, l'employa presque entierement à cet ouvrage, sans penser au plus essentiel, qui étoit certainement de commencer par ruiner les défenses. Il s'apperçut à la fin qu'il alloit tomber dans l'inconvenient que je viens de marquer : en effet nous travaillions avec tant d'activité à réparer nos brêches, que celle qui étoit la plus importante l'étoit déja parfaitémnt. Il crut donc que pour abreger le temps, il devoit, sans s'amuser aux précautions ordinaires, faire une attaque générale au chemin couvert: il la fit en effet avec toutes les principales forces de son Armée, quoi qu'il fût certainement hors de portée de pouvoir l'entreprendre ; puisqu'il y avoit au moins cent toises de ses logemens les plus avancez jusqu'à la palissade, & beaucoup plus des autres endroits d'où ils étoient obligé de déboucher. Mais qu'en arriva-t'il ? Au lieu d'emporter la Place d'emblée, comme il l'avoit projetté ; il vit d'abord ses premieres Troupes fauchées pour ainsi diré, à mesure qu'elles se formoient ; ce qui ne pouvoit manquer d'arriver, vû la negligence qu'il avoit euë de nous laisser nos défenses entieres : le feu que ses Troupes en essuierent de toutes parts fut si terrible, que malgré leurs efforts redoublez pendant un combat de huit grandes heures, on ne s'apperçut quand le jour vint, que les Assiegeans avoient été sur nos glacis, que parce qu'ils les avoient laissé couverts d'un si grand nombre de morts, que l'herbe en étoit entierement couverte, sans que pour cela ils y eussent pû faire un seul logement. J'ai cru devoir rapporter cette action, pour appuyer mon sentiment par un exemple recent & incontestable : nous avons éprouvé à peu près la même chose devant Barcelonne. Comme il m'est arrivé dans le cours de cet Ouvrage de parler plusieurs fois par préference de ce que j'ai vû faire à ce Siege, & dans la défense de Lille ; je crois devoir dire ici, que j'ai crû ne pouvoir choisir de modeles plus parfaits dans l'un & l'autre genre ; c'est-à-dire, pour se bien conduire, & surmonter toutes les difficultez qu'on peut rencontrer dans l'attaque & la défense d'une Place. En effet, il est certain que quiconque a vû attaquer Barcelonne par M. de Vandôme, & défendre Lille par M. de Bouflers, a vû tout ce qu'on peut faire de mieux en ces sortes d'occasions. J'ai expliqué à l'article de l'Artillerie la maniere dont les batteries doivent être construites, de même que les autres détails de ce Corps ; de sorte que je n'ai rien à ajouter icy à la petite observation que j'y ai faite.

Quand la tête de la tranchée est arrivée à portée de pouvoir emporter le chemin couvert ; le Général doit se déterminer sur le choix de l'un des deux moyens qu'on peut employer pour y réussir : l'un est d'y marcher les armes hautes, c'est-à-dire, à découvert ; & l'autre d'y arriver par la sappe sans coup férir. Le premier moyen est sans contredit plus expeditif ; parce qu'on y peut faire dans un quart d'heure ce que l'autre ne produit qu'en plusieurs jours. Mais comme cette prompte execution ne s'acquiert qu'au prix de beaucoup de sang répandu ; on

Attaque du chemin couvert.

doit autant qu'il eſt poſſible épargner cette effuſion. Cependant il ſe trouve beaucoup d'occaſions à la Guerre,
où cette conſideration doit être rejettée ; & on en peut
principalement rencontrer pendant le Siege d'une Place,
parce le temps y peut être prétieux , ſoit pour ne pas
donner à l'ennemi celui de venir à ſon ſecours ; ſoit
qu'en bruſquant une conquête, on ait le temps d'en faire une ou pluſieurs autres. Dans ces cas, ſi l'on ſe détermine à faire cette attaque à découvert ; on doit premierement tâcher de ne la point faire que les défenſes ne
ſoient bien ruinées, & que l'Artillerie de l'Aſſiegé ne ſoit
démontée. Il faut de plus obſerver le jour qu'on la veut faire, d'employer le canon à briſer les pointes des paliſſades,
& à renverſer autant qu'il eſt poſſible la crête de la con-
tre-eſcarpe ; afin qu'on rencontre moins de difficultez à
y entrer.

Le temps ordinaire de faire cette attaque, eſt celui
de la nuit; parce que ce ſeroit trop riſquer que de la faire en plein jour. Quand l'heure de la faire eſt venue,
ſuivant l'importance de l'action on compoſe la troupe
aſſaillante auſſi nombreuſe qu'il eſt neceſſaire, & on proportionne de même le nombre des Travailleurs : on a
ſoin auſſi d'avoir les paſſages neceſſaires , pour que
les Troupes puiſſent déboucher en même-temps de
toutes parts , & que les Travailleurs puiſſent les ſuivre de même. Enſuite quand le ſignal eſt donné, les
Troupes doivent ſe porter chacunes ſur les angles où
il leur a été ordonné d'aller , ſoit pour y faire ferme , & obliger l'ennemi par leur feu continuel , d'a-
bandonner les places d'armes ; ſoit pour ſe jetter dedans
pour l'en chaſſer, ſuivant que ſa reſiſtance eſt plus ou
moins grande. Il eſt neceſſaire que ceux qui ſont chargez de cette derniere commiſſion, demeurent fermes dans
le lieu dont ils ſe ſont emparez, ſans s'attacher à pourſuivre l'ennemi au-delà des traverſes ; parce que la nuit
empêchant de ſe reconnoître, on y peut rencontrer des
amis qui y font la même maneuvre , & s'entrecharger
comme ennemis : cela arrive preſque toujours dans ces

ſortes

Attaque à dé-
couvert pen-
dant la nuit.

Diſpoſition
des Troupes
pour ce ſujet.

fortes d'operations nocturnes , & principalement dans
celle-cy. Auffi-tôt qu'on juge que ce premier ouvrage eft
fait, on conduit au plus vîte les Travailleurs chacuns de
même fur les parties où on doit faire les logemens, qui
doivent être particulierement fur les angles faillans. Les
Troupes fe tiennent toujours à leurs poftes, jufqu'à ce
que le logement étant parfait, elles fe retirent dedans.
Le Général doit donner fes ordres précis fur toutes ces
chofes à chacun de ceux qui conduifent les parties, qui
les doivent executer : parce qu'il eft moralement impoffible qu'une pareille action foit commife comme les autres aux ordres d'un feul Chef, à caufe de la difficulté
qu'il y a de communiquer d'un pofte à l'autre , & de
celle qu'apporte l'obfcurité. Quoique l'ufage ordinaire
foit de choifir la nuit pour ces fortes d'attaques, & d'a-
voir même la précaution de les commencer dès qu'elle
paroît, afin d'avoir tout fon cours pour l'employer au
travail, fans y être découvert : on prend neanmoins quelquefois le parti de les faire en plein jour, ou à caufe que
le temps preffe , ou parce qu'on en trouve l'occafion par
les avis certains que l'on a reçûs, que l'ennemi s'y tient
mal fur fes gardes, croyant qu'on ne l'attaquera pas à
cette heure extraordinaire & imprévûë. Cela nous arriva
avec quelque forte de confufion à l'attaque que les ennemis nous firent dans la demie-lune à Lille, & dans le
chemin couvert à Bethune : ils ne profiterent que trop
dans ces deux occafions de l'avis que quelques déferteurs
leur avoient donné de notre trop grande confiance.
D'ailleurs, il eft certain que fi le jour n'apportoit avec
foi l'avantage que l'Affiegé reçoit de voir celui qui l'attaque, depuis les pieds jufqu'à la tête, au lieu que la nuit
il ne lui montre que la bouche ou la pointe de fes armes ; on devroit toujours preferer la clarté à l'obfcurité,
pour toutes fortes de raifons : premierement, à caufe des
difficultez que je viens de marquer ; fecondement, afin
que les actions de bravoure & d'experience fuffent re-
marquées. En effet, il eft certain que le principal motif
qui engage les plus braves à faire des actions d'éclat,

Difpofition pour les Travailleurs.

Ordres précis qui doivent être donnez aux Officiers des uns & des autres.

Attaque de jour.

Raifons pour & contre les attaques de nuit & de jour.

c'eſt d'en avoir des témoins oculaires ; tant par l'honneur qu'ils en reçoivent par les applaudiſſemens du Chef, que par les preuves qu'ils donnent aux autres de ce qu'ils ſont capables de faire : il n'y a pas lieu de douter que ſans ces deux motifs de gloire, peu de gens ſeroient capables de chercher celle qu'on ne rencontre que dans ſa propre ſatisfaction. Auſſi, pour peu qu'on s'attache à examiner les operations de nuit, on y remarquera certainement, que tel qui a très-bien rempli ſon devoir, & qui a même été au-delà, lorſqu'on le voyoit faire, n'a rien fait qui vaille, lorſque l'on ne le voyoit pas : cela doit s'entendre particulierement des Soldats ; je l'ai vû en pluſieurs occaſions.

Attentions que doivent avoir les Officiers d'Artillerie pendant cette action.

Pendant les attaques de nuit il n'y a gueres que l'Artillerie qui puiſſe interrompre le feu que l'Aſſiegé fait de ſes remparts ſur ceux qui font le logement, ou qui le ſoutiennent : elle le fait particulierement par un élancement continuel de bombes, & de doubles grenades, à cauſe du danger qu'il y auroit de faire agir le canon ; parce que l'obſcurité pourroit faire que ſes effets nuiroient autant & davantage aux Aſſiegeans qu'aux Aſſiegez. Il eſt cependant aiſé de remedier à cet inconvenient : on peut pour cet effet pointer à la fin du jour toutes les pieces aſſez haut, pour qu'elles portent ſur la crête du rampart, ſans atteindre ceux qui font ſur le glacis ; & avoir ſoin de remarquer la portée de chaque coin de mire, afin de le remettre au même point pour faire d'autres décharges. Mais pour dire le vrai, quelque précaution qu'on prenne pour ce ſujet, rien n'eſt plus dangereux : & comme j'ai été témoin pluſieurs fois du mal que peut cauſer cette incertitude ; je conſeille de ne jamais riſquer une ſeconde décharge, & même de n'employer la premiere qu'avec de très-grandes précautions : ſans quoi il vaut mieux s'en paſſer. Mais cela eſt tout different, lorſqu'on voit clairement devant ſoi : alors non ſeulement l'Artillerie doit tonner de toutes parts, & redoubler ſes coups de telle maniere, que rien n'oſe paroître ; mais auſſi les Troupes de la tranchée, qui ne font point deſtinées pour

Attentions des Troupes neceſſaires pendant la même.

l'attaque, doivent la foutenir par un feu continuel. Ce feu doit être particulierement porté fur les parties qui flanquent l'ouvrage ; & être difpofé de maniere que les affaillans & les Travailleurs n'en puiffent être incommodez. Pour le furplus, la difpofition doit être faite comme de nuit ; excepté qu'il eft inutile d'entrer dans le chemin couvert, parce qu'on peut aifement de deffus la contre-efcarpe brûler ceux qui le gardent, & les contraindre de l'abandonner. Lorfqu'ils l'ont quitté, on peut jetter quelques Troupes dans le tournant, ou tambour des traverfes; elles font là à couvert du feu de la Place, & peuvent par confequent foutenir commodement le travail qui fe fait derriere elles : je me fuis fervi de cette maxime, & je m'en fuis très-bien trouvé, à l'attaque du chemin couvert de l'importante Place dont j'ai parlé.

La feconde maxime de déloger l'ennemi du chemin couvert, eft par le moyen de la fappe, de la maniere que je l'ai expliqué en parlant de la défenfe des Places. La *Attaque par la fappe.* fappe eft le travail qu'on fait à la tête de la tranchée, pour la pouffer au plus près de la Place, fans être obligé de travailler à découvert comme dans les autres travaux dont je viens de parler ; ce qui feroit moralement impoffible, à caufe de la trop grande proximité des ouvrages de la Place, & fur tout du feu du chemin couvert. Ainfi *Sappe ordinaire.* pour aller au but qu'on s'eft propofé, on allonge ainfi la tranchée fans en fortir, en abattant la terre par le bout du boyau : on remplit à mefure de cette terre des gabions, qu'on pofe du côté de la Place, tant pour couvrir les Sappeurs, que pour former le parapet. Comme il n'eft gueres poffible de pouffer ce travail fur les angles de la contre-efcarpe, fans donner dans l'enfilade, c'eft-à-dire, fans que l'ouverture du boyau foit découverte par les parties de la Place qui y flanquent ; on cache la *Neceffité qu'il* vûë de cet endroit avec un gros gabion, couché de plat, *y a de fe fervir* & rempli de fafcines, de maniere que ceux qui travaillent derriere foient à couvert du coup de moufquet. Il faut pouffer toujours ce gros gabion en avant, à mefure que le travail avance : mais fi nonobftant cette efpece d'é-

K kk ij

paulement les Sappeurs font à découvert par l'élévation de quelque ouvrage de la Place ; en ce cas on blinde le *Maniere de l'employer,* deſſus du boyau, c'eſt à-dire, qu'on le couvre avec pluſieurs faſcines ſoutenues par des chaſſis ; & par ce moyen, on eſt à couvert deſſous : il faut obſerver de conduire ce travail en ziczac & non droit ; afin que les redans ou tournans, que cette figure de ſerpent forme, ſe couvrant les uns les autres, on y puiſſe communiquer ſans y être découverts.

Nonobſtant ces précautions, & toutes les autres qu'on peut apporter dans cet ouvrage délicat, il ne laiſſe pas d'être très-dangereux pour ceux qui y ſont employez ; parce que l'Aſſiegé étant ſûr que c'eſt là pour ainſi dire la vague qui doit l'engloutir, il ne manque pas de faire les puiſſans efforts que nous avons détaillez, pour tâcher de la repouſſer. C'eſt pourquoi ſa principale reſiſtance tombant ſans ceſſe ſur cet endroit, ſoit par un feu continuel, ſoit par de frequentes attaques à découvert, ceux qui y ſont ont beaucoup à ſouffrir. Ce travail étant donc conſideré comme très-different des autres, doit être payé à proportion, comme il l'eſt en effet : il faut auſſi obſerver pour avoir une plus ſûre & plus prompte expedition, de n'y employer que des gens de bonne volonté, & non forcez ; on trouve toujours aſſez de ces premiers dans une Armée, ſur tout lorſque l'appas d'un gain conſiderable en fait l'objet. Ce travail demande une activité continuelle, ſans interruption ni jour ni nuit : on doit donc former une ou pluſieurs Compagnies de ceux qui ſe ſont *Compagnie de Sappeurs.* préſentez pour y être admis ; & les faire camper enſemble & non à leurs Corps, avec exemption de tout autre ſervice ; afin de les avoir toujours ſous la main, ſoit pour relever leurs Camarades, ſoit pous remplacer ſur le champ les morts ou les bleſſez. Les Sappeurs qui ſont du Corps de l'Artillerie étant parfaitement inſtruits dans ces ſortes d'ouvrages, doivent de même y être employez : mais comme le nombre qu'il y en a dans chaque Bataillon de ce Corps ſeroit bientôt conſommé, on peut les employer à inſtruire & conduire ces Travailleurs : pour cet effet il faut

tenir avec ces derniers quelqu'uns de ces Sappeurs, lesquels
dans le besoin doivent aussi mettre la main à l'ouvrage.

Les sappes couvertes, dont nous avons parlé à l'artiticle de la défense des Places, ont été très-bien imaginées, pour éviter la plus grande partie des inconveniens que nous venons de marquer : on ne peut donc rien faire de mieux que de s'en servir ; pourvû neanmoins que le longtemps qu'il faut employer à les conduire, ne soit pas d'une consequence plus grande que celle d'épargner le sang qu'il en coute, en prenant la voye plus courte que nous avons marquée. Quoiqu'il en soit, c'est le terrain qui décide ordinairement de la maniere dont on s'y doit prendre pour construire ces sortes de sappes, qu'on devroit plutôt nommer des terriers : si la terre est assez grasse pour pouvoir se soutenir d'elle-même, & qu'il y ait un gazon dessus assez lié pour s'y soutenir sans être supporté ; l'ouvrage en va bien plus vîte, & est beaucoup plus aisé : parce qu'en ce cas il n'y a qu'à pousser la galerie, sans qu'il soit besoin d'autres précautions. Mais lorsque le terrain est graveleux, & qu'il n'y a point de gazon dessus, le travail est bien different : alors il faut poser à chaque pas devant soi des chassis, & toutes les autres choses dont nous avons dit qu'on se sert en faisant les galeries & les rameaux des mines, pour soutenir la terre par le dessus & par les côtez. Cet ouvrage est extrêmement long, telle diligence qu'on fasse ; parce qu'il n'y a qu'un homme ou deux au plus qui puissent y travailler : ainsi je persiste à dire qu'il faut avoir bien du temps de reste pour recourir à ce dernier moyen.

On doit en faisant ces sortes de sappes, avoir l'attention de faire porter fort loin de l'endroit où on les construit la terre qu'on en retire : il faut pour cet effet la faire passer de main en main par une file d'hommes disposez pour ce sujet : parce que si on jettoit les terres auprès, ce seroit le moyen de découvrir à l'ennemi ce travail caché ; & il ne manqueroit pas de s'y opposer, comme nous l'avons dit en parlant de la défense des Places. Ensuite on pousse d'abord le principal rameau droit sur l'angle faillant de la contre-efcarpe : lorfqu'on y eft arrivé, on en ouvre deux autres, l'un fur la droite, & l'autre fur la gauche, pour embraffer les deux faces de la place d'armes. Il faut obferver dans ce travail de faire de petits trous ou foupiraux de diftance en diftance au deffus de la fappe, afin qu'on puiffe voir clair dedans. Cependant fi ces foupiraux pouvoient faire appercevoir l'ennemi de l'ouvrage que l'on fait ; il eft plus à propos dans ce cas de fe fervir de lumiere artificielle, que d'y faire entrer celle du jour. Lorfque cet ouvrage eft achevé, on prendra le temps d'une nuit obfcure, autant que cela fe pourra, pour le découvrir, & pour pofer en même-temps une rangée de gabions fur le côté de la Place. Il faut remplir au plus vîte ces gabions avec les terres en élargiffant le boyau, ainfi que nous l'avons dit;

Avantages qu'elles produifent. & afin que le deffus de la fappe puiffe être enlevé plus promptement, il faut avoir foin de le laiffer le plus mince qu'il eft poffible. Les chofes en cet état, fi l'ennemi pour s'oppofer à leur effet, ne fait pas les efforts que nous avons marquez, le logement eft bien-tôt parfait : en ce cas, on ne doit pas manquer de l'élever affez haut fur la contre-efcarpe, pour que quand le jour viendra l'ennemi en foit vû dans le chemin couvert, & par confequent obligé de l'abandonner ; étant certain qu'il n'y a plus aucun moyen d'y pouvoir demeurer, lorfque ces fortes de logemens font établis fur les angles ; parce qu'ils y flanquent partout.

Si la réfiftance eft telle que celle que j'ai dit que nous avons faite dans Lille en pareilles occafions ; c'eft-à-dire, fi l'on ne peut découvrir la fappe & former la gabionnade, fans s'expofer aux dangers que nous y avons tant de fois caufé ; on peut fans fe découvrir forcer l'ennemi

Maniere de furmonter les difficultez que l'ennemi y oppofe. à la même néceffité, en approchant le boyau fi près de la contre-efcarpe, qu'on puiffe avec une efpece de tariere percer la terre qui eft entre lui & le chemin couvert, de forte qu'en paffant les armes par ces ouvertures, on puiffe en mettre le bout dans le ventre de ceux qui font derriere les paliffades : nous éprouvâmes l'effet

de ce nouveau stratagême dans le chemin couvert de la
Citadelle de Lille ; & nous fûmes par là contraints d'en
déloger, après neanmoins avoir opposé à ces coups im-
prévûs les chicanes que j'ai marquées : mais comme de
quelque maniere qu'on aille à la sappe, il est certain que
si l'ennemi a construit des mines sous les angles attaquez,   Précautions
il ne manquera pas de les faire joüer aussi-tôt qu'on se   contre les mi-
sera logé dessus ; on ne doit pas manquer aussi-tôt qu'on   nes.
juge qu'on en peut être à portée, de faire des puits, ou
quelques galeries bien enfoncées, pour tacher de les dé-   Contre-mines,
couvrir, & de les éventer. Si l'on n'a pas cette attention,
on a fort à souffrir, non seulement par la crainte où l'on
est sans cesse d'être interrompus par les effets de ces dangereux ennemis souterrains ; mais aussi par le danger qu'il
y a que ces mêmes effets ne culbutent les batteries qu'on
établit dessus. Ces inconveniens produisent un embarras
infini, & quelquefois de si grands, qu'ils causent seuls le
renversement de l'entreprise : c'est ce qui nous arriva devant Rinfelde.

Après que l'ennemi a été chassé de toutes les parties   Descente dans
du chemin couvert qui est opposé à l'attaque, on fait   le fossé.
avancer les batteries jusques dessus la contre-escarpe,
d'où elles ont bien-tôt mis le corps de la Place en poudre. En même-temps on travaille diligemment à faire la
descente dans le fossé, par le moyen de plusieurs galeries souterraines : ces galeries doivent aboutir à fleur d'eau,
s'il en est rempli ; & à son terre-plain, s'il est sec. Il faut   Déssecher le
dans le premier cas avoir soin de faire des rigoles, ou   fossé.
autres épanchemens necessaires, pour tâcher d'en retirer
les eaux ; ou si la situation ne le permet pas, on doit le
combler à force d'y jetter des fascines, des sacs pleins   Passage du
de terre, des clayons, & de tout ce qui peut servir à le   même.
remplir. Comme on est delà très à portée de reconnoître l'état des brêches, on doit aussi-tôt que le fossé a été
rendu praticable, examiner de près si elles sont accessi-
bles. Dans ce cas, on doit rendre praticable le chemin
qui y conduit, & lui donner le plus de solidité qu'il est
possible : il faut pour cet effet l'assurer par le moyen des

pieux & des madriers, ou de forts clayons, de manière qu'il ne puisse être ébranlé, & encore moins rompu par la foule & le tumulte de ceux qui y passeront pour aller à l'assaut. Si les brêches ne sont point en état, & qu'on juge que l'effet des mines puisse plutôt les y met_ tre, que celui de l'Artillerie; on assurera de même le pas_ sage des Mineurs, pour qu'ils puissent s'aller attacher aux endroits qui leur seront marquez : pour cet effet on

Galerie pour ce sujet. construit des galeries couvertes, composées de charpen_ te préparée pour cet usage, & qui ont dû être dressées au Parc de l'Artillerie par ceux à qui appartient ce dé_ tail, dont nous avons parlé à l'article de ce Corps : ou

Attacher le Mineur. on creuse des puits, du fond desquels on fait partir des rameaux, qu'on pousse ordinairement par dessous l'eau, sous les angles des ouvrages ; je l'ai vû pratiquer à quel_ ques Sieges : la conduite de ces rameaux se fait comme je l'ai dit en parlant des mines. Il est constant que ces

Difference qu'il y a entre les fossez secs, ou ceux qui sont pleins d'eau, par rap_ port à leur force. sortes de maneuvres sont beaucoup plus aisées à executer dans les fossez secs, que dans ceux qui sont pleins d'eau: mais comme il est sûr aussi que l'Assiegé peut bien plus aisément s'y opposer, l'un revient à l'autre : & comme l'experience m'a montré que le passage d'un fossé sec étoit plus aisé à défendre que l'autre, ainsi que je l'ai marqué, je crois pouvoir conclure, que l'un ou l'autre doit au moins être indifferent à l'Assiegeant.

Quand le passage est bien établi, & que l'effet de l'Ar_ tillerie ou des mines a rendu praticable la brêche de la demie-lune, ou d'autre ouvrage détaché ; on se prepare à

Considera_ tions necessai_ res, avant que de donner l'as_ saut à un ou_ vrage déta_ ché. y donner l'assaut. Avant que de s'y présenter, on doit exa_ miner avec grande attention, si le passage est en effet solide, & si la brêche est assez ouverte, & le talus que son dé_ combre a formé assez épanché, pour qu'on puisse y mon_ ter jusqu'en haut, & entrer même dans l'ouvrage, sans qu'il y ait d'autre inconvenient que la résistance des hommes qui le défendent. Cet examen est du détail des Ingenieurs ; ils doivent donc s'y employer de manière, qu'on n'ait pas à leur reprocher le mauvais succès d'une pareille entreprise : je l'ai vû arriver deux fois ; la pre_
miere,

miere, parce que la digue de fascines, qui étoit sur l'eau,
ayant été mal construite, se rompit quand la moitié des
Troupes qui alloient à l'assaut furent passées ; le reste
n'ayant pû suivre, on peut juger de l'effet que cela produisit : la seconde fois, parce que quand on fut arrivé
au bas de la brêche, on trouva que l'Assiegé en avoit si
bien retiré le décombre , que se trouvant sept ou huit
pieds de maçonnerie à pic , il fut impossible de pouvoir
aller plus loin. Ces fautes sont d'autant moins pardonna-
bles, qu'il n'y a qu'une grande poltronnerie de la part
de ceux qui sont chargez d'y veiller qui les puisse causer. M. le Maréchal de Vauban avoit une si particuliere
attention sur cela, qu'il n'exposoit jamais les Troupes à
aucunes de ces sortes d'attaques , qu'il n'eût vû par lui
même , si aucun de ces inconveniens ne s'y pouvoit rencontrer : son terme ordinaire pour exprimer ce qu'il en
pensoit, étoit de dire, *cela est meur*, ou *cela ne l'est pas* : aussi
quand il avoit prononcé ce premier mot, on y pouvoit
marcher avec confiance ; & quand il prononçoit l'autre,
on attendoit cette maturité necessaire , & sans laquelle
en effet on recule plutôt les affaires , qu'on ne les avance ; attendu que l'impossible est au dessus des forces humaines.

Maxime de
M. de Vauban
sur ce sujet.

Quoi qu'il en soit, présupofant, qu'on aura eû les précautions que je viens de marquer, & qu'il ne s'agit plus
que d'employer la valeur & la force, pour s'emparer d'un
ouvrage détâché ; on fera agir le nombre de Troupes convenable à la force de ce poste. Il faut observer
de faire soûtenir les Assaillans par d'autres , à mesure qu'il
est necessaire ; afin que la superiorité en nombre , que
l'on a toujours lorsqu'on assiege, prévaille dans cette occasion, comme dans toutes les autres. On tient en même temps un nombre de Travailleurs tout prêts , pour
aussi-tôt que l'ouvrage aura été emporté , y faire le logement. On dispose aussi en même temps les Troupes
de la tranchée de maniere , qu'elles puissent porter un
feu continuel sur toutes les parties du corps de la Place,
qui flanquent ces ouvrages ; afin de diminuer par ce

Disposition
pour cette ac-
tion.

moyen l'aide qu'elles peuvent porter à la partie attaquée, soit sur ses faces, soit dans son terre plain, quand il est question d'y faire le logement. Pour cet effet l'Artillerie doit aussi redoubler ses coups, & employer une partie du temps qui précede l'action, à brûler de telle maniere l'ennemi qui est dans le poste qu'on a en vûë, qu'il se trouve comme accablé, quand il sera question de le deffendre. Ensuite il n'y a plus qu'à laisser agir la valeur des Assaillans, laquelle ne se doit pas refroidir par la vivacité d'une premiere resistance : au contraire ils doivent s'animer davantage, & jusqu'au point de mourir plutôt que de ne la pas surmonter.

Logement sur la brèche.

Cependant si cette resistance étoit telle que je l'ai representée, en parlant de la deffense des Places, & qu'il fallût par conséquent se réduire à un logement sur la brèche, faute de pouvoir aller plus loin ; on doit le faire, & tâcher que ce soit sur la crête, s'il est possible ; parce qu'en se logeant sur le decombre, on y est exposé aux incommoditez que j'ai marquées, jointes à ce qu'on y est découvert par les deffenses du corps de la Place, lesquelles si elles ne sont pas bien ruinées, y peuvent porter de terribles coups. Enfin comme en retournant de là à la charge, soit après avoir repris haleine un peu de temps, soit après en avoir employé davantage à s'ouvrir un chemin plus aisé, on se rend le maître de l'ouvrage ; aussi tôt qu'on y est entré, & que l'ennemi en a été chassé, on doit faire les perquisitions que j'ai marquées, pour tâcher de découvrir la fusée de la mine : mais cette perquisition doit se faire sans trop en marquer la conséquence, surtout aux Soldats ; parce qu'il y auroit certainement fort à craindre que les plus braves n'en fussent ébranlez. On travaille ensuite le plus diligemment qu'il est possible à faire le logement, avec les communications necessaires, pour que ce poste fasse corps avec la suite de la tranchée.

On doit tâcher de découvrir la fusée de la mine.

Logement dans l'ouvrage.

Ordinairement, quand les ouvrages de dehors sont emportez, le Gouverneur de la Place, qui ne veut pas s'exposer à l'évenement d'un assaut général, demande

à capituler. Lorſqu'un Gouverneur en vient à cette extrémité, qui eſt auſſi mortifiante pour l'Aſſiegé, qu'elle
eſt agréable pour l'Aſſiegeant, il a ſans doute ſes raiſons, ainſi que nous l'avons expliqué : le Général Aſſiegeant doit donc avoir auſſi les ſiennes, pour lui accorder une Capitulation plus ou moins ſatisfaiſante, ſuivant
la force de ces mêmes raiſons. Par exemple, s'il eſt bien
informé que la garniſon manque abſolument de ce qui
lui ſeroit neceſſaire, pour pouvoir faire une plus longue
reſiſtance ; il doit ſans difficulté lui impoſer les conditions toutes les plus dures, comme de la demander pri-
ſonniere de guerre, ou même à diſcretion. Mais il faut
pour cela être, comme je l'ai dit, bien ſûr que ſon extrémité ſoit telle, qu'il ne lui reſte aucune reſſource, qui
puiſſe lui donner le moyen de faire de nouveaux efforts,
pour tâcher de ſe procurer un meilleur ſort : ſans cette
certitude, il pourroit bien arriver que le bien qu'on a re-
fuſé de prendre, parce qu'on a chicanné ſur la forme de
s'en emparer, s'échaperoit ſans retour, non-ſeulement
par les effets que le deſeſpoir peut produire, dont il y a
une infinité d'exemples, mais auſſi, parce que l'occaſion
que trop de rigueur fait perdre, peut fort bien donner
celle de venir au ſecours : cela eſt auſſi arrivé pluſieurs
fois, & notamment à Oſtalriq. M. de la Reinterie qui commandoit pour nous dans cette Place, ayant été forcé de
demander à capituler, & n'ayant eû d'autre réponſe, que
celle que je viens de marquer ; il prit une réſolution digne de lui, laquelle donna le temps à notre Armée de
ſurvenir, & de faire lever honteuſement le Siege de cette
Place aux Eſpagnols, qui virent par ce moyen la conquête qu'ils avoient été les maîtres de faire, changée en l'objet de leur confuſion. C'eſt donc pourquoi, il eſt quelquefois bon de ne ſe pas trop fier aux apparences. Enfin
il eſt toujours plus ſûr de s'aſſurer une conquête certaine, en relâchant un peu des choſes dont on pourroit avoir
beſoin à ſon tour, que de la mettre au hazard par une
obſtination à ne vouloir s'en emparer, que ſous des conditions qui ne font rien à la choſe. Il me ſouvient à cette

Reflexion
que le Géné-
ral doit faire,
lorſque le
Gouverneur
demande à ca-
pituler.

On ne doit
pas uſer de
trop de ri-
gueur.

Exemple.

occafion d'avoir oüi dire à un de nos Généraux, en pareille rencontre, que *quand on obtient ce qu'on aime, il n'importe à quel prix.*

Mais comme il peut arriver, ce qu'on ne voit prefque plus, qu'un Gouverneur deffende fa Place jufqu'à l'extrémité que j'ai marquée, en parlant de ces fortes de deffenfes ; & qu'il faille par confequent fe difpofer à donner l'affaut au corps de la Place : on fait pour ce fujet en grand ce que nous venons de marquer en petit, pour l'attaque des ouvrages détachez. Alors il faut redoubler les efforts & l'attention ; parce qu'il s'y agit de tout. On doit avoir foin furtout de rendre les brêches fi pratiquables , qu'il ne s'y rencontre d'autre oppofition que celle des hommes. Si une premiere attaque eft reçûe de maniere qu'on ne puiffe entrer dedans la Place ; on peut, comme je l'ai dit , fe loger fur la crête de la brêche , ou fur fon décombre : mais cependant , fuivant mon avis, on ne doit pas s'en tenir à fi peu de chofe dans cette action confiderable ; au contraire , on doit à quelque prix que ce foit , s'emparer au moins de l'ouvrage qu'on attaque, qui eft ordinairement un baftion, & s'y loger. S'il fe trouve un retranchement derriere, tel que nous l'avons dépeint, & qui empêche par confequent d'aller plus loin ; on peut après que le logement eft fait dans l'ouvrage , y amener l'Artillerie, pour battre le retranchement , fuppofé que les Affiegez s'obftinent à en attendre les effets ; & enfuite il faut l'attaquer de toutes fes forces. Mais il n'y a gueres d'exemples qu'un Gouverneur ait ofé s'expofer à cette extrémité : au contraire , ceux qui pouffent le plus loin leur deffenfe, ne fe fervent de cette derniere reffource, que pour pouvoir obtenir une Capitulation après que toutes les autres reffources font épuifées. Dans ce cas, on eft en état de porter les conditions bien haut : néanmoins , il faut encore prendre garde aux confequences que j'ai marquées ; parce qu'on ne tient rien qu'on n'ait le tout, & que fi dans cette fituation auffi bien que dans les autres , l'ennemi furvenoit dehors avec des forces fuperieures , on feroit contraint de lever le Siege tout de même que s'il ne faisoit que de commencer.

Si au lieu de rencontrer toutes ces difficultez, on n'en a trouvé aucunes qu'on n'ait surmontées ; & si l'on est par conséquent les maîtres d'entrer dans la Ville, on doit surtout ne le faire que pour pour y suivre l'ennemi, jusqu'à ce qu'il ait entierement subbi la loi du Vainqueur. Il faut donc empêcher de toutes ses forces, que les Soldats, au lieu de s'attacher à ce point essentiel, ne courent au pillage, & ne s'exposent à un nouveau combat, que les Habitans ne manquent pas de leur livrer pour s'en garentir. De plus il faut faire attention, qu'en permettant un pareil sacagement, il se trouve à la fin, qu'au lieu d'avoir fait une conquête qui puisse procurer la satisfaction d'avoir une bonne Ville, & des Sujets de plus, on n'est au contraire les maîtres que d'un objet d'horreur, dont le ressouvenir qui en demeure aux malheureux Habitans, sert dans suite à en faire des Ennemis irreconciliables ; au lieu qu'on en auroit peut-être pû faire des Sujets affectionnez.

On doit empêcher le pillage.

Présupposant, qu'au lieu de tout ce que nous venons de marquer, la Place se soit renduë dans un temps, où on n'aura pû raisonnablement se dispenser d'accorder à la garnison les honneurs de la guerre, avec d'autres conditions telles que nous les avons marquées dans les regles que nous avons données pour les Capitulations : on s'empare d'abord de la porte, qui doit être cedée de la maniere que nous l'avons dit au même endroit. On envoye à cette porte un détachement du plus ancien Regiment d'Infanterie : cet honneur lui appartient de droit ; il a aussi celui d'entrer dans la Place à la tête de la garnison, pour fornir les premieres gardes à toutes les portes, après quoi ceux destinez pour y demeurer les relevent, & ce premier Regiment s'en retourne au Camp. * J'ai aussi détaillé ce qu'on doit observer le jour que la garnison doit sortir ; je ne le repeterai donc point icy : j'ajouterai seu-

Maniere de prendre possession de la Place par capitulation.

* On avoit autrefois la maxime de mettre en garnison dans la Place conquise, les Regimens qui avoient manqué à leur devoir pendant le Siege : mais cela ne se pratique plus.

lement, qu'un Général Vainqueur ne doit jamais fausser la parole qu'il a donnée, quand même elle ne seroit pas écrite ; & par conséquent beaucoup moins encore, quand sa foi est engagée par une convention marquée. Comme c'est dans le moment de l'évacuation d'une Place, qu'il a l'occasion la plus aisée de l'enfreindre, c'est-là où il doit être le plus religieux à l'observer ; premierement, parce que son honneur y est engagé ; secondement, parce que lorsqu'on y manque, les répresailles ne manquent pas d'être employées à la première occasion, que les offensez en trouvent : j'ai été témoin d'un exemple de cela digne d'être rapporté icy.

Le Gouverneur qui commandoit pour le Roy dans la Place de Carmagnole en Piedmont, y ayant été assiegé, & contraint de capituler ; la garnison se mit en devoir de sortir avec les honneurs de la guerre, conformement aux articles de la Capitulation, laquelle avoit été ratifiée dans toutes les formes par les deux Généraux des Armées ennemies. Les Troupes de cette garnison, entre lesquelles étoit un Bataillon du Regiment d'Alsace, passant entre les deux hayes de Troupes, ques les Ennemis avoient formées pour les voir défiler, furent nonobstant la foi promise presque toutes enveloppées, & ensuite désarmées & même dépoüillées ; de sorte que lorsqu'elles arriverent à notre Armée, où elles vinrent plutôt en fuyant à la débandade, qu'avec ordre, elles ressembloient plus à une Troupe échappée d'un carnage, qu'à une Garnison, qui s'étoit fait accorder par son honnorable deffense les conditions que nous avons marquées : le Bataillon d'Alsace surtout étoit fort délabré ; ils ne s'étoient pas contentez d'ôter les armes & habits comme aux autres, ils avoient enlevé violemment les hommes mêmes, sous pretexte qu'ils étoient Allemands. On eut beau faire sur cela les representations necessaires au Général Piedmontois, on en eut pour toute réponse, que c'étoient les Allemands Imperiaux, dont il n'étoit pas le Maître, qui avoient commis ce désordre : quand on porta les mêmes plaintes au Général Allemand, il répondit aussi pour s'en difculper, que c'étoient les Piédmontois qui avoient commis cette infraction, à laquelle il n'avoit point eû de part. Comme il n'y avoit point d'autre parti à prendre dans ce temps-là, que celui de la patience, parce que nos ennemis avoient pour ainfi dire le vent en poupe ; il fallut de neceffité attendre l'occafion favorable de s'en revancher. Cette occafion fe trouva complette à la prife de Barcelonne, & avec d'autant plus de fatisfaction pour nous, & même de juftice, que les mêmes Allemands Imperiaux fe trouverent dans cette Place, & les mêmes Allemands François étoient des Troupes qui l'affiegoient : de forte que nos Allemands ayant plufieurs fois crié aux autres pendant le cours du Siege, qu'ils auroient leur revanche de Carmagnole ; le Prince d'Armeftat, qui commandoit les Imperiaux, en ayant été informé, demanda lorfqu'il fut queftion de capituler, que M. de Vandôme lui donnât fa parole pofitive, que nonobftant tout fujet de reprefailles, il ne feroit fait aucune infulte à fes Troupes, lorfqu'elles pafferoient entre les lignes de notre Armée. Cette condition lui fut accordée au grand déplaifir des nôtres. Mais comme il y a des moyens de s'aquitter de pareilles dettes, fans manquer à la parole donnée, ce Général en eut bien-tôt trouvé un : il fit travailler fi lentement au pont fur lequel la garnifon devoit paffer l'Ebre, que ne s'étant pas trouvé en état lorfqu'elle s'y préfenta, elle fut obligée de camper en deçà : de forte que comme ils avoient paffé entre nous avec la fûreté qu'on leur avoit promife, & que par confequent on étoit quitte avec eux fur ce point ; on ferma les yeux fur ce qui fe pouvoit paffer dans la fuite. Nos Allemands donc, qui étoient au nombre de huit Bataillons, étans allez vifiter leurs Compatriotes, les emmenerent prefque tous ; ils furent aidez en cela par un pareille nombre de nos Suiffes, lefquels à caufe de la conformité du langage, voulurent auffi avoir leur part du butin. Ce butin fut fi confiderable, que tous les Bataillons s'en rendirent complets ; & cela d'une maniere affez furprenante, puifqu'il ne fut befoin d'aucune violence pour ce fujet : au contraire les Imperiaux y ve-

noient prefque d'eux-mêmes. On peut bien juger que
ces Meilieurs ne manquerent pas de venir à leur tour
porter leurs plaintes ; ils le firent même avec beaucoup
de vehemence : mais comme le vent avoit changé, on leur
répondit à peu près fur le même ton , que c'étoient les
Allemands qui avoient commis ce défordre , & que comme il étoit arrivé fans violence, & que par conféquent il
pouvoit être confideré comme une défertion de leurs Troupes, on n'avoit en les recevant rien fait qui ne fût fuivant
les loix de la guerre;& ainfi finit le retour de Carmagnole,
lequel coûta aux Ennemis le centuple au-delà de ce qu'ils
avoient pris en manquant à leur parole. Je répéterai donc
qu'il faut toûjours obferver religieufement ce dont on eft
convenu , & furtout entre Chrêtiens : ces fortes d'infra-
ctions ne doivent avoir lieu que dans les guerres qu'on
appelle de Turc à Maure. J'ajoûterai encore , que nous ne
fommes pas tout-à-fait exempts de ce blâme ; & que fi on
eût renvoyé les garnifons de Dinx , & de Diximude conformement au Cartel qui étoit établi, il eft bien fûr que
les Ennemis n'auroient pas arrêté M. le Marêchal de Bouflers, quand il fortit de Namur.

Auffi-tôt que la garnifon eft fortie, on travaille à combler les Tranchées , de crainte que l'Ennemi furvenant,
Combler les
tranchées, quoique trop tard, ne puiffe fe fervir de ces mêmes travaux,
pour reprendre la Place. Enfuite on répare les brêches,
on remet en bon état toutes les parties de la fortification, qui ont été endommagées , & on les augmente s'il
eft néceffaire. Pendant ce temps-là, l'Armée doit demeurer dans la même fituation, fans s'en écarter que l'ouvrage ne foit parfait. Lorfque tout eft bien rétabli , on
rafe & on comble les lignes de Circonvalation, & de Contrevalation ; & en même temps on met dans la Place une
garnifon, & des provifions fuffifantes pour la deffendre
en cas de Siege. L'Armée peut après cela aller faire une
autre conquête, ou fe repofer dans quelque bon Camp,
fuivant que le temps & l'occafion le permettent : mais il
faut furtout obferver de deffendre fous de rigoureufes
peines de mettre le feu au Camp ; attendu qu'il peut s'y
rencontrer

rencontrer une infinité de chofes qui peuvent être d'un grand fecours pour la Garnifon, comme bois, fourrages, &c.

Lorfque la Place qu'on veut affieger eft maritime, l'opération eft beaucoup plus difficile ; parce qu'on a de plus un élement à combattre, dont l'inconftance peut expofer à une infinité de dangers & d'inconveniens, que la force humaine ne fçauroit furmonter. La principale difficulté fe rencontre d'abord dans l'inveftiture : elle doit être concertée entre les deux Généraux, de maniere qu'elle foit faite le même jour & en même-temps s'il eft poffible ; parce que fi l'une des deux Armées arrive avant l'autre de quelques jours; fuppofé que ce foit celle de Mer, l'ennemi profite du paffage qui demeure ouvert par terre, pour fe pourvoir de tout ce qui lui eft neceffaire ; & il en ufe de même, fi la mer lui demeure ouverte. Cependant, comme cette arrivée à point nommé eft tout-à-fait incertaine, à caufe du peu de fonds qu'il y a à faire fur la navigation ; l'Armée de terre ne doit abfolument point s'approcher la premiere de la Place : au contraire, cette approche lui étant toujours poffible, elle doit attendre que celle de mer ait mouillé, & formé l'inveftiture de fon côté, avant que de la faire du fien. La raifon en eft fenfible : quoiqu'on marche à vûë de l'Armée Navale, & qu'il femble par confequent qu'aucune difficulté ne l'empêche de faire fa maneuvre ; un coup de vent peut tout d'un coup la lui rendre abfolument impoffible, & l'obliger même de s'écarter fi loin de l'objet prémedité, que ne pouvant y revenir de longtemps, l'Armée de terre foit contrainte de fe retirer avec honte, & quelquefois avec la confufion d'être mal menée dans fa retraite : nous en avons vû un exemple la premiere fois que nous voulûmes affieger Barcelonne, fous les ordres de M. de Noailles. Tout étoit prêt pour ce Siege, & les avantages que nous avions remportez fur l'ennemi pendant la Campagne, tant au Combat du Ther, dont j'ai parlé, que par la prife de Palamos & de Gironne, nous donnoient pour ainfi dire fi beau jeu, que perfonne ne doutoit d'un

succès prompt & certain. Cependant avec de si belles apparences, une tempête qui survint ayant jetté notre Flotte de la vûë de la Place sur les Côtes de Barbarie, &
l'ayant mise dans un si grand desordre, qu'à peine pût elle se
retirer par portions de cet endroit dans nos Ports de Provence ; nous fûmes contraints d'abandonner l'entreprise,
& de la remettre à une autre année, laquelle nous fut
plus fovorable sous les ordres de M. le Duc de Vandôme,
ainsi que je l'ai dit. Le même inconvenient est arrivé
depuis à la Flotte qui étoit destinée pour le Siege de Rose,
d'où s'ensuivit même, outre le coup manqué, une perte
très-confiderable. Ainsi on doit conclurre, que c'est absolument de la mer que l'Armée de terre doit prendre
l'ordre dans ces sortes d'occasions.

Présupposant que les difficultez que je viens de marquer ne se soient point rencontrées, & que l'investiture
ait été bien formée de l'une & de l'autre part ; l'Armée
de mer doit ayder celle de terre de tout ce qu'elle peut
débarquer, sans neanmoins se dégarnir de ce qui lui est
necessaire pour pouvoir faire tête à une Flotte ennemie,
qui pourroit survenir. Comme les Troupes de la Marine
& des Galeres agissent conjointement dans ces occasions
avec celles de terre, on verra à leurs articles le rang que
leurs Officiers généraux & particuliers y tiennent, de
même que celui de ceux de leur Artillerie ; avec les differens services de ces Corps, lesquels méritent à bon titre une explication séparée.

Des Blocus.

Nous avons dit, en parlant de la défense des Places,
qu'une résistance vigoureuse & obstinée pouvoit quelquefois obliger l'Assiegeant de convertir le Siege en Blocus : mais outre cette raison, qui peut en effet y contraindre, il y en a une autre qui peut y engager de dessein prémedité ; c'est celle de vouloir prendre une Place
par famine, en la bloquant de maniere que rien n'y pouvant entrer, elle soit contrainte de se rendre quand ses

vivres feront confommées. Pour faire une pareille entreprife, il faut être fûr que dès le jour qu'on la commence, l'ennemi manque de quelque chofe d'effentiel ; parce
que fi une Place étoit bien pourvûë de toutes chofes ,
l'économie avec laquelle un Goüverneur en ufe dans ces
fortes d'occafions, lui donneroit le moyen de tenir fi
long-temps, que l'ouvrage deviendroit auffi difficile pour
ceux qui bloquent, que pour ceux qui font bloquez. On
en a vû une preuve certaine dans les fameux Blocus d'Of-
tande, de la Rochelle & de Barcelonne, où ceux de dehors n'eurent gueres moins le temps de s'ennuyer que
ceux de dedans, quoique ces derniers fuffent réduits à
des extrêmitez , qui font rapportées dans l'Hiftoire de
ces temps avec des circonftances fi étonantes , qu'elles
ne laiffent aucun lieu de douter de ce que les hommes
font capables d'entreprendre , quand le défefpoir même
n'eft pas au-deffus de leur conftance. Mais fans aller chercher une infinité d'autres exemples, que l'Antiquité rapporte, des differens effets que les Blocus ont produits ;
je crois devoir parler de celui dans lequel je me fuis
trouvé : fi je n'ai pas vû dans ce Blocus une conftance
pareille à celle des Garnifons què je viens de citer, laquelle fut d'un plus long cours, du moins y ay-je eu une
preuve du peu de fonds que l'on doit faire fur la fureté
du fuccès.

Les Efpagnols bloquerent Oftalricq dès la fin de la
Campagne, parce qu'étant informez qu'il y avoit peu
de vivres, & qu'il étoit impoffible à notre armée d'y en
faire entrer, ils efperoient s'en rendre bien-tôt les maîtres, fans pour ainfi dire coup férir. M. de Vauffé notre
Gouverneur, ayant auffi-tôt jugé quel étoit leur deffein,
commença d'abord par mettre tous les habitans dehors, fans en excepter aucuns , pas même les Religieux, dont il ne garda qu'un feul pour nous dire la
Meffe. La fortie de tous ces habitans forma un fpectacle
tout à fait digne de pitié : en effet ces pauvres gens fe
trouverent entre deux feux, lorfqu'ils voulurent fortir
de la Ville ; l'un de la part des Efpagnols, pour les em-

Reflexions
qu'on doit fai-
re avant de les
commencer.

Incertitude du
fuccès.

Exemples.

pêcher de sortir ; & l'autre de notre part, pour s'oppofer à leur rentrée. Cet évenement montre autant qu'aucuns de ceux que j'ai citez, à quelles extrêmitez les peuples font expofez en temps de guerre. On fit enfuite une
jufte eftimation des provifions qui étoient dans cette Place, pour pouvoir les faire durer trois mois, dans l'efperance d'être fecourus pendant cet intervale : ces provifions confiftoient uniquement en farine ; il n'y avoit ni
chair, ni boiffons. Suivant cette eftimation, on trouva
qu'on pouvoit donner deux rations à chaque Officier,
& une à chaque Soldat : mais comme on vit que près
de deux mois s'étoient écoulez, fans aucune apparence de
fecours, & fans même recevoir aucunes nouvelles que par
des ftratagêmes, qui coutoient fouvent la vie à ceux qu'on
y expofoit ; on réduifit les rations à moitié, & enfin au
quart. Ces provifions fe trouverent enfin prefque confommées ; il ne nous en reftoit plus que pour trois jours :
il fut queftion alors de voir quel parti on prendroit, foit
pour rendre la Place par Capitulation, foit pour s'ouvrir un paffage pour en fortir, en forçant un des poftes
ennemis, qui pût nous mettre en état de nous jetter dans
les montagnes, & de fe fauver chacun de fon mieux.
On affembla fur cela le Confeil de Guerre, où tous d'une
commune voix convirent, que plutôt que de fe rendre
prifonniers de guerre, ou même à difcretion, comme
les ennemis le vouloient, il falloit fe porter à quelque
extrémité telle qu'elle fût, fans confiderer aucuns dangers. Cet avis ayant prévalu, on commençoit de fe préparer à l'executer, & on difpofoit pour cet effet les chofes neceffaires, tant pour encloüer nos canons, que pour
laiffer des mêches allumées dans les magafins à poudre,
pour qu'elles y miffent le feu quand nous ferions partis,
lorfque par bonheur un Capitaine de nos Miquelets,
dont nous avions huit Compagnies, trouva le moyen de
faire rendre au Gouverneur une lettre, qui lui étoit adref-
fée par M. de Vandôme ; il s'étoit fervi pour rendre cette
lettre d'un ftratagême étonnant, mais dont le détail feroit trop long, pour avoir place ici : ce Capitaine fe nom-

moit Villemarie. Nous fûmes bien étonnez de voir cette lettre signée de la main de M. de Vandôme, que nous ne sçavions nullement être dans ce pays : elle étoit conçûë en ces termes.

Le Roy m'ayant fait l'honneur de me choisir pour commander ses Armées de Catalogne, je suis arrivé icy avec l'intention d'y rétablir les affaires : pour cet effet je n'aurois pas manqué de marcher aussi-tôt au secours de la Place où vous commandez, s'il ne m'eût manqué plusieurs des choses les plus necessaires pour le faire avec succès ; mais comme j'espere que dans quinze jours au plus tard, je serai en état de surmonter les plus grandes difficultez, je vous prie de faire tous vos efforts pour tenir jusqu'à ce temps-là ; vous assurant que je n'oublierai rien de ce qui dépendra de moi, pour que Sa Majesté reconnoisse vos importans services, ainsi que ceux des Officiers de votre Garnison.

On peut juger que la joie que nous ressentîmes à la reception de cette lettre, fut bien-tôt changée en une extrême douleur, quand nous en eûmes vû le contenu. En effet la proposition étoit si fort au-dessus de nos forces, n'ayant nul moyen de multiplier ce peu qui nous restoit, lequel pouvoit à peine nous conduire trois jours, comme je l'ai dit ; que nous nous regardions les uns les autres, sans qu'aucun eût la force de dire un seul mot, quand un Capitaine du Regiment de Lorraine, dont je suis bien fâché d'avoir oublié le nom, rompit le silence, pour faire une proposition des plus hardies, dont on ait parlé sous le regne précedent : il nous dit qu'il étoit persuadé qu'on pourroit tenir ce temps-là, & même au-delà, si on vouloit profiter de l'occasion que les bleds mûrs, qui étoient proche de nos glacis, nous donnoit : qu'il falloit faire une sortie avec la moitié de nos Troupes, pour chasser les ennemis des postes qu'ils occupoient auprès de cet endroit ; & employer l'autre à couper du bled, & à en entrer le plus qu'il seroit possible dans la Place, se contentant de l'apporter d'abord sur la contre-escarpe, afin d'avoir moins loin à le transporter, & de pouvoir par consequent en prendre davantage.

Comme ce parti étoit en effet le seul qu'il y eût à prendre, tout le monde convint qu'il le falloit suivre : mais quand il fut question de faire la disposition pour l'executer, on eut lieu d'abord de penser, que cette proposition avoit beaucoup de ressemblance avec celle du grelot de la Fable. En effet on trouvoit des difficultez qu'on croyoit insurmontables, surtout pour chasser les ennemis de leurs postes, & y demeurer assez longtemps, pour qu'on eût celui de faire ce que j'ai dit. Cependant, comme la necessité fait passer par-dessus tout, & qu'il ne s'en peut gueres rencontrer de plus pressantes que celle où nous étions ; on laissa toutes les considerations qui auroient pû avoir lieu dans une autre occasion, & on ne s'occupa que de celle qui pouvoit faire réussir le projet. Pour ne point perdre de temps, lequel en effet étoit trèscher, on disposa sur le champ toutes choses pour en profiter : mais ce qui pensa d'abord déranger toutes nos mesures, c'est que quand il fut question d'assembler tous nos Travailleurs, on s'apperçut qu'on n'avoit aucun des outils necessaires pour faire cette moisson : de sorte que pour ne pas demeurer en si beau chemin, il fallut avoir recours aux serpes, aux couteaux, & autres semblables instrumens trèspeu propres pour un pareil ouvrage. Enfin, considerant que le pis qui pouvoit arriver étoit de perdre une partie de notre Garnison, & que par ce moyen nous pourrions avec l'autre tenir un peu plus longtemps, nous sortîmes, & fûmes attaquer trois postes des ennemis, qui étoient chacun sur une hauteur du côté où étoit notre objet. Après avoir renversé les ennemis, nous fîmes ferme dans les mêmes endroits ; & en même-temps nos Moissonneurs s'employerent avec tant d'ardeur au travail, que chacun d'eux portant au plus vîte sur la contre-escarpe sa brassée, à mesure qu'il l'avoit coupée, on y vit bien-tôt un monceau considerable de bled. Nous eumes même tout le temps de l'augmenter ; parce que les ennemis ne découvrirent point de quoi il s'agissoit : ils crurent au contraire que notre dessein étoit d'abandonner la Place, comme je l'ai dit, & comme quelques déserteurs les en avoient apparemment informez; ainfi ils coururent au plus vîte s'emparer des paffages qui pouvoient fervir à nous faciliter cette entreprife, au lieu de venir nous débuf- quer de nos poftes, comme ils le pouvoient faire aifé- ment, & par confequent rendre nos efforts inutiles. Nous eûmes donc près de trois heures à nous, avant qu'ils fe fuffent apperçû de notre manœuvre : ainfi nous entrâmes tant de bled, que non feulement nous en eûmes affez pour attendre le fecours, mais même beaucoup plus qu'il n'en falloit ; fans autre perte que de quinze ou vingt hommes.

On peut juger quelle fut la confternation des enne- mis : elle fut fi grande en effet, qu'il n'y eut fortes de moyens dont ils ne fe ferviffent dans la fuite pour tâcher d'avoir leur revanche ; foit en brûlant le refte des champs où nous avions moiffonné, pour tâcher de nous obliger de fortir pour les en empêcher, & nous attirer par ce moyen dans une forte embufcade ; foit en faifant appro- cher des beufs prefque fur nos glacis, pour nous obliger par cet appas, qui en effet étoit grand pour nous, de for- tir de même, & de tomber dans leurs lacs : mais tous leurs pieges furent inutiles. M. de Vandôme arriva enfin avec l'Armée, comme il nous l'avoit promis ; & les en- nemis leverent le Blocus, & fe retirerent auffi-tôt qu'ils en découvrirent l'avant-garde. Quand ce fecours arriva, il y avoit cinquante-huit jours que nous étions au pain & à l'eau, & avec cela dans un travail & des veilles con- tinuelles : ainfi l'on peut juger quelle fut notre joye lorf- que nous vîmes arriver notre Liberateur. L'avant garde étoit commandée par le brave M. du Cambou, qui ou- tre une infinité de careffes dont il nous combla, nous donna un fi grand repas, que comme nos eftomacs avoient perdu la faculté de digerer, nous en penfâmes tous mou- rir. Au furplus la longue diete que nous avions faite dans cette Place, montre évidemment qu'elle eft falu- taire pour la fanté ; puifque nous n'avions prefque point eu de malades pendant près de fix mois que nous l'avions obfervée. Mais ce qu'il y eut de fâcheux, c'eft que nos

Soldats & plufieurs Officiers n'ayant pas fçû fe ménager, pour fe remettre peu à peu, & ayant voulu au
contraire fe récompenfer de ce Carême forcé, en mangeant tout leur foul, ils tomberent prefque tous malades ; ce qui caufa une mortalité, qui détruifit nos Bataillons prefque entierement. Je crois devoir dire, qu'outre
les extrêmitez où nous nous trouvâmes pendant cet affa-
mant Blocus, celle de n'avoir aucuns médicamens pour
penfer les bleffez, étoit certainement la plus grande : cependant cet inconvenient joint au refte ne fut pas capable d'ébranler notre conftance.

J'ai cru qu'ayant à parler des Blocus, rien ne pouvoit
les mieux définir que le petit recit que je viens de faire :
il renferme d'ailleurs des faits qui prouvent à combien
d'inconveniens cette maneuvre eft expofée. C'eft pourquoi, à moins que la claufe que j'ai dite au commencement de cet article ne fe rencontre à point-nommé ; on
ne doit point s'engager dans de pareilles entreprifes. J'en
vais citer encore une preuve recente : on fçait qu'après
avoir tenu Montmelian étroitement bloqué pendant plus
d'une année, nous ne fûmes pas moins obligé d'en faire
le Siege dans les formes, & d'y effuyer une défenfe qui
ne prouva que trop de quelle inutilité avoit été ce long
Blocus.

Des Surprifes.

La furprife eft fans contredit la maneuvre qui fait le
plus grand honneur à un Général, quand il fçait la conduire de maniere, qu'elle lui procure un avantage confiderable, comme par exemple, la conquête d'une Place
importante, la défaite d'une Armée entiere, ou de quelque Corps féparé. C'eft à quoi les Généraux s'appliquoient
autrefois fi particulierement, qu'on voit dans l'Hiftoire
une infinité d'exemples très-furprenans, des avantages
que cette forte de rufe a apporté à ceux qui ont fçû l'employer avec la délicateffe qu'elle requiert. Cependant, quoique nous tenions prefque tous nos principes fur cela des
exemples que les anciens Guerriers nous ont laiffez ; il me

femble

La furprife
étoit fort en
ufage du tems
des Anciens.

femble que nous ne les avons gueres mis en ufage pendant les dernieres Guerres : au contraire, la force ouverte a prefque toujours été la feule voye qui y ait été
employée, particulierement de notre part. En effet, fi
l'on en excepte quelques petits avantages, que la précaution plutôt que la furprife nous a produits ; on n'a rien
vû qui été au-deffus du naturel : apparemment qu'en
cela, comme en beaucoup d'autres chofes, le genie des
Chefs ne trouve pas auffi aifément qu'autrefois le moyen
de s'employer. De plus, la honte qu'on a eu tant de fois
d'être furpris, a fi fort obligé à penfer aux moyens d'é-
viter de l'être, que ce point faifant à préfent la principale attention de ceux qui y font expofez, dificilement
peut-on y parvenir, à moins que le relâchement de cette
exactitude effentielle, joint à une intelligence formée, ou
une trahifon ouverte, n'en fourniffe l'occafion. C'eft pourquoi, fi on veut parvenir au point de frapper quelqu'uns
de ces coups importans ; il faut de neceffité avoir l'un ou
l'autre de ces avantages fur l'ennemi : fans cela on les
tentera toujours auffi vainement qu'on l'a fait plufieurs
fois. Au refte, il n'y a aucunes regles pofitives à donner
pour ces furprifes ; parce que chaque fois qu'on fait de
ces entreprifes, il s'agit toujours d'un ftratagême nouveau,
que l'on forme, & dont on difpofe l'execution fuivant les
differentes raifons qui ont engagé à l'entreprendre.

De quelque façon qu'on foit obligé de s'y prendre pour
parvenir à furprendre l'ennemi, foit dans une Place, foit
à la campagne ; l'entreprife en doit être tenuë fi fecrette,
que rien au monde ne la puiffe découvrir : pour peu que
l'ennemi en foit averti, tel qui croit furprendre eft à coup
fûr lui-même furpris ; ainfi qu'il nous arriva à la mal-
heureufe affaire d'Aubarkerik. Ce fecret eft fouvent découvert, malgré toutes les précautions qu'on a prifes pour
le cacher ; parce qu'outre l'incertitude de la fidelité de
ceux avec qui on eft d'intelligence, un déferteur peut le
découvrir, lors même qu'on eft fur le point de l'executer : ainfi comme je l'ai dit, rien n'eft plus délicat que
ces fortes de maneuvres. Cependant ce n'eft pas une chofe

impoffible ; on doit par confequent ne pas manquer de
la tenter, lorfqu'on juge que l'occafion y eft favorable.
D'ailleurs il eft certain que dans prefque toutes les occafions de guerre, qui ne rifque rien n'a rien : c'eft ce
que le feu Roy difoit, quand on lui rendoit compte de
quelque action où il avoit paru de la témerité, & qui
avoit neanmoins réuffie.

Importance
du fecret,

　　On a vû pendant la derniere Guerre d'Italie deux
exemples fi fameux, de la neceffité qu'il y a de garder
le fecret, lorfqu'on a le deffein de furprendre ; que quoique ces évenemens furprenans ayent été rapportez par
plufieurs Auteurs, je crois les devoir citer icy, à caufe
du parfait rapport qu'ils ont avec mon fujet : ce font ceux

Exemples,

de Cremone & de la Mirandole. On voit dans chacun
de ces exemples une preuve de fidelité, qui eft auffi louable dans ceux qui l'ont obfervée, qu'elle eft incompre-
henfible dans ceux qui en ont reffenti les effets : car, pour

Cremone.

parler de la premiere furprife, comment le Prince qui
la conduifoit a-t'il pû confier fa perfonne & la meilleure
partie de fon Armée à la fidelité de deux cens hommes,
qu'il avoit introduits dans la Place par le ftratagême
qu'on fçait ? N'eft-il pas conftant que fi un feul de ces
hommes s'étoit féparé des autres, pour en découvrir les
intentions, le Chef & fa troupe auroient péri, fans qu'aucun eût pû échaper ? Quoique cette entreprife ait eu
une efpece de fuccès dans fon commencement, ce grand
Capitaine me permettra de dire icy, qu'elle a plus ap-
proché d'une témerité outrée, que d'une action mefurée
avec la prudence, qui doit être inféparable des projets
où il s'agit de mettre le tout au hazard, fans efpoir de
retour. Au furplus, l'exemple que cette extraordinaire
entreprife a fourni, doit apprendre à ceux qui en feront
de femblables, que lorfqu'on eft arrivé au point où ce
Général arriva, il ne s'agit pas du ceremonial, comme
il fit, en faifant affembler les Magiftrats, pour s'en faire
reconnoître : il faut au contraire pouffer l'affaire au point
qu'il ne demeure plus rien dans le lieu qu'on a furpris,
qui puiffe en difputer la poffeffion. C'eft pourquoi comme

on ne peut compter d'être veritablement le maître d'une Place, que quand on se l'eſt rendu des Troupes qui la deffendent ; on ne doit avoir d'autre objet que celui de les attaquer, & de les pourſuivre, juſqu'à ce qu'on ait tué, ou pris juſqu'au dernier : ſi on ſe conduit autrement, on doit être comme ſûr de recevoir la confuſion qui ſuivit de près l'eſpece de triomphe, que cette affaire ſi bien concertée avoit produit.

Hollac dans le parti des Flamands confederez fit poſitivement la même faute en 1585, après avoir ſurpris Bolduc ſur les Eſpagnols : il fut de même obligé d'abandonner cette conquête bien-tôt après qu'il l'eut faite. La Motte du côté des Eſpagnols ayant la même année ſurpris Oſtende ſur les Flamands, en fut auſſi-tôt chaſſé, pour avoir fait la même beveuë ; & l'hiſtoire fournit tant de pareils exemples, qu'ils doivent montrer à ceux qui ſeront chargez de ſemblables expeditions, que le plus ſûr eſt d'obſerver ce que je viens de marquer.

Exemples ſemblables.

La ſeconde ſurpriſe, quoique toute differente, n'eſt pas moins étonnante que la premiere. Car, comment la Princeſſe, qui nous joüa cette trahiſon, put-elle s'imaginer, que ſon ſecret pouvoit être gardé par tous les Habitans de la Ville, auſquels elle avoit ordonné de prendre les armes à un ſignal marqué, pour ſe ſaiſir de la porte, & des Troupes de la garniſon ? Elle devoit d'autant moins s'en flatter, qu'elle n'ignoroit pas que ces mêmes Habitans l'haïſſoient très-fort : mais apparamment qu'elle fit fonds ſur ce qu'ils nous haïſſoient encore davantage. En effet cette haïne contre nous prévalut tellement, qu'aucuns n'ayant manqué à la fidelité qu'ils devoient en quelque ſorte à la regente de cette petite Souveraineté, les François en furent la victime, avec des circonſtances que je tais ; parce que veritablement elles furent très-honteuſes pour ceux qui y furent expoſez. On conviendra cependant encore icy, qu'on ne peut rien faire plus au hazard, que le fut cette entrepriſe ; puiſque le moindre avis eût été capable non-ſeulement de la faire échoüer ; mais auſſi de procurer à celle qui l'a faite un châtiment, tel que merite une auſſi inſigne trahiſon.

Exemple.

Cette fâcheufe avanture me fournit l'occafion de dire, qu'elle n'eft arrivée, de même que les autres que nous avons effuyées en Italie, que parce que nous nous fommes mal pris dans la maniere d'en gouverner les peuples. En effet nous avons crû fauffement nous en procurer l'eftime & la confiance, en ayant pour eux des égards, & même des politeffes fi grandes, qu'il fembloit que ce fût un crime que d'en ufer autrement, quoiqu'il fe préfentât affez fou-vent des occafions, où nous avions lieu de nous apper-cevoir de l'inutilité de nos careffes. Il me fouvient à cette occafion, que faifant la charge d'Ingenieur dans la Mi-randole un an avant qu'elle fût furprife, le Gouverneur Efpagnol qui y commandoit me dit, que *les François fe trompoient très-fort, de s'imaginer d'acquerir l'eftime des Ita-liens, à force de leur faire des reverences; parce qu'au con-traire, il n'y avoit qu'un commandement haut, & exact, qui fût capable de les contenir dans le devoir. De forte, ajoûta-il, que fi je n'avois pas icy deux cens de mes Grenadiers, qui font moins reverencieux que vous, je me croirois tous les jours à la veille d'y être égorgé; & fi j'en fors, comme je le crois, je crains fort qu'un pareil fort ne vous y arrive:* c'eft ce que l'evenement ne juftifia que trop. En effet, on a vû que jufqu'à l'arrivée de M. de Vandôme, toutes nos at-tentions ne nous produifoient que des frais de plus; & que les chofes changerent après cette arrivée, parce que ce grand Général commença par répondre à leurs re-montrances, qu'où il étoit pour la guerre, nulles con-fiderations n'y avoient lieu. On peut conclurre delà, qu'-elles doivent être par tout mifes au néant, & particulie-rement en Italie, par les raifons que j'ai marquées, par-ticulierement en parlant de ce que j'ai éprouvé à Oftiglia.

Des Embufcades.

On fe fert de deux moyens pour furprendre l'ennemi à la campagne, fuivant que l'un ou l'autre convient à l'oc-cafion qui s'en préfente: le premier, eft de l'aller atta-quer clandeftinement, c'eft-à-dire au moment qu'il s'y at-

tend le moins ; alors fi on le trouve ou en dormi, ou mal
fur fes gardes, on peut aifement le tailler en pieces : on
ne peut donner aucune regles certaines fur ces operations ;
c'eft à celui qui les conduit à fe conformer à la fituation,
& à l'occafion. Le fecond moyen, eft d'attendre l'ennemi
dans quelque endroit où il doit paffer, & d'y former une
Embufcade, difpofée de maniere, que s'il eft affez impru-
dent pour s'y engager, on puiffe de même le prendre à
l'improvifte, & avec tel avantage que fa défaite foit auffi certaine. Pour réuffir dans cette derniere rufe, il faut
premierement être bien informé du nombre que l'on attend ; & faire enforte, que celui de la Troupe embufquée
ne lui foit pas inferieur : parce qu'en ce cas ce feroit plutôt un combat forcé, qu'une furprife avec avantage. Cette
précaution néanmoins n'eft néceffaire que pour les Embufcades qu'on forme en un lieu, où les deux partis peuvent également agir : il s'en peut rencontrer d'autres, où
cent hommes bien poftez peuvent facilement en arrêter & battre quatre fois autant, particulierement dans les
pays montueux, ou remplis de défilez étroits & couverts.
Mais de quelque maniere qu'on forme une Embufcade,
on doit d'abord examiner, fi on peut la difpofer de façon que l'Ennemi tombant entre deux feux, fa défaite
foit plus certaine. On doit prendre ce parti principalement quand on voit par la fituation du lieu, qu'en ne fe
mettant que d'un côté, l'Ennemi pourroit fe retirer par
l'autre. Si au contraire le défilé où il doit paffer, eft quelque chemin creux, dont les côtez foient impraticables ;
il fuffit d'en occuper l'un ou l'autre : parce que ceux qui
s'y font engagez n'en fçauroient fortir, & que d'ailleurs,
moins une Troupe embufquée occupe de terrain, moins
elle eft fujette à être découverte ; ce qui eft un point
très-effentiel.

Quand l'Embufcade fe difpofe, pour que l'Ennemi foit
entre deux feux, & qu'ainfi on partage la Troupe des deux
côtez du défilé ; on ne doit pas manquer d'en faire la
difpofition de maniere, que le feu des uns ne puiffe pas
tomber fur les autres : pour cet effet, il faut obferver,

Differentes difpofitions pour ce fujet.

s'il y a plufieurs pelotons, de les pofter en échiquier ; c'eft-
à-dire, que l'un ne foit jamais vis-à-vis de l'autre ; afin
de pouvoir faire feu de toutes parts, même la nuit, fans
courre rifque de ce danger. Il faut enfuite tenir deux Troupes prêtes, l'une à la droite & l'autre à la gauche, pour
garder l'entrée & la fortie du défilé où l'on attend l'ennemi, fi-tôt qu'il y eft entré. On doit furtout obferver
de ne faire aucun mouvement, lorfque fon avant-garde,
ou fes coureurs paroîtront ; & de les laiffer au contraire
paffer, ou aller & venir, fans fe découvrir en aucune façon : parce que c'eft pofitivement pour découvrir les Embufcades, qu'ils battent ainfi les devans. Mais quand le
gros eft enfin arrivé où on le fouhaite ; alors il ne faut
rien négliger, pour profiter de l'avantage que la fituation & la furprife donnent fur ceux qui font ainfi pris
dans ces efpeces de renardieres.

Maniere d'a-
tirer l'ennemi
dans un Em-
bufcade.   Outre les Embufcades qu'on établit dans les lieux avantageux, où l'on fçait que l'ennemi doit paffer ; on en forme fouvent d'autres, dans le deffein de l'y attirer par
les amorces, dont nous avons cy-devant parlé. Mais pour
dire le vrai ces dernieres ne réüffiffent plus gueres, à moins
qu'on ne s'adreffe à quelque novice, tel que celui que j'ai
cité. Cependant, comme il n'eft pas impoffible d'en rencontrer de femblables, on peut toujours en faire la tentative, lorfque l'occafion s'en préfente ; foit en faifant
infulter une forte Troupe par une moindre, afin de l'attirer à fa pourfuite, & de-là dans le piege qu'on lui a
tendu ; foit en faifant des mouvemens plus confiderables,
pour engager une Armée inferieure dans un pareil précipice. Il eft conftant, que la crainte que l'on a de tomber dans de femblables lacs, fait que fouvent on fup-
porte de ces fortes d'infultes, fans faire à ceux de qui on
Moyens de
s'en garantir.   les reçoit tout le mal qu'on pourroit : parce qu'on n'ofe
pourfuivre trop loin ces Troupes hazardées, quoi qu'el-
les n'ayent rien pour les foûtenir. Il eft vrai que ceux qui
s'expofent à les pourfuivre, en retirent quelques avantages, & particulierement celui de pouvoir reconnoître les
chofes de plus près : mais néanmoins il ne faut pas le fai-

re ; ce feroit s'expofer à un grand mal, pour les priver
d'un petit bien : il fuffit donc de tâcher de leur couper
la retraite, & de les envelopper ou de les pouffer jufqu'où
on peut aller fans craindre le danger de tomber dans le
piege. On peut former auffi-bien des Embufcades de Cavalerie, comme d'Infanterie ; avec cette difference, qu'a-
vec la Cavalerie il faut de la plaine pour agir : ainfi elle
peut choifir pour fe tenir à couvert, le derriere de quelque coteau, ou le bord d'un bois, à portée duquel on
juge que l'ennemi pourra paffer, & être furpris. On peut
auffi prendre dans le même deffein le derriere de quelque village ou hameau ; mais quelques Troupes que ce
foit ne doivent point prendre ce parti, que quand il n'y
en a abfolument point d'autre ; à caufe du danger qu'il
y a, que les Payfans qui y font, & à qui on ne peut éviter de fe découvrir, n'aillent en donner avis. On peut
néanmoins éviter cet inconvenient ; mais avec de grandes peines, puifqu'il faut tenir fur les avenuës des gens
pour les arrêter. Enfin de quelque fortes de Troupes,
qu'une Embufcade foit compofée, & de quelque maniere qu'elle foit difpofée ; on doit arrêter tous ceux qui y
paffent qui pourroient la découvrir, & les bien garder
jufqu'à ce que le coup ait réüffi, ou qu'il foit manqué.
On doit furtout bien prendre garde de n'y pas mener
des chiens ; parce que leur aboi découvriroit immanquablement le lieu où l'on feroit, long-temps avant que
l'ennemi en fût à portée. Il me fouvient à propos de ces
animaux, d'avoir quelquefois oüi plaifanter quelqu'uns
de nos petits Maîtres, fur ce qu'on difoit que M. de Me-
lac fe fervoit très-utilement des fiens dans la guerre de
Parti, où il étoit fouvent employé. Cependant, rien n'eft
plus vrai, que par leur moyen il découvroit les Troupes, ou les Embufcades, qui pouvoient être à portée de
fes marches, & même de fort loin : il lâchoit pour cela
fes chiens d'un côté & de l'autre ; & ils fembloient être fi
bien dreffez pour ces fortes de découvertes, qu'il ne leur
arrivoit point de prendre le change : comme il avoit
le fecret de leur ôter la voix, en les faifant baillonner,

lorſqu'il étoit lui même embuſqué ; je puis aſſurer pour
en avoir été témoin , que ces animaux lui étoient quelquefois d'un très-grand ſecours.

Cantonnement de l'Armée.

Raiſons qui obligent de faire cantonner l'Armée.

Après que l'Armée a été employée , non ſeulement aux
operations que nous venons de marquer , mais encore
à une infinité d'autres , que l'occaſion a pû fournir ; lorſque la ſaiſon commence à être fâcheuſe pour les Troupes, & principalement pour les chevaux, auſquels les pluyes
froides , & les autres injures du temps ſont mortelles ;
on met ordinairement l'Armée en quartier de Canton-
nement. Il faut faire enſorte autant qu'il ſe peut , de la
mettre dans des lieux qui n'ayent point eté fourragez ;
afin qu'on y trouve de quoi ſubſiſter , & ſe remettre des
fatigues paſſées ; ſoit pour être en état de recommencer,
ſoit afin que les Troupes ſoient un peu remiſes , avant
que de ſe remettre en marche , pour aller dans leurs quartiers d'hiver. Ces quartiers d'hyvers ſont quelquefois ſi
éloignez , que ſans ce temps de relâche , elles n'y pour-

Diſpoſitions neceſſaires pour ce ſujet.

roient arriver que dans un déſordre extrême. De quelque façon & pour quelque ſujet que ce ſoit , qu'on faſſe
cantonner l'Armée , on doit toûjours le faire de maniere, que les quartiers qu'elle doit occuper forment une
eſpece de ligne , d'où on puiſſe en cas de beſoin la remettre en front de bandiere en peu de temps. Il faut
avoir ſoin de tenir par tout des gardes établies avec autant de ſoin , que ſi l'on étoit en lignes déployées ; & ſur-
tout veiller à ce que chacun en particulier faſſe auſſi une garde exacte dans ſon quarier , afin d'y éviter les
ſurpriſes ; d'autant plus qu'une maneuvre de guerre fort
ordinaire , c'eſt celle d'enlever quelqu'uns de ces quartiers , avant que les autres ayent eû le temps de les venir ſecourir.

Précautions neceſſaires, a-vant que de ſeparer l'Ar-mée,

Lorſqu'il n'y a plus rien à craindre de la part de l'Armée ennemie , & qu'on voit au contraire , qu'elle ſe diſpoſe à ſe retirer pour aller dans ſes quartiers d'hyver ; on
en

en peut ufer de même. Il faut cependant tenir encore quelque temps les Troupes fur la frontiere, pour être en état d'y obferver les démarches de l'ennemi, & de s'oppofer à lui, fi fa retraite n'avoit été que fimulée. Je dirai à cette occafion, que c'eft encore une vieille rufe de guerre, qu'on peut employer, quand on a deffein de faire quelque entreprife confiderable dans l'arriere faifon.

La Campagne étant finie, & les Troupes étant parties pour aller chacunes dans les garnifons qui leur ont été deftinées ; le Général en chef doit avant que de quitter la frontiere, en vifiter toutes les Places ; afin de pouvoir rendre compte au Roy de l'état où il les a trouvées, en même temps qu'il rend à Sa Majefté celuy des opérations de la Campagne.

J'ai expliqué dans ce Livre, autant qu'il m'a été poffible, toutes les opérations qui fe font à la guerre de Campagne, & j'ai donné les regles que j'ai crû les meilleures pour les bien conduire. Je ne prétens pas avoir épuifé la matiere ; outre qu'elle eft inépuifable, ce feroit me flatter d'un travail fort au-deffus de mes forces : mais comme avec les regles indifpenfables aufquelles je me fuis attaché, je n'ai rien rapporté dont je n'aye été temoin oculaire, & que je n'aye vû pratiquer par nos plus experimentez Généraux, & autres Officiers de merite & de valeur ; j'ofe me flatter que ceux qui en ont moins vû, dont le nombre eft très-grand, trouveront dans cet abregé des lumieres fuffifantes pour les conduire dans les occafions les plus épineufes ; & que par ce moyen le Roy pourra être bien fervi, même par les plus novices dans cet art. Comme c'eft la fin que je me fuis propofée, fi je fuis affez heureux, pour que la peine que j'ai prife en compofant cet ouvrage la produife ; je le repete encore une fois, cela feul formera pour moi la récompenfe, à laquelle je fuis le plus fenfible.

Je crois devoir ajoûter, que le moyen d'aquerir les talens & l'experience neceffaires, pour arriver au point de fçavoir mettre en pratique toutes les differentes maneuvres de guerre que j'ai citées ; c'eft de prendre une

route toute oppofée à celle que fuivent la plus grande
partie de ceux qui afpirent aux plus éminentes dignitez
militaires. Car, croit on de bonne foi, que ces qualitez fi
neceffaires puiffent s'acquerir en arrivant des derniers à
l'Armée, & en s'en retournant chez foi tous les premiers,
& quelquefois même avant que les derniers coups ayent
été frappez, ainfi que nous l'avons tant de fois vû pratiquer, par ceux mêmes qui devoient au contraire donner l'exemple ? C'eft une erreur, & une erreur fi grande,
& fi préjudiciable au bien du fervice du Prince, que nous
ne nous fommes apperçûs que trop de fois des dangers
où ce fervice a été expofé ; parce que malgré le peu
d'acquit, que ceux qui fuivent ce faux principe peuvent avoir, ils ne laiffent pas d'arriver au but qu'ils fe
font propofé ; c'eft-à-dire, de devenir Officiers Généraux.

Comme je ne doute point que ceux qui ont éprouvé
les embarras honteux, où les a jetté leur peu d'experience, n'ayent regretté le temps qu'ils avoient perdu,
en ne profitant pas du petit intervale qu'il y avoit
eu entre leur noviciat & leur profeffion, pour fe procurer les lumieres neceffaires pour fe tirer de toutes fortes
de pas ; & comme je fuis perfuadé, qu'entre ceux qui
afpirent à prefent à pouvoir parvenir aux plus hautes dignitez, il y en a qui font remplis de tant de bonne volonté, qu'ils ne demandent pas mieux que de s'inftruire
fur le chemin qu'ils doivent tenir pour y arriver avec les
qualitez non feulement requifes, mais abfolument indifpenfables : je les fupplie de tenir la route que je vas leur propofer, & je puis les affûrer qu'ils ne s'égareront jamais.

Premierement, la dignité de Meftre de Camp étant
non feulement celle qui ouvre le chemin, pour arriver
aux premieres charges, mais auffi celle où l'on peut le
mieux apprendre à les bien remplir ; on doit par confequent la confiderer comme le principal arc-boutant de
l'edifice de fa fortune. C'eft pourquoi outre tous les differens détails, que j'ai dit être attachez à cet emploi, &
fur lefquels on ne doit avoir aucun relâchement ; il faut

de plus, pour fuivre une maxime contraire à celle que j'ai
blâmée, ne jamais quitter fon Regiment, à moins que
ce ne foit pour affaires indifpenfables, & non pas pour
celles de fes plaifirs.

Secondement, il ne fuffit pas de refter attaché à fon
Regiment : on doit de plus, pendant qu'il en Garnifon dans
une Place, s'inftruire avec foin de tous les détails qu'il eft
neceffaire de fçavoir, pour bien garder un fortereffe : il faut
s'inftruire de même de toutes les parties de fa fortification,
tant par rapport à leur utilité, que pour la maniere de
les conftruire, & de les deffendre ; & avoir foin fur tout de
bien examiner cette Place dans toutes fes parties, & fes dépendances, & d'en crayonner fi on le peut la fituation &
le circuit ; afin que fuppofé qu'on n'y revînt de long
temps, & que même ce fût pour en faire le Siege, comme
il peut arriver, il en refte une impreffion qui foit ineffaça-
ble. On doit avoir la même attention dans toutes les Places, où l'on fait quelque féjour.

Troifiémement, lorfque le Regiment fait quelque marche fur la frontiere, foit pour aller d'une Place dans
une autre, foit pour joindre l'Armée ; il faut examiner
avec foin le pays par lequel on fait route, & crayonner
auffi les parties, qu'on juge meriter attention, comme les
défilez, les bois, les ponts, les villages, les hameaux, les
châteaux, les maifons & les Abbayes fortes, les moulins,
& enfin tout ce qui pourroit dans les occafions, qui peuvent furvenir dans la fuite, procurer l'avantage qu'on a
toujours, lorfqu'on peut s'y guider foi-même. Comme la
Cour eft dans l'ufage de tenir un Regiment tantôt fur
une frontiere, tantôt fur l'autre ; lorfqu'on a foin de faire partout ces obfervations, en quelque endroit qu'un
Regiment ait été, on eft parfaitement inftruit de la forme, & de la fituation du pays. On doit avoir la même
attention, lorfqu'on eft à l'Armée, à chaque mouvement
qu'elle fait.

Quatriémement, fi pendant qu'on eft dans une Place,
on y fait quelque détachement confiderable, foit pour la
petite guerre, foit pour quelqu'autre entreprife impor-

rante, & que l'on foit du détachement ; il faut examiner avec foin, de quelle façon le Chef y fait fes difpofitions, foit pour la maniere de faire marcher les Troupes, foit pour celle de les faire combattre ; & il faut faire cet examen également pour la Cavalerie, comme pour l'Infanterie, & les autres parties militaires, quoi qu'on foit d'un Corps different ; afin de n'être pas expofé, lorfqu'il s'agit d'une maneuvre d'un de ces Corps dont on n'eft point, à employer pour excufe, qu'on n'a pas été élevé dans ce Corps. Si on n'eft pas du détachement, il faut s'en faire rendre compte par quelques Officiers des plus entendus, & faire fur tout ce qu'on a vû ou appris d'éffentiel, des notes circonftanciées, qui faffent la même impreffion que j'ai marquée, & qui foient auffi ineffaçables.

Cinquiémement, quand le Regiment eft à l'Armée, c'eft là plus qu'ailleurs, où l'on a l'occafion de faire une infinité de remarques, fans lefquelles il eft certain qu'on ne deviendra jamais un bon Officier général. Les principales de ces remarques, font de voir les differentes manieres dont le Chef fait marcher les colonnes ; l'établiffement des gardes ordinaires, & les raifons pour lefquelles on les met où elles font ; les difpofitions, pour les efcortes des Convois & des fourrages, & celles pour le jour d'une Bataille ; le tout conformement à la fituation & à la difpofition du terrain ; enfin la maniere d'attaquer les Places, & toutes les autres maneuvres particulieres, aufquelles les differens Corps de Troupes font employez : il faut de même faire des notes fur tout cela.

Toutes ces obfervations doivent être faites non feulement par les Meftres de Camp que je viens de citer ; mais auffi par tous ceux qui afpirent à la qualité de bon homme de guerre : ils doivent pour ce fujet, ne négliger aucun des foins que j'ai marquez, non plus que la moindre des occafions qui fe préfentent, qui peut les mettre au fait d'une partie qu'ils ignorent. Ils doivent obferver d'avoir toute leur vie la même attention, en quelque grade ou élevation qu'ils foient ; parce que le métier de la guerre étant fans bornes & fans fin, on y eft toûjours étudiant, quelque long temps qu'il y ait qu'on y foit employé.

L'honneur que le gain d'une Bataille fait à la nation en général, & encore plus au Général qui y a remporté la Victoire, meritant d'être tranfmis à la pofterité ; j'ai crû que fans être obligé de parcourir l'hiftoire, le Lecteur François feroit bien aife de voir icy la lifte de toutes celles, que cette belliqueufe nation a remportées fur fes divers ennemis, depuis le commencement de la Monarchie, avec les noms de ceux, qui par leur valeur & leur expérience ont procuré ces fameux avantages.

LISTE DES BATAILLES
mémorables, que les François ont gagnées depuis le commencement de la Monarchie jufqu'à préfent.

De Tolbiac, fur les Allemands ; par le Roy Clovis, en 496. Cette Bataille fut l'occafion de fa converfion.

De Poitiers, fur les Gots ; par le même Roy, en 507.

De Soiffons, fur les Bourguignons ; par Landry, fous Clotaire, en 593.

De Cambray, fur Chilperic & Rainfroy ; par Charles Martel, en 718.

De Tours, fur les Sarrafins ; par le même, en 726.

De Narbonne, fur les mêmes ; par le même, en 731.

De Tortofe, fur les Maures ; par Charles le Chauve, fous Charlemagne, en 806.

De Fontenay, entre les fils de Louis le Débonnaire, en 841.

De Chartres, fur les Normands Danois ; par Richard Duc de Bourgogne, & Eblée Duc d'Aquitaine, en 911.

De Muret, fur les Albigeois ; par le Comte de Montfort, fous Louis le Gros, en 1118.

De Bouvines, fur les Imperiaux, les Anglois & les Flamands ; par Philippes Auguste, en 1214.

De Taillebourg, fur les Anglois ; par le Roy S. Louis, en 1239.

De Maffore, fur les Sarrafins ; par le même Roy, en 1249.

De Thunes, fur les Afriquains ; par Charles Roy de Sicile, fous Philippes le Bel, en 1270.

De Furnes, fur les Flamands ; par le Roy Philippes le Bel, en 1299.

De Pucille, fur les Flamands ; par le même Roy, en 1303.

De Saint Omer, fur les Flamands ; par le même Roy, en 1304.

De Caffel, fur les mêmes ; par le Roy Philippes VI. en 1329.

De Rofebek, fur les mêmes ; par le Roy Charles VI. en 1382.

De Patay, fur les Anglois ; par la Pucelle d'Orleans, fous Charles VII. en 1429.

De Formigny, fur les Anglois ; par le même, en 1450.

De Châtillon en Perigord, fur les Anglois ; par le même, en 1453.

De Montlery, fur les Bourguignons ; par Louis XII. en 1465.

En Angleterre, fur Henry ; par Charles Duc de Bourgogne, en 1471.

En Ecoffe, fur les Anglois ; par le Comte de Richemont, aidé des François, en 1485.

De Saint Aubin, fur les Bretons ; par le Seigneur de la Trimoüille, fous Charles VII. en 1488.

De Fornoüe, fur les Italiens ; par Charles VIII. en 1494.

De Novarre, fur les Milannois ; par le Roy Louis XII. en 1499.

De Gennes, fur les Gennois ; par le même Roy, en 1507.

D'Aignadel, fur les Vénitiens ; par le même Roy, en 1509.

De Ravenne, fur les Efpagnols ; par le Prince Gafton de Foix, fous Louis XII. en 1512.

De Marignan, fur les Suiffes ; par le Roy François I. en 1515.

De Serifoles, fur les Efpagnols ; par le Comte d'Enguyen, fous le même Roy, en 1544.

De la Mirandole, fur les Imperiaux ; par M. de Sanfac,

ſous Henry II. en 1551.

De Dourlens, ſur les mêmes ; ſous le même Roy, en 1553.

De Renty, ſur les mêmes ; par le même Roy, en 1554.

De Dreux, ſur les Rebelles ; par le Duc de Guiſe, ſous Charles IX. en 1562.

De Saint Denis, ſur les mêmes ; par le Connétable de Montmorency, ſous le même Roy, en 1567.

De Jarnac, ſur les mêmes ; par le Duc d'Anjou, ſous le même Roy, en 1569.

De Moncontour, ſur les mêmes, & ſous le même Roy, en 1569.

De Coutras, ſur les mêmes ; par Henry Roy de Navarre, ſous Henry III. en 1587.

D'Auneau, ſur les Proteſtans Allemands & Suiſſes ; par le Duc de Guiſe, ſous le même Roy, en 1587.

D'Arques, ſur les Liguez ; par le Roy Henry le Grand, en 1589.

D'Ivry, ſur les mêmes ; & par le même Roy, en 1590.

De Fontaine-Françoiſe, ſur les mêmes, & par le même Roy, en 1595.

De Suſe, ſur les Savoyards ; par le Roy Louis XIII. en 1629.

De Veillane, ſur les Eſpagnols & Allemands ; par Meſſieurs de Montmorency & de la Force, ſous le même Roy, en 1630.

D'Avein, ſur les Eſpagnols & Flamands ; par Meſſieurs de Châtillon & de Brezé, ſous le même Roy, en 1635.

De Lerins, ſur les Eſpagnols ; par le Comte d'Harcourt, ſous le même Roy, en 1635.

De Locate, ſur les mêmes ; par le Duc d'Alvin, ſous le même Roy, en 1637.

De Caſal, ſur les mêmes ; par le Comte d'Harcourt, ſous le même Roy, en 1640.

De Turin, ſur les mêmes ; par le même, ſous le même Roy, en 1640.

D'Arras, ſur les mêmes ; par le Maréchal de la Meilleraye, ſous le même Roy, en 1640.

D'Ordinguen, fur les Imperiaux ; par le Còmte de Guebriant, fous le même Roy, en 1642.

De Ville-Franche, fur les Efpagnols ; par le Comte de la Motte Houdancourt, fous le même Roy, en 1642.

De Rocroy, fur les Efpagnols & Flamands ; par M. le Duc d'Enguyen, fous le Roy Louis XIV. en 1643.

De Fribourg, fur les Bavarois ; par le Duc d'Enguyen, & le Vicomte de Turenne, fous le même Roy, en 1644.

De Nortlingen, fur les Imperiaux ; par M. le Duc d'Enguyen, fous le même Roy, en 1645.

De Lens, fur les Efpagnols & Flamands ; par M. le Prince de Condé, fous le même Roy, en 1648.

De Rethel, fur les Efpagnols ; par le Maréchal du Pleffis-Pralin, fous le même Roy, en 1650.

De Saint Antoine, fur les Rebelles ; par M. de Turenne, fous le même Roy, en 1652.

D'Arras, fur les Efpagnols ; par M. de Turenne, fous le même Roy, en 1654.

Des Dunes, fur les Efpagnols ; par le même Roy, en 1658.

De Tolhuys, au paffage du Rhin, fur les Holandois ; par le même Roy, en 1672.

De Zaintzin, fur les Imperiaux ; par M. de Turenne, fous le même Roy, en 1674.

De Senef, fur les Imperiaux, les Efpagnols & les Holandois, alliez ; par M. le Prince de Condé, fous le même Roy, en 1674.

De Caffel, fur les Holandois ; par M. le Duc d'Orleans, fous le même Roy, en 1677.

De Fleurus, fur les Alliez ; par M. le Maréchal de Luxembourg, fous le même Roy, en 1690.

De Stafarde, fur les Savoyards & Alliez ; par M. de Catinat, fous le même Roy, en 1691.

De Stinquerk, fur les Alliez ; par le Maréchal de Luxembourg, fous le même Roy, en 1692.

De Nervinde, ou *Landen*, fur les mêmes, & par le même, fous le même Roy, en 1693.

De Marfaille, fur les Savoyards & Alliez ; par le Maréchal

réchal de Catinat, fous le même Roy, en 1693.

De Toreilles, au paſſage du Ther, ſur les Eſpagnols ; par M. le Maréchal de Noailles, fous le même Roy, en 1694.

De Luſara, ſur les Imperiaux ; par M. de Vandôme, fous le même Roy, en 1702.

De Fridelinguen, ſur les Imperiaux ; par le Maréchal de Villars, fous le même Roy, en 1702.

Sur le Danube, près d'Hocſtet, ſur les mêmes, par le même, en 1703.

De Caſſano, ſur les mêmes ; par M. de Vandôme, fous le même Roy, en 1705.

De Calcinato, ſur les mêmes ; par le même, en 1706.

D'Almanza, ſur les Alliez ; par le Maréchal de Barwik, fous le même Roy, en 1707.

De Donnavert, ſur les Imperiaux ; par le Maréchal de Villars, fous le même Roy.

De Villaviciofa, ſur les Alliez ; par M. de Vandôme, en 1710.

De Deſnin, ſur les Alliez ; par le Maréchal de Villars, en 1712.

Je crois ne pouvoir pas mieux terminer ce Livre, qu'en ajoutant aux maximes que j'ai données pour chaque emploi, & pour chaques maneuvres en particulier, celles qui doivent être communes à tous ceux qui font profeſſion des armes : elles pourront être d'un grand ſecours aux jeunes Officiers, & mêmes aux anciens, qui faute d'en avoir été inſtruits, en ignorent les conſequences.

MAXIMES GENERALES
POUR LES GENS DE GUERRE.

Caractere d'un homme de Guerre.

LE vrai caractere d'un homme de Guerre doit être la crainte de Dieu, l'amour du Souverain, le reſpect des Loix, la préference de l'honneur aux plaiſirs, & à la vie même.

Sur la neceſſité d'entrer jeune dans le Service.

C'eſt dans la jeuneſſe qu'un homme deſtiné pour la Guerre, doit s'accoutumer à en ſupporter les fatigues. La vieilleſſe n'ayant plus rien de ſouple, la longue habitude la tient comme enchaînée : elle n'a plus de reſſource contre ſes défauts ; parce qu'elle ne peut plus ſe plier elle-même contre certaines habitudes qui ont vieillies avec elle : ſouvent elle les connoît, mais trop tard, & c'eſt en vain qu'elle en gémit. Il faut donc pour réuſſir dans cette profeſſion, que le cœur y appelle, & y entrer jeune ; non ſeulement par les raiſons que je viens de marquer, mais encore parce que ſi on n'eſt pas du nombre de ceux que la naiſſance ou l'argent font paſſer ſur le ventre des autres, comme le plus ſouvent on ne s'avance que ſuivant ſon rang ou à force de patience, plutôt on part & plutôt on arrive au but : la nuit ſurprend ceux qui partent trop tard ; c'eſt-à-dire, que la mort ou la vieilleſſe arrivent avant qu'on ſe voye dans la diſtinction.

Premiers ſoins qu'un jeune Officier doit avoir.

Un jeune Officier doit s'accoutumer à ſe contenter de peu, & à mépriſer la vaine délicateſſe : j'en ai rapporté les pernicieuſes conſéquences dans mon Avertiſſement. Il doit eſtimer la ſanté, la frugalité, l'amour de la vertu, le bon naturel, l'attachement à ſes amis, la fidelité pour tout le monde, la moderation dans la proſperité, la fermeté dans les malheurs, le courage pour dire toujours la verité, ſur tout quand elle tend au bien du Service ; & avoir de l'horreur pour la flaterie.

Sciences neceſſaires dans le Service.

Quand on ſe deſtine pour les armes, on doit dès ſa plus grande jeuneſſe apprendre quatre choſes préliminaires, qui dans la ſuite ſont d'un grand ſecours pour

s'avancer ; fçavoir, la Geographie, l'Hiftoire, les Matématiques, dont les Fortifications font la partie principale, & les Langues voifines. La Geographie eft la Bouffole de l'Hiftoire ; l'on ne peut prendre goût à l'une fi
l'on ne fçait l'autre : j'ai parlé de fon utilité ainfi que de
celle des Matématiques. A l'égard de l'Hiftoire, c'eft
en l'étudiant qu'un homme de Guerre peut prendre tous
les fentimens propres à foutenir fon caractere avec honneur : elle lui reprefente des actions glorieufes, où la valeur, la prudence, la magnanimité, la conftance, les
rufes & les ftratagêmes ont fait réuffir de grandes entreprifes. Il fortifie par ces exemples fon courage, forme fon jugement, éveille fon genie, rafine fa politique,
anime fon émulation, & s'afermit dans l'habitude de toutes les vertus qui font les grands Capitaines. Outre le
Latin, que je préfupofe qu'on fçait, l'intelligence des Langues voifines eft très-neceffaire, particulierement l'Allemande ; parce qu'étant la mere de toutes les Langues
du Nord, où un nombre confiderable d'Etats differens
la parlent, elle donne une grande facilité à celui qui en
eft inftruit, de fe faire entendre dans ces grandes régions,
où la Guerre eft prefque toujours allumée. Il eft difficile, fans le fecours de cette Langue & des autres voifines, d'être bon Partifan, à caufe de la difference qu'il
y a entre écouter foi-même, & ce que peut produire
l'aide d'un Truchement, qui bien fouvent n'a pas affez
d'efprit pour bien expliquer ce que vous lui dites,
non plus que pour vous rendre ce qu'on lui a dit. D'ailleurs s'il s'agit du rapport d'un Efpion, ou de lui donner
l'ordre d'examiner quelques chofes importantes, il eft
dangereux d'en confier le fecret à quelque Interprete que
ce foit. C'eft auffi par la connoiffance des Langues voifines & Etrangeres, qu'on peut être employé dans des
Négociations, dont le fuccès ne manque prefque jamais
de faire l'élevation de celui qui en a été chargé.

Sur l'Ambition.

Le métier des armes est le seul où l'ambition soit une vertu ; ailleurs elle est souvent un crime. Sur ce principe, tout brave & bon sujet qui en fait profession, peut en y entrant se proposer pour objet le Bâton de Maréchal, parce que si le chemin est ouvert au mérite, il doit y arriver, ou mourir dans le chemin. Cependant je dois l'avertir icy, que l'Officier le plus brave & le plus capable, demeure dans une obscurité malheureuse, si on ne le met au jour, en le faisant connoître à ceux qui sont les maîtres de la fortune, & les distributeurs des graces. Il faut pour y parvenir se faire des amis.

Sur l'importance qu'il y a de se faire des amis.

Le soin principal d'un Officier bien sensé, & qui entend ses interêts, doit être de se faire aimer & estimer de ceux avec qui il sert, & sur tout des Généraux ; parce que toutes les fortunes ne viennent que de l'appui des amis qu'on se fait dans le monde : mais il doit éviter de se procurer cette fortune par la societé dans le crime, & ne l'attendre au contraire que par une continuelle pratique de vertus. La premiere voye est tout à fait indigne d'un honnête homme, & doit par consequent lui être en horreur : elle conduit au précipice ; parce que le crime ne produit que de faux amis, des biens mal assurez, & porte toujours avec soi les semences de son châtiment. *L'ami véritable*, dit un sage Auteur, *prend la lance & le bouclier : il est toujours en garde pour l'honneur de celui qu'il aime ; & cet honneur lui étant aussi cher que le sien propre, il ne permet pas qu'on lui donne la moindre atteinte.* Il est donc important de tâcher de s'en faire de semblables : mais comme ils sont très-rares, on doit pour se les acquerir solidement, ne s'adresser qu'à ceux qui ont de la probité ; parce que tout homme qui en manque, ne peut jamais être ni bon patron ni bon ami. En effet un homme qui manque d'honneur, sera infailliblement ingrat, ce vice étant absolument incompatible avec la sincere amitié. Pour apprendre à distinguer la vraie amitié de la fausse, distinguez les amis de cœur, de bourse, de table, & de masque : ces derniers se rencontrent à chaque pas ; ceux de table ne servent tout au plus qu'à nous divertir pendant quelques momens ; ceux de bourse sont les plus rares ; & ceux de cœur sont reconnus par leur probité, & par une sincerité ouverte, accompagnée d'une grande chaleur à nous servir.

Contre l'Impatience.

Celui qui entre dans les Troupes avec les intentions que je viens de marquer, doit se munir de deux qualitez, dont l'une est la patience, & l'autre la hardiesse : il doit avoir la patience pour attendre sur toutes choses l'heure qu'on appelle *du Berger* ; & la hardiesse, pour ne la pas échapper lorsqu'elle se présente. Combien d'Officiers se font ils par dépit & impatience exclus de ce qu'ils auroient eu, s'ils n'avoient pas prétendu l'avoir plutôt qu'on n'étoit résolu de le leur vouloir donner ? Il faut donc attendre la maturité du fruit pour le cueillir, souffrir des rebuts amers, & vaincre pas à pas les obstacles qui se présentent. Il n'y a point d'Officier en particulier, tel qu'il soit, qui puisse raisonnablement croire qu'il est assez necessaire à l'Etat, pour qu'il ne puisse se passer de lui : ainsi le chagrin ne cause du mal qu'à celui qui le conçoit, & ne part souvent en cette occasion que d'un esprit qui s'aveugle soi même. Le vrai moyen de vaincre ces obstacles, c'est, comme je l'ai dit, d'avoir des patrons bien-faisans & actifs ; parce que sans ce secours, il est rare qu'on aille vous déterrer, pour vous élever au préjudice de ceux que de puissans amis prennent soin de mettre dans un beau jour : le mérite n'a d'éclat, & pour ainsi dire de la vie, qu'autant qu'il est publié. Mais que la réputation de votre valeur & de votre capacité soit le seul motif qui inspire à vos Patrons le dessein de vous

fervir ; & fans les importuner de demandes à contre-
temps, attendez avec patience l'occafion, de peur que
la voulant précipiter, vous ne la perdiez pour jamais.

Fruit que les Grands retirent de la protection qu'ils accordent au mérite.

Lorfqu'un Grand fe fait un honneur défintereffé de
proteger & d'avancer un Officier de mérite & de valeur, par la feule raifon qu'il poffede ces deux qualitez,
il faut conclurre que ce Grand poffede lui même ces
mêmes qualitez au plus haut degré de perfection. Mais
au contraire, s'il fe fert de fon pouvoir, pour avancer
un homme qui eft dans le mépris ; on peut conclurre
qu'il eft lui-même tout à fait méprifable.

Sur le bien-fait, & la reconnoiffance que celuy qui reçoit un bien-fait en doit avoir.

Les bien-faits qu'un Officier reçoit du Roy font d'une
nature bien differente de ceux qu'on obtient d'un Grand
ou d'un autre puiffant protecteur. Ces derniers agiffent
fans obligation, & mettent par confequent ceux qu'ils
obligent dans la neceffité d'une reconnoiffance, dont il
leur eft prefque toujours impoffible de s'acquitter au gré
du bienfaicteur. Il n'en eft pas de même des graces du
Souverain : il eft aifé de s'en acquiter envers lui ; il ne
faut que continuer la même conduite qui les a fait mériter ; c'eft-à dire, ne point ceffer de remplir fon devoir
dans le fervice de Sa Majefté, lequel independamment
de ces graces ne feroit pas moins indifpenfable. C'eft ce
qui releve infiniment le prix de ces fortes de bien-faits ;
parce que la voye pour les obtenir, & les moyens de
s'en acquiter font également glorieux ; au lieu qu'on ne
les obtient fouvent des autres que par baffeffe & lâche
complaifance.

On a raifon de dire que quiconque ne fait point lan-
guir pour donner, donne deux fois ; parce que donner

trop tard & refuſer eſt preſque la même choſe. La promp-
ptitude avec laquelle on donne, eſt un indice du mérite
de celui qui reçoit, & un témoignage du zele de celui
qui donne ; au lieu qu'en retardant le bien-fait, il ſemble qu'on doute du mérite de celui qu'on veut récom-
penſer. La promptitude doit donc aller juſqu'à prévenir
la priere ; car c'eſt vendre bien cherement des graces à
un homme courageux, que d'attendre qu'il prie pour
les obtenir. En effet, tout homme qui prie, s'abaiſſe, &
reconnoît avec une eſpece de honte avoir beſoin de celui qu'il prie ; ſur tout s'il eſt moins qu'un Souverain : &
cet aveu du beſoin nous eſt quelquefois plus dur, que
le bien-fait ne nous eſt agréable.

Contre la Préſomption.

L'avantage d'un corps bien fait eſt un preſent dont
il faut remercier la nature, ſans pretendre s'en prévaloir comme d'une choſe qui nous met au-deſſus de ceux
qui n'ont pas reçû la même faveur de cette capri-
cieuſe diſpenſatrice. On ſçait que c'eſt rarement qu'elle
donne tout à l'un, ſans conſerver quelque choſe pour
l'autre ; en ſorte que pour contrebalancer les avantages d'un beau corps, elle le prive ſouvent d'une belle
ame ; & la donne à celui qu'elle a rendu imparfait. Ainſi
comme nous ne formons pas nous-mêmes notre exterieur,
c'eſt peu de choſe quand la nature nous donne cet exterieur agréable, ſi on n'y joint la valeur & les autres vertus. Qu'eſt-ce que l'orgueil & la vanité ? L'orgueil eſt une
qualité interieure de l'ame, qui fait qu'un homme préſu-
me de ſoi beaucoup au-delà de ce qu'il vaut, en ſe groſ-
ſiſſant à ſoi-même l'idée de ſon mérite. La vanité eſt
l'expreſſion exterieure de cet orgueil, ſoit dans la parole, ſoit dans l'attitude du corps, ſoit dans tout ce qui
l'accompagne. Il n'y a point de vices dans un Officier
plus univerſellement haïs & plus inſuportables que ceux-
là : c'eſt un poiſon qui gâte toutes les bonnes qualitez
d'un homme de Guerre ; & quelque mérite qu'il ait d'ail-

leurs, il suffit pour le rendre odieux & méprisable qu'il ait ces défauts, qui font qu'en plaisant trop à foi-même, il déplaît à tous les autres. En un mot, l'orgueil & la poltronnerie font deux sœurs, qu'une parfaite union rend inséparables.

Contre le Mensonge.

Le mensonge n'est pas moins fui, ni moins honteux : rien n'est plus indigne d'un Officier qui cherche la société ; puisqu'il détruit toute la foi qu'on doit avoir à ses paroles, & qu'il ruine ce qui est la base du commerce & de la confiance mutuelle qu'on doit avoir les uns pour les autres. Le mensonge n'a point d'utilité solide ni durable ; le temps qui est le pere de la verité le découvre tôt ou tard, & cause de la honte au menteur, qui ne gagne autre chose, sinon qu'on ne le croit pas même quand il dit & affirme la verité.

Contre l'Arrogance.

Moins un homme sçait, & plus il est sot d'orgueil, ainsi dès que vous voyez que dans un emploi un homme s'éleve présomptueusement, concluez que c'est un ignorant. Au contraire quand vous voyez qu'il vous écoute avec patience, & qu'il vous répond avec modestie ; soyez persuadé que s'il n'a pas une capacité tout à fait profonde, il possede du moins l'art de pouvoir l'acquerir. Le comble de la vertu, est que plus on peut, moins on fasse sentir sa puissance. C'est par cette voye qu'on acquiert une autorité d'autant plus grande & plus solide, qu'elle est fondée sur l'amour & la veneration ; au lieu que l'autorité, qui n'a pour base que la terreur & la crainte, est toujours chancelante & prête à tomber. En effet, il n'y a rien de si inhumain, que de joindre la dureté à la puissance : mais la plus criminelle de toutes les arrogances, c'est celle de ceux qui se voyant élevez au-dessus des autres, méprisent la voix publique, & ne se soucient point de ce qu'on dira d'eux. C'est être indigne de toute réputation

tation que de ne pas s'inquieter de l'avoir bonne. Les
hommes infolens pendant la profperité, font toujours
foibles & tremblans dans la difgrace : la tête leur tourne auffi-tôt que l'autorité abfoluë leur échape ; on les
voit auffi rampans qu'ils ont été hautains, & en un moment ils paffent d'une extremité à l'autre.

Contre la paffion du jeu.

Le jeu eft un goufre qui n'a ni fond ni rivages : dès
qu'on y eft embarqué, & qu'on a perdu terre de vûë, il
eft rare qu'on la revoye jamais. Le vent qui emporte
votre barque, eft toujours un furieux ouragant, qui vous
dérobe la connoiffance de vous-même ; en forte qu'on
n'oublie pas feulement fa famille & fon emploi, mais on
oublie même qu'on eft homme, & qu'on doit vivre encore le lendemain. Si l'on gagne, une folle diffipation
abforbe la meilleure partie du gain : fi l'on perd, c'eft
fur la plus claire fubftance : le champ de bataille du jeu
eft toujours couvert de morts ou de mourans ; c'eft-à-
dire, de gens abîmez ou qui s'abîment ; & fouvent après
que l'on a perdu en duppe, on cherche une reffource en
fe rangeant du côté des fripons. Enfin la paffion du jeu
eft compofée de deux rages, qui font l'avare avidité du
gain, & la fureur de la perte. Cependant il n'eft pas
défendu de jouer à certains jeux de commerce, qui ne
peuvent aller jufqu'à incommoder, & qui n'excitent qu'une
paffion moderée : mais c'eft à deux conditions, l'une de
fçavoir affez le jeu pour n'être point duppe, & l'autre de
mettre fon efprit dans une fituation, qu'étant préparé à
la perte, elle ne vous donne pas plus d'émotion que le
gain.

Contre l'Yvrognerie.

Ne vous mêlez point dans les débauches des buveurs
outrez ; car quand ce crime ne feroit pas fuivi, comme il
l'eft toujours, de la confommation & d'un abus criminel
des biens, l'yvrognerie par elle-même eft le vice le plus

indigne de l'homme, puisque c'est lui qui lui ôte l'humanité, & qui le met au rang des bêtes. En effet, y a-t'il rien qui soit plus semblable à un insensé & à un brute qu'un yvrogne ? Combien de braves & habiles Officiers ont ils perdu leur fortune à la Guerre par ce seul défaut? Je ne prétends par par-là blâmer l'honnête société que la table produit ; je dis au contraire qu'elle est necessaire au commerce du monde, & qu'il faut lui donner tout ce qu'elle peut souffrir d'agremens suivant votre pouvoir & votre qualité : il y a même des postes, comme je l'ai dit, qui forcent à des dépenses indispensables ; & dans cette situation tout ce qu'exige notre honneur & notre emploi, il faut le faire d'une maniere noble, & qui ne nous fasse point tomber dans le ridicule qui suit toujours l'avarice.

Sur les Conseils qu'on donne, ou qu'on reçoit.

Un Officier tel qu'il soit, qui en consulte un autre à la Guerre, lui donne la liberté de dire franchement son sentiment : ainsi ce seroit pêcher par l'excès d'une lâche complaisance, si pour n'oser le contredire on le laissoit dans l'erreur d'une résolution préjudiciable au bien du service du Roy. Si vous êtes persuadé que ce que vous lui direz sera utile, & que vous jugiez ses intentions contraires, ne vous rebutez point pour cela ; & croyez que celui que vous n'aurez point flâté par votre conseil, soit qu'il le suive ou non, vous en estimera toujours ; & que si au contraire vous aplaudissez par flaterie à la mauvaise résolution qu'il prend, il vous en imputera le mauvais succès. La raison de cela est qu'un Officier général ou autre, qui est déterminé à faire une chose au-dessus de ses forces & de sa connoissance, & qui demande un avis qu'il ne veut suivre qu'autant qu'il sera conforme à sa résolution, demande cet avis, afin que s'il ne réussit pas, il ait sur qui en rejetter la faute, & que s'il réussit, il puisse s'en attribuer tout l'honneur : c'est delà qu'est venu la maxime de prendre l'avis du Conseil de Guerre pour

les operations épineufes. Ne décidez point devant les
anciens Capitaines qui ont toute l'experience que vous
ne pouvez avoir, écoutez-les avec déference ; confultez,
priez les plus habiles de vous inftruire, & n'ayez point
de honte d'attribuer à leurs inftructions tout ce que vous
ferez de meilleur.

Sur l'importance du fecret.

L'impuiffance où l'on fe trouve à la guerre d'executer
feul & par foy-même ce que l'on entreprend, eft la caufe neceffaire de la confiance, qu'un Chef doit avoir pour
ceux qu'il juge capables de pouvoir l'aider : il doit en ce
cas prendre bien garde de ne dépofer fon fecret qu'à des
perfonnes extrémement éprouvées ; parce que les hommes aufquels on peut tout confier font bien rares. D'un
autre côté, celui qui eft le dépofitaire d'un fecret important, que la neceffité des affaires a obligé le Souverain
ou le Chef de lui confier, eft en même temps chargé
d'un fardeau fi péfant & fi fragile, qu'il doit fe bien garder de courir au-devant d'une commiffion fi délicate ; au
contraire, je lui confeille d'imiter fur ce fujet le Poëte
Philippide, lequel s'étoit infinué dans la plus intime faveur de Lifimacus : fur ce que ce Roy lui demanda un
jour de quoi il défiroit qu'il lui fît part, il lui répondit,
de tout ce qu'il vous plaira, Sire, à la referve de votre fecret.

Secret qu'on doit révéler.

Entre les fecrets qu'on peut nous confier, ou que nous
pouvons découvrir, il y en a d'une nature, qui loin de
devoir être gardez, doivent être promptement révelez :
ce font ceux qui regardent les attentats contre l'Etat &
la perfonne du Souverain ; car loin que la révelation de
ces fecrets importans foit une perfidie, c'en feroit au contraire une grande de demeurer dans un filence criminel.
Nous fommes liez d'un lien bien plus étroit à l'Etat auquel nous fommes foumis, & au Prince fous la domina-

tion duquel nous vivons, qu'à un particulier de cet état ;
& comme le falut d'un Royaume est la loi suprême à laquelle tout autre intérêt doit ceder , il n'est pas permis
à un Sujet de taire un secret dans lequel ce falut est in-
tereffé. On a vû à Lion tomber la tête d'un tel dépofitaire , bien qu'il eût fait tous les efforts poffibles pour
détourner la coupable entreprife de celui qui lui en avoit
confié le deffein : mais il s'étoit rendu criminel en ne le
revelant pas.

Sur le respect qu'on doit au Roy & aux Puissances.

L'indignation des Rois est la meffagere de la mort,
leur couroux dit le Sage, *est le rugiffement d'un Lion , & celui qui le provoque pèche contre fon ame , & fe creufe à lui-
même l'abime où il veut tomber.* Ceux qui ont part à leur
autorité participent de leur caractere : ainfi , quand bien
même on auroit eû le malheur de recevoir d'eux quelque offenfe , il faut toûjours en parler fobrement , &
avec un refpect qui foit proportionné à leur puiffance.
Ne vous fiez là-deffus à aucun ami tel qu'il puiffe être :
celui que vous croiriez le plus intime , feroit peut-être
le premier à fe rendre votre accufateur , afin de ne pas
paffer pour votre complice : s'il ne le fait pas par trahifon , il le fera peut-être par indifcretion ; & groffiffant l'offenfe par fon rapport , comme c'eft la pratique ordinaire des faux amis , il vous attirera des difgraces terribles.
Il eft bien plus aifé de nuire que de fervir auprès des
grands ; leurs oreilles font toûjours ouvertes au poifon
du malin rapport , & font moins faciles à recevoir le
bien. La retenuë ne peut donc être trop grande , lorfqu'on parle de ceux qui ont le pouvoir en main ; parce
qu'ils font extrémement tendres à l'offenfe , & que leur
vengeance n'a point de bornes.

Sur la valeur, & la gloire qu'elle produit.

Une valeur difcrete & prevoyante furpaffe un courage boüillant & farouche. La valeur donc ne peut être une vertu, qu'autant qu'elle eft reglée par la prudence : autrement c'eft un mépris infenfé de la vie, & une ardeur brutale & emportée, qui n'a rien de fûr.

Celui qui ne fe poffede point dans les dangers, eft plutôt fougueux que brave : il a befoin d'être hors de lui, pour fe mettre au-deffus de la crainte ; parce qu'il ne peut la furmonter par la fituation naturelle de fon cœur. En cet état, s'il ne fuit point, du moins il fe trouble, il perd la liberté de fon efprit, qui lui feroit neceffaire pour profiter des occafions de renverfer les ennemis. S'il a toute l'ardeur d'un Soldat, il n'a point le difcernement du Capitaine ; encore même n'a-t'il pas le vrai courage d'un Soldat, lequel doit conferver dans le combat la préfence d'efprit & la moderation neceffaires pour obéir.

Celui qui s'expofe témerairement, trouble l'ordre & la difcipline des Troupes, donne un exemple de témerité, & peut expofer une Armée entiere à de grands malheurs. Ce défaut fe trouve ordinairement dans ceux qui préferent leur vaine ambition à la fûreté de la caufe commune ; ils doivent en être châtiez feverement. Ce n'eft pas avec trop d'impatience, qu'on rencontre la gloire ; le vrai moyen de la trouver, c'eft de la chercher ou de l'attendre tranquilement. La valeur fe fait d'autant plus admirer, qu'elle fe montre plus fimple, plus modefte, plus ennemie de tout fafte : c'eft à mefure que la neceffité de s'expofer au péril augmente, qu'elle a auffi de nouvelles reffources de prévoyance & de courage, qui vont toûjours en augmentant.

Ne foyez jaloux de la valeur des autres, que pour l'imiter, ou pour la furpaffer s'il vous eft poffible. Gardez-vous bien d'en vouloir ternir l'éclat par vos difcours : au contraire loüez le premier tout ce qui merite quelque loüange ; mais loüez avec difcernement, difant le bien avec plaifir , & cachant le mal pour n'y penfer qu'avec douleur.

Il y a dans la veritable vertu une candeur & une ingenuité qu'on ne peut contrefaire , & à laquelle on ne fe méprend point , pourvû qu'on y foit attentif. La veritable valeur fe reconnoît aux mêmes traits. C'eft donc en vain que tant d'hommes fe perfuadent fauffement de pouvoir aquerir une gloire durable , par les fimples dehors d'une valeur qui n'a pour bafe que leur langue , & pour réalité que leur vifage , dont la frayeur n'étant couverte que d'un faux mafque d'intrepidité , ne manque jamais de fe montrer au jour auffi-tôt que le danger paroît , & même lorfqu'il eft encore bien loin. La veritable valeur ne fubfifte folidement , que quand elle a pouffé des racines affez profondes , pour empêcher que la foudre même ne puiffe l'ébranler.

La vraye gloire en effet fe foutient toûjours , au lieu que la fauffe tombe comme une fleur. L'honneur n'eft point le prix de la fourbe , mais celui de la vertu ; & le fondement de cette vertu dans un homme de guerre , confifte principalement à être naturellement courageux & bien-faifant. Peut-on trouver entre les hommes une condition plus admirable , que celle de ne paroître né que pour foutenir l'honneur , la gloire & tous les avantages du Souverain & de l'Etat , & pour aider , proteger & foulager les membre de cet Etat , qui agiffent fous nos ordres pour la même fin ? Mais fi cette fituation eft veritablement glorieufe , en eft-il une plus odieufe que celle de ne fe montrer revêtu d'un emploi diftingué , que pour s'en fervir à faire du mal à tout le monde ? Apprenez donc que les deux qualitez qui font effentielles , pour fe donner une vraie & folide réputation , c'eft la modefte capacité & la reconnoiffance ; tout homme qui manquera de l'une ou de l'autre , & qui remplira fon emploi ou avec ignorance , ou avec arrogance , ou qui aura ces deux vices enfemble , car ils font prefque-infeparables ; cet homme , dis-je , efpere inutilement arriver à cette heureufe réputation , qui fait la gloire qu'on acquiert par les armes : cette gloire eft infiniment fuperieure à celle qu'on peut fe donner dans les autres profeffions.

Qu'eft-ce que la veritable bravoûre ? C'eft une intrepidité d'ame, par laquelle quoique nous voyons & connoiffions le peril, nous fommes déterminez à nous y expofer avec prudence par principe d'honneur, & en confervant notre jugement au milieu du peril, avec autant de préfence d'efprit que fi nous n'y étions pas. Cette bravoûre ne fe trouve point dans les témeraires, dans les poltrons, ni dans les faux braves. Le témeraire, comme je l'ai dit, pêche en ce qu'il fe jette dans le peril fans le connoître, & fans être guidé par la prudence, qui confifte à mefurer avec juftefle fes forces avec celles de fon ennemi. Cependant il y a certaines occafions, où la témerité peut produire, & où même elle a produit de grands avantages ; ainfi à tout prendre il faut encore mieux pêcher fur cette matiere par excez, que par manque. A l'égard du poltron né, on ne peut jamais en faire un vaillant homme : la connoiffance du peril l'excite à l'éviter ; parce que, comme il ne fait jamais un jugement jufte de ce peril, fon imagination le lui groffit toûjours, & lui donne en même temps une fi grande défiance de fes forces, qu'il n'ofe s'affurer fur elles : ainfi dès qu'il l'envifage, il le fuit, fans fe foucier de l'honneur, auquel il préfere la confervation de fa vie. Le faux brave eft poltron au fond de l'ame ; mais loin qu'il mette comme le poltron fa lâcheté en évidence, il veut qu'on croye dans le monde que l'honneur le touche : mais le peril eft la pierre de touche de ce faux or, le mafque lui tombe comme je l'ai dit, & l'on eft bien-tôt détrompé. Au refte ne croyez pas, parce que dans une premiere action un Officier a donné quelque legere marque d'inquietude, que pour cela il manque de courage : ce feroit vouloir nier celle que vous avez eû vous même la premiere fois que vous vous y êtes rencontré.

Contre les querelles entre Officiers.

Quoi que j'aye cy-devant dit quelque chose contre les querelles qui arrivent entre Officiers, ce point est si important, que je crois devoir ajoûter à ce que j'en ai dit, qu'il est rare qu'on se broüille avec des inconnus, & que ce qui est de cruel dans ces querelles entre Officiers, c'est qu'elles arrivent le plus souvent entre les camarades & les meilleurs amis. Si donc vous êtes assez malheureux pour avoir offensé mal-à-propos votre ami, n'imputez point à lâcheté de le satisfaire par des excuses ; c'est une justice, c'est une vertu. S'il vous a offensé, croyez de même que c'est une générosité loüable que celle de vous contenter des justes satisfactions qu'il vous offrira ; & moins vous lui en imposerez, plus vous aurez de gloire. Le duel, que les loix sages que j'ai cy-devant rapportées, ont rendu infame, est dans les Troupes le plus dangereux & le plus terrible écüeil de la fortune : c'est pourquoi, si malgré l'horreur que tout homme doit avoir pour cette frenesie, vous y êtes excité par quelque turbulent incapable d'en concevoir les consequences, faites lui la même réponse que fit autrefois un Soldat Romain à un autre qui l'appelloit en combat particulier. *La Republique, lui dit-il, a besoin de vous & de moi, pour charger les ennemis que nous joindrons bien-tôt ; nous disputerons alors à qui de nous deux en tuera le plus.*

Sur l'usage qu'on doit faire de la fortune.

En quelque élevation que le fort vous ait placé, souvenez-vous qu'il n'y a point d'hommes qui ne doivent en leur vie éprouver quelque disgrace de la fortune : plus on a été épargné d'elle, plus on a à craindre quelque révolution extraordinaire ; car rien ne menace tant les hommes de quelque tempête affreuse, que la bonace d'une trop grande prosperité. Eloignez de vous ce danger en observant dans la prosperité, de n'avoir ni dureté, ni orgüeil,

ni avidité, ni injustice : ce sont autant de vents contraires, dont l'impetuosité renverseroit tôt ou tard la barque fragile sur laquelle vous fonderiez témerairement le
bonheur de votre vie.

Importante maxime d'Etat.

Suivant l'article 267 des Etats de Blois, un Grand ou
autre du Royaume, ne peut posseder deux charges à
la fois. Cette Loi est exprimée en ces termes : *Nous dé-*
clarons que nous n'entendons qu'aucun par cy-après puisse être
pourvû de deux Etats, Charges & Offices ; mêmement de
Grand Maître, Maréchal, ou Amiral de France, Grand
Chambelan, Grand Maître de l'Artillerie, Général des Ga-
leres, Grand Ecuyer, Colonel des Gens de pied, Gouverneur
de Province ; lesquelles Nous déclarons incompatibles, & ne
pouvoir à l'avenir être tenues conjointement par une même per-
sonne, quelque dispense qu'il en ait obtenu, &c.

La raison qui porta le Roy Henry III. à établir cette Loi, fut premierement, parce Sa Majesté jugea que
lorsque plusieurs Charges étoient possedées par un seul,
son service ne pouvoit manquer d'en souffrir ; & secondement, parce que cette incompatibilité lui donneroit
& aux Rois ses Successeurs le moyen de récompenser un
plus grand nombre de Sujets. Mais nonobstant de si fortes raisons, lesquelles regardent directement la satisfaction du Souverain, celle des Sujets & la sûreté de l'Etat,
cette Loi si juste & si équitable ne subsiste plus.

Fin du septiéme Livre.

L'ECOLE
DE MARS,
LIVRE HUITIÉME.

DE LA MARINE.

DEpuis que la France fut divisée par les differens partages qui se firent entre les fils des
Rois, il n'y eut plus de Préfet de la mer:
c'est le nom qu'on donnoit encore sous le
regne de Charlemagne, à celui qui commandoit la Marine. Depuis ces partages, on commença
à introduire le nom d'Amiral. Comme les Rois d'Angleterre tenoient la Guyenne & la Normandie, que la Bretagne avoit un Duc, & qu'il y avoit des Comtes de Flandres & de Provence, ce qui formoit des Souverains particuliers & presque indépendans dans les Places maritimes;
& que tous ces Souverains avoient chacun leur Amiral, ces
premiers Amiraux n'ont été connus que sous le nom de
ces Provinces. C'est donc à tort que quelques Auteurs
les placent dans la liste de ceux de France; puisque bien
loin qu'ils ayent servi pour l'avantage de cette Couronne,

Préfet de la mer.

ils ont au contraire presque toujours été employez à lui faire la guerre, ainsi qu'on le voit par tant d'Histoires qui en font mention. Dans ces temps, quand nos Rois faisoient quelques entreprises de mer, ce n'étoit qu'avec des Vaisseaux pris à loyer ; & ils en donnoient le commandement à un Etranger, qu'ils prenoient à leurs gages sous le titre d'Amiral de France, & qui n'étoit revêtu de ce titre que pendant le temps qu'il s'étoit engagé de servir : tels ont été sous le regne de Saint Louis, pour son entreprise d'Egypte, Hugues Lotaire, & Jacques de Levant, sous Philippes le Bel, Regnier Grimaldy ; sous Philippes de Valois, Huë Kiriel & Pierre Bahuchet, & plusieurs autres sous les Rois suivans. Tous ces Amiraux étoient Espagnols, Flamands, Gennois, ou autres Etrangers.

Ceux qui s'étonnent que la France n'ait pas toujours conservé l'empire des mers, lequel semble lui appartenir de droit, à cause des avantages de sa situation, en peuvent trouver la cause dans cet ancien usage. Mais il me semble qu'il n'est pas aussi aisé de répondre à ceux qui se recrient sur ce que depuis le long temps qu'il y a que ces inconveniens ne subsistent plus, nous ne nous sommes pas mis en état de jouir d'un domaine aussi considerable, soit pour faire la guerre à ceux qui voudroient nous le disputer, soit pour nous rendre les maîtres du commerce, lequel seul peut enrichir les peuples, & par consequent mettre le Souverain en état de trouver tous les secours necessaires pour le soutien de l'Etat, sans que ce même Etat en soit chargé. En effet, on remarque dans l'Histoire, que jusqu'au regne d'Henry IV. loin d'avoir pensé à s'en rendre les maîtres, on avoit au contraire si fort negligé de s'y faire respecter, qu'il ne fallut pas moins, sous ce même regne, que l'insigne affront que les Anglois firent au Duc de Sully, pour faire revenir les François de l'espece de léthargie dans laquelle ils étoient tombez. Ce Duc, que le Roy envoyoit Ambassadeur extraordinaire en Angleterre, ayant été rencontré par un Vaisseau de cette Nation, qui venoit pour le recevoir, fut forcé de faire mettre Pavillon bas au Navire

qu'il montoit, parce qu'il n'étoit pas affez fort pour refifter au Vaiffeau Anglois qui l'y contraignit. On fut
neanmoins contraint de diffimuler cet affront ; parce
qu'il s'en manquoit de beaucoup qu'on fût en état d'en
prendre vengeance. Mais comme le jufte reffentiment
qu'il caufa, n'en fut que plus grand, ce fut ce qui obligea ce grand Roy à chercher toutes les voyes pour rétablir la puiffance des François fur cet élement, afin de
n'y être plus expofez à l'avenir à de pareilles avanies.

Louis XIII. fon fucceffeur fuivit fes projets, & Louis
XIV. les avoit fi parfaitement accomplis, que nous avons
été en état fous fon regne de nous vanger avec ufure des
injures que nos prédeceffeurs avoient reçûës. Outre cette
fatisfaction, laquelle n'a point de prix, le Roy & l'Etat
en ont retiré de fi grands avantages, qu'à mefure que
les François zelez pour leur Patrie ont vû diminuer cette autorité, par l'inaction dans laquelle notre Marine eft
demeurée dans ces derniers temps ; ils n'ont pû s'empêcher de s'écrier qu'ils en pouvoient d'autant moins
comprendre la raifon, qu'il fuffifoit, pour obliger à conferver & même à augmenter une chofe fi utile & fi neceffaire, de faire reflexion fur la fituation avantageufe
de ce Royaume ; puifqu'il femble que la nature lui ait,
comme je l'ai dit, deftiné l'empire de la mer, par l'accès qu'elle lui a donné fur l'une & fur l'autre mer avec
des Ports affurez, & en fi grand nombre, que fur les
feules Côtes de Bretagne & de Provence, il y en a plus
que dans toute l'Efpagne & l'Italie enfemble : ce qui montre affez, difent ils, qu'il ne tient qu'à nous de mettre
en évidence un des articles du Teftament politique du
Cardinal de Richelieu, où il eft dit, que les Forffereffes
flotantes font au-deffus des plus confiderables de la
terre.

Mais quoique ces reflexions ne contiennent rien qui
ne foit recevable, attendu qu'elles procedent du zele de
ceux qui les font ; je crois pouvoir dire neanmoins, qu'elles
font tout à fait inutiles dans un Etat tel que celui-cy :
parce que tout concourant à ce qui peut en procurer les

avantages, on ne doit pas douter, que le Roy comme y étant le plus interessé, & son Conseil comme y étant le plus éclairé, ne fassent non seulement de pareilles reflexions, mais d'autres encore infiniment au-dessus de celles du vulgaire. Ainsi avant que de se récrier sur ce que la mer n'est pas couverte de nos Vaisseaux, je crois qu'il est plus à propos de faire reflexion, que sans doute le trop grand nombre d'ennemis dont nous avons eu à soutenir les efforts, nous a empêché de jouir de la souveraineté de la mer. En effet, c'est-là le nœud gordien de l'affaire, lequel ne se peut dénoüer, qu'en trouvant des moyens suffisans, pour être en état d'entretenir en même-temps quatre cens mille hommes pour les Armées de terre, & deux cens Vaisseaux de ligne sur mer. Ces difficultez ne sont pas aisées à lever, à moins que quelqu'un des zelez, dont nous venons de rapporter les discours, ne trouvent dans leurs observations les fonds immenses qui sont indispensablement necessaires pour ce sujet, ou du moins un équivalent. Cet équivalent à la verité pourroit se trouver, en faisant en sorte que la Marine fût elle-même chargée de pourvoir à son entretien & à sa subsistance : il faudroit pour cet effet y unir le Commerce & la Guerre, de maniere que le premier fût le Trésorier de l'autre, & le second le support du premier, ainsi qu'il se pratique en Angleterre, en Holande, & ailleurs.

Quoique ce dernier expedient soit le seul qui soutienne non seulement la Marine dans ces Etats étrangers, mais aussi toutes les autres dépenses ; & que suivant leurs exemples les François pussent s'en servir avec beaucoup d'avantage, à cause de celui que leur donne leur situation : neanmoins, on n'a jusqu'à présent fait aucune tentative considerable pour former un pareil établissement ; parce qu'apparemment on a jugé qu'il seroit impossible d'en faire concevoir la consequence à une Nation, qui depuis plus de mil ans ne connoît en général d'autre commerce, que celui de faire valoir son argent sûrement, chacun à portée de chez soi, & nullement avec le risque de beaucoup gagner ou de tout perdre, ainſi qu'il arrive communément ſur la mer. Ce commerce ne s'eſt ainſi négligé, que parce que la porte en ayant été pour ainſi dire toujours fermée, même à ceux qui l'avoient trouvée de leur goût, l'uſage des rentes conſtituées entre particuliers s'eſt introduit de telle maniere, qu'une moitié de la France étant rentiere de l'autre, les bras & l'induſtrie de cette premiere partie formoient la ſource d'où l'autre puiſoit ſon luxe & ſes aiſes. Comme cette ſource eſt intariſſable, à cauſe des hypoteques certaines qui en ſont le ſoutien, elle a paru avec quelque ſorte de raiſon préferable aux profits inconnus & incertains du commerce de la mer. Deplus le corps particulier qui a beſoin d'emprunter n'étant pas ſuffiſant, pour former un nombre aſſez conſiderable de ces rentiers pour que les anciens rantez & les nouveaux riches puſſent trouver à placer, les uns les ſommes provenantes de leurs épargnes, les autres les biens immenſes qu'ils avoient acquis; & nos Rois craignant que faute de trouver dans le Royaume l'occaſion de faire valoir ces ſommes ſuivant leur maxime ordinaire, ils n'allaſſent chercher à ſe faire des rentes chez les Etrangers, & même chez les ennemis de l'Etat; ils ont été obligez de faire l'établiſſement des rentes ſur l'Hôtel de Ville. Chacun ayant trouvé dans la création de ces rentes non ſeulement le même avantage que les rentiers leur faiſoient, mais de bien plus conſiderables; & étant encore animez par le peu d'embarras qu'ils trouvoient pour recevoir leur revenu, ils ſe ſont bien gardez d'en expoſer le fonds à l'inconſtance des mers. C'eſt pourquoi, malgré les gains très-réels que nos Armateurs ont fait en tant d'occaſions, ce n'étoit qu'avec des peines extrêmes, que ceux qui étoient chargez de cette Guerre doublement avantageuſe, pouvoient trouver quelqu'un qui voulût riſquer un ſol pour gagner un écu. D'un autre côté, cette facilité d'être riche par le moyen des rentes, avoit jetté un ſi grand mépris pour l'agriculture, que la plus grande partie des terres étant ou incultes ou ſi fort négligées, qu'elles ne produiſoient rien, ou que très-peu de chofes, les revenus du Roy en ont été fi fort diminuez, qu'on a vû que pour aquitter plufieurs Provinces des debets de leur Taille, on n'a pû trouver d'autre moyen que celui de leur en donner quitance. Ainfi pour exciter au commerce de la mer, & pour le rendre affez étendu pour qu'il pût fournir aux frais des armemens de guerre dans le befoin; il faudroit à mon avis qù'il n'y eût aucunes rentes dans le Royaume, après les foncieres, que celles que produiroit le commerce, fur le profit duquel l'entretien des Flotes feroit prélevé; fauf à y employer un dédommagement aux frais du Roy & de l'Etat, pour les pertes trop confiderables, qui auroient été caufées uniquement pour le fervice fans aucun rapport au commerce. C'eft ce qu'il femble qu'on ait eû deffein d'établir dans les commencemens de ce que l'on a appellé le Siftême.

Après ce petit avant-propos, je crois devoir avertir le Lecteur, que je ne tirerai point de mon propre fonds tout ce que je vais donner du détail de la Marine; & je fuis obligé de convenir, que les Auteurs que j'ai confultez fur cette matiere, m'en ont plus fourni que l'experience. Il eft vrai que j'ai été embarqué trois fois, & que j'ai paffé plufieurs hivers en garnifon dans des Places maritimes, où comme par tous les endroits où j'ai été, j'ai eu foin de faire des obfervations & des memoires, pour me mettre du moins un peu au fait des differentes maneuvres du Corps de la Marine. Mais comme c'eft une fcience qui ne s'aquiert pas par la fimple fpeculation ou téorie; & que je fais peu de cas de ceux qui ne parlent de la guerre que par oüi dire, ainfi qu'on l'a pû remarquer dans mon Avertiffement; je n'avois pas d'abord deffein de comprendre dans le plan de mon Ecole l'article de la Marine; parce que ce Corps faifant la guerre d'une maniere particuliere & tout à fait differente de la nôtre, il feroit mieux convenu à quelqu'un de fes membres d'en donner l'explication qu'à moi, qui encore un coup ne puis le faire que fur le raport d'autrui. Cependant ceux que j'ai confultez fur ce fujet, m'ayant fait

fait entendre, que sans cette explication, ce qu'annonce
le Titre de cet Ouvrage ne seroit pas rempli; puisqu'entre les Disciples de Mars, ceux qui suivent ses Etendarts
sur la mer étans du nombre de ceux qu'il cherit le plus,
à cause de leur valeur, & des differens dangers qu'ils y
courent, ils doivent par consequent avoir non seulement
placé dans l'Ecole qui porte son nom, mais aussi y tenir
un rang très-distingué: je me suis rendu à leurs raisons. Mais
pour éviter de me jetter dans un détail mal digeré, en
expliquant les differentes parties qui concernent ce Corps,
j'ai crû devoir mettre ce que j'ai pû recüeillir des meilleurs Auteurs sur ce sujet, par ordre Alphabetique en forme de Dictionnaire: avec cet abregé le Lecteur pourra
du moins s'instruire sur les parties les plus essentielles
de cet Art.

DICTIONNAIRE ABREGE' ET HISTORIQUE
DES PRINCIPALES PARTIES DE LA MARINE.

A

ABORDAGE. C'est l'approche & le choc des Vaisseaux ennemis, qui se joignent, ou s'accrochent par
des grapins & des amarres, pour s'enlever l'un ou l'autre. C'est aussi le choc des Vaisseaux non ennemis, que
la force du vent, ou la faute du timonier fait dériver l'un
sur l'autre, soit lorsqu'ils vont de compagnie, soit quand
ils se trouvent en même moüillage. Les gens de marine
ne prennent pas ce terme dans le sens qu'on le prend sur
la plûpart des Rivieres: ils le tirent du mot *bord*, qui signifie *Navire*; & non pas de celui de *bord* ou *rivage*. On
tâche d'aborder les Vaisseaux ennemis par leur arriere
vers les hanches, pour jetter les grapins aux haubans; ou
bien par leur avant & par le beaupré. On dit *aborder un*
Vaisseau debout au corps, pour dire mettre l'éperon dans
le flanc d'un Vaisseau. On dit aussi de deux Vaisseaux

qui s'approchent en droiture, qu'*ils s'abordent de franc étable.*

AMIRAL. Le nom d'Amiral tire son origine des Arabes, qui vinrent par mer attaquer les Chrétiens en Europe. Ces Arabes, après avoir couru diverses Provinces, conquirent l'Espagne, & de là descendirent aux côtes de France par la Guyenne & le Poitou. Comme celui qui avoit le commandement sur les autres Chefs étoit appellé *Amir Almasismin*, ce qui signifie en langue Arabe, *Prince des vrais Croyans*, les François qui retinrent les premieres silables de ce nom, appellerent depuis par imitation, *Amiral*, celui qui commandoit une Armée navale.

Celui qui commandoit la Marine sous le regne de Charlemagne, ne portoit pas encore ce nom : il en est parlé dans l'Histoire sous celui de *Præfectus Maris*, Prefet de la mer. Le premier qui occupa cette éminente Charge, selon quelques Auteurs, fut le Hery, & selon d'autres Rotland. Cette Charge qui n'étoit autrefois qu'une commission, fut érigée en titre d'Office par Philippe le Hardy en 1273, en faveur d'Enguerand Sire de Coucy, ou selon quelqu'autres Cronologistes, par Charles V. en 1369, en faveur d'Amory, Vicomte de Narbonne.

Depuis que les Provinces du Royaume, qui avoient été comme je l'ai dit divisées, ont été réünies, ceux qui possedoient les Amirautez dans celles qui avoient été ainsi séparées, ayant conservé leurs Charges, il y a eu pendant un long temps plusieurs Amiraux en France ; sçavoir, de Normandie, de Bretagne, de Guyenne & de Provence. Celui de Normandie, qui fut depuis appellé de France, commandoit depuis le pas de Calais jusqu'à S. Michel du Mont ; celui de Bretagne, depuis S. Michel jusqu'au Ras ; celui de Guyenne, depuis le Ras jusqu'à Bayonne ; & celui de Provence, depuis Perpignan jusqu'à la Riviere de Gênes. Tous ces Amiraux sont à present réduits à un seul, qui est celui de France.

François I. par deux Edits, l'un du 20 Fevrier 1534, & l'autre du même mois 1543, a décidé & fixé les droits

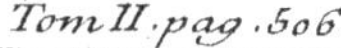

A. *Amiral.* B. *Vice Amiral.*

attribuez à cette Charge ; nous les expliquerons cy-après.
Ces droits avoient été jufqu'alors conteftez par plufieurs
Seigneurs & particuliers, proprietaires de ports & plages. Ce Prince ceda en même temps à l'Amiral, le dixiéme, lequel avant cela étoit le droit du Roy. Il y avoit
deux Gouvernemens incompatibles avec l'Amirauté ; fçavoir, celui de la Rochelle, & celui de Bretagne : apa-
ramment que cela ne fubfifte plus.

 Le pouvoir de cette Charge, qui a toûjours été fort
grand, fut beaucoup augmenté par Henry III. en faveur du Duc de Joyeufe : mais cette autorité fut détrui-
te dans la fuite, par la conteftation qu'il y eut entre le
Duc de Guife, & le Cardinal de Richelieu : le premier
prétendoit avoir l'Amirauté de Provence, & l'autre s'y
oppofoit, en vertu de la réünion. Cette conteftation obligea le Roy en 1626, de fupprimer l'Amirauté, & de créer
enfuite la charge de Grand Maître, Chef & Surinten-
dant général de la Navigation & Commerce de France.
Il fupprima auffi cette nouvelle charge en 1669, pour rétablir celle d'Amiral, avec le Titre d'Officier de la Couronne ; mais avec plufieurs retranchemens fur fon pouvoir. Sa Majefté fe réferva alors le choix, les promotions
& les provifions de tous les Officiers ; fçavoir des Vice-
amiraux, Lieutenans Généraux, Chefs d'Efcadres, Capitaines, Lieutenans, Enfeignes, & Pilotes des Vaiffeaux,
Fregates & Brûlots ; des Capitaines & Officiers des ports,
& Gardes côtes ; des Intendans, des Commiffaires,
Controlleurs généraux & particuliers, Gardes magafins,
& généralement de tous les Officiers de guerre, & de
finance, ayans emploi & fonctions dans la marine. Il fe
referva auffi tout ce qui peut concerner les conftructions
& radoub des Vaiffeaux, l'achat de toutes fortes de marchandifes & munitions, pour les magafins, Arcenaux de
marine & Armement de mer, & l'arrété des Etats de toutes les dépenfes faites par les Tréforiers de la marine ; &
il fixa les fonctions, le pouvoir & les droits de l'Amiral,
par un reglement du 12 Novembre 1669, à ce qui fuit.
 Toute la Juftice de l'Amirauté, ainfi qu'elle eft reglée

Marginal notes:

Droits de l'Amiral fixez par François I.

Augmentez par Henry III.

Amirauté fupprimée.

Rétablie.

Droits de l'Amiral.

& établie par les Ordonnances, appartiendra & fera rendüe au nom de l'Amiral.

Il pourvoira de plein droit aux Offices des Sieges des Amirautez, dans tous les lieux où ils feront établis.

Il joüira pareillement de tout & tel droit de nomination & provifion, dont les Amiraux de France ont bien & dûement joüi, fur les Offices de l'Amirauté aufdits Sieges & Table de marbre, ainfi que des amandes, confifcations & tous autres droits de Juftice, dans tous les Sieges particuliers; & de la moitié de ceux de la Table de marbre.

Du droit de dixiéme fur toutes les prifes & conquêtes faites fur mer.

Du droit d'ancrage, ainfi qu'il eft reglé par les Ordonnances, & que les précedens Amiraux en ont joüi.

Du droit de congé, fur tous les Vaiffeaux qui partent des ports & havres du Royaume.

Du pouvoir de commander l'une des Armées navales de Sa Majefté, à fon choix; & en ce cas il ordonnera des finances, ainfi que les Généraux des Armées de terre ont accoûtumé de faire. Lorfqu'il fera près de la perfonne de Sa Majefté, les ordres qu'elle adreffera à fes Armées lui feront communiquez; & il pourra y joindre fes Lettres pour en donner avis.

On bat aux champs, & on prend les armes partout ou l'Amiral paroît, foit dans le port, foit fur les Vaiffeaux; & quand il paffe auprès d'un Vaiffeau, l'Equipage le faluë de cinq cris de *vive le Roy*; & fon Vaiffeau ne rend aucun falut.

Quand on arbore le Pavillon Amiral, il eft falué de cinq cris de *vive le Roy*, par l'Equipage du Vaiffeau où on l'arbore; & les autres Vaiffeaux le faluent en ployant leur Pavillon, fans tirer le canon : le feul Vaiffeau où l'Amiral eft embarqué, a droit de porter le Pavillon quarré blanc au grand mats.

Il eft au pouvoir de l'Amiral ou Commandant d'une Armée navale de prefcrire les loix à toute l'Armée en général, & à tous ceux qui font aux fervice, Officiers &

Equipages, en temps de guerre ou de paix. Il donne ces loix par écrit , & fait prêter ferment de les observer. Quand on est en mer , il doit si bien donner ses ordres , que le plus mauvais Voilier de tous les Vaisseaux puisse suivre l'Armée , & y demeurer joint. Il établit des récompenses pour ceux qui les meritent , & fait punir ceux qui commettent des fautes. Ses ordres se manifestent le plus souvent à toute l'Armée par des signaux , tels qu'il les a reglez auparavant , & desquels il a donné connoissance à ceux qui en doivent être informez. En temps de guerre on fait souvent des changemens dans les signaux , afin que les ennemis ne les puissent pas reconnoître.

L'Amiral ne fait le signal de mettre à la voile , que lorsque la premiere ancre de son Vaisseau est levée , & que le cable de la seconde est déja au cabestan ; à moins qu'il n'y ait quelque necessité d'en user autrement. Lorsqu'il survient des choses extraordinaires, dont les avis ne peuvent être donnez par des signaux , l'Amiral fait porter ses ordres par de petits Bâtimens , en ayant toûjours près de son Vaisseau pour cet usage ; ou bien il fait le signal à tous les Vaisseaux de venir passer à son arriere, où il leur explique luy-même ses intentions. Il prend bien garde qu'on ne laisse passer aucuns Bâtimens, sans les avoir helez, pour sçavoir où ils vont.

L'adresse d'un Amiral & son experience se font voir lorsqu'il gagne le vent à ses ennemis , soit en montant au vent, soit en perçant au travers de leurs Escadres. Comme il importe extrêmement à une Armée navale , que son Amiral ne soit point mis hors d'état de combattre , & de la commander ; il ne doit pas s'engager legerement dans le plus fort de la Bataille : mais ses principaux soins doivent aller à donner tous les ordres necessaires, & à prévenir la confusion. S'il remarque qu'il y ait des Officiers qui ne s'acquittent pas de leur devoir , le sien est de les faire avancer , & de les mener à l'ennemi ; & après cela il se retire un peu. Il ne doit point aussi manquer d'aller secourir ou dégager ceux qui se trouvent foibles ou désamparez ; & ensuite il se retire peu à peu.

non d'une maniere qui sente la frayeur & la fuite, mais qui marque la prudence d'un Général.

Il faut que les Navires que montent les Amiraux ayent toujours plusieurs Officiers en second, afin de prendre la place des premiers, s'ils viennent à manquer. Il en est de même à l'égard des autres Vaisseaux de guerre, qui sont destinez à se trouver en de grands Combats ; il est bon qu'il y ait deux ou trois Lieutenans. Lorsqu'il s'agit de déliberer d'affaires importantes, l'Amiral fait signal de Conseil, soit pour assembler les Vice-amiraux, selon qu'il le juge à propos ; soit pour appeller aussi les Capitaines, ou même quelquefois les Pilotes avec eux. Il ordonne des recompenses pour les belles actions, & pour les prises qu'on fera ; pour les Pavillons qu'on enlevera aux ennemis ; pour les Vaisseaux qu'on brûlera, ou qu'on leur coulera bas. Quelquefois il envoye ses ordres en des billets cachetez, tant pour les Officiers que pour les Equipages ; afin qu'ils sçachent ce qu'il auront à faire, au cas que quelqu'uns des premiers Officiers soient tuez, & qui sont ceux qui en doivent remplir la place ; aussi-bien que pour regler si les Vaisseaux Pavillons continueront à porter le Pavillon, ou s'ils doivent l'ôter en cas de mort du Vice-amiral ou autre Officier général qui les monte.

Quand l'Armée est en marche pour aller aux ennemis, l'Escadre de l'Amiral se tient au milieu, & fait le corps de bataille, soit qu'on marche en ligne ou file, ou en croissant. Cette derniere forme de marcher est la plus avantageuse ; parce qu'elle donne lieu à tous les Vaisseaux d'entrer en action. En faisant vent arriere, le Vice-amiral se tient à stribord de l'Amiral, & le Contre-amiral, ou troisiéme Officier général à basbord. Si l'on va à la bouline, les Escadres se suivent en queuë ; & l'Amiral tient presque toujours le milieu, bien que quelquefois il prenne l'avant-garde. Quand on revire, soit à cause que l'ennemi paroît à l'arriere, soit pour quelqu'autre raison, l'arriere-garde revire la premiere, & devient l'avant-garde ; afin d'éviter le désordre qui arriveroit sans doute, si les vaiſſeaux de l'avant vouloient venir à la place de ceux de l'arriere ; & que ceux de l'arriere deuſſent aller occuper le poſte de ceux de l'avant.

Tous les Vaiſſeaux d'une Armée doivent courir au ſecours de leur Amiral : mais ſes Matelots ſur tout ne doivent jamais s'éloigner de lui. La prudence d'un Général éclate particulierement dans la diſtribution qu'il fait de ſon Armée : la coutume eſt de mêler les gros Vaiſſeaux avec les legers ; les premiers ſont comme les fortereſſes pour ſe défendre, & pour arrêter l'impetuoſité des ennemis ; & les autres vont à l'abordage, & font des priſes. On a ſouvent éprouvé qu'il eſt avantageux de tenir ſerrée une Armée navale, afin que l'ennemi ne puiſſe percer au travers : quand on prend ce parti il faut faire peu de voiles.

Le ſoin & la protection des Vaiſſeaux Marchands, qui ſont ſous l'eſcorte d'une Armée navale, regarde l'Amiral, qui leur donne ſes ordres ; & les fait tenir au vent, ou ſous le vent pendant le Combat : ſouvent même il les enferme dans le croiſſant que l'Armée forme, ſelon ce que ſa prudence & l'occaſion lui dictent. Si l'on mouille, on le fait dans le même ordre où l'on a navigué : les mêmes Vaiſſeaux qui en naviguant étoient au vent, ou ſous le vent, s'y trouvent encore étant à l'ancre, & ſont à l'avant ou à l'arriere de l'Amiral comme auparavant.

Dans les voyages de long cours, & dans les expeditions maritimes qui durent longtemps, l'Amiral fait une fois tous les jours paſſer ſes Vaiſſeaux à ſon arriere, pour être informé de l'état où ils ſont, & de la route qu'ils ont faite. Il ne manque point auſſi de faire tous les jours prendre hauteur. Il a encore ſoin d'ordonner de petits Bâtimens legers de voiles, pour y mettre les munitions de reſerve, afin qu'ils ſuivent toujours l'Armée ; & il a l'œil à ce qu'ils ne s'en écartent pas, ou qu'ils ne demeurent pas de l'arriere. Il fait faire continuellement des exercices aux Equipages & aux Soldats, tant pour leur faire acquerir plus d'experience, que pour prévenir les deſordres que peut caufer l'oifiveté. Dans les occafions où il rencontre des Vaiffeaux ennemis, il a l'attention de ne s'engager au Combat qu'avec avantage & efperance de la victoire. Il a le pouvoir de prendre les voyes qu'il juge les plus expedientes pour tenir dans l'obéiffance, ou pour y ramener tous les gens qui font à fon Bord, & pour faire executer fes ordres. Tout ce qui vient d'être dit de l'Amiral, regarde auffi tous les Commandans en chef.

Les Amiraux fervent fur terre.

Quoique celui qui poffede cette éminente Charge, femble n'être deftiné que pour le fervice de la mer; cependant l'Hiftoire fait mention d'une infinité de beaux exploits de guerre, que les Amiraux de France ont faits fur terre. Ils ont pris ce parti, parce que nos Rois ne faifant pas communément des armemens affez forts, pour exiger que de tels Chefs les commandent, ils fe perfuadent qu'il leur feroit honteux de demeurer les bras croifez, tandis que les autres Seigneurs de la Nation expofent leur vie dans les Combats de terre : ils ont donc voulu partager la gloire avec ces derniers, en y fervant comme Lieutenans Généraux, & même fous de moindres titres; il eft aifé d'en fournir plufiéurs exemples, fans remonter trop loin. On fçait avec quel courage M.

Exemples.

de Beaufort fe porta au paffage du Rhin, où l'on dit qu'ayant couru rifque de fe noyer, il s'étoit écrié plaifamment à ceux qui l'environnoient, de *l'aider à empêcher qu'il fût dit, qu'un Amiral eût peri dans de l'eau douce.* M. de Vermandois eft mort en faifant la Campagne en Flandres; & M. le Comte de Touloufe, qui poffede à préfent cette Charge, n'a pas moins montré d'intrepidité fur la terre que fur l'élement qui lui eft fubordonné.

Autorité remife à l'Amiral.

Comme les bornes dans lefquelles l'autorité de l'Amiral a été renfermée, ainfi que nous venons de le marquer, procedoient plus de la jaloufie des Miniftres que des raifons d'Etat; & que pendant la minorité du Roy regnant, le grand Prince qui a pris les refnes de ce même Etat, en a plus confideré les interêts que ceux des

particuliers;

particuliers ; c'eſt ce qui a fait que le Chef de la mer
a repris en quelque maniere ſes anciennes prérogatives,
ſinon avec un droit abſolu, du moins avec celui de repréſentation ; & ce droit eſt établi de ſorte, qu'il produit
à peu près le même effet : car au lieu que cy-devant le
Secretaire d'Etat de la Marine étoit véritablement le diſ-
penſateur des grâces & des récompenſes pour tous ceux
de ce Corps, parce que le Roy s'en rapportoit à ſon
ſentiment ; il ne s'en accorde à préſent aucunes, qu'à
ceux que l'Amiral en a jugé dignes : de ſorte que non ſeulement pour cette partie qui eſt très-eſſentielle, mais
auſſi pour toutes celles qui ont rapport à la Marine, Sa
Majeſté ne prend aucunes reſolutions, qu'en conſequence
de celles qui ont été priſes au Conſeil de la Marine, où
l'Amiral préſide.

Les Sieges de l'Amirauté, où la Juſtice, qui appartient
à l'Amiral, doit être rendue en ſon nom, ſont établis
dans les lieux ſuivans, la Rochelle, les Sables d'Olonne,
Bourdeaux, Bayonne, Marennes & Broüage, Nantes,
Vannes, Saint Malo, Breſt, Saint Brieux, Morlaix,
Quimper, Calais, Boulogne, Abbeville, Saint Vallery,
le Bourg-d'Ault, Rouen, le Treport, Dieppe, Caën, Saint
Vallery en Caux, Feſcamp, le Havre, Caudebec & Quil-
lebeuf, Honfleur, Dives, Toucques, Oeſtrean, Grand-
camp, & Iſigny, Carentan, la Hougue, Barfleur, Cher-
bourg, Portbail, Coutance, Marſeille, Saint Tropez,
Toulon, Arles, Martegue, Frejus, Antibes, la Ciotat,
Narbonne & Agde.

L'Amirauté de France ſe tient dans la grande Sale
du Palais à Paris. Elle connoît des mêmes matieres que
les autres, tant en premiere Inſtance que par appel des
Amirautez particulieres. Ces Juridictions connoiſſoient
autrefois des Priſes ; mais cela eſt à préſent reſervé à des
Commiſſaires du Conſeil, que le Roy nomme à cet effet :
de ſorte que les Juges des Amirautez ne font plus que
l'inſtruction des procès qui les concernent. Cependant
ſuivant l'Arrêt du Conſeil du deux Octobre mil ſix cent
quatre-vingt-neuf, il leur eſt permis de juger les Pri-

De la Juridi-
ction de l'A-
mirauté.

Tome II. T tt

fes qui fe trouveront manifeftement bonnes.

Droits de
l'Amiral

Suivant l'Ordonnance de 1527, Art. III. confirmée par celle de 1681, l'Amiral a le dixiéme des prifes, & les prifonniers ne peuvent être relâchez fans fon confentement. Le dixiéme de la rançon des prifonniers lui appartient, ainfi que le droit de Sauf-conduit pour leur retour. Il jouit encore de toutes les amandes adjugées par les Amirautez ; mais quant à celles des Tables de Marbre, la moitié appartient au Roy. Il a de même le dixiéme des victuailles, poudre, canons, & autre Artillerie prife fur les ennemis ; & s'il a befoin du furplus, il peut le prendre en payant le prix. Enfin les droits de l'Amiral s'étendent fur les Naufrages, Bris, & Echouëments. Les Ordonnances de 1543 & de 1584 s'expliquent fur cela en ces termes ; *De tout & entierement qui fe tirera de mer à terre, tant.... &c. que Bris & chofes de flot à terre, la tierce partie en appartiendra à celui ou à ceux qui l'auront tiré & fauvé ; une tierce à l'Amiral, & l'autre tierce à Nous ou aux Seigneurs aufquels avons donné icelui droit de Bris en leurs Terres ; fi toutefois le Marchand ne pourfuit fa marchandife dans l'an & jour de la perte d'icelle : car en ce cas il la recouvrira en payant les frais de fauvement à ceux qui auront iceluy fait.* La même Ordonnance de 1584 décide pour tout ce qui peut être allé au fond de la mer ; mais l'Arrêt d'enregiftrement de cette Ordonnance, porte que l'*Article XII. fortira fon plein & entier effet pour le regard du tiers de ceux qui auront fauvé les Navires Marchands,* &c. Mais quant aux deux autres tiers, il ordonne qu'*ils feront mis en dépôt jufqu'à deux mois après, pendant lefquels les Maîtres des Navires & ceux à qui appartiennent les biens & marchandifes, ou leurs heritiers, pourront reclamer lefdits deux tiers feulement ; & venant à être faite la reclamation dans lefdits deux mois, & iceux échus, lefdits deux tiers appartiendront l'un au Roy & l'autre à l'Amiral.*

Par l'Ordonnance du mois d'Août 1681, Titre IX. le Roy met fous fa protection & fauve-garde les Vaiffeaux, Equipages & Chargemens qui auront été jettez par la

tempête sur les Côtes de son Royaume, ou qui autrement y auront échouez, & généralement tout ce qui sera
échappé du naufrage ; & en conséquence ordonne que
*les Vaisseaux échouez, les marchandises & autres effets pro-
venans des bris & naufrages, trouvez en mer ou sur les grè-
ves, pourront être reclamez dans l'an & jour de la publica-
tion qui en aura été faite ; & ils seront rendus aux proprietaires, ou à leurs Commissionnaires ; en payant les frais du
sauvement. Si les Vaisseaux & effets échouez ou trouvez sur
le rivage, ne sont point reclamez dans l'an & jour, ils seront partagez entre le Roy, ou les Seigneurs ausquels Sa Majesté aura cedé son droit, & l'Amiral ; les frais du sauvement & ceux de Justice pris préalablement sur le tout. Si neant-
moins les effets naufragez ont été trouvez en pleine mer, ou
tirez de son fond, la troisiéme partie en doit être délivrée incessamment à ceux qui les auront sauvez, & les deux autres
tiers seront déposez pour être rendus aux proprietaires, s'ils les
reclament dans le temps cy-dessus ; après lequel ils seront partagez également entre le Roy & l'Amiral.* Par la même
Ordonnance Sa Majesté declare, *qu'elle n'entend faire préjudice au droit de Varech,* (c'est-à-dire, de Bris & de
Naufrage, ainsi appellé en Normandie) *attribué par la
Coutume au Seigneur des Fiefs voisins de la mer, en satisfai-
sant par eux aux charges y portées.*

Les Prises sont jugées par Ordonnances rendues par
l'Amiral & par les Commissaires nommez par le Roy
pour tenir Conseil chez l'Amiral. Lorsqu'il est majeur,
c'est lui qui y préside, & qui indique le jour & l'heure qu'il
se doit tenir. Toutes les Requêtes doivent être adressées
à l'Amiral seul, & les Ordonnances intitulées de son nom,
même lorsqu'il n'a pas été au Conseil. Les Appellations
des Ordonnances ainsi rendues par l'Amiral & les Commissaires, sont portées & jugées au Conseil Royal des
Finances, où l'Amiral assiste & prend le rang que sa naissance & sa Charge lui donnent ; & le Secretaire d'Etat
qui a le Département de la Marine, y rapporte seul les
affaires qui s'y portent.

Quand l'Amiral est mineur, le Roy établit une Commisfion du Confeil, où les Prifes font jugées, & les Arrêts expediez au nom de Sa Majefté. Les Officiers Gardes-Côtes ont une portion dans les Bris & Naufrages, qu'on verra cy-après expliquée à leur article.

Armoiries de
l'Amiral

L'Amiral porte pour marque de fa dignité une ancre pofée en pal derriere l'Ecu de fes Armes. Cependant toutes les anciennes Armoiries en marquent deux paffées en fautoir, pendantes & attachées chacune à un cable.

LISTE DES AMIRAUX
depuis l'année 1270. jufqu'à préfent.

Florant de Varennes, en 1270.

N. Engerand, en 1285.

Mathias de Montmorancy, dit le Grand, en 1295.

Jean d'Arcourt, en 1295.

Othon de Thorey, en 1296.

Benoift Zacarie, en 1296.

René de Grimand, en 1302.

Thibaud de Cepoy, en 1338.

Louis d'Efpagne de Talmont, en 1341.

Nicolas Buchet de Mufi, en 1345.

Nicolas Flot, dit Floton de Renel, en 1345.

Jean de Nanteuil, en 1351.

Anguerand Quieret de Foanfu, en 1357.

Anguerand de Montenay, en 1359.

Jean de la Heufe, dit le Baudran, en 1359.

Etienne Dumouftier, en 1368.

François de Perilleux, en 1368.

Anneric VIII. Vicomte de Narbonne, en 1369.

Jean de Vienne, en 1373.

Regnault de Trié de Fontenay, en 1397.

Pierre de Brelant du Cliquet de Landreville, en 1408.

Robert de Braquemont, en 1418.

Charles de Leus, Sieur de la Chaftrigniere, en 1418.

Georges de Brauvoir de Chatelus, en 1420.

Louis de Culant, en 1436.

Guillaume de la Pole, Comte de Suffolk. *Il eut la tête tranchée pour s'être attribué le titre d'Amiral de France.*

Nicolas de Courtenay, Anglois, en 1439.

André de la Valle, en 1439.

Prejent, Sieur de Coitivy de Rets, en 1450.

Jean de Bueuil, Comte de Sancerre, en 1450.

Jean de Montauban de Landal, en 1461.

Louis bâtard de Bourbon, Comte de Roufillon, en 1466.

Odet d'Aidic, en 1466.

Louis Malet, Sieur de Graville & de Marcoufis, en 1487.

Charles d'Amboife, Sieur de Chaumont, en 1508.

Louis de la Tremouille, de Thouars & Talmont, *Amiral de Guyenne*, en 1502.

Guillaume Gouffier de Bonnivet, en 1517.

Pierre Chabot de Charny, en 1526.

Claude d'Annebaut, Baron de Rets, en 1543.

Gafpard de Coligny, en 1552.

Honorat de Savoye, Marquis de Vilars & de Tende, en 1572.

Charles de Loraine, Duc de Mayenne, en 1578.

Anne Duc de Joyeufe, en 1582.

Jean-Louis de la Valette, Duc d'Epernon, en 1587.

Bernard de la Valette,

Duc d'Epernon, en 1590.

François de Coligny, *Amiral de Guyenne*, en 1591.

Charles Gontault de Biron, en 1592.

André de Brancas de Vilars, en 1594.

Charles de Montmorancy, Amiral de France *& de Bretagne*, en 1596.

Henry, Duc de Montmorancy, en 1612.

Alors les Amirautez de Guyenne & de Bretagne n'eurent plus lieu. Le Roy Louis XIII. fupprima l'Amirauté la mème année, & créa la charge de Grand Maître, & Chef de la Navigation qu'il donna à

Armand Dupleffis, Duc de Richelieu, *auquel fucceda*

Armand Maillé de Brezé, en 1643.

Anne d'Autriche, Reine Regente, en 1646.

Cefar, Duc de Vandôme & de Beaufort, en 1650.

François de Vandôme, Duc de Beaufort, en 1651.

Louis de Bourbon, Comte de Vermandois *Amiral*, en 1669.

Louis Alexandre de Bourbon, Comte de Touloufe, *auquel le Roy donna auffi le titre d'Amiral*, en 1683.

ARBALETE. *Arbalefte , arbaleftrille , flèche , bâton de Jacob , ou rayon aftronomique.* C'eft un inftrument d'Aftronomie, qui par fes graduations , ou divifions geometriques, fert à prendre les hauteurs des Aftres, pour en conclurre quelle eft l'élevation du pole ; ou, ce qui eft la même chofe , pour déterminer combien on eft éloigné de la ligne Equinoxiale, dans le lieu où l'on prend hauteur. L'Arbalete eft compofée de trois ou de quatre petites pieces de bois , dont la plus longue s'apelle *flèche* ou *verge*, & des autres les unes s'appellent *curfeurs* , & l'autre *marteau.* La flèche eft taillée à quatre pans , chacuns defquels ordinairement a une graduation particuliere. Les curfeurs & le marteau ont dans leur milieu chacun un trou , au travers duquel paffe la flèche. On apelle marteau la petite piece qui fe met à l'extrémité inferieure de la flèche ; & les autres pieces s'apellent curfeurs , parce que l'Obfervateur ou Hauturier les fait courir le long de la flèche , pour conduire & fixer fon rayon vifuel.

ARMATEUR , ou *Capre.* C'eft le Commandant de quelque Vaiffeau , qui eft armé pour croifer fur les Bâtimens du parti contraire. Ils ont pris ce nom pour adoucir celui de Corfaire.

ASSURER. C'eft prendre un certain payement , pour lequel on affure , que les Vaiffeaux , effets ou perfonnes arriveront à bon port ; faute de quoi on s'oblige de payer le Vaiffeau , les effets ou les dommages arrivez aux effets , ou les fommes dont on eft convenu à l'égard des perfonnes.

ASTROLABE. C'eft un inftrument aftronomique , dont les Pilotes fe fervent pour prendre hauteur , & en conclurre la latitude du lieu où ils font l'obfervation.

AVANT-GARDE. C'eft une des divifions d'une Armée navale , laquelle en fait l'avant-garde dans la route , & doit tenir la droite dans l'occafion.

B

BANC. C'eft une hauteur d'un fond de mer inégal,

qui s'éleve vers la surface de l'eau , & la surmonte quelquefois ; ou s'il regne au-dessous, il n'y a pas ordinairement assez de fond pour y mettre le Vaisseau à flot ; ce qui l'entrouve & le brise.

Banc de *Galere* , de *Galeasse* , de *Galiotte* , de *Brigantin*. C'est un siege pour asseoir ceux qui tirent à la rame, soit Forçat , Bonavoglie , ou Matelot. Les Galeres ordinaires sont à vingt-cinq bancs de chaque côté , & les Galeasses en ont trente-deux.

BARQUE. C'est un Bâtiment à un pont , qui a trois mâts ; sçavoir , le grand , celui de misène & celui d'artimon. Les plus grandes barques ne passent gueres cent tonneaux ; celles-là ont sur le pont un suzain , qui vient jusqu'au grand mât : toutes les barques de la Méditerranée sont appareillées à voiles latines , ou à tiers point. C'est aussi un Vaisseau moyen sans hune qui sert à porter des munitions , & à charger , ou à décharger un grand Navire.

BATTERIE. C'est une quantité de Canons mis de l'avant à l'arriere des deux côtez du Vaisseau. Les plus grands Vaisseaux ont trois batteries : la premiere est celle qui est la plus basse ; la seconde , est celle qui est au-dessus de la premiere , c'est-à-dire au second pont ; & la troisiéme est sur le dernier pont , ou pont d'en haut. Chaque rang est ordinairement de quinze sabords , sans comprendre ceux de la sainte barbe , & les batteries qui sont sur les châteaux. La premiere batterie qui est la plus basse , doit être pratiquée si haut , que dans le gros temps elle ne se trouve pas sous l'eau , & que par ce moyen elle ne demeure pas inutile. La plupart des Fregates n'ont que deux ponts , afin d'être plus legeres & meilleures voilieres. On dit batterie *haute* , batterie *du pont d'en haut* , batterie *entre deux ponts. Batterie & demie* , se dit d'un Vaisseau qui n'a du Canon que le long d'un pont , & à la moitié de l'autre.

BELANDRE , ou *Belande*. C'est un petit bâtiment fort plat de varangue , qui a son apareil de mâts & de voiles semblable à l'apareil d'un heu. Son tillac ou pont s'éleve de proüe à poupe, d'un demi pied plus que le plat bord, enforte qu'entre le plat bord & le tillac ou pont, il y a une efpace d'environ un pied & demi, qui regne en bas, tant à ftribord qu'à babord. Les plus grandes Belandres font de quatre-vingt tonneaux, & fe conduifent par trois ou quatre perfonnes, pour le tranfport des Marchandifes : elles ont des femelles pour aller à la bouline comme le heu.

BOMBE. Cet inftrument a été expliqué à l'article de l'Artillerie de terre : lorfqu'on s'en fert fur les Vaiffeaux, on place les mortiers fur une platte-forme qui eft dans le fond du Vaiffeau : on en parlera cy-après à l'article des galiottes à bombes.

BOULETS. Cet inftrument a auffi été expliqué à l'article de l'Artillerie de terre.

BOUSSOLE, *Compas de mer*. C'eft un inftrument fait en façon de boîte, fervant à renfermer une éguille frottée d'aimant, qui fe tourne toûjours vers les poles, à la referve de quelque déclinaifon qu'elle fait en divers endroits. Cette éguille a beaucoup de variation vers le Cap de Bonne-Efperance. Sa variation eft de dix-huit dégrez à la vûë de Zocotora, & de vingt-deux dégrez trente minutes fur le grand banc. Le bord de la bouffole porte ordinairement deux differentes divifions ; l'une eft de trois cens foixante parties égales, qui eft la divifion ordinaire du cercle en un pareil nombre de dégrez ; & l'autre qui eft deffous, eft de trente-deux parties, qui marquent les trente-deux Rumbs ou airs de vent, nommez *traits de vent*, & *pointes de compas*. Il faut que l'éguille foit faite d'une platine fort mince de bon acier, en maniere de lozange, & vuidée de telle maniere qu'il n'y ait que les extrémitez qui en reftent, avec un diametre au milieu, fur lequel la chapelle doit être appuyée. Il faut que cette éguille pour être animée, foit touchée par une pierre d'aimant fort généreufe, & que la partie qu'on veut faire tourner au Nord, le foit par le pol du Sud de la pierre.

Bouffole affolée. C'eft celle dont l'éguille eft défectueufe, fe, à caufe qu'elle a été frottée d'un aimant qui ne lui a point donné fa veritable direction.

Bouffole de Cadran. C'eft une boîte avec une éguille au centre du Cadran, pour montrer l'heure, & les parties du monde.

BOYER. C'eft un petit bâtiment de charge, qui a un beaupré, & de l'accaftillage à l'avant & à l'arriere. Il a du raport en plufieurs de fes parties, avec les fémaques : il eft plat de varangues, & le mât en eft fort haut, & porte un perroquet. Cette forte de bâtiment n'eft pas fi propre à naviguer fur mer, que fur les rivieres, & fur les autres eaux internes.

BRULOT. C'eft un bâtiment chargé de feux d'artifice, que l'on acroche aux Vaiffeaux ennemis, au vent defquels on le met, pour les brûler. Il y en a qui l'apellent auffi *navire forcier.*

Les bâtimens qu'on eftime les plus propres pour faire des brûlots, font de grandes chaloupes, des flutes, des pinaffes, du port de foixante-dix à quatre-vingt laftes; & qui ont un premier pont uni, fans tonture, & au-deffus un autre pont courant devant arriere. On entaille en differens endroits du premier pont des ouvertures à peu près d'un pied & demi en quarré entre les baux; & ces ouvertures répondent dans le fond de cale. Enfuite on fait des dales de planches qu'on joint, & on leur donne un pouce & demi de large : on les fait auffi de fer blanc. On pofe trois de ces dales à trois côtez de chaque mât; & elles s'étendent tout le long du bâtiment, à ftribord & à babord, & fe vont rendre toutes enfemble dans une grande dale qui eft en travers, à fix ou fept pieds de la place où fe met le timonier. On fait encore une dale affez longue, qui defcend du gaillard d'arriere, en biais, jufqu'à la grande dale qui eft en travers fur le premier pont : cette longue dale vient encore fe rendre dans une autre petite, qui eft fur le gaillard d'arriere, où fe tient le timonier, & à l'un des deux côtez, felon qu'il eft le plus commode. Dans le bordage du gaillard d'arriere, on fait une trape large, au-deffous de laquelle fe peut pofter une

chaloupe bonne de nage ; afin que le timonier après avoir
mis le feu dans les conduits, y puisse promptement descendre. Ensuite on remplit les dales ou conduits, d'artifices ; sçavoir, d'une certaine portion de poudre, comme
la moitié ; d'un quart de salpêtre, d'un demi quart de
soufre commun ; le tout bien mêlé ensemble, & imbibé
d'huile de graine de lin, mais non pas trop, parce que
cela retarderoit l'embrasement, & que l'effet doit être
prompt. Après cela on couvre toutes ces dales de toile
soufrée ou de gros papier à gargousses, & l'on arrange
en forme de toit sur les dales, des fagots de menus copeaux, ou d'autre menu bois, trempez dans l'huile de baleine : on met encore sur ces copeaux des fagots de bois
assez menu, & fort sec, qu'on arrange tout de même en
forme de toit sur les dales, en les mettant bout à bout.
Ces fagots sont préparez & trempez dans des matieres
combustibles, comme du soufre commun, pilé & fondu,
du salpêtre, & les trois quarts de grosse poudre, de l'é-
toupe, & de l'huile de baleine ; le tout bien mêlé ensemble. On pend au second pont par-dessous, toutes sortes
de matieres combustibles, & l'on en met partout avec des
baguetes de vieux fils de carret bien goudronnez, & l'on
y pend encore des paquets de soufre, ou de lisieres sou-
frées. Tout le dessous du premier pont est aussi fort bien
goudronné, de même que le dessous du second pont ; &
avec le goudron dont le dessus du premier pont est encore enduit, il y a partout des étoupes que le goudron
y retient, & qui sont mêlez avec du soufre. On remplit
aussi fort souvent les vuides du bâtiment de tonnes pois-
sées, pleines de copeaux minces & serpentans, comme
ceux qui tombent sous le rabot des Menuisiers.

Lorsqu'on veut se servir des brûlots, on ouvre tous les
sabords, les écoutilles, & les autres endroits destinez à
donner de l'air ; ce qui se fait souvent par le moyen des
boîtes de pierriers, qu'on met tout proche, & qui faisant ensemble leur décharge, par le moyen des traînées
de poudre, s'ouvrent toutes à la fois.

À l'avant sous le beaupré, il y a un bon grapin qui

pend à une chaîne , & un à chaque bout de chaque vergue. Chacun de ces grapins eſt amaré à une corde , qui
paſſe du lieu où ils ſont tout le long du bâtiment, & va
ſe rendre au gaillard d'arriere à l'endroit où ſe tient le
timonier. Auſſi-tôt que le brûlot a abordé le Vaiſſeau ,
le Timonier doit couper cette corde , avant que de mettre le feu au brûlot. Il faut faire ſes efforts pour accro-
cher le navire ennemi par l'avant , & non par les côtez.
On arme les brûlots de dix ou douze hommes , qui ont
la double paye à cauſe du danger qu'ils courent , & de
quelques paſſe-volans , pour faire montre ſeulement : à
l'arriere il y a deux canons de fer , pour ſe défendre contre les chaloupes & les canots. Quand on conſtruit des
brûlots de bois neuf, on n'y employe que du plus chetif, du
plus leger , & où le feu peut prendre plus aiſement. Les
brûlots ſe tiennent ordinairement aux côtez des grands
Navires, pour les ſecourir en cas de beſoin.

BUCENTAURE. C'eſt le nom d'une eſpece de galion,
dont ſe ſert la Seigneurie de Veniſe, lorſque le Doge fait
la céremonie d'épouſer la mer : ce qui ſe fait tous les
ans le jour de l'Aſcenſion. Cette machine eſt un ſuperbe
bâtiment plus long qu'une galere , & haut comme un
Vaiſſeau ſans mât & ſans voile.

BUCHE. C'eſt une eſpece de flibot , dont les Holandois ſe ſervent pour la pêche du harang.

C

CADETS , *Gardes Marines*. Pour porter les armemens
de mer à un dégré auſſi parfait que ceux de terre, le
feu Roy créa trois Compagnies de Gardes de la Marine,
faiſant ſix cens hommes, pour être attachées chacune à
un principal port ; ſçavoir , à Toulon , Rochefort & Breſt.
Ils ſont inſtruits dans ces Ports, aux frais de Sa Majeſté,
dans toutes les ſciences neceſſaires pour former de bons
Officiers de mer : de plus leurs Officiers leur montrent
l'exercice, ou maniement des armes, & les évolutions de
l'Infanterie : Pour cet effet, ils ſont diviſez par portions,

à differentes heures ; afin que dans le même jour, ils reçoivent au moins une leçon sur chacune de ces sciences. Les
Capitaines ou Commandans de ces Compagnies, doivent
rendre compte de ce qui s'y passe au Commandant dan
le Port, & ensuite à l'Amiral & au Secretaire d'Etat ayant
le département de la Marine. L'avancement des Gardes
dépend entierement de ce compte ; attendu que ce n'est
que sur celui que l'Amiral reçoit de leur bonne conduite,
& du progrès qu'ils ont fait dans les sciences necessaires,
qu'il les propose au Roy pour être Officiers. Ils doivent
être tous Gentilshommes, ou tout au moins de famille
vivant noblement. Leur service sur les Vaisseaux est le
même que celui des Soldats ; & nonobstant ce service
leurs Officiers les tiennent continuellement en exercice,
pour leur faire mettre en pratique les sciences dont ils
ont appris la téorie, soit pour l'hidrographie, le pil-
lotage, ou l'Artillerie, &c.

Ils ont pour Officiers un Commandant, un Lieutenant,
un Enseigne : chaque Compagnie est divisée en Brigades,
& est conduite par des Chefs, des Brigadiers & des Sous-
brigadiers, qui sont choisis entre les plus capables de la
Compagnie. Lorsqu'on débarque des Compagnies de Marine pour quelques Sieges de Places Maritimes, comme
nous l'avons dit, on débarque aussi pour le même sujet
les Gardes de la Marine : je l'ai vû pratiquer ainsi aux
Sieges de Palamos & de Barcelonne. Je crois pouvoir dire à l'occasion de ce dernier Siege, qu'il me semble, qu'on
y exposoit un peu trop une si belle jeunesse, destinée pour
quelque chose au-dessus des fonctions de simple Soldat.
En effet le parti qu'on avoit pris, de mettre toujours vingt ou trente de ces jeunes Messieurs à la tête de
tout, dans les plus vives attaques, en avoit si fort diminué le nombre, qu'on ne s'aperçut de la faute qu'on avoit
faite, de les exposer ainsi mal à propos, que quand il n'y
en eut presque plus. C'est pourquoi je crois qu'en de pareilles occasions il doit suffire que cette troupe distinguée
monte la Tranchée comme les autres, sans lui donner
comme on a fait, un ouvrage au-dessous de simple Grena-
dier.

Servent aux Sieges.

Sentiment de l'Auteur sur ce sujet.

CAGUE. C'eſt une ſorte de Bâtiment Holandois.

CAIC. C'eſt l'Eſquif deſtiné au ſervice d'une Galere.

CALFAT., CALFATEUR. C'eſt un homme de l'E-quipage, qui a ſoin de donner le radoub aux Vaiſſeaux qui en ont beſoin, & qui pour cet effet doit examiner ſou-vent le corps du Bâtiment, pour voir s'il n'y manque rien. Il eſt auſſi chargé du ſoin de remedier aux bleſſures que reçoit le Vaiſſeau pendant le Combat.

CANAL. C'eſt un intervale de mer entre deux terres, dont les deux extremitez vont répondre à la grande mer. On l'appelle auſſi *Détroit*, *Bras de mer*, *Manche*, *Pas*, ou *Paſſe*.

CANON. Les canons de Vaiſſeaux ſont plus peſans de métail que ceux qui ſervent à terre, à cauſe de l'ef-fort que reçoivent les pieces ſur mer, par la neceſſité où l'on ſe trouve de les charger quelquefois de boulets à deux têtes. Ils ſont montez ſur des affuts ſemblables à ceux des mortiers : il y a quatre petites roües, chacune d'une piece, qui les portent ; & ces roües n'ont point de rais. La drague & le palan ſervent à affoiblir le recul, & à remettre la piece en batterie. On ne ſe ſert que de ſept differens calibres pour l'Artillerie des Vaiſſeaux ; ſçavoir, de trente-ſix livres de bales, de vingt-quatre livres, de dix-huit, de douze, de huit, de ſix, & de quatre : mais le calibre des canons de fer n'eſt que depuis dix-huit li-vres de boulet, douze livres & au-deſſous juſqu'à quatre.

Suivant l'Ordonnance de 1689, tous les Vaiſſeaux du premier rang, par quelques Officiers qu'ils ſoient com-mandez, doivent être armez de canons de fonte, ſans mélange d'aucune piece de fer. Ceux du ſecond rang, commandez par l'Amiral, Vice amiral, ou par un Lieu-tenant Général, doivent avoir auſſi tout leur canon de fonte ; & s'ils ſont commandez par un Chef d'Eſcadre, ou par un Capitaine, ils n'ont que les deux tiers de ca-non de fonte, & un tiers de ceux de fer. Ceux du troi-ſiéme rang commandez par l'Amiral, Vice-amiral, ou par un Lieutenant Général, doivent avoir pareillement tout leur canon de fonte : lorſqu'ils ſont commandez par un Chef d'Efcadre, ils ont les deux tiers de fonte & le tiers de fer; mais s'ils le font par un Capitaine, ils n'ont que la moitié des canons de fonte, & la moitié de ceux de fer. Les Vaifleaux du quatriéme rang, doivent avoir un tiers de canon de fonte, & les deux tiers de canon de fer. Ceux du cinquiéme rang, doivent être armez des trois quarts de canon de fer, & d'un quart de ceux de fonte. Les Fregates legeres, & tous les autres Bâtimens n'ont que du canon de fer. Les canons dont on fe fert fur mer font plus courts, & plus épais de métail que ceux dont on fe fert fur terre : auffi ces premiers ne portent pas fi loin que les autres. On les fait plus courts, parce que les bordées fe font d'ordinaire de plus proche, & que d'ailleurs on a moins de peine à les manier pour les charger ; outre qu'ils occuperoient un trop grand efpace pour le recul.

Toutes les pieces d'Artillerie dont on fe fert fur mer, font ou renforcées, ou legitimes, ou moindres : *les renforcées* font celles qui ont à la culaffe plus d'un calibre d'épaiffeur : *les legitimes* font celles qui ont trois parties égales de diametre : *les moindres* font celles qui n'ont pas le diametre de l'ame, ou bien le calibre proportionné à l'épaiffeur du métail.

Les pieces de la fole des affuts marins doivent être de la moitié de la longueur du canon : la largeur entre les deux flafques doit être proportionnée à l'épaiffeur de la piece ; & la profondeur tout de même.

L'ordre qui s'obferve ordinairement pour le fervice de l'Artillerie fur les Vaifleaux, tant à l'égard du canon que des autres armes, eft de faire préparer pour chaque piece de canon tout ce qui eft neceffaire pour tirer qua-rente-deux coups : de faire ferrer toutes les gargouffes dans les coffres deftinez à cet effet, dans le fonds de cal, & dans la foute aux poudres.

De faire choix de gens propres, pour mettre auprès des coffres à gargouffes & aux écoutilles : de couvrir les écou-tilles de prélarts : d'ordonner à ceux qui font aux écou-tilles, de ne mettre entre les mains de ceux qui font auprès des coffres à gargouſſes, aucunes lanternes, qu'ils ne les ayent tournées ſans deſſus deſſous, & viſitées pour voir s'il n'y a point de feu : de faire donner deux lanternes à gargouſſes pour chaque piece de canon.

De diſtribuer les gens qu'on deſtine au ſervice du canon, & leur marquer quelle piece ils doivent ſervir : de les faire aller tous les jours, lorſqu'on a le loiſir, chacun près de la piece qu'il doit ſervir, & de leur faire faire l'Exercice : de diſtribuer les Canoniers pour les batteries de chaque pont, & de commander un homme en particulier pour la batterie du premier pont, où ſont les plus groſſes pieces ; afin qu'il préſente les gargouſſes : de bien ranger les boulets & les étoupins dans les parquets ſur les ponts : de tenir parez les bailles & les écouvillons près de chaque piece : de frapper un cloud entre chaque deux pieces de canon, pour y pendre les cornes à amorcer : de faire les valets de la figure d'un peloton, & de les biens ſerrer.

De déclarer & bien faire entendre à tous ceux qui ſont diſtribuez pour ſervir le canon, qu'au premier ordre de l'Amiral ou du Capitaine, chacun ait à ſe rendre auprès du canon qu'il doit ſervir, & à s'y trouver au troiſiéme coup de cloche : de tenir parez les pots à feu & grenades, & d'ordonner des gens capables pour les jetter : de diſtribuer les menues armes à feu à ceux qu'on trouve les plus capables de les manier, & de leur en faire faire l'exercice deux fois la ſemaine ; & lorſque le Trompette ſonne la charge, que chacun ſe tienne paré avec ſes armes, & vienne ſur le pont : de choiſir cinquante Soldats pour leur donner des carabines ou arquebuſes, telles qu'on a coutume de s'en ſervir ſur le haut pont, & de diſtribuer les autres pour ſervir le canon : de tenir auſſi parez dans la dunette quelques mouſquets, arquebuſes & carabines : de tenir ſur le haut pont des fuſils & de longues piques, & des fuſils plus courts ſur le ſecond pont : de tenir des ſeillaux parez & amarez tout au tour du Vaiſſeau : de tenir des bailles & des écouvillons dans les porte-haubans : de placer ſur chaque hune une grande baille, avec des feillaux & de groffes feringues : de tenir paré à l'arriere fur la dunette un cable ou une anfiere : de mettre des chaînes aux hunes & des boulets fur les racages : de tenir parez fur le pont des paquets de commande, de garcettes, & de culs de porc, pour racommoder en diligence ce qui pourra être endommagé.

De faire choix de cinq ou fix Matelots bien difpos, pour prendre foin des maneuvres courantes : de mettre un faux étai au mât de mifene : d'ordonner fix Moufquetaires pour la chaloupe avec les Rameurs, & d'y placer des bombardes : de faire garnir de planches les grapins des chaloupes, afin que les Charpentiers les trouvent parez au befoin, pour s'en fervir à l'eau : d'ordonner aux Charpentiers de fe tenir parez, avec des ceintures au tour du corps, & avec les clouds, chevilles, facs, palardeaux, fuifs, plaques, & toutes les autres chofes dont ils doivent être pourvûs : de les diftribuer par les hauts & par les bas, & leur recommander la vigilance : de diftribuer tous les Officiers, & leur affigner à chacun leur pofte : de placer les Mouffes dans les galeries du fond de cale, & dans les foffes aux cables : d'ôter toutes les gargouffes vuides, & les mettre dans la foute au bifcuit ou ailleurs : de porter dans la dépenfe un rapecul ou une voile pour les malades : de faire donner de doubles charges pleines aux Arquebuffiers ou Carabiniers.

EXERCICE DES CANONIERS DE MARINE.

Canoniers, chacun à fon pofte.
Démarez le canon.
Roulez le palan à côté de la piece.
Oftez le tampon de la bouche du canon.
Découvrez la lumiere du canon.
Prenez le dégorgeoir.
Mettez-le dans la lumiere du canon.
Crevez la gargouffe.
Prenez le poulverain.
Amorcez le canon.

Couvrez

Couvrez la lumiere.
Prenez le boute-feu.
Pointez le canon.
Souflez la mèche à l'écart.
Etes-vous prêts, Canoniers.
Découvrez la lumiere du canon.
Haut le bras.
Mettez le feu.
Bouchez la lumiere.
Prenez le fouloir.
Mettez-le dans le canon.
Refoulez le canon.
Tirez le fouloir dehors.
Prenez la gargouffe.
Mettez-la dans le canon.
Prenez le valet.
Mettez le dans le canon.
Bourrez la bale.
Retirez le fouloir dehors.
Mettez-le en son lieu.
Prenez le levier.
Redreffez le canon.
Prenez la pince.
Hauffez la culaffe du canon.
Prenez le coin de mire.
Pointez le canon.
Amarrez le canon à fimple palan.
Mettez la platine fur la lumiere du canon.
Mettez le tampon à la bouche du canon.

Le Maître Canonier eft un des premiers Officiers Mariniers, & commande fous les Chefs principaux tout ce
qu'il y a d'Artillerie dans le Vaiffeau. Il doit être préfent à l'embarquement du canon, & enfuite calibrer les
boulets qui lui font neceffaires, & les féparer par calibres
dans le Navire. En recevant la poudre, il doit vifiter
chaque baril à la fortie du Magafin, en préfence de l'Officier du Bord : lorfque la poudre eft dans les foutes,

c'eſt à luî de les faire fermer & couvrir de cuir. Il ne doit
point recevoir de grenades, ni de pots à feu faits : il doit
faire lui-même les fuſées des grenades, & avoir ſoin de
tous les artifices. Avant que de remplir les gargouſſes,
il doit avertir le Capitaine, lequel fait éteindre tous les
feux, & mettre des Sentinelles l'épée à la main dans les
endroits neceſſaires, pour empêcher les accidens. Il viſite de temps en temps les poudres, après en avoir donné avis au Capitaine ; & il empêche que les Canoniers
ne deſcendent dans les ſoutes avec des ſouliers, clefs,
couteaux, & autres choſes qui puiſſent en tombant cauſer des incendies. Il ne doit point permettre que perſonne couche dans la Sainte Barbe, que ceux que le Capitaine y a placez. Il fait veiller toutes les nuits un Canonier avec une chandele allumée dans un fanal ; & à l'é-
gard des mêches allumées, elles ſont gardées dans les
cuiſines.

Il faut de neceſſité qu'un Maître Canonier ait beaucoup d'experience, & qu'il ait une parfaite connoiſſance
du calibre de ſes pieces, & de la force de ſa poudre. Il
n'y a que lui qui manie le canon, & qui deſcende dans
la ſoute aux poudres, & ceux à qui il le permet, ou
l'ordonne pour ſon ſoulagement.

Il eſt bon que les noms des Canoniers ſoient écrits
ſur des morceaux de parchemin, & mis au côté de la
piece qu'ils doivent ſervir, de même que le poids de la
bale doit être écrit ſur chaque ſabord. Il doit auſſi partager le ſoin qui regarde les autres armes, & c'eſt à lui
de faire ou de garder toutes les artifices. Il a un ſecond
ou ayde, & tous deux enſemble ſont chargez de la peine de conſerver la poudre, & de la remuer & ſecher,
lorſqu'il fait beau temps. Il veille auſſi ſur le cable, lorſqu'on mouille, & doit le faire fourrer quand il eſt beſoin, afin qu'il ne ſe rague pas.

Le Maître Canonier doit auſſi avoir beaucoup de connoiſſance de l'effet que peuvent faire les boulets, de leur
volée en l'air, & des lignes ou cercles qu'ils y décrivent;
afin qu'ils puiſſent prendre des meſures plus juſtes, &

que par exemple, il ne prétende pas qu'en tirant fous
l'eau le coup porte auffi loin que fur terre. C'eft à lui
de prendre garde que la poudre foit tenue comme il faut
dans les barils , & qu'ils foient bien couverts de cuirs
verts ; que les rouës des affuts foient bien graiffées ;
qu'entre chaque deux pieces il y ait une baille d'eau, &
que le canon foit rafraîchi au feptiéme coup ou au huitiéme. Il a auffi befoin d'une grande experience pour
prendre bien fes mires, en vifant plutôt trop bas que
trop haut, afin que fon coup foit plus fûr. Le foin des
cornes à amorcer, des dégorgeoirs, des regles, des modeles, des calibres, & des autres uftencils le regarde particulierement.

CANOT. C'eft une petite Chaloupe, ou un petit Bâteau deftiné au fervice d'un grand Bâtiment.

CAPITAINES DE VAISSEAU. Les Capitaines de
Vaiffeau font confiderez comme des Gouverneurs de Places ; puifque les Citadelles flotantes dans lefquelles ils
commandent, renferment communément autant d'Artillerie & d'hommes qu'une Fortereffe confiderable. D'ailleurs , il eft certain que pour ce commandement il faut
beaucoup plus de fcience que pour l'autre, pour pouvoir
diriger la quantité immenfe de maneuvres & d'autres détails, dont ce fervice eft compofé. Ces détails tiennent
le Chef dans un continuel travail, & il y eft d'autant
plus obligé, que la moindre négligence peut non feulement caufer fa perte, mais auffi celle de tous ceux qui
font à fes ordres ; attendu que l'intervale qui fépare la
vie de la mort fur fon Vaiffeau, n'eft que de l'épaiffeur
d'une planche fufceptible & fujette à mille accidens. C'eft
pourquoi on peut bien dire à leur égard, comme pour
tous les Officiers & gens de mer, que la moindre chofe
eft le Combat.

Après l'attention que ce point demande d'un Capitaine, fon devoir confifte à faire obferver ponctuellement
dans fon Vaiffeau la juftice & la police que le Roy a
établies par fes Ordonnances. Il ne doit point quitter
le Port de fon Département fans Congé de Sa Majefté.

Ordonnances
de 1668. &
1674.

Lorsqu'il est nommé pour commander un Vaisseau, il faut qu'il en fasse une visite exacte avec ses principaux Officiers, & qu'il soit toujours présent au radoub & carenne qu'on est obligé d'y faire ; & lorsqu'il est embarqué, il doit veiller sans cesse à la sureté de l'Equipage, & soutenir dans l'occasion l'honneur de la Nation par sa valeur & son courage. Je dirai à cette occasion, que le Roy ne pardonne jamais aucunes des fautes capitales d'un Commandant de Vaisseau, & que Sa Majesté en ordonne la punition, suivant les cas, ou par l'interdiction ou par la mort. Ces fautes capitales sont, par exemple de s'être rendu aux ennemis, sans s'être défendu jusqu'à l'extrêmité, devant plutôt se laisser forcer l'épée à la main, & même brûler, que de se rendre ; d'avoir abandonné son Vaisseau ; d'avoir abandonné les Vaisseaux Marchands sous son escorte. On doit sçavoir sur ce dernier point, que si le Commandant d'un Vaisseau Marchand se sépare de l'escorte sans raison légitime, il doit être condamné aux Galeres.

Quand un Capitaine commande le Port, les Gardes se mettent en haye sans armes ; & s'il commande une Escadre, il sera seulement fait un appel lorsqu'il entrera dans un Vaisseau de l'Escadre, & les Soldats prendront les armes.

Le Capitaine durant le Combat est à l'étage le plus élevé de la poupe, pour voir ce qui se passe dans son Vaisseau, dans celui contre lequel il se bat, & dans toute l'Armée, pour donner ses ordres. Il en descend selon le besoin, pour faire agir les Soldats & les Matelots. Les Lieutenans & les Enseignes sont distribuez dans les batteries, pour faire servir le canon ; & le Capitaine en second, s'il y en a, est sur le château de l'avant.

Capitaine en pied sur un Vaisseau de guerre, est un Capitaine du grand Etat, qui a sa Commission du Roy pour commander un Vaisseau. Lorsqu'il monte un Vaisseau Pavillon, c'est-à-dire, un Vaisseau monté par un Officier général, c'est au Capitaine à faire faire le détail du service. Le Roy veut qu'il y ait sur le Vaisseau Amiral ou-

tre le Commandant, deux Capitaines, deux Lieutenans,
& deux Enseignes, & pareil nombre sur les autres Vaisseaux du premier rang : sur ceux du second rang, un
Capitaine, deux Lieutenans, & deux Enseignes : sur ceux
du troisiéme rang, un Capitaine, un Lieutenant, & deux
Enseignes : sur ceux du quatriéme & cinquiéme rang, un
Capitaine, un Lieutenant & un Enseigne.

Un Capitaine doit être exercé dans tous les Arts &
toutes les fonctions qui regardent la Marine & la Guerre.
Il doit sçavoir lui-même gouverner son Navire, tirer le
canon, & faire les Evolutions navales. Il doit prévoir si
son ennemi veut ou peut venir à l'abordage ; & il doit
sçavoir comment en ce cas il faut maneuvrer les voiles.
Dans les occasions difficiles & importantes il assemble les
Officiers, & tient Conseil avec eux. Il doit être severe
à faire justice , & lorsqu'il s'agit de quelque malfaicteur,
c'est lui qui est le demandeur, & qui conclut contre lui,
& le Conseil prononce. L'Ecrivain tient le Regiftre des
résolutions du Conseil.

Il a le pouvoir conjointement avec le Conseil de Guerre,
de condamner à la mort ; bien entendu que ce n'est pas
quand il se trouve dans une Armée navale, ou dans
une Flotte, mais lorsqu'il navigue seul. Le Conseil de
Guerre d'un Vaisseau est composé de tous les plus hauts
Officiers. C'est avec eux que le Capitaine arrête ce qu'il
faut faire, & quelle route il faut prendre , lorsque le
Vaisseau s'est écarté du gros de l'Armée, de l'Escadre ,
de sa Flotte, ou de sa compagnie.

Le point d'honneur lui doit être en recommandation,
lorsqu'il rencontre des Vaisseaux étrangers ; & il doit
prendre bien garde à l'observer dans les saluts & contre-
saluts qu'il leur fait. S'il s'agit de s'engager au Combat,
il doit donner ses ordres de bonne heure pendant que
tout est tranquile, & assigner à chacun le poste où il se
doit tenir. Quand il estime qu'il n'est pas loin de terre ,
ou de ses ennemis, il doit faire tenir continuellement une
Sentinelle sur la hune ; & lorsqu'il découvre l'ennemi,
& qu'il se dispose à combattre, il a soin de faire amarrer

les grapins d'abordage, qui pendent au beaupré, & de les faire attacher aux bittes avec des chaînes de fer : il fait faisir les écoutes & les vergues, mettre les bourlets aux mâts sous les racages, épandre du sel sur les tillacs, afin qu'on s'y tienne plus ferme : il donne ordre que le Vaisseau soit bien lavé partout, & qu'il y ait des bailles & des écouvillons auprès de tous les canons. Alors on ôte les fronteaux , & l'on retire tout ce qui peut voler en éclats, & nuire.

Un Capitaine ne doit jamais se séparer de l'Armée ou de l'Escadre, ni l'abandonner sans la permission ou le commandement du Général ; à moins qu'il ne puisse faire voir clairement qu'il y a été absolument contraint, pour sauver le Navire & l'Equipage.

Le Capitaine d'un Vaisseau Amiral, est celui qui sous l'Amiral donne les ordres, & commande dans le Vaisseau que monte un Amiral.

Capitaine en second, est moins ancien que le Capitaine en pied, & ne commande qu'en son absence.

Capitaine de Fregate legere, est celui qui commande cette sorte de Bâtiment : il est du petit Etat.

Capitaine de Galiote : il est du petit Etat.

Capitaine de Brûlot : il est du petit Etat.

Capitaine de Flute, est un Officier de Marine tiré du petit Etat, qui monte un Vaisseau de Roy, chargé des choses necessaires pour l'Armée.

Capitaine de Matelots, est un Officier Marinier, qui commande aux Matelots, sous le Maître d'Equipage.

Capitaine de Marine, est celui qui commande les Soldats-Gardiens d'un Port : il y en a un dans chaque Port où il y a des Soldats-Gardiens.

Capitaines-Gardes-Côtes : ce sont ceux qui commandent la milice qu'on établit pour garder les Côtes, & pour empêcher les ennemis de faire quelque descente.

CARTE MARINE. C'est un plan ou surface plane, sur laquelle sont représentées les Côtes, les Isles, les rochers, les bancs & les dangers de la mer, avec les embouchures des rivieres, & les airs ou rumbs de vent, pour compaſſer les routes, & regler les eſtimes.

CHAT. C'eſt une ſorte de Vaiſſeau du Nord, qui ordinairement n'a qu'un pont ; il a le cul rond, & porte des mâts de hune, quoiqu'il n'ait ni hune ni barres de hune.

CHATTE. C'eſt une Barque qui a les hanches & les épaules rondes, dont les moindres ſont de ſoixante tonneaux ; elle eſt raſe, groſſierement conſtruite : on s'en ſert à tranſporter du canon & les proviſions d'un Vaiſſeau.

CHEF D'ESCADRE. Le plus ancien Chef d'Eſcadre commande en l'abſence du Lieutenant Général ; il eſt à peu près ſur la mer, ce qu'eſt un Maréchal de Camp ſur terre.

Quand il commande dans le Port, les Gardes y prennent les armes pour lui, ſans bruit de tambour : mais quand il entre dans ſon Vaiſſeau, ou dans quelqu'autre de ſon Eſcadre, les Gardes prennent les armes, & le Tambour bat aux champs. Quand il paſſe auprès des Vaiſſeaux de commandement, il eſt ſalué de trois cris de *vive le Roy*. Il eſt du Conſeil de Guerre comme les autres Officiers généraux ; & il y préſide lorſqu'il commande dans le Port ou à la mer. Lorſqu'il s'agit au Conſeil d'autre choſe que de maneuvre de guerre, & qu'on y traitte de quelque fait de Juſtice, de Police, & de Finance, le Chef d'Eſcadre quoique Commandant, n'a ſéance qu'après l'Intendant. *　　*Leurs fonctions & honneurs militaires.*

Comme il y a des Chefs d'Eſcadres attachez particulierement en titre à chaque Département ; ſçavoir, de Bretagne, de Normandie, d'Aunix, de Provence, de Poitou & Saintonge, de Languedoc & Rouſſillon ; le Chef d'Eſcadre, portant le titre de quelqu'un de ces Départemens, y commande, lors même qu'il s'y en trouve d'autres plus anciens. Quoique les autres n'ayent point de titre de Province, ils ont neanmoins les mêmes appointemens & les mêmes honneurs que les ſix premiers. Il n'y a point de degré d'honneur entre les Chefs d'Eſ-　　*Chefs d'Eſcadres en titre.*　*Leurs Prérogatives.*

* Ordonnance de 1689.

cadres & les Capitaines de Vaiſſeau, comme dans les Armées de terre, où les Brigadiers ſont entre les Maréchaux de Camp & les Meſtres de Camp : cela a donné
lieu de propoſer ſouvent d'établir dans la Marine des
Chefs de diviſion.

CLASSE *de Matelots.* Le Roy ayant prévû que le
grand nombre de Troupes, que Sa Majeſté eſt obligée
de tenir ſur pied, forceroit les Officiers qui ſont obligez de les entretenir d'hommes, d'en prendre indifferem-
ment dans tous les lieux du Royaume qui ſont à leur
portée, ou à leur bien ſeance ; & que par conſequent
cela pourroit dégarnir les Côtes maritimes de ceux qui
étant accoutumez à la mer, ſont propres à ſervir de Matelots dans les armemens de guerre, & pour le commerce ; Sa Majeſté pour ne pas perdre cette reſſource ſi neceſſaire, comme il ſeroit arrivé, ordonna en 1665, qu'on
formeroit ſur toutes les Côtes, des Claſſes de Matelots
enrôlez & ſignalez, & ce en nombre ſuffiſant pour qu'il
y en eût toujours de prêts pour quelque embarquement
que ce fût ; avec défenſes à tous Officiers de les engager pour tout autre ſervice, ni de les recevoir ſous quelque pretexte que ce ſoit, ſur peine de déſobéïſſance, &
d'être obligez de les renvoyer à leurs dépens. Au moyen
de cet établiſſement, quelques nombreuſes que ſoient nos
Armées de terre, on eſt toujours en état d'en avoir de
pareilles ſur mer.

CLOCHE. C'eſt une machine dans laquelle un homme peut demeurer quelque temps ſous l'eau. Les choſes
qui ſont tombées au fond de la mer, ou ailleurs au fond
de l'eau, ſoit par naufrage ou autrement, peuvent en
être retirées par le moyen de cette machine, dont voici
la deſcription & l'uſage.

Cette machine a la figure d'une cloche, ou d'une de ces
tonnes qui ſervent de bouée, & qui ſeroit ouverte par
deſſous : ſa hauteur eſt à peu près comme celle d'un homme de moyenne taille : par le bas autour du bord, il y
a un gros cercle de fer, pour maintenir la cloche ; autrement & ſi ce gros cercle de fer n'y étoit pas en dedans

dans, la force de l'eau pourroit enfoncer les côtez de
la machine, & les faire joindre l'un à l'autre. Le diametre de la cloche est de trois grands pieds par le bas ;
& par le haut elle est fort pointuë, parce que cette sorte
de figure coupe mieux l'eau que ne feroit une plus ronde. Elle est surliée de cordes tout autour, dont il y en
a quelqu'unes qui vont jusqu'au bas ; & on y attache des
plaques de plomb d'un pied en quarré & de l'épaisseur
de deux pouces. A chaque coin de ces plaques il y a un
trou, par lequel les cordes passent ; & ces plaques pendent deux pieds au-dessous de la cloche. C'est sur ces
plaques que l'homme qui est dans la cloche, & qu'on a
descendu sous l'eau, pose ses pieds & tous les ustenciles
dont il a besoin pour son travail ; ce qui fait qu'on les
fait plus ou moins grandes, selon la qualité & quantité
des ustenciles qui doivent aussi descendre sous l'eau. Au-
dessus de la cloche il y a un grand croc, où l'on attache une corde ; & cette corde est passée dans une poulie
qui est proche de l'étrave du Vaisseau, d'où l'on coule
l'homme & la cloche dans l'eau. C'est avec le cabestan
qu'on lâche & qu'on retire la corde. Toutes les parties
des jambes de l'homme qui descendent plus bas que le
bord de la cloche, & qui sont appuyées sur les plaques,
& encore deux pouces au-dessus, se mouillent en entrant
dans l'eau, parce qu'il entre deux doigts d'eau dans la
cloche, lorsqu'elle commence à en toucher la superficie.

On a déja pû comprendre qu'il faut que la machine
soit d'un grand poids pour enfoncer. C'est avec de grandes tenailles qui se ferment & se serrent avec des cordes,
qu'on prend les choses qui sont sous l'eau. Les figures de
ces tenailles sont differentes : on les fait par rapport aux
choses qu'on veut pêcher. Les unes sont destinées à enlever du canon, d'autres à enlever des ancres, des cables & des balles de marchandises ; & d'autres à enlever
des barres de fer. Les branches étant attachées aux pieces qu'on veut avoir, sont retirées par des cordes attachées aux tenailles, qu'on enleve par le moyen du cabestan du Navire. Il faut couler la cloche fort douce-

ment dans l'eau ; autrement elle pourroit tourner sur le
côté : mais quand on la retire, il faut le faire le plus vîte
qu'on peut.

Un homme qui a été sous l'eau dans une de ces machines, a rapporté qu'on y peut demeurer une demie
heure, & quelquefois un peu plus, ou un peu moins. La
vûë y est fort libre, & l'homme qui touche au fond, peut
voir distinctement l'eau qui monte peu à peu dans la machine : lorsqu'elle lui vient jusqu'à la gorge, & qu'il se
voit en danger de noyer, il tire une corde, qui est attachée autour de son corps ; & à ce signal ceux qui sont
dans le Vaisseau le retirent. A mesure qu'on l'enleve, l'air
augmente dans la machine, & l'eau y baisse ; & elle se
trouve tout à fait vuide lorsqu'elle vient sur l'eau. Lorsqu'il veut être plus à côté, soit à droite, soit à gauche,
en avant, ou en arriére, il fait des signaux par des cordes qui sont attachées au bord de la cloche par le bas,
& qui répondent au Vaisseau, où en est l'autre bout.

A moins que les effets naufragez ou jettez à la mer
ne soient enfoncez fort avant dans le sable, on peut
compter qu'ils peuvent être retirez par le moyen de cette
machine, dans laquelle on se peut mettre cent fois en un
jour, & aller visiter les plus profonds abîmes de l'Ocean.
Plus le plongeur demeure sous l'eau, plus l'air de la cloche devient chaud. Il est bon d'avertir, que tout ce qui
est sous l'eau se trouve extrèmement leger, & comme
destitué d'une partie de sa pesanteur naturelle, ensorte
qu'un homme peut enlever des fardeaux très-pesans.

COMMISSAIRES DE LA MARINE. Ce sont des
Officiers qui ont inspection sur les ateliers, & qui dans
les Ports doivent examiner la conduite des Gardiens
& des Ouvriers, & prendre garde à ce qui se fait dans
les Magasins. Ils visitent aussi les Livres de recette & de
dépense, & font faire les armemens & desarmemens des
Vaisseaux. Lorsqu'ils sont embarquez, ils sont logez après
les Capitaines, & avant les Lieutenans : pour lors ils font
les Revûës & Inventaires des Prises. Ils n'etoient employez
que par Commission avant 1701, que par Edit du Roy,

leurs Commiſſions furent érigées en titre d'Office, au
nombre de cent. Ils prennent la qualité d'Ecuyers & de
Conſeillers du Roy.

Commiſſaires de Marine aux Claſſes. Le Roy par ſon
Edit du mois d'Avril 1704 ſupprima les Ecrivains principaux, leſquels étoient après les Commiſſaires ; & créa
en titre d'Office cent Commiſſaires de Marine aux Claſſes, pour réſider dans les lieux qui ſeront déſignez par
leurs Lettres de Proviſions, & par les ordres particuliers
de Sa Majeſté. Ils doivent faire les Levées & Revûës des
Matelots, tenir un Regiſtre exact, cotté & paraphé par
l'Inſpecteur général, contenant les Rôles des Officiers
Mariniers, Matelots & gens de mer, Capitaines de Navires ; & au ſurplus ils doivent executer les Ordonnances & Reglemens concernans les Claſſes. Pour mieux entendre leurs fonctions, il faut ſçavoir qu'il y a un Enrôlement général qui a été fait dans les Provinces maritimes du Royaume : chacune de ces Provinces eſt diviſée en pluſieurs Départemens, en chacun deſquels il
y a un Commiſſaire de la Marine qui tient le Rôle de
tous les Officiers Mariniers & Matelots. Ces Départemens ſont ſubdiviſez en quartiers, & dans chaque quartier il y a un Commiſſaire aux Claſſes.

Commiſſaire général de la Marine. C'eſt le premier Officier qui ſoit ſubordonné à l'Intendant de Marine dans
ſon Département.

Commiſſaire général à la ſuite des Armées navales. C'eſt
un Officier qui reçoit les ordres & les inſtructions de l'Intendant de l'Armée navale, & qui en ſon abſence a les
mêmes fonctions que lui.

Commiſſaire général de l'Artillerie de la Marine. Il y en
a deux, l'un en Levant, l'autre en Ponant ; c'eſt auſſi ſous
les ordres de l'Intendant qu'ils ont inſpection ſur les fontes
& épreuves des Canons & des Mortiers, & ſur toutes les autres armes, & poudres, munitions, inſtrumens & outils ſervans à la guerre. Ils ont le commandement des Canoniers
& Bombardiers entretenus dans les Ports, qui ſont diviſez par eſcouades, commandées ſous lui par des Lieute-

Y yy ij

nans de Marine , ou de galiotes à mortiers.

Commiſſaire général de la Marine ambulant. C'eſt celui qui n'a point de département fixe , & qui va à ceux que la Cour lui ordonne.

Commiſſaire ordinaire de la Marine. C'eſt un Officier qui étant dans le Port a l'œil ſur les Gardiens , ſur les Ecrivains diſtribuez dans les Ateliers de conſtruction , ſur les lieux de recette & de dépenſe du Garde magaſin , & ſur l'expedition des armemens & des deſarmemens. Quand il eſt dans une Armée navale , il examine la conduite des Ecrivains ; fait paſſer l'équipage en revûe , & prêter ſerment de fidelité à tous les Officiers du Vaiſſeau ; & fait dreſſer des Inventaires des priſes qui ſe font.

Commiſſaire ordinaire de l'Artillerie de la Marine. Il y en a d'établis en chacun des Arcenaux de Toulon , Rochefort & Breſt. En l'abſence du Commiſſaire général , le Commiſſaire ordinaire a les mêmes fonctions. Il prend ordinairement ſoin de ce qui regarde les fontes & épreuves des Canons, Mortiers, Armes & Munitions. Il a conjointement avec le Garde magaſin une clef des magaſins aux poudres, & de ceux deſtinez pour tout ce qui regarde l'Artillerie, & les outils & inſtrumens ſervans aux deſcentes & attaques des Places. Il a auſſi une clef de la Sale d'Armes, dans laquelle il fait ranger les armes par calibres & longueurs. Il tient Regiſtre de toutes les pieces de Canon de fonte , qui ſont dans l'Arcenal de ſon département ; & dans ce Regiſtre, il marque les fabriques d'où ils ſont.

Commiſſaires prépoſez à l'enrôlement des Matelots. Ils tiennent chacun dans leurs départemens le rôle des Officiers Mariniers , Matelots , & gens de mer ; & marquent les Vaiſſeaux ſur leſquels ils ont ſervi , & en quelle qualité , & ſur quel pied la ſolde leur a été payée. Ils font un rôle particulier des Mouſſes, Garçons de bord , & autres jeunes gens. Ils délivrent *gratis* à chaque Officier , & Matelots, un buletin en parchemin , contenant leurs ſignaux, leurs privileges , & les années qu'ils ont ſervi. Ils viſitent les bâtimens marchands , tant François qu'Etrangers , & ſe font repreſenter les rôles des équipages, &c.

Commiſſaire prépoſé pour avoir inſpection ſur les conſtru-
ctions des Vaiſſeaux. Il a l'œil ſur l'Ecrivain, & ſur les
Maîtres Charpentiers, afin qu'ils faſſent leur devoir. Il
prend ſoin que le bois de la plus vieille coupe ſoit le premier employé, & que les chevilles, clouds & autres ouvrages de fer ſoient des proportions ordonnées, & conformes aux échantillons. Il doit viſiter continuellement
les Ateliers des conſtructions, & retirer tous les quinze
jours les rôles des Ouvriers, ſignez des Ecrivains. Il empêche que les Maîtres Charpentiers ne ſe départent en
aucune maniere que ce ſoit, des devis qui ont été arrêtez
par le Conſeil de conſtruction, dont il doit toûjours avoir
une copie ſur lui.

Commiſſion. C'eſt la permiſſion & l'ordre que donne l'A-
miral pour aller en courſe, enlever les Vaiſſeaux ennemis, & butiner ſur eux tout ce qu'on peut.

COMPAGNIES DE MARINE. Il n'y avoit point de
Troupes affectées au ſervice de la mer, avant le Miniſtere
du Cardinal de Richelieu ; de ſorte que lorſqu'il ſe faiſoit quelque Armement conſiderable, où il devoit
y avoir des Soldats, on étoit obligé d'en prendre dans
les Armées de terre, quelquefois au hazard, & d'autres
en y choiſiſſant ceux qui étoient accoutumez à la mer.
Mais ce grand Miniſtre ayant jugé avec raiſon, qu'on
tireroit un ſervice plus certain d'une Troupe purement
attachée à ce ſervice, formà d'abord pour ce ſujet un Regiment, ſous le nom de Regiment de la Marine, qui eſt
à ce qu'on dit le même qui tient le ſixiéme rang dans
notre Infanterie, & duquel nous avons parlé à l'article
de ce Corps. On créa enſuite pour le même ſujet les Regimens Royal des Vaiſſeaux ; Royal la Marine, & de
l'Amiral à preſent Vermandois. Mais comme dans ces
temps on ne fit pas des Armemens aſſez conſiderables, pour que ces Corps y puſſent être occupez ; on les
employa au ſervice de terre, où ils ſervirent d'abord ſi
bien, qu'on jugea à propos de les y laiſſer, & de lever
à leur place cent Compagnies ſous le nom de *Compagnie*
ordinaire de la Marine, chacune compoſée de cent hom-

mes, commandez par un Capitaine choisi entre les anciens Lieutenans de Vaisseau, avec un Lieutenant choisi
entre les anciens Enseignes. Ces Compagnies sont distribuées dans les differens Ports, tant pour y faire le service ordinaire, que pour s'y tenir toujours prêtes à s'embarquer, à mesure que le service le requiert.

Outre le service que ces Compagnies font, tant pour
la garde des Ports, que pour celui des Vaisseaux à la mer,
& dans les débarquemens que les Armées navales font
pour les entreprises purement maritimes, on leur fait
mettre pied à terre, pour en former un ou plusieurs Bataillons suivant leur nombre. Ces Bataillons sont ordinairement commandez par un Capitaine de Vaisseau,
dont le Bataillon porte le nom, en y ajoutant *de la Marine* : je l'ai vû pratiquer au premier Siege de Barcelonne, où un de ces Bataillons sous les ordres de Monsieur
de la Jonquiere servit avec autant de bonne conduite
& de valeur, que les plus anciens Regimens de l'Armée:
mais en leur rendant en cela la justice qui leur est dûë,
je crois devoir neanmoins dire icy, qu'ils auroient encore fait beaucoup plus, s'ils avoient joint à cette valeur,
qui leur est si naturelle & ordinaire, un peu plus de soin
d'observer nos regles de l'Infanterie ; puisque comme je l'ai dit à l'Article des Dragons, le plus grand courage produit souvent peu d'effet, s'il n'est point accompagné des regles de l'art. Je dirai encore à cette occasion, qu'étant Major du Regiment de Courville au même Siege, & détaché avec mon Colonel qui devoit commander l'attaque d'un ouvrage, j'eûs ordre d'aller dire aux
Compagnies de Grenadiers qui étoient commandez pour
ce sujet, de prendre des outils outre leurs armes, afin de
pouvoir se retrancher & se couvrir dans cet ouvrage après
l'avoir emporté ; attendu que comme l'attaque s'en faisoit inopinement, à cause de l'occasion, on n'avoit pas le
temps de faire un commandement de Travailleurs. Cet
ordre fut executé sur le champ par les Grenadiers de notre Infanterie ordinaire ; mais celui qui commandoit ceux
des Vaisseaux, lesquels étoient de la partie, n'ayant pas

juge à propos de s'y conformer, fur ce que je lui en demandai la raifon , il me répondit froidement, qu'*il pa-*
roiffoit bien que je ne connoiffois pas les Troupes de mer , puif-
que je ne fçavois pas qu'elles ne fe fervoient jamais d'autres
retranchemens , que de celui que formoit la garde de leurs
épées. Il foutint cette opinion avec tant de fermeté , que
toutes mes raifons ne l'en purent faire démordre. Il mar-
cha après le fignal , & contribua certainement beaucoup
au fuccez de l'entreprife lui & fa troupe , dont tous les
Spectateurs admirerent la valeur. Mais quelle fut la fin ?
C'eft que les autres , dont une partie s'employa à tirer fur
l'ennemi fuyant , ou fur ceux qui le foutenoient du corps
de la Place , & l'autre travailloit de toutes fes forces à
s'enterrer , les uns & les autres étans entrez dans leur logement , ne firent qu'une très médiocre perte : au lieu
que ces braves Marins demeurans toûjours à découvert,
y furent taillez en pieces , & leur Chef avec eux. Je ne
pus m'empêcher avec tous les autres de déplorer fon fort ,
quoique la feule obftination le lui eût procuré. Je repete donc encore une fois , que l'Infanterie eft veritablement un métier , dont les regles font fi effentielles , que
quiconque fe repofera fur fa valeur , fans s'attacher à ces
principes , échoüera infailliblement par tout où il abor-
dera , quelques forces qu'il ait. Ces Compagnies fervent
auffi dans les operations qui fe font fur terre à portée des
Ports où elles font en garnifon , quand il n'y a point
d'aparence d'armement ; & quelquefois même on les envoye plus loin , ainfi qu'on l'a vû pendant cette mifera-
ble guerre des Sevennes , où ces Troupes ont très-utilement fervi.

CONSTRUCTION. C'eft la maniere de bâtir les
Vaiffeaux , & l'ouvrage même. On trouve dans les Ordonnances les intentions du Roy touchant la conftruction , & pour le refte on peut voir ce qu'en dit Monfieur
Daffié & quelqu'autres. Voici une Table de conftruction ,
ou des principales parties d'un Vaiffeau , qui a été autrefois dreffée par un des plus habiles Charpentiers de
la Meufe.

CONSUL. C'eſt un Officier établi, en vertu d'une Commiſſion du Roy, dans toutes les échelles du Levant, ou autres Villes de commerce. Sa fonction eſt de faciliter le négoce, & de proteger les Marchands de la Nation. L'Ordonnance de la Marine veut qu'un Conſul ſoit âgé de trente ans, & que les Actes expediez en pays étranger ne faſſent point de foy en France, que quand le Conſul les a légaliſez. Il y a des Conſuls à Alep, en Alexandrie, à Smyrne, à Saide, à Tripoly, à Alger, &c.

Les Conſuls ſont autoriſez à juger les affaires civiles & criminelles qu'on introduit devant eux ; afin que les démêlez qui pourroient ſurvenir entre gens de la Nation, ſoient promptement décidez, & que la bonne intelligence ſe rétabliſſe. Ils prennent des Aſſeſſeurs, lorſqu'ils le jugent à propos, & que les affaires ſont épineuſes. Ils ſont obligez de juger ſuivant les uſ & coutumes de la mer. Ils peuvent auſſi ſubſtituer à leurs frais des Aſſeſſeurs dans les Places qui ſont de leur Reſſort, où ils ne réſident pas. Lorſqu'il eſt fait quelque tort ou quelqu'inſulte aux Marchands de la Nation, qui ſe trouvent dans les pays où ils ſont établis, ils ſont obligez d'agir vigoureuſement auprès des Puiſſances, pour leur faire obtenir réparation & dédommagement. Tous Marchands, Négocians, Maîtres & Facteurs ſont obligez de reconnoître leur autorité, de leur porter reſpect, & de leur obéir ſans réſiſtance.

CONTRE-AMIRAL. C'eſt un Officier qui commande l'arriere garde, ou la derniere diviſion d'un Armée navale. Cette Charge n'eſt qu'une ſimple qualité ; car il n'y a point de Contre-Amiral fixe. Il ne ſubſiſte que pendant un armement conſiderable, où les Officiers généraux ſont employez. Dans ces occaſions le plus ancien des Chefs d'Eſcadre porte le Pavillon de Contre-Amiral, qui eſt blanc, de figure quarrée, & qui s'arbore à l'artimon.

CONTROLEUR. Il y a un Contrôleur général de la Marine, des Galeres, & des Fortifications des Places maritimes ; ſept Contrôleurs particuliers, dont un réſide

ſide

TABLE.

Longueur du vaisseau, de l'étrave à l'étambord.	Largeur dedans en dedans pris au premier pont.		Creux sous le premier pont.		Largeur du fond de cale.		Rondeur ou façons des côtés.		Largeur dans les fleurs.		Ligne droite des fleurs.		Hauteur de l'étrave.		Sa queste.		Hauteur de l'étambord.		Sa queste.	
Piés	Piés	Pouces	Piés	Pouces	Piés	Pouces	Piés	Pouces	Piés	Pouces	Piés	Pouces	Piés	Pouces	Piés	Pouces	Piés	Pouces	Piés	Pouces
60	15	0	6	0	10	0	0	6	13	10	2	5½	11	0	10	5½	10	5½	1	8½
65	15	5½	6	5½	10	3¾	0	6½	13	10¼	2	6½	11	5½	11	0	10	5¾	1	9¼
70	17	5½	7	0	11	7½	0	7	16	2½	2	7	12	0	11	5½	12	2½	2	0
75	18	8½	7	5½	12	2½	0	7½	17	4	2	5½	12	5½	12	0	13	7½	2	9
80	20	0	8	0	13	3¾	0	8	18	6	2	8	13	7½	13	0	14	0	2	3¾
85	21	2½	8	5½	14	1¼	0	8½	20	3½	2	9	14	9	14	0	14	6	2	4¾
90	22	5½	9	0	15	0	0	9	21	1½	3	0	15	10	15	0	15	8	2	7½
95	23	8¼	9	5½	15	9	0	9½	22	¼	3	1¾	16	8	16	0	16	4	2	8½
100	25	0	10	0	16	7¾	0	10	23	3	3	5	18	1	17	8	17	5½	2	9
105	26	2¾	10	5½	17	3½	0	10½	24	8¾	3	7	19	1	18	5½	18	1½	3	2¼
110	27	5½	11	0	18	3¾	1	0	25	5½	3	9	19	6	19	0	19	3	3	2
115	28	8½	11	5½	18	9¼	1	½	26	8¼	4	0	20	3	20	0	19	9½	3	3¼
120	30	0	12	0	20	0	1	¾	27	9½	4	0	21	3	21	0	21	0	3	5½
125	31	2¾	12	5½	20	7¾	1	1	28	9	4	4¼	21	5	21	3	21	4	3	7½
130	32	5½	13	0	21	7	1	½	30	1½	4	5¼	22	8½	22	8	22	8½	3	9½
135	33	8¼	13	5½	22	5½	1	1	31	3¼	4	5½	23	4¼	23	4	23	3	3	10½
140	35	0	14	0	23	2¼	1	1½	32	7	4	7	23	10½	23	10	24	5½	4	1
145	36	2¾	14	5½	24	2	1	2	33	8¼	4	7½	24	3	24	0	25	¼	4	2
150	37	5½	15	0	24	10¾	1	2½	34	8¼	4	9	25	4	25	4	26	3	4	4
155	38	8¼	15	5½	26	1½	1	3	35	10¼	4	10	26	0	26	0	26	9	4	5
160	40	0	16	0	27	4	1	4	37	3	5	0	26	6½	26	6	28	0	4	8
165	41	2¾	16	5½	27	5½	1	4½	38	2¾	5	2	27	2	27	2	28	5½	4	8¼
170	42	5½	17	0	28	3¾	1	5	39	3½	5	5	27	8½	27	8	29	8	4	9
175	43	8¼	17	5½	29	3¼	1	5½	40	6½	5	5½	28	3	28	0	30	6	5	0
180	45	0	18	0	30	0	1	6	42	1	5	7	29	5½	29	5½	31	2½	5	2
185	46	2¾	18	5½	30	10	1	6½	43	1¾	5	9	30	1½	30	0	32	0	5	4
190	47	5½	19	0	31	7½	1	7	44	1¾	6	0	30	8½	30	8	33	4	5	6½
195	48	8¼	19	5½	32	5½	1	7½	45	2½	6	2	31	6½	31	6	34	0	5	8
200	50	0	20	0	33	4¾	1	8	46	4	6	5	32	8	32	8	35	0	5	10

TABLE.

Longueur de la lisse de hourdi.		Epaisseur largeur & courbe de la lisse de hourdi qu'on tient toujours deux pouces plus large que ne requiert la proportion.		Relevement des ceintes à l'avant.		Relevement des ceintes à l'arriere.		La hauteur d'entre le haut pont & celui qui est au-dessous, prise à la serre-goutiére, au grand gibarit.		Les allonges tombent de		Les estains s'étendent depuis leur bas bout jusques à la lisse de hourdi, de		Les allonges de poupe ont de hauteur au-dessus de la lisse de hourdi		Largeur d'entre les allonges de poupe par le haut.		Le rétrecissement des allonges au grand gabarit.	
Piés	Pouces	Piés	Pouces	Piés	Pouces	Piés	Pouces	Piés	Pouces	Piés	Pouces	Piés	Pouces	Piés	Pouces	Piés	Pouces	Piés	Pouces
10	0	0	6	1	5½	4	5½	0	0	0	6	5	5	10	5	5	0	0	0
10	3¾	0	6½	1	6½	4	9½	0	0	0	6¼	5	5½	10	5½	5	3	0	0
11	7½	0	7	1	6½	5	2¼	0	0	0	7	6	2	12	2	6	0	0	0
12	2½	0	7½	1	6¼	5	4	0	0	0	7½	7	0	13	7	6	3	0	0
13	3¼	0	8	1	7½	6	0	0	0	0	8	7	4	14	6	6	8	0	0
14	1¾	0	8½	1	7¾	6	5½	4	6	0	8½	7	8	15	0	7	2	1	2
15	0	0	9	2	1¾	6	8½	4	8	0	9	8	0	15	5	8	0	1	8
15	9	0	9½	2	3¾	7	3	4	10	0	9½	8	4	16	5	8	3	1	10
16	7¾	0	10	2	6	7	5½	5	6	0	10	9	0	17	6	8	8	1	10½
17	3½	0	10½	2	5½	8	2	6	0	0	10½	9	5	18	1½	9	0	2	0
18	3¾	1	0	2	6¼	8	3	6	1	1	0	10	6	19	3	9	3½	2	0
18	9½	1	½	2	7	8	5¾	6	1½	1	½	10	6	19	9	9	5	2	¼
20	0	1	1	3	0	9	0	6	2	1	1	10	8	21	0	10	0	2	1
20	7¾	1	1½	3	1	9	4	6	3	1	2	11	0	21	4	11	0	2	1¼
21	7	1	2	3	3	9	8	6	4	1	2½	11	8	22	8¼	11	5½	2	2
22	5½	1	2½	3	4	10	0	6	5	1	3	11	10	23	3	12	0	2	2¼
23	2¾	1	3	3	5	10	5½	6	5½	1	3½	12	5	24	5½	12	5½	2	3
24	2	1	3½	3	5½	11	3	6	6	1	4	13	0	25	0	12	10	2	3½
24	10¾	1	4	3	8	11	3½	6	7	1	4½	13	6	26	3	13	6	2	4
26	1½	1	4½	3	9	12	0	6	7½	1	5	13	10	26	9	13	10	2	4¼
27	4	1	5	3	9½	12	4	6	8	1	5½	14	5	28	0	14	9	2	5
27	5½	1	5½	3	10	12	8	6	8½	1	6	14	9	28	5½	14	10	2	5½
28	3¼	1	6	3	10½	12	9½	6	9	1	6½	15	0	29	8	15	0	2	6
29	3¾	1	6½	4	0	13	5½	6	10	1	7	15	6	30	0	16	10	2	6½
30	0	1	7	4	5½	13	6	7	0	1	7½	16	0	31	0	17	0	2	7½
30	10	1	7½	4	6	14	0	7	1	1	8	17	0	32	0	17	5	2	8
31	7½	1	8	4	6½	14	3	7	2	1	8½	17	5	33	4	17	10	2	8½
32	5½	1	8½	4	7	14	5½	7	3	1	9	18	0	34	0	18	0	2	9
33	4¼	1	9	5	2½	15	0	7	5	1	9	18	0	35	0	18	0	2	10

fide dans chaque Arcenal , & fix Capitaines de Ports ,
un à chaque Arcenal pour les Vaiſſeaux ; & un au Port-
Louis, deux Tréſoriers généraux , & deux des Fortifications , un Secretaire général , un Chirurgien général ; &
pour fournir d'Aumôniers ſur les Vaiſſeaux du Roy , Sa
Majeſté entretient trois Communautez ou Seminaires de
Prêtres ; ſçavoir,dans le Bourg de Folgoet en Bretagne,
à Rochefort & à Toulon.

Contrôleur de la Marine. C'eſt un Officier qui a
l'œil ſur tous les marchez qui ſe font dans un Arcenal
de Marine ; ſur l'achat des marchandiſes & proviſions ;
ſur les recettes & dépenſes ; ſur le travail & le ſalaire des Ouvriers ; ſur les Montres & Revûës des Equipages ; & il mêle ſa fonction avec celle de Commiſſaire
ordinaire.

COURANS. Ce ſont des mouvemens impetueux des
eaux, qui en de certains endroits ou parages , courent &
ſe portent vers de certains rumbs de vent. Ordinairement
leur force ſe conforme au cours de la Lune ; de ſorte
qu'ils ſont plus rapides quand elle eſt nouvelle & pleine,
& plus foibles dans le décours.

COURVETTE. C'eſt une eſpece de Barque longue,
qui n'a qu'un mât & un petit trinquet, & qui va à voiles & à rame. On en tient à la ſuite d'une Armée navale, pour aller à la découverte, & pour porter des nouvelles.

CROISER. C'eſt faire des traverſes & des courſes
dans un certain eſpace de mer, pour empêcher les Corſaires de piller les Bâtimens Marchands. On détache auſſi
des Navires de guerre des Armées navales, pour aller
croiſer ſur les ennemis.

D

DETROIT. *Voyez* Pas.

DIVISION. C'eſt une certaine quantité de Vaiſſeaux
d'une Armée navale, qui ſont ſous le commandement
d'un Officier général. La ſignification de ce terme n'eſt
pas encore bien déterminée ; car on s'en ſert quelque-

fois pour marquer la troisiéme partie d'une Armée navale, qu'on appelle autrement *Escadre* ; & d'autrefois on l'employe pour en désigner la neuviéme partie : cela arrive lorsque l'Armée est distribuée en trois Escadres ; car alors chaque Escadre est partagée en trois divisions.

DOGRE. C'est un Bâtiment qui navigue vers le Dogre-banc, dans la mer d'Allemagne, & dont on se sert pour y pêcher

E

ECRIVAIN. C'est un Officier que commet le Roy, non seulement pour écrire les consommations qui se font dans le Vaisseau, mais encore pour tenir Registre de tout ce qui y entre, & de tout ce qui en sort. Il sert dans les Magasins, ainsi que sur les Vaisseaux : il tient un état de ce qui reste dans les uns & dans les autres, & en rend compte à l'Intendant ou au Commissaire général. Dans un Combat il se tient au courroir de la soute aux poudres, pour y écrire les consommations, & prendre garde que les gargousses soient distribuées exactement & avec ordre. Enfin ses fonctions sont si étenduës, qu'il seroit trop long de les rapporter icy : on les peut voir au Titre XI. du livre premier de l'Ordonnance de 1689.

EQUIPAGE. C'est le corps ou la troupe des Officiers Mariniers, des Soldats, des Matelots & des Mousses qui servent sur un Vaisseau.

ESCADRE. C'est un Détachement particulier de Vaisseaux de guerre ; ou bien un des trois Corps, qui dans un ordre de bataille composent l'avant-garde, le corps de bataille & l'arriere-garde : chacun de ces corps est quelquefois partagée en trois divisions. *Voyez* Division.

ESTIME. L'estime est une présomption & conjecture du chemin que le Vaisseau peut avoir fait, & du parage où il se rencontre. Chaque jour le Pilote fait son estime, examinant quelle est sa route, quel est le vent qui régne, & quel est le sillage ordinaire de son Vaisseau ; c'est-à-dire, combien il fait de chemin par jour, soit de vent

arriere, de vent largue, ou de vent de bouline, felon
que le Bâtiment eft bon ou mauvais voilier ; ce que l'experience & les reflexions lui doivent avoir appris.

F

FEU. C'eft le fanal ou la lanterne qu'on allume de
nuit fur la poupe des Vaiffeaux, pour faire fignal, & regler la route, la voilure & la maneuvre, lorfqu'on va de
Flote. Quand il fait un gros temps, qui donne fujet de
craindre que les Vaiffeaux ne s'abordent les uns les autres, ils mettent tous des feux à l'arriere. La fituation &
le nombre des feux de chaque Vaiffeau qui porte Pavillon, fe regle fur le rang des Commandans. Le Roy par
une Ordonnance de 1670, veut que le Vaiffeau Amiral
faffe fanal de quatre feux ; que le Vice-Amiral, le Contre-Amiral, & le Chef d'Efcadre en portent chacun trois
en poupe. Les autres Vaiffeaux, foit de Guerre ou Marchands, n'en doivent porter qu'un feul. On fe fert auffi
des feux pour donner les fignaux pendant la nuit.

FLAMME. C'eft une longue banderole, ordinairement
d'étamine, qu'on arbore aux vergues & aux hunes, foit
pour fervir d'ornement, foit pour donner un fignal. Par
l'Ordonnance du Roy donnée en 1670, les Capitaines
de fes Vaiffeaux de Guerre, qui commandent quelques
Vaiffeaux féparez, doivent porter au grand mât une flamme blanche, qui ait de guindant la moitié de la cornette, & dont le battant foit au moins de dix aulnes. Les
Vaiffeaux qui ne font pas montez par un Commandant,
ne peuvent porter de flammes blanches : la même chofe
eft défenduë aux Vaiffeaux Marchands. Les flammes font
de figure fourchue, larges par le haut, & extrêmement
longues ; & par le bas elles fe terminent en pointe. C'eft
la marque du commandement, quand on ne porte point
de Pavillon au mât : pour cet effet, il faut que la flamme
foit fans giroüette ; car autrement elle n'eft prife que pour
enjolivement, comme les Vaiffeaux Marchands en portent.

Lorſque pluſieurs Chefs d'Eſcadre ſe trouvent joints dans une même Diviſion ou Eſcadre particuliere, il n'y a que le plus ancien qui puiſſe porter la cornette : les autres portent une ſimple flamme. Il eſt permis à celui qui commande une Flote de Bâtimens Marchands, de porter une flamme au grand mât, lorſqu'ils font route ; & il eſt obligé de l'ôter à la vûë des Vaiſſeaux de Guerre du Roy. Les Vaiſſeaux Marchands peuvent les jours de fêtes & de réjouiſſances être parez de flammes & autres ornemens de toutes couleurs, excepté le blanc.

Flamme d'ordre. C'eſt la flamme que le Commandant d'une Armée ou Eſcadre fait arborer au haut de la vergue d'artimon. Elle fait connoître aux Officiers de chaque Vaiſſeau qu'il faut qu'il aille à l'Ordre.

FLIBUSTIERS. C'eſt le nom qu'on donne aux Corſaires, ou aux Avanturiers des Iſles de l'Amerique.

FLOTE. C'eſt un corps de pluſieurs Vaiſſeaux qui font même route.

FLUTE, ou *Pinque.* C'eſt un Bâtiment de charge, appareillé comme les autres Vaiſſeaux, mais fort plat de varangues, & dont les ceintes vont de telle ſorte, depuis l'étrave juſqu'à l'étambord, qu'il eſt auſſi rond à l'arriere qu'à l'avant, ayant le ventre ſi gros, qu'il a une fois plus de bouchin vers le franc-tillac qu'au dernier pont. On donne le nom de Flute à tous les Bâtimens qu'on fait ſervir de Magaſin, ou d'Hôpital à l'Armée navale, ou qui font employez au tranſport des Troupes, quoiqu'ils ſoient bâtis à poupe quarrée, ou à cul quarré, & qu'ils ayent été autrefois en guerre.

FLUX ET REFLUX. C'eſt une agitation reglée des eaux de la mer, qui fait qu'elle ſe hauſſe vers ſes bords, ou s'en retire. On obſerve aux Côtes de France, que les eaux de l'Ocean paroiſſent à certain temps prendre leur cours du Midy au Septentrion. Ce mouvement qu'on appelle le flux de la mer, dure environ ſix heures pendant leſquelles la mer s'enfle peu à peu, & s'éleve contre les Côtes, entrant même dans les rivieres, dont elle force les eaux de retourner vers leurs ſources ; enforte qu'il y

en a où le flux remonte plus de quarante lieues. Après
ces six heures de flux, la mer semble demeurer dans un
même état pendant un quart d'heure ; & ensuite elle
prend son cours du Septentrion au Midy, dans l'espace
de six autres heures, pendant lesquelles ses eaux baissent
contre les Côtes, & celles des rivieres prennent leur pente pour retourner vers la mer : c'est ce qu'on appelle *Reflux*. Il est suivi d'un espece de repos qui dure un quart
d'heure, auquel succede un nouveaux flux & reflux. Ainsi
la mer hausse & baisse deux fois le jour, non pas précisément à la même heure, à cause que chaque jour son flux
retarde de trois quarts d'heure & de cinq minutes. Comme il s'en faut le même temps que la Lune ne passe tous
les jours dans le Meridien, à la même heure qu'elle y
avoit passé le jour précedent, l'opinion de quelqu'un est
que la mer hausse autant de fois que la Lune passe dans
notre Meridien, tant dessus que dessous l'horizon ; &
qu'elle baisse de la même sorte autant de fois que la Lune
se rencontre dans l'horizon, soit en se couchant, soit en
se levant. L'on remarque de plus un certain accord entre la mer & la Lune, en ce que la mer croît tous les
jours ; ce n'est pourtant pas de la même quantité : mais
cette crue est d'autant plus grande que la Lune approche
davantage de sa conjonction ou de son opposition ; & elle
est d'autant moindre qu'elle approche des quadratures.
Enfin la mer croît beaucoup plus sensiblement aux nouvelles & pleines lunes qui arrivent vers les Equinoxes,
qu'aux nouvelles & pleines lunes de tout le reste de l'année.

L'on observe à peu près la même chose dans toutes
les Côtes de l'Europe, qui sont sur la mer Oceane : mais
le flux est d'autant plus tard, que la Côte contre laquelle
il se fait est plus septentrionale ; & au contraire le flux
de la mer n'est presque pas sensible entre les deux Tro-
piques. La mer Mediterranée ne paroît pas s'énfler, si
ce n'est vers le fond du Golfe de Venise, sçavoir à Venise même, & autres lieux circonvoisins. Partout ailleurs
on n'observe qu'un simple mouvement des eaux, qui glissent le long des Côtes : cela fait croire à plusieurs qu'il

n'y a ni flux ni reflux dans la Mediterranée ; mais beaucoup d'autres font perfuadez qu'il n'y eft pas moins reglé que fur l'Ocean ; & que fi l'on ne le remarque prefque point, c'eft à caufe que cette mer eft extrêmement creufe & profonde. En pleine mer l'eau ne s'éleve jamais que d'un pied ou deux. La mer Baltique, le Pont-Euxin, ou la mer Majeure, & la mer Morte d'Afie, n'ont aucun flux ni reflux. On a cherché jufqu'à préfent affez inutilement la caufe de ce mouvement de la mer ; mais comme il y a beaucoup de conformité entre fes mouvemens & ceux de la Lune, il y aura toujours plus de fujet d'attribuer le flux & le reflux de la mer à l'influence de cet aftre, qu'à aucune autre raifon, quoique nous ignorions la maniere dont fe fait cette influence.

FORBAN. C'eft un Pirate écumeur de mer, qui faifant Pavillon de toutes manieres, attaque amis & ennemis fans diftinction. Les Forbans font traitez comme des voleurs publics, lorfqu'on les peut prendre. Le Roy a ordonné par un Reglement de 1674, que tous lés Armateurs qui vont faire la Courfe fur les ennemis, donnent caution aux Sieges des Amirautez, qu'ils ne feront aucunes Prifes fur les Sujets de fes Alliez ; & qu'en cas que les Armateurs fe trouvent faifis de Pavillons contraires, leur procès leur foit fait comme à des Forbans & voleurs publics. Enfin les Forbans font ceux qui vont faire la Courfe, ou fans Commiffion, ou avec plufieurs Commiffions.

FREGATE. Ceft un Vaiffeau de Guerre, peu chargé de bois, & qui n'eft pas haut élevé fur l'eau : il eft leger à la voile, & n'a ordinairement que deux ponts.

Devis & coupe de la Fregate repréfentée dans la figure fuivante.

Elle a 128 pieds de long, de l'étrave à l'étambord, treize pieds de creux, & trente-deux pieds de beau. C'eft une piece nouvelle, qui a été faite par un excellent Maître, & qu'on a mife icy préferablement à plufieurs autres,

particulierement parce qu'elle a plus de noms de pieces
& de maneuvres qu'on n'en a encore vû jufqu'à préfent
dans aucune autre figure.

Elle a 110 pieds de quille portant fur terre.

L'étrave a 24 pieds de hauteur à l'équerre, & quinze
pieds de quête.

La hauteur de l'étambord eft auffi de 24 pieds, & il a
trois pieds de quête.

La liffe de hourdy a 22 pieds huit pouces de long.

Le grand mât a 82 pieds de long.

Le mât de mifene a 72 pieds.

Le mât d'artimon, 61 pied.

Le beaupré, 48 pieds.

Le grand mât de hune 52 pieds fix pouces.

Le mât de hune d'avant, 46 pieds fix pouces.

Le grand perroquet, 24 pieds.

Le perroquet d'avant, 20 pieds.

Le perroquet d'artimon, 26 pieds fix pouces.

Le perroquet de beaupré, 17 pieds.

La grande vergue a 70 pieds de long.

La vergue de mifene, 60 pieds.

La vergue d'artimon, 64 pieds.

La vergue de grand hunier, 40 pieds.

La vergue de petit hunier, 34 pieds 5 pouces.

La vergue de fivadiere, 44 pieds.

La vergue de foule, 38 pieds.

La vergue de perroquet de foule, 21 pied

La Vergue de grand perroquet, 20 pieds.

La vergue de perroquet d'avant, 17 pieds 6 pouces.

La vergue de perroquet de beaupré, 15 pieds.

L'éperon a 25 pieds de long.

Les grands porte-haubans, 25 pieds.

Les porte haubans de mifene, 21 pieds.

Les porte-haubans d'artimon, 12 pieds.

La grande hune a 13 pieds de largeur en croix.

La hune de mifene, 11 pieds 6 pouces.

La hune d'artimon, 7 pieds.

La galerie a huit pieds de long.

La figure eft faite & proportionnée de maniere, que les proportions des trois principales pieces peuvent fervir de regle pour tous les autres principaux membres du Vaiffeau, & qu'en augmentant ou diminuant les proportions de ces trois pieces, on peut augmenter auffi ou diminuer les autres de même, & par proportion ; enforte qu'elle peut fervir de modele pour la conftruction entiere des Vaiffeaux de toutes grandeurs.

Rapport des lettres & des chiffres à la figure, avec les noms des parties du Vaiffeau, & des maneuvres qu'ils marquent.

A. La quille.
B. L'étrave & l'étambord.
C. Le gouvernail.
D. Le voutis, ou revers d'arcaffe.
E. La galerie.
F. La frife.
G. L'épars, ou le bâton du pavillon.
H. Le haut de la dunette, à l'arriere.
I. Vergue de hunier de rechange.
K. Corps de Garde, ou demi pont.
L. Le château d'avant.
M. le boffoir.
N. L'éperon.
O. Les preceintes.
P. Les fabords.
Q. Le dogue d'amur.
R. La grande ancre.
S. Les écubiers.
T. Le cable qui eft mouillé.
V. La bouée & fon orin.
W. Mât d'artimon.
X. Grand mât.
Y. Mât de mifene, ou d'avant, ou de bourcet.
Z. Mât de beaupré.
a. Mât de perroquet d'artimon.
b. Grand mât de hune.
c. Mât de grand perroquet.
d. Mât de hune d'avant.

e. Mât de perroquet d'avant.
f. Mât de perroquet de beaupré.
g. Giroüettes fur les mâts de perroquet, d'artimon & d'avant.
h. Pavillon du grand mât, ou du grand perroquet.
i. Pavillon de l'arriere.
k. Pavillon de beaupré.
1. Vergue & voile d'artimon.
2. Vergue de foule.
3. Vergue & voile de perroquet de foule.
4. Grande vergue & grande voile, ou grand pacfi.
5. Vergue de grand hunier, & le grand hunier.
6. Vergue de grand perroquet, & voile de grand perroquet, ou le grand perroquet.
7. Vergue de mifene, & la mifene, ou la voile de mifene.
8. Vergue de petit hunier, & le petit hunier.
9. Vergue de perroquet d'avant, & voile de perroquet d'avant, ou le perroquet d'avant, ou de mifene.
10. Vergue & voile de fivadiere.
11. Vergue & voile de perroquet de beaupré.
12. Les tons des mâts.

13. Les

13. Les chouquets.
14. Les hunes avec leurs cadenes.
15. Les tons des mâts de hune.
16. Les chouquets des mâts de
hune, & les bâtons de pa-
villon.
17. Haubans du mât d'artimon.
18. Porte haubans & cadenes du
mât d'artimon.
19. Haubans du grand mât, ou
grands haubans.
20. Grands porte - haubans &
leurs cadenes.
21. Haubans du mât de misene.
22. Porte haubans du mât de misene, & leurs cadenes.
23. Etai d'artimon & sa voile.
24. Grand étai & sa voile.
25. Etai du mât de misene.
26. Haubans du perroquet de
foule.
27. Haubans du grand mât de
hune.
28. Haubans du mât de hune d'a-
vant.
29. Haubans du grand perroquet.
30. Haubans du perroquet d'a-
vant.
31. Haubans du perroquet de
beaupré.
32. Cargues d'artimon.
33. Cargues de la grande voile.
34. Cargues de misene.
35. Cargues de Sivadiere.
36. Ecoute d'artimon.
37. Ecoute de la grande voile.
38. Ecoute de misene.
39. Ecoute de sivadiere.
40. Amue d'artimon.
41. Couëts de la grande voile.
42. Couëts de la misene.
43. Hource, ou hourse d'artimon.

44. Bras de la grande vergue,
& leurs pendeurs.
45. Bras de la vergue de misene, & leurs pendeurs.
46. Bras de la vergue de sivadiere, palans de bout, & les
pendeurs.
47. Martinet, ses marticles &
araignées.
† Balancines de la vergue de
foule.
48. Balancines de la grande vergue.
49. Balancines de la vergue de
misene.
50. Balancines de la vergue de
sivadiere, qui sont proche du
mât.
51. Cargues-bouline de la grande voile.
52. Cargues-bouline de la misene.
53. Cargues-fond de la grande
voile.
54. Cargues-fond de la misene.
55. Cargues-fond de la sivadiere.
56. Ecoutes de perroquet de foule.
57. Ecoutes de grand hunier.
58. Ecoutes de petit hunier.
59. Ecoutes de grand perroquet,
qui servent de balancines à la
vergue de grand hunier.
60. Ecoutes de perroquet de misene, qui servent de balancines au petit hunier.
61. Ecoutes de perroquet de beaupré, qui servent de balancines au bout de la vergue de
sivadiere.
62. Etai de perroquet d'artimon.
63. Etai de grand mât de hune,
& sa voile.
64. Etai de mât de hune d'avant,

& sa voile.

65. Etai de grand perroquet.

66. Etai de perroquet de mifene.

67. Etai de perroquet de beaupré.

68. Sauve-garde de beaupré.

69. Galaubans du grand mât de hune.

70. Galaubans du mât de hune d'avant.

71 Bras & pendeur de la vergue de foule.

72. Bras & pendeur de la vergue de perroquet de foule.

73. Bras & pendeur de la vergue de grand hunier.

74. Bras & pendenr de la vergue de grand perroquet.

75. Bras & pendeur de la vergue de petit hunier.

76. Bras & pendeur de perroquet de mifene.

77. Bras & pendeur de perroquet de beaupré.

78. Cargues de la voile de perroquet de foule.

79. Cargues de grand hunier.

80. Cargues de petit hunier.

81. Cargues de grand perroquet.

82. Cargues de perroquet de mifene.

83. Cargues de perroquet de beaupré.

84. Balancines de la vergue de perroquet de fougue.

85. Balancines de la vergue de

86. Balancines de la vergue de perroquet de mifene.

87. Balancines de la vergue de perroquet de beaupré.

88. Bouline de perroquet d'artimon.

89. Bouline de la grande voile.

90. Bouline de mifene.

91. Bouline de grand hunier.

92. Bouline de grand perroquet.

93. Bouline de petit hunier.

94. Bouline de perroquet de mifene.

95. Driffe de flamme de la vergue d'artimon.

96. Etague & driffe d'artimon.

97. Grande étague & driffe.

98. Etague & driffe de mifene.

99. Etague & driffe de perroquet de foule.

100. Driffe de grand hunier.

101. Driffe de petit hunier.

102. Etague & driffe de grand perroquet.

103. Etague & driffe de perroquet de mifene.

104. Etague & driffe de perroquet de beaupré.

105. Grands palans.

106. Palans de mifene.

Le tirant de l'eau de ce bâtiment eft de quatorze pieds à l'arriere, & de douze pieds à l'avant.

Fregate legere. C'eft un Vaiffeau de guerre, bon voilier, qui n'a qu'un pont : il eft ordinairement monté depuis feize jufqu'à vingt-cinq pieces de canon. Par une Ordonnance du Roy, les Capitaines de Fregates legeres commandent aux Lieutenans de Vaiffeaux & aux Capitaines de brûlots.

Fregate d'avis. C'eſt un petit Vaiſſeau qui porte des paquets, & des ordres à l'Armée ; ont s'en ſert auſſi pour aller reconnoître les Vaiſſeaux.

FREGATON. C'eſt un bâtiment Venitien, commun ſur le Golphe Adriatique : il eſt coupé à coupe quarrée, & il porte un artimon, un grand mât, & un beaupré.

G

GALEASSE. C'eſt un Gros bâtiment de bas bord, qui va à voiles & à rames, & qui porte trois mâts ; ſçavoir, artimon, meſtre & trinquet ; la galeaſſe eſt differente en cela de la galere, qui n'a point d'artimon, & qui met les deux mâts bas quand il eſt neceſſaire ; au lieu que la galeaſſe ne peut deſarborer les ſiens. La galeaſſe eſt le plus grand des bâtimens qui ſont à rames.

GALERE. C'eſt un bâtiment de bas bord qui va à la voile & à rames, & qui a ordinairement vingt-à-vingt-deux toiſes de longueur, trois de largeur, & une de profondeur : elle a deux mâts & deux voiles latines. Les Galeres ont cinq pieces de canon, ſçavoir deux bâtardes, deux plus petites pieces, & un courſier. Ce courſier, qui eſt logé ſur l'avant, pour tirer par deſſous l'éperon, porte de balles trente-trois à trente-quatre livres. Les mâts s'appellent *le meſtre* & *le trinquet*, & ils ſe déſarborent. Quoique les galeres ayent coutume d'aller terre à terre, elles ne laiſſent pas quelquefois de faire canal. Elles ont de chaque côté vingt-cinq à trente bancs, à chacun deſquels il y a cinq ou ſix Rameurs. On les diſtingue ordinairement en galeres *ſubtiles* ou *legeres*, & en galeres *bâtardes* ou *communes.* Les meſures dont on ſe ſert en Provence, pour la fabrique des galeres s'apellent *goües*, chacune étant compoſée de trois pans, ou de trois palmes ; ſi bien que la canne de Provence étant de huit pans, elle vaut ſix pieds de Roy. La longueur d'une galere eſt d'ordinaire de cent-cinquante-huit goües, ou environ vingt-deux toiſes ; ſçavoir, d'un capion à l'autre ; ce qu'on dit aux navires de l'étrave à l'étambord. Sa largeur au milieu eſt d'environ trois toiſes, & ſa hauteur d'une toiſe au même endroit.

Galere ſubtile, ou *legere.* Ces galeres ont la poupe étroi-te & aigüe, & ſont bâties à l'antique.

Galere bâtarde. C'eſt une galere commune, telle que ſont celles de France : elles ont la poupe large.

Galere réale. Elle eſt diſtinguée des autres par l'Eten-dart royal, & par trois fanaux poſez en ligne droite : elle eſt deſtinée pour la perſonne du Général des ga-leres.

Galere patronne. C'eſt la ſeconde : c'eſt le Lieutenant Général des galeres qui la monte, & elle porte deux fa-naux, & un Etendart quarré long à l'arbre de meſtre. Si le Vice-Amiral & la galere patronne ſe recontrent, la ga-lere patronne eſt obligée de ſaluër la premiere ; & ſi c'eſt le Contre-Amiral, il faut qu'il ſaluë le premier : mais le ſalut ſe ſoit rendre coup pour coup.

GALION. C'eſt le nom qu'on donnoit autrefois en France aux Vaiſſeaux de guerre qui avoient trois ou qua-tre ponts ; mais ce mot n'eſt plus en uſage que parmi les Eſpagnols, qui le donnent aux Vaiſſeaux dont ils ſe ſer-vent pour le voyage des Indes Occidentales, qui ſont proprement des Caraques, ou Vaiſſeaux de haut bord, qui ont trois ou quatre ponts, & qui ne vont qu'à la voi-le. Cependant les Eſpagnols attribuent ce nom à tous les Vaiſſeaux, grands, ou petits, qu'ils envoyent tous les ans à Vera-crux, dans la nouvelle Eſpagne ; & ils nomment Flote les Vaiſſeaux qui vont au Perou : ſi bien qu'un bâtiment grand ou petit, qui fait la traverſée de Vera-crux eſt nommé galion ; mais il perd ce nom s'il eſt em-ployé à quelqu'autre traverſée.

GALIOTE. C'eſt une ſorte de petite galere, pro-pre à aller en courſe à cauſe de ſa legereté : elle ne porte qu'un mât, & n'a que ſeize ou vingt hommes à chaque bande, avec un ſeul homme à chaque rame : elle n'eſt montée que de deux ou trois pierriers. Les Matelots y ſont Soldats, & prennent le fuſil en laiſſant la rame. C'eſt un Vaiſſeau qui ne ſe voit que dans la mer Méditerranée.

Galiote à bombes. C'eſt un Vaiſſeau à varangues plattes, & très-fort de bois : il n'a que des courcives ſans ponts ;
& on s'en ſert à porter des mortiers : on met ces mortiers en batterie ſur un faux tillac , que l'on fait à fond
de cale.

GARDES *du Pavillon Amiral.* Le Roy par ſon Ordonnance du 18 Avril 1716, a établi une Compagnie de
Gentilshommes ſous ce nom, pour ſervir dans les ports,
& à la mer près de la perſonne de l'Amiral de France ,
& lui donner par là les marques de diſtinction dûës à la
dignité de ſa charge : ils ſervent auſſi ſous ſes ordres ſur
les principaux Vaiſſeaux de guerre, tant en Levant qu'en
Ponant. Cette Compagnie eſt compoſée de 80 Gardes
du Pavillon Amiral , les Officiers Majors non compris.
Les Gardes ſont toûjours choiſis dans les trois Compagnies des Gardes de la Marine. Les Officiers Majors
ſont un Capitaine à 6000 livres par an ; un Lieutenant
à 1500 livres ; un Enſeigne à 1000 livres ; deux Marêchaux des Logis à 800 livres chacun. Entre les 80 Gardes , il y a dix Officiers ſubalternes , ſçavoir , quatre Brigadiers à 600 livres chacun , & cinq Sous-Brigadiers à
500 livres chacun : les Gardes ont chacun 360 livres par
an. Tous les Officiers, tant Majors que Subalternes , &
les Gardes ſont préſentez par l'Amiral à Sa Majeſté ,
qui leur fait expedier des Commiſſions , Brevets ou Ordres. Lorſque l'Amiral va à la mer , il fait embarquer
ſur ſon Vaiſſeau tel nombre de Gardes qu'il veut ; ils
font la garde à la porte de ſa chambre. Lorſque la Compagnie eſt à terre , elle fait la garde continuelle dans
l'appartement de l'Amiral ; & lorſqu'il ſort, il eſt ſuivi
par tel nombre de Gardes qu'il ordonne. Le Capitaine
des Gardes peut demeurer partout où eſt l'Amiral ; &
il eſt payé comme préſent dans le port, quand il eſt à la
ſuite de l'Amiral.

Gardes de l'Etendart des Galeres. Ils ſont à l'égard des
galeres , ce que les Gardes de la Marine ſont par rapport aux Vaiſſeaux. C'eſt dans cette Compagnie qu'on
prend des Sujets pour remplir les Enſeignes vacantes :

A aaa iij

elle eſt compoſée de ſoixante Gentilshommes, que le
Roy entretient & fait élever dans les exercices, qui conviennent à un Officier de galere.

Garde magaſins. C'eſt l'Officier d'un Arcenal de Marine, qui a ſoin & qui tient regiſtre des agreils, aparaux, poudres, artifices, canons, boulets, armes, proviſions, &
généralement de tout ce qui eſt commis à ſa garde, tant
pour la recette, que pour la dépenſe. Il eſt auſſi chargé
des corps des Vaiſſeaux, & autres bâtimens du Roy, qui
ſont dans le port : il doit marquer leur ſortie, la vente
qui s'en faite avec le prix, ou s'ils ont été dépecez. Il garde les clefs des magaſins, & n'en donne l'entrée qu'aux
Officiers qui la doivent avoir, & aux heures preſcrites.

Garde du Port. La garde ſe fait dans les ports avec autant d'exactitude que dans les Places fortes : pour cet effet, il y a à l'entrée de chaque port une patache, qui
ſert de premiere garde : elle doit y arrêter les Vaiſſeaux
ou bâtimens qui voudroient y aborder, juſqu'à ce que le
Capitaine de cette patache les ait fait reconnoître & viſiter, & que ſur le compte qu'il en rend au Commandant
dans le port, il ait reçû ſes ordres.

Outre cette patache, il y a une chaloupe armée de Gardes pour le même ſujet. Le Canonier Royal doit faire
tous les matins la viſite des batteries de canon qui défendent l'entrée du port, pour voir ſi elles ſont en bon
état. La garde des Vaiſſeaux, & pour les Arcenaux, eſt
établie ſur le Vaiſſeau portant pavillon Amiral dans chaque port, où elle eſt commandée par un Officier détaché. Cette garde ſe monte avec les formalitez ordinaires, à trois heures de relevée. La chaîne du port ſe ferme à l'entrée de la nuit, en preſence de l'Officier de garde, qui fait porter les clefs ſur l'Amiral, excepté à
Toulon, où le Commandant de la Place a le droit de
les garder chez lui. Lorſque la chaîne eſt fermée, elle
ne peut être ouverte pendant la nuit, que par l'ordre du
Commandant dans le port ; & elle s'ouvre tous les matins avec les formalitez ordinaires. Il doit y avoir trois
chaloupes armées pour faire la ronde dans le port, au

tour duquel on fait rouler des patroüilles de Soldats pendant la nuit. Ces patroüilles doivent auffi porter leur attention fur les avenuës & autour des magafins , & arrêter ceux qui fe trouvent dehors après la retraite , ainfi qu'il fe pratique dans les Places , & comme nous l'avons expliqué.

Gardes côtes. Les Compagnies Gardes côtes font fous l'autorité de l'Amiral de France , & du département du Secretaire d'Etat de la Marine : elles ont été inftituées pour s'oppofer aux defcentes que l'ennemi pourroit entreprendre de faire fur les côtes maritimes , où elles ont été établies. Pour cet effet le Roy par Edit du mois de Fevrier 1705 , en renouvellant les Ordonnances que Sa Majefté avoit faites pour la garde des côtes maritimes du Royaume , pour y établir une difcipline plus reguliere que celle qui avoit été obfervée jufqu'alors , revoqua les Commiffions qu'elle avoit auparavant fait expedier aux Capitaines Gardes côtes , leurs Lieutenans , Majors & Aydes-Majors ; & créa en titre d'Office formé & hereditaire quatre-vingt-dix Capitaines Généraux, pour fervir fur les côtes maritimes , & commander dans l'étenduë des quartiers qui leur feront départis , fuivant l'état qui en fera arrêté au Confeil , fous l'autorité de l'Amiral de France & les ordres des Gouverneurs, Lieutenans Généraux des Provinces maritimes , &c. quatre-vingt-dix Lieutenans Généraux , & un Major & Ayde-Major pour chacune des Capitaineries générales , qui fous l'autorité du Capitaine général , doivent faire faire l'exercice tous les Dimanches aux Compagnies franches de leur département. Sa Majefté ayant plus particulierement connu l'utilité de cet établiffement pour la garde & feureté des côtes , augmenta le nombre de tous ces Officiers ; & par fon Edit du mois de Juillet 1707 , créa vingt Capitaines Généraux , vingt Lieutenans Généraux , vingt Majors & vingt Aydes-Majors. Enfin pour donner une entiere perfection à cet établiffement , il fut créé cent Offices de Confeillers-Commiffaires de Milices Gardes côtes, pour avoir une infpection générale fur ces Milices , faire les revûes des habitans, tant de ceux qui font le guet de la mer , que de ceux qui forment les Compagnies Franches Gardes Côtes ; & fur ces Revûës le pain & la folde leur doivent être fournis , comme fi elle avoit été faite par le Commiffaire des Guerres. Ces Commiffaires doivent encore avoir foin que les Capitaines ayent toujours leurs Compagnies complettes , &c. Cet Edit eft du mois de Septembre 1709.

Suivant l'Edit de Fevrier 1705 , dont il vient d'être parlé, le Roy veut que fi pendant la Guerre il arrive fur les Côtes, des bris , naufrages , échouëmens & varechs de Vaiffeaux ennemis , il en appartienne la dixiéme partie de ce qui revient à Sa Majefté , aux Capitaines Généraux , Lieutenans Généraux , Majors, Aydes Majors, Capitaines, & Lieutenans des Compagnies Gardes Côtes, du Département où le cas arrivera. Ce dixiéme doit être partagé en vingt parts entre lefdits Officiers fuivant le Reglement du 2 May 1712.

Par l'Edit de Janvier 1716 , le Roy fupprima tous les Offices cy deffus, & fit la même année un Reglement, par lequel Sa Majefté veut qu'il y ait dans chaque Capitainerie un Capitaine, un Major & un Lieutenant. Ces Officiers doivent être pourvûs par le Roy, & fur leurs Commiffions prendre l'Attache de l'Amiral de France , devant qui ils pretent ferment, ou devant fes Lieutenans aux Sieges des Amirautez dans le détroit defquels ils feront établis, & feront enregiftrer leurs Commiffions. Il y a dans chaque Capitainerie un ou plufieurs Clercs du Guet, felon l'étenduë de ladite Capitainerie, qui font commis par l'Amiral ou fes Lieutenans, tant pour avertir les habitans de fe trouver aux Revûës, & de monter la Garde, que pour tenir regiftre des défaillans. Les Capitaines ont rang de Capitaine d'Infanterie ; & en cas que dans le fervice ils ayent eû un grade plus confiderable, le même grade leur eft donné par leur Commiffion : le Major a auffi rang de Capitaine d'Infanterie, & le Lieutenant celui de Lieutenant d'Infanterie. Ces Officiers font exempts de Tutelle , Curatelle , nomination

à

à icelles, & autres Charges de Ville ; & ce service leur tient lieu de celui qu'ils pourroient rendre dans les Armées, de même qu'au Ban & Arriere-ban, dont ils sont exempts. Ils peuvent mériter dans les occasions d'être reçûs dans l'Ordre de S. Louis : ils peuvent aussi durant la Guerre demander & obtenir des Lettres d'Etat, comme s'ils servoient dans les Armées, &c.

GARGOUCHE, ou *Gargousse*. Ce mot est corrompu du mot cartouche, & signifie une envelope, ou rouleau de parchemin, ou de gros papier, qu'on remplit d'autant de poudre qu'il en faut pour la charge qu'on doit donner au canon. On tient la gargouche toute prête, afin d'être prompt à tirer ; & l'on doit proportionner chaque gargouche au calibre de la piece. Il y en a aussi de bois & de fer blanc. Celles du canon contiennent de petites bales, des clouds, des chaînes, des ferrailles, & sont envelopées dans la casse. On dit gargouche de quatre, de six, de huit, de douze, de dix-huit, de vingt-quatre & de trente-six, pour dire qu'elles servent à la charge des canons de ces sortes de calibres.

GOLFE. C'est un grand bras de mer qui se jette entre deux terres, plus grand que la Baye, comme la Baye est plus grande que l'Anse, & l'Anse plus grande que le Port. Quand les Golfes ont une fort grande étenduë, ils prennent le nom de mers : il y en a de deux sortes; sçavoir, *les Golfes propres*, qui sont comme séparez d'avec la mer, parce qu'ils n'ont communication avec elle que par un ou plusieurs Détroits, s'insinuant dans les terres qui les environnent presque de tous côtez ; & *les Golfes impropres*, qui ont une ouverture très-large vers la mer, dont ils sont partie. Ils conservent alors le nom de Golfe, comme ceux de Venise, autrement l'Adriatique ; le Persique entre l'Asie & l'Afrique ; de Bengala & de Saint Thomas sur les Côtes de notre Continent; & de Panama & de Saint Laurent dans l'Amerique.

H

HAUTEUR , ou *Latitude*. Ce terme fe prend auffi pour la diftance qui eft comprife entre le Vaiffeau où l'on eft, en prenant la hauteur , & la ligne Equinoxiale ; & par le mot de hauteur on fous-entend la hauteur du pole, qui eft toujours égale à la latitude. On dit dans ce fens, que l'on *navigue par la hauteur* de tant de *degrez*, pour dire à tant de degrez de la ligne Equinoxiale.

HOURQUE. C'eft un Bâtiment Holandois à plate varangue , bordé en rondeur comme les Flutes , & qui eft mâté & appareillé comme un heu, fi ce n'eft qu'il porte de plus un bout de beaupré avec une fivadiere.

I

JET. C'eft, de gros temps , jetter à la mer la marchandife , les mâts, & le canon, pour alleger le Vaiffeau, & l'empêcher de faire naufrage. Les repartitions pour le payement des pertes & dommages fe doivent faire fur les effets fauvez & jettez , & fur la moitié du Navire & du fret, au marc la livre de leur valeur : les munitions de guerre & de bouche, ni les loyers & hardes des Matelots ne contribuent point au jet ; & neanmoins ce qui en eft jetté fe paye par contribution fur tous les autres effets. Les uftenciles de Vaiffeau & autres chofes les moins neceffaires, les plus pefantes , & de moindre prix, fe jettent les premieres, & enfuite les marchandifes du premier pont ; le tout au choix du Capitaine , & par l'avis de l'Equipage. *Voyez l'Ordonnance de* 1681.

INSPECTEUR GENERAL. C'eft un Officier qui fait prendre devant lui les plans & les profils avant que de commencer la conftruction. Il fait faire un devis exact des bois qui doivent y entrer. Il enfeigne aux Charpentiers la maniere de conduire par regles les fonds , les hauts , le fort, les batteries & les ponts, &c. Enfin il prend garde à tout ce qui regarde la conftruction & le radoub.

Le Roy par son Edit du mois d'Avril 1704 en créa huit pour travailler de concert avec les Intendans à tout ce qui regarde le bien du service. Lorsque l'Intendant est dans le Port, l'Inspecteur est la seconde personne : mais quand l'Intendant est absent, c'est le Commissaire Ordonnateur qui le represente, à moins que l'Inspecteur ne soit aussi Commissaire Ordonnateur. Il y a aussi trois Inspecteurs des Compagnies Franches de la Marine, qui ont rang de Capitaines de Vaisseau : leurs fonctions sont les mêmes que celles des Inspecteurs des Troupes de terre.

INTENDANT DE MARINE. C'est un Officier qui doit avoir de la capacité, lequel reside dans un Port. Il a soin de faire executer les Reglemens qui concernent la Marine : il pourvoit à la fourniture des Magasins : il ordonne tout ce qui dépend des choses de la Marine & de la conservation des provisions : il fait la Revûë des Equipages quand ils sont à bord ; & il fait punir les déserteurs & les coupables : il met la taxe aux denrées.

Il y a cinq principaux Arcenaux de la Marine, dans chacun desquels il y a un Intendant de Justice, Police & Finances de la Marine. Ces Départemens sont pour le Ponant, Rochefort, Brest, Dunkerque, le Havre de Grace & Saint Malo ; & pour le Levant, Toulon, Port-Louis & Bayonne : ces derniers sont regis par un Commissaire Ordonnateur de la Marine. Ces Intendans ont inspection générale sur les Classes de Matelots de toutes les Provinces du Royaume : ils jugent définitivement & en dernier ressort avec tel Présidial qu'ils veulent choisir, ou avec le nombre de Graduez porté par les Ordonnances ; ils ont entré & séance dans les Conseils qui se tiennent par l'Amiral, pour les entreprises de guerre, & pour tout ce qui concerne l'action des forces maritimes, &c. Ils ont le soin, la direction, & ordonnent des fonds de tous les achats qui se font pour la construction, radoub, armemens & désarmemens des Vaisseaux du Roy. Cette Commission donne la qualité de Conseiller du Roy en ses Conseils, & rang dans la Marine après les Lieutenans Généraux, dèvant les Chefs d'Efçadres.

Intendant général dè la Marine & des Claffes. Il a infpection fur les Claffes des Matelots & gens de mer de toutes les Provinces du Royaume. Cette Intendance eft la plus confiderable de la Marine ; & celui qui la remplit, fait ordinairement fa réfidence auprès du Secretaire d'Etat qui a le Département de la Marine.

Intendant des Armées navales. Il eft ordonné pour la Juftice, Police & Finances d'une Armée navale. Ses fonctions, celles des Intendans cy-deffus, & celles de l'Intendant d'un Port, font decrites dans l'Ordonnance de 1689.

INVALIDES. L'Hôtel Royal des Invalides établi à Paris en 1674, n'étant fondé que pour fervir d'afile aux Troupes de terre, & le Roy confiderant que les Officiers, Matelots & Soldats de la Marine & des Galeres, ne travaillent pas moins à la défenfe de l'Etat, & à la gloire & au bien de la Nation que ces premiers ; Sa Majefté par fon Edit du mois de May 1709, a accordé une demie folde à ceux que leurs bleffures ou leur vieilleffe rendent incapables de continuer leurs fervices, même aux Ouvriers qui auront vieilli dans les Arcenaux, & aux Officiers & Matelots & Soldats qui auront été eftropiez au fervice des Negocians & Armateurs. Afin d'affurer un fonds fuffifant à cet effet, le même Edit ordonne qu'il fera retenu quatre deniers pour livre fur toutes les Penfions, Gages & Appointemens que Sa Majefté donne pour le corps de la Marine & pour celui des Galeres, foit dans le Royaume, foit dans les Colonies qui en dépendent.

L

LAMANEUR. Ce font des Pilotes qui réfident dans les Ports, dont ils connoiffent les entrées & les iffuës : ils conduifent les Vaiffeaux qui ont befoin d'y entrer, ou d'en fortir, & leur font éviter tous les dangers du parage. Il y a auffi des Lamaneurs pour les rivieres ; & comme les bancs y changent fort fouvent de place par

la force des courans, il eſt neceſſaire d'avoir de ſemblables guides. Ils ont ſalaire reglé pour cela par l'Ordonnance, qui les condamne à de grandes peines, ſi manque de ſçavoir leur métier ils font échouer un Vaiſſeau;
& s'ils le font par malice, ils font punis de mort. Aucun
ne peut faire les fonctions de Lamaneur qu'il ne ſoit
âgé de vingt-cinq ans, & qu'il n'ait été examiné & reçû dans les formes requiſes par les Ordonnances. *Voyez
les Ordonnances de* 1681, *& de* 1689.

LANCER. C'eſt mettre un Vaiſſeau neuf à la mer.

LATITUDE. C'eſt la diſtance, compriſe depuis un certain lieu juſqu'à la Ligne Equinoxiale. Cette diſtance eſt
toujours égale à la hauteur du Pole de l'horiſon de ce
même lieu. La Latitude eſt Septentrionale, lorſque le
lieu eſt compris entre la ligne & le Pole Arctique, que
l'étoile polaire fait diſcerner aux Pilotes; & elle eſt Mé-
ridionale, quand le lieu eſt ſitué entre la Ligne & le Pole Antarctique, que les Pilotes diſcernent par la Croiſa-
de. Cette latitude ou diſtance ſe compte par dégrez;
c'eſt-à-dire par des arcs de cercle, qui ne paſſent jamais
90 dégrez; ce qui eſt le quart du cercle.

LEST. C'eſt ce qui ſert à faire entrer un Vaiſſeau dans
l'eau, & à lui donner ſa juſte péſanteur, & un contre-
poids qui l'empêche de ſe renverſer. Quand on dit *leſt* ſans
rien ajoûter, on ontend ſeulement des pierres, du ſable, ou
quelqu'autre choſe qu'on met à fond de cale. Il n'y a point
de regle certaine, ni de proportion aſſurée, pour la quantité de *leſt* qu'il faut à chaque Vaiſſeau; car il ne s'enſuit
pas qu'un bâtiment parce qu'il eſt de huit cens tonneaux
doive avoir le double de leſt qu'on donne à un Vaiſſeau
de quatre cens : il y a des Vaiſſeaux à qui il en faut la moitié de leur charge, à quelqu'uns le tiers, & il n'en faut
que le quart à d'autres; ce qui dépend de la conſtruction
du Vaiſſeau. Ceux qui ſont à plattes varangues demandent plus de leſt, & il en faut moins à ceux qui ont les
varangues courtes & qui ſont arrondis par le fond; parce que ces derniers enfoncent mieux dans l'eau qui les
ſoutient davantage à cauſe de cette rondeur. Le meilleur

lest est celui de petits cailloux, que l'on arrange aisément: c'est ordinairement celui des Vaisseaux de guerre ; le fond de cale en est plus propre, & il n'embarasse pas les pompes, comme fait quelquefois le lest de terre ou de sable. On dit *quintelage* sur la Méditerranée. *Voyez l'Ordonnance de* 1681.

LIEUTENANT GENERAL. La dignité de Lieutenant Général de la Marine, telle qu'elle est aujourd'hui, est de l'Institution du feu Roy: Sa Majesté en créa d'abord deux, & ce nombre a été augmenté à mesure qu'il s'est fait des promotions de pareilles charges pour les Troupes de terre.

Leurs fonctions. Leurs fonctions consistent à commander & donner les ordres en l'absence de l'Amiral, & du Vice-Amiral, dans les ports & à la mer. Les Commandans des Escadres, ou des Vaisseaux particuliers, qu'un Lieutenant Général rencontre doivent venir à son bord, pour le même sujet que nous avons expliqué à l'article de l'Amiral. Dans le port il a les mêmes droits que les Vice-Amiraux, en leur absence : il y a l'inspection sur tout ce qui concerne la conservation, la seureté, l'armement & désarmement des Vaisseaux ; & il préside à tous les Conseils de construction, soit pour bâtir ou radouber.

Leurs honneurs militaires. Quand il paroît dans le port ou sur les Vaisseaux, les Gardes prennent les armes, & le Tambour appelle : quand il passe devant les Vaisseaux qu'il commande, il est salué de trois cris de *vive le Roy*. Ces honneurs ne se rendent qu'au Lieutenant Général qui commande en Chef dans le port ou à la mer, & non aux autres Lieutenans Généraux qui n'ont point le commandement.

Lieutenant de Vaisseau. C'est le premier Officier sous le Capitaine, en l'absence duquel il commande. Lorsqu'il est dans le Port, il doit assister regulierement tous les jours aux Ecoles & aux Exercices qui y sont établis pour l'instruction des Officiers; à moins qu'il n'en soit dispensé ; & tous les mois il doit assister aussi aux Conferences qui se doivent tenir chez le Commandant. Il doit être présent au radoub & carenne, & rendre compte à son Capitaine de tout ce qui se passe. Il doit tenir un journal de sa navigation, & embarquer à cet effet les instrumens necessaires. *Voyez l'Ordonnance de* 1681.

LIGNE. C'est la disposition des postes d'une Armée navale le jour d'un Combat. L'avant-garde, le corps de bataille, & l'arriere-garde, se mettent sur une même ligne, quand les Escadres ou les Divisions sont unies : cela se fait autant que l'on peut, non seulement pour conserver l'avantage du vent, & afin que tous les Vaisseaux courent un même bord ; mais parce que s'ils étoient mis par files les uns derriere les autres, ceux qui ne seroient point au premier rang ne pourroient point tirer leur bordée sur les Vaisseaux ennemis, parce qu'ils en seroient empêchez par les Vaisseaux de leur parti. On dit *garder sa ligne, venir à sa ligne, se rendre à sa ligne.*

Ligne de sonde. C'est une corde d'environ trois quarts de pouce de circonference, non goudronnée, de cent à six-vingt brasses, à laquelle on attache un plomb, & qu'on fait descendre dans la mer pour en sonder le fonds, lorsqu'on approche des Côtes. Les plus longues lignes de sonde ne sont que de deux cens brasses, parce que dès qu'il y a plus de deux cens brasses de profondeur, il n'y a presque plus de fond, ou bien il est trop difficile de le sonder. La ligne est marquée à deux brasses avec un petit cuir noir ; & elle l'est aussi presque toujours à la troisiéme brasse, mais avec cette difference que le cuir est fendu ou déchiré. Au bout de cinq brasses elle est marquée d'un petit morceau de quelque chose de blanc, comme d'étofe. Au bout de la septiéme brasse il y a un petit morceau de cuir rond ; & au bout de la quinziéme brasse un morceau de cuir blanc : celui qui jette la sonde est placé dans les grands porte-haubans, & lorsqu'il la jette on pousse un peu la barre à arriver.

LONGITUDE. C'est la distance du Meridien d'un certain lieu jusqu'au premier Meridien. Cette distance se compte par les degrez de l'équateur d'Occident en Orient, jusqu'à trois cens soixante degrez ; & on la marque dans les Cartes par les Meridiens dont l'équateur est coupé.

Les Pilotes comptent ordinairement la longitude depuis le Meridien du Port d'où ils partent. On compte en France la longitude depuis le premier Meridien qui paffe en l'Ifle de Fer, l'une des Canaries : de ce premier Meridien, comme d'un terme, on commence à compter la longitude en tirant vers l'Orient ; deforte que plus un terme eft oriental au refpect d'un autre, plus il y a de longitude. Jufqu'à préfent l'Art de la navigation eft imparfait, à caufe qu'on n'a pû trouver le fecret d'affurer les longitudes terreftres ; car le mouvement du ciel qui fe fait en vingt-quatre heures d'Orient en Occident, ne laiffe aucun terme fixe, d'où l'on puiffe commencer à compter la longitude. On connoît fur mer fi on avance vers l'Orient, ou vers l'Occident par les degrez de longitude. Cette fcience a été cherchée inutilement jufqu'à préfent : la France, l'Angleterre & la Holande ont promis de grandes récompenfes à celui qui trouveroit la véritable fcience des longitudes. Il y a eu cy-devant des Aftronomes qui ont écrit du moyen de trouver les longitudes par la Lune & par les éclipfes de la Lune : mais cette voye eft incertaine, auffi bien que celle des pendules, dont le mouvement n'eft pas affez exact. Le plus fûr moyen dont fe fervent aujourd'hui les Aftronomes pour trouver les longitudes, eft par l'obfervation des éclipfes des fatellites de Jupiter, qui font très-frequentes & très-nombreufes, parce qu'il y en a plus de treize cens par an.

Il y a des Pilotes qui fe fervent de deux ou trois horloges ou poudriers de fable, ou bien de quelque bonne montre ; & lorfqu'ils fortent d'un Port, ils obfervent quelle heure on y compte, & la marquent fur leur montre, qui par ce moyen demeure montée pour ce lieu-là : puis étant arrivez dans quelqu'autre Port, s'ils touvent qu'il foit midy, foit en prenant hauteur, ou par quelqu'autre voye, ils connoiffent alors par leur montre s'il eft midy dans le lieu du départ. Quand cette conformité fe rencontre, le Port où on eft arrivé & le lieu du départ font fous le même Meridien, & ont la même

même longitude. Mais s'il est midy dans le Port de l'arrivée & que les montres marquent qu'il est seulement
onze heures dans le lieu du départ, ce lieu du départ sera plus oriental que le Port de l'arrivée, & leur
longitude differera de quinze degrez, qui répondent à
une heure. Au contraire, si lorsqu'il est midy dans le
Port de l'arrivée, vous trouvez par vos montres qu'il
soit une heure dans le lieu du partement, le Port de
l'arrivée sera plus oriental, & aura quinze degrez de longitude plus que le lieu du partement. Ceux qui font des
Journaux, & des Relations de leurs Voyages, doivent
bien specifier en quel lieu ils posent leur premier Meridien, lorsqu'ils font mention des longitudes ; car autrement on n'y peut rien comprendre.

M

MAGASIN. Le Magasin général d'un Arcenal de Marine, est celui où se distribuent les choses necessaires pour
les armemens des Vaisseaux du Roy.

Magasin particulier. C'est celui qui renferme les agrès
& les apparaux d'un Vaisseau seulement.

Magasins. Ce sont des Bâtimens où il y a des munitions de reserve, qui suivent une Armée navale.

MAJORS *&* AYDES-MAJORS. Les Majors ont rang
de Capitaine, du jour de la datte de leur Commission ;
mais ils ne peuvent faire d'autres fonctions que celle de
Major, si ce n'est dans le Port, où ils peuvent faire faire le détail par un Ayde-Major, & prendre leur rang
de Capitaine pour y commander, s'ils sont les plus anciens ; pourvû que ce soit de droit, & non par accident,
c'est-à-dire, parce que la tempête auroit séparé de la
Flote les Chefs naturels.

Les Aydes-Majors ont rang de Lieutenant, du jour de
leur Commission, & font les mêmes fonctions que le Major, auquel ils sont subordonnez quand ils se trouvent
avec lui.

MAISTRES DES PORTS. Ce sont des Inspecteurs,

qui prennent foin des Ports, d'y entretenir la profondeur neceffaire, les étacades & les quais, & d'y faire ranger les Vaiffeaux, afin qu'ils ne puiffent caufer de defordres les uns aux autres.

Maîtres entretenus dans les Ports. Suivant l'Ordonnance de 1689, ils ont infpection fur le travail d'Efcouades de Gardiens & Matelots aux garnitures, carennes & autres ouvrages. Ils font auffi tenus de veiller à la confervation & amarrage des Vaiffeaux, &c.

Maître. Suivant l'Ordonnance de 1689, il eft défendu aux Officiers des Sieges de l'Amirauté de recevoir aucuns Maîtres & Pilotes, qu'ils ne foient âgez de vingt-cinq ans, & qu'ils n'ayent fait deux Campagnes de trois mois chacune, au moins, fur les Vaiffeaux du Roy, outre les cinq années de navigation qu'il faut que les Maîtres ayent faites, ainfi qu'il a été dit cy-deffus. Les Maîtres doivent affifter à la carenne, prendre foin de l'arrimage & affiette, être préfens au magafin pour prendre leur premiere garniture, & pour recevoir le rechange, dont ils doivent donner un Inventaire figné de leur main au Capitaine.

Maître d'Equipage, ou *Maître entretenu dans le Port.* C'eft un Officier Marinier choifi entre les plus experimentez, & établi dans chaque Arcenal, afin d'avoir foin de toutes les chofes qui regardent l'équipement, l'armement & le défarmement des Vaiffeaux, tant pour les agréer, garnir & armer, que pour les mettre à l'eau, les carenner, & pour ce qui fert à les amarrer & tenir en fureté dans le Port. Il fait difpofer les cabeftans & maneuvres neceffaires pour mettre les Vaiffeaux à l'eau, & il eft chargé du foin de préparer les amarres, & de les faire amarrer dans le Port. *Voyez l'Ordonnance de 1689.*

Maître de quay. C'eft un Officier de Ville, qui fait les fonctions de Capitaine de Port dans un Havre.

MANEUVRE. Ce mot fignifie toutes les cordes qui fervent à gouverner les vergues, les voiles & l'ancrage, & à tenir les mâts dans leur affiette.

MARE'E. C'est un mouvement de la mer qui se fait sentir deux fois le jour, les eaux montant pendant six heures, & s'en retournant pendant six autres heures, ce qu'elles font encore de la même sorte pendant les douze autres heures ; ensorte que ce mouvement réïteré, s'acheve en vingt-quatre heures & quarente-huit minutes. Chaque mois les marées augmentent vers la nouvelle & la pleine Lune, & elles ont leurs basses eaux, ou leur diminution vers le premier & le dernier quartier, c'est-à-dire, environ le huitiéme & le vingt-uniéme jour de la Lune. Elles ont leur mouvement beaucoup plus considerable aux nouvelles & pleines Lunes de Mars & de Septembre, temps des Equinoxes, que dans toutes les autres Lunes : & au contraire, la mer ne refoule jamais plus sensiblement, & n'a son reflux plus grand que dans les nouvelles & pleines Lunes de Juin & de Decembre, temps des Solstices, & particulierement au Solstice d'Hyver, qui arrive en Decembre. *Voyez* Flux & Reflux.

MARSILIANE. C'est un bâtiment à poupe quarrée, dont se servent les Venitiens dans le Golfe de Venise, & le long des côtes de Dalmatie.

MAST. C'est un grand arbre, ou une longue piece de bois, qu'on pose dans un Navire, & où l'on attache les vergues, voiles & maneuvres qui font necessaires pour faire naviguer le Vaisseau.

MATELOT. C'est un homme de mer employé pour faire le service d'un Vaisseau. Ce qui regarde les fonctions, les Engagemens & les loyers des Matelots, se trouve dans l'Ordonnance de 1681, Livre 2, Tit. VII. & Livre 3, Tit. IV. On dit d'un Officier de mer qu'*il est bon Matelot*, comme d'un de terre, qu'*il est bon Soldat*.

Matelot. Voyez *Vaisseau Matelot.*

MER. C'est l'amas des eaux qui compose un globe conjointement avec la terre, & qui la couvre en plusieurs endroits. La plupart de ses parties ont un flux reglé, & les autres n'ont de mouvement que ce qui leur en est donné par les vents. Il y a des embouchures de rivieres si vastes, qu'on leur donne le nom de mer : ainsi l'embouchure de la Garonne eft appellée *mer de Gironde*. La mer a divers noms felon les divers pays ou climats où elle s'étend, & les diverfes manieres dont elle s'étend. La grande mer s'appelle *mer Oceane* : cette mer a le flux & le reflux. Depuis l'Equateur du côté de deçà, on la nomme *la mer du Nord*, ou *Atlantique*. Au-delà des terres de l'Amerique, on l'appelle *la mer du Sud*, ou *la mer Pacifique*. Sous le pole on l'appelle *la mer Glaciale*, ou *la mer blanche*, à caufe de fes glaces. Vers la Suede & le Danemarc, c'eft-à-dire, au-delà du Détroit nommé *le Sund*, on l'appelle *la mer Baltique* : en venant du Sund vers le Pas de Calais, *la mer d'Allemagne* : fur les côtes de Bretagne & d'Angleterre, *la mer Britannique*.

La mer Mediterranée eft celle qui entre dans les terres, & qui divife l'Europe, l'Afrique & l'Afie. On l'appelloit autrefois *la mer des Grecs*, ou *la grande mer*. On l'appelle *Liguftique* & *de Tofcanne* vers l'Italie ; *Adriatique* vers le Golfe de Venife ; *Ionique*, *Egée*, vers la Grece ; *mer de Marmora*, ou *mer Blanche*, entre l'Helefpont & le Bof- phore, parce qu'on tient qu'elle eft fort fûre ; & au-delà c'eft la *mer Noire*, parce que la navigation y eft très-dangereufe, ou *mer Majeur*, que les Anciens ont appellé *Pont-Euxin*. Il y a encore d'autres mers particulieres, comme *le lac Afphaltique* ; *la mer Cafpie*, *Cafpiene*, ou *de Bahu*, ou *de Sala* ; *la mer Rouge*, *Arabique*, ou *Vermeille*, ou *de la Mecque* ; & plufieurs autres étenduës d'eaux, à qui on donne auffi ce nom, & dont on ne peut faire icy mention.

MOLE *de Port*. C'eft une jettée de groffes pierres dans la mer, en forme de Digue, qu'on fait dans les Ports contre l'impetuofité des vagues, & pour empêcher que les Vaiffeaux ennemis n'y entrent : ou, c'eft une muraille circulaire, ou angulaire faite dans la mer, qui enferme un Port propre à mettre des Vaiffeaux.

N.

NAUFRAGE. Ce font les Vaiffeaux & marchandifes

qui ont enfoncé au fond de la mer. Il est défendu de receler aucune portion des biens & marchandises des Vaisseaux échouez & naufragez. Si les effets naufragez ont été trouvez en pleine mer, ou tirez de son fond, la troisiéme partie en doit être délivrée incessamment & sans frais, en especes ou deniers, à ceux qui les auront sauvez ; & les deux autres tiers doivent être déposez, pour être rendus aux proprietaires, s'ils les reclament dans l'an & jour ; sinon ils sont également partagez entre le Roy & l'Amiral.

O

OCEAN. C'est un grand amas d'eaux qui environnent la terre, & qui est le plus grand de tous les amas d'eaux salées qui soient sur le globe terrestre. L'Ocean est joint à la Mediterranée par le Détroit de Gilbraltard, & détaché de la mer Caspienne par la partie du vieux Continent, qui regne au Sud dans le Royaume de Perse. On ne navigue point sur l'Ocean avec des Galeres, mais avec des Vaisseaux élevez ; neanmoins on en a vû à Roüen & à Dunkerque.

OFFICIERS. Outre les Officiers purement de Vaisseau, il y en a d'autres qui ont le même titre dans d'autres sortes de Navires, comme des Capitaines, & des Lieutenans de Fregates legeres, de Brulots & de Galiotes à bombes. Ces Officiers sont sujets à proportion aux mêmes Reglemens pour le commandement de leurs Bâtimens, que les Officiers de Vaisseau. Comme il a été necessaire de fixer le rang qu'ils doivent tenir avec ces derniers, Sa Majesté a ordonné que les Capitaines de Fregates legeres commanderoient aux Lieutenans de Vaisseau, & aux Capitaines de Brûlots, dans le Port & à la mer, en cas de détachement ; que les Lieutenans de Vaisseau auroient le commandement sur les Capitaines de Brûlot ; & que les Capitaines de Brûlot commanderoient aux Lieutenans de Fregates legeres, & aux Enseignes de Vaisseau ; & les Enseignes de Vaisseau aux Lieutenans de Fregates legeres. Les Capitaines de Galiotes à bombes, ont rang avant les Capitaines de Fregate legere, le Lieutenant devant les Lieutenans, & les Enseignes de Galiotes après le dernier Enseigne de Vaisseau.

OURAGAN. C'est une tempête horrible & très-violente, qui se forme par la contrarieté des vents, qui soufflant tantôt d'un côté & tantôt d'un autre, élevent des flots prodigieux, qui se brisent les uns contre les autres. Ils se font sentir particulierement dans les Isles Antilles, depuis le vingt ou vingt-cinq de Juillet, jusqu'au quinze d'Octobre.

P

PANNE. C'est virer le Vaisseau vent devant, & mettre le vent sur toutes les voiles, ou sur une partie, afin de ne pas tenir ni perdre le vent : cela se pratique quand on veut tarder le cours du Vaisseau, pour attendre quelque chose, ou laisser passer les Vaisseaux qui doivent aller devant ; mais cela ne se fait que de beau temps.

PAQUEBOT. C'est le nom des Vaisseaux qui servent au passage de France & d'Holande en Angleterre.

PARADE. *Faire la parade.* C'est orner un Vaisseau de tous les Pavillons qui font à son bord, & de tous ses pavois & flammes.

PARC. C'est dans un Arcenal de Marine le lieu où les Magasins généraux & particuliers sont renfermez, & où l'on construit les Vaisseaux du Roy.

PATACHE. C'est un petit Vaisseau de guerre destiné pour le service des grands Navires, & qui mouille à l'entrée d'un Port pour aller reconnoître ceux qui viennent ranger les côtes : ainsi la Patache sert de premiere Garde, pour arrêter les Vaisseaux qui veulent entrer dans le Port. Le Corps de Garde de la Patache doit être composé de son Equipage, ou de Soldats détachez à cet effet.

PAVILLON. C'est une baniere, ordinairement d'étamine, qu'on arbore sur le bâton de l'arriere, ou à la pointe de quelque mât. Ce pavillon ou banniere, est coupé de diverses façons, & chargé d'armes & de couleurs

particulieres, non-feulement pour faire difcerner les nations ; mais auffi pour faire diftinguer les Officiers généraux d'une Armée navale.

Par les Ordonnances de 1670 , & 1689 il eft reglé
que quand l'Amiral en perfonne fera embarqué, il portera *le pavillon quarré blanc* au grand mât ; le Vice-Amiral le pavillon quarré blanc au mât d'avant ; le Contre-
Amiral, ou premier Lieutenant général ou Chef d'Efcadre qui fera en fonction , le pavillon quarré blanc au
mât d'artimon ; chaque pavillon ayant un quart de battant plus que le guindant. Les Chefs d'Efcadres portent
une *cornette blanche* avec l'écuffon particulier de leur département au mât d'artimon , lorfqu'ils font en Corps
d'Armée ; mais ils le portent au grand mât quand ils
font féparez , & qu'ils commandent en Chef. Le battant
de leurs cornettes doit avoir quatre fois le guindant ; elle doit être fenduë par le milieu , des deux tiers de fa
hauteur , & les extrémitez fe doivent terminer en pointe.
Il eft deffendu aux Vaiffeaux particuliers de porter le pavillon blanc , qui eft affecté aux navires du Roy. Aux
navires vaincus ont attache les pavillons aux haubans ,
ou à la galerie de l'arriere , & on les laiffe traîner &
pancher vers l'eau ; & ces Vaiffeaux font toüez par la
poupe.

Les Pavillons d'Amiral, Vice-Amiral, & Contre-Amiral, & les Cornettes ne doivent être portez que lorfqu'ils
font accompagnez ; fçavoir, l'Amiral de vingt Vaiffeaux
de guerre ; les Vice-Amiral & Contre-Amiral de douze ,
dont le moindre doit porter trente-fix pieces de canons ;
& les Cornettes de cinq. Les Vice-Amiraux, Lieutenans
Généraux , & Chefs d'Efcadrés , qui commandent un
moindre nombre de Vaiffeaux, doivent porter une fimple
flamme. Les Capitaines commandans plus d'un Vaiffeau , portent une *flamme blanche* au grand mât , qui a
de guindant la moitié de la Cornette , & qui ne peut être
moindre que de dix aunes de battant.

Il n'eft arboré fur les navires de guerre aucun pavillon , flamme, ni enfeigne de poupe, que de couleur blan-

che , foit pendant la navigation, foit dans les combats : il leur eft feulement permis de fe fervir de la couleur rouge & autres pour figneaux. L'Officier général commandant en Chef porte tant dans les ports & rades qu'à la mer , une *Enfeigne blanche* à l'avant de fa chaloupe , pour le diftinguer des autres Officiers qui la portent à la poupe. *Voyez l'Ordonnance de* 1689. Tous les Vaiffeaux peuvent à l'occafion mettre une enfeigne ou pavillon de poupe & un de beaupré ; mais il n'y a que l'Amiral qui le porte au grand mât. Il porte encore une flamme au-deffous , fi l'Armée eft divifée en plufieurs Efcadres , qui ayent chacun leur Amiral particulier. Le Roy deffend ordinairement aux navires qui portent leurs pavillons , de les baiffer devant qui que ce foit , ou de faluer les premiers.

Pavillon Royal de France. Il eft blanc femé de fleurs de lis d'or, & chargé d'un Ecuffon des Armes de France , entouré des Coliers des Ordres de S. Michel & du S. Efprit.

Pavillon de l'Amiral. L'Ordonnance du Roy de 1689, porte que le pavillon de l'Amiral doit être quarré blanc, & arboré au grand mât , lorfque l'Amiral en perfonne eft embarqué , ainfi qu'il eft dit cy-deffus.

L'Etendart Royal des Galeres, eft rouge femé de fleurs de lis d'or.

EXPLICATION DES DEUX FIGURES CY-JOINTES.

A. Pavillon du Pape.
B. De l'Empire.
C. De l'Amiral de France.
D. L'Etendart Royal des Galeres.
E. Pavillon Royal de France.
F. Pavillon des Vaiffeaux Marchands François.
G. Pavillon d'Efpagne.
H. Des Vaiffeaux Marchands d'Efpagne.
I. Des Etats Généraux des Provinces-unies.
L. D'Amfterdam.
M. De Hollande , *ou* du Prince.
N. Pavillon de Beaupré des Etats Généraux.
O. Pavillon de Beaupré de Hollande, *ou* du Prince.
P. Calais.
Q. Dunquerque.
R. Hoorn.
S. Schelling & Vlieland.
T. Zelande.
V. Middel-

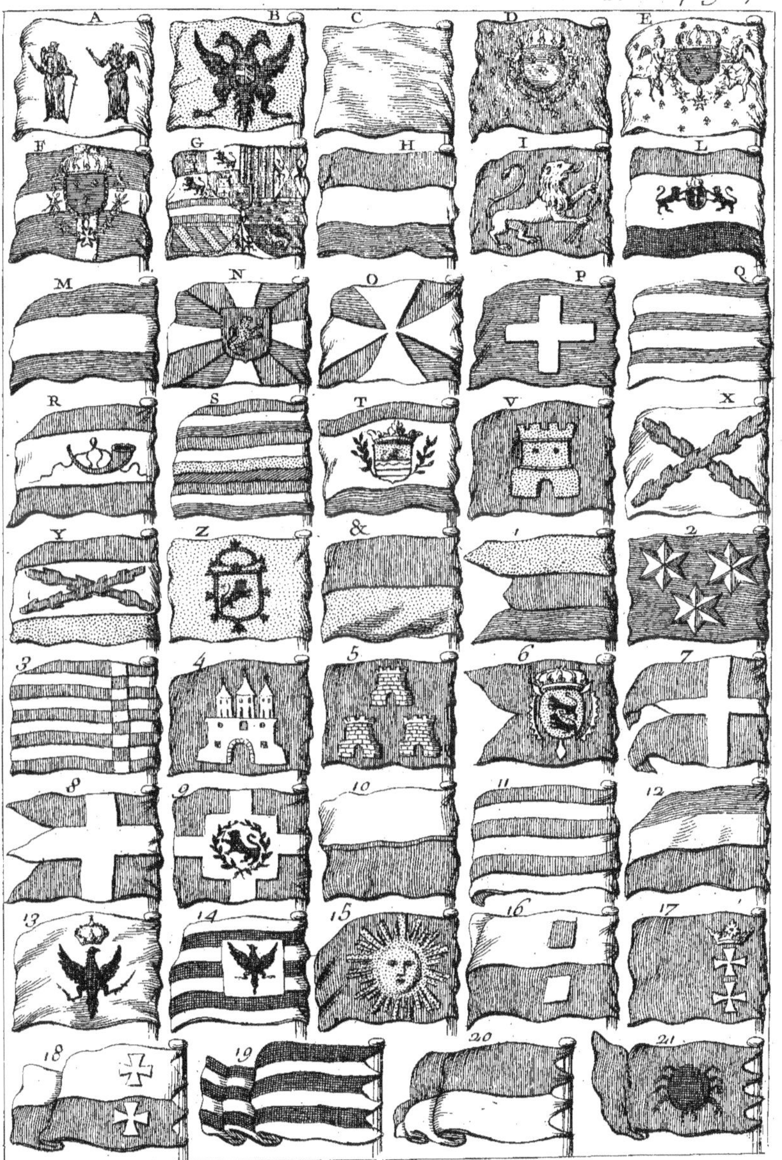

LI
BER
TAS
LIBERTAS

V. Middelbourg.
X. Bourgogne.
Y. Flandres.
Z. Pavillon de Beaupré de Flandres.
&. Oftende.
1. Embden.
2. Norden.
3. Bremen.
4. Hambourg.
5. *autre de* Hambourg.
6. Sleefvvich.
7. Danemarc.
8. *autre de* Danemarc.
9. Berg.
10. Lubec.
11. Bergen.
12. Roftoc.
13. Brandebourg.
14. *autre de* Brandebourg.
15. Stralfundt.
16. Stetin.
17. Dantzic.
18. Elbing.
19. Konifberg.
20. Courlande.
21. *autre de* Courlande.
22. Riga.
23. Reval.
24. Pologne.
25. Mofcovie.
26. *autre de* Mofcovie.
27. *autre de* Mofcovie.
28. Suede.
29. Angleterre.
30. *autre d'*Angleterre.
31. Pavillon de l'union d'Angleterre.

32. Amiral d'Angleterre.
33. Beaupré d'Angleterre.
34. Vaifleau Marchand d'Angleterre.
35. Ecoffe.
36. *autre d'*Ecoffe.
37. Irlande.
38. Portugal.
39. *autre de* Portugal.
40. *autre de* Portugal.
41. *autre de* Portugal.
42. Marchand de Portugal.
43. Port à Port.
44. Savoye.
45. Gênes.
46. Monaco.
47. Modéne.
48. Tofcane.
49. Livourne.
50. Venife.
51. *autre de* Venife.
52. Ragufe.
53. Sicile.
54. Malte.
55. *autre de* Malte.
56. Turquie.
57. *autre de* Turquie.
58. *autre de* Turquie.
59. Des Galeres Turques.
60. Tripoli.
61. Alger.
62. Salé.
63. De l'Empereur des Tartares & de la Chine.
64. De la Chine.
65. Pavillon de Jonque de Nanquin.

PEOTE. C'eft une efpece de chaloupe très longue, qui eft en ufage parmi les Venitiens.

PHARE, *tour à feu*. C'eft une tour elevée fur la côte, & dont le fommet porte un feu, ou un fanal, qu'on allume de nuit, pour indiquer la route aux Vaiffeaux, &

Tome II.   D ddd

empêcher qu'ils ne donnent contre la côte. Ce mot vient d'une grande tour que Ptolemée Philadelphe Roy d'Egypte fit élever sur le sommet d'une montagne d'une Iſle appellée *Pharos*, en 470 de la fondation du monde.

PIERRIER, *Perrier*. C'eſt une ſorte de canon, compoſé d'une volée, d'une culaſſe, de tourillons, d'un renfort & des mêmes parties qu'un autre canon. On s'en ſert à jetter des cailloux & de la mitraille, des bales & des ferremens empaquetez & bien ſerrez dans les cartouches. Il ſe charge par la culaſſe, avec une boîte, & il eſt monté ſur un chandelier au lieu d'affut ; ce qui donne la liberté de le pointer haut & bas, & horiſontalement.

PILOTE. C'eſt un Officier de l'Equipage qui prend garde à la route du Vaiſſeau, & qui le gouverne. Il y a trois Pilotes dans les plus grands Vaiſſeaux, ou quand il s'agit d'un voyage de longs cours : le ſecond & le troiſiéme ſecondent le premier dans ſes fonctions. Dans les autres Vaiſſeaux, il y en a un ou deux ſelon la qualité du Vaiſſeau & du voyage. *Voyez l'Ordonnance de* 1681, & *de* 1689.

PINASSE. C'eſt un petit bâtiment fait à poupe quarrée, dont l'origine vient du Nord : il eſt fort en uſage en Hollande.

Pinaſſe. C'eſt un petit bâtiment de Biſcaye, qui a la poupe quarrée : il eſt long, étroit, & leger ; ce qui le rend propre à la courſe, à faire des découvertes, & à deſcendre du monde en une côte. Il porte trois mâts, & va à voiles & à rames.

PINQUE. C'eſt une ſorte de flûte, bâtiment de charge fort plat de varangue, qui a le derriere long & élevé.

Pinque. C'eſt auſſi un flibot d'Angleterre.

POLACRE. C'eſt un petit Vaiſſeau Levantin, dont on ſe ſert dans la Méditerranée, & qui porte des voiles quarrées au grand mât & au beaupré, & des voiles latines à la miſenne & l'artimon.

PONTON. C'eſt un grand bâteau plat, qui a trois ou quatre pieds de bord, qui porte un mât, & qui ſert à ſoûtenir les Vaiſſeaux quand on les met ſur le côté pour leur donner la carenne : au défaut d'un ponton on peut se servir d'un Vaisseau.

PONT, ou *Tillac*. C'est un de étages du Vaisseau. Les plus grands Vaisseaux de guerre n'ont que trois ponts à cinq pieds de hauteur l'un de l'autre. Les Fregates n'en ont que deux.

PORT. C'est un poste de mer proche des terres, destiné au moüillage des Vaisseaux, & qui y est plus ou moins propre, selon qu'il a plus ou moins de fond & d'abri.

PORTE-VOIX. C'est une sorte d'instrument de ferblanc, dont l'usage est de porter la voix dans un lieu fort éloigné.

POSTILLON. C'est une petite patache qu'on entretient dans un port, & dont on se sert lorsque l'on veut envoyer à la découverte, ou porter quelque nouvelle.

POUPE. C'est l'arriere du Vaisseau, appellée queuë par quelques uns, à cause que le gouvernail qu'on y attache fait le même effet aux navires que la queuë fait aux poissons. Le pourtour de la poupe est orné de balcons avec les armes du Roy, le tout richement doré & peint. *Voyez* Vaisseau.

Poupe quarrée. Les Vaisseaux à poupe quarrée, ont l'arcasse construite selon la largeur & la struction des grands Vaisseaux de guerre. Le Roy ordonna en 1673, qu'à l'avenir la poupe de ses Vaisseaux seroit ronde au-dessous de la lisse de hourdi, & non quarrée, comme il avoit été pratiqué jusqu'alors. On appelle les grands navires de guerre, Vaisseaux à poupe quarrée, par opposition aux flûtes & autres bâtimens qui n'ont point d'arcasse, & qui ont des fesses rondes à l'arriere, de même que le sont les joües à l'avant.

PREVOST *Général de la Marine*. C'est un Officier établi pour instruire les procès des gens de mer, qui ont commis quelque crime. Par l'Ordonnance de 1674, il a entrée au Conseil de guerre, ainsi que ses Lieutenans; & ils y font le raport de leurs procedures debout & découverts, sans avoir voix déliberative. Tout Soldat déserteur qui tire l'épée, ou autre arme défensive contre le Prevôt & les Archers de la Marine est puni de mort, ſuivant la même Ordonnance.

Le Prevôt de chaque Colege ſe doit preſenter à la chambre toutes les fois que le Conſeil s'aſſemble : il doit avoir l'œil ſur la conduite des Matelots qui ſont devant la chambre, à ce qu'ils ne commettent aucunes inſolences. Il doit être preſent aux revûës, & prendre connoiſſance du nombre des Matelots qui ſont engagez ; afin de les faire venir à bord en temps & lieu, & de faire recherche de ceux qui ne s'y ſeront pas rendus : à cet effet on fait une derniere revûë, lorſque les Vaiſſeaux mettent à la voile : s'il peut ſe ſaiſir des coupables, il les repreſente au Conſeil. Il a ſes Huiſſiers & Archers qui obéiſſent à ſes ordres.

Q

QUAICHE. C'eſt un petit bâtiment qui a un pont, qui porte une corne, qui eſt mâté en fourche comme le heu.

QUART. C'eſt l'eſpace du temps qu'une partie des gens de l'equipage d'un Vaiſſeau veille pour faire le ſervice, tandis que le reſte dort. Dans les Vaiſſeaux du Roy le quart eſt ſouvent de huit horloges, qui ſont de demie heure : dans les autres Vaiſſeaux, il eſt tantôt de ſix, ou de ſept, & quelquefois de huit. A chaque fois qu'on commence & qu'on leve le quart, on ſonne la cloche pour en avertir l'Equipage.

R.

RADE. C'eſt une eſpece de mer, & un lieu d'ancrage, à quelque diſtance de la côte, où les Vaiſſeaux peuvent jetter l'ancre, & y demeurer à l'abri de certains vents : ils y mouillent même ordinairement en attendant le vent ou la marée propre pour entrer dans le port, ou pour faire voile. *Voyez l'Ordonnance de* 1681.

RADOUB. C'eſt le travail qu'on fait pour réparer ce qu'il y a de briſé au corps du Vaiſſeau. On ſe ſert pour cela de planches, de plaques de plomb, d'étoupe, de bray, de goudron, & de tout ce qui peut arrêter les voyes d'eau

RANG. C'eſt un terme dont on ſe ſert ſur la mer pour diſtinguer la grandeur & la capacité des Vaiſſeaux de guerre : il s'étend juſqu'à cinq diferences, & il eſt fondé ſur la longueur de leur quille, ſur le nombre de leurs ponts, ſur leur port, & ſur la quantité des Canons dont ils ſont montez. Toutes ces diſtinctions de rang ont été détermi-nées par une Ordonnance du Roy de l'année 1670, & plus nouvellement par celle de 1689. *Voyez* Vaiſſeaux.

Mais comme dans les précedentes Ordonnances il y a encore plus de circonſtances pour le nombre des ponts, le port & les canons, je vais en parler par articles, & en abregé.

Premier rang. Ces Vaiſſeaux ont environ cent trente pieds de quille portant ſur terre, & ſont de quatorze à quinze cens tonneaux. Ils portent depuis ſoixante-dix, juſqu'à ſix-vingt canons, & ont trois ponts entiers & non coupez, deux chambres l'une ſur l'autre, ſçavoir celle des Volontaires, ou du Conſeil, & celle du Capitaine, outre la ſaine barbe & la dunette.

Second rang. Ces Vaiſſeaux ont depuis cent dix juſ-qu'à cent vingt pieds de quille, trois ponts entiers, ou quelquefois le troiſiéme eſt coupé, avec deux chambres dans leur château de poupe, outre la ſainte barbe & la dunette. Leur port eſt de onze à douze cens tonneaux ; & ils ſont montez depuis cinquante, juſqu'à ſoixante-dix pieces de canons.

Troiſiéme rang. Ces Vaiſſeaux ont environ cent-dix pieds de quille. Ils ont ſeulement deux ponts, & n'ont dans leur château de poupe, que la ſainte barbe, la chambre du Capitaine & la dunette ; mais ils ont un châ-teau ſur l'avant du ſecond pont, ſous lequel ſont les cui-ſines. Leur port eſt de huit à neuf cens tonneaux ; & ils ſont montez de quarante à cinquante pieces de canons.

Quatriéme rang. Ces Vaiſſeaux ont trente à quarante canons. Ils ont à peu-près cent pieds de quille, deux ponts courans devant arriere avec leurs châteaux de proüe & de poupe, comme les Vaiſſeaux du troiſiéme rang. Leur port eſt de cinq à ſix cens tonneaux.

D ddd iij

Cinquième rang. Ces Vaisseaux sont du dernier rang. Il sont du port de trois cens tonneaux, & de dix-huit à vingt pieces de canon. Ils ont quatre-vingt pieds de quille, & au-dessous, & deux ponts courans d'avant arriere, sans aucun château sur l'avant. Les cuisines sont mises entre deux ponts, dans le lieu le plus commode, pour éviter le feu, & ne point incomoder le service du canon.

Rang des Officiers de Marine avec ceux de Terre. Les mêmes raisons qui ont obligé le Roy de regler le rang que les Officiers d'Artillerie de terre & de mer doivent tenir entre eux, lorsqu'ils sont employez ensemble, & que nous avons expliquées, ayant eu lieu pour regler celui que devoient avoir les autres Officiers de ces differens Corps dans les mêmes occasions ; Sa Majesté a ordonné, que les Lieutenans Généraux de Terre, de Marine & des Galeres marcheroient suivant la datte de leur Commission : les Maréchaux de Camp avec les Chefs d'Escadres, de même : les Mestres de Camp d'Infanterie avec les Capitaines de Vaisseau, de Galeres, les Capitaines des Ports, les Commissaires généraux de l'Artillerie de la Marine, les Inspecteurs, & les Majors de Marine & des Galeres : les Lieutenans Colonels d'Infanterie, avec les Capitaines de Galiotes & d'Artillerie, les Capitaines de Fregates legeres, & les Capitaines-Lieutenans de Galeres : les Capitaines d'Infanterie, avec les Lieutenans de Vaisseau, les Lieutenans de Galeres, les Lieutenans de Port de Marine, les Lieutenans de Galiotes & d'Artillerie, les Capitaines de Brûlots, & les Sous-Lieutenans de la Reale.

Les Lieutenans d'Infanterie, avec les Enseignes de Vaisseau, les Sous-Lieutenans de Galeres, les Enseignes de la Reale & des autres Galeres, les Enseignes des Ports de Marine & Galeres, les Enseignes des Gardes de la Marine, & l'Enseigne des Gardes de l'Etendart des Galeres, les Sous-Lieutenans de Galiotes & d'Artillerie, les Lieutenans de Fregates legeres & les Capitaines de Flutes : les Enseignes & les Sous-Lieutenans d'Infanterie, avec les Aydes d'Artillerie, les Chefs de Brigades, les Brigadiers & Sous-Brigadiers des Gardes de la Marine, & le Maréchal des Logis, les Brigadiers & Sous-Brigadiers des Gardes de l'Étendart des Galeres.

Les Commandans des Bataillons de Marine qui servent à terre, n'ont que le rang qu'ils ont en leur qualité d'Officier de Marine.

Les Officiers généraux de Marine ne peuvent jouir sur terre du rang cy-dessus marqué, qu'avec Lettres de Service, expediées par le Secretaire d'Etat ayant le Département de la Guerre.

RATION. C'est la mesure du biscuit, de la viande, du poisson, des legumes & du vin & autre boisson qu'on distribue par jour dans les Vaisseaux, pour la subsistance d'un homme. La ration de chaque Matelot & Soldat par jour est composée de 18 onces de biscuit poids de marc, & de trois quarts de pinte de vin mesure de Paris mêlez d'autant d'eau. On donne par semaine quatre repas de viande, trois de poisson, & sept de legumes.

S

SABORD. C'est une embrasure, ou canoniere, dans le bordage d'un Vaisseau, pour pointer les pieces de canon. La partie inferieure du sabord s'appelle *feüillet*, & quelqu'uns donnent aussi ce nom à la partie superieure: la distance ordinaire entre deux sabords est de sept pieds. Il y a autant de rangs de sabords qu'il y a de ponts: chaque rang est ordinairement de quinze sabords dans les plus grands Vaisseaux, sans compter ceux de la sainte Barbe, & les batteries qui sont sur les châteaux. On appelle *premiere batterie*, celle qui est la plus basse; elle doit être pratiquée si haute, que dans un gros temps elle ne se trouve pas sous l'eau, & ne devienne pas inutile par ce moyen. *La seconde batterie* est au pont du milieu; & *la troisiéme* est sur le dernier pont. Chaque sabord doit avoir sa drague & son palan.

SAIQUE. C'est une sorte de Bâtiment Grec, dont le

corps est fort chargé de bois : il porte un beaupré , un petit artimon , & un grand mât , qui s'éleve avec son mât de hune à une hauteur extraordinaire ; & il est soutenu par des galaubans & par un étay , qui répond à la pointe du mât de hune sur le beaupré.

SALUT. C'est une déférence & un honneur qui se doit rendre sur mer , non seulement entre les Vaisseaux de differente Nation, mais encore lorsqu'ils sont distinguez par le rang d'Officiers qui les montent & qui y commandent. Ces respects consistent à se mettre sous le vent, à amener le Pavillon , à l'embrasser , à faire les premieres & les plus nombreuses décharges d'Artillerie pour le salut , à ferler quelques voiles & particulierement le grand hunier , à envoyer quelques Officiers à bord du plus puissant , & à venir mouiller sous son Pavillon , selon que la diversité des occasions exige quelqu'une de ces ceremonies. Les Vaisseaux Marchands saluent les Vaisseaux de Guerre. Quelquefois parmi les Nations qui peuvent entrer en concurrence, chaque Vaisseau de Guerre qui est sur la côte, ou à la vûë des terres de sa Nation , reçoit le salut d'un Vaisseau étranger, & le lui rend ensuite. Le Vaisseau qui est au vent d'un autre est obligé de le saluer, suivant l'Ordonnance de 1689 , au sujet du salut & contre-salut.

Les Vaisseaux du Roy portant Pavillon d'Amiral , de Vice-Amiral , & Contre Amiral , cornette & flammes , salueront les Places maritimes , & principalement les Forteresses des Rois ; & le salut leur sera rendu coup pour coup à l'Amiral & au Vice-Amiral , & aux autres par un moindre nombre de coups , suivant la marque de commandement.

Les Places de tous autres Princes & Républiques , salueront les premiers l'Amiral , & le salut leur sera rendu ; sçavoir , par l'Amiral d'un moindre nombre de coups , & par le Vice-Amiral coup pour coup. Les autres Pavillons inferieurs salueront les premiers ; mais les Places de Corfou, Zante, & Cefalonie, & celle de Nice & de Villefranche en Savoye, seront saluées les premieres par

le

le Vice-Amiral. Aucun Navire de Guerre ne saluera une Place maritime, qu'il ne soit assuré que le salut lui sera rendu.

Les Navires du Roy portant Pavillon, & rencontrant ceux des autres Rois portant des Pavillons égaux aux leurs, se feront saluer les premiers en quelques mers & côtes que se fasse la rencontre : ce qui se pratiquera aussi dans les rencontres de Vaisseau à Vaisseau : à quoi les Etrangers feront contraints par la force, s'ils en font difficulté.

Le Vice-Amiral & Contre-Amiral rencontrant le Pavillon Amiral de quelqu'autre Roy, ou l'Etendart des Galeres d'Espagne, ils ne feront aucune difficulté de les saluer les premiers. Le Vaisseau portant Pavillon Amiral, rencontrant en mer les Galeres d'Espagne, se fera saluer le premier par celle qui portera l'Etendart Royal.

Les Escadres de Galeres de Naples, Sicile, Sardaigne, & autres appartenantes au Roy d'Espagne, ne feront traittées que comme Galeres Patronnes, quoiqu'elles portent l'Etendart Royal : elles feront seulement saluées par le Contre-Amiral, & elles salueront les premieres le Vice-Amiral, qui les y contraindra en cas de refus. La même chose aura lieu pour les Galeres portant le premier Etendart de Malte, & de tous autres Princes & Républiques. Tous les Navires de Guerre se feront saluer par la Galere patronne de Gênes.

Les Vaisseaux portant cornettes & flammes salueront les Pavillons de l'Amiral & Contre-Amiral des autres Rois, & se contenteront qu'il leur soit répondu par un moindre nombre de coups.

Les Vaisseaux de moindres Etats portant Pavillon Amiral, & rencontrant celui de France, plieront leur Pavillon, & salueront de vingt-un coups de canon ; & ensuite celui de France ayant rendu le salut de treize, les autres remettront leur Pavillon.

Le Vice-Amiral & Contre-Amiral feront saluez de la même maniere par les moindres Etats. Leur Amiral saluera pareillement le premier le Vice-Amiral & Contre-

Amiral : mais il ne pliera son Pavillon que pour l'Amiral; enforte que cette déférence de plier le Pavillon ne sera renduë par les moindres Etats qu'aux Pavillons égaux, & superieurs.

Les Vaisseaux du Roy portant cornette salueront l'Amiral des moindres Etats, & se feront saluer par tous les autres Pavillons.

L'Etendart Royal des Galeres saluera le premier le Pavillon Amiral, qui rendra coup pour coup; & l'Etendart sera salué le premier par le Vice-Amiral.

Le Vice Amiral sera salué par la Patronne des Galeres, à laquelle il répondra coup pour coup; & elle sera saluée par le Contre-Amiral, auquel elle répondra de même. Lorsqu'il y aura plusieurs Vaisseaux de Guerre ensemble, il n'y aura que le Commandant qui salue.

Lorsqu'on arborera le Pavillon Amiral, soit dans les Ports, soit à la mer, il sera salué par l'Equipage du Vaisseau sur lequel il sera arboré, de cinq cris de *Vive le Roy*, & les autres Vaisseaux le salueront en pliant leur Pavillon, sans tirer de canon. Le Pavillon du Vice-Amiral sera seulement salué par trois cris de tout son Equipage; le Contre-Amiral & les Cornettes par un cri; & à l'égard des flammes elles ne seront point saluées.

Les Vaisseaux du Roy portant Pavillon de Vice-Amiral & Contre-Amiral, rencontrant en mer le Pavillon Amiral, le salueront de la voix; plieront leurs Pavillons, & abaisseront leurs hautes voiles.

Le Contre-Amiral, Cornette, & autres Vaisseaux de Guerre, abordant le Vice-Amiral, le salueront seulement de la voix, en passant à l'arriere, pour arriver sous le vent. Les Vaisseaux du Roy qui ne portent ni Pavillon ni Cornette, se rencontrant à la mer, ne se demanderont aucun salut. Il est défendu à tous Capitaines & Commandans de saluer les Places des Ports & rades du Royaume, où ils entrent & mouillent ordinairement; comme aussi de tirer du canon dans les occasions de Revuës & des visites particulieres qui leur pourroient être faites sur leur bord.

Seront feulement faluez du canon, l'Amiral, le Vice-Amiral, le Gouverneur de la Province, quand ils feront leur premiere entrée dans le Port : le Vaiſſeau portant Pavillon Amiral dans un Port rendra le falut. Le Roy ſe trouvant en perſonne dans ſes Ports, ou ſur les Vaiſſeaux, ſera falué de trois ſalves de toute l'Artillerie, dont la premiere ſe fera à boulet.

SCORBUT. C'eſt une maladie qui prend ſur mer, & principalement dans les voyages de long cours, pendant leſquels la corruption de l'air marin, les choſes ſalées qu'on mange,& le vin pur qu'on eſt obligé de boire lorſque les eaux ſont gâtées, alterent la maſſe du ſang : elle enflé le corps, le remplit de puſtules, & infecte l'haleine. On commence à s'appercevoir de cette maladie par une grande enflure des gencives, où il ſe forme enſuite de malins ulceres. La langueur que cette maladie cauſe ne peut être ſoulagée qu'en prenant terre, ou en ſe frottant de ſang de tortuës de mer : on ſe peut auſſi utilement ſervir du jus d'oranges ou de citrons. Le ſcorbut eſt familier dans tous les lieux maritimes, à cauſe que l'air y eſt rempli de particules âcres qui s'échappent de la mer.

SECRETAIRE *général de la Marine.* Le Roy par Arrêt de ſon Conſeil d'Etat du 13 Août 1707, lui a donné ſéance & voix déliberative dans les Aſſemblées qui ſe tiennent pour juger les Priſes, de même que ſes prédéceſſeurs l'avoient euë juſqu'en 1612, que cet uſage fut ſuſpendu, à cauſe de la minorité de l'Amiral. C'eſt lui qui fait tout le détail ſous l'Amiral, près duquel il eſt toujours attaché.

SEMAQUE. C'eſt un petit bâtiment Holandois, dont on ſe ſert pour mener des marchandiſes à bord des grands Vaiſſeaux.

SIGNAL. Les ſignaux ſur mer, ſont des inſtructions données par le Commandant de l'Armée ou de l'Eſcadre, de ce qu'il fera, ou de ce qu'il veut qu'on faſſe. Les ſignaux de jour ſe font par le maniement des voiles, par des Pavillons, ou par des flammes de differentes couleurs & grandeurs : ceux de nuit par de faux feux, par le nombre & la situation des fanaux, ou par une certaine quantité de coups de canon. Les signaux qui se font de jour sur les côtes, se font par fumée, & de nuit aussi par feu.

Signaux pour la brume. C'est quand les broüillards empêchent que les Vaisseaux ne se voyent, & qu'il y a lieu de craindre que faute de se voir, ils ne s'abordent les uns les autres. Ces signaux se font en tirant des coups de mousquet de temps en temps, en battant la caisse, en sonnant de la trompette ou les cloches.

SOLDAT. Ce sont des Soldats qu'on entretient sur les Ports. Il y en a trois cens dans le Port de Toulon, & pareil nombre dans chacun de ceux de Rochefort & de Brest, & cinquante au Havre. Outre cela on en entretient encore trois cens à la demie-paye dans chacun de ces trois premiers Ports.

SONDE, ou *Plomb de Sonde.* C'est une petite masse de plomb faite en pyramide, ou en façon de quille, que l'on attache à un long cordeau, appellé *ligne de Sonde*, & que l'on fait descendre dans la mer, tant pour sçavoir la profondeur du parage où on se trouve, que pour reconnoître la nature & la qualité du fond, lequel s'attache à la partie inferieure de la Sonde.

STRIBORD. C'est le côté de la main droite du Vaisseau, au respect d'un homme qui étant à la poupe fait face vers la proüe. Ce mot de stribord a été fait par corruption de *dextribord* ; mais le plus en usage est stribord. Le côté gauche du Vaisseau est nommé *Babord*.

T

TARTANE. C'est une barque dont on se sert sur la Mediterranée, differente des autres barques en ce qu'elle ne porte qu'un arbre de mestre, autrement un grand mât, & un mât de misene. La voile d'une Tartane est à tiers point ; mais de gros temps elle en appareille une à trait quarré, appellée *voile de fortune*.

TERRE-FERME. On appelle Terre-ferme une grande

étenduë, dans laquelle font comprifes plufieurs régions,
& que les mers ne féparent point.

TILLAC. C'eft le plancher ou étage d'un Navire, fur
lequel la batterie eft pofée comme fur une platte-forme,
ou fur un plancher.

TIMON, ou *Barre de Gouvernail.* C'eft une piece de
bois longue & arrondie, dont l'une des extrêmitez répond du côté de l'habitacle à la manivelle du gouvernail
que tient le Timonier ; & elle fe joint à cette manivelle
par une cheville de fer qui lui eft attachée, & qui entre
dans la boucle de fer de la manivelle.

TIMONIER. C'eft le Matelot qui tient la barre du
gouvernail, pour conduire & gouverner le Vaiffeau.

TONNEAU. On fe fert de ce terme pour exprimer un
poids de deux mille livres, ou de vingt quintaux ; & en ce
fens, quand on veut défigner la capacité & le port d'un
Navire, on dit, par exemple, qu'il eft de cinq cens tonneaux, pour exprimer qu'il porte cinq cens fois la valeur
de deux mille pefant, c'eft-à-dire un million de livres pefant : il faut pour cela que l'eau de la mer qu'occupe le
Vaiffeau en enfonçant, pefe un pareil poids.

TORTUE. C'eft une forte de Vaiffeau qui a le pont
élevé en maniere de toit de maifon, afin de tenir les Soldats, & les paffagers à couvert.

TOUR MARINE. C'eft une tour qu'on bâtit fur les
côtes de la mer, pour y mettre des Soldats, qui donnent avis par un fignal lorfqu'ils découvrent quelques
Vaiffeaux ennemis. Ces fortes de tours font ordinairement fans portes, & on y entre par des fenêtres qui font
au premier ou fecond étage, avec une échelle que l'on
tire en haut, quand on eft dedans.

TRESORIER *général de la Marine.* C'eft lui qui fait
payer par fes Commis les fonds qui font ordonnez pour
la Marine, foit dans les Ports, foit à la mer : il y a des
Treforiers de la Marine établis dans chaque Province.

TROMPETTE *parlante.* Elle a fept à huit pieds de
longueur, & quelquefois quinze : elle eft toute droite,
faite de fer blanc : elle a un fort large pavillon, & fon

bocal eſt aſſez large pour y pouvoir introduire les deux levres. En parlant dedans, on fait aller la voix juſqu'à mille pas fort diſtinctement. Cette trompette eſt fort commode à la mer.

V

VAISSEAUX. Les Vaiſſeaux du Roy ſont diſtribuez dans les Ports de Toulon, de Breſt, du Port-Louis, de Rochefort & du Havre de Grace. Ces Vaiſſeaux ſont de differentes grandeurs: il y en a du premier, du ſecond, du troiſiéme, du quatriéme & du cinquiéme rang. Suivant le Reglement de 1689, ceux *du premier rang* doivent avoir 163 pieds de longueur de l'Etrave à l'Etambord, par dehors; 44 pieds de largeur en dehors des membres, & 20 pieds 4 pouces de creux, à prendre ſur la quille au-deſſus des bouts du banc en droite ligne: ils portent depuis 70 pieces de canons juſqu'à 120, & ont juſqu'à 900 hommes d'Equipage. Ceux *du ſecond rang* ſont de differentes grandeurs: les Vaiſſeaux de ce rang, *du premier ordre*, ont 150 pieds de long, 41 de large, & 19 de creux: ceux *du ſecond ordre* 146 pieds de longueur, 40 de largeur, & 18 pieds 3 pouces de creux. Ceux *du troiſiéme rang* ſont auſſi de differentes grandeurs: ceux *du premier ordre*, doivent avoir 140 pieds de longueur, 38 de largeur, & 17 pieds 6 pouces de creux: ceux du *ſecond ordre* 136 pieds de longueur, 37 de largeur, & 16 pieds 6 pouces de creux: leur port eſt ordinairement de huit à neuf cens tonneaux, & ils ſont montez de quarente à cinquante canons. Les Vaiſſeaux *du quatriéme rang*, doivent avoir 120 pieds de longueur, 23 ½ de largeur & 14 ½ de creux: leur port eſt de trente à quarente canons, & de cinq à ſix cens tonneaux. Ceux *du cinquiéme rang* ont 110 pieds de longeur, 27 ½ de largeur, & 14 de creux: leur port eſt de trois cens tonneaux, & de dix-huit ou vingt canons. Outre un grand nombre de Vaiſſeaux de tous les rangs, la France a encore des Fregates legeres, des Galiottes à bombes, des Brûlots, des Brigantins, des

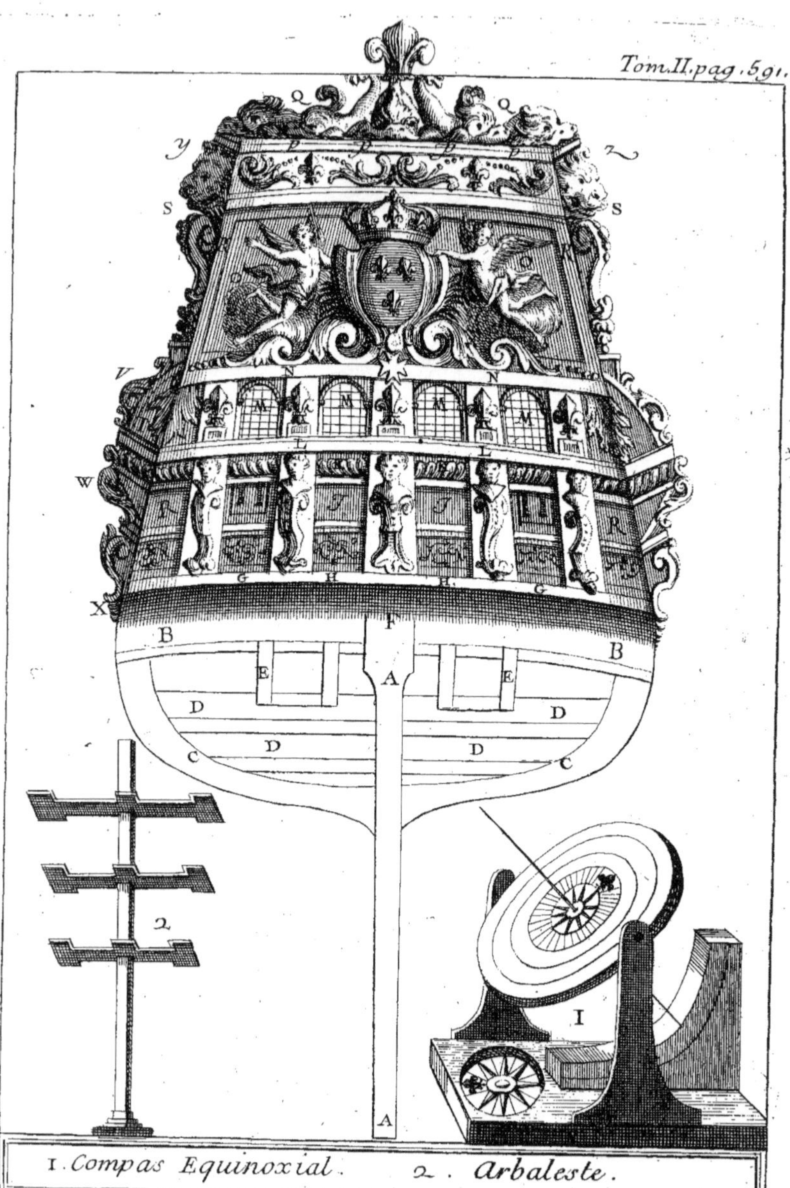
1. Compas Equinoxial.   2. Arbaleste.

Barques longues ou Courvettes , des Flutes & des Barques.

Vaisseaux de haut bord. Ce sont ceux qui vont seulement
à la voile , & dont on se sert pour courir sur toutes les
mers ; ou bien ceux dont on se sert dans l'Ocean , à la
difference des Galeres & des Vaisseaux plats , & des petits bâtimens , qui rendent service aux autres.

Vaisseaux de bas bord. Ce sont des Vaisseaux à voiles
& à rames , comme les Galeres , qui ne vont ordinairement que sur la mer Mediterranée.

Vaisseau Matelot. Il y a deux sortes de Vaisseaux Matelots : la premiere , c'est quand dans de certaines Armées navales on associe deux à deux les Vaisseaux de
guerre , pour se prêter du secours mutuellement en cas
de besoin ; ces Vaisseaux sont Matelots l'un de l'autre.
L'autre sorte , est dans toutes les Armées navales ; mais
elle a seulement lieu pour les Officiers Généraux qui portent pavillon : ils ont chacun deux Vaisseaux Matelots
pour les secourir ; l'un à leur avant , appellé *Matelot d'a-
vant* ; l'autre à leur arriere , appellé *Matelot de l'arriere.*
Quelquefois , quand l'Amiral tient la mer , il n'y a que
lui qui par prérogative ait deux Vaisseaux seconds , & les
autres n'en ont que chacun un.

L'arriere d'un Vaisseau en étant une des principales
parties , on a crû en devoir mettre icy la figure en particulier , afin qu'on puisse en voir toute l'arcasse avec son
bordage & ses ornemens , jusqu'à la lisse de hourdi. Cette figure est proportionnée pour un Vaisseau de 145 pieds
de long , pris de l'étrave à l'étambord , 36 pied de large ,
& 15 pieds de creux.

EXPLICATION DE LA FIGURE CY-JOINTE.

A. *L'Etambord* , qui a de hauteur à prendre sur la quille
ou en ligne perpendiculaire ,
27 pieds ; un pied 7 pouces
d'épais ; 2 pieds de large par
le haut ; 2 pieds 7 pouces
au-dessous des Estains , & 7
pieds par le bas.

BB. *La Lisse de Hourdi* , qui a
27 pieds de long ; un pied 9

pouces d'épais ; un pied 7 pouces de large en son milieu ; 1 pied 5 pouces par les bouts ; 1 pied & 1 pouce de courbe.

CC. *Les Estains*, qui ont 12 pieds de haut, à prendre perpendiculairement du bout de l'Etambord par le haut, jusqu'à l'endroit où ils le joignent vers le bas.

DD. *Les Contre-Lisses*, ou *Barres de Contre-Arcasse*, qui ont 1 pied 4 pouces d'épaisseur.

EE. *Les Montans des Sabords*, qui marquent la largeur des Sabords de l'Arcasse, & qui ont 8 pouces d'épais,

F. *Le revers d'Arcasse*, qui commence à faire saillie à la Lisse de hourdi, sur laquelle il se termine ; & qui est de 3 pieds.

GG. *L'Architrave*, qui a 5 pouces & demi d'épais, & 1 pied 3 pouce de large.

HH. *Le Tore*, qui a 4 pouces d'épais.

II. *La Frise*, qui est au-dessus du Revers, & qui bombe ; avec deux Sabords.

KK. *Un autre Frise*, sous les fenêtres de la chambre du Capitaine, qui a 5 pouces d'épais.

LL. *La Simaise*, qui a 4 pouces d'épais ; 1 pied 7 pouces de large en son milieu ; & 2 pieds par les bouts.

MM. *Les fenêtres de la chambre du Capitaine.*

NN *Le Tore au-dessus des fenêtres*, qui a 4 pouces d'épais.

O. *Le Miroir* ou *Fronteau d'Armes*, qui a 7 pieds, 6 pouces de haut.

PP. *Les Barres du Couronnement*, entre lesquelles il y a une frise, étant toutes deux un peu moins épaisses que les autres pieces qui sont au-dessous, & la frise moins épaisse aussi que les deux autres frises. Ces trois pieces ont ensemble 2 pieds 6 pouces de haut.

QQ. *Le Couronnement*, qui a 1 pied 6 pouces de haut en son milieu.

RR. *Les Allonges de poupe* ou *trepots*, qui ont 24 pieds de haut au-dessus de l'Etambord.

S. *Terme.*

TT. *Les Galeries*, dont le bas répond sur le bordage, qui sert de base aux Sabords.

V. *Terme*, au-dessus de la Galerie, du côté de l'arcasse.

W. *Gros Termes*, qui servent de supports aux Galeries.

X. *Dauphin*, sur le côté du Revers.

YZ. *La largeur* entre les deux Trépots par le haut, qui est de 16 pieds.

Les mesures de toutes ces differentes pieces, ont été prises suivant la mesure d'Amsterdam.

VENT. Le vent est un mouvement de l'air, qui se tourne vers quelqu'unes des parties de l'horison, & qui par ce cours different gouverne presque toute la Navigation.

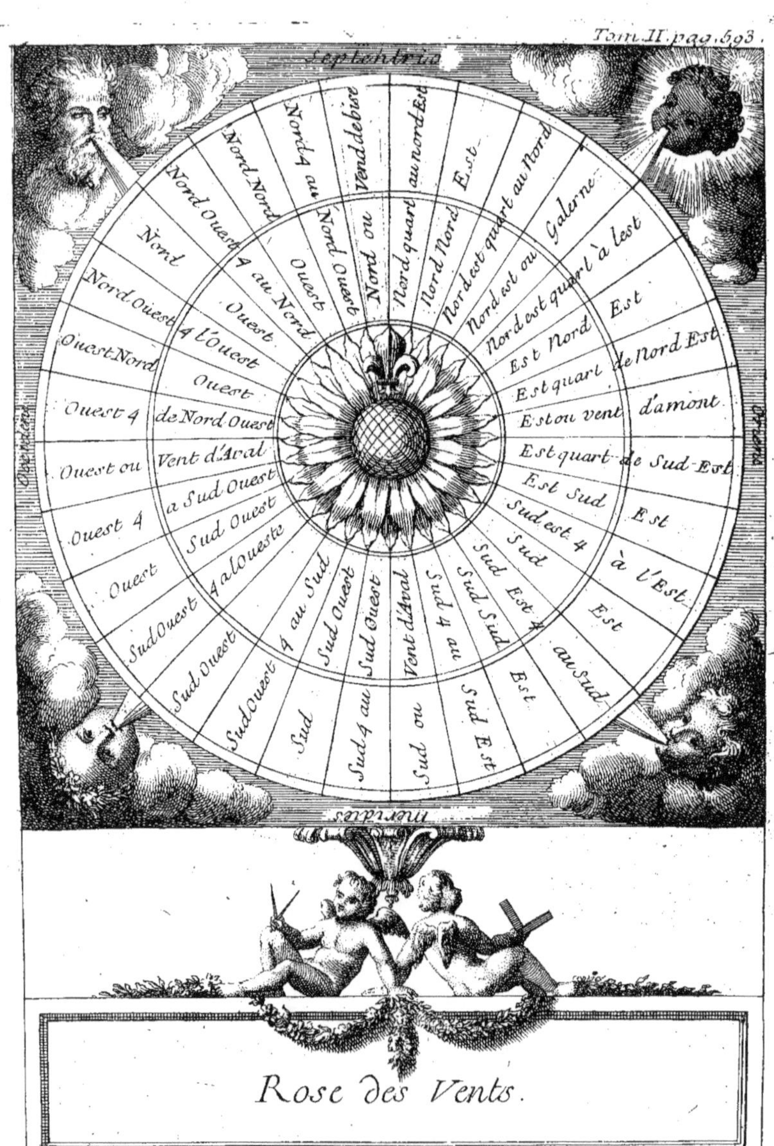

Rose des Vents.

gation. Tous les Pilotes ne conviennent pas de la divifion des vents : les uns n'en confiderent que quatre principaux, qu'ils appellent *Rumbs-entiers*, fçavoir, *le Nord*,
le Sud, *l'Eft* & *l'Oueft* ; & puis quatre demi vents, ou demi rumbs, huit quarts de rumbs, & feize demi quarts.
Mais la plupart des autres Pilotes confiderent huit rumbs
entiers, & aux quatre déja nommez ajoutent *le Nord eft*,
le Nord oueft, *le Sud eft*, & *le Sud-oueft*. Enfuite ils établif-
fent huit demi rumbs, & feize quarts de rumbs ; ce qui
détermine les trente-deux airs de vent : mais pour plus
d'exactitude, ils divifent chaque quart en demi quart.
Voyez la Figure cy-jointe.

VICE-AMIRAL. C'eft un Officier Général qui reprefente l'Amiral, & qui a la feconde dignité dans la Marine. Il y en a deux, l'un du Ponant, l'autre du Levant.
Le Vice-Amiral porte le Pavillon quarré au mât d'avant,
& eft falué feulement du canon par le Contre-Amiral,
par les Vaiffeaux portant cornette, & par les fimples
Vaiffeaux de guerre. Les Vice-Amiraux commandent ordinairement les Vaiffeaux & Efcadres deftinées pour la
fûreté des Côtes, & celles qui vont croifer dans les mers
de leur détroit. Lorfque divers Vice-Amiraux fe rencontrent fur les croifieres ; c'eft celui fur les Côtes du détroit duquel on eft, qui continue à porter le Pavillon ;
& les autres ôtent les leurs pendant qu'ils y demeurent.

La dignité de Vice-Amiral, qui eft la feconde de la
Marine, n'a été mife en charge en France qu'en l'année
1669. Alors le feu Roy en créa deux, l'un pour la Mediterranée, fous le titre de *Vice-Amiral du Levant* ; & l'autre pour l'Ocean, fous le titre de *Vice-Amiral du Ponant* ;
& ce pour commander les Armées navales fous l'autorité
& en l'abfence de l'Amiral, chacun dans la mer qui lui eft
afectée, & donner leurs ordres dans tous les ports de leur
département.

Les Commandans des Efcadres ou des Vaiffeaux particuliers qui rencontrent le Vice-Amiral à la mer, doivent venir à fon bord lui montrer leurs Inftructions, &
prendre fes ordres fur ce qu'il jugera à propos de leur

commander pour le Service du Roy. Lorſqu'il eſt dans le port, tous Commandans & Capitaines particuliers dont les Vaiſſeaux y mouillent, ou qui ſont à la Rade, doivent envoyer prendre ſes ordres & le Mot, & l'informer de tout ce qui ſe paſſe ſur leurs Vaiſſeaux juſqu'à ce qu'ils mettent à la voile, ou qu'ils ſoient déſarmez.

Tous les ordres qui concernent les actions de mer lui ſont adreſſez lorſqu'il eſt dans le Port ; & perſonne n'y peut faire aucune levée de Matelots, ou de Soldats, ni les Officiers en ſortir, ſans ſa permiſſion.

Il joüit des mêmes honneurs militaires que l'Amiral en ſon abſence ; deſorte qu'on prend les Armes, & on bat aux champs partout où il paroît, ſoit dans le Port, ſoit ſur les Vaiſſeaux. Quand il paſſe auprès des Vaiſſeaux, il en eſt ſalué de trois cris de *Vive le Roy*, ou de cinq s'il eſt Pair ou Maréchal de France ; il fait ordinairement répondre par un ſeul cri de *Vive le Roy* par l'équipage de ſa chaloupe. Il porte auſſi pour marque de ſa dignité deux ancres de fer derriere ſes armes.

VOILE. C'eſt un aſſemblage de pluſieurs largeurs de toile couſües enſemble, auſquelles on donne une longueur déterminée, & que l'on attache aux vergues & aux étais, pour prendre le vent qui doit pouſſer le Vaiſſeau.

US ET COUTUMES DE LA MER. On appelle Us & coutumes de la mer, une loi par laquelle les Proprietaires & les Maîtres des Vaiſſeaux Marchands ſont obligez de ſatisfaire aux avaries, ou dommages qui arrivent en mer. Ces Us & coutumes conſiſtent en trois reglemens, dont on appelle les premiers jugemens d'Oleron : les Marchands de la Ville de Viſbuy, autrefois dans l'Iſle de Gotland, y firent dreſſer les ſeconds reglemens en langue Teutonique : on fit les troiſiémes à Lubec vers l'an 1597, & ils furent faits par les Députez des Villes Anſeatiques. C'eſt ſur ces trois pieces qu'on a fait les Ordonnances qui reglent les Contrats Maritimes & la Juridiction de la Marine, tant en France qu'en Eſpagne & ailleurs.

Y

YACHT. C'eſt un Bâtiment ponté & mâté en four-che, qui porte ordinairement un grand mât, un mât d'a-vant, & un bout de beaupré, avec une Cornette comme le heu, & une voile d'étai : il tire fort peu d'eau, & eſt excellent pour de petites bordées ; on s'en ſert à des pro-menades & petites traverſées.

Etat de la Marine en 1719.

Suivant l'Etat de 1719, le Corps de la Marine étoit com-poſé, outre les Officiers principaux, de 171 Capitaines de Vaiſſeaux ; 6 Capitaines d'Artillerie ou de Galiotes ; 53 capitaines de Fregates ; 254 Lieutenans de Vaiſſeaux ; 10 Aydes-Majors ; 9 Lieutenans d'Artillerie ; 40 Capi-taines de Brulots ; 6 Enſeignes de Ports ; 383 Enſeignes de Vaiſſeau ; 9 Sous Lieutenans d'Artillerie ; 40 Lieute-nans de Fregates ; 18 Capitaines de Flutes, & 9 Aydes-Majors d'Artillerie : ce qui formoit en tout 1008 Offi-ciers. Dans le nombre des Capitaines ſont compris 6 Ca-pitaines de Port, 3 Commiſſaires généraux d'Artillerie, les 3 Commandans des Gardes de la Marine, les 3 Inſpe-cteurs des Compagnies Franches, qui ſont tous Capitai-nes de Vaiſſeau, & les 3 Majors qui en ont le rang. Il y avoit outre cela 10000 Soldats, 5855 Capitaines, Maî-tres & Patrons, 10755 Officiers Mariniers, 52554 Ma-telots, 12366 Invalides, 10920 Mouſſes : ce qui faiſoit en tout 102450 hommes.

DES GALERES.

ON voit par l'Hiſtoire que juſques vers le temps du regne de Philippes de Valois, les Galeres ſous le nom de *Galées* étoient les principaux Vaiſſeaux de guerre;

parce qu'en ce temps-là les Rois se contentoient d'avoir
des bâtimens propres pour garder les côtes maritimes de
leurs Etats, c'est-à-dire, qui fussent toujours en état par
le moyen des rames, d'aller d'un lieu à l'autre, de s'opposer par ce moyen aux descentes de l'ennemi, & d'en
faire chez lui en cas de besoin.

Quoique quelques Auteurs qui ont voulu traiter de l'é-
tablissement de ces sortes de Vaisseaux en France, tels
qu'ils y sont aujourd'huy, ayent voulu remonter jusqu'aux regnes des Rois de la première Race ; je crois
qu'il est plus à propos de dire, que vrai semblablement
elles n'y ont été établies que depuis le regne de Louis XI.
sous lequel le Comté de Provence fut réuni à la Couronne : parce qu'avant ce temps-là nos Roys n'ayant aucun Port assuré sur les côtes de la Mediterranée, ils n'y
pouvoient par conséquent avoir de Galeres, non plus
que sur l'Ocean, où l'on n'a osé avant le précedent regne y en établir, ainsi que nous l'avons marqué dans
notre Dictionnaire de Marine.

DU GENERAL DES GALERES.

CElui qui avoit autrefois le commandement en chef
des Galeres, se qualifioit du titre de *Capitaine général des Galeres*, *Amiral de Provence & du Levant* ; mais
on appelle à présent le Titulaire de cette Charge, Général des Galeres. Il est un des grands Officiers de la
Couronne, & le Chef de cette partie de la Marine, comme l'est l'Amiral, des Flotes & de tous les Vaisseaux de
haut bord. Dans ses Provisions le Roy lui donne le titre de *Lieutenant Général ès mers du Levant*. Outre le
droit de commandement, il a celui de présenter & proposer au Roy tous les Officiers qu'il juge capables de
remplir les emplois vacquans, de même que ceux qu'il
croit mériter d'être Officiers généraux, lorsqu'il s'en fait
quelque promotion. Il porte pour marque de sa dignité
un double ancre ou grapin en pal.

General des Galeres

LISTE de ceux qui ont poffedé cette Charge depuis fon inftitution jufqu'à préfent

Prejan de Bridou, en 1497.

Bernardin de Bàux, en 1518.

Bertrand d'Ornezan d'Afta-rac, en 1521.

André d'Aria, en 1526.

Antoinde de la Roche-Fou-caut de Barbezieux, en 1528.

Antoine Hefqualin des E-marts, *dit* le Capitaine Paulin, Baron de la Gar-de, en 1544.

Leon Trozzy, en 1547.

François de Lorraine, Grand Prieur de France, en 1557.

René de Lorraine, Marquis d'Elbeuf, en 1563.

Charles de Gondy, Duc de Rets, en 1626.

François de Vignerod de

Pont de Courlay, en 1635.

Armand de Vignerod du Pleffis, Duc de Richelieu, en 1643.

François de Crequy, en 1661.

Louis-Victor de la Roche-Chouart de Vivonne, en 1669.

Louis de Roche-Chouart de Mortemart, en furvivan-ce, mort avant fon pere.

Louis-Augufte de Bourbon, Duc du Maine, en 1688.

Louis Jofeph Duc de Van-dôme, en 1694.

N. Maréchal de Teffé, en 1712.

Jean-Philippes Chevalier d'Orleans, en 1716.

Il n'y avoit cy-devant qu'un feul Lieutenant Général des Galeres ; & perfonne ne parvenoit à ce pofte par ancienneté de fervice, mais feulement en l'achetant du Titulaire : mais le Roy regnant, en confervant cet ufage, & voulant neanmoins augmenter l'émulation des Officiers de ce Corps, par l'efperance de parvenir à cette dignité, a inftitué un fecond Lieutenant Général des Ga-leres, dont l'emploi ne peut être vendu, & doit paffer, lorfqu'il vient à vaquer, à celui que Sa Majefté jugera le pouvoir meriter par fa capacité & par fon experience.

Le Lieutenant Général eft le Commandant né des Galeres en l'abfence du Général, fans qu'il ait befoin de

Lettres de service particulieres pour exercer les fonctions de sa Charge. Il commande de droit la Galere dite *la Patronne Reale*, laquelle est la seconde de ce Corps en France, parce qu'il n'y a point de Galere Capitaine.

DES CHEFS D'ESCADRES.

LEs Chefs d'Escadres des Galeres font les mêmes fonctions pour ce Corps, que les Chefs d'Escadres de Vaisseau pour le leur. Leur Galere porte un Pavillon quarré au haut du mât d'avant, & un fanal sur la poupe.

DES CAPITAINES, LIEUTENANS, ET ENSEIGNES.

LEs Galeres ordinaires sont chacune commandées par un Capitaine, un Lieutenant, & un Enseigne. Le Capitaine a la même autorité sur la Galere qu'un Capitaine de Vaisseau sur son bord. Lorsqu'il y a apparence de Combat, il doit assigner les postes à ses Officiers & à ses Soldats, & prendre le sien vers la poupe, où l'on forme une espece de parapet avec des matelats, ou autre chose capable d'arrêter ou de diminuer l'effet du mousquet : on y braque aussi quelques pierriers au-dessus, tant pour tirer sur l'ennemi, que sur la Chiourme si elle désobéissoit ou faisoit mine de se revolter. Cette espece de retranchement doit être soigneusement gardée, pour pouvoir porter delà le secours necessaire à la proüe, au cas qu'elle fût emportée. Le poste du Lieutenant est ordinairement à la proüe, qui est le plus dangereux, parce qu'il est le plus aisé à enlever : on y fait aussi un retranchement comme à la poupe, & on y jette des cordages entre les deux traverses, & d'autres choses pour se couvrir autant qu'il est possible. Le poste de l'Enseigne est la courcie, & les Soldats sont distribuez sur la proüe, & tout le long des bords de la Galere, où l'on fait une pavesade comme dans les Vaisseaux.

L'ordre de bataille ordinaire pour les Galeres, est de

fe mettre en ligne droite, & de préfenter toujours la proüe pendant le Combat ; parce que c'eft-là, que la Galere a fes principales forces, lefquelles confiftent à fon Artillerie & à fon éperon ; & que d'ailleurs rien n'eft plus dangereux pour une Galere que d'expofer le côté au canon de l'ennemi. Comme la maneuvre ordinaire des Galeres pour le Combat eft differente de celle des Vaiffeaux, parce qu'elle va toujours à l'abordage ; c'eft ce qui rend les Combats plus fanglans. Mais pour dire le vrai cela arrive fi rarement, que quand l'occafion s'en préfente, il n'y a pas grand mal de les y expofer.

Avant le Combat le Général convient des fignaux, pour l'execution de fes ordres, avec les Chefs d'Efcadres & les Capitaines ; & les Chefs d'Efcadres avec les Capitaines de leur Divifion.

L'Artillerie d'une Galere confifte en cinq canons. Ces canons font placez à l'avant : le plus gros eft de trente-fix livres de bale, & on le nomme *Courcier*, parce qu'il eft placé dans la courcie entre l'arbre de meftre & la rambarde : les autres font appellez *pieces bâtardes & moyennes*, & font de fix & de quatre livres de bales, ou de fix & de huit : quelquefois il y en a deux de dix-huit livres de bales ; & dans ce cas on ne met que deux bâtardes au lieu de quatre.

Les pierriers font placez fur les flancs de la Galere fur toute fa longueur : ils font montez chacun fur un chandelier tournant, par le moyen duquel ils n'ont point de recul, & peuvent être pointez en les tournant de quel côté l'on veut, & même contre la Chioürme en cas de befoin : leur calibre eft ordinairement d'une livre de bale.

On diftingue les Galeres par *Galere ordinaire* ou *fancile*, & *Galere extraordinaire* ou *groffe*. Les ordinaires n'ont que vingt-fix rames & vingt-fix bancs de chaque côté ; & les extraordinaires, telles que font la Reale, la Patronne, & quelqu'autres portant Pavillon de Chef d'Efcadre, en ont vingt-huit, trente & trente-deux.

Quelle que foit la Galere que monte le Général avec l'Etendart à côté de la poupe, elle porte toujours le nom de Reale. Ce Chef y a ordinairement fous lui un Chef d'Efcadre, deux Capitaines en fecond, deux Sous-Lieutenans qui ont rang de Lieutenant, & deux Enfeignes qui ont rang de Sous-Lieutenant. Le Major des Galeres s'embarque toujours fur la Reale, ainfi que le Capitaine des Gardes de l'Etendart, avec fa Compagnie entiere, ou avec une partie feulement, fuivant que le Général l'ordonne.

Cette Compagnie eft compofée de cinquante Gardes, commandez par un Capitaine, un Lieutenant, un Enfeigne, un Maréchal des Logis, deux Brigadiers & deux Sous-Brigadiers : leurs fonctions font de garder le Général, tant à la mer que fur la terre.

La Galere la Reale eft encore diftinguée par fon Etendart, & par trois fanaux placez en ligne droite à la poupe : cet Etendart eft de damas rouge aux armes de France, femé de fleurs de lys, & bordé d'une broderie d'or; fa figure eft quadrangulaire, & il a un quart de battant plus que de guindant. C'eft l'unique Etendart dans les Galeres qui foit une marque de dignité ; tous les autres n'ayant que le nom de Pavillon, & non pas celui d'Etendart.

Il y a un autre Etendart, qu'on nomme *Etendart de Combat* : ce n'eft pas une marque d'honneur & de dignité, mais feulement un fignal qu'on arbore au-deffus de la poupe & fur l'arriere, lorfqu'il s'agit de combattre; il y a deffus en broderie ou en peinture une Vierge en Affomption, fous la protection de laquelle la pieté de nos Rois ont mis leur Royaume.

Tous les Pavillons des Galeres font de couleur rouge.

L'Equipage ou la Chiourme d'une Galere eft ordinairement compofé de cinq cens hommes ; fçavoir, cent Soldats, cent Mariniers, & trois cens Forçats. Dans le nombre de ces Forçats il y en a foixante Turcs, & quelfois davantage. Ils font ordinairement diftribuez pour ramer cinq à chaque rame ; & celui qui en tient la queue s'appelle *vogue avant* ou *chef d'Efpalier* : c'eft lui qui détermine le mouvement que les autres doivent fuivre ; &

comme

comme il faut beaucoup de force, on y employé ordi‑
nairement un Turc ou un vigoureuxForçat.Il y a autant de
Compagnies de Soldats qu'il y a de Galeres ; & ces Compa‑
gnies font commandées par des Officiers, deftinez pour
combattre fur mer & fur terre de la même maniere que
nous l'avons expliqué cy‑devant en parlant des Compa‑
gnies de Marine. Les Matelots font commandez par ceux
qui préfident à la maneuvre, & le Comite eft chargé de
faire voguer la Chiourme. Comme il eft neceffaire de te‑
nir les Forçats dans un continuel exercice,quoiqu'ils foient
dans le Port ; il y a toujours deux Galeres deftinées pour
ce fujet, fur lefquelles on fait paffer les Chiourmes des
Galeres l'une après l'autre, tant pour entretenir les an‑
ciens dans l'action, que pour y inftruire & accoutumer
les autres.

On a vû cy‑devant dans le Dictionnaire de la Mari‑
ne ce qui regarde le falut tant des Vaiffeaux que des Ga‑
leres ; ainfi nous n'en ferons point de répetition.

Lorfque les Galeres fe rencontrent avec des Vaiffeaux,
foit à la mer, foit dans les rades, & dans les ports, elles
demeurent féparées ; & les Commandans de chacun des
deux Corps continuent à donner l'Ordre chacun à celui
qui lui eft fubordonné, comme ils faifoient avant que de
s'être rencontrez : parce que fuivant l'Ordonnance ces
deux Corps ne peuvent être commandez en chef par
une feule perfonne, fans un ordre pofitif de Sa Majefté.
Cependant comme il fe peut rencontrer des occafions ,
où il feroit neceffaire que les Vaiffeaux & les Galeres fe
joignent enfemble, pour faire quelque entreprife , ou
pour leur commune fureté ; Sa Majefté veut que ce cas
arrivant, les Lieutenans Généraux des Vaiffeaux com‑
mandent les Lieutenans Généraux des Galeres, quoique
la Commiffion des derniers foit plus ancienne ; que les
Chefs d'Efcadres, Capitaines, Lieutenans, & Enfeignes
des Vaiffeaux commandent les Chefs d'Efcadres, Capi‑
taines, Lieutenans & Enfeignes des Galeres, chacun fe‑
lon leur rang ; & que les Sous‑Lieutenans des Galeres
foient commandez par les Enfeignes en pied des Vaif‑

feaux, & commandent aux Enfeignes en fecond.

La conftruction du Corps d'une Galere fe diftingue en deux parties, dont l'une s'appelle *œuvre vive*, & l'autre *œuvre morte* : la vive comprend tout ce qui eft audeffous de la couverte, & compofe avec elle ce qu'on regarde comme le corps de la Galere ; la morte eft entée fur la vive, & comprend tout ce qui eft au-deffus de la couverte. Cette couverte eft l'efpece de pont fur lequel font placez les bancs des Forçats, & fous lequel font les magafins. Entre les bancs qui font placez aux deux côtez, il y a un chemin ou petit pont, qui va de proüe à poupe dans la longueur de la Galere : on appelle ce pont *Courcie*.

Chaque Galere a deux mâts, qui ont chacun leurs antennes pour leurs voiles : le premier s'appelle *arbre de meftre* ou *grand mât*, & eft placé fur l'arriere ; on appelle l'autre *arbre de trinquet* ou *mât d'avant*, parce qu'il eft placé vers la proüe.

Lesvoiles des Galeres font coupées en triangle, & non pas quarrées comme fur les Vaiffeaux : on les appelle *voiles Latines*, apparemment parce que les Romains en ont donné l'invention, ou parce qu'elles ont pris leur origine fur les côtes d'Italie, que quelques Auteurs ont furnommé pays Latin. La plus grande de ces voiles, laquelle fe met au grand mât, s'appelle *maraboutin* ; la feconde *velette* ou *mifenne*, & par les Matelots *moyenne* ; la troifiéme *bouflette*, & la quatriéme *olacron*. On donne auffi le nom de *grand trinquet* à la grande voile du mât d'avant, & celui de *petit trinquet* à la troifiéme. On ne porte que deux voiles à la fois : quand le vent eft trop fort, & qu'on eft obligé de courir en poupe, on fe fert d'une voile quarrée, appellée *treou* ou *voile de fortune*.

Le gouvernail eft à la poupe comme aux autres Vaiffeaux, & on l'appelle *Timon* ; on en met quelquefois un à la proüe pour gouverner la Galere, lorfqu'on veut la faire aller en arriere pendant le Combat : cet expedient eft beaucoup meilleur, que celui de la faire tourner ; parce qu'il n'eft gueres poffible qu'elle le faffe fans préfenter le flanc à l'ennemi, ce qui eſt une très-dangereuſe maneuvre.

L'eſpace qu'il y a entre les bancs des Forçats, & les bords de la Galere, eſt appellé *Couroir*, & c'eſt-là où ſe tiennent les Soldats pendant qu'on navigue, & pendant la nuit lorſqu'on eſt en rade ou dans le Port.

La poupe eſt la partie la plus libre de la Galere, quoique ce ne ſoit qu'un médiocre réduit ; c'eſt où loge le Capitaine, & où les premiers Officiers font leurs repas ; ils s'y aſſemblent auſſi pour tenir Conſeil de Guerre.

DES OFFICIERS DE GALERES.

SUivant l'Etat fait en 1722, ce Corps étoit alors compoſé ainſi qu'il ſuit.

Le Général, à 12000 liv. d'appointemens ordinaires; 6000 liv. d'appointemens extraordinaires ; 6000 liv. de penſion, 12000 liv. pour ſa table ; 3000 d'anciens droits & autres appointemens.

Deux Lieutenans Généraux.

Trois Chefs d'Eſcadres.

Quatorze Capitaines.

Un Inſpecteur des Troupes, auſſi Capitaine.

Un Major.

Six Capitaines-Lieutenans.

Douze Lieutenans.

Deux Sous-Lieutenans.

Trois Aydes-Majors.

Vingt-deux premiers Enſeignes.

Dix-huit autres Enſeignes.

Une Compagnie de Gardes de l'Etendart des Galeres.

Officiers de Juſtice, Police, & Finance.

Un Intendant.

Deux Commiſſaires généraux, à 4200 liv. d'appointemens.

Quatre Commiſſaires, à 2400 liv. 1800 & 1000 liv. d'appointemens.

G ggg ij

Un petit Commiſſaire, à 1000 liv. d'appointemens.

Un Garde-magaſin, à 800 liv. d'appointemens.

Un Ecrivain général, à 800 liv. d'appointemens.

Deux Commiſſaires des Chaînes, à 2400 liv. d'appointemens.

Vingt-quatre Ecrivains ordinaires, à 710 liv. & 480 liv. d'appointemens.

Deux Treſoriers.

Nombre des Galeres.

Je n'ai trouvé que quinze Galeres nommées dans cet Etat ; ſçavoir

La Reale.	La Hardie.
La Patronne.	La Ducheſſe.
La Ferme.	La France.
La Gloire.	L'Eclatante.
L'Heroïne.	L'ambitieuſe.
La Brave.	La Valeur.
La Perle.	La Favorite.
La Fortune	

DE L'HOTEL ROYAL DES INVALIDES.

ENtre les chofes merveilleufes que Louis le Grand a faites pendant fon glorieux regne, on peut dire que l'établiffement de l'Hôtel des Invalides eſt un monument qui donne une parfaite idée de la grandeur, de la magnificence, & de la charité de fon Fondateur : la beauté furprenante de cet édifice, lequel fait un des principaux ornemens de la France, montre affez les effets de ces deux premieres vertus ; & le fujet de fon inſtitution eſt une preuve convaincante, que ce grand Roy poffedoit l'autre au fouverain dégré. En effet il n'a pû en mieux faire reffentir les effets aux Officiers & Soldats de fes Troupes, qu'en leur affurant ainfi une retraite, où ils puffent tranquilement, & chacuns conformement à leur dignité, jouir du fruit de leurs travaux jufqu'à la fin de leur vie, par la douceur d'un doux repos, qu'ils ne font plus obligez d'interrompre pour aucun autre ouvrage, que pour celui de leur falut.

Philippes Augufte avoit formé à peu près le même projet, lorfqu'il voulut fonder une maifon pour fervir de retraite à ceux qui auroient vieilli, ou qui auroient été eſtropiez dans le fervice : mais un fi louable deffein ne put avoir fon effet, par les difficultez qu'y apporterent le Pape Innocent III. & l'Evêque du lieu, lefquels aimerent mieux que cet établiffement ne fût point fait, que de permettre qu'il fubfiftât fous une autre autorité que la leur. Depuis ce temps-là jufqu'à celui auquel le feu Roy a fçû furmonter ces fortes de travers, en fe déclarant Protecteur & Confervateur immédiat de cet Hôtel, qu'il excepte même de la Juridiction du Grand Aumônier ; les Officiers & Soldats eſtropiez ou infirmes, n'avoient aucune autre retraite affurée, que dans le lieu de leur naiffance, où ces derniers ne trouvant communément

que peu ou point de fecours , ils étoient réduits à la men_
dicité : ainfi ils répandoient prefque par tout le Royau_
me des objets capables de refroidir l'ardeur martiale ,
leur état infpirant à ceux qui auroient pû avoir envie de
fervir , la crainte de tomber dans cette mifere ; ce qui ne
pouvoit produire que de très-dangereux effets , tant pour
les avantages du Prince, que pour la fureté de l'Etat.

Il eft vrai que pour diminuer le nombre de ces objets
de pitié, on avoit établi la maxime d'en envoyer quel_
qu'uns, & même des Officiers, dans les Abbayes de fon_
dation Royale, & dans quelqu'autres où le Roy s'étoit
refervé ce droit, pour y être nourris & entretenus fui_
vant leur état : comme ordinairement les Religieux ne
s'accommodent pas du féjour des Séculiers chez eux , &
particulierement lorfqu'ils y font contre leur volonté ,
ceux qu'on envoyoit dans ces maifons y étoient fort
maltraitez , à moins qu'il ne leur reftât affez de force
pour gagner le pain qu'on leur donnoit , en travaillant
à tous les ouvrages qu'on jugeoit à propos de leur don_
ner. Cette efpece d'efclavage leur étant encore bien moins
fuportable que la mendicité , ils lui préferoient cette der_
niere extremité , & rendoient par confequent inutile le
moyen qu'on croyoit avoir trouvé pour les en garantir,
& pour cacher leur mifere aux yeux du public. On en
mettoit auffi fous le nom de *morte-payes* dans les Châ_
teaux du dedans du Royaume, où il y avoit des prifon_
niers d'Etat.

Mais comme tout cela n'étoit pas fuffifant, pour affu_
rer une retraite au grand nombre de Sujets que les ac_
tions de guerre, & les infirmitez qu'elles caufent, met_
toient hors d'état de fervir, le feu Roy entreprit de met_
tre à execution le projet de Philippes Auguſte : pour cet
effet il fit conſtruire ce fuperbe monument, dont je viens
de parler. Les premiers fondemens en furent jettez en
l'année 1671 ; & cette entreprife fut conduite jufqu'à fa
perfection par les foins & fous l'autorité de Monfieur de
Louvois. Ce Miniſtre outre une infinité de preuves qu'il
a données pendant fon Miniſtere, de fon zele pour la

grandeur du Roy son Maître, a laissé par ce monument une marque de l'élevation de son genie, dont on sera convaincu dans les temps à venir aussi-bien que dans celui-cy, toutes les fois qu'on en verra cette rare production. Ce qu'il y a de plus admirable dans cet établissement, c'est que ce même genie a fourni le moyen de survenir non seulement aux frais immenses de la construction de cet édifice, mais aussi à ceux de l'entretien tant de cet Hôtel, que de ceux qui y sont reçûs, sans qu'il en ait rien couté, & qu'il en coute encore rien au Souverain ni aux Peuples. Ce sont ceux mêmes pour qui cet établissement est destiné, qui contribuent à cette dépense, sans qu'elle leur soit à charge, ce sage Ministre ayant imposé sur chaque Militaire une si modique somme, que la déduction qui s'en fait sur leur solde, ne cause aucune incommodité aux particuliers sur qui se fait cette retenue, & produit neanmoins des sommes immenses. Cette retenue fut d'abord de deux deniers pour livre, ensuite de trois, & enfin de quatre ; & c'est encore cette derniere qui se fait à présent. Dans les temps où l'on mettoit aux champs trois ou quatre cens mille hommes, cela faisoit un revenu si considerable, qu'étant beaucoup au-dessus de ce qui étoit necessaire pour l'entretien de l'Hôtel, le Roy trouvoit par cet excedent le moyen de distribuer des gratifications aux Officiers que Sa Majesté jugeoit les avoir méritées, soit par leurs blessures, soit pour leurs bonnes actions ; & ces récompenses ne coutoient rien à l'Etat. Cet avantage subsistant encore aujourd'hui, on peut conclurre, que de toutes manieres il ne fut jamais d'établissement plus solide ni plus judicieux.

La seule chose à laquelle selon mon sentiment on pourroit trouver à redire, c'est que cette retraite n'est point également accordée aux Troupes de mer comme à celles de terre, & qu'au contraire suivant son institution ces premieres en sont absolument excluës : c'est en effet ce qui a causé l'étonnement de tous ceux qui ont remarqué cette distinction, & principalement celui des Etrangers ;

& cet étonnement eſt très-juſte, étant certain qu'il ne doit y avoir aucune difference, pour la diſtribution des récompenſes militaires, entre ceux qui expoſent également leur vie pour la gloire du Prince & pour le ſalut de l'Etat. Cependant perſonne ne doit douter que cette reflexion n'ait été ſolidement faite dans le temps de cette inſtitution, par ceux mêmes qui y étoient les plus intereſſez, je veux dire les principaux Officiers de la Marine, laquelle a toujours été compoſée de Sujets ſi reſpectables & ſi éclairez, que certainement cette conſideration eſſentielle ne ſçauroit leur avoir échappé: mais apparemment qu'ils n'en ont pas été les maîtres. Tout ce que j'ai pû apprendre ſur ce ſujet, c'eſt que cette jonction n'avoit pas été du goût du Miniſtre, qui régiſſoit dans ce temps là les affaires de la Marine, fondé ſur ce que la plus grande partie des Equipages des Vaiſſeaux, & particulierement les Pilotes & Matelots étant compoſez de gens mariez & domiciliez ſur les côtes maritimes, cette retraite ne leur ſeroit d'aucun ſecours, parce que vrai-ſemblablement ils n'abandonneroient pas leur famille pour en aller jouir, quoiqu'eſtropiez & infirmes ; & qu'ainſi cette retenue ſur leurs gages leur ſeroit onereuſe, & jamais profitable. D'autres diſent, que quoique cette conſideration y ſoit entrée pour quelque choſe, elle n'eſt point partie du Miniſtre marin, & qu'au contraire c'eſt le pretexte dont celui de terre s'eſt ſervi, pour engager le Roy à le laiſſer ſeul le maître & le dépoſitaire de cette conſiderable partie de la Milice, dont on peut dire avec verité qu'il étoit comme le Souverain. En effet cette autorité auroit été bien differente, ſi elle avoit été partagée ; puiſque le Miniſtre de la mer n'auroit pas manqué de jouir de ſes droits. Quoiqu'il en ſoit, s'il n'y a point d'autres raiſons que celles-là qui ayent empêché cette union, il auroit été fort aiſé d'y remedier auſſi-tôt qu'elles ont ceſſé d'avoir lieu ; & je m'étonne que le grand nombre de Matelots & Soldats de Marine eſtropiez qu'on a vû dans ces derniers temps errans & mendians preſque dans tout le Royaume, n'ait pas fait connoître la neceſſité de les admettre dans

cette

cette retraite, ou du moins de leur en aſſurer une autre, au moyen de laquelle ces triſtes objets demeuraſſent ca-chez aux yeux du public, étant certain que celle qu'on leur donne ne ſçauroit produire cet effet.

Quoique le bâtiment de l'Hôtel des Invalides ſoit un des plus ſpatieux qu'il y ait dans le monde, il ne l'eſt cependant pas aſſez pour pouvoir contenir tous les Offi-ciers & Soldats qui ont merité d'y être reçûs, par leurs bleſſures honorables, ou par leurs autres infirmi-tez. C'eſt pourquoi, afin qu'aucun Militaire ne ſoit privé de cette reſſource, ou d'un autre équivalante, qui lui procure une retraite & une ſubſiſtance aſſurée ; on forme des Compagnies de ceux qui ſont les moins infirmes, & on les envoye dans les Châteaux ou Citadelles, où on leur fait faire un ſervice plus propre à leur donner une occupation qu'à les fatiguer. Comme il a été neceſſaire d'établir le rang que ces Troupes reſpectables devoient tenir avec les autres qui ſe peuvent rencontrer avec elles dans les mêmes Garniſons ; Sa Majeſté par ſon Ordon-nance du 26 Novembre 1696, veut que ces Compagnies marchent avec les Regimens d'Infanterie, comme ſi elles étoient d'un Regiment créé le 13 Avril 1695, qui eſt le temps où elles ont été formées la premiere fois, par les raiſons & pour l'uſage que nous venons de marquer. Com-me il a auſſi été neceſſaire de regler le pied ſur lequel ces Compagnies devoient être payées, lorſqu'elles ſont em-ployées hors l'Hôtel, Sa Majeſté veut par l'Ordonnance du 20 Avril 1722, articles IX. X. & XI. que les Compa-gnies ordinaires de l'Hôtel Royal des Invalides ſoient payées à raiſon, ſçavoir, de cinquante ſols par jour au Capitaine, vingt ſols à chaque Lieutenant, dix ſols à chaque Sergent, ſept ſols à chaque Caporal, ſix ſols à chaque Anſpeçade, & cinq ſols à chaque Soldat & Tam-bour.

Rang des Compagnies d'Invalides.

Solde des mêmes.

Suivant la même Ordonnance, la Compagnie des Fu-ſiliers du Roy, formée d'Officiers & Soldats tirez de l'Hô-tel, laquelle ſert à la garde de la Banque Royale, & de l'Hôtel de la Compagnie des Indes, eſt payée à raiſon de trois livres par jour au Capitaine, quarente fols à chaque Lieutenant, vingt-cinq fols au Capitaine d'armes, vingt fols à chaque Sergent, quinze fols à chaque Caporal, douze fols à chaque Anſpeçade ou Tambour, & dix fols à chaque Soldat.

Regles qui s'obſervent dans l'Hôtel Royal des Invalides.

Pour donner un abregé des regles & de la diſcipline qui s'obſervent regulierement dans cet Hôtel, je dirai premierement, qu'étant conſiderée comme une Maiſon Royale, à laquelle on avoit donné cy-devant le nom d'Hôtel de Mars, le Roy y a établi un Gouverneur, un Lieutenant de Roy, un Major & des Aydes-Majors, avec la même autorité, & pour y faire les mêmes fonctions que ceux qui ſont pourvûs de pareilles Charges ſont dans les Places de guerre où ils ſont employez ; afin que les Officiers & Soldats ſoient toujours ſous une inſpection militaire, laquelle leur eſt plus familiere & plus agréable que toute autre. Comme le feu Roy n'a jamais manqué de joindre aux effets de ſa magnificence des marques de ſa pieté, la principale vûë de Sa Majeſté ayant été de pourvoir à ce qui eſt le plus eſſentiel, je veux dire le ſalut des ames, elle fit choix deſlors d'un nombre de Religieux de la Congregation de Saint Lazare, avec un Superieur des plus éclairez, & capable en faiſant les fonctions curiales dans cet Hôtel, d'inſtruire les ignorans, & de ramener à l'exacte obſervation des Commandemens de Dieu & de l'Egliſe, ceux que le tumulte & les embarras de la Guerre en auroient écartez, dont le nombre n'eſt que trop grand. On peut dire que ces premiers Miſſionnaires, & ceux qui leur ont ſuccedé depuis, ont ſi parfaitement rempli les vûes de Sa Majeſté, que tout le monde conviendra, en voyant ſeulement la maniere édifiante avec laquelle les Officiers & Soldats ſe comportent duns leurs exercices ſpirituels, que certainement ils ſurpaſſent en cela les autres Chrétiens, & même les Religieux les plus reguliers.

Pour parvenir à ce dégré de perfection ſi neceſſaire, & pour s'acoutumer aux regles & à la police de la maiſon, les nouveaux venus ſont obligez d'y demeurer ſix femaines fans fortir : pendant ce temps-là les Peres les inftruifent, & les exhortent à faire une Confeffion géné-rale ; & pendant le cours de l'année , tous font obligez d'aprocher des Sacremens , au moins les Fêtes folem-nelles.

Il eft défendu de jurer le faint Nom de Dieu , fur pei-ne pour la premiere fois d'être mis à la gruë trois jours de fuite , avec un écriteau ; & à la troifiéme, d'avoir la langue percée, d'être dépoüillé , & enfuite chaffé.

Pour qu'un Officier qui eft hors d'état de fervir par vieilleffe foit reçû , il faut qu'il ait fervi dix années de fuite en cette qualité.

Les Gardes du Corps & autres de la Maifon du Roy, doivent dans le même cas avoir fait quatre Campagnes au moins dans ce Corps.

Les uns & les autres étant eftropiez , ou ayant de gran-des bleffures , y font reçûs fans difficulté , fans examen du temps de leurs fervices.

De même, lorfque les Cavaliers & Soldats font eftro-piez , ils font reçûs fans autre examen , pourvû qu'outre le certificat qu'ils doivent rapporter , ils rendent bon compte des occafions où ils ont été eftropiez.

S'ils n'ont d'autre incommodité que leur vieilleffe , il faut qu'ils ayent au moins dix années confecutives de fervice moderne , & que ce nombre d'années foit bien prouvé.

Il y a quarente-cinq Compagnies de vingt-cinq hom-mes chacune, compofées des moins invalides ; ils font deftinez pour monter la garde, & fournir des Sentinelles partout où le Gouverneur juge à propos qu'il y en ait, & pour faire les rondes & patrouilles , ainfi qu'il fe pra-tique dans les Places de guerre. Cinq de ces Compa-gnies font de garde chaque jour; cette garde fe monte dans la forme ordinaire , à une heure & demie les jours ouvrables , & les Fêtes & Dimanches à une heure & un quart. Les Officiers & Soldats de ces Compagnies ont de plus que les autres une petite gratification.

Les Officiers, tant Invalides, que Domeftiques de l'Hôtel y peuvent porter leurs épées, ainfi que les Soldats qui y font de garde ; mais il eft très-expreffement défendu à tous les autres d'en porter, ni d'avoir aucunes armes dans leurs chambres ; fur peine de confifcation la premiere fois, & de prifon en cas de récidive.

Il eft défendu de s'enivrer & de découcher de la Maifon, fur peine de huit jours de prifon, & d'être privé de la portion de vin pendant vingt-deux jours, laquelle va au profit des Archers. Il eft auffi défendu de faire des menaces, de donner des démentis, de quereller, de fe battre, & de dire des infolences, fur peine de prifon & de cachot ; de frequenter ou introduire dans l'Hôtel des filles débauchées, fur peine d'être mis avec elles fur le cheval de bois ; de vendre du vin, de l'eau-de-vie, du tabac, foit en dedans, foit en dehors l'Hôtel, de faire aucunes faletez, de fumer dans d'autres lieux que ceux qui font deftinez à cet ufage, de joüer à aucun jeu les Dimanches & les Fêtes pendant le Service ; le tout fur peine de prifon pendant huit jours au pain & à l'eau.

Les Soldats ont congé pour fortir trois fois la femaine, & quelques uns par une grace particuliere tous les jours : pour cet effet le Secretaire leur donne une carte fignée du Gouverneur, où leur nom eft écrit, & les jours qu'ils peuvent fortir ; ils font obligez de montrer cette carte au Portier en paffant à la porte. Le Gouverneur accorde auffi des Congez & Paffe-ports à ceux à qui il juge à propos, pour aller chez eux pour leurs affaires particulieres ; ainfi qu'à ceux qui veulent fe retirer entierement, ou qui étant gueris demandent à rentrerdans le Service.

Il eft défendu aux Soldats qui ont permiffion de fortir, de mendier dans la Ville, dans les maifons, ni en aucun lieu ; d'avoir aucun commerce avec les mauvais lieux, les Filous, les Joüeurs & autres canailles ; d'aller dans les Tabacs, & de faire aucun défordre ; fur peine d'être mis à l'Hôpital général. Il leur eft auffi défendu de fuivre fous quelque pretexte que ce foit ceux de dehors, qui viennent voir l'Hôtel, & de leur demander quoique ce foit, fur peine d'un mois de prifon.

Pour que les Ordonnances & le reste de la Police soient exactement executez, il y a un Prevôt particulier de l'Hôtel & cinq Archers à cheval, dont l'un lui sert de Greffier : ces six personnes sont choisies entre les moins Invalides. Les premiers soins de ce Prevôt sont d'observer si les Soldats vont au service divin les jours de Dimanche & de Fête : il est present aux repas, pour y empêcher les désordres & les querelles : il visite les lieux ou ateliers où les Invalides travaillent, pour la même raison : il monte à cheval avec sa troupe & se promene sur les avenuës, les grands chemins & dépendances de l'Hôtel, pour y observer la conduite des Soldats, & arrêter ceux qui y font du désordre ; & lors qu'il en surprend quelqu'un en faute grave, il le conduit dans les prisons de l'Hôtel, & en dresse son procez verbal ; après quoi suivant le délit, il instruit le procez à la requête du Major, & l'accusé est jugé par le Conseil de guerre à l'ordinaire.

Le Secretaire d'Etat ayant le département de la guerre est, comme je l'ai dit, Directeur & Administrateur Général de cet Hôtel. En cette qualité, il a le pouvoir de faire executer tout ce qu'il juge à propos pour l'avantage de cet établissement : il doit pour ce sujet, suivant l'Institution, tenir un Conseil ou Assemblée, où peuvent se trouver le Colonel du Regiment des Gardes Françoises, le Lieutenant Colonel & le Major, les six Colonels des six premiers Regimens d'Infanterie, le Colonel Général, le Mestre de Camp Général & le Commissaire Général de la Cavalerie legere, & le Colonel Général des Dragons. Dans ce Conseil ceux qui le composent doivent convenir des Statuts & Ordonnances qu'il sera à propos de faire, tant pour la Juridiction, Police, Discipline, Correction & Châtiment de ceux qui tomberont en faute, que pour le bon gouvernement & administration de l'Hôtel.

On en doit assembler tous les ans un autre, pour recevoir les comptes du revenu de l'Hôtel : outre les Officiers ci-dessus nommez, tous les Colonels, les Mestres de

Camp & les Lieutenans Colonels des Regimens , tant
d'Infanterie , Cavalerie , que de Dragons peuvent affifter
à ce Confeil.

Les Officiers de l'Etat Major de l'Hôtel y font , comme je l'ai dit , les mêmes fonctions que dans les Places
de guerre : outre ces fonctions , le Major & les Aydes-Majors doivent fe trouver tous les jours aux Refectoirs
pendant les repas des Soldats , pour les y tenir dans leur
devoir.

Le Commiffaire y fait auffi les mêmes fonctions que
dans les Places , & doit deplus compter les Soldats dans
le Refectoir.

Le Contrôleur a été inftitué pour avoir foin que tout
ce qui eft délivré pour la fubfiftance des Officiers & des
Soldats foit de la qualité requife.

Le Secretaire , eft celui qui eft chargé de faire l'Extrait des Congez , Paffeports & Certificats de ceux qui
fe prefentent pour être reçûs : il rapporte cet Extrait
au premier jour de Confeil qui fe tient le Samedi de chaque Semaine , où il en fait la lecture ; après quoi le Confeil ayant examiné les pieces , le Directeur écrit fur le re-
pli , *reçû* ou *refufé*.

L'Hôtel joüit du droit de Franc-falé , & eft affranchi
de tous droits d'Entrée , fur les Certificats du Directeur.
Ceux des Officiers & Soldats Invalides qui fe retirent chez
eux avec Congé , y font exempts de Tailles & autres Sub-
fides , pourvû qu'ils n'y faffent aucun negoce dérogeant.

HONNEURS FUNEBRES
DUS AUX MILITAIRES.

ON voit par l'Hiſtoire, & par les plus celebres Monumens de l'antiquité, que dans les temps les plus reculez on a toujours eû pour maxime, de rendre des honneurs funebres & autentiques à ceux qui trouvoient la mort en combatant, ou en ſervant pour la gloire de leur Souverain, ou pour le ſalut de leur patrie. Les Egyptiens particulierement étoient ſi fort dans cet uſage, que le grand nombre de Mauſolées qu'ils ont élevez pour ce ſujet, n'a pû être détruit par la longueur du temps. Les Grecs, les Romains & les autres Nations les ont ſi parfaitement imitez, que la plus grande partie des anciens Monumens qui exiſtent encore chez eux, marquent avoir été conſacrez à la gloire immortelle des Heros de ce temps-là. Les premiers François n'ont pas négligé non plus de rendre ce juſte devoir à céux de leur Nation ; on en voit encore des preuves par ces monticules de terre, élevez au milieu des plaines des Pays - Bas : on les nomme par ſucceſſion *Tombes* ; parce qu'elles couvrent des Morts reſpectables par leur vertu, & par leurs dignitez martiales, ainſi qu'on en a été convaincu par les marques qu'on en a trouvées, lorſqu'on a voulu voir le veritable ſujet de ces élevations de terre extraordinaires. Ceux qui croyent avoir deviné le ſujet de ces monticules ou tombes, diſent que c'étoit autrefois des pyramides dans la forme de celles d'Egypte ; mais que n'ayant été conſtruites qu'avec des briques mal cuites, elles ſe ſont ainſi éboulées, & que le tout par ſucceſſion de temps n'a plus fait qu'un monceau de terre : ce qui les confirme dans cette opinion, c'eſt diſent-ils, qu'il y a encore quelques briques entieres parmi cette terre. D'autres diſent au contraire que la guerre ſe faiſant dans ces temps à outrance, c'eſt-à-dire de Turc à Maure & ſans quar-

tier , l'animofité des vainqueurs s'étendoit jufques contre ces fepultures , & qu'ils les ouvroient pour exercer
leur rage contre les cadavres qui y étoient enfermez , &
principalement contre ceux des Guerriers, dont eux ou
leurs Predeceffeurs avoient reçû quelque pareil traitement, ou quelque échec important : de forte que pour empêcher ces excez, ou du moins pour en rendre les effets
moins aifez , lorqu'on enterroit quelque grand perfon-
nage , on obligeoit tous les Soldats de l'Armée , d'apporter chacun leur charge de terre fur fa foffe ; ce qui
formoit enfuite un obftacle pour le déterrer , lequel pouvoit en détourner ceux qui le vouloient faire , à caufe
du temps qu'il y falloit employer. D'autres enfin difent que
fans qu'il fût befoin de ce prétexte, l'ufage étoit parmi
les François, lorfqu'il mouroit quelqu'un de leurs Chefs,
ou principaux Officiers à la guerre , d'obferver cette ce-
remonie en figne de deüil , & qu'elle fe faifoit en ordre
de bataille , & en défilant fur la tombe ou auprès , où
chacun en paffant jettoit fa charge de terre, en faifant
des cris lamentables : de forte que ce qui fait que les tombes font plus ou moins élevées , c'eft que les Armées
étoient plus ou moins nombreufes, lorfqu'elles ont été
conftruites.

Quoi qu'il en foit, on voit par ces differens monumens,
que les anciens ont honoré les Guerriers plus que n'ont
fait & ne font encore les modernes, furtout dans notre
France , où l'on ne voit rien qui laiffe à la pofterité des
marques de la diftinction qu'un grand nombre de Heros ont meritée, fi l'on excepte l'illuftre tombeau que la
jufte reconnoiffance de Louis le Grand a fait élever à la
gloire immortelle du plus grand Capitaine de fon temps, je
veux dire Monfieur de Turenne. Ce qu'il y a même de plus
furprenant en cela, c'eft que prefqu'aucuns de leurs defcendans n'ont pas daigné en faire les frais, quoi que certainement les dépenfes qui fe font pour ces monumens , qui
peuvent feuls illuftrer une famille , foient bien d'un autre
poids que tant d'autres, que fouvent ces mêmes familles
font très-inutilement , & dont il ne refte aucun fouvenir.

Tous

Tout se réduit à présent à la simple cérémonie funebre
que les Corps particuliers font, lorsque quelqu'uns de leurs
membres ont payé le tribut à Mars ou à la nature. Cette cérémonie se proportionne à la dignité du deffunt,
ainsi que je l'expliquerai cy-après, suivant les regles que
l'usage a établi. Je voudrois bien aussi pouvoir fonder
sur le même usage, les céremonies qu'on doit observer
aux obseques des Maréchaux & autres Officiers Généraux de nos Armées : mais il me seroit bien difficile de
rien statuer là dessus, attendu que chaque fois que j'en
ai vû des exemples, ils ont toujours été differents les
uns des autres, cette céremonie y ayant été observée
toûjours diversement, suivant l'idée de celui qui en avoit
la disposition', & nullement suivant aucun principe. Il
me semble neanmoins qu'il devroit y avoir une décision
là-dessus, qui mît l'uniformité, & qui pût servir de guide
certain. Au défaut de cette autorité, je suis réduit à donner des regles sur cette prémiere partie des honneurs funebres, non pas telles qu'elles sont ordonnées, mais telles
que je m'imagine qu'elles devroient l'être.

Suivant quelques anciens Memoires, lorsqu'un Maréchal de France mourroit à la guerre, aussi-tôt que le
Commandant de l'Artillerie en étoit informé, il faisoit
tirer un coup de canon, lequel étoit suivi d'un pareil coup
tous les demis quarts d'heure pendant vingt-quatre heures, ou jusqu'au moment qu'on portoit le mort en terre
si on l'enterroit plûtôt. Toute l'Armée avec l'Artillerie
accompagnoit son corps jusqu'au tombeau, devant lequel
le canon & la mousqueterie faisoient cinq décharges générales, & une sixiéme en défilant.

A présent cette céremonie ne s'observe plus ; cependant je crois que si l'occasion se trouvoit, qu'on fût obligé d'enterrer un Maréchal dans le Camp, on pourroit
encore la suivre. Si cela arrivoit dans une Place de guerre, on pourroit aussi faire observer à l'Artillerie de tirer
un coup de canon de temps en temps, & faire les autres
décharges générales de tout le canon qui seroit sur les

ramparts. On doit faire préceder le Convoy funebre par un nombre de pieces , pour faire leur décharge devant le portail de l'Eglise ; cette décharge doit être suivie de celle de la mousqueterie de toute l'Infanterie, & des mousquetons ou piftolets de toute la Cavalerie de la Garnifon. Toutes ces Troupes doivent auffi préceder le Convoy , obfervant de mettre un crêpe à chacun de leurs Drapeaux & Etendarts , de couvrir les caiffes des Tambours & les timbales de drap noir , de mettre des fourdines aux trompettes, & de porter les armes traînantes , c'eft à-dire renverfées & le bout en arriere. On doit mettre fur le cercüeil le Bâton de Marêchal avec fon épée pofez en croix, ainfi que les cordons de Chevalier des Ordres dont il étoit. L'Etat Major de la Place & les autres Officiers principaux , lefquels ne font point attachez au Corps des Troupes, doivent fuivre le corps en grand deüil ; & les Gardes du deffunt doivent l'environner portant leurs armes renverfées , & ayant chacun un crêpe par deffus leurs bandoulieres.

Pour les Lieutenans Généraux , j'ai vû que lorfqu'il en eft mort quelqu'un , qu'on a enterrée dans l'Eglife du Quartier du Roy à l'Armée, on y a feulement envoyé un nombre de piquets de l'Infanterie , fans aucune autre céremonie : mais fi c'eft dans une Place de guerre , & que le deffunt fût Gouverneur ou Lieutenant Général dans la Province , je crois que toute la Garnifon doit prendre les armes, fans crêpe aux Drapeaux ni aux Etendarts , les tambours , timbales , trompetes comme cydeffus , & qu'on doit faire tirer cinq volées de groffes pieces de canon , ainfi que leur dignité l'exige à leur entrée & fortie des Places de la Province de leur Gouvernement. Ces volées doivent en cette occafion funebre être repetées cinq fois, & la moufqueterie doit y répondre par autant de décharges, obfervant de faire la derniere en défilant devant le portail de l'Eglife. Le Corps doit être fuivi par fes Gardes, & les Officiers principaux comme cy-deffus.

Lieutenant
Général.

Pour les Maréchaux de Camp, j'ai vû en user à l'Ar- Maréchal de Camp.
mée comme pour un Lieutenant Général, avec cette
différence que le nombre de Piquets de l'Infanterie
qu'on y envoye est moins grand. Dans les Places on fait
un détachement de toutes les Troupes de la Garnison,
sans Drapeaux ni Etendarts : à la tête de ce détachement marche à cheval un Maréchal de Camp, s'il y en
a, ou un Brigadier ; mais si le défunt étoit Commandant
dans la Province, je crois que toute la Garnison doit
prendre les armes & précéder le convoy. On doit faire
quatre décharges de la mousqueterie, la derniere en défilant, sans bruit de l'Artillerie.

Si un Brigadier meurt à l'Armée, on y envoye les Pi- Brigadier.
quets de sa Brigade ; & dans une Place de guerre on
fait un détachement de chaque Regiment d'Infanterie
ou de Cavalerie, suivant le Corps dont il est Brigadier :
il faut observer neanmoins que s'il étoit de Cavalerie, &
qu'il n'y en eût point dans la Place, d'y suppléer par
de l'Infanterie. Ce détachement doit être conduit par
un autre Brigadier, s'il y en a, ou par un Mestre de
Camp ; & la mousqueterie fait seulement trois décharges,
dont la derniere se fait en défilant.

Quelque part où meure un Colonel ou Mestre de Colonel
Camp, si c'est en lieu où l'on puisse lui rendre les honneurs funebres qui lui sont dûs ; son Regiment de quelque nombre de Bataillons qu'il soit composé, doit marcher devant lui lorsqu'on le porte au tombeau, observant de mettre un crêpe à son Drapeau, lequel y doit
demeurer jusqu'à ce que sa place soit remplie par un autre, & on ne doit l'en ôter qu'au moment de sa reception. Je dirai à cette occasion que quelques-uns prétendent que les Drapeaux du Regiment de Piémont, lesquels ressemblent à un drap mortuaire, tiennent leur
origine de ce qu'un Colonel de ce Corps, dont il étoit
fort aimé, étant mort, les Officiers composerent ainsi
leurs Drapeaux, pour mieux marquer leur affliction ; &
qu'ils les ont laissé de même depuis, en signe de deüil

I iii ij

perpetuel. On fait trois décharges comme cy-deſſus, & autant pour les ſuivans.

Lieutenant Colonel. Pour un Lieutenant Colonel, ſa Compagnie avec ſon Drapeau, & un détachement de la moitié du Regiment, commandé par le premier Capitaine.

Capitaine. Pour un Capitaine, un détachement de cinquante hommes, conduit par un Capitaine & les autres Officiers.

Lieutenant, &c. Pour un Lieutenant, Sous-Lieutenant & Enſeigne, trente hommes, commandez par un Officier du même rang que le défunt.

Sergent & Maréchal des Logis. Pour un Sergent ou Maréchal des Logis, quinze hommes, commandez par un du même rang.

Soldat, Cavalier ou Dragon. Pour un Soldat, Cavalier ou Dragon, dix hommes, commandez par un Caporal ou Brigadier.

Etat Major des Places.

Gouverneur. Pour un Gouverneur de Place, toute la Garniſon doit prendre les armes, & précéder le Convoy.

Lieutenant de Roy. Pour le Lieutenant de Roy, on fait un détachement de la moitié des Troupes, ſans Drapeaux.

Major. Pour le Major, un détachement de cent hommes.

Ayde-Major. Pour un Ayde-Major, cinquante hommes avec un Capitaine, & les autres Officiers.

Capitaine des Portes. Pour un Capitaine des Portes, trente hommes avec un Lieutenant.

Commiſſaire des Guerres. Pour un Commiſſaire des Guerres, cinquante hommes avec les autres Officiers.

Prevôt. Pour un Prevôt des Maréchaux, cinquante hommes & les autres Officiers. Sur quoi je crois devoir dire qu'étant à Perpignan, où le Prevôt étant mort, les Troupes firent difficulté de fournir ce détachement, Monſieur de Chaſeron qui y commandoit les y obligea ; & que ſur le compte qu'il en rendit à la Cour, il fut ordonné qu'on en uſeroit ainſi en pareille occaſion.

Officiers d'Artillerie. Lorſqu'il meurt quelque Officier d'Artillerie dans une

Place, & qu'il y a des Compagnies ou des détachemens de ce Corps, c'est à eux à fournir les détachemens neceffaires & convenables à la dignité du défunt : mais à leur défaut, l'Infanterie de la Garnifon y doit fuppléer, ainfi que je l'ai vû pratiquer plufieurs fois.

Pour un Lieutenant, cent hommes avec les Officiers.

Pour un Commiffaire Provincial, Ordinaire & Extraordinaire, cinquante hommes, avec un Capitaine & les autres Officiers.

Pour un Garde Magafin, & Officier Pointeur, trente hommes avec un Lieutenant.

On doit auffi rendre les mêmes honneurs funebres aux Ingenieurs ; & comme ils ont tous outre cette dignité le rang de Capitaine ou de Lieutenant, c'est fur ce rang qu'on doit fe regler pour le nombre d'hommes.

HONNEURS FUNEBRES A LA MER.

ON rend des honneurs funébres aux Militaires à la mer auffi bien que fur terre, mais avec moins de cérémonies, parce que le lieu en ôte la commodité. Les morts y font enfevelis & coufus dans la couverture de leur lit, & jettez à la mer à ftribord : dans le temps qu'on les jette, on tire un ou plufieurs coups de canon, fuivant la dignité du défunt. C'est un deshonneur parmi les gens de mer de jetter les morts à bafbord : on ne jette par ce côté-là que les charognes des bêtes qui meurent à bord. On met encore une grande difference pour l'honneur entre ceux qui ont la cale de la vergue à bafbord, ou à ftribord : mais fi l'on eft proche de terre, & qu'on puiffe aller enterrer le mort, on ne regarde point fi on le defcend du Vaiffeau à bafbord ou à ftribord. Ceux qui expirent de nuit font jettez à la mer au matin, après la Meffe ou la Priere ; & ceux qui expirent de jour y font jettez après la Priere du foir, dans lequel temps l'Aumônier du Vaiffeau récite les prieres accoutumées, & fait les fonctions curiales.

Lieutenans.
Commiffaire·

Gardes &
Officiers Pointeurs,
Ingenieurs.

Ⅰ iii iij

Je me souviens que le Vaisseau qui rapporta le corps
de M. de Saint Pol à Dunkerque, lequel avoit été tué
dans un combat, entra dans le port avec son Pavillon
flottant sur l'eau, & faisant tirer un coup de canon de
temps en temps, jusqu'à ce que le corps fût mis à terre,
où il fut enterré avec les mêmes cérémonies que j'ai marquées pour un Lieutenant Général, lesquelles furent observées par les Troupes de la marine.

F I N.

ADDITION AU SECOND VOLUME.

Page 408. *ajoutez.* Quand le Roy est à l'Armée, s'il
y a apparence de Combat, le Doyen des Pages de la
grande Ecurie met sur lui les armes de Sa Majesté, afin
d'être tout prêt à les lui donner. Ces armes consistent
en un casque, une cuirasse, & des taffettes ou demi-bras-
sards; il y a aussi une selle d'armes sur le cheval du Roy,
garnie de lames d'acier : mais quoique ce Page ait ce droit,
il n'a pas celui de mettre les armes sur le corps de Sa
Majesté ; cet honneur appartient au Grand Ecuyer, en
son absence au Premier Ecuyer ; & en l'absence de ces
deux, à l'Ecuyer de quartier.

TABLE
DES MATIERES
Contenuës dans ces deux Volumes.

Le premier chifre marque le Volume : I. *dénote le premier,*
II. *le second ; & les autres chifres indiquent les pages.*

Brigadier

Tome II.

K k k k

Major

N

O

Fin de la Table.

ADDITION AU TOME SECOND.

Page 404. *après la ligne* 13. *ajoûtez.* L'Officier Général qui commande l'Artillerie le jour d'une Bataille, doit
de plus veiller à ce que la poudre, & les bales ne manquent pas aux Troupes pendant le Combat, & particulierement à l'Infanterie. A cet effet, il doit ordonner des
chariots dits *compofez*, pour être diftribuez le long des
Lignes, & toujours à portée de pouvoir fournir ce fecours en cas de neceffité : cette neceffité ne manque prefque jamais d'arriver lorfque la refiftance de l'Ennemi eft
grande, & furtout lorfqu'on attaque quelque Village ou
autre pofte important, & de difficile accez.

FAUTES A CORRIGER DANS LE II. VOLUME.

Page 17. *ligne* 27. Recrues, *lif.* Revûes. *p.* 22. *l.* 37. connu, *lif.* couvert. *p.* 35. *l.* 20. piquets, *lif.* Piquiers. *ibid.* *l.* 23. piquets, *lif.* Piquiers. *p.* 51. *l.* 35. Bellarbe, *lif.* Bellabre. *p.* 82. *l.* 4. elles, *lif.* Celles. *p.* 83. *l.* 17. l'encoujure, *lif.* l'encoulure. *p.* 135. *l.* 11. l'Hôtel, *lif.* l'Hôpital; *p.* 158. *l.* 8. LOUIS XIV. *lif.* LOUIS XV. *p.* 320. *l.* 3. le crainre, *lif.* la crainte. *p.* 337. *l.* 16. Il y a tout lieu, *lif.* Il n'y a aucun lieu. *p.* 338. *l.* 27. Aydes de Camp du Roy, *lif.* Aydes de Camp des Aydes de Camp du Roy. *p.* 345. *l.* 9. les Treforiers, *lif.* le Trefor. *p.* 429. *l.* 16. ôtez étant.

De l'Imprimerie de LOUIS-DENIS DILATOUR, Imprimeur de Son Alteffe Sereniffime Madame la Ducheffe. 1725.